위대한 유산

GREAT EXPECTATIONS
by CHARLES DICKENS (1861)

이 책은 실로 꿰매어 제본하는 정통적인 사철 방식으로 만들어졌습니다.
사철 방식으로 제본된 책은 오랫동안 보관해도 손상되지 않습니다.

위대한 유산 <small>하</small>

Great Expectations

찰스 디킨스 장편소설 류경희 옮김

제2권 계속

31

덴마크에 도착한 우리는 그 나라의 국왕과 왕비가 부엌 식탁 위에 놓인 안락의자에 높이 올라앉아 어전 회의를 주재하고 있는 장면을 보게 되었다. 덴마크의 모든 귀족들이 참석하고 있었지만 그 구성원이라고 해봐야 거인 같은 조상에게서 물려받은 부드러운 양가죽 구두를 신은 귀족 소년, 말년에야 평민을 벗어나 출세한 것처럼 보이는 꾀죄죄한 인상의 덕망 높은 귀족, 머리에 빗을 꽂고 있고 다리 부분이 새하얀 실크로 된 바지를 입은 덴마크의 기사 등이 전부였는데, 그들은 대체로 모두 여성스러운 외모를 하고 있었다. 재주 많은 내 동향 출신 배우는 팔짱을 낀 채 침울한 모습으로 무리에서 떨어져 있었다. 나는 그의 곱슬머리와 이마가 좀 더 그럴듯해 보였으면 좋았겠다고 생각했다.

이야기가 진행될수록 몇몇 소소하고 이상한 상황들이 발생했다. 이미 죽은 선왕은 죽음을 맞이하는 순간 기침 때문에 괴로워하는 것처럼 보였을 뿐만 아니라 그 기침을 무덤

안까지 가져갔다가 다시 그걸 갖고 이 세상으로 되돌아온 것처럼 보였다. 이 국왕의 유령은 또한 홀(笏)에다 으스스해 보이는 원고를 둘둘 말고 나와서는 가끔씩 그걸 참조하는 모습을 보였는데, 그 모습 또한 참고할 곳을 찾지 못하는 불안하기 짝이 없는 태도여서 꼭 살아 있는 사람 같은 분위기를 연출하고 있었다. 내 생각으로는 유령의 바로 이런 태도 때문에 그가 관객들로부터 〈원고 넘겨!〉라는 충고까지 듣게 된 것 같았는데 그는 엄청 화를 내면서 기분 나쁘게 이 조언을 받아들였다. 마찬가지로 이 위풍당당한 유령은 외관상으로는 한참 멀리 떨어진 곳으로 사라졌다가 아주 먼 거리를 걸어온 것 같은 모습을 보였는데, 사실은 눈에 띌 정도로 바로 가까이에 있던 담장에서 등장함으로써 주목을 끌기도 했다. 이것이 빌미가 되어 유령이 주는 공포는 오히려 조롱의 대상이 되어 버리는 결과를 초래했다. 한편 역사적으로 볼 때 분명히 매우 뻔뻔하다고 여겨지는 덴마크의 왕비는 꽤나 통통하고 귀여운 여성이었고, 관객들은 그녀가 너무 많은 황동을 몸에 달고 있다고 생각했다. 그녀의 턱은 왕관에 부착된 넓은 황동 띠에 싸여 있었고(꼭 번쩍거리는 치통을 앓고 있는 것 같았다) 그녀의 허리 또한 다른 황동에 둘러싸여 있었으며 그녀의 두 팔 또한 다른 황동이 감아 매고 있어서, 관객들은 공공연하게 그녀가 꼭 〈팀파니〉처럼 보인다고 말했다. 선조에게서 물려받은 구두를 신은 귀족 소년은 신출귀몰했다. 말하자면 그는 단숨에 능력 있는 선원, 순회 극단 배우, 무덤 파는 인부, 신부, 그리고 노련한 눈썰미와 정밀한 판단력과 권위에 의해 훌륭한 검술 실력이 판가름되는 궁정의 검술 시합에서 가장 중요한 임무를 수행하는 심판관 역할을 번갈아 가며 맡았다. 이러다 보니 그 스스로도 점차 인내심을 잃게 되었고, 마침내 신부 역할을 맡은 게 탄로 나자 그가 장례식 집전을 거부하는 사태가 벌어졌다. 그러자 관객들이 화가 나서 견과류를 집어 던지기 시작했다. 마지막으로 오필리아는 음악적 광기의 희생자가 되어 가는 모습을 느려 터지게 보여 주었다. 때가 되어 그녀가 흰 모슬린 스카프를 벗고 그걸 접어서 땅에 파묻는 연기를 느릿느릿 꾸물거리며 하자, 급기야 그동안 객석 맨 앞줄에서 쇠 난간에다 짜증이 잔뜩 난 코를 대고 오랫동안 식히고 있던 골난 남성 관객 한 명이 고함을 버럭 내지르고 말았다. 「이제야 아기가 침대에 누웠으니 저녁이나 먹으러 가자고!」 아무리 좋게 얘기해 주려 해도 그건 전혀 상황에 어울리지 않는 말이었다.

이 모든 소소한 상황들이 빚어낸 희극적인 효과들은 불운한 내 동향인의 어깨 위에 차곡차곡 쌓이게 되었다. 우유부단한 햄릿 왕자 역할을 맡은 그가 질문을 던지거나 의심이 가는 내용을 독백할 때마다, 관객들이 나서서 그가 그 문제에서 빠져나오는 데 일조했다. 예를 들면 그가 〈(가혹한 운명의 화살) 마음속으로 참아 내는 것이 더 고결한 일일까?〉라는 질문을 던지면 어떤 관객은 〈그렇다〉라고 대답했고 어떤 관객은 〈아니다〉라고 대답했으며, 어떤 관객은 두 의견 다 맞으니 〈동전을 던져 결정하자〉라고 말했다. 그가 〈나 같은 인간이 천지간을 기어다니며 할 일이 대체 무엇이란 말인가?〉라는 질문을 던지면, 관객들이 큰 소리로 〈들어 줘라! 들어 줘라!〉 하는 소리를 질러 그를 격려했다. 그가 스타킹을 엉망으로 만든 채 등징했을 때는 (원래 ㄱ의 스타킹이 엉망이 된 모습은 스타킹 끝 부분을 깔끔하게 접는 식으로 표현하는 게 관례였고, 그건 늘 납작한 인두를 사용해서 준비해야 된다고 여겨졌다) 그의 다리가 너무나 창백하다는 사실 때문에 유령이 준 충격으로 인해 저렇게 된 게 아니냐는 대화가 관객들 사이에 오갔다. 그가 리코더 — 악단이 방금 전 연주했던 검정색의 작은 플루트와 매우 흡사했는데, 무대 입구에서 그에게 건네진 것이었다 — 를 집어 들었을 때는 관객들 모두가 그걸로 「지배하라, 대영 제국이여」란 곡을 연주해 보라고 요청했다. 그가 리코더 연주자에게 〈그런 식으로 손을 톱 삼아 허공만 치지 마라〉라고 충고했을 때는 아까 그 골난 관객이 〈당신은 안 그랬어? 당신이 저자보다 더 심했잖아!〉라고 말했다. 그리고 가슴 아프지만 덧붙이겠는데, 이런 모든 상황들이 벌어질 때마다 와자하게 터져 나오는 낄낄거리는 웃음소리가 웁슬 씨를 맞이했다.

그러나 그의 가장 큰 시련은 교회 묘지에서 찾아왔다. 묘지는 꼭 원시림처럼 생겼는데 한쪽에는 조그만 교회 세탁장이, 다른 한쪽에는 유료 도로 통행료 징수소 문이 설치되어 있었다. 폭 넓은 검정색 망토를 입은 웁슬 씨가 그 징수소 문으로 들어오자마자 곧바로 정체가 발각되는 바람에 무덤 파는 인부는 친근하게도 관객들로부터 이런 주의를 들었다. 「조심해! 당신이 얼마나 열심히 일하는지 감시하러 저기 장의업자가 온다고!」 웁슬 씨가 해골에 대고 한바탕 교훈적인 설교를 늘어놓다가 다시 돌려주는 연기를 했을 때, 그게 가슴에서 냅킨을 꺼내 손가락에 묻은 흙먼지를 털어 내지 않고서는 도저히 할 수 없는 연기라는 사실쯤은 입헌 국가에서는 너무나 잘 알려진 일이라고 믿는다. 그러나 그런 무해하고 긴요한 동작조차도 〈웨이터!〉라는 야유 없이 그냥 지나가지 않았다. 매장될 시신이 든 관(뚜껑이 자꾸 굴러떨어지며 열리자 아무것도 없는 텅 빈 궤짝이었다)의 도착은 모든 관객들이 즐기게 만드는 신호탄이었고, 그 즐거움은 관을 메고 온 연기자들 중 한 사람의 정체가 금세 드러나는 바람에 더욱 고조되었다. 관객들의 이런 즐거움은 악단과 무덤의 경계선에서 일어난 햄릿과 레어티스의 결투 장면 내내 웝슬 씨를 따라다녔으며, 그가 국왕을 부엌 식탁에서 굴려 떨어뜨릴 때까지, 그리고 발목부터 시작해서 몸 위쪽으로 몇 센티미터씩 서서히 죽어 갈 때까지 전혀 수그러들지 않았다.

우리는 처음 시작할 때만 해도 웝슬 씨에게 환호를 보내려고 미약하나마 애를 썼다. 그러나 그런 환호를 계속 보내기에는 상황이 너무 절망적이었다. 따라서 우리는 그가 너무나 안쓰러웠지만, 그럼에도 입이 찢어져라 웃으며 앉아 있었다. 연극을 보는 내내 참으려고 애를 썼지만 나도 모르게 웃음이 터져 나왔다. 모든 내용이 너무 웃겼기 때문이다. 하지만 나는 속으로는 웝슬 씨의 발성법에 분명히 훌륭한 면이 있다는 인상을 받았다. 유감스럽게도 옛날 일이 불러 일으킨 추억 때문이 아니라, 그의 발성이 매우 느리고 음울하고 고저장단이 확연하고 또한 자연스러운 상황에 처한 인간이 어떤 일에 대해 자신을 표현하는 그 어느 방식과도 닮지 않았기에 그랬다. 비극이 끝나고 그가 불려 나와 야유를 듣고 있었을 때 내가 허버트에게 말했다. 「빨리 나가자. 안 그러면 그를 만나게 될지도 몰라.」

우리는 최대한 서둘러 아래층으로 내려갔다. 하지만 둘 다 충분히 빠른 속도를 내진 못했다. 문간에 기이하게 생긴 얼룩처럼 보이는 짙은 눈썹이 난 유대인 남자가 서 있다가 우리와 눈길이 마주쳤는데, 그에게 다다르자 그가 말했다.

「미스터 핍과 그 친구분 되십니까?」

우리는 핍과 그의 친구가 맞다고 시인했다.

「월든가버¹ 씨께서 두 분을 뵙는 영광을 누리기를 바라고 계십니다.」

「월든가버 씨요?」 내가 되받았다. 그러자 허버트가 내 귀에 대고 속삭였다. 「아마 웝슬 씨일 거야.」

「오!」 내가 말했다. 「그래요. 당신을 따라갈까요?」

「부디, 몇 걸음 부탁드립니다.」 옆쪽 통로로 들어서자 그가 돌아서며 물었다. 「그의 모습이 어땠다고 생각하십니까? 〈제가〉 의상 담당이었습니다.」

나는 장례식 장면 말고는 그의 모습이 어땠는지 모른다. 장례식 때 덴마크의 태양인지 별인지 모를 큰 장식이 파란색 리본에 매여 그의 목 주변에 부수적으로 달려 있었고, 그로 인해 특별한 화재 보험 회사²에 가입이라도 되어 있는 것 같은 모습을 그에게 부여하고 있었다. 그러나 나는 아주 멋져 보였다고 말했다.

「그가 무덤으로 나왔을 때는 말이죠.」 우리의 안내인이 말했다. 「그는 망토를 멋지게 보여 주었죠. 하지만 무대 옆 대기실에서 판단해 보니 그가 왕비 방에서 유령을 보았을 때 스타킹을 좀 더 많이 이용할 수도 있었던 것처럼 보였습

---

1 당시의 연극계에서는 배우들이 그럴듯한 이국풍의 가명을 쓰는 게 관례였다.

2 1865년 런던 소방대가 창설되기 전에는 각 도시의 보험 회사들이 화재 진압 계약에 책임을 맡고 있었다. 따라서 건물에 각 회사의 상징을 전시하면 각 소방대가 어떤 화재를 진압해야 될지 알게 해주었다. 디킨스는 타오르는 태양이 상징이었던 〈태양 화재 보험 회사〉와 계약을 맺었다고 한다.

니다.」

나는 조심스럽게 동의했고, 우리는 모두 조그맣고 지저분한 여닫이문을 통해 그 문 바로 뒤에 있는 후끈한 포장 상자 같은 방으로 들어갔다. 거기서 웝슬 씨가 덴마크 복장을 벗고 있었다. 방은 상자의 문인지 뚜껑인지 모를 것을 활짝 열어 놓았어도 겨우 다른 사람들 어깨 너머로 그를 바라볼 공간만 있는 그런 곳이었다.

「신사분들.」 웝슬 씨가 말했다. 「두 분을 만나서 자랑스럽습니다. 미스터 핍, 사람을 보내 부른 걸 용서해 주리라 믿습니다. 운 좋게도 내가 옛날 그쪽을 알았던 행복을 누리지 않았습니까. 게다가 연극이란 장르는 늘 귀족과 부자들에게 인정받는 권리를 누려 왔지요.」

그러는 동안 월든가버 씨는 무섭게 땀을 흘리며 왕자 복장을 벗으려고 애쓰고 있었다.

「스타킹 좀 살살 벗으세요, 월든가버 씨.」 소품 주인이 말했다. 「안 그러면 다 망가집니다. 그걸 망가뜨리면 35실링을 날리게 됩니다. 셰익스피어 공연에서 그보다 더 좋은 스타킹을 갖고 찬사를 받았던 적이 결코 없었어요. 자, 의자에 가만히 앉아 계세요. 스타킹은 내게 맡겨 두고요.」

그 말과 함께 그는 무릎을 꿇고 희생자의 껍질을 벗기기 시작했다. 그 희생자는 뒤에 벽이 없었더라면 한쪽 스타킹이 벗겨질 때 하마터면 의자와 함께 뒤로 나동그라질 뻔했다.

나는 그때까지 미안하게도 연극에 대해 단 한 마디도 하지 않고 있었다. 하지만 바로 그때 월든가버 씨가 뿌듯한 표정으로 우리를 올려다보며 말했다.

「신사분들, 관객석에서 보니 연극이 어떻게 진행되는 것

15

같던가요?」

허버트가 뒤에서 (말과 동시에 나를 쿡 찌르면서) 말했다. 「대단히 훌륭했습니다.」 그래서 나도 말했다. 「대단히 훌륭했습니다.」

「저의 인물 해석은 맘에 드셨습니까, 신사분들?」 월든가버 씨가 전적으로는 아니지만 거의 선심이라도 베풀 듯 말했다.

허버트가 뒤에서 (역시 나를 쿡 찌르며) 말했다. 「중후하고 구체적이었습니다.」 그래서 나는 원래 내가 그 말을 먼저 생각해 낸 것인 양 뻔뻔스럽게, 그리고 그걸 반드시 강조하겠다고 하면서 말했다. 「중후하고 구체적이었습니다.」

「두 분의 인정을 받으니 기쁩니다, 신사분들.」 월든가버 씨는 마침 벽에 부딪혀 의자의 앉는 부분을 꽉 붙잡고 있던 상황인데도 위엄을 부리며 말했다.

「하지만 한 가지 상황에서 해석의 오류를 범했다는 점은 지적하겠습니다, 월든가버 씨.」 무릎을 꿇고 있던 남자가 말했다. 「자, 명심하세요. 바로 다리를 측면으로 보여 주었을 때 햄릿 연기를 잘못했다는 점입니다. 내가 지난번에 분장시켰던 햄릿도 리허설 때 똑같은 인물 해석 오류를 범했어요. 그래서 결국 나는 그의 양쪽 정강이에 커다란 붉은색 봉함 종이를 붙이게 했지요. 그런 다음 나는 그 리허설에서(마지막 리허설이었죠) 관객석으로 향해 일반석 뒤쪽으로 간 뒤, 그가 연기를 하면서 다리 측면을 보일 때마다 큰 소리로 〈봉함 종이가 안 보여요〉라고 소리쳤습니다. 그래서 그의 연기는 밤에 멋있게 나왔답니다.」

월든가버 씨는 〈이자는 내 충직한 종복이죠. 이자의 이런 어리석은 말은 그냥 흘려버립니다〉라고 말하듯이 내게 미소를 지었다. 그런 다음 그가 큰 소리로 말했다. 「내 연기관은 이곳 사람들에겐 다소 고전적이고 사상적입니다. 하지만 그들은 점점 나아질 것입니다. 나아지고말고요.」

허버트와 나는 〈그래요, 틀림없이 나아질 겁니다〉라고 말했다.

「혹시 보셨습니까, 신사분들?」 윌든가버 씨가 말했다. 「관객석에서 서비스 — 내 말뜻은 공연을 말하는 겁니다 — 에 대해 비웃음을 날리려고 무진 애를 쓰던 작자 말입니다.」

우리는 그런 자를 본 것 같은 생각이 든다고 다소 비굴하게 대답했다. 나는 〈그 사람이 술에 취해 있었던 게 틀림없다〉고 덧붙였다.

「오, 저런, 아닙니다, 미스터 핍.」 웝슬 씨가 말했다. 「취한 게 아니죠. 그의 주인이 그런 점은 유의할 겁니다, 미스터 핍. 그가 술에 취하는 건 용납 안 할 겁니다.」

「그자의 주인을 아세요?」 내가 말했다.

웝슬 씨는 눈을 감았다 다시 떴는데, 형식적인 그 두 동작을 아주 천천히 연기하듯 했다. 「두 분 다 틀림없이 보셨을 겁니다, 신사분들.」 그가 말했다. 「끽끽 귀에 거슬리는 목청과 비열한 심술이 잔뜩 묻어난 표정을 하고 있던 무식하고 뻔뻔스러운 멍청이 녀석 말입니다. 덴마크 국왕 클로디우스 〈롤〉(프랑스식 표현을 써도 된다면 말입니다)을 마친 — 역할을 맡았다는 표현은 안 쓰겠습니다 — 바로 그자입니다. 바로 그자가 아까 그 녀석의 주인입니다, 신사분들. 그런 게 먹고사는 일이죠!」

차라리 웝슬 씨가 절망에 빠져 있었다면 더 측은하게 여겼을지 여부는 분명 알 수 없었지만 그때 그 모습만으로도 그가 하도 측은해서 그가 멜빵을 다시 착용하려고 돌아선 — 그 때문에 우리는 문가로 밀려났다 — 틈을 타서 허버트에게 그를 우리 집으로 초대해 저녁 식사라도 대접하는 게 어떻겠느냐고 물었다. 허버트는 그러는 게 친절한 일일 것 같다고 말했다. 따라서 나는 그를 초대했고 눈가까지 외투를 걸쳐 입고 있던 그는 우리와 함께 바너드 숙사로 갔다. 우리는 그를 위해 최선을 다했고, 그는 새벽 2시까지 자신의 성공을 회고하고 자신의 계획을 펼치며 앉아 있었다. 그 계획이 무엇이었는지는 상세히 기억나지 않는다. 그러나 그가 연극의 부활과 함께 일을 시작하겠으며 연극의 패망과 함께 일을 끝낼 생각이라고 말했던 건 기억이 난다. 자기가 죽으면 연극계가 모든 걸 다 상실하게 되어 더 이상 기회도 희망도 없는 상태가 될 것이라고 말했기 때문이다.

모든 일이 끝난 후 나는 비참한 심경으로 잠자리에 들었고, 비참한 심경으로 에스텔라를 생각했고, 비참한 심경으로 악몽을 꾸었다. 내가 받기로 되어 있던 유산 상속분이 모두 취소된 상황에서 허버트와 클래라의 결혼에 도움을 주어야 하는 악몽, 그리고 2만 명의 사람들 앞에서 대사를 스무 줄도 기억하지 못한 채 미스 해비셤의 유령을 상대로 햄릿 연기를 해야 하는 악몽이었다.

32

어느 날 열심히 책을 읽으며 포켓 씨와 공부를 하고 있다가 나는 우편으로 짧은 편지 한 통을 받게 되었다. 나는 단순히 겉봉만 보고도 크나큰 심적 동요에 빠져들었다. 주소를 쓴 필체가 한 번도 본 적이 없는 것이었지만 그게 누구 것인지 바로 감지했기 때문이다.

모레 정오 마차로 런던에 도착할 예정이야. 네가 나를 마중 나오기로 결정되어 있다던데 맞아? 여하튼 미스 해비셤께서는 그리 생각하고 계셔. 그래서 그 생각에 순종하여 이 편지를 쓰는 거고. 미스 해비셤께서 안부 전하래.
너의 에스텔라

시간이 있었다면 나는 아마 틀림없이 이번 일을 위해 양복 몇 벌을 주문했을 것이다. 그러나 시간이 없어 나는 어쩔수 없이 기존의 양복들로 만족하기로 했다. 내 식욕은 즉시 사라졌고 그녀가 도착하는 날까지 그 어떤 마음의 평화나 안정도 알지 못했다. 그리고 막상 그날이 왔어도 그 두 가지 중 어느 것 하나 생겨나지 않은 건 마찬가지였다. 그날이 되자 내 마음은 오히려 전보다 더 심하게 동요했고, 마차가 우리 읍내의 블루 보어 여관을 출발할 시간이 되기도 전부터 나는 칩사이드 구역 우드 가(街)의 역마차 사무소를 뻔질나게 드나들기 시작했다. 그런 사실을 너무 잘 알고 있었지만, 그럼에도 불구하고 역마차 사무소가 5분 이상 눈에서 보이지 않으면 도무지 마음이 놓이지 않았다. 이런 바보 같은 마음 상태로 역마차 사무소를 지켜봐야 할 네다섯 시간 중 겨우 처음 30분 정도가 지났을 때 우연히 웨믹과 마주쳤다.

「오랜만입니다, 핍 씨.」 그가 말했다. 「잘 지냈습니까? 이 곳이 〈핍 씨의〉 순찰 구역이란 생각은 전혀 못 했는데요.」

나는 역마차로 올라오는 지인을 마중하러 나와 기다리는 중이라고 설명한 후 성채와 그의 노친의 안부를 물었다.

「둘 다 원기 왕성합니다.」 웨믹이 말했다. 「특히 노친께서 그렇지요. 놀랄 정도로 건강하십니다. 다음 생일이면 여든둘이 되시지요. 이웃들이 불평만 안 한다면 그날 대포를 여든두 발 발사할 생각입니다. 그리고 내 대포는 그런 압력을 감당할 수 있다고 판명날 것입니다. 하지만 이런 이야기는 런던에서 할 만한 이야기는 아니군요. 내가 지금 어디에 가는 것 같습니까?」

「사무실인가요?」 내가 말했다. 그가 그쪽 방향으로 가고 있었기 때문이다.

「그 바로 옆이죠.」 웨믹이 대답했다. 「뉴게이트 감옥에 가는 길입니다. 현재 우리는 어느 은행가의 소화물 바꿔치기 사건을 맡고 있는데, 지금 저 길 아래쪽에 있는 범행 현장을 잠시 살펴보러 다녀오는 길입니다. 그리고 그 사건에 관해 우리 쪽 의뢰인과 한두 마디 꼭 나눌 이야기가 있어서요.」

「의뢰인이 강탈 사건을 저지른 장본인인가요?」 내가 물었다.

「맹세코 말하지만 절대 아닙니다.」 웨믹이 몹시 심드렁하게 대답했다. 「하지만 바로 그 죄목으로 고소를 당했습니다. 핍 씨나 나도 그렇게 될 수 있지요. 핍 씨도 알다시피 우리 중 누구라도 그런 죄목으로 고소를 당할 수 있는 겁니다.」

「그저 우리 중 누구도 그렇게 되지 않았다는 것뿐이겠죠.」 내가 견해를 밝혔다.

「그렇습니다!」 웨믹이 자기 집게손가락으로 내 가슴을 툭 치며 말했다. 「생각이 깊은 편이네요, 핍 씨! 뉴게이트 감옥 구경을 좀 하시겠습니까? 여유가 있나요?」

나는 여유가 너무 많았기 때문에 그의 제안이 역마차 사무소를 계속 지켜보고 있어야 한다는 내 마음속 바람과 잘 맞지 않았는데도 그게 구원처럼 느껴졌다. 나는 그와 함께 구경 갈 시간이 되는지 알아보겠다고 중얼거리듯 말하면서 사무실 안으로 들어갔고, 더없이 꼼꼼하고 정확하게, 그리고 사무원의 성질을 시험하면서까지 마차의 가장 빠른 예상 도착 시간 — 사실은 사무원 못지않게 내가 이미 잘 알고 있었다 — 을 확인했다. 그런 다음 시계를 보는 시늉을 하고 내가 알아본 정보에 놀란 척하면서 그와 다시 합류한 뒤 제안을 받아들였다.

우리는 몇 분 뒤에 뉴게이트 감옥에 도착했고, 맨벽 위 감옥소 규정집들 사이에 족쇄 몇 개가 걸려 있는 출입구 경비실을 통과하여 감옥 안으로 들어갔다. 그때만 하더라도 감옥이 매우 소홀히 관리되던 시절이었으며, 공공 기관에서 자행되는 비정상적인 운영 행태 — 이런 비정상적인 운영 행태야말로 사실은 늘 가장 무겁고 가장 긴 징벌이라고 할 수 있다 — 에 대한 과장된 반응이 나오게 되는 건 먼 훗날의 일이었다. 따라서 중죄인들에게 군인들(극빈자들은 말할 필요도 없다)보다도 편치 못한 잠자리와 먹거리가 제공되었지만, 그래도 그들은 자신들이 먹는 수프 맛을 개선하겠다는 변명의 여지가 있는 목적으로 감옥에 불을 지르는 일 같은 건 거의 저지르지 않고 있었다.[3] 웨믹이 나를 데리고 들어간 때는 마침 면회 시간이었다. 그리고 그때 술집 사환이 맥주를 돌리고 있었고, 감옥소 마당이 철창 안 죄수들은 맥주를

3 1861년 2월 죄수들이 폭동을 일으켰던 채텀 감옥 사건을 빗댄 것이다.

사 마시거나 동료 죄수들과 담소를 나누고 있었다. 너저분하고 추하고 무질서하고 우울해 보이는 광경이었다.

나는 죄수들 사이를 걸어다니고 있는 웨믹이 자신이 돌보고 있는 화초들 사이를 걸어다니는 정원사와 매우 흡사하다는 생각이 불현듯 들었다. 이런 생각이 머릿속에 맨 처음 든 것은 그가 밤새 새로 돋아난 새싹을 보고 말을 건네기라도 하듯 이런 말을 했을 때였다. 「아니, 캡틴 톰, 〈자네〉 거기 있는 거야? 허허, 이런, 정말이네. 거기 수조 뒤에 있는 건 블랙 빌 아닌가? 아니, 최근 두 달 동안 못 봤는데 어쩌다 거기 들어가 있는 거야?」 마찬가지로 철창 앞에 서서 불안에 싸여 속삭이며 말을 걸어오는 죄수들 — 그들은 늘 단독으로 말을 걸어왔다 — 한테 관심을 기울일 때도, 웨믹은 우체통 구멍 같은 자신의 입을 꽉 다문 채 태연자약한 태도로 그들을 바라보았다. 마치 그들이 지난번 관찰한 이후 그동안 잘 자라나 이제 재판에 임하게 된 시점에서 활짝 피어오르게 된 걸 특별히 주목하고 있다는 태도였다.

그는 죄수들에게 인기가 매우 높았고, 나는 그가 재거스 씨의 사업에서 죄수들과 스스럼없는 친밀한 관계를 유지하는 역할을 담당하고 있다는 걸 알았다. 물론 그의 태도에도 일정 한계 이상의 접근을 금지하는, 위엄 어린 재거스 씨의 태도가 다소 깃들어 있긴 했다. 이어지는 그와 죄수들과의 인사는 끄덕거리는 고갯짓과, 두 손으로 중절모를 머리 위에 좀 더 편하게 고쳐 쓰는 일과, 우체통 구멍 입을 팽팽히 긴장시키는 일, 그리고 두 손을 주머니에 넣는 일로 이루어졌다. 죄수 한두 명의 경우 수임료 인상 문제와 관련하여 다소 어려움이 있었는데 그런 일이 생기면 웨믹 씨는 죄수가 건네는 돈으로부터 가능한 한 멀리 발을 빼며 말했다. 「이보게, 그래 봤자 소용없네. 난 그저 하급 사무직원이야. 그걸 받을 수가 없어. 나 같은 하급 직원에게 그런 식으로 행동하지 말게. 이보게, 정해진 수임료를 채울 수 없으면 다른 변호사에게 말해 보는 게 나을 걸세. 자네도 알다시피 이 업계에 사건의 주역이 될 만한 변호사들이 많지 않은가. 어떤 사람에겐 가치 없는 것이 다른 사람에겐 가치 있을 수도 있는 거네. 쓸데없는 수단을 시도하지 말게. 왜 그래야 하나? 다음은 누군가?」

이런 식으로 우리는 웨믹의 온실 같은 감옥을 통과하며 걸어 나갔다. 마침내 그가 내게 몸을 돌리며 말했다. 「내가 악수하려고 하는 자를 눈여겨보세요.」 그때까지 웨믹이 그 누구와도 악수를 나눈 적이 없었기에 그리 말하지 않아도 나는 분명히 그런 장면은 눈여겨보았을 것이다.

웨믹이 말을 거의 마치자마자 낡은 올리브색 프록코트를 입고, 얼굴 전체에 홍조가 퍼지는 이상스레 창백한 안색을 하고, 시선을 고정시키려 애쓰며 이리저리 두리번거리는 눈을 갖고 있고, 풍채는 당당하고 자세는 꼿꼿한 한 남자가(이 글을 쓰고 있는 지금도 그의 모습이 눈에 선하다) 자기 중절모 — 표면에 차갑게 식은 고기 수프 같은 기름기가 반들반들 밴 모자였다 — 에 손을 대며, 절반은 진지하고 절반은 농담조인 군대식 경례를 붙이면서 철창 구석으로 다가왔다.

「대령, 안녕하십니까!」 웨믹이 말했다. 「잘 지내고 있습니까, 대령?」

「잘 지내오, 웨믹 씨.」

「우리가 할 수 있는 일은 다 했습니다. 하지만 우리가 감당하기엔 워낙 유력한 증거라서요, 대령.」

「그렇소. 너무 유력하오. 하지만 난 신경 안 쓰오.」

「그렇죠. 안 쓰고말고요.」웨믹이 차분하게 말했다.「〈대령은〉 신경을 안 쓰죠.」그러고 나서 그는 내게 몸을 돌리며 말했다.「이 사람은 국왕 폐하를 위해 복무한 사람입니다. 상비군에서 복무했던 군인인데 돈을 주고 제대 증명서를 샀지요.」

내가 〈정말로요?〉라고 말하자 남자의 시선이 나를 향했다. 그리고 그는 내 머리 위쪽을 보았고, 뒤이어 내 주변을 보았고, 그다음에는 손으로 입가를 훔치며 웃음을 터뜨렸다.

「내 생각엔 월요일쯤 이곳을 나가게 될 듯싶소만.」그가 웨믹에게 말했다.

「그럴지도 모릅니다.」내 친구가 대답했다.「하지만 알 수 없습니다.」

「당신과 작별할 기회를 갖게 되어 기쁘오, 웨믹 씨.」남자가 쇠창살 사이로 한 손을 내밀며 말했다.

「고맙습니다.」웨믹이 그와 악수를 나누며 말했다.「나도 마찬가집니다, 대령.」

「체포 당시 내가 몸에 지니고 있던 반지가 진짜였다면 말이오, 웨믹 씨.」남자가 손을 놓는 걸 아쉬워하면서 말했다.「내 분명히 당신에게 부디 다른 반지를 끼는 호의를 베풀어 달라고 부탁했을 거요. 내게 관심을 가져 준 데 대한 감사의 표시로 말이오.」

「그러려고 했던 마음을 받겠습니다.」웨믹이 말했다.「그런데 대령은 대단한 비둘기 애호가지요.」남자가 하늘을 올려다보았다.「당신이 놀라운 〈공중제비 비둘기〉 품종을 키우고 있다는 이야기를 들었는데, 혹시 그 비둘기가 더 이상 필요 없다면 누구 친구를 시켜서 그 비둘기 한 쌍을 내게 좀 보내 주면 안 되겠습니까?」

「그렇게 하겠소, 웨믹 씨.」

「잘되었군요.」 웨믹이 말했다. 「내가 잘 돌보겠습니다. 안녕히 계세요, 대령. 잘 있어요!」 그들은 다시 악수를 나누었다. 그곳을 걸어 나오면서 웨믹이 내게 말했다. 「위조 경화 제조범이지요. 대단한 기술자고요. 오늘 공무 기록 담당 지방 법원 판사의 보고서가 작성될 겁니다. 그러면 분명히 월요일에 처형됩니다. 어쨌든 핍 씨도 알다시피, 이번 일에선 그래도 비둘기 한 쌍이 휴대용 동산인 셈이네요.」 그 말과 함께 그는 뒤를 돌아다보며 다 죽은 그 식물을 향해 고개를 끄덕여 주었다. 그러고 나서 그는 어떤 화분이 가장 잘 어울릴지 곰곰이 생각하기라도 하듯 감옥 마당을 나오며 주변으로 시선을 돌렸다.

경비실을 통해 감옥을 나오면서 나는 내 후견인의 엄청난 영향력을 간수들도 그들이 맡고 있는 죄수들 못지않게 인정하고 있다는 걸 알았다. 「그런데, 웨믹 씨.」 장식용 못들과 굵은 담장 못들이 촘촘히 박혀 있는 경비실 문들 사이에 우리를 세워 놓은 채, 한쪽 문을 열기 전에 다른 쪽 문을 조심스럽게 잠그던 간수가 말했다. 「재거스 씨께서 그 강변 살인 사건은 어찌실 셈이랍니까? 과실 치사 사건으로 만들 셈인가요, 아니면 다른 사건으로 만들 셈인가요?」

「직접 물어보지그래요?」 웨믹이 대답했다.

「아하, 그렇죠. 아마 그렇겠죠!」 간수가 말했다.

「보세요. 이게 이곳 사람들의 행동 방식입니다, 핍 씨.」 웨

25

믹이 내게 몸을 돌리고 우체통 구멍 입을 길게 늘이며 말했다. 「이자들은 부하 격인 내게는 무엇이든 신경 안 쓰고 물어봅니다. 하지만 내 왕초 격인 재거스 변호사에게 질문하는 일은 결코 목격하지 못할 겁니다.」

「이 젊은 신사분은 웨믹 씨 사무실의 수습 사무직원인가요, 아니면 특별 수업료를 내고 배우는 도제인가요?」 간수가 웨믹 씨의 유머를 듣고 씩 웃으면서 물었다.

「핍 씨도 보다시피, 또 저런 식이라니깐요!」 웨믹이 큰 소리로 말했다. 「내가 그렇다고 했지요! 첫 번째 질문이 끝나기도 전에 부하인 내게 또 다른 질문을 하잖아요! 그래, 핍 씨가 그 둘 중 하나라면 어쩔 겁니까?」

「아하, 그렇다면 말이죠.」 간수가 다시 씩 웃으며 말했다. 「저분도 재거스 씨가 어떤 사람인지 알겠다는 소리죠.」

「맞아요!」 갑자기 익살스러운 태도로 간수를 향해 주먹질을 하는 시늉을 내며 웨믹이 소리쳤다. 「이봐요, 간수 양반. 당신은 내 왕초 앞에서는 당신의 그 열쇠 꾸러미만큼이나 꿀 먹은 벙어리잖소. 당신이 그렇다는 건 본인이 더 잘 알겠지. 자, 이제 그만 우리를 나가게 해주시오, 교활한 늙은 여우 같으니라고. 안 그러면 불법 감금죄로 내 왕초를 시켜 확 소송을 제기하라고 할 테니.」

간수는 낄낄 웃으면서 우리에게 인사를 건넸다. 그는 우리가 계단을 내려가 거리로 나서는 동안에도 작은 창 대못들 위에서 우리를 내려다보며 계속 웃고 있었다.

「명심하세요, 핍 씨.」 웨믹 씨가 내게 보다 더 은밀하게 속내를 털어놓듯이 내 팔을 잡고 귀에다 대고 진지하게 말했다. 「나는 재거스 씨가 그토록 높은 자리에 자기 자신을 올려놓는 일보다 더 잘하는 일이 있는지 모르겠습니다. 그는 늘 지극히 높은 곳에 있지요. 그렇게 항상 높은 자리를 유지하고 있는 건 그의 엄청난 능력에서 비롯된 일입니다. 아까그 대령이 재거스 씨와는 감히 작별 인사도 못 나누는 것처럼, 간수도 어떤 사건에 관해 〈감히〉 그의 의도를 직접 묻지도 못합니다. 그런 상황에서 재거스 씨는 자신의 그 높은 위치와 그런 자들 사이에 부하 격인 나를 끼워 넣는 것입니다. 아시겠어요? 그리고 그런 식으로 그는 그들의 몸과 마음을 모두 장악하는 것입니다.」

나는 처음은 아니었지만 내 후견인의 교활함에 깊은 인상을 받았다. 진실을 고백하자면, 나는 그보다 능력이 좀 덜 뛰어난 후견인을 가졌더라면 좋았을 거라고 생각했다. 그런 생각 또한 그때 처음 든 게 아니었다.

웨믹 씨와 나는 리틀브리튼에 있는 사무실 앞에서 헤어졌는데, 그곳엔 여느 때와 마찬가지로 재거스 씨의 주목을 끌려는 탄원인들이 주변을 어슬렁거리고 있었다. 나는 역마차 사무소가 있는 거리로 돌아가서 다시 마차의 도착을 지켜보기 시작했다. 아직도 세 시간가량이나 남아 있었다. 나는 그 시간을 모두 소비하면서, 이처럼 감옥과 온갖 죄악의 오점들로 온통 둘러싸여 있다는 게 참 이상하다는 생각, 어린 시절의 어느 겨울날 저녁, 고향 마을의 적막한 습지대 외곽에서 내가 분명히 이런 오점을 이미 만났었다는 생각, 그리고 그때의 그 오점은 퇴색해 버리긴 했지만 좀처럼 지워지지 않는 얼룩처럼 그동안 두세 차례 튀어나와 내 앞에 재등장했었다는 생각, 그러다 그 오점이 이처럼 새로운 방식으로 내 운명과 내 행운에 스며들기 시작하고 있다는 생각 등을 했다. 이런 생각들에 열중하면서 나를 향해 오고 있는 도도하고 세련되고 아름다운 에스텔라도 생각했다. 그리고 감옥과 그녀가 너무나 대조되어 끔찍한 혐오감을 느꼈다. 나는 웨믹과 만나지 않았더라면, 그의 제안에 따라 그와 함께 가지 않았더라면, 그래서 1년 모든 날들 중에서 하필이면 바로 이날 내 호흡과 내 옷에 뉴게이트를 묻히지 않았더라면 좋았겠다고 생각했다. 나는 이곳저곳을 쏘다니며 발에 묻은 뉴게이트 감옥의 흙먼지를 털어 냈고, 내 옷에서도 그걸 흔들어 털어 냈고, 숨을 내쉬어 내 양쪽 폐에서 그곳의 공기를 내보냈다. 그때 나를 향해 누가 오고 있는지를 생각하니 마차가 결과적으로 너무 빨리 온다는 느낌이 들 정도로 내가 너무 오염되어 있다는 생각이 들었다. 나는 여전히 웨믹 씨의 온실로 인해 내가 오염되었다는 생각을 깨끗이 털어 내지 못하고 있었다. 그때 한 역마차의 창문으로, 그녀의 얼굴과 나를 향해 흔들고 있는 그녀의 손이 보였다.

그런데 바로 그 순간 다시 한 번 언뜻 스치고 지나간 그 이름 모를 그림자는 대체 무엇이었을까?

33

여행용 모피 옷을 입은 에스텔라는 심지어 내 눈에도 여태껏 그녀가 보여 주었던 그 어느 모습보다 더 우아하고 아름다웠다. 그녀의 몸가짐은 예전에 일부러 신경 쓰며 내게 보여 주었던 것보다 훨씬 더 매력적이었으며, 나는 그런 변화 속에서 미스 해비섬의 영향이 보인다고 생각했다.

역마차 사무소 여관 안뜰에 서 있었을 때 그녀가 내게 자기 짐을 가리켜 보여 주었다. 그 짐을 모두 찾고 나자 내가 그녀의 목적지에 대해 아무것도 모른다는 사실이 생각났다. 그동안 그녀 외에 다른 모든 걸 잊고 있었던 것이다.

「난 리치먼드로 가게 되어 있어.」그녀가 내게 말했다.「우리에게 내려진 지시 사항은 이런 거야. 리치먼드는 두 군데인데(하나는 서리 주에 있고 다른 하나는 요크셔 주에 있어) 내가 갈 곳은 서리 주에 있는 리치먼드야. 거리는 16킬로미터야. 나는 사륜마차를 타고 가고, 네가 나를 데려다 주게되어 있어. 여기 지갑이 있어. 거기서 돈을 꺼내 네가 마차삯을 지불하게 되어 있어. 참, 지갑은 네가 가지고 있어야해! 너하고 나, 우리는 그저 우리에게 내려진 지시 사항을 따라야 할 뿐 다른 선택권이 없어. 너하고 나, 우리는 마음대로 자신의 의지를 따르지 않게 되어 있어.」

지갑을 건네면서 그녀가 나를 바라보았을 때 나는 그녀의 말 속에 은밀한 의미가 담겨 있기를 바랐다. 그녀는 대수롭지 않게 말했지만 불쾌감을 담은 건 아니었다.

「사륜마차는 사람을 시켜서 불러야 할 거야, 에스텔라. 이곳에서 잠깐 쉬고 있자고.」

「그래. 난 이곳에서 잠깐 쉬게 되어 있어. 그리고 차도 조금 마시기로 되어 있고. 그리고 그동안 네가 나를 돌봐 주기로 되어 있어.」

그녀는 반드시 그래야 하는 표준 예절인 양 자기 팔을 내 팔 안으로 넣어 팔짱을 끼었고, 나는 평생 그런 장면을 한 번도 본 적이 없는 사람처럼 마차를 뚫어져라 쳐다보고 있던 웨이터에게 응접용 객실을 안내해 달라고 요청했다. 그 말을 듣고 웨이터는 냅킨 한 장을 꺼냈는데, 마치 그것 없이는 위층으로 가는 길을 찾을 수 없는 마법의 길잡이라도 된다는 태도였다. 그리고 그는 시커먼 구멍 같은 객실로 우리를 안내했다. 사물을 축소시켜 보여 주는 축소경과(구멍 같은 그 방의 크기를 고려할 때 전혀 불필요한 비품이었다) 멸치 소스를 담는 양념 병, 누군가의 나무 덧신 같은 게 비치된 방이었다. 내가 이런 후미진 방은 싫다고 말하자 웨이터는 30인용쯤 되는 만찬 식탁이 있고 벽난로 안에 쌓인 30킬로그램가량의 석탄재 아래 검게 그을린 채 남아 있는 습자 교본 낱장 한 장이 보이는 다른 방으로 우리를 데려갔다. 이렇게 꺼져 버린 화재의 흔적을 바라보며 머리를 젓고 난 후 그는 주문을 받았다. 그런데 그 주문이 그저 〈숙녀분을 위해 차를 좀 부탁합니다〉라는 내용으로 밝혀지자 몹시 실망한 모습으로 방을 나갔다.

그때의 느낌도 그렇고 지금의 느낌도 그렇고, 마구간과 수프 재료가 강렬하게 뒤섞여 있는 것 같은 그 방의 공기를 접한다면 누구라도 그 여관의 마차 담당 부서 영업이 잘되지 않고 있으며, 장사꾼 기질이 있는 여관 주인이 음식 담당 부서를 위해 말을 삶고 있는 것 같다고 추측할 수 있었을 거라고 생각한다. 하지만 에스텔라가 방 안에 함께 있으니 내게는 그 방이 더없이 소중하기만 했다. 나는 그녀만 함께 있다면 그런 방에서 평생을 살아도 행복할 거라고 생각했다. (사실은 그때 그곳에서 내가 전혀 행복하지 않았다는 점을 알아주시길 바란다. 그리고 나도 그걸 잘 알고 있었다.)

「리치먼드에서는 어디로 갈 건데?」 내가 그녀에게 물었다.

「많은 비용을 내고 그곳에 있는 어느 부인 댁에 머무르도록 되어 있어.」 그녀가 말했다. 「여기저기 나를 데리고 다니며 소개시켜 주고, 다른 사람들을 내게, 그리고 나를 다른 사람들에게 보여 줄 능력이 있는 — 혹은 그런 능력이 있다고 말하는 — 부인이야.」

「다양한 경험과 찬탄을 받는 생활을 즐기게 될 것 같은데?」

「그래. 나도 그렇게 생각해.」

그녀가 하도 무심하게 대답해서 나는 〈넌 꼭 다른 사람 얘기하듯 네 얘기를 하는구나〉라고 말했다.

「내가 다른 사람들에 대해 어찌 얘기하는지를 어디서 알았는데? 말해 봐, 말해 보라고.」 에스텔라가 재미있다는 듯이 미소를 띠며 말했다. 「내가 〈너한테서〉 가르침을 받을 거라고 기대해서는 안 돼. 나는 분명히 내 방식대로 말을 할 거야. 포켓 씨와 하는 공부는 잘되고 있니?」

「그곳에서 아주 즐겁게 생활하고 있어. 적어도 —」 어쩐지 승산이 없어지고 있는 것 같다는 생각이 들었다.

「〈적어도〉라니?」

「적어도 너하고 떨어져 살면 어느 곳에서든 최대한 즐겁게 생활한다는 뜻이야.」

「이 바보.」 에스텔라가 매우 침착하게 말했다. 「어쩌면 그렇게 말도 안 되는 소리를 할 수 있니? 네 친구인 그 매슈 씨는 다른 친척들보다는 그나마 좀 낫다고 믿어도 되겠지?」

「정말이지 훨씬 더 낫지. 그분은 그 누구의 적도 아니야 —」

「그 말 뒤에 〈그 자신만 뺀다면〉이란 말은 덧붙이지 마.」 에스텔라가 내 말을 가로막았다. 「나는 그런 부류의 사람은 질색이니까. 어쨌든 그가 사심이 없고 사소한 질투심이나 앙심 같은 건 넘어선 사람이라는 얘기를 들은 것 같은데?」

「그렇게 말할 근거가 넘친다고 확신해.」

「넌 그의 다른 친척들에 대해서도 그렇게 말할 근거가 넘친다고 말하진 못할걸.」에스텔라가 진지하면서 동시에 조롱기가 밴 표정으로 고개를 끄덕이며 말했다.「그들은 너에 대해 불리한 얘기와 암시로 미스 해비셤을 괴롭히고 있어. 그들은 너를 감시하고, 너에 대해 부정확하게 말하고, 너에 대해 편지질을 해대고(그것도 가끔 익명으로) 있어. 그리고 너는 그들의 인생에서 고통의 원인이면서 그들의 소일거리야. 너는 그들이 너에 대해 얼마나 큰 증오감을 품고 있는지 결코 확실히 알지 못할 거야.」

「설마 그들이 내게 해를 끼치지는 않겠지?」내가 말했다.

에스텔라는 대답 대신 웃음을 터뜨렸다. 그런 태도가 너무 이상해서 나는 몹시 당혹스러워하며 그녀를 쳐다보았다. 그녀가 웃음 ─ 맥 빠진 게 아니라 정말 즐거워 깔깔거리는 거였다 ─ 을 멈추자 나는 그녀에게 소심한 태도로 말했다.

「그들이 정말로 나한테 해를 끼친다면 네가 그토록 즐거워하진 않길 바란다.」

「즐거워하지 않을게. 않고말고. 그 점은 확신해도 좋아.」에스텔라가 말했다.「내가 웃은 건 그들이 그러지 못할 것이기 때문이라고 확신해도 돼. 아, 미스 해비셤 주변을 얼쩡거리는 그들과 그들이 겪는 그 고통이라니!」그녀는 다시 웃음을 터뜨렸다. 왜 웃는지 이유를 말하고 난 다음인데도 나는 그 웃음소리가 아주 이상하게 느껴졌다. 그게 진짜 웃음이라는 건 의심의 여지가 없었지만 그녀가 말한 이유로 웃기에는 너무 과하다고 여겨졌던 것이다. 사실 나는 틀림없이 이 일에 내가 알고 있는 것보다 더 많은 의미가 들어 있다고 생각했다. 이런 속마음을 간파했는지 그녀가 그 점에 대해 이렇게 대답했다.

「너라도 쉽진 않을 거야.」에스텔라가 말했다. 「그들이 좌절하는 모습을 보는 게 내게 얼마나 큰 만족을 주는지, 그리고 그들이 조롱의 대상이 될 때 내가 그 조롱을 얼마나 만끽하는지 이해하는 일 말이야. 왜냐하면 넌 그 기이한 집에서 아기 때부터 자라나지 않았지만, 나는 그랬거든. 너는 부드럽고 인자한 동정과 연민과 그 비슷한 감정의 가면을 쓰고 그들이 아무런 방어 능력 없이 억눌려 살고 있는 너에게 음모를 꾸며 대는 바람에 미숙한 분별력을 예리하게 갈고닦는 일은 안 해봤을 테지만, 나는 해봤거든. 너는 한밤중에 잠에서 깨어나 고이 쌓아 놓은 네 마음의 평화를 하나하나 헤아리고 있는 사기꾼 같은 여자를 발견하고서 그 둥근 어린아이의 눈을 서서히 더 크게 떠야 하는 일은 겪어 보지 못했을 테지. 하지만 나는 겪어 봤거든.」

이제 에스텔라에게 이 이야기는 더 이상 웃음의 소재가 아니었다. 또한 그녀가 이런 기억을 얕은 여울에서 끄집어내고 있는 것도 아니었다. 나는 무더기로 물려받은 내 막대한 유산으로 인해 그녀의 그런 표정을 만들어 낸 원인 제공자이고 싶지 않았다.

「네게 두 가지를 말할 수 있어.」에스텔라가 말했다. 「첫째, 끊임없이 떨어지는 물방울이 돌덩이를 닳게 해 없앤다는 속담에도 불구하고, 그 사람들은 크건 작건 그 어떤 일에서도 미스 해비셤과 관련된 네 입지를 결코 손상시키지 못할 것이며, 너는 그들이 백 년이 지나도 그러지 못할 거라고 안심해도 좋다는 거야. 둘째, 그들이 그토록 분주하고 비열하게 헛고생하도록 만든 원인 제공자인 네게 내가 은혜를 입고 있다는 거야. 그러니 그 은혜에 대한 보답으로 지금 내 손을 내줄게.」

그녀가 장난스럽게 손을 내밀었기 때문에 ─ 그녀의 우울한 기분은 그저 잠시뿐이었다 ─ 나는 그걸 잡고 내 입술에 갖다 댔다. 「이 바보야.」에스텔라가 말했다. 「내 경고는 안 받아들인 거니? 그게 아니라면 옛날에 내가 내 뺨에 입을 맞춰도 좋다고 허락했을 때의 기분으로 내 손에 입을 맞춘 거니?」

「그게 무슨 기분인데?」내가 말했다.

「잠깐 생각해 보자. 아첨꾼들과 음모꾼들에 대한 경멸감.」

「내가 〈그렇다〉고 하면 네 뺨에 다시 입 맞춰도 되겠니?」

「손에 입을 맞추기 전에 물어봤어야지. 하지만, 돼, 네가 원한다면.」

나는 몸을 앞으로 숙였다. 그녀의 얼굴은 꼭 차디찬 조각상 같았다. 뺨에 살짝 입을 맞추자 곧바로 미끄러지듯 얼굴을 빼며 에스텔라가 말했다. 「넌 내가 차를 마시도록 보살피고 나를 리치먼드까지 데려다 주게 되어 있어.」

우리의 관계가 억지로 강요된 것이고 우리가 꼭 꼭두각시 인형 같다는 생각이 들게 하는 말투로 그녀가 되돌아가자 괴로웠다. 그러나 사실 우리 두 사람의 교제 자체가 괴로운 일이었다. 나를 대하는 그녀의 말투가 어떤 것이었든 나는 그걸 전혀 신뢰할 수 없었고 거기에 어떤 희망도 쌓아 올릴 수 없었다. 하지만 내 신뢰와 희망에 반대되더라도 그녀와의 그런 관계를 계속 밀고 나갔다. 왜 내가 그런 관계를 무수히 반복했던 것일까? 그건 늘 그래 왔기 때문이었다.

차를 가져오라고 종을 울리자 웨이터가 마법의 길잡이(냅킨)를 갖고 다시 나타났다. 그는 원기 회복용 차에 따라붙는 50여 가지는 족히 되는 부속물들, 예컨대 차 쟁반, 찻잔, 받침 접시, 둥근 접시, 나이프와 포크(고기 써는 나이프까지 있었다), 스푼(다양한 종류였다), 소금 그릇, 튼튼한 쇠붙이 뚜껑 밑에 최대한 조심스레 담겨 있는 조그맣고 부드러운 머핀, 다량의 파슬리 안에다 부드러운 버터 조각으로 형상화한 파피루스 갈대숲 안의 아기 모세상(像), 검사필 도장처럼 부엌 벽난로 철망 자국이 두 군데나 나 있는 삼각형 모양의 빵 조각들, 그리고 마지막으로 불룩한 가정용 찻주전자 등을 갖고 왔다. 하지만 아직 실제 차의 모습은 보이지도 않았다. 웨이터는 이 모든 물품들을 큰 짐이라도 되는 양 힘든 표정을 지으며 비틀거리면서 가지고 들어왔다. 그는 차를 대접하는 단계인데도 한참 꾸물거리다 자리를 비웠으며, 얼마 지나서야 비로소 차나무 잔가지들이 담겨 있고 겉보기에 아주 귀해 보이는 작은 상자를 들고 돌아왔다. 나는 이 잔가지들을 뜨거운 물에 담갔다. 그리고 모든 도구들을 이용하여 에스텔라를 위해 정체불명의 차 한 잔을 우려냈다.

계산을 하고 웨이터를 기억하고 여관 마부도 잊지 않고 객실 담당 하녀도 고려하고 나서 — 한마디로 말해서, 경멸감과 적대감을 자아낼 정도로 여관 종업원들 모두를 팁으로 매수한 다음 — 우리는 역마차를 빌려 타고 그곳을 떠났다. 칩사이드 지역으로 접어든 후 뉴게이트 가를 덜컹거리며 달려가다가 우리는 이내 내가 너무나도 수치스럽게 여기는 담징들 아래를 지니치게 되었다.

「저곳은 어떤 곳이니?」에스텔라가 물었다.

처음에는 그곳을 알아보지 못한 척했지만 결국 그녀에게 말을 해주었다. 그녀는 잠시 그곳을 바라보다 머리를 다시 마차 안으로 집어넣으며 중얼거렸다. 「가련한 사람들!」 나는 그 누가 아무리 엄청난 보수를 준다 해도 내가 그곳을 방문했었다는 사실은 절대로 고백하고 싶지 않았다.

「재거스 씨는 런던의 그 누구보다도 저 음울한 장소의 비밀을 많이 알고 있다고 명성이 자자한 사람이야.」 내가 화제를 다른 사람에게 연결시키려는 속셈으로 교묘하게 말했다.

「그는 다른 온갖 곳들의 비밀에 대해서도 더 많은 걸 알고 있는 사람이라고 생각해.」 에스텔라가 낮은 목소리로 말했다.

「아마 그 사람을 익숙할 정도로 자주 보았겠지?」

「기억할 수 있는 시점 이후로, 불규칙한 간격을 두고 그 사람을 자주 보아 왔어. 하지만 지금은 내가 똑바로 말을 할 수 있게 되기 전에 그 사람을 알았던 것만큼도 잘 알지 못해. 그를 경험해 보니 어때? 너는 그와 잘 지내는 편이니?」

「의심 많은 그의 태도에 익숙해지고 난 뒤부터는 꽤 잘 지내.」 내가 말했다.

「친해?」

「그의 집에 가서 식사도 했어.」

「틀림없이 매우 희한한 집일 거라는 생각이 들어.」

「희한한 집이야.」

나는 그녀와 대화를 나누는 상황이라 해도 내 후견인에 대해 거리낌 없이 이야기하는 일은 지극히 조심해야만 했다. 그러나 만약 그때 마차가 갑자기 가스등 불빛이 눈부시게 환히 비치는 어딘가로 들어서지 않았다면 틀림없이 이런 화제를 지속하여 제라드 가에서의 만찬에 대해 설명했을 것이다. 가스등 불빛이 지속되는 동안 그 불빛이 전부터 내가 불현듯 품곤 했던 설명할 수 없는 그 이상한 인상과 더불어 온통 활활 타오르며 살아나는 것 같았다. 가스등 불빛이 비치는 지역에서 벗어났을 때 마치 번갯불 속에라도 들어갔다 나온 사람처럼 눈이 부시고 정신이 멍했다.

우리는 다른 화제로 빠져들었는데 우리가 가고 있는 길이 주된 화젯거리였다. 이를테면 길 이쪽 편에는 런던의 무슨 지역들이 존재하고 저쪽 편에는 무슨 지역들이 존재한다는 등등의 이야기였다. 그녀는 이런 대도시는 처음이라면서, 그건 프랑스에 갈 때까지 미스 해비셤의 집 인근을 한 번도 벗어나 본 적이 없었기 때문이며 프랑스를 갔다 올 적에는 이 도시를 그냥 지나쳐 갔을 뿐이라고 말했다. 나는 이곳에 머무는 동안 혹시 그녀도 내 후견인이 책임지게 되는 거냐고 물었다. 그녀는 〈그런 일은 절대 없겠지!〉라는 말뿐 더 이상 말하지 않았다.

그녀가 나를 매혹하려고 애쓰고 있다는 것과, 자신을 매력적인 존재로 부각시키며 나를 사로잡으려 하고 있다는 사실을 내가 못 본 척하거나 회피하는 일은 불가능했다. 하지만 그런 사실은 나를 조금도 행복하게 만들지 못했다. 왜냐하면 그녀가 다른 사람들에 의해 우리가 조종되고 있다는 듯한 말투를 취하지 않았더라도, 의도적으로 마음먹었기에 자기 손 안에 내 심장을 붙잡고 있는 것이지 그걸 붙잡는 일이 그녀의 내면에서 연민 어린 사랑을 불러일으킬 것이기에 그리하는 게 아니라는 것, 그런 다음에는 그렇게 붙잡았던 내 심장을 미구 짜부라뜨리고 집어 던져 버릴 것이라는 게 분명히 느껴졌기 때문이다.

해머스미스를 지나치면서 나는 그녀에게 매슈 포켓 씨가 살고 있는 곳을 보여 주었고, 그곳이 리치먼드에서 그리 멀지 않으니 가끔 그녀를 보게 되기를 바란다고 말했다.

「오, 물론이야. 너는 나를 보게 되어 있어. 너는 네가 적절하다고 생각할 때 오게 되어 있어. 너에 대해 그 집 가족에게 얘기하게 되어 있어. 실제로 이미 얘기가 다 되어 있고.」

나는 그녀와 함께 살 그 집 가족이 대가족이냐고 물었다.

「아냐. 엄마와 딸 두 명밖에 없어. 내 생각에 엄마는 어느 정도 신분이 높은 부인 같은데 수입을 늘리는 일에 반감을 가진 것 같진 않아.」

「미스 해비셤이 너와 그렇게 빨리 다시 헤어질 수 있었다는 게 놀라워.」

「그것도 나에 대한 미스 해비셤의 계획 중 일부야, 핍.」 에스텔라가 피곤하다는 듯이 한숨을 쉬며 말했다. 「나는 미스 해비셤에게 꾸준히 편지를 쓰거나 정기적으로 찾아가서 내가 어떻게 지내는지 — 아니, 나와 내 보석들이 어떻게 지내는지 — 보고하게 되어 있어.」

그녀가 나를 그냥 이름으로 부른 건 이때가 처음이었다. 물론 의도적으로 그렇게 한 것이었다. 그리고 그녀는 내가 그걸 매우 소중하게 여길 거라는 걸 알고 있었다.

우리는 너무 빨리 리치먼드에 도착했다. 그곳에 있는 우리의 목적지는 초목이 우거진 지대 옆에 있는 집이었다. 그 집은 스커트용 버팀 살, 화장용 분가루, 얼굴 치장용 비단 조각, 자수를 놓은 외투, 말아 올린 스타킹, 주름 장식, 칼 등이 수없이 많은 나날들을 보냈던 집, 요컨대 수많은 신사 숙녀들이 구애의 나날들을 보냈던 낡고 오래된 집이었다. 집

앞의 고목나무 몇 그루는 여전히 스커트용 버팀 살과 가발, 빳빳한 스커트처럼 격식을 차린 부자연스러운 모습으로 멋을 부려 다듬어져 있었다. 그러나 거대한 죽음의 행진 속에서 그 고목나무들에게 할당된 장소들이 그리 멀지 않은 곳에 위치해 있었다. 그 고목나무들은 곧 그 장소로 쓰러지고 굴러떨어져 이미 다른 나무들이 갔던 길을 묵묵히 따라갈 터였다.

늙은 소리를 내는 초인종이 — 감히 말하건대, 아마 전성기 시절엔 집 안에다 대고 뻔질나게 〈여기 버팀 살로 잔뜩 부풀린 스커트를 입은 숙녀분이 오셨습니다〉, 〈여기 다이아몬드 칼자루가 달린 칼을 든 신사분이 오셨습니다〉, 〈여기 붉은색 굽이 달린 구두를 신고 헐거운 파란색 넥타이를 맨 신사분이 오셨습니다〉라고 외치던 초인종일 것이다 — 달빛을 받으며 엄숙하게 소리를 냈고, 얼마 안 있어 체리 빛깔의 옷을 입은 하녀 두 명이 부산을 떨며 에스텔라를 맞이하기 위해 나왔다. 이내 현관문 안으로 그녀의 짐짝이 사라졌다. 그러자 그녀는 손을 내밀고 미소를 지으며 내게 작별 인사를 건넨 뒤 역시 사라졌다. 나는 그 집 안에 들어가 그녀와 함께 산다면 얼마나 행복할까 생각하면서, 하지만 막상 함께 살면 결코 행복하지 않고 늘 비참하기만 할 것이라고 생각하면서 계속 집을 쳐다보며 서 있었다.

해머스미스로 돌아오는 역마차에 오르면서 나는 가슴이 무척 아팠고 내릴 때는 통증이 더 심해진 것처럼 느껴졌다. 집 앞에서 어린 제인이 꼬마 남자 친구의 에스코트를 받으며 집으로 돌아오고 있는 모습을 발견했다. 그 꼬마 친구가, 비록 플롭슨의 말을 따라야 하는 처지였음에도 무척 부러웠다.

포켓 씨는 강연을 위해 외출 중이었다. 그는 가정 경제에 관해 무척 재미있게 강연하는 유명 연사였으며, 아이들과 하인들을 관리하는 방법에 관한 그의 논문들은 그런 주제에 관한 최고의 교과서로 여겨지고 있었다. 그러나 포켓 부인은 집에 있었다. 그녀는 밀러스 보모가 설명할 수 없는 어떤 이유로 외출한 동안(근위 보병 연대에 근무하는 친척과 함께 나간 것이었다) 아기를 조용히 있게 하려고 바늘통을 쥐어 주었다가 다소 어려움을 겪고 있었다. 외용되든 강장제로 복용되든 간에 그토록 어린 환자의 건강에 꽤 유익할 거라고 생각되는 양보다 더 많은 양의 바늘들이 사라지고 있었던 것이다.

포켓 씨가 매우 훌륭한 실질적 조언자로 합당한 명성을 얻고 있었고, 또한 많은 일에 대해 명료하고 건전한 인식과 지극히 현명한 분별력을 지닌 사람으로도 합당한 명성을 얻고 있었으므로 그에게 내 가슴 아픈 속내를 들어 달라고 부탁해 봐야겠다는 생각을 조금 해보았다. 그러나 공교롭게도 특효약인 양 아기에게 침대를 처방한 후 또다시 작위에 관한 책을 읽기 시작한 포켓 부인을 올려다보고 〈그래, 그런 부탁은 안 할 거야〉 하고 마음먹었다.

34

언젠가 내게 주어질 유산에 점점 더 익숙해지면서 나는 눈에 띄지 않을 만큼 서서히 그것이 나와 내 주변 사람들에게 미치는 영향을 눈치채기 시작했다. 그 유산이 나 자신의 성격에 미치는 영향에 대해서 가능한 한 인식하지 않으려고 했다. 하지만 그것이 전적으로 좋지 않은 영향이라는 건 아주 잘 알고 있었다. 나는 조에 대한 내 행동에 대해선 만성적으로 불편한 상태로 살았다. 내 양심은 비디와 관련해서도 결코 편안하지 않았다. 한밤중에 잠에서 깨면 — 마치 커밀라처럼 — 기진맥진한 기분으로, 만약 미스 해비셤의 얼굴을 보지 않았더라면, 그래서 옛날의 그 정직한 대장간에서 조와 동업자가 된 걸 만족해하며 어른으로 성장했더라면 틀림없이 지금보다 더 행복하고 더 나았을 거라고 생각하곤 했다. 하루 저녁에도 여러 차례 혼자 난롯가에 앉아 있을 때면 결국 고향집 대장간의 화덕 불 옆이나 부엌의 난롯불 옆 같은 곳은 없다고 생각하곤 했다.

그러나 이 모든 불안감과 심적 동요는 에스텔라와 워낙 불가분의 관계에 있었기 때문에 이런 감정을 만들어 내는 데 있어 과연 나 자신의 역할은 어느 정도나 되는 것인지 그 범위에 대해 정말 혼란스러웠다. 다시 말하자면, 나에게 유산 상속의 가능성이 생겨나지 않았다 하더라도 여전히 에스텔라를 생각해야 할 처지였다면, 과연 좀 더 잘 행동했을 것인지 나 자신에게 만족스럽게 답할 수 없었을 거라는 소리다. 그런데 달라진 내 지위가 다른 사람들에게 미친 영향에 대해 말한다면, 나는 그렇게 큰 곤란을 겪지 않았다. 내 지위가 — 비록 어렴풋하긴 하지만 — 누구에게도 이롭지 않으며, 특히 누구보다 허버트에게 이롭지 않다는 사실을 감지했다. 내 낭비벽은 허버트의 무사태평한 성격을 부추겨 감당할 수 없는 비용을 쓰게 만들었으며, 단순 소박한 그의 삶을 타락시켰고, 그의 마음의 평화를 근심 걱정과 후회의 감정으로 교란시켰다. 본의 아니게 포켓 가족이나 나와 함께 사는 다른 사람들의 가엾은 낭비 기술을 부추겼다는 점에 대해선 양심의 가책을 전혀 느끼지 않았다. 그런 어리석은 낭비 기술은 그들의 타고난 성향이었다. 설령 그들의 그런 성향이 그냥 잠자고 있게 내버려 두었더라도 누군가 다른 사람이 일깨웠을 것이었다. 그러나 허버트는 완전히 다른 경우였다. 그가 원래 가구가 별로 없던 자기 방들을 어울리지 않는 가구들로 잔뜩 채우고 카나리아색 조끼를 입은 원수 같은 내 하인 놈을 마음대로 부리도록 방치함으로써, 내가 그에게 좋지 않은 영향을 미쳤다는 사실이 종종 양심의 가책을 불러일으키곤 했다.

그리하여 이제 소소하게 안락한 생활을 더욱 방대하게 안락한 생활로 만드는 확실한 방법으로, 나는 상당한 액수의 빚을 지기 시작했다. 그런데 내가 무슨 일을 시작하기만 하면 허버트도 시작했기 때문에 그 역시 곧 내 뒤를 따랐다. 우리는 스타톱의 제안에 따라 〈작은 숲 속의 멋쟁이 새들〉이라는 클럽에 가입하려고 우리 이름을 신청서에 써넣었다. 그 클럽 모임의 목적이 무엇이었는지 나는 지금도 짐작하지 못한다. 만약 그 목적이 회원들끼리 2주에 한 번씩 모여 값비싼 식사를 하고, 식사를 마치고 난 후 머리 터지게 논쟁을 하고, 그리고 여섯 명의 웨이터들에게 술을 먹여 계단에 뻗게 만드는 게 아니었다면 말이다. 이 유쾌한 사교적 목적이 너무나도 변함없이 늘 달성되었다는 걸 알고 있으며, 허버트와 내가 이 사교 모임의 초반부에 모두 일어서서 건배를 나눌 때 이런 건배사 말고는 다른 어떤 말도 언급되지 않는다는 걸 이해하고 있었다는 것도 안다. 「신사 여러분, 이렇게 고조된 기분이 부디 〈작은 숲 속의 멋쟁이 새들〉 사이에 영원히 군림하기를 기원합니다!」

멋쟁이 새들은 자신들의 돈을 바보같이 낭비했다. (우리가 식사했던 호텔은 환락가인 코벤트가든에 있었다.) 그리고 내가 이 〈작은 숲〉에 가입하는 영광을 누리게 되었을 무렵 맨 처음 본 멋쟁이 새는 바로 벤틀리 드러믈이었다. 그때 그는 개인 전용 이륜마차를 타고 시내 여기저기를 허둥대고 다니면서 길거리 모퉁이에 있는 광고 전단용 나무 기둥들을 엄청나게 훼손하던 중이었다. 그는 이따금 마차에서 튕겨져 나와 머리를 꼬라박으며 마차 무릎 덮개 위로 나자빠지곤 했는데, 한번은 그가 그렇게 의도하지 않은 방식으로 〈작은 숲〉 문 앞에 — 마치 석탄 더미처럼 — 스스로를 내던지는 모습을 목격했다. 그러나 지금 이 얘기는 조금 앞서서 미리 하고 있는 것이다. 그때 내가 아직 〈멋쟁이 새〉가 아니었다는 소린데, 이 사교 모임의 성스러운 규정에 의하면 성년에 도달할 때까진 회원 자격을 얻을 수 없었다.

나는 내 재력에 대한 자신감이 있었기에 기꺼이 허버트의 생활비까지 내 몫으로 떠맡고 싶었다. 그러나 허버트는 자존심이 세서 그런 제안을 할 수 없었다. 따라서 그는 점점 더 사면초가의 상황에 빠져들었지만 계속 주변만 살펴보고 있었다. 우리가 서서히 밤늦은 시간까지 사람들과 어울리는 일에 빠져들기 시작했을 무렵, 그가 아침 식사 시간엔 낙담한 시선으로 주변을 살피고, 정오 무렵엔 보다 희망적인 시선으로 주변을 살피기 시작하다가, 저녁을 먹으러 집으로 들어올 땐 축 치저 있고, 저녁 식사 후엔 다소 밝은 모습으로 먼 곳에 있는 자본금을 어렴풋이 본 듯한 태도를 취하고,

한밤중이 되면 자본금을 거의 얻어 낸 상태였다가, 새벽 2시 경에 다시 깊은 낙담에 빠져들면서 엽총이나 사서 아메리카로 가야겠다고(큰돈을 벌기 위해 들소를 잡아 길들이겠다는 막연한 목적을 갖고서 말이다) 말하곤 한다는 사실을 알아차렸다.

나는 평소에는 일주일의 절반가량을 해머스미스에서 보냈고 그곳에 있을 때면 뻔질나게 리치먼드에 드나들었다. 그 이야기는 때가 되면 따로 떼어 하겠다. 해머스미스에 가 있으면 허버트가 종종 찾아오곤 했다. 그럴 때면 그의 아버지가 아들이 찾고 있는 좋은 기회가 아직 찾아오지 않았다는 사실을 잠깐씩 알아차리고 있었다고 생각한다. 그러나 가족들 모두가 굴러다니고 있던 처지이니, 그가 어딘가에서 굴러다니며 살아가는 건 어떤 식으로든 홀로 알아서 해야 할 일이었다. 그러는 동안 포켓 씨의 머리는 점점 더 반백으로 변해 갔고, 그는 점점 더 옆머리를 틀어잡고 자기 몸통을 들어 올려 곤혹스러운 상황에서 벗어나려고 애를 썼다. 한편 포켓 부인은 계속해서 자신의 발판용 걸상에 가족들의 발이 걸려 넘어지게 했고, 작위에 관한 책을 읽었고, 우리에게 자기 할아버지에 대해 얘기했고, 아이들이 주의를 끌 때마다 침대에 내동댕이쳐 버림으로써 그들에게 새싹처럼 무럭무럭 크는 방법을 알려 주었다.

나는 지금 앞길을 깨끗이 치우겠다는 목적으로 내 인생의 한 시기를 개괄하고 있었다. 그러므로 우리가 평소에 바너드 숙사에서 살았던 방식이나 습관에 대한 설명을 단번에 마무리 짓는 일보다 더 나은 방법은 없을 것이다.

우리는 최대한 많은 돈을 소비했고, 그 대가로 사람들이 우리에게 줄 수 있다고 마음먹은 최소한의 것들만 받았다. 우리는 늘 다소 궁핍했으며 우리를 아는 대다수의 지인들도 같은 처지였다. 허버트와 나 사이에는 우리가 늘 즐겁게 지내고 있다는 공상이 존재했지만, 사실은 전혀 그렇지 못하다는 끔찍한 진실도 존재했다. 내가 진정 믿기로는, 두 번째 측면에서의 우리의 사례가 오히려 흔히 볼 수 있는 사례가 아니었나 싶다.

허버트는 매일 아침이 되면 늘 새로워진 태도로 주변을 살피기 위해 시내 중심가로 나갔다. 나는 그가 잉크병, 모자걸이, 석탄 통, 끈 통, 연감, 책상과 걸상, 자 등과 함께하고 있는 어두컴컴한 뒷방을 종종 방문했다. 만약 우리 모두가 허버트처럼 충실하게 맡은 일을 한다면 우리는 〈미덕의 공화국〉[4]에서 살 수 있을 것이다. 가엾은 친구, 그는 매일 오후 특정 시간에 로이즈 해상 보험 회사에 나가는 일 — 나는 그게 그가 사무실 주인을 만나는 의식을 준수하려는 것이었다고 생각한다 — 말고는 달리 할 일도 없었다. 내가 아는 한, 그가 로이즈사와 관련하여 수행하는 업무란 그저 다시 돌아오는 일뿐이지 다른 어떤 일도 결코 하지 않았다. 그는 자신의 처지가 보통 이상으로 심각하다는 느낌이 들거나 적극적으로 좋은 기회를 찾지 않으면 안 되겠다 싶은 느낌이 들 때면 한창 분주한 시간에 런던 증권 거래소를 찾아가서 우울한 시골 무도인 같은 모습으로 그곳에 모인 거물급 업자들 사이를 헤치고 안팎으로 들락날락하곤 했다. 「내가 왜 거기 갔다 오느냐면 말이야.」 그런 특별한 시간을 보낸 어느 날 식사를

4 루소가 『사회 계약론』(1762)에서 민주주의를 위해 수장한 ㅓ설에서 차용한 것이다.

하러 들어온 허버트가 내게 말했다. 「좋은 기회는 어떤 사람에게 거저 찾아오는 게 아니고 그가 반드시 찾으러 가야 한다고 생각하기 때문이야. 그래서 거기 갔다 오는 거야.」

만약 우리가 서로에 대해 애착을 덜 가지고 있었다면 우리는 틀림없이 매일 아침 정기적으로 서로를 미워했을 것이다. 후회가 찾아오는 아침 시간이 되면 나는 늘 표현할 수 없을 정도로 거처의 방들이 혐오스러웠다. 그리고 정복을 차려입은 원수 같은 하인 놈을 보는 일도 견딜 수 없었다. 하루 스물네 시간 중 유독 그 시간만 되면 그놈의 정복이 더 비싸 보이고 더 제값을 못하는 것처럼 보였다. 우리가 점점 더 많은 빚 속으로 빠져들수록 아침 식사는 점점 더 공허하고도 공허한 형태를 띠어 갔다. 한번은 아침 식사 시간에, 우리 지방 신문의 표현을 빌리자면 〈보석류와 전적으로 무관하지만은 않은〉 법적 소송을 하겠다는 위협 편지를 받고 나서, 나는 원수 같은 하인 놈이 감히 우리가 롤빵을 먹기를 원한다고 생각했다는 이유로 파란색 정복 옷깃을 움켜쥐고 그의 발이 땅에서 떨어질 정도로 — 그래서 반장화를 신은 큐피드처럼 사실상 공중에 뜬 상태가 될 정도로 — 마구 흔들어 댄 일도 있었다.

어떤 때 — 그 어떤 때라는 게 우리의 기분 상태에 달려 있었으니 불확실한 때를 의미하는 것이다 — 나는 허버트에게 마치 굉장한 발견이라도 한 듯 이렇게 말하곤 했다.

「친애하는 나의 허버트, 우리의 형편이 점점 더 열악해지고 있네.」

「친애하는 나의 헨델.」 그러면 허버트도 더없이 진지한 모습으로 내게 말하곤 했다. 「내 말을 믿어 준다면, 이상한 우연의 일치지만 그 말이 바로 내 입가를 맴돌던 말이라네.」

「그렇다면 말이야, 허버트.」 내가 대답하곤 했다. 「우리의 현 상황을 꼼꼼히 점검해 보자고.」

우리는 늘 이런 목적을 이루자고 약속하는 일에서 깊은 만족감을 얻었다. 이런 점검은 사무적인 일이고 문제에 직접 맞서는 방법이며 적의 목을 조르는 방법이라고 생각했다. 그리고 허버트 역시 그리 생각했다는 걸 알고 있다.

우리는 저녁으로 좀 특별한 음식을 주문했고, 마찬가지로 마실 것도 보통 때와는 조금 다른 것으로 주문했다. 그러면 이런 사태를 맞이하여 우리 마음이 더 공고해질 것 같았고 나무랄 데 없이 목적을 이룰 것 같았다. 식사를 마친 뒤 우리는 펜 한 묶음, 넉넉한 분량의 잉크, 꽤 많아 보이는 필기 용지와 잉크를 빨아들이는 압지 등을 꺼내 놓았다. 그렇게 문구를 넉넉히 준비해 놓으면 꽤나 위로되는 면이 있었다.

그런 다음 나는 종이 한 장을 집어 들고 맨 위에 깨끗한 필체로 가로로 〈핍의 채무 기록표〉라는 제목을 붙이곤 했다. 그리고 아주 조심스럽게 바너드 숙사라는 명칭과 날짜를 덧붙였다. 허버트 역시 종이 한 장을 집어 들고 나와 똑같이 격식을 차리며 그곳에 가로로 〈허버트의 채무 기록표〉라고 써놓곤 했다.

그러고 나서 우리는 그동안 서랍 속에 팽개쳐 놓았거나, 주머니 안에 쑤셔 넣고 다니다가 여기저기 구멍이 날 정도로 닳아 해졌거나, 촛불을 켜는 데 쓰다 반쯤 타버렸거나, 여러 주 동안 거울에 꽂아 두었거나, 아니면 그 밖에 다른 식으로 손상된 청구서 더미를 각자의 옆에 쌓아 놓고 참조했다. 그때 펜이 사각거리는 소리가 우리의 마음을 무척 상쾌하게 만들어서 가끔은 이런 교훈적인 점검 업무 절차와 실제로 돈을 갚는 일을 구분 짓는 게 어렵다는 생각마저 들 정도였다. 나름대로 가치 있는 일이라는 특성상 둘 다 대략 같은 일처럼 보였다.

어느 정도 채무 기록표를 썼다 싶으면 허버트에게 잘되어 가느냐고 묻곤 했다. 아마 허버트는 점점 누적되어 가는 숫자를 보며 후회막급하다는 태도로 머리를 긁적였을 것이다.

「합계 액수가 엄청나게 쌓이고 있어, 헨델.」 허버트가 말하곤 했다. 「정말 놀라워. 엄청나게 쌓이고 있어.」

「마음을 굳게 먹어, 허버트.」 온갖 열성을 다해 펜을 부지런히 움직이면서 내가 대꾸하곤 했다. 「사태를 똑바로 직시해. 네 현재 상황을 꼼꼼히 들여다보라고. 그 숫자가 면구스러워할 정도로 그걸 빤히 응시하라고.」

「나도 그러려고 해, 헨델. 다만 이 숫자가 〈나를〉 빤히 응시해서 내가 면구스러워지는 게 문제지.」

그러나 내 단호한 태도가 효과를 발휘하여 허버트는 다시 작업을 시작하곤 했다. 얼마 후 그는 상황에 따라 되는대로 콥스 가게의 청구서가 없다느니, 롭스 가게의 청구서가 없다느니, 혹은 놉스 가게의 청구서가 없다느니 하는 핑계를 대며 다시 한 번 포기하려고 했다.

「그렇다면 말이야, 허버트. 추정치로 해. 우수리를 뺀 추정치를 낸 다음 그걸 적으라고.」

「넌 정말 기지 넘치는 친구야!」 내 친구는 감탄을 하며 대꾸하곤 했다. 「정말이지 네 사무 능력은 아주 놀라워.」

나도 그렇게 생각했다. 나는 이런 일을 할 때마다 내게 일류 사업가 — 재빠르고, 결단력 있고, 에너지 넘치고, 명석하고, 냉정한 머리를 지닌 사업가 — 의 명성을 정립시켜 놓았다. 내가 책임져야 할 모든 청구 액수를 채무 기록표에 다 기입하고 나면 각각의 항목과 각각의 청구서를 비교하고 그 항목에 점을 찍어 나갔다. 한 항목에 점을 찍을 때마다 스스로가 기특하다는 생각에 정말 기분이 좋았다. 더 이상 찍을 점이 없게 되면 모든 청구서들을 균일하게 접고, 각각의 청구서 뒷면에다 내용 적요를 달았으며, 전체 청구서들을 좌우 대칭의 균형 잡힌 뭉치 모양으로 모두 한데 묶었다. 그런 다음 허버트를 위해서 같은 일을 해주면서 (그는 겸손하게 자기는 나 같은 일 처리 능력이 없다고 말했다) 내가 그를 위해 그의 상황을 한곳에 모아 초점을 맞춰 주었다고 느꼈다.

내 사무 처리 습관에는 영리한 특색이 또 하나 있었다. 나는 그걸 〈여유액 남겨 두기〉라고 불렀다. 예를 들면 이런 것이다. 만약 허버트의 빚이 164파운드 4실링 2펜스라고 한다면 나는 〈여유액을 남겨 두고 액수를 2백 파운드라고 적어〉라고 말하곤 했다. 혹은 내 빚이 허버트의 빚보다 네 배 많다고 한다면, 여유액을 남겨 두고 액수를 7백 파운드라고 적었다. 나는 이와 같은 여유액 남겨 두기라는 지혜를 더없이 훌륭하다고 생각했다. 그러나 이제 와 생각해 보니 그게 값비싼 대가를 치른 발상으로 여겨진다는 사실을 시인하지 않을 수 없다. 왜냐하면 우리는 늘 그렇게 남겨 둔 여유액을 다 써버릴 만큼 곧바로 새로운 빚 속으로 빠져들었고, 또 가끔은 그 여유액이 주는 해방감과 지불 능력에 대한 의식으로 인해 또 다른 여유액이 필요한 상태로 이어지는 상당한 무리를 범했기 때문이다.

그러나 현 상황에 대한 이런 식의 점검은 어쨌든 마음의 평화와 안정과 평온을 가져다주었으며, 얼마 동안은 내게 놀랄 만큼 자화자찬하는 마음이 들게 했다. 내 노력과 내 방법과 허버트의 칭찬으로 허영심이 충족된 나는 앞에 놓인 탁자 위 문구들 사이에 좌우 대칭으로 균형이 잡힌 청구서 더미를 올려놓고 앉아 있으면서 내가 일개 개인이 아니라 은행 비슷한 존재 같다고 느끼곤 했다.

우리는 이 엄숙한 행사를 치를 때면 방해를 받지 않으려고 바깥쪽 문을 닫고 있었다. 어느 날 저녁, 마음이 평온해지는 상태로 접어들고 있던 참이었다. 그때 바깥쪽 문의 편지통 구멍을 통해 편지 한 통이 바닥에 툭 떨어지는 소리가 났다. 「네게 온 편지다, 헨델.」 나가서 그걸 갖고 돌아온 허버트가 말했다. 「안에 안 좋은 소식이 들어 있지 않기를 바란다.」 칙칙해 보이는 검정색 봉인과 검정색 테두리를 넌지시 빗대며 한 말이었다.

편지에는 〈트랩 앤드 컴퍼니〉라는 상점 이름이 적혀 있었으며 내용은 간단했다. 나를 〈존경하는 미스터 핍〉이라고 칭하면서 〈J. 가저리 부인께서 지난 월요일 저녁 6시 20분에 세상을 떠나셨으며, 다음 월요일 오후 3시에 안장 의식이 열릴 예정이니 부디 참석을 요망합니다〉라는 소식을 알리는 내용이었다.

35

내 인생행로에 무덤이 열리게 된 건 이번이 처음이었다. 그리고 내 평탄한 인생의 지면에 그것이 만들어 낸 균열은 놀라운 것이었다. 부엌 난롯불 옆 의자에 앉아 있던 누나의 모습이 밤이고 낮이고 내 뇌리에서 떠나지 않았다. 도대체 누나가 존재하지 않는데도 그곳이 어찌 계속 존재할 수 있는지 나로서는 도저히 이해할 수 없는 일이었다. 그리고 최근 들어 누나가 내 마음속에 들어와 있던 적이 거의, 아니 결코 없었는데도 거리에서 누나가 나를 향해 오고 있거나 거처의 문 바로 앞에 와서 노크하고 있다는 기이한 생각도 했다. 누나와 전혀 관련된 적이 없던 내 거처에는, 누나가 여전히 살아 있는 것처럼 혹은 그곳에 자주 와봤던 것처럼 음울한 죽음의 분위기가 어려 있었으며 누나의 목소리와 얼굴, 몸의 모습이 끊임없이 떠올랐다.

내 운이 어떤 것이었든 간에 나는 좀처럼 깊은 애정을 갖고 누나를 떠올릴 수가 없었다. 그러나 그런 깊은 애정 없이도 존재할 수 있는 충격과도 같은 회한의 감정은 있었다고 생각한다. 그런 회한의 영향으로 (그리고 아마 내가 보다 더 애틋한 감정을 가지지 못했던 일에 대한 보상 심리로) 나는 누나가 그토록 큰 고통을 겪게 만든 가해자에 대해 격렬한 분노에 사로잡혔다. 그리고 충분한 증거만 있다면 그 가해자가 올릭이든 누구든 간에 최후의 순간까지 복수심에 불타 추적할 수 있을 거라고 생각했다.

위로의 말과 함께 장례식에 참석하겠다고 약속하는 내용을 담은 편지를 조에게 쓰고 난 후, 그사이 며칠 동안을 앞서 잠깐 언급했던 이상한 심리 상태로 보냈다. 나는 아침 일찍 마차를 타고 고향으로 내려갔으며 대장간까지 걸어가도 충분한 시간에 블루 보이 여관에서 내렸다.

또다시 화창한 여름 날씨였다. 길가를 따라 걸어가노라니 내가 힘없는 꼬마였고 누나가 가차 없이 벌을 주던 시절이 생생히 되살아났다. 그러나 그 기억은 〈티클러〉의 따끔한 통증조차 부드럽게 누그러뜨리는 온화한 색조를 띠고 있었다. 그때 콩과 클로버의 은은한 냄새가 내게, 햇빛을 받고 걸어가는 사람들이 나를 생각하면 온화해질 거라고, 그리고 그 사실이 내 기억 속에 더없이 만족스럽게 기억될 날이 꼭 올 거라고 속삭이고 있었기 때문이다.

마침내 나는 집이 보이는 곳에 도착했다. 〈트랩 앤드 컴퍼니〉 상점이 장례식 집행에 착수하여 우리 집을 점유하고 있는 모습이 보였다. 음울하면서 우스꽝스러워 보이는 두 사람이 보란 듯이 각각 검정색 붕대로 칭칭 감은 목발을 자랑하면서 — 마치 목발이 그 누구에게든 그 어떤 위로라도 전할 수 있다는 듯이 — 대문 앞에 배치되어 있었다. 그런데 나는 그중 한 명이 어떤 젊은 부부를 그들의 결혼식 날 아침 톱질 구덩이에 빠뜨렸다는 죄로 해고당한 블루 보어 여관의 좌마 기수라는 걸 알아차렸다. 그의 행동은 불가피하게 말의 목을 두 팔로 꽉 껴안고 타지 않으면 안 될 정도로 만취했던 탓에 일어난 일이었다. 마을의 모든 아이들과 여자들이 검정색 상복 차림의 두 장례식 파수꾼들과 우리 집과 대장간의 닫힌 창문들을 탄복하며 바라보고 있었다. 내가 다가서자 두 파수꾼 중 한 명(바로 좌마 기수였다)이 문을 두드렸다. 내가 너무 슬퍼서 탈진한 나머지 혼자서 문을 두드릴 힘조차 남아 있지 않다는 걸 의미하는 행동이었다.

검정색 상복 차림의 다른 파수꾼(그는 옛날에 내기를 하며 거위 두 마리를 먹어 치웠던 목수였다)이 문을 열고 나를 집에서 가장 좋은 응접실로 안내했다. 그곳에 들어가니 트

랩 씨가 제일 좋은 탁자를 독차지하고 앉아서, 그 접이식 탁
자에 자재들을 모두 펴놓고 수많은 검정색 핀들의 도움을
받아 일종의 검정색 바자회를 열고 있었다. 내가 들어섰을
때 그는 누군가의 중절모에 길고 검은 천을 이어 붙이는 일
을 막 끝마친 참이었다. 따라서 그는 내게 모자를 달라고 손
을 내밀었다. 그러나 나는 그 동작의 의미를 오해하고 더없
이 다정하게 호의를 표하며 그와 악수를 나누었다.

가엾은 조는 턱 밑의 커다란 나비넥타이에 묶인 검정색
작은 망토에 휘감긴 채 방 위쪽 구석에 따로 떨어져 앉아 있
었다. 분명히 트랩이 상주 자격으로서 그를 그 자리에 배치
한 듯했다. 내가 몸을 숙이며 〈사랑하는 조, 잘 있었어?〉라
고 말하자 그는 〈핍, 이보게, 친구. 자넨 정말로 멋진 몸매를
지니고 있던 시절의 누나를 알겠지 —〉라고 말하면서 내 손
을 꼭 쥐었고 더 이상 말을 잇지 못했다.

검정색 상복을 입어서인지 매우 단정하고 정숙해 보이는
비디는 조용히 이곳저곳을 다니며 많은 도움을 주고 있었
다. 대화를 나눌 시간이 없다는 생각이 들어 비디에게 간단
한 말만 건넨 후 나는 조 가까이에 가서 앉았고, 그곳에서
집의 어느 곳에 그 존재 — 즉 누나 — 가 있었는지 의아해
하기 시작했다. 응접실의 공기가 달콤한 케이크 냄새로 탁
해져 있어서 나는 음식물이 놓인 탁자가 어디 있는지 둘러보
았다. 침침한 어둠에 익숙해질 때까지 그 탁자는 좀처럼 눈
에 들어오지 않았다. 하지만 마침내 그 위에 놓인 자두 케이
크 조각들이 보였다. 그리고 그곳엔 썰어 놓은 오렌지 조각,
샌드위치, 비스킷, 그리고 내가 장식품으로는 너무나 잘 알
고 있지만 실제로 쓰이는 건 한 번도 본 적이 없던 마개 달린

유리병 두 개(한 병엔 적포도주가, 다른 한 병엔 셰리주가 담겨 있었다)가 놓여 있었다. 이 탁자 옆으로 가서 서 있다가 나는 검정색 망토를 입고 무려 몇 미터는 되어 보이는 상장 띠를 두른 비굴한 펌블추크가 그곳에 있다는 걸 알아차렸다. 그는 배 속에 꾸역꾸역 음식물을 채워 넣는 일과 내 주의를 끌려고 알랑거리는 동작을 번갈아 가며 하고 있었다. 마침내 주의를 끌었다 싶었는지 내 쪽으로 와서 (셰리주 냄새와 케이크 부스러기 냄새를 풍겨 대면서) 착 가라앉은 목소리로 말했다. 「괜찮다면 내가 좀 해도 되겠습니까, 신사분?」 그리고 나와 악수했다. 그 후 나는 그 자리에 허블 씨 부부도 있다는 걸 알았다. 허블 부인은 아무 말 없이 점잖게 구석에서 몸을 들썩이고 있었다. 우리는 모두 〈행렬을 지어〉 따라가게 되어 있었고, 모두 한 사람씩 트랩 씨에 의해 우스꽝스러운 보따리 모양새로 묶이던 중이었다.

「그러니까 내 말은 말이다, 핍.」 응접실에서 트랩 씨에 의해 두 사람씩 짝지어져 대열을 〈형성〉하고 있던 와중에 ─ 그런데 이 일은 끔찍하게도 꼭 무시무시한 춤을 준비하고 있는 것 같았다 ─ 조가 내게 속삭였다. 「그러니까 내 말은 뭐냐면 말입니다, 신사분. 나는 어느 편이냐 하면, 진심에서 우러난 마음으로 도움의 손길을 갖고 찾아온 서너 명의 친한 문상객들만 대동하고 내가 직접 네 누나를 교회로 데려가고 싶었다는 거야. 그런데 그러면 이웃들이 깔볼 것이고, 내가 네 누나를 존중하는 마음이 없어서 그러는 걸로 생각할 거라는 점을 고려해야 한다는 거야.」

「모두 손수건을 꺼내시오!」 그때 침울하고 사무적인 목소리로 트랩 씨가 소리쳤다. 「손수건을 꺼내시오! 준비가 다

되었습니다!」

그리하여 우리는 모두 코피라도 터진 듯 손수건을 꺼내 얼굴에 대고 둘씩 짝을 지어서 — 조와 나, 비디와 펌블추크, 허블 씨 부부 — 행렬을 이루고 나아갔다. 가엾은 누나의 시신은 이미 부엌문 앞에 운구되어 있었다. 흰색 가장자리 장식이 달린 섬뜩한 벨벳 천 밑에 여섯 명의 상여꾼들을 밀어 넣었는데, 그건 그들을 숨 막히게 하고 그들이 앞을 못 보게 만드는 것이 장례 의식의 중요한 핵심 사항이었기 때문이었다. 그러니 상여꾼 모두의 모습은 꼭 인간의 다리 열두 개가 달린 앞 못 보는 괴물이 두 명의 장례식 파수꾼, 즉 좌마 기수와 그의 동료의 통솔 아래 발을 질질 끌며 어기적어기적 걸어가는 모양새였다.

그러나 이웃 사람들은 가지런히 정렬된 장례 행렬을 크게 칭찬했다. 마을을 통과해 지나갈 때도 우리는 탄복의 대상이 되어 큰 찬사를 받았다. 마을 사람들 중 좀 더 어리고 활기찬 축에 끼는 사람들 일부가 이따금 돌진해 와서 우리 행렬의 흐름을 끊어 놓기도 했고, 유리한 지점에서 우리를 기다리고 있다가 방해하기도 했다. 그럴 때마다 그들 중 좀 더 원기 왕성한 누군가는 우리가 예상했던 모퉁이를 돌아 나타나면 잔뜩 흥분해서 큰 소리로 〈저기 온다!〉, 〈여기 왔다!〉 라고 외쳐 댔다. 그래서 우리는 거의 환호를 받는다는 생각까지 들 정도였다. 이렇게 행렬을 지어 나아가는 동안 나는 비굴한 펌블추크 때문에 몹시 짜증이 났다. 바로 내 뒤를 따라오던 그가 나아가는 동안 내내 곰살궂게 관심을 표시하듯 펄럭이는 내 보자의 상장을 바로잡아 주고, 내 망토의 주름을 펴주고 있었기 때문이다. 또 과도할 정도로 거만한 허블 씨 부부의 태도 때문에 더욱 심란했다. 그들은 그런 훌륭한 장례식 행렬의 일원이 되었다는 사실에 과하다 싶을 정도로 우쭐대면서 잔뜩 거드름을 피웠다.

　강물에 떠 있는 배들의 돛들이 점점 더 많이 보이더니 마침내 거대한 습지대가 우리 앞에 모습을 드러냈다. 우리는 교회 묘지로 들어서서 내 미지의 부모님, 즉 우리 교구 마을에서 돌아가신 필립 피립과 〈또한 그의 아내 조지애너〉의 묘 옆으로 갔다. 그리고 바로 그곳 땅속에 누나는 조용히 안장되었다. 그 위 높은 하늘에선 종달새가 지저귀고 있었고, 가벼운 산들바람이 구름과 나무들의 아름다운 그림자를 흩뿌리며 누나의 무덤을 덮어 주었다.

　안장식이 거행되는 동안 속세에 찌든 펌블추크가 한 행동들에 대해선 더 이상 얘기하고 싶지도 않다. 다만 그 모든 행동들이 나를 향하고 있었다는 것, 그리고 심지어 인간이란 빈손으로 이 세상에 왔다가 빈손으로 떠나는 존재이며, 세상을 한 번 살면서 그림자처럼 덧없이 휙 지나가는 존재일 뿐 결코 오래 머무를 수 없는 존재라는 걸 사람들에게 상기시키는 고귀한 구절[5]이 낭송되던 순간조차도, 뜻하지 않게 막대한 재산을 물려받게 된 어린 신사분은 그런 존재에서 예외라는 의미로 펌블추크가 기침하는 소리를 들었다는 얘기는 해두겠다. 집으로 돌아왔을 때 그는 뻔뻔스럽게도 내가 누나의 면목을 크게 세웠다는 걸 누나가 알 수 있었더라면 좋았을 거라고 말했으며, 나아가 그녀가 그 면목을 자신의 죽음이라는 합당한 값을 치르고 구입한 것으로 생각했을

---

　5 영국 국교회 일반 기도서의 〈망자의 매장에 관한 관례〉에 들어 있는 내용이다.

거라는 암시까지 했다. 그 말을 마친 뒤 그는 남은 셰리주를 몽땅 마셨고 허블 씨는 적포도주를 마셨다. 그리고 그 두 사람은 마치 자신들은 망자와 전혀 다른 종족이며 또한 소문난 불멸의 존재라는 듯 마구 떠들어 댔다(이런 행사에서 의례적으로 벌어지는 일이라는 걸 나는 그 이후 쭉 목격해 오고 있다). 마침내 펌블추크는 허블 씨 부부와 함께 떠났다. 확신컨대 밤새도록 퍼마시며 재미난 시간을 보내기 위해서였을 것이고, 〈얼큰한 세 선장〉에 가서 자기가 내 행운의 초석을 놓은 사람이며 내 최초의 은인이었다고 떠벌리기 위해서였을 것이다.

그들이 모두 떠나고, 트랩과 그의 일행이 ― 그의 점원 소년은 찾아봤지만 없었다 ― 자신들의 거창한 장례 의식 물품들을 가방에 쑤셔 넣고 역시 사라지고 나자, 집 안이 한층 더 건강에 유익한 곳처럼 느껴졌다. 얼마 지나지 않아 비디와 조와 나는 함께 식사를 했다. 하지만 우리는 낡은 부엌이 아니라 집에서 제일 좋은 응접실에서 식사를 했다. 그런데 조가 자기 나이프와 포크, 소금 그릇, 기타 집기를 만지작거리며 지나치게 신경 쓰는 바람에 우리는 극히 조심스러울 수밖에 없었다. 그러나 식사가 끝난 후 그가 파이프 담배를 피우고, 나와 함께 대장간을 둘러보고, 대장간 밖 커다란 바위에 앉게 되자, 우리는 더 편안한 사이가 되었다. 나는 장례식이 끝난 후 그가 일요일 예배 복장과 대장간 작업복을 절충한 중간쯤 되는 옷으로 갈아입었다는 걸 알았다. 그런 옷을 입으니 사랑스러운 친구 조는 자연스럽고 더 옛날의 그 대장부 같아 보였다.

그는 내가 내 작은 방에서 자고 가도 되겠느냐고 묻자 아주 기뻐했다. 물론 나 역시 기뻤다. 그런 청을 하면서 뭔가 대단한 일을 했다는 생각이 들었기 때문이다. 어스레하게 저녁 어둠이 밀려오자 나는 기회를 잡아서 짤막한 대화를 위해 비디와 함께 정원으로 나갔다.

「비디.」 내가 말했다. 「가슴 아픈 이번 일에 대해 네가 나한테 편지를 쓸 수 있었다고 생각해.」

「그래, 미스터 핍?」 비디가 말했다. 「그런 생각을 했다면 분명히 썼겠지.」

「넌 그런 생각을 했어야 했다고 말하더라도, 비디, 네게 몰인정하게 굴려고 그런 말을 한다고 생각하지는 마.」

「그래, 미스터 핍?」

그녀가 하도 차분한 데다 정숙하고 착하고 어여쁜 자태를 하고 있어서 그녀를 다시 울리고 싶지 않았다. 내 곁을 걷고 있던 동안 잠시 내리뜬 눈을 바라보면서 그 일은 그만 거론하기로 마음먹었다.

「이젠 네가 이곳에 머무는 게 어려운 일이라고 생각하는데, 비디?」

「그래! 이제 그럴 수 없겠지, 미스터 핍.」 비디가 유감스러운 말투로, 하지만 확신하는 말투로 말했다. 「허블 부인하고 그동안 그 일에 대해 말을 해왔어. 내일 부인에게 갈 생각이야. 조가 안정될 때까지 그 부인하고 내가 조금 보살펴 줄 수 있기를 바라고 있어.」

「앞으로 어떻게 살 건데, 비디? 혹시 돈이 필요하면 —」

「앞으로 어떻게 살 거냐고?」 비디는 잠시 얼굴을 붉히더니 갑자기 입을 열며 내 말을 되받았다. 「말해 줄게, 미스터 핍. 이곳에서 거의 완성 단계에 있는 새로 생긴 학교의 여선생 자리를 얻도록 애써 보려고. 모든 이웃들에게 충분히 추천받을 수 있을 거야. 그리고 나는 부지런하고 끈기 있는 사람이 되기를 바라고 있고, 다른 사람들을 가르치면서 나 스스로도 배울 수 있기를 바라고 있어. 너도 알지만 말이다, 미스터 핍.」 내 얼굴을 향해 눈길을 들어 올리고 미소를 지으며 비디가 계속했다. 「새 학교는 옛날 학교와 달라. 하지만 나는 그때 그 시절 이후 너한테서 많은 걸 배웠어. 그리고 그때부터 실력을 향상시킬 시간도 가져 왔고.」

「비디, 넌 어떤 상황에서도 늘 실력을 향상시킬 수 있을 거라고 생각해.」

「아하! 내가 인간 본성의 나쁜 면모를 보일 때를 제외한다면 그렇겠지.」 비디가 중얼거렸다.

그 말은 비난이라기보다는 억제할 수 없는 어떤 생각이 크게 표출되어 나온 소리였다. 나는 그 문제 또한 그만 거론해야겠다고 생각했다. 따라서 나는 비디의 내리뜬 눈을 말없이 바라보면서 그녀와 조금 더 산책을 했다.

「누나의 죽음에 관해 자세한 얘기를 아직 못 들었어, 비디.」

「별거 없어. 가여운 아줌마. 아줌마는 여느 때처럼 나흘 동안 안 좋은 상태였어. 물론 최근 들어서는 악화되었다기보다는 조금 나아지고 있긴 했지만 말이야. 그런 상태에서 아줌마는 나흘째 되는 날 정확히 차 마시는 시간에 일어나더니 내게 또렷한 목소리로 〈조〉라고 말씀하셨어. 한동안 단 한마디도 못 하던 상태였기에 나는 허겁지겁 대장간으로 달려가서 조 아저씨를 데려왔어. 아줌마는 내게 아저씨가 자기 옆에 가까이 앉기를 바라고, 또 내가 아줌마 팔을 아저씨 목에 둘러 주기를 바라는 몸짓을 해 보이셨어. 그래서 나는 아줌마의 두 팔을 아저씨 목에 둘러 주었어. 그랬더니 아줌마는 아주 흡족하고 만족스럽게 머리를 아저씨 어깨에 올려놓으셨어. 그러고 나서 이내 아줌마는 다시 한 번 〈조〉라고 말씀하셨고 〈용서해 줘요〉라고 한 번, 그리고 〈핍〉이라고 한 번 말씀하셨어. 그리고 아줌마는 더 이상 고개를 들지 못하셨어. 정확히 한 시간 뒤에 우리는 아줌마의 머리를 침대에 내려놓았어. 아줌마가 세상을 떠나셨다는 걸 알았기 때문이야.」

비디는 울었다. 어둑어둑해지고 있는 정원과 오솔길, 그리고 막 떠오르기 시작한 별들이 내 시야에 흐릿하게 얼룩져 보였다.

「그동안 아무것도 밝혀진 게 없어, 비디?」

「없어.」

「올릭은 어찌 되었는지 알아?」

「그 사람 옷 색깔로 볼 때 아마 채석장에서 일하고 있는 것 같아.」

「그럼 그자를 봤단 소리네? 그런데 오솔길에 있는 저 어둑한 나무는 왜 쳐다보는 거야?」

「아줌마가 돌아가신 날 밤 그 사람이 저기 있는 걸 봤어.」

「그게 그자를 마지막으로 본 건 아니겠지, 비디?」

「아냐. 아까 우리가 산책을 시작한 다음에도 그 사람이 저기 있는 걸 봤어. 그래 봤자 소용없어.」 비디가 내 팔에 자기 손을 올려놓으며 말했다. 내가 막 달려가려고 했기 때문이다. 「내가 널 속이지 않는다는 건 알지. 그 사람은 저기에 1분도 채 안 있었어. 이미 사라졌어.」

그자가 아직도 비디를 쫓아다닌다는 걸 알고 나니 화가

머리끝까지 치밀어 올랐다. 그리고 그에 대해 뿌리 깊은 적대감이 느껴졌다. 나는 그녀에게 그 사실을 얘기했고, 돈이 얼마가 들건 또 어떤 수고를 해야 하건 간에 그자를 반드시 우리 고장에서 내쫓고 말겠다고 말했다. 비디는 서서히 좀더 온건한 대화로 다시 나를 유도했다. 그녀는 조가 나를 얼마나 사랑하는지 말했고, 조가 어떤 일에 대해서도 — 그녀는 〈나에 대해서〉라고 말하지 않았다. 그럴 필요가 없었던 건 그녀가 의미하는 바를 내가 잘 알고 있었기 때문이다 — 결코 불평하는 법이 없다고 말했다. 그리고 그녀는 조가 그저 늘 인생행로에서 자신이 해야 할 의무를 묵묵히 그 튼튼한 손과 과묵한 입과 따뜻한 가슴으로 해나가고 있을 뿐이라고 말했다.

「맞아, 그래. 조는 아무리 많은 칭찬을 들어도 지나치지 않을 거야.」내가 말했다. 「그리고 비디, 우린 이런 이야기를 자주 하게 될 거야. 이제부터 당연히 내가 이곳에 자주 내려올 거거든. 앞으로 난 가엾은 조를 혼자 내버려 두지 않을 거야.」

비디는 한마디도 하지 않았다.

「비디, 내 말 안 들려?」

「들려, 미스터 핍.」

「네가 나를 미스터 핍이라고 부르는 일은 그렇다고 치자. 사실 그것도 내겐 아주 악취미처럼 보이긴 했지만. 뭘 말하고 싶은 거야?」

「뭘 말하고 싶은 거냐고?」비디가 머뭇거리며 물었다.

「비디.」고상한 척하면서 자신감에 찬 당당한 태도로 내가 말했다. 「그런 태도를 보이며 내게 말하고자 하는 의미가 뭔지 알고 싶다고 요구라도 해야 할 것 같은데.」

「그런 태도라고?」 비디가 말했다.

「그래, 내 말을 따라 하지 말고.」 내가 쏘아붙였다. 「넌 옛날에 내 말을 따라 하지 않았잖아, 비디.」

「옛날에 따라 하지 않았다고!」 비디가 말했다. 「핍! 옛날이라고!」

그래, 좋다! 나는 그 문제 역시 그만 거론해야겠다고 생각했다. 다시 말없이 정원을 돈 후 나는 주도적 입장으로 되돌아왔다.

「비디.」 내가 말했다. 「조를 보러 이곳에 자주 내려올 거라는 말을 했는데도 넌 눈에 띌 만큼 침묵으로 대응했어. 비디, 왜 그랬는지 이유를 좀 말해 봐.」

「그럼 넌 〈정말로〉 아저씨를 보러 자주 내려올 거라고 자신하는 거니?」 비디가 좁은 산책길에 멈춰 서더니 별빛을 받으면서 맑고 순수한 눈으로 나를 바라보며 물었다.

「오, 저런!」 내가 절망에 빠진 심정으로 어쩔 수 없이 비디를 포기할 수밖에 없는 처지임을 알았다는 듯이 말했다. 「그런 태도야말로 정말이지, 인간 본성의 나쁜 면이야! 제발 부탁이니 더 이상 아무 말도 하지 마, 비디. 네 말에 너무 큰 충격을 받았어.」

그런 납득할 만한 이유가 있었기에 나는 저녁 식사를 하면서 거리감을 두고 비디를 대했고, 내 작은 방으로 올라갈 때는 속으로 투덜거리면서 교회 묘지나 그날 있었던 장례식하고나 어울릴 것 같은 엄숙한 태도를 최대한 보이며 저녁인사를 건넸다. 나는 밤새도록 잠을 못 이뤘고, 15분마다 한번씩 몸을 뒤척이면서 비디가 내게 얼마나 불친절하게 굴었는지, 얼마나 큰 상처를 주었는지, 얼마나 부당하게 나를 대했는지 깊이 생각했다.

　나는 이른 아침에 떠날 예정이었다. 나는 아침 일찍 방에서 몰래 나와 대장간 나무 창문을 통해 안을 들여다보며 몇 분 동안 조를 바라다보았다. 그는 건강과 힘이 넘쳐흐르는 발그스름한 얼굴로 벌써 일을 하고 있었다. 조를 위해 준비된 밝은 태양이 그의 얼굴에 환히 내리비치는 것 같았다.

　「사랑하는 조, 잘 있어! 아냐, 그걸 닦지 마. 제발, 그 까맣게 된 손을 내게 줘! 곧 다시 내려올게. 그리고 자주 내려올게.」

　「아무리 빨리 내려와도 지나치지 않아요, 신사분.」 조가 말했다. 「아무리 자주 내려와도 지나치지 않아, 핍!」

　비디는 새로 짠 우유가 담긴 머그잔과 빵 덩이를 들고 부엌문 앞에서 나를 기다리고 있었다. 「비디.」 작별 인사로 손을 내밀면서 내가 말했다. 「난 화나지 않았어. 다만 상처를 입었을 뿐이야.」

　「안 돼. 상처 입지 마.」 그녀가 애처롭다는 듯이 간청했다. 「내가 속 좁게 굴었다면, 상처는 나만 받을게.」

　집을 떠나 걸어가고 있을 때 또다시 안개가 피어오르며 걷히고 있었다. 혹시 그 안개가 ─ 내가 지금 그랬을 거라고 의심하고 있듯이 ─ 내가 돌아오지 않을 것이며 비디의 말이 전적으로 옳았노라고 내게 비밀을 털어놓고 있는 것이었다면, 내가 할 수 있는 말은 안개의 주장이 전적으로 옳았다는 것뿐이다.

36

허버트와 나의 상황은 점점 더 악화되어 갔다. 우리는 빚이 늘면 상황을 점검하고 여유액을 남겨 두었고, 그런 식으로 일 처리를 잘도 해나가는 식으로 살았다. 여하튼 세월은 해야 할 몫을 다 하면서 흘러갔고, 어느덧 나는 성년이 되었다. 나의 현 위치를 미처 깨닫기도 전에 그렇게 될 거라고 예견했던 허버트의 말을 실현하며 성년에 이른 것이다.

허버트는 이미 나보다 8개월 먼저 성년이 되어 있었다. 성년에 이른 자신의 나이 말고 허버트가 손에 얻은 건 아무것도 없었기에, 바너드 숙사에서 그가 성년에 이른 것은 별다른 감흥을 빚어낸 사건이 아니었다. 그러나 우리는 내 스물한 번째 생일에 대해선 큰 기대와 많은 예측을 하며 고대하고 있었다. 둘 다 내 생일이 되면 이제 내 후견인이 뭔가 분명한 이야기를 해주지 않을 수 없을 거라고 생각했기 때문이었다.

나는 내 생일이 언제인지 리틀브리튼 사람들이 잘 알도록 특별히 신경을 써놓고 있었다. 생일 전날 나는 웨믹에게서 그 상서로운 날 오후 5시에 재거스 씨의 사무실을 방문한다면 그가 크게 기뻐할 거라는 내용의 공식적인 단문 편지를 받았다. 이 편지가 우리에게 뭔가 굉장한 일이 일어날 거라는 확신을 심어 주었다. 그리고 시간 엄수의 귀감처럼 내가 정확한 시각에 내 후견인의 사무실을 방문했을 때 나를 비정상적일 정도로 동요하게 만들기도 했다.

웨믹은 바깥쪽 사무실에서 내게 생일 축하 인사를 건넸다. 우연찮게도 그는 내가 좋아하는 모양의 접은 티슈로 자기 코 옆을 문지르고 있었다. 하지만 그는 그 티슈에 대해선 아무 말도 않고 내게 후견인 방으로 들어가 보라는 고갯짓만 했다. 때는 11월이었고, 내 후견인은 벽난로 선반에 몸을 기대고 두 손을 상의 뒷자락에 집어넣은 채 벽난로 앞에 서 있었다.

「그래, 핍.」 그가 말했다. 「오늘은 자네를 미스터 핍이라고 불러야겠지. 축하하네, 미스터 핍.」

우리는 악수를 나누었고 ─ 그는 늘 지극히 짧게 악수를 하는 사람이었다 ─ 나는 그에게 고맙다고 했다.

「의자에 앉게, 미스터 핍.」 내 후견인이 말했다.

나는 앉았고 그는 원래대로 서 있는 자세를 유지하며 몸을 숙이고 눈썹을 잔뜩 찌푸린 채 자신의 구두를 내려다보았다. 그러는 동안 나는 내가 불리한 위치에 놓여 있다고 느꼈다. 옛날 묘석 위에 앉혀졌던 때를 기억나게 만들었던 것이다. 선반 위의 오싹한 두 개의 석고 두상들이 그로부터 멀지 않은 곳에 놓여 있었는데, 그것들의 표정을 보니 꼭 바보같은 중풍 환자가 우리의 대화를 경청하겠다고 나서는 것 같았다.

「자, 젊은 친구.」 마치 내가 증인석에 앉은 증인인 것처럼 내 후견인이 말을 시작했다. 「자네와 한두 마디 말을 나눠야겠네.」

「원하신다면요, 변호사님.」

「어느 정도라고 생각하는가?」 바닥을 내려다보려고 몸을 앞으로 숙이다가 다시 천장을 올려다보려고 머리를 휙 뒤로 젖히며 재거스 씨가 말했다. 「자네가 지금 어느 정도의 생활비를 쓰며 살고 있다고 생각하는가?」

「어느 정도라니요, 변호사님?」

「어느 정도의 생활비를 쓰고 있나?」 여전히 천장을 바라보며 그가 같은 말을 되풀이했다. 그러고 나서 온 방을 둘러본 뒤 손수건을 손에 쥐고 그걸 코에 가져가다 중간쯤에서 멈췄다.

그동안 수도 없이 내가 처한 상황을 들여다보았던 까닭에, 나는 혹시 그 상황이 무슨 의미를 지닐지에 대한 생각 같은 건 무엇이든 뭉개 버리며 살아온 터였다. 나는 마지못한 태도로 그 질문에 전혀 대답을 할 수가 없다고 고백했다. 그 대답이 오히려 재거스 씨에겐 마음에 들었는지, 그는 〈나도 그렇게 생각했네!〉라고 말하고 흡족한 태도로 코를 풀었다.

「자, 내 〈자네에게〉 질문 하나를 던졌네, 친구.」 재거스 씨가 말했다. 「자네는 〈내게〉 물어볼 게 없나?」

「변호사님께 여러 개의 질문을 한다면 제게 큰 위안이 될 것입니다만, 그걸 금지하신 게 기억나네요.」

「한 가지만 물어보게.」 재거스 씨가 말했다.

「제 은인을 오늘 알려 주실 예정인가요?」

「아니네. 다른 걸 물어보게.」

「그 비밀이 제게 곧 알려질 예정인가요?」

「그 질문은 잠시 미루어 놓게.」 재거스 씨가 말했다. 「다른 걸 물어보게.」

나는 주변을 둘러보았다. 하지만 이젠 이 질문을 피할 도리가 없어 보였다. 「혹시 제가 받을 게 뭐가 있나요, 변호사님?」

그 질문을 받자 재거스 씨는 의기양양하게 말했다. 「내 말 잘 듣게. 자네는 이곳에 와서 꽤나 자유롭게 돈을 뽑아다 썼네. 자네 이름이 웨믹의 현금 출납부에 꽤 자주 등장하고 있어. 하지만 자네, 그래도 물론 빚을 지고 있겠지?」

「송구스럽지만 그렇다고 대답해야겠습니다, 변호사님.」

「그렇다고 대답해야 한다는 걸 알고 있다 이거지, 안 그런가?」 재거스 씨가 말했다.

「그렇습니다, 변호사님.」

「빚을 얼마나 지고 있는지는 묻지 않겠네. 자네도 모를 테니까. 그리고 설사 안다 하더라도 자넨 내게 말하지 않았을 거네. 더 줄여서 말했겠지. 그래, 그렇고말고, 친구.」 내가 항변하려는 기색을 보이자 그가 집게손가락을 흔들며 제지하고는 큰 소리로 말했다. 「자넨 그러지 않았을 거라고 생각할 가능성이 아주 높지만, 아마 그랬을 거네. 이런 말을 용서해 주겠지. 하지만 난 자네보다 더 잘 아네. 자, 이 종이를 받게. 받았나? 아주 잘했어. 자, 그걸 펴보고 내게 그게 뭔지 말해보게.」

「은행권 어음입니다.」 내가 말했다. 「5백 파운드짜리요.」

「은행권 어음이지.」 재거스 씨가 되풀이했다. 「5백 파운드짜리네. 또한 엄청나게 큰 액수라고 생각하네. 자네도 그리 생각하겠지?」

「제가 어찌 달리 생각하겠습니까?」

「아하! 하지만 내 질문에 대답하게.」 재거스 씨가 말했다.

「의심의 여지가 없습니다.」

「자넨 그 돈이 의심의 여지 없이 엄청난 액수라고 생각하고 있네. 자, 핍, 그 엄청난 액수의 돈이 자네 것이네. 자네가 받게 될 유산의 약조금 조로 오늘 자네에게 주는 선물이네. 그리고 자네는 앞으로 단순한 대리인인 내가 아니라 모든 유산의 수원지 격인 기증자 본인과 연락하게 될 때까지, 1년에 그 이상의 액수가 아니라 자네가 엄청나다고 한 그 액수의 돈으로 살아야 하네. 다시 말하면, 자네는 이제부터 자네의 금전 문제를 전적으로 스스로 떠맡게 될 것이네. 그리고 3개월마다 한 번씩 분기별로 웨믹에게서 125파운드씩 뽑아 쓰게 될 걸세. 예전에 자네에게 말했던 대로 나는 단순한 대리인에 불과하네. 내가 받은 지시 사항들을 집행하고 그 보수를 받고 있는 것이네. 그 지시 사항들이 그다지 분별 있는 것들이라고 생각하진 않네만, 그 장단점에 대해 이러쿵저러쿵 내 견해를 밝히는 것에 대해선 보수를 받지 않네.」

나에 대한 내 은인의 후한 마음씨에 대해 고마움을 표하려는 순간 재거스 씨가 나를 제지했다. 「나는 자네 말을 다른 사람에게 전하는 데 대한 보수는 받지 않네, 핍.」 그가 냉정하게 말했다. 그러고 나서 그는 모든 화제를 모아 잡듯이 상의 옷자락들을 한데 거머쥐고는 자기 구두가 자신에 대해 무슨 음모를 꾸미고 있다고 의심하듯 구두를 향해 눈살을 찌푸리며 서 있었다.

잠시 뒤 내가 넌지시 말했다.

「방금 전 제게 잠시 미뤄 두라고 하신 질문이 있었습니다, 재거스 변호사님. 그걸 다시 여쭤 봐도 잘못이 아니길 바랍니다만.」

「뭔가?」 그가 말했다.

그가 나를 결코 도와주지 않을 거라는 걸 내가 알고 있었는지도 모르겠다. 그러나 전혀 새로운 질문처럼 다시 질문을 만들어 낸다는 게 나를 몹시 당황하게 만들었다. 머뭇거리다가 내가 말했다.

「제 유산의 수원지라고 말씀하셨던 제 은인 말인데요, 변호사님 ─」 여기서 나는 교묘하게 말을 멈췄다.

「그래서 어쨌단 말인가?」 재거스 씨가 물었다. 「자네도 알다시피 지금 그 문장만으론 질문이 성립되지 않아.」

「그분이 머지않아 런던에 오시나요?」 정확한 단어를 선택하기 위해 이리저리 궁리하다 내가 말했다. 「아니면 그분이 저를 다른 곳으로 부를까요?」

「지금 바로 이곳에서 말이네.」 재거스 씨가 처음으로 옴폭하게 들어간 까만 눈으로 나를 뚫어져라 바라보며 대답했다. 「자네 고향 마을에서 우리가 처음 만난 그날 저녁으로 되돌아가야만 하겠네. 그때 내가 자네에게 뭐라고 말했었나, 핍?」

「그분이 나타나려면 아마 여러 해가 걸릴 거라고 말씀하셨습니다.」

「바로 그거야.」 재거스 씨가 말했다. 「그게 내 대답이네.」

서로 빤히 마주 보면서 나는 그에게서 뭔가를 알아내고픈 욕망에 점점 숨이 가빠 오고 있음을 느꼈다. 그리고 그렇게 숨이 가빠 오고 그가 지켜보고 있다는 걸 느끼면서 나는 그 어느 때보다 그에게서 뭔가를 알아낼 기회가 더 적다고 느꼈다.

「그럼 그 일이 지금부터 따져도 여전히 몇 년 뒤의 일이라고 생각하시나요, 재거스 변호사님?」

재거스 씨는 고개를 저었다. 그건 질문을 부정한다는 의미가 아니라, 자신이 어떤 식으로든 그런 질문에 대답해야 할 상황에 저하세 되있다는 생각 자체를 전적으로 부인한다는 의미에서 그런 것이었다. 내가 무의식적으로 시선을 돌리다 마주친 씰룩이는 얼굴의 무시무시한 두 석고 두상은 우리 애기를 경청하던 중 멈칫하는 표정으로 위기를 맞은 것처럼 보였으며 막 재채기를 터뜨리려는 것 같았다.

「내 말 잘 듣게!」 재거스 씨가 따뜻해진 자기 손등으로 다리 뒤쪽을 어루만지며 말했다. 「내 친구, 핍. 자네에게 솔직하게 말하겠네. 그 질문은 내가 받아서는 절대로 안 되는 질문이네. 그 질문이 내 〈명예〉를 손상시킬 수 있는 질문이라고 말한다면 상황을 더 쉽게 이해할 수 있을 걸세. 내 말 잘 듣게! 자네와 조금 더 이야기를 계속하겠네. 조금 더 많은 이야기를 해주겠다는 거네.」

구두를 향해 얼굴을 찡그리려고 몸을 너무 낮게 숙였기 때문에 그는 잠시 숨을 돌리며 말을 멈추고 있는 동안에 장딴지를 문지를 수 있었다.

「그분이 정체를 밝히게 되면 말이네.」 재거스 씨가 몸을 쭉 펴고 일어나면서 말했다. 「자네와 그분이 함께 자네들 일을 해결하면 될 일이네. 그분이 정체를 밝히면 이 일에서 내 역할은 끝나고 그 효력도 끝나게 되지. 그분이 정체를 밝히면 자네 일에 대해선 이제 그 어떤 사항도 내가 알 필요가 없어지는 것이네. 이게 내가 해줄 말 전부일세.」

우리는 서로를 바라보았고 마침내 나는 내 시선을 거두었다. 그리고 나는 깊은 생각에 잠겨 바닥을 내려다보았다. 그의 마지막 말에서 나는 미스 해비섬이 뭔가 이유가 있어서, 혹은 아무 이유도 없이, 나를 에스텔라의 짝으로 마음에 두고 있다는 자기 속내를 그에게 털어놓지 않은 거라고 추측했다. 그리고 그가 그 사실에 화가 났거나 그 일을 질투하고 있거나, 아니면 그녀의 그런 계획에 진심으로 반대하고 있어서 거기 관여하려 들지 않는 거라고 추측했다. 다시 시선을 들어 올렸을 때 그가 쭉 나를 날카로운 눈길로 주시하고 있었으며 그 순간도 여전히 그러고 있다는 걸 알아차렸다.

「만약 그게 저에게 해주실 말씀 전부라면 말입니다, 변호사님.」 내가 말했다. 「제가 드릴 말씀은 더 이상 남아 있지 않네요.」

그는 동의한다는 듯 고개를 끄덕였다. 그리고 도둑들도 두려워하는 자신의 시계를 꺼내더니 내게 저녁 식사를 어디서 할 거냐고 물었다. 나는 집에서 허버트와 함께 할 거라고 대답했다. 내가 의례적으로 필요한 절차로 우리와 자리를 함께하는 호의를 베풀어 주시겠냐고 묻자 그는 곧바로 그 초대를 받아들였다. 그러나 자신을 위해 특별한 준비를 하지 못하도록 내가 자기와 함께 우리 집까지 걸어가야 한다고 주장했다. 그는 우선 편지 한두 통을 써야 했고 당연히 손도 씻어야 했다. 그래서 나는 바깥 사무실로 나가서 웨믹과 얘기를 나누고 있겠다고 말했다.

사실은 이랬다. 5백 파운드가 내 주머니 안으로 들어왔을 때 머릿속에 예전부터 그 속에 자리 잡고 있던 생각 하나가 떠올랐다. 그런데 그 생각과 관련된 조언을 구할 적임자가 바로 웨믹처럼 보인 것이다.

그는 이미 금고 문을 다 잠그고 퇴근 준비를 마친 후, 책상을 떠나 매끄러운 사무실 촛대 두 개를 문 근처에 있는 석판으로 갖고 가서 촛불 끄는 기구 옆에 나란히 세워 놓고 있던 중이었다. 그러고 나서 난롯불을 갈퀴로 긁어 약하게 꺼뜨렸고 모자와 큰 외투도 준비했으며 업무가 끝난 뒤 하는 운동처럼 금고 열쇠로 가슴 여기저기를 툭툭 쳐대고 있었다.

「웨믹 씨.」 내가 말했다. 「의견을 좀 구할 게 있습니다. 제게 어떤 친구를 몹시 돕고 싶은 소망이 있습니다.」

웨믹은 그런 치명적이고 어리석은 태도에 대한 자신의 의견은 전적으로 반대라는 듯이 우체통 구멍 입을 팽팽히 다물며 고개를 저었다.

「그 친구가 말입니다.」 내가 계속했다. 「사업을 통해 성공하려고 애쓰고 있는데 돈이 없어요. 그래서 사업을 시작하는 것조차 어렵고 낙심천만한 일이라고 생각하고 있습니다.」

「그래서 현금으로 돕겠다고요?」 웨믹이 톱밥보다 더 건조한 말투로 말했다.

「〈약간의〉 현금으로요.」 집에 있는 좌우 대칭으로 균형 잡힌 청구서 뭉치에 대한 불편한 기억이 퍼뜩 스쳐 지나갔기에 나는 이렇게 대답했다. 「〈약간의〉 현금으로요. 그리고 아마 내가 받게 될 유산을 예상하고 빌려 쓰는 약간의 선지급금으로요.」

「핍 씨.」 웨믹이 말했다. 「괜찮다면 핍 씨와 함께 첼시 구역까지 쭉 올라가면서 런던의 다양한 다리 이름들을 손가락으로 꼽으며 하나씩 훑어보고 싶을 따름입니다. 자, 한번 해 볼까요. 우선 하나, 런던교가 있습니다. 둘, 서더크 교. 셋, 블랙프라이어스 교. 넷, 워털루 교. 다섯, 웨스트민스터 교. 여섯, 복스홀 교.」 그는 금고 열쇠 손잡이를 자기 손가락에 대며 각각의 다리를 하나하나 차례로 점검해 나갔다. 「핍 씨도 알다시피 선택할 다리가 총 여섯 개가 있군요.」

「무슨 말인지 도통 모르겠습니다.」 내가 말했다.

「다리를 고르세요, 핍 씨.」 웨믹이 대답했다. 「그리고 그 다리로 걸어가서 돈을 다리 중앙부의 아치 너머 템스 강으로 내던지세요. 그러면 돈의 종말을 알게 될 겁니다. 돈으로 친구에게 도움을 주면 친구 관계의 종말을 알게 될지 모릅니다. 하지만 그건 더 기분 나쁘고 유익하지 못한 종말이지요.」

나는 신문을 우체통 안에 집어넣듯 그의 입안에도 집어넣을 수 있을 것 같았다. 그 말을 한 뒤 그가 입을 너무나도 활짝 벌리고 있었기 때문이다.

「정말 맥 빠지는 말이네요.」

「그러라고 한 말입니다.」 웨믹이 말했다.

「그렇다면 웨믹 씨의 의견은 말입니다.」 내가 다소 화를 내며 물었다. 「사람은 결코 —」

「결코 친구에게 휴대용 동산을 투자하지 말아야 한다는 거냐, 이거죠?」 웨믹이 말했다. 「물론입니다. 그러지 말아야 합니다. 그 친구를 잃고 싶지 않다면요. 그리고 그럴 경우 그 친구를 잃는 일이 얼마만 한 휴대용 동산의 가치가 있는 일이냐 하는 것도 문제가 됩니다.」

「신중히 숙고한 의견입니까, 웨믹 씨?」 내가 말했다.

「이 사무실에서 내가 신중하게 숙고한 의견입니다.」 그가 대답했다.

「아하!」 그가 그 말을 통해 뭔가 빠져나갈 구멍을 만들어 두고 있다는 걸 알아차렸다는 생각이 들어 나는 그를 압박하며 물었다. 「하지만 월워스 집에서도 웨믹 씨의 의견이 같을까요?」

「핍 씨.」 그가 정색하며 대답했다. 「월워스 집은 월워스 집이고, 사무실은 사무실입니다. 우리 노친은 우리 노친이고, 재거스 씨는 재거스 씨인 깃처럼 말입니다. 양자를 혼동해서는 안 됩니다. 월워스에서의 내 의견은 월워스에 가서 구해야 합니다. 이 사무실에서는 내 공식적인 의견 말고는 그 어떤 의견도 구할 수 없습니다.」

「잘 알겠습니다.」 크게 안도하며 내가 말했다. 「그러면 월워스로 웨믹 씨를 만나러 가겠습니다. 정말입니다.」

「핍 씨.」 그가 대답했다. 「사적이고 개인적인 자격이라면 그곳에서 핍 씨는 언제나 환영입니다.」

우리는 내 후견인의 귀가 예민한 귀를 가진 사람들 중에서도 가장 예민하다는 걸 잘 알고 있었기 때문에 이런 대화를 낮은 목소리로 나누었다. 그가 수건으로 손을 닦으며 자기 방 문간에 나타나자 웨믹은 큰 외투를 입고 촛불을 끌 준비를 하며 기다렸다. 우리는 모두 함께 길거리로 나섰고, 현관 계단에서 웨믹은 자신의 집 쪽을 향해 갔다. 재거스 씨와 나는 우리의 목적지 쪽으로 방향을 돌렸다.

그날 저녁 나는 재거스 씨가 제라드 가에 자기 〈노친〉을 모시고 산다거나, 〈명사수〉 대포를 갖고 있다거나, 혹은 그의 눈살을 조금이라도 펴게 해줄 어떤 물건이나 사람이 있었더라면 좋았을 거라는 바람을 한 차례 이상 갖지 않을 수 없었다. 그가 만들어 내고 있는 것과 같은 세상, 즉 경계의 대상이며 의혹으로 가득 찬 세상에서 성년에 이르렀다는 사실이 좀처럼 가치 있는 일처럼 보이지 않았다는 건 스물한 번째 생일날 든 생각치고는 유쾌하지 않았다. 그는 웨믹보다 천배는 더 세상 물정에 밝고 영악한 사람이었다. 하지만 나는 천배는 더 웨믹과 식사하고 싶었다. 게다가 재거스 씨는 나만 극도로 우울하게 만든 게 아니었다. 그가 떠나고 난 후 허버트가 홀로 난롯불을 뚫어져라 바라보면서 아무래도 자기가 중죄를 저지른 게 틀림없는데 그 자세한 내용을 잊어버린 것 같은 생각이 든다는 말을 했고, 나아가 너무나 우울하고 죄의식까지 든다고 말했으니 말이다.

37

월워스에서의 웨믹 씨의 의견을 듣기 위해서는 일요일이 가장 좋은 날이라고 생각한 나는 돌아오는 일요일 오후를 그의 성채 순례에 바쳤다. 성채 흉벽 앞에 도착했을 때 대영제국 국기가 나부끼고 있고 도개교가 올라가 있는 것을 발견했다. 하지만 이런 완강한 저항과 반항 신호에도 굴하지 않고 문에서 초인종을 울렸고, 웨믹의 노친에 의해 매우 평화롭게 성 안으로 들어가게 되었다.

「내 아들이 말이오, 신사 양반.」 도개교를 안전하게 고정시킨 후 노인이 말했다. 「혹시 신사 양반이 들를지도 모른다고 하면서 오후 산책을 나갔다가 곧 돌아올 거라는 말을 남겼다오. 그 애는 아주 규칙적으로 산책하지요. 내 아들 말이에요. 모든 일에서 아주 규칙적이지요. 내 아들은요.」

나는 웨믹 자신이 했을 것처럼 점잖은 노인에게 고개를 끄덕여 보였다. 우리는 안으로 들어가 난롯가에 앉았다.

「내 아들하고 안면이 있지요, 신사 양반.」 노인이 난롯불에 손을 따뜻하게 쬐면서 새처럼 가는 목소리로 말했다. 「아마 그 애 사무실에서겠지요?」 나는 고개를 끄덕였다. 「하하! 내 아들이 사무실에서 일을 아주 잘하는 사람이라는 얘기를 들었이요. 과연 그런가요, 신사 양반?」 나는 열심히 고개를 끄덕였다. 「그 애가 하는 일이 법조계 일이라지요? 그래요.

그렇다고 사람들이 내게 말해 주었지요.」나는 더 열심히 고개를 끄덕였다.「그게 내 아들에게 더 놀라운 점이라오. 나는 법조계 일을 하라고 그 애를 키우지 않았소. 와인 통 제조업을 하라고 키웠지요.」

이 노신사가 재거스 씨의 명성에 대해 얼마나 알고 있는지 호기심이 들어 나는 그에게 그 이름을 크게 외쳐 보았다. 그는 마음껏 웃으면서 아주 즐거운 태도로 〈틀림없어요. 신사 양반 말이 맞소〉라고 대답해서 나를 큰 혼란에 빠뜨렸다. 그리고 지금 이 시간까지도 나는 노인의 그 말뜻이 무엇이었는지, 혹은 대체 내가 무슨 농담을 했다고 생각했던 것인지 전혀 짐작할 수 없다.

뭔가 그의 흥미를 끌 만한 다른 일을 하지 않고 계속해서 그에게 고갯짓만 하고 앉아 있을 수는 없는 노릇이었기에 나는 그의 생업이 〈와인 통 제조업〉이었는지 물었다. 용쓰며 그 말을 여러 차례 외쳐 대고 그 말을 그와 관련시키기 위해 그의 가슴을 톡톡 치고 나서야 나는 마침내 내 말뜻을 그에게 이해시킬 수 있었다.

「아니라오.」점잖은 노인이 말했다.「창고업을 했다오, 창고업. 처음에는 저 너머에서요.」그가 굴뚝 너머 위쪽 지역을 말하는 것처럼 보였지만 나는 그가 리버풀을 말하려고 했다고 믿는다.「그런 다음에는 이곳 런던 시내 중심가로 왔지요. 하지만 병이 났어요. 내가 잘 듣지를 못해요, 신사 양반.」

나는 무언극을 하듯 정말 깜짝 놀랐다는 몸짓을 해 보였다.

「그래요, 잘 듣지를 못해요. 병이 내게 찾아오자 내 아들이 법조계로 나갔고 나를 보살피게 되었소. 그리고 조금씩 이 우아하고 아름다운 집을 만들어 나갔지요. 하지만 아까 신사 양반이 말한 내용으로 다시 돌아가 얘기한다면 말이오. 알다시피……」 노인이 다시 껄껄 웃더니 계속해서 말했다. 「내 대답은 분명히 〈아니, 당신 말이 맞소〉라오.」

나는 아무리 재치를 동원해서 머리를 짜내도 지금 노인이 머릿속으로 상상하고 있는 그 재미난 생각의 절반만큼이라도 그를 재미나게 할 내용을 말할 수 있을지 겸손한 마음으로 궁금해하고 있었다. 그런데 바로 그때 굴뚝의 한쪽 옆면 벽에서 느닷없이 덜컹하는 소리가 나더니, 그 위에 〈존〉이라고 쓰인 조그만 나무 뚜껑 문이 우당탕 굴러떨어지며 열렸다. 그 바람에 나는 혼비백산할 정도로 깜짝 놀랐다. 내 시선을 좇던 노인이 의기양양하게 외쳤다. 「아들이 집에 돌아온 거지요!」 우리 둘은 함께 도개교로 나갔다.

사실은 집 둘레의 도랑을 가로질러 손쉽게 악수를 나눌 수 있었는데도 웨믹이 도랑 반대편에 서서 내게 손을 흔들며 인사를 건네는 장면을 구경하는 일은 돈 주고도 못 볼 소중한 구경거리였다. 그의 노친이 도개교를 작동시키는 일을 워낙 즐거워해서 나는 도와주겠다고 제안할 엄두도 못 내고 그저 웨믹이 다리를 건너와서 함께 따라온 숙녀 미스 스키핀스를 소개해 줄 때까지 가만히 서 있기만 했다.

미스 스키핀스는 나무처럼 뻣뻣한 외모를 지녔으며, 자신을 에스코트하고 온 남자와 같은 우체국 지국에 근무하는 사람 같은 입 모양을 하고 있었다. 그녀가 웨믹보다 두세 살쯤 더 어려 보였는지도 모르겠다. 하지만 나는 그녀 역시 휴대용 동산을 몸에 지니고 있는 상태라고 판단했다. 그녀는 허리부터 시작되는 상반신(몸 앞면과 뒷면 모두)의 옷 마름질 모양새 때문에 꼭 꼬마들이 갖고 노는 연 같아 보였다.

그리고 나는 그녀의 긴 겉옷이 너무 튀는 오렌지색이며 장갑은 너무 강렬한 초록색이라고 단언할 수 있을 것 같았다. 하지만 그녀는 착한 사람 같았고 노인에 대해서도 지극히 공경하는 모습을 보였다. 나는 얼마 안 있어 그녀가 성채를 자주 방문한다는 사실을 알았다. 안으로 들어간 후 내가 노친에게 도착을 알리는 재치 넘치는 독창적 발명품을 칭찬하자 웨믹이 내게 잠시 굴뚝의 다른 쪽 옆면에 관심을 기울여 달라고 부탁한 뒤 사라졌다. 이내 또다시 덜컹 소리가 나더니 그 위에 〈미스 스키핀스〉라고 쓰인 나무 뚜껑 문이 우당탕 굴러떨어지며 열렸다. 그러고 난 후 미스 스키핀스가 닫히고 이번에는 존이 우당탕 열렸고, 이어서 미스 스키핀스와 존이 함께 굴러떨어지며 열렸다가, 마지막으로 둘 다 한꺼번에 닫혔다. 이 고안 장치를 작동시키고 나서 웨믹이 돌아오자 나는 그에게 정말 탄복을 금치 못하며 장치를 감상했다고 말했다. 그러자 그가 말했다. 「그래요, 핍 씨도 알다시피 노친에게 재미를 주면서 동시에 유용하게 쓰기 위해 내가 만든 장치이지요. 그리고 정말이지, 우리 집 문을 들어서는 모든 사람들 중에서 이 장치를 작동시키는 손잡이의 비밀을 아는 사람은 오직 노친과 스키핀스 양과 나뿐이라는 사실은 말할 만한 가치가 있는 사실이지요!」

「웨믹 씨가 그 장치를 만들었어요.」미스 스키핀스가 덧붙였다. 「직접 머리를 써서 손수 만들었어요.」

미스 스키핀스가 보닛을 벗고 있는 동안(그녀는 손님이 와 있다는 걸 노골적으로 눈에 띄게 표시하듯 초록색 장갑은 저녁 내내 끼고 있었다) 웨믹이 내게 함께 집 주변을 산책하며 겨울철에는 섬이 어떻게 보이는지 구경하러 가자고 권유했다. 나는 그가 월워스 집에서의 자기 의견을 들을 기회를 내게 주려고 이런 권유를 한 거라고 생각했다. 성채 밖으로 나오자마자 나는 기회를 포착했다.

나는 신중하게 이 주제를 생각하고 난 뒤 이전에 한 번도 언급한 적이 없는 것처럼 말을 하며 접근했다. 허버트 포켓을 위해 내가 무척 많이 걱정하고 있다는 걸 알렸으며, 그와 내가 처음에 어떻게 만났는지, 그리고 우리가 어떻게 싸웠는지 말해 주었다. 허버트의 집과 그의 성격, 그가 자기 아버지에게 의존하고 있는 것 말고는 별다른 수입이 없으며 설령 수입이 있다 해도 불확실하다는 사실 등을 간략히 언급했다. 그와 함께 어울림으로써 내가 처음의 미숙하고 무지한 상태에서 얻게 된 이점들에 대해서도 넌지시 언급했다. 그리고 그런 이점들에 대해 내가 그에게 불충분하게 보답한 건 아닌지 걱정하고 있으며, 나나 내 유산 상속에 대한 기대가 아니었다면 그가 더 잘 살고 있었을지도 모른다고 고백했다. 미스 해비셤의 존재는 멀리 뒤로 밀어 놓고, 나는 그가 나와 장래를 놓고 경쟁 관계에 있었을지도 모르는 사람이며, 분명히 너그러운 영혼의 소유자이고, 비열한 의심이나 보복, 음모 같은 것들은 완전히 초탈한 사람이라고도 은근히 암시했다. (웨믹에게 말한) 이런 모든 이유들과 그가 나의 동료이자 친구이고 내가 그를 너무 좋아한다는 이유를 대며, 나는 내 행운이 그에게 얼마간이라도 빛을 비추어 주기를 바라고 있다고 말했다. 바로 그 때문에 나는 인간과 세상사에 대한 웨믹 씨의 경험을 믿고, 허버트가 당장 얼마간의 수입이라도 얻을 수 있도록 내 재산으로 어떻게 하면 그를 가장 잘 도울 수 있는지 조언을 구하는 거라고 말했다.

예를 들면 그가 밝은 희망을 품고 용기를 가질 수 있도록 연간 1백 파운드의 수입을 얻게 한다든가, 아니면 어떤 조그만 회사에 투자하여 그에게 동업자 자격을 얻게 해준다든가 하는 식으로 도움을 주고 싶다고도 했다. 결론적으로, 내 도움은 허버트가 알거나 의심을 품지 못하게 하면서 주어져야 하며, 이런 문제를 상의할 사람은 이 세상에 다른 누구도 없다는 걸 이해해 달라고 웨믹에게 간청했다. 내 손을 그의 어깨에 올려놓고 이런 말로 끝맺었다. 「이런 일이 웨믹 씨에게 얼마나 성가신 일인지 알고 있습니다만, 내 속내를 웨믹 씨에게 털어놓지 않을 수 없었습니다. 하지만 이곳으로 나를 데려온 웨믹 씨에게도 잘못은 있는 겁니다.」

웨믹은 잠시 침묵했다. 그러고 나서 그는 다소 흠칫 놀라는 태도로 말했다. 「그런데 잘 알겠지만 말이죠, 핍 씨. 한 가지는 꼭 말해야겠습니다. 그런 생각을 하다니, 핍 씨가 정말이지 너무너무 착하다는 겁니다.」

「그럼 제가 착해질 수 있도록 도와주겠다고 말해 주세요.」 내가 말했다.

「아이고!」 웨믹이 고개를 저으며 대꾸했다. 「그런 일은 내 주 업무가 아닙니다.」

「이곳 또한 웨믹 씨가 주 업무를 보는 사무실이 아니죠.」 내가 말했다.

「핍 씨의 말이 맞습니다.」 그가 대답했다. 「핵심을 찔렀습니다, 핍 씨. 생각의 모자를 쓰고 심사숙고해 보겠습니다. 그리고 내 생각에는 핍 씨가 원하는 모든 일이 서서히 진행되어야 할 것 같습니다. 스키핀스(미스 스키핀스의 오빠지요)가 회계사이자 중개업자입니다. 그를 찾아가서 당신을 위해 한번 일을 진행해 보지요.」

「이루 말할 수 없이 감사합니다.」

「그 반대죠.」그가 말했다.「내가 감사합니다. 우리가 비록 엄격하게 사적이고 개인적인 자격으로 여기 있지만, 그럼에도 우리 주변에는 여전히 뉴게이트 감옥의 거미줄이 〈있는〉 것 같은데 이런 일이 그걸 깨끗이 털어내 주고 있으니까요.」

같은 취지의 대화를 좀 더 나눈 뒤 우리는 성채 안으로 들어갔다. 그곳에서 우리는 미스 스키핀스가 차를 준비하고 있는 모습을 보았다. 토스트를 만드는 막중한 책임은 그의 노친에게 위임되었는데, 이 점잖고 착한 노인은 그 일에 하도 열중해서 눈이 녹아 버릴 위험에 처한 것처럼 보일 정도였다. 우리가 하게 될 식사는 그냥 허울뿐인 식사가 아니라 강력한 실체를 지닌 진짜 실한 식사였다. 노인이 큰 건초 더미처럼 무지막지하게 큰 버터 토스트를 만들었는데 그것이 난로 맨 위 살대에 걸어 놓은 쇠 받침대 위에서 지글지글 익어 가는 동안 그 너머로 그가 거의 보이지 않을 지경이었다. 한편 미스 스키핀스도 큰 사발이 가득 차도록 엄청난 분량의 차를 끓였기 때문에 집 뒷마당에 있는 돼지가 몹시 흥분하여 자기도 즐거운 잔치에 끼겠다는 바람을 반복해서 표현할 징도였다.

정확히 제시간에 깃발이 내려지고 대포가 발사되었다. 둘레의 도랑 폭이 마치 10미터는 되고 깊이도 그 못지않게 깊기라도 한 듯, 웨믹의 성채가 월위스 이외의 다른 세상과 아득하게 단절되어 있다는 느낌이 들었다. 그 무엇도 성채의 평화를 방해하지 않았다. 나란 이따금씩 존과 미스 스키핀스라는 이름이 적힌 뚜껑 문들이 우당탕 굴러떨어져 열렸을 뿐이다. 이 작은 문들이 뭔가 발작적인 병의 희생자가 되었던 것인데, 그 사실에 익숙해질 때까지 동정심에 가득 차 불편을 느꼈다. 미스 스키핀스가 찬찬히 체계적으로 차를 준비하는 모습을 보고 그녀가 매주 일요일마다 와서 그렇게 차를 준비하는 거라고 추측했다. 그리고 아주 곧은 코를 지니고 불쾌하게 생긴 여자의 옆얼굴과 이제 막 뜬 초승달이 그려져 있는 그녀의 브로치가 웨믹 씨로부터 선물 받은 휴대용 동산 중 하나가 아닌지 어렴풋이 생각했다.

우리는 토스트를 전부 다 먹었고 그와 비례하여 차도 다 마셨다. 그리고 그것들을 다 먹고 마시고 나서 우리의 몸이 얼마나 훈훈해지고 매끈거렸는지 그 모습을 보는 건 즐거운 일이었다. 특히 웨믹 씨의 노친은 막 기름칠을 마친 야만인 부족의 늙은 추장이라도 된 것 같았다. 잠시 휴식을 취하고 난 뒤 미스 스키핀스는 성실하지 못한 아가씨처럼 서투르게 찻잔들을 설거지했는데 — 어린 하녀가 없었기 때문인데 그 하녀는 일요일 오후마다 가족들의 품으로 돌아가는 것 같았다 — 그래도 그건 우리 누구의 명성도 깎아내리는 일이 아니었다. 그러고 나서 그녀는 다시 장갑을 끼었고 우리는 난롯가에 모여 앉았다. 그러자 웨믹이 〈자, 연로하신 아버님, 이제 우리에게 신문 내용을 전해 주셔야죠〉라고 말했다.

자기 노친이 안경을 쓰고 있는 동안 웨믹은 내게 노친이 큰 소리로 신문을 읽는 것이 습관적인 일이며, 노친에게 무한한 만족감을 준다고 설명했다. 「사과를 구하진 않겠습니다.」 웨믹이 말했다. 「크게 즐겁진 않을 겁니다. 그렇죠, 연로하신 아버님?」

「아주 좋다, 존. 아주 좋아!」 자기에게 말이 건네지는 걸 알고 그가 대답했다.

「그저 이따금씩 아버님이 신문에서 눈을 떼실 때 고개만 끄덕여 주면 됩니다.」웨믹이 말했다.「그러면 왕처럼 행복해하십니다. 우리 모두 준비되었습니다, 아버님.」

「아주 좋다, 존. 아주 좋아!」기분이 좋아진 노인이 대답했다. 그가 하도 열심이고 하도 즐거워해서 그 모습이 정말 보기 좋았다.

웨믹의 노친이 신문을 읽는 모습은 옛날 웝슬 씨의 대고모 집에서 수업을 받던 일을 생각나게 했다. 그리고 그 소리는 꼭 열쇠 구멍을 통해서 들려오는 소리처럼 더욱 듣기 좋은 독특한 특색을 지니고 있었다. 그는 촛불을 좀 더 가까이에 두고 싶어 했는데, 그가 계속해서 머리나 신문을 거기에 갖다 대기 직전의 상황에 빠졌기 때문에 이 일에는 화약 공장만큼이나 많은 감시가 필요했다. 그러나 웨믹은 노친을 지켜보는 일에서도 지칠 줄을 몰랐고 그저 온화하기만 했다. 그래서 노인은 자신이 여러 차례 구조를 받았다는 사실을 전혀 의식하지 못한 채 계속 신문을 읽었다. 그가 우리를 바라볼 때마다 우리는 모두 더없이 재미나고 놀라워하는 표정을 지어 보였으며 그가 다시 읽기 시작할 때까지 고개를 끄덕였다.

웨믹과 미스 스키핀스는 나란히 앉아 있었고 나는 어두컴컴한 구석 자리에 홀로 앉아 있었다. 그때 나는 웨믹 씨의 입이 서서히 길게 벌어지는 걸 보았다. 그건 그가 천천히 그리고 단계적으로 몰래 자기 팔을 미스 스키핀스의 허리에 두르는 중이라는 사실을 강력히 암시하는 신호였다. 얼마 지나지 않아 그의 손이 미스 스키핀스의 한쪽 옆구리에서 나타나는 걸 보았다. 그러나 그 순간 미스 스키핀스는 초록색 장갑으로 그를 맵시 있게 제지하며, 마치 그의 팔이 한 겹 벗겨야 할 옷인 양 풀어서 지극히 조심스럽게 자기 앞 탁자에 올려놓았다. 그 동작을 하면서 보여 준 미스 스키핀스의 침착한 태도는 그때까지 내가 본 가장 놀라운 광경 중 하나였다. 만약 그 동작이 정신 나간 멍한 상태와 어울리는 동작이었다고 생각할 수 있다면 나는 틀림없이 미스 스키핀스가 그걸 기계적으로 행했다고 생각했을 것이다.

조금 있다가 웨믹의 팔이 다시 자취를 감추기 시작하더니 서서히 시야에서 사라지는 걸 목격했다. 그리고 바로 뒤이어 그의 입이 다시 벌어지기 시작했다. 나로서는 너무나 흥미진진해서 거의 고통스럽기까지 했던 긴장의 순간이 지나고 나서, 나는 그의 손이 미스 스키핀스의 다른 쪽 옆구리에서 나타나는 걸 보았다. 미스 스키핀스는 즉시 침착한 권투 선수 같은 깔끔한 솜씨로 그걸 제지했으며, 아까처럼 허리띠 같다고 해야 할지 아니면 권투 장갑 같다고 해야 할지 모를 그 손을 풀어 탁자 위에 올려놓았다. 탁자가 〈선행의 길〉을 표상한다고 친다면 그의 노친이 신문을 읽는 동안 내내 웨믹의 팔이 〈선행의 길〉에서 길을 잃고 헤매다가 미스 스키핀스에 의해 그 길로 다시 부름을 받고 돌아왔다고 말하는 게 타당할 것이다.

마침내 그의 노친은 신문을 읽다 얕은 잠에 빠져들었다. 그 시간이 바로 웨믹이 조그만 쇠 주전자와 유리잔들이 담긴 쟁반, 꼭대기가 도자기로 되어 있고 코르크 마개가 달려 있으며 불그레한 혈색에 사교적인 모습을 한 고위 성직자의 모습이 그려져 있는 검정색 병을 준비하는 시간이었다. 이런 도구들을 이용하여 우리는 모두 이름 모를 따뜻한 음료를 마셨다. 곧이어 잠에서 깬 그의 노친도 함께했다. 미스 스키핀스가 음료를 섞어 제조했는데, 나는 그녀와 웨믹이 같은 잔에 마시는 걸 보았다. 물론 나는 미스 스키핀스를 집까지 바래다주겠다고 나서서는 안 된다는 걸 잘 알고 있을 정도의 철은 들어 있었다. 그런 상황에서 내가 먼저 떠나는 게 상책이라고 생각했다. 따라서 나는 즐거운 저녁 시간을 모두 보내고 난 뒤, 그의 노친에게 진심 어린 인사를 드리고 그 집을 떠났다.

그로부터 일주일이 지나기 전에 나는 월워스에서 보낸 날짜 소인이 찍힌 짧은 편지를 웨믹으로부터 받았다. 우리의 사적이고 개인적인 자격과 관련된 일에서 자신이 일을 좀 진척시킨 것 같다는 생각을 갖고 있는데, 내가 다시 찾아오면 기쁘겠다는 내용이 담긴 편지였다. 따라서 나는 다시 월워스를 찾았고, 한 번 더 찾았고, 그리고 또 한 번 더 찾았으며, 약속을 잡고 시내 중심가에서도 여러 차례 그를 만났다. 그러나 리틀브리튼이나 그 인근 지역에서는 이 문제로 그와 어떤 연락도 취하지 않았다. 결국 일의 결말은 이랬다. 우리는 얼마 전 사업을 시작하여 안정적으로 운영해 나가고 있는 젊고 훌륭한 사업가 혹은 해운 중개업자를 찾아냈다. 그는 똑똑한 조력자의 도움과 자본금을 찾고 있었으며, 적절한 시기가 되어 수익을 얻게 되면 함께 일할 동업자도 찾고 있던 중이었다. 바로 그 사업가와 나 사이에 허버트를 주체로 한 비밀 계약이 체결되었다. 그리고 나는 그에게 내가 가진 5백 파운드의 절반을 현금으로 지불했으며, 다른 잡다한 비용도 더 지불하겠다고 약속했다. 나는 그중 일부를 특정

85

한 지불 기일이 되면 내 수입에서 지불하기로 했고, 내가 재산을 물려받게 될 때 남은 일부를 지불하겠다고 조건을 붙였다. 계약 협상은 미스 스키핀스의 오빠가 총괄했다. 웨믹도 일이 진행되는 동안 내내 깊숙이 관여했지만 모습을 직접 드러내는 일은 결코 없었다.

모든 일이 너무나 순조롭게 진행되었으며 허버트는 내가 이 일에 연관되었다는 사실을 전혀 눈치채지 못했다. 어느 날 오후 그가 싱글벙글 환한 얼굴로 집에 돌아와 엄청난 소식을 알려 주겠다고 말했다. 그는 우연히 클래리커라는 사람(바로 젊은 사업가의 이름이었다)을 만나게 되었는데 그 사람이 자신에게 비상한 호감을 내보였으며, 마침내 좋은 기회가 찾아온 거라고 믿는다고 말했다. 나는 그때 그가 보인 그 환한 얼굴을 결코 잊지 못할 것이다. 그의 희망은 날마다 점점 더 커져 갔고, 그의 얼굴이 더 환해지면 환해질수록 나를 점점 더 사랑스러운 친구로 생각했던 게 틀림없었다. 그가 그토록 행복해하는 모습을 바라보면서 일을 성공시킨 기쁨으로 인한 눈물을 참는 데 내가 큰 어려움을 겪었기 때문이다. 마침내 모든 일이 다 마무리되고 그가 클래리커 상사에 들어간 날 저녁, 그는 잔뜩 상기되어 기쁨과 성공을 얘기했다. 나는 그날 밤 잠자리에 누워 상속받기로 되어 있는 유산으로 누군가에게 좋은 일을 했다는 생각에 진심으로 뜨거운 눈물을 흘렸다.

이제 내 인생의 전환점이 된 엄청난 사건이 내 시야에 모습을 드러내려 하고 있다. 하지만 그 이야기를 진행하기에 앞서서, 그리고 그 엄청난 사건에 담긴 내 삶의 온갖 변화들로 이야기를 옮겨 가기에 앞서, 우선 에스텔라 이야기에 내

이야기의 한 장(章)을 할애해야겠다. 그 정도면 그토록 오랫동안 내 가슴을 가득 메우고 있던 주제에 할애하기에 그리 많은 분량은 아닐 것이다.

38

내가 죽고 난 후 혹시 리치먼드의 녹지대 인근에 있는 고색창연한 집에 유령이 출몰한다면, 그건 분명히 내 유령일 것이다. 아아, 에스텔라가 그곳에 머물던 동안 들뜬 내 영혼이 낮이고 밤이고 그 집을 얼마나 뻔질나게 드나들었던가! 내 몸이 가고 싶은 곳 어디에 가 있든 간에, 내 영혼은 늘 그집 주변을 방황하고 또 방황하고 다녔다.

에스텔라와 함께 살게 된 브랜들리라는 이름의 부인은 미망인이었으며, 에스텔라보다 몇 살 많은 딸 하나가 있었다. 엄마는 어려 보였고 딸은 나이 들어 보이는 모녀였다. 엄마의 안색은 분홍빛이었고 딸의 안색은 누런빛이었다. 엄마는 경박한 일을 좋아한다고 주장했고 딸은 신학을 좋아한다고 주장했다. 그들은 소위 말하는 품위 있는 집안 출신이어서 많은 사람들을 방문했고 많은 사람들의 방문을 받았다. 그들과 에스텔라 사이의 감정의 공유는 설사 있다 해도 극미한 지경이었지만, 그들이 그녀에게 꼭 필요한 존재이고 그녀 또한 그들에게 꼭 필요한 존재라는 이해는 확실히 자리 잡고 있었다. 브랜들리 부인은 미스 해비셤이 은둔 생활을 하기 이전의 친구였다.

브랜들리 부인의 집 안팎에서 나는 에스텔라가 가할 수

있는 온갖 종류, 온갖 정도의 고통을 겪었다. 친밀한 관계이긴 했지만 연인 관계는 절대로 아니었던 둘 사이 관계의 성격이 극심한 심적 고통을 유발했다. 그녀는 다른 구애자들을 골려 먹는 데 나를 이용했으며 자신과 나 사이의 친한 관계조차도 자신에 대한 내 헌신적인 사랑을 끊임없이 경멸하는 일에 이용했다. 차라리 내가 그녀의 비서이고 집사이고 이복 남동생이고 가난한 친척이었다면 — 차라리 그녀와 결혼 약속을 한 남편감의 남동생이었다면 — 그녀와 아주 가까운 곳에 있으면서도 지금보다 더 내 희망으로부터 멀어져 있는 것처럼 보이진 않았을 것이다. 내가 그녀를 성이 아닌 이름으로 부를 수 있는 특권과 그녀가 내 이름을 부르는 소리를 들을 수 있는 특권이 내게 있다는 사실조차도, 이런 상황에선 내 고통을 더 악화시킬 뿐이었다. 그리고 이런 상황이 그녀의 다른 구애자들을 거의 미치게 만들 가능성이 높았을 거라는 생각이 들긴 하지만, 그로 인해 나도 거의 미칠 지경이었다는 것도 너무나 확실히 알고 있었다.

그녀에겐 끝도 없이 구애자들이 몰려들었다. 틀림없이 내 질투심 때문에 그녀에게 접근하는 모든 사람들이 구애자 같았을 것이다. 그러나 그게 아니더라도 그런 구애자들은 넘치고도 남았다.

나는 그녀와 리치먼드에서 자주 만났으며 그녀에 대한 얘기를 시내에서 자주 들었다. 그리고 나는 종종 그녀와 브랜들리 모녀를 강가로 데려갔다. 들놀이, 축제, 연극 관람, 오페라, 음악회, 파티, 온갖 종류의 즐거운 행사가 이어졌고 그 모든 행사에서 나는 그녀를 따라다녔다. 하지만 그 모든 행사는 오직 비참한 기분만 들게 할 뿐이었다. 그녀와 함께 있으면서 나는 단 한 시간도 행복하지 않았다. 그러나 내 마음은 하루 스물네 시간 내내 죽을 때까지 그녀를 내 옆에 두면 행복하겠다는 생각만 계속 읊어 대고 있었다.

이렇게 서로 왕래하고 있던 기간 내내 — 곧 밝혀지는 바와 같이 그때 내가 오랜 시간이라고 생각했던 기간 동안 지속되었다 — 그녀는 습관적으로 우리 관계가 우리에게 억지로 강요된 거라는 점을 표현하는 말투로 되돌아가곤 했다. 그녀가 갑자기 그런 말투나 다른 많은 말투들을 버리고, 나를 연민하는 것 같은 태도를 보이곤 하던 때도 있었다.

「핍, 핍.」 어느 날 저녁 리치먼드 집의 어둑어둑한 창가에서 서로 떨어져 앉아 있을 때, 그녀가 갑자기 습관적으로 쓰던 말투를 버리고 내게 말했다. 「너, 경고를 결코 안 받아들일 거니?」

「무슨 경고?」

「나에 대한 경고 말이야.」

「너한테 매혹되지 말라는 경고의 의미야, 에스텔라?」

「내가 의미한다고? 내 경고의 의미를 모른다면 넌 눈이 먼 거야.」

그때 그녀에게 본래 사랑의 신은 눈이 먼 것으로 유명하다는 말을 해야만 했던 건지 모르겠다. 그러나 늘 나를 제약하고 있던 이유 — 이런 이유도 나를 적잖이 비참하게 만들었다 — 즉 그녀가 미스 해비섐에게 복종해야만 할 뿐 다른 선택을 할 수 없다는 걸 그녀 자신이 잘 알고 있는 마당에 나까지 그녀에게 압박을 가하는 건 너그럽지 못하다는 생각이 그 말을 막았다. 내가 늘 걱정했던 건, 그녀도 그걸 알고 있기 때문에 내가 늘 그녀의 도도한 태도에 대해 과도하게 불리한 입장에 처한다는 것, 그리고 그게 나를 그녀의 가슴 속에서 일어나고 있는 반항적인 투쟁의 대상으로 만든다는 것이었다.

「어쨌든 말이다.」 내가 말했다. 「지금은 난 네게 경고받은 게 없어. 이번엔 네가 나더러 오라고 편지를 썼으니까.」

「그건 맞아.」 에스텔라가 늘 나를 오싹하게 하는 차갑고 무심한 미소를 지으며 말했다.

밖의 땅거미를 잠시 바라보고 난 후 그녀가 말을 이었다.

「미스 해비셤이 새티스 하우스에서 하루 날을 잡아 나를 보고 싶어 하는 날이 돌아왔어. 괜찮다면 넌 나를 그곳으로 데려가게 되어 있고, 돌아올 때도 나를 데리고 오게 되어 있어. 미스 해비셤은 내가 혼자 여행하는 걸 바라지 않고, 내가 하녀를 집에 들이는 것도 반대해. 내가 그런 사람들 입에 오르내리는 걸 걱정해서 그래. 나를 데려다 줄 수 있지?」

「데려다 줄 수 있느냐고 묻다니, 에스텔라!」

「그럼 그럴 수 있다는 거지? 너만 괜찮다면, 시간은 모레야. 넌 내 지갑에서 모든 경비를 지불하게 되어 있어. 그곳에 가는 조건은 들었겠지?」

「그리고 반드시 준수할 거고.」 내가 말했다.

이게 그 방문이나 비슷한 다른 방문에 대해 내가 받은 모든 준비 사항이었다. 미스 해비셤은 내게 결코 편지를 보낸 적이 없었으며, 또한 나는 그녀의 필체조차 본 적이 없었다. 우리는 다음다음 날 내려갔다. 나는 그녀를 처음 보았던 방에서 미스 해비셤을 발견했다. 새티스 하우스에는 아무런 변화도 없었다는 말은 덧붙일 필요도 없다.

내가 에스텔라와 그녀가 함께 있는 걸 마지막으로 보았을 때 그랬던 것보다 훨씬 더 섬뜩하게 그녀는 에스텔라를 반겼다. 〈섬뜩하게〉라는 말을 일부러 다시 한 번 강조하겠다. 그녀의 눈길과 포옹에 담긴 힘에 확실히 섬뜩한 면이 있었기 때문이다. 그녀는 에스텔라의 미모에 집착했고, 말에 집착했고, 몸짓에 집착했다. 그녀는 자신의 떨리는 손가락들을 우물우물 씹으면서 에스텔라를 바라보며 앉아 있었는데, 마치 손수 키운 아름다운 동물을 게걸스럽게 잡아먹기라도 하겠다는 태도였다.

에스텔라를 바라보다가 내게로 시선을 돌린 그녀는 내 가슴속을 들여다보고 거기 나 있는 상처를 탐색하는 것 같은 날카로운 눈매로 나를 쏘아보았다. 「저 애가 너를 어찌 대하느냐, 핍? 저 애가 너를 어찌 대하느냐?」 에스텔라가 듣고 있는데도 그녀는 마녀처럼 열의를 갖고 재차 물었다. 그러나 한밤중에 우리가 가물거리는 난롯가에 앉아 있었을 때 그녀의 모습은 정말로 기이했다. 그녀는 그때 에스텔라의 손을 자기 팔 안으로 끌어서 감싼 뒤 자기 손으로 꽉 붙들고는, 에스텔라가 정기적으로 보낸 편지 속에서 언급한 내용을 재차 언급하는 방법을 통해 에스텔라가 그동안 매혹시킨 남자들의 이름과 자세한 사정을 억지로 끌어내고 있었다. 치명적인 상처를 입은 병든 심성의 소유자답게 미스 해비섐은 그 남자들의 명단을 골똘히 생각하고 있었다. 그리고 그녀는 나머지 다른 한 손은 목발 지팡이 위에 올려놓고, 다시 그 위에 턱을 괸 채 번득이는 퀭한 눈으로 나를 노려보며 앉아 있었다. 정말 유령 같은 모습이었다.

미스 해비섐의 그런 유령 같은 모습은 나를 비참하게 만들었으며, 내가 그녀에게 의존하고 있고 심지어 타락까지

하고 있다는 사실을 일깨워 주었다. 하지만 나는 그녀의 그런 모습을 통해 에스텔라가 남자들에게 미스 해비섐의 복수를 대신하기 위해 계획적으로 준비된 존재라는 것, 그리고 에스텔라가 그 복수를 완수할 때까지 일정 기간 동안은 내 차지가 되지 못할 거라는 사실을 알아차렸다. 미스 해비섐의 그런 모습을 통해, 나는 에스텔라가 내 짝으로 미리 정해진 이유도 알아차렸다. 남자들을 매혹하고 고통스럽게 만들고 그들에게 해를 가하라고 에스텔라를 세상에 내보낼 때, 미스 해비섐은 그녀가 사실 모든 구애자들의 손이 닿지 않는 곳에 있으며 주사위 던지기 같은 그런 게임에 돈을 거는 자들은 모두 확실히 패배하게 될 거라는 악의적인 확신을 갖고 있었던 것이다. 미스 해비섐의 그런 모습을 통해 나는 비록 그 게임의 상금이 내게 주어지도록 예약되어 있다 할지라도 나 또한 그녀의 교묘하고 영악하고 뒤틀린 심성에 의해 고통받고 있다는 사실을 알아차렸다. 미스 해비섐의 그런 모습을 통해 내게 그토록 오랫동안 언급되지 않았던 이유와 최근 내 후견인이 이런 음모를 공식적으로 알고 있다고 입장을 밝히기를 거부했던 이유도 알아차렸다. 한마디로 말해, 나는 미스 해비섐의 그런 유령 같은 모습을 통해 그때 그 자리에서 내 눈에 드러난 미스 해비섐의 진면목 그리고 내가 늘 눈앞에 그려 오던 그녀의 진면목을 알아차렸다. 그리고 그녀가 평생 햇빛을 피해 몸을 숨기고 살아온 그 어두컴컴하고 건강하지 못한 집의 분명한 그늘을 알아차렸다.

그녀의 방을 비추는 촛불은 벽의 돌출 촛대에 꽂혀 있었다. 그것은 바닥에서 높이 떨어진 곳에 있었고 좀처럼 환기되는 법이 없는 공기 속에서 희미하게, 흔들림 없이, 부자연스러운 빛을 발하며 타오르고 있었다. 몸을 돌려 그 촛불과, 그것이 만들어 내는 침침한 어둠과, 정지되어 있는 시계들과, 식탁과, 그 위에 놓여 있는 말라빠진 신부 드레스 장식품들과, 그리고 난롯불로 인해 천장과 벽 위에 그 모습이 유령처럼 크게 확대되어 보이는 그녀의 섬뜩한 형체를 바라보았을 때, 나는 이 모든 광경을 통해 이미 내가 알아차렸던 조금 전의 해석이 다시 마음속으로 반복되며 내게 던져지고 있다는 걸 알았다. 내 생각은 방 밖의 층계참 너머, 결혼식 피로연 식탁이 펼쳐져 있는 건너편의 큰 방까지 이어졌다. 그리고 나는 내 그런 해석이, 말하자면 식탁 중앙 장식대 밑으로 늘어져 있는 거미줄들과, 식탁보 위를 기어다니는 거미들과, 콩닥콩닥 뛰는 작은 심장을 갖고 벽 널판 뒤를 오가는 생쥐들의 발자국과, 바닥 위를 더듬거리며 가거나 멈춰 있는 바퀴벌레들의 움직임 위에 쓰여 있다는 걸 알아차렸다.

우연찮게도 이번 방문 때 에스텔라와 미스 해비셤 사이에 독기 어린 신랄한 말들이 오가는 사건이 발생했다. 두 사람이 그렇게 반목하는 모습을 내가 본 건 그때가 처음이었다.

우리는 방금 전 묘사한 대로 난롯가에 앉아 있었다. 그리고 미스 해비셤은 여전히 에스텔라의 팔을 자기 팔에 끼고 있었고, 여전히 그녀의 손을 자기 손 안에 꼭 쥐고 있었다. 바로 그때 에스텔라가 천천히 몸을 빼기 시작했다. 그녀는 이미 그전부터 한 차례 이상 못 견디겠다는 모습을 도도하게 내비치고 있었다. 미스 해비셤의 맹렬한 애정을 아무런 생각 없이 받아들이거나 보답의 차원에서 받아들인다기보다는 그지 꾹 참고 있었던 것이다.

「왜 그러느냐?」 미스 해비셤이 번득이는 눈길로 그녀를 쏘아보며 말했다. 「내가 지겨워진 거냐?」

「그저 저 자신에게 조금 지겨워진 것뿐이에요.」에스텔라가 팔을 푼 뒤 커다란 벽난로 선반 쪽으로 옮겨 가면서 대답했다. 그녀는 그곳에서 난롯불을 내려다보며 서 있었다.

「진심을 말해라, 이 배은망덕한 것!」미스 해비셤이 격하게 지팡이로 바닥을 내리치며 소리쳤다. 「넌 내가 지겨워진 거야.」

에스텔라는 지극히 침착하게 미스 해비셤을 바라보다 다시 난롯불을 내려다보았다. 그녀의 우아한 자태와 아름다운 얼굴은 상대방의 미친 듯 격한 흥분에 대해 거의 잔혹하다고까지 할 수 있을 만큼 냉정하게 무관심을 내보이고 있었다.

「목석같이 찬 것!」미스 해비셤이 소리쳤다. 「차갑고도 차가운 심장을 가진 것!」

「뭐라고요?」에스텔라가 벽난로 선반에 몸을 기대고 오직 눈만 움직이면서 무관심한 태도를 유지하며 말했다. 「지금 저를 차갑다고 비난하시는 거예요? 어머니가요?」

「그럼 안 그렇다는 거냐?」사납게 쏘아붙이는 대꾸였다.

「어머니는 반드시 아셔야 해요.」에스텔라가 말했다. 「제 모습을 바로 어머니가 만드셨다는 걸요. 그러니 저에 대한 모든 칭찬과 모든 비난과 제 모든 성공과 모든 실패를, 요컨대 제 모든 걸 받아들이세요.」

「세상에, 쟤 좀 봐, 쟤 좀 봐!」미스 해비셤이 비통하게 외쳤다. 「쟤 좀 봐, 저토록 매몰차고 저토록 감사할 줄 모르다니. 그것도 자기를 키운 이 난롯가에서! 내 가슴이 여기저기 찔려 맨 처음 피를 흘렸을 때부터 그 가슴에 자기를 품었던 곳에서, 그리고 여러 해에 걸쳐 내가 다정한 애정을 아낌없이 쏟아부었던 곳에서, 바로 이곳에서!」

「적어도 저는 그런 계약의 당사자가 아니었어요.」에스텔라가 말했다.「그 계약이 맺어질 때 설령 제가 걸 수 있고 말할 수 있었다 할지라도, 아마 그때는 그 정도가 제가 할 수 있는 최대한의 행동이었을 테니까요. 하지만 어머니, 대체 어머니가 갖고 싶으신 게 뭔가요? 어머니는 제게 참 잘 대해 주셨어요. 그리고 전 제 모든 걸 어머니에게 빚지고 있어요. 대체 어머니가 갖고 싶은 게 뭔가요?」

「사랑이다.」

「갖고 계시잖아요.」

「안 갖고 있다.」미스 해비섬이 말했다.

「양어머니.」에스텔라가 여유 있고 우아한 태도를 결코 버리지 않고 상대방처럼 목소리를 올리는 일도 결코 없이, 또한 분노의 감정이든 연민의 감정이든 어떤 감정에도 결코 굴복하지 않고 반박했다.「양어머니, 어머니께 제 모든 걸 빚지고 있다는 말씀은 이미 드렸어요. 제가 가진 모든 것은 전적으로 어머니 것이에요. 어머니께서 제게 주신 모든 것은 어머니 명령 한마디로 다시 가져가실 수 있어요. 그런 것 말고는 제겐 아무것도 없어요. 그런데 어머니께서 제게 결코 주신 적이 없는 걸 달라시면 어떡해요. 그런 일은 제 보은의 감정으로도, 의무감으로도 해드릴 수가 없어요.」

「내가 자기한테 한 번도 준 적이 없대, 사랑을!」미스 해비섬이 미친 듯 화가 나서 내게 몸을 돌리며 소리쳤다.「내가 자기한테 질투심과 뗄 수 없고 날카로운 고통과도 뗄 수 없는 불타는 사랑을 단 한 빈도 준 적이 없대. ㅏ한테 저렇게 말하면서! 저 애한테 내가 미쳤다고 말하라고 해, 미쳤다고 말이야!」

「제가 왜 어머니가 미쳤다고 말해야 하나요?」에스텔라가
대들었다. 「많고 많은 사람들 중에서, 왜 제가요? 어머니가
어떤 의도를 갖고 계신지 제가 알고 있는 것의 절반만큼이
라도 아는 사람이 세상 어디에 있을까요? 어머니가 얼마나
건실한 기억력을 갖고 계신지 제가 알고 있는 것의 절반만큼
이라도 아는 사람이 과연 있을까요? 바로 이 난롯가에서, 심
지어 거기 어머니 옆에 놓여 있는 그 작은 걸상 위에 앉아서,
어머니 얼굴이 이상하게 보여 무서워할 때부터 어머니의 가
르침을 배우고 얼굴을 올려다보며 살았던 제가, 어머니가
미쳤다고 말해요?」

「너무 빨리 잊힌 거야!」미스 해비셤이 신음하듯 말했다.
「그 시절이 너무 빨리 잊힌 거라고!」

「아니에요. 잊히지 않았어요.」에스텔라가 쏘아붙였다.
「잊히지 않고 제 기억 속에 보물처럼 소중히 간직되어 있어
요. 언제 제가 어머니 가르침을 불성실하게 그르치는 걸 본
적이 있으세요? 제가 어머니 가르침을 마음에 담아 두지 않
는 걸 한 번이라도 본 적이 있으세요? 제가 여기 이곳(그녀
는 손으로 자기 가슴을 만졌다)에 어머니가 들어오지 못하
게 막는 것을 조금이라도 받아들이는 걸 본 적이 있으세요?
부디 바른대로 말씀해 주세요.」

「저렇게 오만할 수가!」미스 해비셤이 두 손으로 하얗게
센 머리를 쓸어 넘기며 신음하듯 말했다.

「제게 오만을 가르친 사람이 누군데요?」에스텔라가 대들
었다. 「제가 그 가르침을 배우자 칭찬한 사람이 누군데요?」

「저렇게 매몰찰 수가!」미스 해비셤이 아까와 마찬가지로

행동하며 신음하듯 말했다.

「제게 매몰차게 굴라고 가르친 사람이 누군데요?」 에스텔라가 대들었다. 「제가 그 가르침을 배우자 칭찬한 사람이 누군데요?」

「하지만 〈나한테까지〉 오만하고 매몰차게 굴다니!」 미스 해비셤이 두 손을 뻗으며 거의 비명에 가까운 소리를 내질렀다. 「에스텔라, 에스텔라, 에스텔라. 〈나한테까지〉 오만하고 매몰차게 굴다니!」

에스텔라는 차분하면서도 다소 놀란 표정으로 잠시 미스 해비셤을 바라보았지만 그 밖에 다른 심적 동요는 내보이지 않았다. 그 순간이 지나가자 그녀는 다시 난롯불을 내려다보았다.

「도무지 이해할 수 없네요.」 잠시 침묵을 지키다 시선을 들어 올리며 에스텔라가 말했다. 「오래 떨어져 있다 어머니를 보러 왔는데 이렇게 비이성적인 면모를 보이시는 이유가요. 저는 어머니께서 겪으신 부당한 일들과 그 원인들을 결코 잊은 적이 없어요. 저는 어머니나 어머니의 가르침을 불성실하게 대한 적이 결코 없어요. 저는 저 스스로를 비난할 만한 약점을 결코 보인 적이 없어요.」

「내 사랑에 대해 보답하는 게 약점을 보이는 거니?」 미스 해비셤이 소리쳤다. 「하지만 그래, 그렇고말고. 저 애는 그걸 약점이라고 부를 거야!」

「이런 일이 왜 일어났는지 조금 이해가 되기 시작했어요.」 또다시 차분하면서도 다소 놀란 표정을 잠시 지은 뒤 생각에 잠긴 태도로 에스텔라가 말했나.

「어머니께서 양녀로 삼은 딸을 오로지 이 어두컴컴한 방에만 가둬 놓고 키우셨다고 쳐요. 어머니의 얼굴을 비춰 볼 햇빛 같은 게 존재한다는 사실을 그 양딸이 결코 알지 못하게 하셨다고 쳐요. 어머니께서 그런 일을 했다고 쳐요. 그런데 그러고 나서 어떤 목적을 위해 그 딸이 햇빛을 이해하고 그것에 관한 모든 사실을 이해하기를 원한다고 하면, 그때도 어머니께서 제게 실망하고 화를 내셨을까요?」

미스 해비셤은 두 손으로 머리를 감싸고 낮게 신음하며 의자 위에 앉아서 몸을 흔들고 있었지만 아무런 대답도 하지 않았다.

「혹은 말이죠.」 에스텔라가 말했다. 「이게 더 진실에 가깝겠네요. 어머니께서 그 양딸이 맨 처음 사물에 대해 이해하기 시작하던 때부터 모든 에너지와 힘을 총동원하여 그녀에게 햇빛 같은 게 이 세상에 존재하긴 하지만 그건 어머니의 원수이자 파괴자로 만들어진 것이며, 그 햇빛이 어머니를 말려 죽이든지 아니면 딸을 말려 죽일 테니 늘 그것에 등을 돌려야만 한다고 가르쳤다고 쳐요. 그런데 그러고 나서 어떤 목적을 위해 그 딸이 햇빛을 자연스럽게 좋아하기를 원하신다면, 그리고 그 딸이 그런 일을 할 수 없다고 한다면 그때도 어머니께서 제게 실망하고 화를 내셨을까요?」

미스 해비셤은 이 말을 주의 깊게 들으면서도 (그녀의 얼굴을 내가 볼 수 없었으니 그러고 있는 것처럼 보였던 건지도 모른다) 여전히 아무런 대답도 하지 않았다.

「그러니 제가 만들어진 모습대로 저를 받아들이셔야 해요.」 에스텔라가 말했다. 「성공도 실패도 제 것이 아니에요. 하지만 그 두 가지가 합쳐져서 저를 만들고 있죠.」

어쩌다가 그렇게 된 건지 좀처럼 알 수 없었지만, 미스 해비섬은 방바닥 여기저기에 널려 있는 빛바랜 신부 드레스의 잔해들 사이에 털썩 주저앉았다. 나는 그 기회를 틈타 ― 나는 처음부터 그런 기회를 엿보고 있었다 ― 에스텔라에게 그녀를 돌보라는 손짓을 한 뒤 방을 나왔다. 방을 나올 때 에스텔라는 처음부터 내내 서 있던 모양새 그대로 여전히 벽난로 선반 옆에 서 있었다. 미스 해비섬의 새하얀 머리채가 신부 드레스의 잔해들 사이로 바닥을 뒤덮으며 퍼져 있었는데, 정말이지 처참하기 짝이 없는 광경이었다.

나는 우울해진 마음으로 별빛을 받으며 한 시간 이상 앞마당과 양조장과 폐허가 된 정원 주변을 거닐었다. 마침내 용기를 내어 방으로 되돌아가 보니 에스텔라가 미스 해비섬의 무릎 가에 앉아서, 해져 누더기가 되어 가고 있는 낡은 신부 드레스의 옷가지 조각(그 뒤로 나는 교회에 내걸린 낡은 깃발의 빛바래고 찢어진 조각들을 볼 때마다 이 옷가지 조각들을 떠올렸다)에서 실오라기 몇 개를 떼어 내고 있는 모습이 보였다. 얼마 후 에스텔라와 나는 옛날처럼 카드놀이를 했다. 다만 지금은 우리의 게임 실력이 늘었다는 것, 그리고 프랑스식 카드놀이를 했다는 것만 달랐다. 그런 식으로 저녁 시간이 흘러갔고 잠자리에 들었다.

나는 안마당 건너편에 있는 별채에서 잤다. 새티스 하우스에서 잠을 잔 건 그때가 처음이었다. 그런데 잠이 다가오기를 거부했다. 무수한 미스 해비섬들이 내 머릿속에 출몰하며 떠나지를 않았다. 그녀는 내 베개 이쪽과 저쪽, 침대 머리맡과 발치, 반쯤 열린 옷 방의 문 뒤와 옷 방 안, 위층 방과 아래층 빙 등 도치에 출몰했다. 마침내 밤이 꾸물거리며 2시를 향해 가고 있던 즈음, 나는 편히 누워 잠자는 장소인 그곳을 도저히 더 이상 견딜 수 없으니 차라리 그냥 일어나는 게 낫겠다고 생각했다. 따라서 나는 일어나 옷을 챙겨 입고 밖으로 나가서 안마당을 가로질러 돌이 깔린 긴 통로로 향했다. 바깥마당으로 나가서 조금 거닐며 마음을 진정시킬 생각이었다. 그러나 나는 그 통로에 도착하자마자 곧바로 촛불을 껐다. 미스 해비섬이 유령 같은 모습으로 낮게 흐느끼면서 그 통로를 따라 걸어가고 있었던 것이다. 나는 멀찌감치 떨어져서 그녀를 따라갔고 그녀가 계단을 올라가는 걸 보았다. 손에 촛불 하나를 들고 있었는데 아마 자기 방의 돌출 촛대에 있는 촛불들 중에서 가져온 것인 듯싶었다. 그 촛불의 불빛으로 인해 정말이지 그녀는 이 세상 사람이 아닌 섬뜩한 물체 같았다. 계단 아래 서 있던 나는 그녀가 문을 여는 모습을 직접 보지 않고서도 결혼식 피로연 방의 곰팡내 나는 공기를 느꼈다. 그리고 그녀가 그 방 안을 거니는 소리와, 뒤이어 자기 방으로 건너가는 소리, 그러다가 다시 피로연 방으로 가는 소리를 들었다. 그러는 동안 낮게 흐느끼는 소리는 결코 멈추지 않았다. 얼마 후 나는 칠흑 같은 어둠 속에서 그곳을 빠져나와 내 방으로 돌아가려고 애를 썼다. 하지만 새벽 햇살 몇 줄기가 길을 잃고 그곳으로 흘러들어와 내가 손을 짚고 있는 곳을 비춰 줄 때까지 그 두 가지 일 중 어느 것도 할 수 없었다. 그 시간 내내 계단 아래로 다시 가볼 때마다 나는 미스 해비섬의 발소리를 들었고, 그녀의 촛불 불빛이 위에서 오가는 걸 보았고, 그녀가 계속해서 낮게 흐느끼는 소리를 들었다.

　다음 날 우리가 떠나기 전까지 그녀와 에스텔라 사이의 불화가 재현되는 일은 없었다. 그리고 이후 그 어떤 비슷한 경우에도 그런 일이 재발하는 일은 없었다. 내가 기억하는 한 그때와 비슷한 경우는 네 번 있었다. 에스텔라에 대한 미스 해비셤의 태도 또한 변화가 없었다. 다만 그 태도에 배어 있던 예전의 특징에 두려움 비슷한 게 주입된 것 같다는 생각이 들기는 했다.

내 인생행로의 이 페이지를 벤틀리 드러믈의 이름을 올려 놓지 않고서 넘긴다는 건 불가능한 일이다. 가능하기만 하다면 나는 기꺼이 이 페이지를 그냥 넘겨 버렸을 것이다.

어느 날 우리 〈멋쟁이 새〉 회원들이 모두 모여 있을 때였다. 평상시처럼 어느 누구도 다른 이의 견해에 토를 달지 않는 방식을 통해 우호 관계가 돈독해지고 있던 참이었다. 그때 사회를 보던 멋쟁이 새가 〈작은 숲〉 전체에 드러믈 군이 아직 어느 숙녀에게 건배를 하지 않았으니 정숙해 달라고 부탁했다. 모임의 엄숙한 규약에 따라 그날 그 지긋지긋한 놈이 건배 제의를 할 차례였던 것이다. 나는 술병이 도는 동안 그가 몹시 불쾌한 태도로 내게 악의적인 곁눈질을 보내고 있는 것 같았다. 그러나 우리 두 사람 사이에 서로 빼앗길 연인이 없었기에 나는 그런 곁눈질을 그러려니 하고 넘기려 했다. 그러나 그놈이 〈에스텔라 양을 위하여!〉라고 회원들에게 건배 제의를 했을 때 내가 얼마나 울화가 치밀어 올랐겠는가!

「어느 에스텔라?」 내가 말했다.

「네가 신경 쓸 일이 아니야.」 드러믈이 쏘아붙였다.

「어디 사는 에스텔라냐고?」 내가 말했다. 「넌 그녀가 어디 사시는지 말할 의무가 있어.」 멋쟁이 새 회원으로서 그는 그래야 했다.

「리치먼드에 사는 에스텔라 양입니다, 신사 여러분!」 드러 믈이 나는 거들떠보지도 않으면서 말했다. 「그리고 비할 데 없는 미인입니다.」

「비열하고 가여운 백치 같은 놈, 비할 데 없는 미인들을 퍽도 많이 알겠다!」 허버트에게 내가 속삭였다.

「내가 그 숙녀를 아는데.」 건배에 대한 찬사가 이어지고 나서 허버트가 건너편에 대고 말했다.

「〈네가〉 그녀를 안다고?」 드러믈이 말했다.

「나도 안다.」 벌게진 얼굴로 내가 덧붙였다.

「〈너도〉 안다고? 〈이런〉, 제기랄!」

이게 그 육중한 놈이 할 수 있는 유일한 대응 — 유리잔 이나 오지그릇을 뺀다면 말이다 — 이었다. 그러나 나는 그 말을 듣고 그게 마치 희롱으로 가득 찬 가시 돋친 말처럼 여 겨져 극도로 화가 났다. 나는 즉시 자리에서 일어나 명예로 운 멋쟁이 새가 작은 숲에 〈등원〉 — 우리는 그 모임에 오는 걸 늘 멋진 의회식 표현으로 〈등원〉한다고 했다 — 해 알지 도 못하는 숙녀를 위해 건배 제의를 하는 건 뻔뻔한 짓이라 생각하지 않을 수 없다고 말했다. 그러자 드러믈은 벌떡 일 어나 그게 무슨 의미냐고 물었다. 그 물음에 그에게 내가 사 는 곳이 어딘지 알고 있을 거라는 극단적인 대답을 했다.[6]

기독교 국가에서 이런 식의 대화가 오간 뒤에도 과연 당 사자들이 피를 보지 않고 잘 지낼 수 있는 것인지의 여부는 멋쟁이 새들 사이에서 의견이 갈린 문제였다. 실제로 이 문 제를 놓고 하도 열띠게 격론이 벌어져서 적어도 추가로 여섯 명의 명예로운 회원들이 다른 여섯 명의 회원들에게 자신이

6 결투 신청을 하러 찾아오라는 말.

사는 곳이 어딘지 알고 있을 거라고 믿는다고 말했다. 그러나 마침내 미스터 드러믈이 영광스럽게도 자신이 알고 있다는 문제의 숙녀로부터 결코 하찮게 볼 수 없는 확인서를 가지고 온다면, 미스터 핍이 신사로서 그리고 멋쟁이 새 회원으로서 〈그런 흥분을 내보인 일〉에 대해 유감 표명을 반드시 해야 한다고 결론이 났다. 바로 다음 날이 그 확인서를 제시할 날로 정해졌다. (꾸물거리다 우리의 명예가 차갑게 식는 걸 막기 위해서였다.) 그리고 다음 날 드러믈은 그와 여러 차례 함께 춤을 춘 적이 있다고 에스텔라가 직접 쓴 예의 바르고 짤막한 확인서를 가지고 와 제시했다. 이렇게 해서 나는 〈그런 흥분을 내보인 일〉에 대해 유감을 표명했으며, 대체적으로 봐서 내가 사는 곳이 어딘지 알고 있을 거라고 했던 건 이치에 닿지 않는 말이었다고 부정하는 것 말고는 별다른 방법이 없었다. 그 후 드러믈과 나는 한 시간 동안 서로를 향해 코웃음을 치며 앉아 있었고 〈작은 숲〉 회원들은 무차별적인 공박에 열중했다. 마침내 놀랄 정도로 신속하게 우호의 감정이 고조되었음이 선언되었다.

이 이야기를 가볍게 하고 있긴 하지만, 사실 내게 이 일은 결코 가벼운 일이 아니었다. 에스텔라가 평균보다 훨씬 못 미치고 경멸의 대상인 데다 꼴사납고 뚱한 얼간이 놈에게 조금이라도 호의를 보였다는 생각을 하니, 그게 얼마나 큰 고통인지 표현조차 제대로 할 수 없었기 때문이다. 지금 이 순간까지도 나는 그녀가 그런 비열한 놈에게 수치를 무릅쓰고 몸을 낮추었다는 생각을 못 견뎠던 건, 그녀에 대한 사랑 속에 깃든 너그럽고 사심 없는 순수한 열정 때문이었다고 믿고 있다. 아마 틀림없이 그녀가 그 어떤 남자에게 호의를 보여 주었든 비참한 기분에 빠져들었을 것이다. 하지만 그게 조금 더 훌륭한 남자였다면 이번 경우와는 다른 번민을 불러일으켰을 것이다.

드러믈이 에스텔라 뒤를 바싹 따라다니기 시작했으며 그녀가 그걸 허락했다는 사실을 알아차리는 건 쉬운 일이었다. 나는 실제로 곧 그 사실을 알아차렸다. 얼마 후 그는 늘 그녀를 따라다녔고, 그와 나는 매일같이 서로 마주쳤다. 그는 지겨울 정도로 고집스럽게 그녀에게 매달렸는데, 실상은 에스텔라가 그를 매달리게 만든 것이었다. 그녀는 어떤 때는 부추겼고, 어떤 때는 거의 치켜세웠고, 어떤 때는 멸시했고, 어떤 때는 그를 아주 잘 아는 척했고, 어떤 때는 그가 누군지 좀처럼 기억하지 못하겠다는 식으로 행동했다.

그러나 재거스 씨가 불렀던 호칭처럼 이 거미 놈은 몰래 숨어 기다리는 데는 이골이 난 놈이었고, 자기 동족의 끈기를 지닌 놈이었다. 게다가 그는 자신의 돈과 대단한 집안에 대해 얼간이 같은 확신을 갖고 있었는데 그게 가끔 — 집중력과 단호한 목적의식을 거의 대신할 정도로 — 그에게 도움이 되었다. 이런 식으로 거미 놈은 에스텔라를 예의 주시하면서 자기보다 똑똑한 다른 수많은 곤충들보다 더 끈덕지게 끝까지 버텼고, 그러다가 종종 아슬아슬한 최적의 순간에 사렸던 몸을 펴고 뚝 떨어져 내리며 급습을 하곤 했다.

한번은 에스텔라가 다른 모든 미녀들을 압도했던 공공 무도회에서 — 당시에는 대부분의 지역에서 공공 무도회가 열리곤 했다 — 이 서투른 드러믈 놈이 그녀 곁을 하도 얼씬거리고 그녀 또한 그를 꽤나 잘 참아 주고 있기에, 그에 대해 말을 좀 해야겠다고 결심했다. 나는 곧바로 기회를 잡았다.

그녀가 떠날 채비를 하고 자신을 집에 데려다 줄 브랜들리 부인을 기다리며 꽃들 사이에 따로 떨어져 앉아 있을 때였다. 나는 그녀와 함께 있었는데, 그런 무도회장을 오갈 때 거의 언제나 그들과 동행했기 때문이다.

「피곤하니, 에스텔라?」

「약간, 핍.」

「당연히 그렇겠지.」

「차라리 당연히 그렇지 않을 거라고 말해 줘. 잠자리에 들기 전에 새티스 하우스로 보낼 편지를 써야 하거든.」

「오늘 밤의 승리에 대해 자세히 얘기하려고?」 내가 말했다. 「그건 분명히 아주 보잘것없는 승리였어, 에스텔라.」

「무슨 소리야? 난 승리라고 할 만한 게 있었는지도 모르겠는데.」

「에스텔라.」 내가 말했다. 「저기 저 구석에 있는 저 사람을 봐. 여기를 건너다보고 있는 저놈 말이야.」

「내가 저 사람을 왜 봐야 하는데?」 에스텔라가 그쪽을 보는 대신 시선을 내게 돌리며 말했다. 「저기 저 구석에 있는 저 사람을 — 네 말을 빌릴게 — 내가 봐야 할 이유가 뭐야?」

「정말이지, 그게 바로 내가 네게 묻고 싶은 질문이다.」 내가 말했다. 「저놈이 오늘 밤 내내 네 주변을 맴돌았다고.」

「불이 켜져 있는 촛불 옆엔 으레 온갖 종류의 벌레들이 꾀기 마련이야.」 에스텔라가 그를 흘긋 보며 말했다. 「촛불이 그런 일을 피할 수 있겠니?」

「아니.」 내가 대답했다. 「하지만 에스텔라라면 피할 수 있지 않을까?」

「글쎄!」 그녀가 잠시 웃음을 터뜨린 뒤 말했다. 「아마 그럴지도 모르지. 네 마음대로 생각해.」

「하지만 에스텔라, 내 말 좀 잘 들어 봐. 드러믈처럼 모든 사람들에게 멸시당하는 남자를 네가 부추긴다는 사실이 날 비참하게 해. 저놈이 그렇게 멸시를 당하고 있다는 건 너도 알잖아.」

「그래서?」 그녀가 말했다.

「그가 속으로도 그렇고 밖으로도 그렇고 꼴사나운 놈이라는 건 너도 알아. 모자라고, 성미는 까다롭고, 침울하고, 멍청한 놈이라는 것도 알고.」

「그래서?」 그녀가 말했다.

「저놈에게 돈과 멍청한 조상들의 터무니없는 족보 말고 추천할 만한 사항이 하나도 없다는 건 너도 알아. 안 그래?」

「그래서?」 그녀가 다시 말했다. 그리고 매번 그 말을 할 때마다 그녀는 그 사랑스러운 눈을 더욱 크게 떴다.

〈그래서?〉라는 짧은 단어를 벗어나는 어려움을 극복하기 위해, 이번에는 내가 그녀에게서 그 말을 가로채 힘주어 되풀이하며 말했다. 「그래서! 그러니까 바로 그게 나를 비참하게 한다고!」

그런데 그녀가 드러믈에게 호의를 보인 게 바로 나를 비참하게 만들려는 의도로 그런 거였다면 차라리 그 일에 대해 좀 더 나은 감정을 가질 수 있었을 것이다. 그러나 늘 하던 습관대로 그녀가 나에 대해선 전적으로 신경 쓰지 않는 걸로 보아 그런 믿음을 전혀 가질 수가 없었다.

「핍.」 그녀가 건너편으로 시선을 던지며 말했다. 「이 일이 네게 미치는 영향에 대해 바보처럼 굴지 말아 줘. 그게 다른 사람들에겐 영향을 미칠 수 있겠지. 그리고 내가 일부러 그러라고 한 일이고. 이 일은 거론할 가치조차 없는 일이야.」

「아냐. 가치가 있어.」 내가 말했다. 「나는 사람들이 〈그녀가 자신의 우아한 미모와 매력을, 모인 사람들 중 제일 덜떨어지고 천박한 얼간이에게 내던지고 있다〉고 수군거리는 걸 참을 수가 없어.」

「나는 참을 수 있어.」 에스텔라가 말했다.

「아아, 그렇게 오만하게 굴지 마, 에스텔라. 그리고 그렇게 고집을 피우지도 말고.」

「이번엔 나보고 오만하고 고집스럽다고 말하는구나!」 에스텔라가 두 손을 펴며 말했다. 「아까는 나보고 얼간이에게 수치를 무릅쓰고 몸을 낮춘다고 비난하더니!」

「네가 틀림없이 그랬어.」 내가 다소 황급하게 말했다. 「바로 오늘 밤에도 네가 그에게 지어 보이는 그 표정과 미소를 내가 봤다고. 내겐 단 한 번도 지어 보인 적이 없는 표정과 미소 말이야.」

「그럼 넌 말이야.」 에스텔라가 화를 내는 건 아니지만 갑자기 정색하여 뚫어져라 바라보며 말했다. 「내가 널 기만하고 함정에 빠뜨리길 바라니?」

「그 말은 네가 저놈을 기만하고 함정에 빠뜨리고 있다는 소리니, 에스텔라?」

「그래. 그리고 다른 많은 남자들한테도 그러고 있어. 너만 빼놓고 다. 저기 브랜들리 부인이 온다. 더 이상 말 안 할게.」

이렇게 해서 내 가슴을 너무나도 가득 메웠고 너무나도 자주 아프게 했던 주제에 대해 한 장(章)을 할애했으니, 이제 아무런 방해 없이 그보다 훨씬 더 오랫동안 내 머리 위에 드리워져 있었던 사건으로 넘어가겠다. 에스텔라가 세상에 살고 있다는 걸 내가 알기 전부터, 그리고 에스텔라가 아기 시절의 지능으로 미스 해비셤의 파괴적인 손길에 의해 최초로 그녀의 뒤틀린 생각을 받아들이게 되었던 시절부터 내게 준비되기 시작했던 바로 그 사건이다.

동양의 한 이야기[7] 속에 정복의 감격에 도취된 마법사들 이야기가 나온다. 먼저 그 마법사들의 침대에 떨어질 육중한 석판이 천천히 채석장에서 만들어지고, 그다음으로 그걸 적당한 자리로 운반해 가서 지탱해 줄 밧줄을 설치할 터널이 수 킬로미터에 걸친 바위를 뚫고 서서히 완성된다. 그런 다음 석판이 천천히 들어 올려져 지붕에 끼워 맞춰지고 밧줄이 석판 구멍에 꿰어지면, 석판은 수 킬로미터에 이르는 터널을 통해 밧줄로 거대한 쇠고리까지 연결된다. 많은 노고를 들인 끝에 모든 게 다 준비되고 때가 되면, 쥐 죽은 듯 고요한 한밤중에 술탄이 잠에서 깨어나 거대한 쇠고리에 달린 밧줄을 끊을 예리한 도끼를 손에 쥐고 밧줄을 내리친다. 그러면 마침내 밧줄이 그 자리를 떠나 맹렬히 돌진하여 사라지고, 결국 밧줄과 연결해 천장에 매달아 놓은 석판은 떨어져 내린다. 내 경우가 바로 이 이야기 속의 내용과 같았다. 가까운 과거이건 먼 과거이건 간에 내가 맞이할 결말을 향해 진행되어 왔던 모든 작업이 마침내 모두 완성되어 있었다. 이제 일순간에 타격이 가해져 내 성채의 지붕이 내 위로

7 제임스 리들리James Ridley의 『마법사들 이야기 속편』(1776) 혹은 「미스나, 동방의 술탄」이라는 이야기. 술탄의 고위직 신하가 술탄의 왕좌를 찬탈한 사악한 마법사 한 쌍을 궤멸시키려는 의도로 궁궐을 짓는 이야기가 등장한다. 디킨스가 어린 시절 매우 좋아하던 이야기로, 핍의 희망이 무너지는 걸 암시한다.

허물어져 내릴 일만 남았을 뿐이었다.

39

나는 스물세 살이 되었다. 나는 내가 받게 될 유산 문제에 대해 새로운 사실을 밝혀 줄 말은 아직 한마디도 듣지 못한 채 스물세 번째 생일을 보냈다. 그렇게 일주일이 지나가고 있었다. 허버트와 나는 이미 1년도 더 전에 바너드 숙사를 떠나 템플 지구[8]에 와서 살고 있었으며 우리의 전셋집은 템스 강가 아래쪽 가든코트에 있었다.

포켓 씨와 나는 우리의 원래 관계로는 인연이 끊어진 지 오래였지만, 절친한 관계를 계속 유지했다. 어떤 일에도 안정적으로 정착하지 못하는 내 태도에도 불구하고 — 그런 태도가 재산에 대한 내 불안하고 불완전한 보유 권한에서 비롯된 것이었기를 바란다 — 나는 독서에 취미가 있었고, 하루 중 많은 시간을 책을 읽으며 보냈다. 허버트와 관련된 일은 아직도 진행 중이었다. 내 모든 상황은 앞 장 말미에 적어 놓은 대로였다.

그날 허버트는 사업상 일이 있어 마르세유로 출장을 떠나 있었다. 나는 혼자였고, 거기서 오는 단조롭고 따분한 느낌에 젖어 있었다. 오늘 아니면 다음 주에는 내 앞길이 탁 트일 거라는 희망을 오랫동안 품어 오며 낙심도 하고 불안도 겪고, 그리고 오랫동안 좌절에 빠져 있었던 나는 그날따라 친

---

8 이너 템플Inner Temple과 미들 템플Middle Temple, 두 법학원이 있던 지역.

구의 명랑한 얼굴과 흔쾌한 반응이 몹시 그리웠다.

구질구질한 날씨였다. 폭풍이 불고 비가 내리고, 다시 폭풍이 불고 비가 내렸다. 그리고 모든 거리가 온통 진창, 진창, 진창으로 뒤덮여 있었다. 매일같이 시커멓고 광대한 규모의 음울한 구름 장막이 마치 동쪽에 구름과 바람이 사는 영원의 세계가 있다는 듯, 런던 너머 동쪽으로부터 계속해서 몰려왔다. 돌풍이 하도 맹렬하게 불어 대서 시내의 높은 건물들 지붕에선 함석판이 떨어져 나갔고, 시골에서는 나무들이 뿌리째 뽑히고 풍차 날개들이 날아가 버렸다. 게다가 해안가에서는 난파선과 죽음에 관한 우울한 소식들이 들려왔다. 이런 맹렬한 바람들 뒤에는 모진 폭풍우가 뒤따랐다. 내가 앉아서 책을 읽고 있던 그날은 이 모든 날들 중에서도 최악의 날이었다.

그 시절 이후 내가 살던 그쪽 템플 지구에는 많은 변화가 일어났다. 지금 그곳은 예전의 고즈넉한 특색이 사라졌고 또한 그때처럼 강변과 직접 맞닿아 있지도 않다. 우리는 그 지구의 맨 마지막 집 꼭대기 층에 살았는데 강줄기를 따라 맹렬히 돌진해 오는 바람이 그날 밤 마치 대포라도 발사된 듯, 혹은 바다라도 갈라진 듯, 우리 집을 마구 흔들어 댔다. 돌풍과 함께 찾아온 빗줄기가 창문을 하도 거세게 내리치는 바람에 내가 폭풍우에 강타당하는 등대 안에 있는 것 같다는 생각을 했다. 이따금 벽난로 굴뚝 연기가 그런 칠흑 같은 밤에 바깥으로 나가는 일은 견딜 수 없다는 듯 뭉게뭉게 거꾸로 흘러 내려오기도 했다. 문을 열고 계단 아래를 내려다보니 계단의 등불들이 꺼져 있었다. 그리고 눈가에다 손을 대고 컴컴한 창문을 통해 밖을 내다보니(창문을 조금이라도 여는 건 그날처럼 비바람이 기승을 부리던 동안은 전혀 불가능한 일이었다), 건물 안마당 등불들도 모두 꺼져 있는 게 보였다. 그리고 강의 다리들과 강변의 가로등들이 벌벌 떨고 있는 것처럼 보였고, 강 위에 떠 있는 바지선들의 석탄불들은 바람 속에서 마치 빗속을 떠다니는 시뻘겋게 달궈진 물방울들처럼 움직이고 있었다.

나는 11시에 책을 덮을 작정으로 시계를 탁자 위에 올려놓고 책을 읽었다. 책을 읽고 있노라니, 마침내 세인트폴 성당의 시계와 런던 시내의 수많은 교회들의 모든 시계들이 ─ 어떤 것들은 먼저 치고 어떤 것들은 같이 치고 어떤 것들은 나중에 쳤다 ─ 11시를 알리는 종을 쳤다. 그 소리들이 바람 소리로 인해 이상하게 이지러져 들렸다. 그 소리들을 들으면서 나는 바람이 그것들을 어떤 식으로 공격하고 잡아찢고 있을까 생각했다. 그런데 바로 그때 계단을 올라오는 발소리가 들렸다.

과민하고도 어리석은 생각이 나를 얼마나 소스라치게 놀라게 했는지, 그리고 끔찍한 두려움에 떨며 내가 그 소리를 죽은 누나의 발소리와 어떻게 연관시켰는지는 중요하지 않다. 그런 두려움은 순식간에 지나가 버렸고, 나는 다시 귀를 기울였다. 비틀거리며 계단을 올라오는 발소리가 다시 들렸다. 그제야 나는 계단의 등불들이 꺼져 있다는 게 기억났다. 나는 독서용 등불을 들고 계단 꼭대기로 나갔다. 아래에 있는 사람이 누구였든 간에 그는 내 등불을 보고 멈춰 섰다. 모든 게 정적에 싸여 있었다.

「거기 누가 있는 거죠, 아닌가요?」 아래를 내려다보며 내가 큰 소리로 외쳤다.

「그렇소.」어둠 속에서 누군가의 목소리가 말했다.

「몇 층에 오셨나요?」

「꼭대기 층이오. 미스터 핍을 찾아왔소.」

「그건 내 이름인데, 무슨 문제가 있는 건 아니겠죠?」

「아무 문제도 없소.」그 목소리가 대답했다. 그리고 남자가 올라왔다. 나는 등불을 계단 난간 너머로 내밀었고, 그는 천천히 그 등불이 비치는 범위 안으로 다가왔다. 등불은 책을 비추는 갓등이어서 빛이 비치는 범위가 매우 좁았다. 그는 잠시 동안만 그 불빛 안에 있다가 이내 그곳을 벗어났다. 그 짧은 순간 나는 낯선 얼굴을 보았다. 내 모습을 보고 감동을 받아 기뻐하는 듯한, 이해할 수 없는 모습으로 나를 올려다보고 있는 얼굴이었다.

남자가 움직이는 대로 등불을 움직여 주면서 나는 그가 바다를 항해하고 온 사람처럼 꽤나 든든하게, 그러나 험하게 옷을 입고 있다는 걸 알았다. 그리고 머리카락은 잿빛이고, 나이는 예순 살가량이고, 근육질의 튼튼한 다리를 가졌고, 피부는 비바람에 노출된 구릿빛인, 단단하게 단련된 사람이라는 걸 알았다. 그가 마지막 한두 계단을 올라와서 등불의 불빛이 우리 둘을 모두 비추게 되었을 때, 나는 너무 놀라서 바보같이 멍한 상태로 그가 내게 두 손을 내미는 모습을 바라보았다.

「한데 무슨 용건으로 오셨는지요?」내가 그에게 물었다.

「내 용건?」그가 잠시 멈추더니 내 말을 되받았다. 「아하! 그렇군. 허락해 준다면 내 용건을 설명해 주겠소.」

「집 안으로 들어가길 원하십니까?」

「그렇소.」그가 대답했다. 「들어가고 싶소, 신사분.」

나는 그에게 아주 불친절하게 그 질문을 했다. 여전히 그의 얼굴에 환히 빛나고 있는, 나를 알아보았다는 밝고 뿌듯한 표정에 화가 났기 때문이다. 나는 그 표정을 보고 화가났다. 그 표정은 나도 꼭 그것에 응해 주기를 기대한다는 의미를 담고 있는 것처럼 보였다. 하지만 방금 나온 내 방으로 그냥 그를 데리고 들어갔고 등불을 탁자 위에 내려놓은 뒤 최대한 예의를 갖추며 그에게 찾아온 용건을 설명해 달라고 요구했다.

그는 이상하기 짝이 없는 태도로 주변을 둘러보았다. 마치 그 순간 감탄하며 바라보고 있는 것들에 자기가 일정 부분 기여라도 했다는 듯 놀라며 기뻐하는 태도였다. 그는 투박한 외투와 중절모를 벗었다. 그러자 그의 머리가 주름이 깊게 파여 있는 대머리이며 잿빛 머리카락이 머리 양옆에만 나 있다는 걸 알 수 있었다. 그러나 그의 정체를 최소한이라도 설명해 줄 수 있는 건 하나도 보이지 않았다. 오히려 다음 순간 그가 다시 한 번 두 손을 내게 내미는 모습을 보았다.

「무슨 뜻입니까?」 혹시 그가 제정신이 아니지 않은가 미심쩍어하며 내가 말했다.

그는 나를 바라보는 일을 멈추고 천천히 오른손을 머리에 대고 비볐다. 「너무나 먼 옛날부터 이 만남을 학수고대해 왔고 너무나 먼 곳에서 온 사람에겐 실망스러운 발언이오. 하지만 그런 말을 했다고 신사분을 비난하진 않겠소. 그 발언에 대해 우리 두 사람 모두에게 비난을 돌려선 안 되오. 30초 이내에 말을 하겠소. 부디 내게 30초의 시간을 주시오.」

그는 난롯불 앞에 놓여 있는 의자에 앉았고 핏줄이 불거진 커다란 구릿빛 두 손으로 이마를 감쌌다. 나는 그를 날카롭게 주시하며 그에게서 조금 뒤로 물러났다. 하지만 그가 누군지 알지 못했다.

「근처에 아무도 없겠지요.」 그가 자기 어깨 너머로 둘러보며 말했다. 「그렇소?」

「이런 밤늦은 시간에 내 집에 찾아온 낯선 분이 대체 그런 질문은 왜 하시는 겁니까?」

「당신은 정말 담대한 사람이오.」 그는 도무지 이해할 수 없고 동시에 정말 화가 나게 만드는 의도적인 애정이 담긴 태도로 내게 고개를 저으며 대답했다. 「당신이 그토록 담대한 사람으로 커서 정말 기쁘오! 하지만 나를 붙잡고 늘어지진 마시오. 그런 짓을 하면 나중에 후회할 테니.」

나는 그가 간파해 낸 내 의도를 포기했다. 바로 그 순간 그가 누군지 알아본 것이다! 그때까지도 그의 이목구비 어느 것 하나 제대로 생각해 내진 못했지만, 여하튼 나는 그를 알아보았다! 몰아치는 바람과 비가 그간의 세월을 다 날려 버렸다 해도, 그간에 일어났던 모든 사건들을 다 흩어 버렸다 해도, 우리가 그 옛날 서로 다른 높이로 처음 얼굴을 맞대고 서 있었던 교회 묘지로 우리를 휩쓸고 가버렸다 해도, 내가 그 순간 난롯불 앞에서 알아본 것보다 더 분명하게 그를 알아볼 수는 없었을 것이다. 그는 자기를 알아보라고 주머니에서 줄칼을 꺼내서 내게 보여 줄 필요도 없었고, 목에서 목도리를 풀어 자기 머리를 비틀어 맬 필요도 없었고, 두 팔로 자기 몸을 감싸고 벌벌 떨면서 방을 가로지르다가 나를 돌아볼 필요도 없었다. 나는 그가 그런 동작들 중 어느 것 하나를 하기 전부터 이미 그를 알아보고 있었다. 물론 그 바로 직전의 순간만 해도 막연하게조차 그의 정체가 의심스럽다는 생각은 전혀 하지 않았지만 말이다.

그는 내가 서 있는 곳으로 되돌아와서 다시 내게 두 손을 내밀었다. 어찌해야 할지 몰라서 ─ 나는 너무 놀라 침착함을 잃고 있었다 ─ 나는 마지못해 그에게 두 손을 내밀었다. 그는 진심을 다해 내 두 손을 잡았고, 그걸 자기 입술로 가져가 입을 맞추고는 계속 잡고 있었다.

「넌 정말 고귀하게 행동했다, 애야.」 그가 말했다. 「고귀했다, 핍! 난 그걸 결코 잊지 않았다!」

나를 껴안기라도 하려는 듯한 그의 급변한 태도를 보고 나는 그의 가슴에 손을 대고 그를 물리쳤다.

「멈추세요!」 내가 말했다. 「떨어져요! 내가 어린 꼬마 때 했던 일을 고맙게 여긴다면 당신의 삶의 방식을 고치는 식으로 그 고마움을 보여 주길 바랍니다. 내게 고마움을 표하기 위해 이곳에 온 거라면 그럴 필요가 없습니다. 하지만 당신이 나를 어떻게 찾아냈든 간에, 당신을 이곳까지 오게 만든 감정에는 분명히 뭔가 선한 면이 들어 있는 것일 테니 당신을 쫓아내진 않겠습니다. 하지만 확실히 알아 둬야 할 게 있는데, 그건 내가 ─」

나를 뚫어지게 쳐다보고 있는 그의 표정이 하도 이상해서, 그것에 심하게 이끌려 들어가는 바람에 말이 내 혀끝을 맴돌다 그만 사라지고 말았다.

「넌 내가 확실히 알아 둬야 할 게 있다는 말을 하던 중이었다.」

침묵 속에서 서로를 바라보다가 그가 말했다. 「그래, 내가 확실히 알아 둬야 할 게 뭐냐?」

「오래전에 당신과 맺었던 관계를 지금처럼 달라진 상황에서 다시 시작하고 싶지 않다는 겁니다. 당신이 개심을 해서 그렇게 자유의 몸이 되었다고 생각하니 기쁩니다. 그렇게 말할 수 있어서 기쁘고요. 내가 고마운 마음을 받을 만한 자격이 있다고 생각하고 내게 그 표시를 하기 위해 이렇게 와주어 기쁩니다. 하지만 그럼에도 우리의 갈 길은 서로 다른 길입니다. 당신은 몸이 젖었고 피곤해 보입니다. 떠나기 전에 뭘 좀 마시겠어요?」

그는 목도리를 느슨하게 푼 후 그 끝자락을 씹으면서 나를 예의 주시하고 서 있었다. 「내 생각엔 말이다.」 그가 여전히 목도리 끝자락을 입에 물고 나를 주시하면서 대답했다. 「떠나기 전에 꼭 〈마시고〉 가야겠다. 고맙다.」

보조 탁자에 쟁반이 준비되어 있었다. 나는 그걸 난롯가 옆 탁자 쪽으로 끌고 와서 그에게 뭘 마실지 물어보았다. 그가 병 하나를 쳐다보지도 않고 말없이 만졌다. 그래서 나는 그에게 럼주와 물을 섞은 뜨거운 음료를 만들어 주었다. 그걸 만들면서 손을 떨지 않으려고 애썼다. 하지만 그가 질질 끌리는 목도리 끝을 이로 물고 — 분명히 그는 그러고 있다는 걸 잊은 것 같았다 — 의자에 몸을 젖혀 기대고 앉아 나를 바라보고 있다는 사실 때문에 손을 마음대로 하기가 정말 어려웠다. 마침내 그에게 잔을 건넸을 때 나는 그의 눈에 눈물이 그렁그렁 괸 걸 보고 깜짝 놀랐다.

그때까지 나는 그가 어서 떠나기를 바란다는 내 마음을 숨기지 않고 계속 서 있는 자세를 유지하고 있었다. 그러나 그의 나약한 모습에 마음이 약해졌고 살짝 자책감마저 들었다. 「방금 전 당신에게 너무 가혹한 말을 했다고 생각하지 말아 주세요.」 급하게 마실 걸 잔에 따르고 의자를 탁자 쪽으로 끌고 가면서 내가 말했다. 「일부러 그러려고 했던 건 아닙니다. 만약 내가 정말 그랬다면 미안합니다. 자, 당신의 건강과 행복을 위하여!」

내가 잔을 입술로 가져가자 그도 입을 벌렸는데, 그는 그때 자신의 입에서 떨어지는 목도리 끝자락을 흘긋 보며 깜짝 놀란 표정을 짓더니 내게 손을 내밀었다. 나 역시 손을 내밀자 그는 음료를 마셨고 옷소매로 눈과 이마를 훔쳤다.

「생활은 어떻게 하고 있나요?」 내가 그에게 물었다.

「신세계로 가서 목양업, 목축업, 기타 사업들을 하며 살았다.」 그가 말했다. 「이곳에서 폭풍이 몰아치는 바다를 건너 수천 킬로미터는 가야 하는 머나먼 곳이지.」

「성공은 했나요?」

「놀랄 만큼 성공했다. 나와 같이 간 사람들 중에도 역시 성공한 사람들이 있긴 하지. 하지만 그 누구도 나만큼 성공한 사람은 없다. 그 때문에 나는 유명해졌단다.」

「그 말을 들으니 기쁘군요.」

「네가 그렇게 말해 주길 바랐단다, 애야.」

나는 그의 말과 말투를 이해하려고 부단히 애쓰면서 내 마음속에 불현듯 떠오른 사항으로 화제를 돌렸다.

「옛날에 내게 보낸 심부름꾼은 혹시 보았나요?」 내가 물었다. 「심부름을 시킨 이후에요.」

「한 번도 못 봤다. 그런 일을 할 수도 없었고.」

「그 사람은 충실하게 왔었습니다. 그리고 내게 1파운드 지폐들을 갖다 주었습니다. 당신도 알다시피 나는 그때 가난한 꼬마였습니다. 가난한 꼬마에게 그 돈은 제법 큰 재산이었지요. 하지만 당신처럼 나도 그 이후로 성공했습니다.

그러니 내가 그 돈을 갚을 수 있게 해야 합니다. 당신은 그 돈을 다른 가난한 꼬마에게 쓰도록 할 수 있을 겁니다.」 나는 내 지갑을 꺼냈다.

그는 내가 지갑을 꺼내서 탁자 위에 올려놓고 여는 동안 나를 주의 깊게 지켜보았다. 내가 지갑 속에서 1파운드 지폐 두 장을 꺼내는 동안에도 그랬다. 지폐들은 깨끗한 신권이었다. 나는 그것들을 쫙 펴서 그에게 건넸다. 그는 여전히 나를 주시하면서 지폐 한 장을 다른 지폐 위에 올려놓은 뒤, 그것들을 세로로 접어 한 번 꼬아 비틀더니 등불에 대고 불을 붙였다. 그러고 나서 그는 지폐가 타고 난 재를 쟁반 위에 떨어뜨렸다.

「내가 감히 물어봐도 될까?」 그가 찡그림 같은 미소인지 미소 같은 찡그림인지 모를 표정을 지어 보이며 말했다. 「너와 내가 몸이 벌벌 떨리던 그 황량한 습지대에 함께 있었던 그날 이후, 네가 〈어떻게〉 성공했는지?」

「어떻게 성공했냐고요?」

「그래!」

그는 잔을 비우고 일어나 벽난로 옆에 가서 선 뒤, 둔탁한 구릿빛 손을 벽난로 선반 위에 올려놓았다. 그리고 그는 한쪽 발을 말리기 위해 벽난로 쇠 살대 위에 올려놓았다. 그러자 그의 젖은 구두에서 김이 피어올랐다. 하지만 그는 구두도 난롯불도 보지 않고 계속해서 나만 쳐다보았다. 내 몸이 벌벌 떨리기 시작한 건 바로 그때부터였다.

입을 열고 뭔가 몇 마디 말을 소리도 안 들리게 우물거리다가 나는 억지로 목소리를 짜내어 (비록 또렷하게 말을 할 수는 없었지만) 내가 약간의 재산을 물려받도록 선택되었다고 말했다.

「나같이 하찮은 사회의 해충이 그게 어떤 재산인지 물어봐도 될까?」 그가 말했다.

나는 더듬거리며 말했다. 「모릅니다.」

「네가 성년에 이른 후 받게 된 수입을 내가 짐작해 봐도 될지 궁금하구나!」 죄수가 말했다. 「첫 번째 숫자만 말한다면 그게 5지?」

나는 제멋대로 움직이는 망치처럼 심장이 마구 뛰어 의자에서 일어났다. 그리고 손을 의자 등받이에 올려놓고 그를 거칠게 노려보며 서 있었다.

「네 후견인에 대해 말해 보자.」 그가 계속했다. 「분명히 네가 미성년자였을 때 후견인이나 그 비슷한 게 있었을 거다. 아마 어떤 변호사겠지. 이제 그 이름의 첫 글자에 대해 말해 보자. 그게 J자일까?」

내 처지에 관한 모든 진실이 섬광처럼 번쩍이며 다가왔다. 그리고 그로 인한 실망과 위험과 불명예와 온갖 결과들이 너무나 한꺼번에 밀려드는 바람에 나는 그것들에 깔려 버리고 말았고 매번 숨을 쉴 때마다 발버둥 쳐야 했다.

「그걸 이렇게 설명해 보자.」 그가 다시 말을 시작했다. 「이름이 J로 시작하고, 그리고 아마 재거스일 수도 있는 그 변호사를 고용한 사람이 ─ 이렇게 설명해 보자 ─ 바로 그 사람이 바다를 건너 포츠머스로 와서 내렸고, 너를 보러 오고 싶어 했다고 말이다. 아까 네가 〈당신이 나를 어떻게 찾아냈든〉이라고 말했지. 글쎄다! 내가 너를 어떻게 찾아냈을까? 어떻게 찾아냈느냐 하면 포츠머스에서 런던의 네 자세한 주소를 알려 달라고 편지를 썼다. 편지 수령인 이름이 뭐냐고? 글쎄다. 웨믹이던가.」

나는 단 한 마디도, 그것이 내 생명을 구하는 말이었다 할지라도 할 수 없었다. 한 손을 의자 등받이에, 다른 한 손을 숨이 막힐 것 같은 내 가슴에 대고 서 있었다. 그를 거칠게 쏘아보며 서 있다가 의자를 꽉 붙들었다. 방이 파도처럼 넘실대며 빙빙 돌기 시작했던 것이다. 그가 나를 잡고 소파로 데려간 뒤 몸을 기대게 하며 앉혔다. 그리고 내 앞에서 한쪽 무릎을 굽혔다. 그러고 난 후 그는 이제는 내가 또렷하게 기억해 낸 얼굴, 보기만 해도 몸서리가 쳐지는 얼굴을 내게 바싹 갖다 댔다.

「그래, 핍, 사랑하는 내 꼬마야. 내가 너를 신사로 만든 거다! 내가 그 모든 일을 다 한 거다! 그때 난 맹세했다. 혹시 앞으로 내가 1기니라도 돈을 벌게 된다면 틀림없이 그 돈이 너한테 가게 할 거라고. 그 이후로도 나는 맹세했다. 혹시 앞으로 내가 투자를 해서 부자가 된다면 틀림없이 너를 부자로 만들 거라고. 나는 거칠게 살았다. 너를 평탄하게 살게 하려고. 나는 열심히 일했다. 네가 일 따위는 모르고 살게 하려고. 무슨 이익을 바라고 그랬느냐고, 얘야? 네가 내게 보은의 감정을 느끼게 하려고 그랬다고 말할까? 천만에. 말하자면, 내가 그랬던 건 그때 그곳에서 네가 생명을 구한, 그 거름 더미 속에서 쫓기는 개 같던 내가 신사를 만들어 냈다고 하늘 높이 고개를 쳐들고 자랑할 수 있다는 걸 네게 알리기 위해서였다. 그리고, 핍, 네가 바로 그 신사다!」

그가 무시무시한 야수였다 하더라도 내가 그를 생각하며 품은 증오와 그에 대해 품은 공포, 내 몸을 움츠러들게 만든 혐오감을 능가하진 못했을 것이다.

「여길 봐라, 핍. 내가 네 두 번째 아버지다. 넌 내 아들이다. 넌 다른 어느 아들보다 내게 더 소중하다. 난 돈도 모았다. 오로지 너만 혼자 쓰라고. 호젓한 시골 오두막집에 고용된 목부로 일하면서 사람 얼굴이라고는 전혀 보지 못하고 오로지 양들만 보다가 급기야 남자나 여자의 얼굴이 어떻게 생겼는지 거의 잊을 정도가 되었을 때, 그때 나는 네 얼굴만 생각했다. 그때 그 오두막집에서 점심이나 저녁을 먹다가 수없이 나이프를 떨어뜨릴 때마다 나는 이렇게 말했다. 〈이 꼬마 녀석이 또 나타났네. 내가 먹고 마시는 동안 날 구경하고 있어!〉 옛날 그 안개 낀 습지대에서 널 보았을 때 못지않게 또렷하게, 나는 그곳에서 수없이 너를 보았다. 그때마다 나는 말했다. 탁 트인 하늘 밑에서 크게 외치기 위해 바깥으로 나가서 말했지. 〈하느님, 제가 자유의 몸이 되어 돈을 벌고 나서도 그 애를 신사로 만들지 않는다면 벼락을 내려 저를 죽여 주십시오!〉 마침내 나는 그 일을 완수했다. 자, 너를 봐라, 애야. 여기 네 집을 봐라. 귀족이 살기에도 적합한 집이지. 귀족? 그래! 넌 귀족들하고 어울리면서 내기에서 돈 자랑을 하며 그들을 깨부수게 될 거다!」

격한 흥분과 승리감에 도취되어 있는 데다 내가 거의 혼절 직전의 상태라는 걸 알고 있었기에, 그는 내게 이 모든 걸 받아들이라는 말을 하진 않았다. 그게 조금이나마 나를 안도하게 만들었다.

「여길 봐라!」 그가 내 주머니에서 시계를 꺼내고, 내 손가락의 반지를 자기 쪽으로 향하게 하면서 말을 계속했다. 그러는 동안 나는 그가 마치 뱀이라도 되는 양 그의 손길로부터 몸을 움츠렸다. 「금시계이고 아름다운 시계로구나. 〈바로

이게〉 신사의 시계지! 이 반지는 둘레에 온통 루비가 박혀
있구나. 〈바로 이게〉 신사의 반지라고 생각한다! 네 셔츠를
좀 보아라. 멋지고 아름답구나! 네 양복을 보아라. 그보다
더 좋은 양복은 구할 수 없을 거다! 또한 네 책들을 보아라.」
그는 방을 둘러보았다. 「서가에 수백 권씩 쌓여 있구나! 네
가 읽는 책들이겠지, 안 그러냐? 내가 들어왔을 때도 넌 책
을 읽고 있던 중이었구나. 하, 하, 하! 나한테도 저 책들을 읽
어 주겠지, 얘야! 그리고 설령 저 책들이 내가 이해하지 못하
는 외국어로 쓰여 있다 하더라도, 나는 그것들을 이해하는
거나 마찬가지로 자랑스러워할 거다.」

또다시 그가 내 두 손을 잡고 자기 입술로 가져갔고, 그러
는 동안 내 피는 몸 안에서 차갑게 얼어붙었다.

「너는 말하는 것에 신경 쓰지 마라, 핍.」 그는 내가 너무나
도 또렷이 기억하고 있는 목 안의 〈딸깍〉 소리와 함께 눈과
이마를 옷소매로 훔치면서 말했다. 그리고 그가 너무 진지
했으므로 나는 그가 더 무섭게 보였다. 「그냥 조용히 있는
게 더 나을 거다, 얘야. 넌 나처럼 서서히 이런 일을 고대해
오지 않았어. 나처럼 이런 일을 준비해 오지도 않았고. 하지
만 이 모든 일을 한 사람이 바로 나일지 모른다는 생각은 한
번도 안 해봤느냐?」

「오, 아니요, 아니요, 아니요.」 내가 대답했다. 「결코, 단
한 번도 안 해봤어요!」

「그래, 좋다. 이제 그게 〈바로 나〉였다는 걸, 그 일을 나 혼
자 했다는 걸 알았겠지. 나와 재거스 씨 말고 다른 사람은
이 일에 한 명도 끼지 않았다.」

「다른 사람은 아무도 없었다는 건가요?」

「그래.」 그가 놀란 얼굴로 흘긋 나를 쳐다보며 말했다. 「다른 사람이 또 누가 있겠느냐? 그런데 애야, 넌 정말 멋지게도 컸구나! 어딘가에 맑고 반짝이는 눈을 가진 여자 친구도 있겠지. 그렇지? 어딘가에 생각만 해도 사랑스럽고, 맑고 반짝이는 눈을 가진 여자 친구가 없느냐?」

아아, 에스텔라, 에스텔라, 에스텔라!

「돈으로 그 반짝이는 눈을 살 수 있다면 그게 네 차지가될 거다, 애야. 너처럼 모든 걸 잘 갖춘 신사가 혼자 힘으로 그 여자애의 마음을 사로잡을 수 없다는 얘기가 아니다. 하지만 돈이 너를 뒷받침해 줄 거다! 아까 하던 얘기를 마저 끝내겠다, 애야. 그곳 오두막집에서 고용살이를 하면서 나는 내 주인이(그는 나와 같은 처지에 있던 사람인데 죽었다) 남긴 돈을 받았고, 자유를 얻은 뒤 나 혼자 힘으로 일을 해나갔다. 내가 얻고자 애쓴 모든 것들이 다 너를 위한 것이었다. 나는 이렇게 말했다. 〈내가 얻고자 애쓴 게 무엇이든 간에, 만약 그게 그 애를 위한 게 아니라면, 하느님, 그 일에 마름병을 내려 주십시오!〉 내 모든 일은 놀랄 정도로 번창해 나갔다. 방금 전 네게 알려 주었듯이 난 그 때문에 유명해질 정도였다. 내게 남겨진 돈과 처음 몇 해 동안 얻은 수익이 내가 처음으로 고향의 재거스 씨에게 보낸 ─ 모두 너에게 보낸 ─ 돈이다. 바로 그때 그가 처음으로 내 편지 내용에 동의하고 너를 찾아갔던 거란다.」

아아, 그가 찾아오지 않았더라면! 그가 나를 대장간에 그냥 살게 했더라면, 결코 만족스럽진 않았겠지만 그래도 지금보다 행복했을 텐데!

「그 후부터는, 애야, 여길 봐라. 내가 신사를 길러 내고 있다는 자각이 은밀한 보상이었단다. 그곳 식민지 개척자 놈들의 순종 말들이 길을 걸어가는 내게 흙먼지를 뒤집어씌우면서 달려갈 때, 내가 뭐라고 말했겠느냐? 나는 스스로에게 이렇게 말했다. 〈나는 너희 놈들은 절대로 될 수 없고 너희보다 훨씬 더 훌륭한 신사를 길러 내고 있다, 이놈들아!〉 그들 중 누군가가 다른 사람에게 〈저놈은 지금이야 왕운이 트였지만 몇 년 전까지만 해도 죄수였던 놈이야〉라고 말하면 나는 스스로에게 이렇게 말했다. 〈그래, 나는 신사도 아니고 일자무식이다. 하지만 나는 신사를 소유한 주인이다, 이놈들아. 너희 모두 가축과 땅을 가지고 있지. 하지만 너희 중에 누가 잘 자란 런던 신사를 소유하고 있느냐?〉 나는 그런 식으로 쭉 살아왔다. 그렇게 마음속으로 굳건히 다짐을 했다. 〈언젠간 분명히 내가 직접 가서 나의 꼬마를 볼 거다. 그리고 그 애의 집에서 내 존재를 알릴 거다.〉」

그는 손을 내 어깨 위에 올렸다. 잘은 몰라도 어쩌면 그 손이 피에 젖었던 손인지도 모른다는 생각에 나는 몸서리를 쳤다.

「내가 그 지역을 떠나는 일은 말이다, 핍, 쉽지 않았다. 또 안전하지도 않았다. 하지만 나는 끝까지 그 일을 밀어붙였다. 그리고 그게 더 어려워지면 어려워질수록 나는 더 강하게 그 일을 고수했다. 굳게 결심을 했고 내 마음이 결연하고 확고했기 때문이지. 마침내 나는 그 일을 해냈다. 얘야, 내가 해낸 거다!」

나는 생각을 가다듬으려고 애썼다. 하지만 너무 놀라 멍하기만 했다. 그가 말을 하는 동안 내내 나는 그보다는 바람과 비에 더 신경이 쓰이는 것 같았다. 심지어 지금 이 순간에도 그날의 비바람 소리와 그의 말소리를 분간할 수 없다. 그 소리들이 더 컸고 그의 목소리는 조용했는데도 말이다.

「나를 어디서 묵게 할 셈이냐?」 그가 곧이어 물었다. 「어딘가에서 좀 쉬어야겠다. 애야.」

「잠을 자게요?」 내가 말했다.

「그래. 오랫동안 푹 자야겠다.」 그가 대답했다. 「너무 여러 달에 걸쳐 파도를 뒤집어쓰며 요동치는 바다를 항해해 왔어.」

「마침 집을 같이 쓰는 친구이자 동료가 지금 집에 없습니다.」 내가 소파에서 일어나며 말했다. 「그 친구 방을 쓰면 될 겁니다.」

「내일 돌아오는 건 아니겠지, 그렇지?」

「네.」 나는 최대한 애를 썼는데도 거의 기계적으로 대답하는 태도로 말했다. 「내일은 안 옵니다.」

「왜냐하면 말이다, 애야. 내 말 잘 들어라.」 그가 목소리를 낮추면서 강렬한 인상을 주는 태도로 내 가슴에 그 긴 손가락을 갖다 대며 말했다. 「조심할 필요가 있어서 그런다.」

「무슨 뜻입니까? 조심하다니요?」

「제기랄, 죽음이지!」

「죽음이라니 대체 그게 무슨 소리죠?」

「나는 종신 유배형을 받고 그곳으로 갔던 거다. 그러니 돌아온다는 건 죽음을 뜻하지. 최근 몇 년 동안 너무 많은 자들이 돌아오고 있어. 그리고 나는 붙잡히면 분명히 교수형에 처해질 거다.」

그 말 외에 다른 어느 말도 필요치 않았다. 이 가련한 사람이 나같이 가련한 놈에게 ㅡ 수많은 세월 동안 금 사슬과 은 사슬을 잔뜩 선물하고 나서 이제 나를 보겠다고 목숨을 걸고 찾아왔고, 그 목숨이 이제 내게 맡겨져 있었다! 내가 그를 혐오한 게 아니라 사랑했더라면, 그리고 그가 너무 싫어 몸을 움츠리며 빼내는 게 아니라 더없는 존경심과 애정을 갖고 그에게 이끌렸다면 더 나쁘지 않을 수 있었을 것이다. 오히려 그를 지켜 주는 일이 그때 자연스럽게 그리고 측은하게 내 가슴에 와닿았더라면 더 나았을 것이다.

내가 가장 먼저 신경 쓴 일은 밖에서 안의 그 어떤 불빛도 보이지 않게 문들을 꽉 잠그는 일이었다. 내가 그 일을 하는 동안 그는 탁자 옆에 서서 럼주를 마시고 비스킷을 먹고 있었다. 그리고 그 일에 열중하고 있는 그의 모습을 보면서 나는 옛날 습지대에서 나의 죄수가 허겁지겁 음식물을 먹던 모습이 떠올랐다. 나아가 그가 곧바로 몸을 웅크리고 다리의 족쇄를 줄칼로 잘라 낼 거라는 생각마저 들었다.

허버트의 방으로 들어가서 조금 전까지 그와 대화를 나누던 방으로 이어지는 통로만 남겨 두고 방과 계단 사이의 다른 모든 통로들을 차단한 후, 그에게 잠자리에 들 생각이냐고 물었다. 그는 그렇다고 말하면서 내게 아침에 입을 내 〈신사용 셔츠〉를 좀 달라고 부탁했다. 나는 옷을 꺼내 그가 입을 수 있게 준비해 놓았다. 그런데 그가 잘 자라는 인사를 건네려고 두 손을 잡았을 때 나는 다시 한 번 피가 얼어붙는 것 같았다.

나는 어떻게 나왔는지 전혀 의식하지 못한 채 그에게서 물러나 방을 나왔고, 잠자리에 드는 게 겁이 나서 우리가 함께 있었던 방의 난롯불을 다시 손본 뒤 그 옆에 앉았다. 한 시간 혹은 그 이상의 시간 동안 너무나도 멍한 상태여서 아무 생각도 할 수 없었다. 제대로 생각을 하게 되고 나서야 비로소 내가 얼마나 처참하게 난파되었는지, 내가 타고 항해해 왔던 배가 얼마나 산산조각으로 부서져 버렸는지 충분히 깨닫기 시작했다.

나에 대한 미스 해비셤의 의향, 그건 모두 단지 꿈에 불과했던 것이다. 에스텔라는 내 짝으로 정해진 게 아니었다. 나는 그저 새티스 하우스에서 편리한 도구로, 탐욕스러운 그녀의 친척들을 자극하는 자극제로, 실습 대상이 가까이에 없는 상태에서 기계 심장을 지닌 실습용 마네킹으로 고통을 겪었던 것이다. 그러나 그 모든 고통들 중에서 가장 예리하고 통렬했던 고통은, 알지도 못하는 범죄를 저지른 데다 자칫하면 내가 앉아서 생각하고 있는 이 거처에서 체포되어 〈올드 베일리〉 런던 중앙 형사 재판소 문간에서 교수형에 처해질 가능성이 높은 방 안의 죄수 때문에 조를 버렸다는 것이었다.

아무리 생각해 봐도 이제는 조에게 다시 돌아간다거나 비디에게 다시 돌아갈 수 없을 것 같았다. 그들을 대했던 내 형편없는 행동에 대한 의식이 다른 모든 이유보다도 더 크다는 단순한 이유 때문이었다. 세상의 그 어떤 지혜도 소박하고 성실한 그들에게서 분명히 얻어 냈던 위안은 줄 수 없을 것 같았다. 그러나 나는 내가 저지른 짓을 결코, 결코, 결코 되돌릴 수 없었다.

바람이 사납게 불고 비가 몰아칠 때마다 추격자들의 소리가 들리는 것 같았다. 나는 두 차례나 바깥문에서 노크 소리와 수군거리는 소리를 들었다고 장담할 수 있을 것 같았다. 이런 두려움이 엄습해 오던 와중에, 이 사람이 나를 찾아올 거라는 불가해한 경고를 몇 차례 받았다는 생각 혹은 기억을 하기 시작했다. 말하자면 지난 몇 주 동안 길거리에서 그와 닮아 보이는 얼굴들을 스쳐 지나쳤고, 그와 닮은 사람들의 숫자가 바다를 건너 그가 내게 가까이 다가오고 있던 무렵 점점 더 많아졌으며, 그의 사악한 영혼이 어떤 식으로든 내게 미리 전령들을 보냈다는 생각이 들었던 것이다. 그리고 마침내 폭풍우 몰아치는 이날 밤, 지금 그가 자기와의 약속을 지키고 나와 함께 있게 된 것이었다.

이런 생각들에 뒤섞여서, 그가 필사적으로 폭력을 쓰는 모습을 어릴 적 시선으로 목격했고, 그가 자신을 살해하려 했다고 다른 죄수가 반복해서 말하던 소리를 들었으며, 그들이 수로 도랑 안에서 사나운 야수처럼 서로 잡고 찢고 격투를 벌이던 모습을 목격했다는 사실도 불현듯 떠올랐다. 그런 생각은 이처럼 거칠고 쓸쓸한 한밤중에 외부와 차단된 채 그와 단둘이 있는 것은 안전하지 못할 수도 있다는 미완의 공포감을 만들어 내더니 급기야 온 방 안을 가득 채웠고, 내게 촛불을 들고 그가 자는 방으로 들어가서 끔찍한 짐짝 같은 그자를 들여다보라고 강요했다.

그는 머리에 목도리를 둘둘 말고서 자고 있었다. 그의 얼굴은 자면서도 굳어 있었고 침울해 보였다. 그러나 비록 베개 옆에 총을 놓아 두었지만 곤히, 그것도 조용히 잠들어 있었다. 그 모습을 확인한 뒤 조용히 방문 열쇠를 밖으로 갖고 나가서 다시 난롯가에 앉기 전에 안쪽으로 돌려 잠갔다. 나는 서서히 의자에서 미끄러져 내려 바닥에 누웠다. 잠을 자면서도 자신이 비참하고 가련하다는 생각을 떨쳐 내지 못했다. 그러다 잠에서 깨니 동쪽 방면의 교회들이 5시를 알리는 종을 치고 있었고, 촛불들은 다 사그라졌고, 난롯불도 꺼져 있었다. 그리고 바람과 비가 칠흑같이 깜깜한 어둠을 더욱 더 짙게 만들고 있었다.

　여기까지가 핍의 유산 상속에 관한 이야기의 두 번째 단계이다.

제3권

40

내 무서운 방문자의 안전을 확보하기 위해 (할 수 있는 한 최선을 다해) 미리 예방 조치들을 취해야 했다는 건 나로서는 다행스러운 일이었다. 잠에서 깼을 때 이 생각이 다른 생각들을 모두 뒤죽박죽 한데 모아서 멀찌감치 물러나 있게 만들었기 때문이다.

그를 우리 집에 계속 숨겨 놓는 일이 불가능하다는 건 자명한 사실이었다. 그럴 수도 없을뿐더러 그런 일을 시도했다가는 불가피하게 의혹을 자아낼 것이었다. 사실 나는 그때 원수 같은 하인 놈의 시중은 받지 않고 있었다. 하지만 그 대신 성질머리가 불같은 노파가 살림을 돌보고 있었으며 그녀가 조카딸이라 부르는 힘이 펄펄 넘치는 여자도 함께 돕고 있었다. 그러니 방 하나를 비밀로 해둔다는 것은 그 두 사람으로부터 궁금증과 과장된 뒷말을 유발하는 일이 될 터였다. 그들은 둘 다 시력이 나빴는데, 나는 오래전부터 그걸 열쇠 구멍 안을 몰래 들여다보는 그들의 고질적인 습관 탓으로 돌리고 있었다. 그들은 부르지 않았는데도 늘 바로 가까이에서 얼쩡거리는 사람들이었다. 정말이지 바로 그 점이 물건을 훔치는 자질 외에 그들이 지닌 유일하고 확실한 자질이었다. 그들의 괜한 호기심을 자극하지 않기 위해 아침에 그들에게 숙부께서 시골에서 올라오셨다고 알리기로 마음먹었다.

나는 깜깜한 어둠 속에서 불을 켤 도구를 찾으면서 이런 방침을 정했다. 결국 그 도구를 찾지 못한 나는 어쩔 수 없이 우리 집 옆에 있는 경비실로 나가서 그곳 경비에게 등불을 들고 좀 와달라고 할 수밖에 없었다. 그런데 깜깜한 계단을 더듬거리며 내려가다가 무언가에 걸려 넘어졌다. 구석에 웬 남자가 몸을 웅크리고 있었다.

대체 그곳에서 뭘 하느냐고 묻자 그 남자는 아무 대답 없이 묵묵히 내 손길을 뿌리쳤다. 나는 경비실로 달려가서 빨리 와보라고 경비를 다그쳤다. 경비와 함께 돌아오면서 방금 전 상황을 설명했다. 여전히 바람이 윙윙 불어 대고 있었기 때문에 우리는 계단의 등불들에 불을 붙이려다가 그나마 들고 있는 등불의 불까지 꺼뜨릴 위험에 처하고 싶지는 않았다. 그러나 계단 밑바닥부터 맨 꼭대기까지 샅샅이 조사를 했지만 우리는 누구도 발견할 수 없었다. 그러자 문득 그 남자가 거처 안으로 몰래 잠입해 들어갔을지도 모른다는 생각이 떠올랐다. 따라서 경비의 등불을 이용해서 내 촛불에 불을 붙이고 그를 문간에 세워 놓은 뒤, 내 무서운 손님이 잠들어 있는 방을 포함하여 집 안의 모든 방들을 조심스럽게 조사했다. 방들은 모두 조용했고, 그 누구도 들어오지 않았다는 게 확실했다.

1년 중 많고 많은 날들 중에서 하필이면 바로 그날 밤 분명히 계단에 잠입자가 있었다는 사실이 나를 불안하게 했다. 그래서 문간의 경비에게 술 한 잔을 건네면서 다소 안심되는 설명이라도 들을까 싶어, 혹시 그가 경비를 보는 문을 통해 밖으로 외식하러 나가는 걸 보았던 신사를 들여보낸 적이 있느냐고 물었다. 그는 그렇다고 말하면서 그날 밤 그런 사람이 각기 다른 시간대에 세 명이 있었다고 했다. 한 명은 파운틴코트에 사는 사람이고 다른 두 명은 레인에 사는 사람들인데, 그는 그들 모두가 귀가하는 모습을 보았다고 말했다. 게다가 내가 사는 건물에 살고 있는 유일한 다른 남자 한 명은 시골에 간 지 몇 주가 되었는데, 그가 그날 밤 돌아오지 않은 건 분명했다. 계단을 올라오면서 보니 그의 집 문 위에 여전히 출입 확인용 봉인이 그대로 붙어 있는 게 보였기 때문이다.

「날씨가 워낙 구질구질해서요, 선생님.」잔을 돌려주며 경비가 말했다. 「보기 드물게 적은 숫자의 사람들만 제가 있는 문을 통해 들어왔습니다. 웬 낯선 사람이 선생님에 대해 물어보았던 11시 이후로는, 말씀드린 세 신사분들 말고 다른 분은 떠오르지 않네요.」

「그 사람은 제 숙부입니다.」내가 중얼거렸다. 「그래요.」

「그분을 만나셨습니까, 선생님?」

「네. 물론 만났습니다.」

「그분과 같이 온 사람도요?」

「그분과 같이 온 사람이라니요!」내가 되받았다.

「저는 그 사람이 그분과 같이 왔다고 생각했어요.」경비가 대답했다. 「그분이 제게 선생님에 대해 묻기 위해 멈춰 섰을 때, 그 사람도 멈춰 섰어요. 그리고 그분이 이쪽으로 오실 때 그 사람도 이쪽으로 왔고요.」

「어떻게 생긴 사람이었습니까?」

경비는 자세히 보지 않았다고 말했다. 그는 그 사람이 노동자인 것 같다는 말은 할 수 있겠다며, 그가 짙은 색상의 외투 밑에 흙먼지 색깔의 옷을 입고 있었던 것 같다고 했다. 경비는 나보다 이 일을 더 가볍게 여기고 있었는데, 그도 그럴 것이 이 일에 나처럼 많은 의미를 부여할 이유가 없었기 때문이다.

더 이상 설명을 질질 끌지 않는 게 잘하는 일이다 싶어 그를 보냈다. 그러고 나니 내 마음은 동시에 알게 된 두 가지 사건 때문에 무척 혼란스러웠다. 따로 떼어 놓고 보면 두 사건은 단순하게 설명되는 일이긴 했다. 이를테면 집 밖에 나가서 식사를 했든 집에서 식사를 했든 누가 경비실 문 근처를 거치지 않고 지나가다가 길을 잘못 들어 우리 집 계단까지 왔을지도 모를 일이었고, 어쩌면 이름도 모르는 내 손님이 길을 안내해 줄 누군가를 데리고 왔을지도 모를 일이었다. 그러나 그 두 사건을 합쳐 놓고 보면, 지난 몇 시간 동안 내게 일어난 변화가 나를 그렇게 만들었던 것처럼, 불신과 공포를 만들어 낼 가능성이 농후한 불길한 외양을 하고 있었다.

난로에 불을 붙였다. 아침 이맘때면 난롯불은 막 타기 시작할 때 내는 푸르스름한 불꽃을 내며 타오르곤 했다. 나는 난롯불 앞에 앉아 꾸벅꾸벅 졸기 시작했다. 시계들이 6시를 알릴 때 밤새도록 졸고 있었던 것 같다. 동이 틀 때까지는 아직 꼬박 한 시간 반이나 남아 있어서 다시 졸기 시작했다.

그 시간 동안 때로는 아무런 주제도 없는 지루한 대화가 오가는 소리가 들리는 것 같아 불편하게 깨기도 했고, 때로는 벽난로 굴뚝에 천둥이 치듯 시끄럽게 바람이 불어 깨기도 했다. 마침내 나는 깊은 잠에 곯아떨어졌다가 아침 햇살이 깨우는 바람에 소스라치듯 놀라 일어났다.

그동안 내내 단 한 번도 내 상황에 대해 곰곰이 숙고할 수 없었으며, 잠에서 깨어난 뒤에도 그럴 수가 없었다. 그 상황에 신경을 쓸 여력이 없었다. 크게 낙심하고 번민하고 있었지만 두서없고 막연한 상태였다. 앞으로 어떻게 할지 계획을 세우는 일에 대해 말한다면, 그런 일보다 차라리 코끼리를 그리는 일이 더 쉽겠다는 생각까지 했다. 창의 덧문을 열고 온통 납빛으로 물든 궂은 날씨 속의 아침 정경을 내다보았다. 그리고 나서 이 방 저 방을 돌아다녔고, 다시 몸을 떨면서 난롯가에 앉아 세탁부가 나타나기를 기다리며 내가 얼마나 비참한 처지에 놓여 있는지 생각했다. 하지만 왜 그렇게 된 것인지, 얼마나 오래전부터 그렇게 된 것인지, 그리고 그런 생각을 하고 있는 그날이 대체 무슨 요일인지, 또 그런 생각을 하고 있는 나라는 놈은 대체 뭐하는 놈인지 좀처럼 알 수 없었다.

마침내 노파와 그녀의 조카딸이라는 조수가 왔고 ─ 그 조카딸은 들고 온 먼지투성이 빗자루와 쉽게 구분이 안 가는 머리 꼴을 하고 있었다 ─ 그들은 나와 난롯불을 보고 깜짝 놀란 기색을 내보였다. 나는 그들에게 전날 밤 내 숙부가 찾아와 주무시는 중이라고 말하고 나서 어떤 식으로 식사를 달리 준비해야 하는지 알려 주었다. 그런 다음 그들이 이곳저곳의 가구들을 탁탁 치고 먼지를 피워 대는 동안 세수를 하고 옷을 갈아입었다. 그렇게 해서 꿈결인지 현실인지 모를 비몽사몽의 상태로 다시 난롯가로 와서 앉아 있게 되었으며, 그곳에서 〈그가〉 아침 식사를 하러 나오기를 기다렸다.

얼마 안 있어 마침내 방문이 열리고 그가 나왔다. 나는 그의 모습을 견디며 볼 마음이 썩 들지 않았다. 밝은 빛 아래에서 보니 그의 몰골은 밤보다 훨씬 더 험악해 보인다는 생각이 들었다.

「나는 아직 당신 이름을 뭐라고 불러야 할지 모릅니다.」 그가 식탁에 앉자 낮은 목소리로 내가 말했다. 「당신이 내 숙부라는 말은 해두었습니다.」

「잘했다, 애야! 나를 숙부라고 불러라.」

「배를 타고 올 때 뭔가 가명을 썼겠죠?」

「그렇다, 애야. 프로비스라는 이름을 썼다.」

「그 이름을 계속 쓸 생각인가요?」

「글쎄다. 그래야겠다, 애야. 그게 다른 어느 이름 못지않게 좋은 이름이니까. 네 마음에 드는 다른 이름이 없다면 말이다.」

「진짜 이름은 뭐예요?」 내가 속삭이는 목소리로 말했다.

「매그위치라고 한다.」 그가 나와 같은 투로 말했다. 「세례명은 에이블이고.」

「어른이 되어서는 무슨 일을 했나요?」

「나는 사회의 해충 같은 인간쓰레기였다, 애야.」

그는 몹시 진지하게 대답을 했고, 〈해충〉이란 단어를 마치 무슨 직업을 말하듯 사용했다.

「지난밤 이 템플 지구에 들어올 때 말이에요 ─」 말을 하다 그게 하도 오래전 일처럼 느껴져 정말 지난밤 일이었는지 헷갈리는 바람에 나는 잠시 말을 멈췄다.

「그래서, 애야?」

「지난밤 경비실 문으로 들어오면서 경비에게 이곳으로 오는 길을 물었을 때 혹시 누구랑 같이 왔나요?」

「내가? 아니다, 애야.」

「하지만 그곳에 누군가 다른 사람이 있었다고 하던데요?」

「난 특별히 주목하지 않았다.」 그가 미심쩍어하는 태도로 말했다. 「이곳 길들을 몰랐으니까. 하지만 나와 같이 오던 사람이 〈정말〉 한 사람 있었던 것 같긴 하구나.」

「런던에 아는 사람이 있나요?」

「없길 바랄 뿐이지!」 그 말을 하면서 그가 갑자기 집게손가락으로 자기 목을 쿡 찌르는 바람에 얼굴이 달아오르고 속이 메스꺼워졌다.

「옛날엔 아는 사람이 있었나요?」

「덧붙일 게 없다, 애야. 난 주로 시골에서 살았어.」

「그러면…… 재판은 런던에서 받았나요?」

「언제 받은 재판 말이냐?」 그가 날카로운 표정으로 말했다.

「제일 마지막 재판요.」

그가 머리를 끄덕였다. 「바로 그때 재거스 씨를 알게 되었다. 재거스 씨가 내 담당 변호사였지.」

무슨 일로 재판을 받았느냐는 질문이 입술을 맴돌았다. 그는 나이프를 들고 한 차례 재빠르게 휘두른 뒤 이렇게 말하며 아침을 먹기 시작했다. 「그리고 난 내가 저지른 짓의 대가를 노역으로 다 치렀다!」

그는 아주 비위에 거슬리는 게걸스러운 태도로 아침을 먹었다. 모든 동작은 거칠고 시끄럽고 탐욕스러웠다. 습지대에서 음식물을 먹는 모습을 보았던 때 이후로 그는 이빨이 몇 개 빠져 있었다. 그래서 음식물을 입안에서 굴려 제일 튼튼한 어금니 쪽으로 향하도록 머리를 옆으로 기울이고 있는 모습을 보고 있노라니, 지독히 굶주린 늙은 개 같아 보였다. 내가 식욕을 좀 갖고 식사를 시작했다 하더라도 그가 그걸 다 빼앗아 버렸을 것이다. 아마 분명히 나는 그때 내가 보인 모습 — 극복하기 힘든 반감으로 인해 혐오감을 느끼며 침울하게 식탁만 바라보는 모습 — 으로 그저 앉아 있기만 했을 것이다.

「난 식욕이 왕성한 사람이다, 얘야.」 식사를 마쳤을 때 그가 사과 비슷한 말투로 말했다. 「하지만 늘 이 모양이었다. 내가 체질적으로 식욕이 별로 없는 사람이었다면 고통이 훨씬 덜했을지도 모르겠다. 식욕과 마찬가지로 난 담배도 꼭 피워야 한다. 신세계에 가서 처음 목부로 고용되었을 때 담배를 못 피웠다면 아마 나는 틀림없이 우울증에 걸린 미친 양으로 변해 버렸을 거다.」

그렇게 말하며 식탁에서 일어나더니 입고 있던 모직 더블 재킷의 가슴 쪽에 손을 넣어 짤막한 검정색 파이프와 〈니그로헤드〉[1]라고 불리는 푸석푸석한 가루담배를 꺼냈다. 파이프를 다 채우고 나서 그는 상의 안주머니가 마치 서랍이라도 되는 양 가루담배를 다시 넣었다. 그런 다음 부젓가락으로 불이 붙어 있는 석탄 한 조각을 난롯불에서 집은 후 파이프에 불을 붙였다. 벽난로 쪽으로 등을 향하고 벽난로 깔개 위에서 뒤돌아 선 후, 그가 좋아하는 동작, 즉 내 손을 향해

[1] 검정색의 독한 담배.

자기 두 손을 내미는 동작을 해 보였다.

「그래, 이게 바로 ―」담배 연기를 내뿜으면서 그가 두 손으로 내 두 손을 잡고 위아래로 흔들며 말했다.「이게 바로 내가 만든 신사다 이거지! 진짜배기 신사 말이다! 너를 바라만 봐도 좋다, 핍! 내 요구 조건은 그저 네 옆에 서서 바라만 보는 거란다, 애야!」

나는 가능한 한 빨리 손을 빼냈고, 그제야 내 처지를 숙고해 볼 수 있을 정도로 서서히 마음이 안정되기 시작하고 있다는 사실을 깨달았다. 그의 쉰 목소리를 들으면서 양옆으로 잿빛 머리카락이 나 있고 주름이 깊게 파여 있는 그의 대머리를 올려다보고 있으려니, 비로소 내가 어떤 육중한 쇠사슬에 묶여 있는지 이해되기 시작했다.

「나의 신사가 길거리 진창에 발을 내디디는 일은 절대로 두고 보지 않을 거다. 〈그의〉 구두에는 진흙 같은 게 묻어선 절대로 안 되지. 나의 신사에겐 반드시 말이 있어야 한다, 핍. 직접 탈 말, 마차용으로 부릴 말, 그리고 그의 하인이 탈 말과 하인의 마차용으로 부릴 말까지 말이다. 식민지 주민 놈들도 말을 갖고 있는데 (제기랄, 놈들이 원한다면 순종 말이라고 해두자) 나의 신사가 런던에서 왜 못 갖겠느냐? 안 되지, 안 되고말고. 놈들에게 전혀 다른 양상을 보여 주자, 핍. 안 그러냐?」

그는 지폐로 가득 차 터질 것 같은 두툼한 지갑을 주머니에서 꺼내 탁자 위에 툭 내던졌다.

「거기 그 지갑 안에 쓸 만한 돈이 좀 들어 있다, 애야. 네 것이다 내가 가진 모든 건 내 것이 아니라 다 네 것이다. 돈에 대해 걱정하지 마라. 돈은 그걸 가져온 곳에 더 있으니까.

나는 나의 신사가 〈신사답게〉 자기 돈을 쓰는 걸 보려고 모국에 돌아온 거다. 그게 바로 〈내〉 기쁨일 것이다. 〈내〉 기쁨은 그런 일을 하는 걸 보는 거다. 그러니 다 나가 뒈져, 이 빌어먹을 놈들아!」 그는 이 말을 마치고 방을 둘러보더니 한 차례 뚝 소리를 내며 손가락 마디들을 꺾었다. 「가발을 쓴 판사 놈부터 흙먼지를 휘젓고 다니는 식민지 주민 놈들까지 한 놈도 빠짐없이 다 나가 뒈져! 내 너희 놈들을 몽땅 합쳐 놓은 것보다 더 훌륭한 신사를 보여 줄 테다!」

「그만하세요!」 나는 두려움과 혐오감이 합쳐져 미친 듯 화를 내며 말했다. 「하고 싶은 말이 있어요. 앞으로 내가 무슨 일을 해야 하는지 알고 싶습니다. 당신이 위험에서 벗어날 수 있도록 어떻게 보호해야 하는지, 당신이 이곳에 얼마나 오래 머무를 것인지, 당신의 계획이 무엇인지 알고 싶습니다.」

「여기 좀 봐라, 핍.」 그가 갑자기 정색하며 진정을 찾은 태도로 손을 내 팔에 올리며 말했다. 「우선 여기 좀 봐라, 핍. 방금 전 내가 제정신이 아니었다. 내 말이 너무 상스러웠어. 정말 그랬다. 여기 좀 봐라, 핍. 그걸 그냥 좀 넘어가다오. 다시는 상스럽게 굴지 않겠다.」

「우선 말입니다.」 거의 신음하다시피 내가 말을 다시 시작했다. 「당신이 발각되어 체포되는 일을 막으려면 어떤 주의 조치를 취해야 하는 겁니까?」

「아니다, 얘야.」 그가 조금 전과 같은 투로 말했다. 「그 일이 먼저가 아니다. 내가 상스럽다는 게 먼저다. 난 신사에게 어울리는 게 뭔지도 모르면서 신사를 만들겠다고 그토록 오랜 세월을 보낸 사람이 아니다. 여기 좀 봐라, 핍. 아까 내가 상스러웠다. 그게 내 모습이었다. 난 상스러웠어. 그걸 그냥 좀 넘어가다오, 애야.」

으스스하면서도 우습다는 생각이 나를 자극하는 바람에 짜증 섞인 웃음을 터뜨리며 대답했다. 「〈이미〉 그냥 넘어갔습니다. 제발 부탁이니 같은 말을 자꾸 하지 마세요.」

「알았다. 하지만 여기 좀 봐라.」 그는 집요하게 말을 계속했다. 「애야, 나는 상스럽게 굴려고 온 게 아니다. 자, 계속해 봐라, 애야. 아까 네가 하려던 말은 ——」

「어떻게 하면 당신이 초래한 위험으로부터 당신을 보호할 수 있는 거죠?」

「글쎄다, 애야. 위험은 그리 크지 않다. 또다시 밀고당하는 일만 겪지 않는다면 내 위험은 그다지 대수롭지 않고 크지도 않아. 재거스 씨가 있고, 웨믹이 있고, 네가 있다. 그 밖에 누가 더 있어 나를 밀고하겠느냐?」

「혹시 거리에서 당신을 알아볼지도 모르는 사람은 없나요?」 내가 말했다.

「글쎄다.」 그가 대답했다. 「많지는 않다. 또한 나는 아직 신문에 A. M.이라는 이름으로 〈그가 보터니 만[2]에서 돌아왔다〉는 광고를 내고 싶은 생각이 없단다. 그리고 세월이 흘렀지. 나를 밀고해서 이득 볼 자가 누가 있겠느냐? 어쨌든 여기 좀 봐라, 핍. 설령 지금보다 50배 더 큰 위험에 처했더라도 나는 분명히 너를 보러 왔을 거다, 알겠니? 마찬가지였을 거야!」

「그러면 얼마나 오래 머무를 건가요?」

2 호주 남동부의 만. 시드니가 주도(州都)인 뉴사우스웨일스 주의 해안가에 위치한 작은 만으로 1788년부터 1849년까지 유배지로 유명했다.

「얼마나 오래냐고?」 그가 입에서 검정색 파이프를 뺀 뒤 턱을 내려뜨리고 입을 헤벌린 채 나를 뚫어져라 바라보며 말했다. 「난 돌아가지 않을 거다. 영원히 돌아온 거야.」

「어디서 살 건데요?」 내가 말했다. 「당신에게 무슨 일을 해줘야 하나요? 어디면 안전하겠어요?」

「애야.」 그가 대답했다. 「돈을 주고 살 수 있는 변장용 가발이 있고, 머리 분이 있고, 안경이 있고, 검정색 정장이 있고, 무릎 밑을 감친 반바지가 있지 않니. 이미 많은 사람들이 이런 일을 잘 해냈다. 다른 사람들이 잘 해낸 일이라면 또 다른 사람들도 할 수 있는 거다. 어디서 살지에 대해선, 애야, 네 생각을 좀 들려 다오.」

「이런 상황에서 참 마음 편하게 이 일을 받아들이고 있군요.」 내가 말했다. 「하지만 발각되면 죽음이라고 어젯밤에 단언할 땐 몹시 심각했잖아요.」

「그래, 내가 발각은 곧 죽음이라고 단언했지.」 그가 파이프를 다시 입에 물며 말했다. 「그것도 여기서 멀지 않은 탁트인 대로에서 교수형을 당하는 죽음이겠지. 그런 상황을 네가 충분히 이해하고 있어야 한다는 건 중요한 일이다. 그런데 이미 일이 저질러진 마당에 어쩌겠느냐? 난 이미 이곳에 와 있다. 지금 돌아간다는 건 그냥 꼼짝 않고 이곳에 있는 것만큼이나 좋지 않은 일이란다. 아니, 더 나쁜 일일 거다. 게다가, 핍, 내가 지금 이곳에 온 건 앞으로 몇 년이고 네 옆에서 살 마음으로 그런 거다. 내가 얼마나 뱃심 좋은 놈인지 말해 보마. 지금의 나는 처음 깃털이 나기 시작한 이후로 온갖 종류의 덫들을 뱃심 좋게 겪어 본 노련한 늙은 새와 같단다. 이를테면 허수아비를 홰 삼아 올라가 앉아 있을 정도지.

설령 그 허수아비 안에 죽음이란 놈이 몰래 숨어 있다 해도 〈그래, 그놈이 거기 있다 이거지. 나오라 그래, 대적해 줄 테니. 그러면 그놈이 거기 있다는 걸 믿지. 그 전엔 안 믿어〉 하는 식이다. 자, 어디 다시 한 번 나의 신사를 보자꾸나.」

그가 또다시 내 두 손을 잡고 자기가 내 주인이라는 사실에 감탄하는 태도로 나를 이리저리 뜯어보았다. 그러면서 아주 뿌듯하다는 듯이 내내 담배를 뻑뻑 피워 댔다.

나는 허버트가 돌아오면 그가 들어가 살 인근의 조용한 셋집을 구하는 것보다 더 좋은 방책은 없을 것 같다고 생각했다. 이삼일 안에 허버트가 돌아올 거라 기대하고 있었다. 허버트에게 비밀을 털어놓아야 한다는 건, 그렇게 그와 비밀을 공유함으로써 얻게 될 큰 위안은 차치하더라도, 불가피하고 필연적이고 당연한 일로 명백해 보였다. 하지만 그건 프로비스(나는 그를 그 이름으로 부르기로 마음먹었다) 씨에게는 명백한 일이 아니었다. 그는 허버트를 직접 만나 보고 그의 인상에 대해 호의적인 평가를 내리기 전까지는, 허버트의 동참에 동의하는 걸 미뤘다. 「그리고 그 애를 동참시킨다 하더라도 말이다, 애야.」 그가 주머니에서 조그만 걸쇠로 잠긴 반들반들한 검정색 성경 책을 꺼내면서 말했다. 「우선 그 애에게 맹세를 시켜야 할 거다.」

내 무시무시한 은인이 순전히 비상 상황에서 사람들을 맹세시킬 목적으로만 이 작은 검정색 성경 책을 세상 이곳저곳으로 들고 다녔다고 말하는 것은, 내가 결코 확인하지 못한 사실을 말하는 것일지도 모른다. 그러나 이 점만은 확언할 수 있다. 그가 다른 용도로 그 책을 사용하는 모습은 결코 본 적이 없다는 것이다. 그 성경 책 자체는 그가 법정에서 홈쳐 갖고 나온 것 같은 겉모습을 하고 있었다. 그리고 아마 예전의 용도에다 그 자신의 사용 경험이 더해져서 그에게 일종의 법적인 주문이나 부적 같은 존재로서 그것의 능력에 대한 믿음을 심어 주고 있는 것 같았다. 그가 그 성경 책을 꺼낸 첫 번째 경우를 맞이하면서, 나는 오래전 옛날 교회 묘지에서 그가 내게 약속을 엄수하라고 맹세시켰던 일과, 간밤에 그가 혼자 있을 때면 자신의 결심을 반드시 실행하겠노라고 늘 맹세했었다고 설명하던 모습을 떠올렸다.

그때 그가 꼭 처분할 앵무새 몇 마리와 시가라도 지닌 듯한 항해용 복장 ── 헐거운 바지와 짧막한 모직 더블 재킷 ── 을 하고 있었기 때문에, 나는 그다음으로 그가 어떤 옷을 입을지 논의했다. 그는 변장용 옷으로 〈무릎 밑을 감친 짧은 반바지〉의 장점에 대해 특별한 믿음을 품고 있었으며, 마음속으로 자신을 성당 주임 사제와 치과 의사의 중간쯤되는 모습으로 만들어 줄 복장을 상상하고 있었다. 나는 상당한 어려움을 겪고 나서야 좀 더 부유한 농장주처럼 보이는 옷을 입으라고 그를 설득할 수 있었다. 그리고 우리는 그의 머리도 짧게 자르고 머리 분도 좀 뿌리기로 결정했다. 끝으로 세탁부 노파나 그녀의 조카딸이 아직 그를 보지 못했기 때문에, 복장 변화가 있기 전까지는 그를 그들의 눈에 띄지 않게 하기로 했다.

이런 사전 예방 조치들을 결정하는 일은 간단한 일처럼 보일지도 모르겠다. 그러나 얼이 빠졌다고까지 말할 수는 없지만 멍한 정신 상태였던 내게는 너무나 시간이 걸리는 일이어서, 오후 2~3시가 되어서야 그런 조치들을 진행시키러 밖에 나갈 수 있었다.

내가 아는 바로는 에식스 가에 괜찮은 셋집 한 곳이 있었다. 그 집은 뒤편으로 템플 지구를 굽어보고 있었으며, 내 방 창문에서 큰 소리로 외치면 그 소리가 거의 들릴 정도의 거리에 있어서 가장 먼저 그 집부터 가보았다. 그리고 아주 운 좋게도 숙부 프로비스 씨의 이름으로 3층 셋집을 얻을 수 있었다. 그런 다음 이 상점, 저 상점을 돌아다니며 그의 외모를 바꾸는 데 필요한 물품들을 구입했다. 이런 일을 모두 처리하고 난 뒤 나 자신을 위해 리틀브리튼으로 향했다. 재거스 씨가 자기 책상에 앉아 있다가 내가 들어오는 걸 보고 곧바로 일어나 난롯불 앞에 가서 섰다.

「그래, 핍.」 그가 말했다. 「조심하게.」

「그러겠습니다, 변호사님.」 내가 대답했다. 나는 그곳으로 오면서 내가 할 말을 충분히 생각해 두고 있었다.

「자신을 꼼짝 못 할 입장에 빠뜨리지 말게.」 재거스 씨가 말했다. 「그리고 다른 어느 누구도 그렇게 만들지 말게. 알겠나. 어느 누구도 안 되네. 나한테 아무 말도 하지 말게. 난 아무것도 알고 싶지 않네. 궁금하지 않네.」

물론 나는 재거스 씨가 그 남자가 나타났다는 사실을 알고 있다는 걸 알아차렸다.

「그저 제가 원하는 건요, 재거스 변호사님.」 내가 말했다. 「제가 들은 내용이 사실인지 확인하고 싶다는 겁니다. 그게 사실이 아닐 거라는 바람은 갖지 못하겠지만, 적어도 진위 여부는 확인할 수 있겠지요.」

재거스 씨는 고개를 끄덕였다. 「하지만 자네, 〈들었다〉고 했나, 아니면 〈통보받았다〉고 했나?」 그가 고개를 한쪽으로 갸우뚱 기울인 채, 나를 바라보진 않았지만 내 말은 경청하는 태도로 바닥 쪽을 내려다보며 물었다. 「얘기를 들었다는 건 말을 통해 직접 당사자와 의사소통을 했다는 건데, 자네도 알다시피 뉴사우스웨일스에 있는 사람과 직접 의사소통을 할 수는 없는 일이지.」

「통보를 받았다고 하겠습니다, 재거스 변호사님.」

「좋네.」

「에이블 매그위치라는 이름을 가진 사람으로부터, 바로 자기가 오랫동안 내게 알려져 있지 않았던 은인이라는 사실을 통보받았습니다.」

「바로 그가 그 사람이네.」 재거스 씨가 말했다. 「뉴사우스웨일스에 있다는 그 사람 말이네.」

「오직 그 사람뿐인가요?」 내가 말했다.

「오직 그 사람뿐이네.」 재거스 씨가 말했다.

「저는 말입니다, 변호사님. 제 잘못이나 제가 잘못 결론 내린 일에 대해 변호사님에게 조금이라도 책임이 있다고 생각할 정도로 몰상식한 사람은 아닙니다. 하지만 저는 늘 제 은인이 미스 해비셤이라고 생각해 왔습니다.」

「자네 말대로네, 핍.」 재거스 씨가 차가운 시선을 내게 돌리고 집게손가락을 물어뜯으면서 대답했다. 「그 점에 대해서 나는 조금도 책임이 없네.」

「하지만 정말 그런 것 같았습니다.」 풀이 죽은 모습으로 내가 항변하듯 말했다.

「증거가 티끌만큼도 없지 않나, 핍.」 재거스 씨가 고개를 흔들고 옷자락을 거머쥐며 말했다. 「무슨 일이든 겉모습만 보고 받아들이지 말게. 모든 일을 증거에 입각해 받아들이게. 그보다 더 훌륭한 원칙은 없네.」

「더 이상 할 말이 없군요.」 잠시 침묵을 지키며 서 있다가 한숨을 내쉬며 말했다. 「제가 통보받은 정보를 확인했습니다. 그리고 그걸로 제 용건은 끝났습니다.」

「그리고 매그위치라는 사람 ─ 뉴사우스웨일스에 있다는 그 사람 ─ 이 마침내 자기 정체를 드러냈다니 하는 말이지만…….」 재거스 씨가 말했다. 「자네와 내가 연락을 주고받는 동안 내가 늘 얼마나 엄격하고 엄밀한 사실주의 노선을 고수했는지 이해하게 될 걸세. 나는 그동안 단 한 번도 엄밀한 사실주의 노선을 벗어난 적이 없었네. 그 점은 자네도 충분히 알고 있겠지?」

「충분히 압니다, 변호사님.」

「나는 매그위치가 내게 맨 처음 편지를 보내왔을 때부터 ─ 물론 뉴사우스웨일스에서 보내온 거지 ─ 그에게 내 말을 전달했었네. 혹시 내가 엄밀한 사실주의 노선에서 벗어날 거라는 기대는 절대로 해서는 안 된다고 말이네. 나는 그에게 다른 경고도 보냈었네. 그 경고는 그가 자네를 이곳 영국에서 보고 싶다는 생각을 편지 속에, 막연하지만 넌지시 암시하고 있는 것 같아서 보냈던 것이네. 나는 그에게 그런 말은 더 이상 듣지 않을 것이며, 그가 사면을 받을 가능성은 전혀 없고, 그는 남은 생애 동안 종신형을 선고받고 국외로 추방된 것이며, 그가 이 나라에 모습을 드러낸다는 건 중죄를 짓는 것이고, 그런 짓은 법이 정한 극형을 면치 못하게 할 것이라고 분명히 경고했네. 나는 매그위치에게 바로 그런 내용을 경고했네.」 재거스 씨가 나를 예의 주시하면서 말했다. 「나는 그런 내용을 뉴사우스웨일스로 써 보냈네. 그리고 그는 틀림없이 그걸 보고 스스로 주의했을 거네.」

「틀림없겠지요.」 내가 말했다.

「그런데 나는 웨믹으로부터 포츠머스 항 발신 소인이 찍힌 편지 한 통을 받았다는 사실을 통보받았네.」 재거스 씨가 여전히 나를 예의 주시하면서 계속 말을 이었다. 「이름이 퍼비스인가 뭔가 하는 식민지 주민이 보냈다는 —」

「혹은 프로비스겠지요.」 내가 주장했다.

「혹은 프로비스……. 고맙네, 핍. 아마 프로비스겠지? 아마 자네는 그게 프로비스라는 걸 확실히 알고 있겠지?」

「네.」 내가 말했다.

「자넨 그게 프로비스라는 걸 알고 있네. 그 편지는 매그위치를 대신하여 프로비스라는 이름의 식민지 주민이 자네의 자세한 주소를 묻는 내용을 담은 포츠머스 항 발신 편지였네. 내가 알기로는 웨믹이 그에게 답신 우편을 통해 그 점에 관한 자세한 내용을 적어 보냈네. 자네도 매그위치 — 뉴사우스웨일스에 있는 — 에 대한 설명을 통보받게 된 게 그 프로비스라는 사람을 통해서겠지?」

「프로비스를 통해서 전달받았습니다.」 내가 대답했다.

「잘 가게, 핍.」 재거스 씨가 손을 내밀며 말했다. 「만나서 반가웠네. 우편을 통해 매그위치 — 뉴사우스웨일스에 있는 — 에게 편지를 쓰거나 아니면 프로비스를 통해 그와 연락을 주고받을 때, 부디 그에게 우리의 오랜 관계에 대한 상세한 내역과 영수증과 전표들을 잔금과 함께 자네에게 보낼 거라고 말해 주게. 아직 남은 잔금이 있다네. 잘 가게, 핍!」

우리는 악수를 나누었다. 그는 최대한 뚫어져라 나를 쏘아보았다. 내가 문을 돌아 나가고 있을 때에도 여전히 뚫어져라 쏘아보고 있었다. 그런 와중에 선반 위에 놓인 험오스러운 두 개의 석고 두상은 눈꺼풀을 들어 올리고 퉁퉁 부은 목구멍으로 이런 말을 내뱉으려고 애쓰고 있는 것 같았다. 〈야, 저 변호사는 정말 대단한 사람이야!〉

웨믹은 출타 중이었다. 하지만 설사 그가 자기 책상에 앉아 있었다 할지라도 나를 위해 해줄 일은 아무것도 없었을 것이다. 나는 곧장 템플로 돌아갔으며 거기서 무서운 프로비스가 물 탄 럼주를 마시면서 독한 니그로헤드 담배를 태우고 있는 모습을 보았다.

다음 날 주문한 옷들이 모두 도착했다. 그는 그 옷들로 갈아입었다. 무슨 옷을 입든 원래 입었던 옷보다 훨씬 더 흉해 보였다(우울하게도 내겐 그렇게 보였다). 내 생각에 그에겐 뭔가 변장을 시도하기만 하면 그걸 무력화하는 면모가 어려 있는 것 같았다. 그는 더 많은 옷을 입히거나 더 잘 입히려 할수록 더욱더 습지대에 웅크린 탈주범 같아 보였다. 내 불안한 상상에 비친 그의 이런 인상은 아마 의심의 여지 없이, 부분적으로는 내게 점점 더 친숙한 모습으로 되살아나고 있던 그의 옛 얼굴과 옛 태도 때문이었을 것이다. 여하튼 나는 그가 여전히 다리에 무거운 족쇄가 채워져 있다는 듯 한쪽 다리를 질질 끌고 있다고 생각했고, 머리부터 발끝까지 그의 타고난 기질 자체에 죄수의 기질이 깃들어 있다고 생각했다.

게다가 그에겐 고독했던 오두막살이도 영향을 미쳐서 그 어떤 옷으로도 순화시킬 수 없는 야만스러운 분위기를 그에게 부여하고 있었다. 거기에 더해 그 이후 사람들 사이에서 낙인 찍힌 그의 삶까지 영향을 끼쳤고, 모든 것의 정점에는 그가 지금 노)에 줄이며 몸을 숨기고 있다는 의식이 있었다. 그의 모든 행동 방식들, 즉 앉거나 서거나 먹거나 마시는 행동과, 어깨를 추켜올리거나 뭔가 달갑지 않아 하거나 골똘히 생각에 잠겨 어슬렁거리는 행동과, 뿔 손잡이가 달린 큰 잭나이프를 꺼내서 다리에 쓱 문지르고 그걸로 음식을 자르는 행동과, 가벼운 유리잔이나 컵을 마치 투박하게 만들어진 금속 잔인 양 들어 올려 입술에 가져다 대는 행동과, 빵을 쐐기 모양 조각들로 잘라 내서 자기에게 주어진 몫을 최대한 다 먹겠다는 듯 그것들을 접시 가장자리로 빙빙 돌려 가며 마지막 남은 고기 국물 찌꺼기까지 적셔 닦아 내고 그런 다음 손가락 마디 끝까지 모두 그 조각들에 비벼 닦아 낸 뒤 그제야 삼키거나 하는 행동 등, 이런 모든 행동거지들과 하루에도 분 단위로 수없이 생겨나는 이름 붙일 수 없는 자질구레한 사례들 속에는 더할 나위 없이 명백한 죄수, 중죄인, 농장 노동자의 모습이 깃들어 있었다.

머리에 살짝 머리 분을 뿌리자고 했던 건 그 자신의 생각이었다. 나는 무릎 밑에서 감친 반바지를 못 입게 하려는 내 뜻을 관철시켰기 때문에 그 점은 양보했다. 그가 머리에 분을 뿌렸을 때 빚어진 효과는 죽은 사람의 입술 위에 연지를 발랐을 때 빚어졌을지도 모르는 효과 말고는, 다른 어느 효과에도 비교할 수 없을 것이다. 억눌러서 안 보이게 하는 게 바람직할 그의 모든 면모가 그 얄팍한 위장막을 통과해 그의 정수리 위로 번쩍거리며 불쑥 드러나는 모습은 너무나 끔찍하기만 했다. 결국 그는 머리 분은 바르기 무섭게 곧바로 포기했으며 그저 반백의 머리를 짧게 자르기만 했다.

그가 내게 두렵기 짝이 없는 미지의 존재라는 걸 내가 얼마나 의식하고 있었는지 또한 말로 표현할 수가 없다. 어느 날 저녁 그가 울퉁불퉁한 두 손으로 안락의자 팔걸이를 잡고 문신처럼 깊은 주름이 파인 대머리를 자기 가슴께에 떨어뜨린 채 잠들어 있었을 때, 나는 앉아서 그를 바라보고 있었다. 나는 대체 그가 무슨 짓을 저질렀는지 궁금해하며 『범죄자 일대기』[3]에 나오는 온갖 죄목을 그에게 마구 채워 넣었고, 그러다가 벌떡 일어나서 그로부터 도망쳐야겠다는 강렬한 충동에 사로잡혔다. 매시간 그에 대한 혐오감이 하도 커져 갔기에 허버트가 분명히 돌아올 거라는 걸 알고 있지만 않았다면, 아마 나는 그동안 그가 나를 위해 해준 모든 일과 그가 감수한 모든 위험에도 불구하고 내 머릿속을 그토록 괴롭혔던 고통이 처음 찾아왔을 때 그런 충동에 굴복해 버렸을지 모른다는 생각이 든다. 한번은 밤에 정말로 소스라치듯 놀라며 침대에서 나와 내 옷 중에서 가장 좋지 않은 옷으로 갈아입기 시작한 적도 있었다. 내가 가진 모든 것과 함께 그를 그곳에 남겨 두고 인도로 가는 군대에 사병으로 자원해야겠다는 생각이 엄습했기 때문이다.

그토록 기나긴 저녁 시간과 밤 시간에, 바람과 비마저 계속 휘몰아치는 그런 상황에서, 그 고립된 거처에 유령이 나타났다 한들 그 유령이 내게 그자보다 더 무시무시한 존재였을까 하는 의심이 든다. 유령이라면 나 때문에 체포되어 교수형에 처해질 일은 없을 것이었다. 그런데 그러면 그럴 수 있다는 생각과 언젠가는 그렇게 될 거라는 생각이 내 공포감을 적잖이 배가시켰다. 잠을 자지 않거나 자기 소유의 닳아 빠진 카드 한 벌로 〈페이션스〉라는 복잡한 1인용 카드놀이 — 그 전에도 그렇고 그 후로도 그렇고 내가 한 번도

---

3 『뉴게이트 감옥 범죄자 일대기』. 악독한 범죄자들의 잔혹한 범죄 행위들을 기록한 이야기 모음집.

본 적이 없는 게임인데, 그는 승리를 거둘 때마다 잭나이프를 테이블에 꽂아서 기록했다 — 를 하고 있지 않을 때, 즉 이 두 가지 일 중 어느 하나도 하고 있지 않을 때면 그는 〈애야, 외국어로 쓰인 책을 좀 읽어 주렴〉 하고 말하면서 내게 책을 읽어 달라고 요구하곤 했다. 내가 그 요구에 응하면 그는 한 단어도 알아듣지 못하면서도 난롯불 앞에 서서 전시회의 전시품 출품자 같은 태도로 나를 내려다보곤 했다. 그러면 나는 얼굴을 가린 손가락들 사이로 그가 무언극을 펼치며 가구들을 향해 내 능숙한 낭송을 주목하라고 호소하고 있는 모습을 훔쳐보곤 했다. 자신이 불경스럽게 만든 흉측한 모습의 괴물에게 쫓기는 가상의 이야기 속 과학자[4]라 할지라도, 나를 만들어 준 사람에게 쫓기고 있고, 그리고 그 사람이 나에 대해 더 많이 감탄하고 애착을 가질수록 더 큰 혐오감이 생겨나 그로부터 움츠러들며 물러나고 있는 나보다는 덜 비참했을 것이다.

내가 지금 이 부분의 이야기를 마치 1년 동안 계속된 일인 양 기술하고 있다는 걸 나는 알고 있다. 사실 이 일은 겨우 닷새 동안에 일어난 일이다. 그 닷새 동안 내내 나는 허버트가 돌아오기만을 고대했고, 어두워지고 난 후 프로비스를 데리고 바람을 쐬러 나가는 일 말고는 감히 바깥으로 나갈 엄두도 내지 못하고 있었다. 마침내 어느 날 저녁, 식사가 끝나고 너무나 피곤해서 — 몇 날 밤 동안 심적 동요 상태에 빠져 있었던 데다 무서운 악몽에 시달리느라 나는 잠을 설

4 메리 셸리의 『프랑켄슈타인』(1818)에 나오는 젊은 과학자 빅터 프랑켄슈타인. 기이할 정도로 흉측한 괴물을 만들지만 그 괴물은 자신을 만든 빅터에게 반기를 들고 그의 주변 사람들을 살해한다.

친 상태였다 — 깜빡 잠들어 있다가 계단에서 들려오는 발소리에 깜짝 놀라 깼다. 역시 잠들어 있던 프로비스도 내가 부스럭거리는 소리를 듣고 비틀거리며 벌떡 일어났다. 나는 그의 손에서 잭나이프가 번쩍이는 걸 보았다.

「진정하세요! 허버트예요!」 내가 말했다. 이윽고 허버트가 1천 킬로미터나 떨어진 프랑스의 신선한 공기를 지니고 집 안으로 들어왔다.

「헨델, 친애하는 나의 친구, 잘 있었니? 거듭 잘 있었니? 재삼 잘 있었니? 열두 달은 떠나 있었던 것 같구나! 아니, 내가 정말 그랬던 모양이네. 왜 그리 수척해지고 창백해진 거야! 헨델, 나의…… 안녕하세요! 죄송합니다.」

그가 나에게 달려들어 악수를 하려다가 프로비스를 발견하고 멈칫했다. 프로비스는 그를 뚫어져라 주목하면서 천천히 잭나이프를 챙겨서 집어넣었고 뭔가 다른 걸 찾기 위해 주머니 안을 더듬거렸다.

「허버트, 친애하는 나의 친구.」 허버트가 빤히 쳐다보며 의아해하고 있는 동안 내가 양쪽 여닫이문을 닫으면서 말했다. 「그동안 아주 이상한 일이 일어났어. 이분은…… 나를 찾아온 손님이야.」

「괜찮다, 얘야!」 걸쇠로 잠긴 검정색 성경 책을 들고 앞으로 나오면서 프로비스가 말했다. 그리고 허버트에게 말을 걸었다. 「이 책을 네 오른손에 들어라. 만약 어떤 식으로든 밀고를 한다면 하느님께서 네게 벌을 내려 즉사하게 만드실 거다! 이 책에 입을 맞춰라!」

「그가 원하는 대로 해.」 내가 허버트에게 말했다. 따라서 허버트는 다정하면서도 불안하고 놀란 모습으로 나를 바라보며 내 말에 응했다. 그러자 프로비스는 즉시 그에게 악수를 건네면서 말했다. 「자, 이제 너도 알다시피 너는 맹세를 한 거다. 그리고 나도 맹세코 말한다만, 만약 핍이 너를 신사로 만들어 주지 않는다면 앞으로 내 말은 절대로 믿지 마라.」

41

허버트와 나와 프로비스가 난롯가에 앉고 나서 내가 허버트에게 모든 비밀을 말해 주었을 때 그가 보인 경악과 심적 동요를 묘사하려고 시도한다면 헛된 일일 것이다. 그저 허버트의 얼굴에 내가 느꼈던 것과 똑같은 감정들이 내비쳤다는 것, 그리고 그중에서도 특히 내게 너무나 많은 일을 해준 사람에 대해 내가 느꼈던 혐오감이 내비쳤다는 것만 얘기하면 충분할 것이다.

그 사람과 우리 둘 사이를 구분 짓는 별다른 상황이 없었다 해도 단 하나 그런 구분을 지어 줄지 모르는 사항을 말해 본다면, 그건 내 얘기를 듣고 나서 그가 보인 당당한 승리감이었다. 영국으로 돌아오고 난 후 자신이 한 차례 〈상스러운〉 태도를 보였다는 걸 성가실 정도로 의식하고 있었다는 것만 제외한다면 — 내가 비밀을 모두 털어놓자마자 그는 그 점을 허버트에게 늘어놓기 시작했다 — 그는 내가 내 행운에 대해 비판적인 태도를 가질 가능성이 있다는 걸 전혀 인지하지 못하고 있었다. 그는 나를 신사로 만든 게 자신이며, 나를 보러 온 것은 자신의 막대한 재력을 기반으로 하여 신사로서의 내 자격을 한층 더 공고히 하기 위해서라고 말했다. 그런 그의 자랑은 나에 대한 자랑이기도 했지만 자신에 대한 자랑이기도 했다. 그리고 그 자랑이 우리 둘 모두에게 아주 기분 좋은 것이며 둘 다 그 점에 대해 자부심을 느껴야 한다는 게 그의 마음속에 확연히 자리 잡은 결론이었다.

「그렇지만 여기 좀 봐라, 핍의 친구야.」 한동안 연설을 늘어놓은 후 그가 말했다. 「나는 영국에 돌아온 이후로 딱 한 차례 ─ 한 30초 정도 ─ 상스럽게 굴었다는 걸 잘 알고 있다. 내가 상스럽게 굴었다는 걸 알고 있다고 핍에게 얘기했다. 하지만 그 점에 대해 네가 초조해할 건 없다. 너희 두 사람에게 어울리는 처신이 뭔지 알지도 못하면서 내가 핍을 신사로 만든 게 아닐뿐더러, 핍이 너를 신사로 만들게 하겠다는 건 아니니까. 얘야, 그리고 핍의 친구야. 너희 둘 다 앞으로 내가 늘 점잖게 내 입에다 부리망을 쓰고 있을 거라고 믿어도 된다. 나는 무심코 상스러운 면모를 보였던 그 30초 이후 늘 입에 부리망을 쓰고 있었고, 지금도 쓰고 있고, 앞으로도 늘 쓰고 있을 거다.」

허버트는 〈틀림없이 그러실 테죠〉라고 말했다. 하지만 그는 그 말에 그리 특별한 위로의 뜻이 담기지 않았다는 표정을 지으며 곤혹스러워했다. 우리는 그가 숙소로 가고 둘만 남겨 놓는 시간이 오기를 애타게 바랐다. 그러나 그는 둘만 남겨 놓고 가는 일을 노골적으로 시샘하며 밤늦게까지 앉아 있었다. 자정이 되어서야 비로소 나는 그를 에식스 가까지 바래다주었고, 그곳에서 그가 무사히 어두운 숙소 문으로 들어가는 걸 지켜보았다. 그가 들어가고 문이 닫히자마자 나는 그가 도착한 날 밤 이후 처음으로 안도의 순간을 경험했다.

계단에서 마주쳤던 남자에 대한 불안감을 결코 완벽하게 떨쳐 버리지 못하고 있던 나는 어두워지고 나서 내 방문객을 밖으로 데리고 나갈 때나 그를 다시 데리고 들어올 때 늘 주변을 둘러보곤 했다. 나는 그 순간에도 주변을 둘러보았다. 대도시에서 특히 그런 일과 관련된 위험을 의식하고 있을 때 누가 자기를 지켜보고 있다는 의심이 생겨나는 걸 막는다는 건 비록 어려운 일이긴 했지만, 눈에 띄는 사람들 중에서 누가 내 거동에 신경을 쓰고 있다고 확신할 수는 없었다. 지나가는 몇몇 행인들은 각자 제 갈 길로 지나쳐 갔으며, 내가 다시 템플 지구로 들어섰을 때 거리는 텅 비어 있었다. 우리와 함께 그 건물의 문으로 나왔던 사람은 아무도 없었고 나와 함께 그 문으로 들어가는 사람도 아무도 없었다. 분수대 옆을 가로질러 가면서 보니 불이 켜진 그의 숙소 뒤쪽 창문들이 밝고 고요하게 빛을 발하고 있는 모습이 보였다. 그리고 내가 살고 있는 건물 계단을 오르기 전에 현관 입구에 잠시 서서 둘러보니 가든코트의 앞마당도 조용하고 인적이 없었고 계단을 올라갈 때도 마찬가지였다.

허버트는 두 팔을 활짝 벌리고 나를 맞이했다. 친구가 있다는 게 어떤 것인지를 그때처럼 축복받은 기분으로 느꼈던 적이 없었다. 그가 나를 동정하며 몇 마디 용기를 북돋는 말을 하고 난 후, 우리는 그 문제를 심사숙고하기 위해 앉았다. 앞으로 어찌해야 한단 말인가?

프로비스가 차지하고 앉았던 의자가 아까 있던 자리에 그대로 놓여 있었다. 그는 불안에 찬 모습으로 한 장소에 들러붙은 듯 그곳만 맴도는 병영 생활식 태도를 지니고 있었으며, 오직 그곳에서만 파이프와 니그로헤드 담배와 잭나이프와 카드 한 벌을 들고 자기를 위해 석판에 쓰여 있기라도 한 것처럼 차례로 돌아가며 매만지는 일을 의식 치르듯 하는 사람이었다. 말했듯이 그동안 쭉 놓여 있던 곳에 여전히 그의 의자가 놓여 있었다. 그런데 그만 허버트가 무의식중에 거기 앉았다. 하지만 그는 소스라치듯 놀라며 바로 벌떡 일어나서 그 의자를 밀어 버리고 다른 의자에 앉았다. 그런 동작을 내보였으니 이후 그가 내 은인에게 혐오감을 느끼고 있다는 말을 내게 할 필요가 없었다. 나 또한 내가 가진 혐오감을 고백할 필요가 없었다. 우리는 한마디 말도 하지 않고서도 그런 속마음을 서로 교환했다.

「어떻게……」 허버트가 다른 의자에 무사히 앉자 내가 그에게 말했다. 「어떻게 해야 할까?」

「친애하는 나의 가여운 헨델.」 그가 자기 머리를 잡으며 대답했다. 「나도 너무 놀라고 어리벙벙해서 아무 생각이 안 난다.」

「처음 충격을 받았을 때 나도 그랬어, 허버트. 하지만 반드시 무슨 일인가를 해야만 해. 그자가 새롭고 다양한 항목들에다 돈을 쓰겠다고 난리야. 말, 마차, 그리고 온갖 종류의 사치스러운 겉치장 같은 것들 말이야. 어떻게 해서든 그를 막아야 해.」

「네 말뜻은 그런 것들을 받을 수 없다는 —」

「내가 어떻게 그런 것들을 받을 수 있어?」 허버트가 말을 멈추자 내가 끼어들었다. 「그자를 생각해 봐! 그 몰골을 보라고!」

우리 두 사람 모두 외지와 무관하게 몸서리가 쳐졌다.

「하지만 유감스럽게도 끔찍한 진실은 말이다, 허버트. 그가 내게 애착을, 그것도 강렬한 애착을 느끼고 있다는 거야. 세상에 이런 운명이 또 있을까!」

「친애하는 나의 가여운 헨델.」 그가 되풀이해서 말했다.

「그리고 말이다.」 내가 말했다. 「어쨌든 이 시점에 그에게서 한 푼도 더 받지 않고 그와 관계를 딱 끊었다고 쳤을 때, 내가 그에게 이미 입은 은혜를 생각해 봐! 그리고 또 말이다. 난 지금 엄청난 빚 — 이제 상속받을 재산이라곤 하나도 없는 내가 감당하기에 너무 과중한 빚 — 이 있어. 게다가 나는 아무런 직업 교육도 못 받았어. 그러니 나는 아무짝에도 쓸모없는 놈이야.」

「저런! 저런! 저런!」 허버트가 이의를 제기했다. 「아무짝에도 쓸모없다는 말은 하지 마.」

「내가 어디에 쓸모가 있어? 쓸모가 있는 유일한 것은 알고 있지. 군인이 되는 거야. 너와 우정 어린 상의를 할 거라는 희망만 없었더라면, 친애하는 나의 허버트, 난 아마 군대에 입대했을 거야.」

물론 나는 이 말을 하다가 무너져서 울음을 터뜨렸다. 그리고 허버트는 당연히 손을 따뜻하게 쥐어 주었을 뿐 모르는 척해 주었다.

「어쨌든 말이다, 친애하는 나의 헨델.」 그가 곧바로 말했다. 「군인이 되는 건 도움이 안 돼. 만약 네가 현재의 그의 후원과 호의를 거절할 생각이라면, 뭔가 막연하게라도 언젠가는 그동안 네가 받았던 것들을 갚겠다는 희망이 있어야 그럴 수 있을 거라는 생각이 들어. 그런데 만약 네가 군인이 된다면 그건 그다지 견실한 희망이 아니야. 게다가 어리석은 생각이기도 하고. 차라리 작은 회사이긴 하지만 클래리커 상사에서 일하는 게 훨씬 더 나을 거다. 너도 알다시피 내가 지금 동업자 자격을 얻기 위해 열심히 일하며 올라가는 중이니까.」

가엾은 친구! 그는 누구의 돈으로 자기가 그렇게 된 건지 전혀 의심하지 않고 있었다.

「하지만 또 다른 문제가 있다.」 허버트가 말했다. 「그 사람은 무식하고 결연한 사람인 데다 오랫동안 한 가지 생각만 외곬으로 해온 사람이야. 게다가 내가 보기에는 (내가 잘못 판단했을 수도 있지만) 필사적인 데다 포악한 성격까지 지닌 사람처럼 보였어.」

「그가 그런 사람이라는 건 나도 알아.」 내가 대답했다. 「그 증거로 내가 목격했던 장면을 말해 줄게.」 그러고 나서 나는 그에 대한 내 설명 속에 언급하지 않았던 내용, 즉 옛날에 그가 다른 죄수와 벌였던 격투에 대해 허버트에게 얘기해 주었다.

「그러니까 유념하라는 거야.」 허버트가 말했다. 「이걸 생각하라고! 그는 자신의 그 외곬의 생각을 실천하고자 목숨을 걸고 이곳에 온 사람이야. 그런데 온갖 고생과 기다림 끝에 그가 그 생각을 실천하려는 순간, 네가 그걸 망치고 애써 모은 그의 재산을 그에게 아무런 가치도 없게 만들고 그의 발밑을 허물어뜨리며 뒤집어엎게 된다는 거야. 그러면 그 실망으로 인해 그가 저지를지 모르는 일은 전혀 안 보이니?」

「그가 도착했던 숙명의 그날 밤부터 쭉 보아 왔어, 허버트. 그리고 악몽까지 꾸었고. 그가 자청해서 체포되는 일보다 더 또렷하게 내 마음을 차지했던 건 없었어.」

「그러면 넌 그가 그런 짓을 저지를 위험이 대단히 크다고 확신해도 좋을 거야. 그것은 영국에 있는 한 그가 너에게 행사할 수 있는 압력이야. 그리고 네가 만약 그를 버리면 그가 취할 행동이 그런 무모한 것일 테고.」

처음부터 나를 무겁게 짓눌러 왔고, 실제로 실현된다면 왠지 내가 그를 죽이기라도 한 것 같을 것이다. 이 무시무시한 생각에 하도 충격을 받아서 의자에 그냥 편히 앉아 있을 수 없었다. 그래서 일어나 방 안을 왔다 갔다 하기 시작했다. 그러면서 프로비스가 자기 의지와 무관하게 발각되어 체포되고 내게 아무런 잘못이 없다 하더라도, 내가 바로 원인이라는 생각에 비참할 것 같다고 허버트에게 말했다. 그렇다. 그가 자유의 몸으로 가까이에 있어도 너무 비참할 것 같았고, 이런 일을 당하느니 차라리 내 나머지 인생의 모든 나날들을 대장간에서 일하며 살기를 바라고 또 바란다 하더라도 비참할 것 같았다!

그러나 말로 아무리 떠들어 댄다 한들 이 문제가 없어지는 건 아니었다. 대체 앞으로 어찌해야 한단 말인가?

「제일 먼저 그리고 가장 중요하게 해야 할 일은 말이다.」 허버트가 말했다. 「그를 영국에서 내보내는 거다. 네가 그와 함께 가야 해. 그래야 그가 떠나도록 설득할 수 있을 거야.」

「하지만 내가 원하는 곳으로 그를 내보낸다 해도, 그가 다시 돌아오는 걸 내가 막을 수 있을까?」

「친애하는 나의 헨델, 다른 곳보다 뉴게이트 감옥이 바로 옆 거리에 있는 이곳에서 네 속마음을 그에게 털어놓아서 그가 무모한 마음을 먹게 하는 게 분명히 더 위험하지 않겠니? 그와 격투를 벌였다는 그 다른 죄수를 이용한다거나, 현재 그의 삶과 연관된 다른 일을 이용해서 그를 데리고 나갈 핑계를 만든다면 어떨까?」

「됐어! 다시 그 얘기네!」 허버트 앞에 멈춰 서며, 지금 이
상황에 내포된 절망이 내 두 손 안에 들어 있기라도 한 듯 두
손을 펼쳐 내밀면서 내가 말했다. 「나는 그의 삶에 대해 아
무것도 몰라. 내 행운과 불행이 그토록 밀접하게 얽혀 있는
데도, 어린 시절 이틀 동안 그가 나를 위협했던 가련한 악당
이라는 것 말고는 아무것도 몰라. 그러니 내가 잘 알지 못하
는 그런 사람을 앞에 두고 앉아서 바라보는 일은 나를 거의
미치게 만들었다고!」

허버트는 일어나서 자기 팔을 내 팔에 끼었고 우리는 양
탄자를 골똘히 내려다보며 함께 천천히 방 안을 거닐었다.

「헨델.」 허버트가 멈춰 서며 말했다. 「그 사람으로부터 이
제 더 이상 은혜를 입을 수 없다는 확신은 분명히 갖고 있는
거겠지, 그렇지?」

「분명해. 너도 내 입장이라면 분명히 그럴 거야.」

「그리고 그 사람과 반드시 절연하겠다는 확신도 갖고 있
는 거겠지?」

「허버트, 나한테 어떻게 그런 질문을 할 수 있는 거니?」

「그리고 너, 너 때문에 그가 위험을 무릅쓰고 내건 그 목
숨에 대한 측은한 마음은 갖고 있는 거겠지? 그래서 가능하
면 그가 목숨을 내던지는 일에서 그를 꼭 구해 내야겠다는
마음을 갖고 있는 거겠지? 그렇다면 너는 너 자신을 구하기
위해 손가락 하나라도 까딱하기에 앞서서 먼저 그 사람부터
영국에서 빼내야 해. 부디 그 일부터 완수하고 난 뒤에 너를
구해. 그리고 그 일은 우리 둘이 힘을 합쳐서 끝까지 해나가
자, 사랑하는 친구야.」

겨우 이 정도 결정을 내리고도 우리는 악수를 나누었고 위안을 느끼며 다시 방 안 이곳저곳을 거닐었다.

　「그런데 허버트.」 내가 말했다. 「그의 인생 내력에 대해 뭔가 알아내는 일에 대해서 말인데, 내가 아는 방법은 딱 한 가지밖에 없어. 본인에게 대놓고 직설적으로 물어봐야 한다는 거야.」

　「그래. 그에게 물어봐.」 허버트가 말했다. 「아침 식사 자리에서 물어봐.」 그는 허버트에게 작별 인사를 건네면서 우리와 함께 아침을 먹으러 오겠다고 말한 바 있었다.

　이런 계획을 짜놓은 뒤 잠자리에 들었다. 나는 그와 관련된 더없이 흉측한 악몽을 꾸다 개운치 않은 상태로 잠에서 깼다. 잠에서 깨니 밤새 자느라고 잊고 있었던 공포감, 그가 돌아온 유형수이니 발각될지도 모른다는 공포감이 되살아났다. 깨어 있는 동안은 결코 그런 공포감을 떨쳐 버리지 못했다.

　그는 약속한 시간에 왔으며 잭나이프를 꺼내고는 식사를 하기 위해 앉았다. 자신의 신사가 〈든든한 모습으로, 그리고 신사다운 모습으로 세상에 나가게 하기 위한〉 계획들을 잔뜩 늘어놓았으며, 내게 주고 간 지갑을 토대로 삼아 빨리 일을 시작하라고 재촉했다. 그는 우리의 거처와 자신의 숙소를 임시 거주지로 생각하고 있었으며, 내게 즉시 하이드파크 인근의 〈근사한 집〉을 알아보라고 권했다. 그리고 자기는 그 집에서 그저 〈임시 침대〉나 하나 얻어 쓰면 된다고 말했다. 그가 아침 식사를 다 마치고 잭나이프를 다리에 쓱쓱 문지르고 있었을 때 다짜고짜 내가 그에게 물었다.

　「지난밤 당신이 가고 난 후 옛날 내 가족이 군인들과 함께 습지대에 갔을 때 당신이 거기에서 벌였던 싸움에 대해 친구에게 얘기했습니다. 기억나나요?」

「기억난다!」그가 말했다. 「그랬던 것 같구나!」

「우린 그 싸움의 상대방에 대해 좀 알고 싶어요. 그리고 당신에 대해서도요. 지난밤 내가 얘기했던 것 말고 당신과 그 상대방, 특히 당신에 대해 내가 그 이상 아는 게 없다는 사실이 이상합니다. 우리가 서로를 좀 더 알기 위해서는 바로 지금이 다른 어느 때보다 적절한 시간이 아닐까요?」

「글쎄다!」그가 곰곰이 생각하다가 말했다. 「어이, 핍의 친구, 알다시피 넌 이미 맹세를 했다.」

「물론입니다.」허버트가 대답했다.

「너도 알다시피 내가 말하는 모든 내용에 대해서다.」그가 강조했다. 「그 맹세는 모든 사항에 다 적용된다.」

「그렇게 이해하고 있습니다.」

「그리고 여기 좀 봐라. 내가 무슨 짓을 저질렀든 간에 난 이미 노역을 통해 그 대가를 다 치르고 갚았다.」그가 다시 강조했다.

「그런 것이기를 바랍니다.」

그는 검정색 파이프를 꺼낸 후 니그로헤드 가루담배를 채워 넣으려고 하다가, 손 안에 엉겨 붙은 가루를 물끄러미 쳐다보았다. 아마 그게 이야기의 실타래를 얽히고설키게 만들지 모른다고 생각하는 것 같았다. 그는 그걸 도로 집어넣고 파이프를 외투 단춧구멍에 꽂고서 두 손을 무릎 위에 올려놓았다. 그런 다음 그는 얼마 동안 아무런 말도 없이 분노에 찬 시선으로 난로를 쳐다보았다. 그러다 우리를 향해 돌아보며 다음과 같이 이야기를 시작했다.

42

「애야, 그리고 핍의 친구야. 나는 내 인생을 무슨 노래 가사나 범죄자 일대기 속 일화처럼 얘기하지 않겠다. 하지만 너희에게 그걸 짧고 간략하게 얘기하기 위해 몇 마디 중요한 표현으로 옮겨 보겠다. 나는 평생 감옥을 들락날락, 들락날락, 들락날락했다고 말이다. 이 간략한 표현을 통해 내 인생이 어땠는지 알 것이다. 그게 핍이 내 친구가 된 후 배에 실려 쫓겨나게 될 때까지 〈내〉 삶의 거의 전부였다.

나는 교수형만 빼고 온갖 일을 참 많이도 당했다. 나는 은제 찻주전자처럼 감금되어 살아왔다. 나는 이곳저곳 짐수레에 실려 다녔고, 이 도시에서 쫓겨나고 저 도시에서 쫓겨나고, 족쇄를 차고 옴짝달싹하지 못했고, 매질을 당했고, 개한테 물리고 내쫓기며 다녔다. 나는 내가 태어난 곳을 너희만큼이나 모른다. 그저 그럴 따름이다. 내가 처음으로 내 존재를 의식했던 건 살기 위해 에식스에서 무를 도둑질할 때였어. 어떤 사람이 — 내게서 도망을 쳤는데, 남자였고 땜장이였다 — 화로를 훔쳐 가는 바람에 너무 추웠다.

나는 내 성이 매그위치고 세례명은 에이블이란 걸 알았다. 그걸 어떻게 알았느냐고? 산울타리에 앉은 새들의 이름이 푸른머리되새, 참새, 개똥지빠귀라는 걸 알게 된 것과 매한가지다. 내가 그 모든 게 거짓말이라고 생각했는지도 모른다. 그저 새들의 이름이 진짜 이름이라고 밝혀지면서 내 이름도 그럴 거라고 생각했다.

내가 알고 있는 한, 거죽으로도 그렇고 뱃속도 그렇고 가진 거라고는 쥐뿔도 없는 어린 에이블 매그위치를 제대로 돌봐 주는 사람은 단 한 사람도 없었다. 그저 사람들은 나를 보면 흠칫 놀라고 두려워하면서 내쫓거나 아니면 강제로 잡아 가둘 뿐이었지. 나는 끝도 없이 붙잡히고, 붙잡히고, 또 붙잡혀서, 나중에는 아예 붙잡혀 감금되는 게 내 일상생활이 된 채로 커갔다.

이게 바로 내가 산 방식이어서 내가 스스로 보기에도(거울을 보았다는 말은 아니다. 가구가 있는 집들 중에서 내가 그 내부를 아는 집은 별로 없었다) 정말로 불쌍해 보이는 누더기를 걸친 아이가 되었을 때 나는 이미 상습범이라는 오명을 뒤집어썼다. 사람들은 감옥 방문객들에게 나를 지목하며 〈저 아이는 지독한 상습범이래. 그러니 평생 감옥에서 살 팔자라고 할 수 있을 거야〉라고 말하곤 했다. 그러고 나서 그들은 나를 쳐다보았고 나는 그들을 쳐다보았다. 그리고 그들 중 어떤 사람들은 내 머리 둘레를 쟀고 ― 차라리 내 배 둘레나 재는 게 더 나았을 거다 ― 또 어떤 사람들은 내가 읽지도 못하는 소책자를 내게 주면서 알아듣지도 못하는 설교를 지껄였어. 그들은 늘 내게 반감을 품고 악마가 어쩌고저쩌고하며 떠들어 댔지. 하지만, 제기랄, 내가 뭘 어쩔 수 있었겠느냐? 난 뭔가 배 속에 쑤셔 넣어야만 했다, 안 그렇겠니? 내가 또 상스럽게 굴고 있구나. 난 너희에게 어울리는 예의 바른 행동이 뭔지 알아. 얘야, 그리고 어이, 핍의 친구야. 내가 상스럽게 굴까봐 걱정하지 않아도 된다.

나는 이곳저곳을 떠돌아다녔고, 구걸을 했고, 도둑질을 했고, 할 수 있으면 가끔 일도 했다. 물론 너희들이 생각하는 것만큼 자주 그랬던 건 아니다. 너희들이있다면 내게 기꺼이 일감을 줄 마음이 들었을지 자문해 볼 때까진 그런 생각은 유보해라. 그리고 나는 밀렵꾼 생활 조금, 노동자 생활 조금, 짐마차꾼 생활 조금, 건초 말리는 일꾼 생활 조금, 떠돌이 행상 생활 조금, 돈은 안 생기면서 고생은 죽도록 하는 대부분의 일들을 조금씩 하면서 어른이 되어 갔다. 그런 가운데 나는 잔뜩 쌓인 토마토 더미 밑에 턱까지 몸을 숨기고 지냈던 부랑자 간이 숙박소의 어느 탈주병으로부터 글 읽는 법을 배웠고, 한 번에 1페니씩 받고 사인을 해주던 떠돌이 거인으로부터는 글 쓰는 법을 배웠다. 나는 이제 예전처럼 자주 감금된 채 지내지는 않았다. 하지만 여전히 꽤 많은 감옥 열쇠들을 닳게 만들었지.

20여 년도 넘은 옛일인데, 나는 엡섬[5]에서 열린 경마 경기에서 한 놈을 알게 되었다. 만약 그놈의 머리통이 여기 이 벽난로 시렁에 걸려 있다면 부지깽이로 바다가재 집게발처럼 박살 내버렸을 놈이다. 그놈의 본명은 콤피슨이다. 바로 그놈이, 애야, 지난밤 내가 떠난 후 네가 친구에게 사실을 얘기했던 대로, 옛날 습지대 도랑에서 두들겨 패는 걸 네가 목격했던 놈이다.

콤피슨이란 놈은 자칭 신사였고 유명한 기숙 학교도 다녔고 학식도 있었어. 유창한 언변에다 지체 높은 양반들의 행동 방식에도 도통한 놈이었지. 놈은 잘생기기까지 했었어. 대경주가 열리기 전날 밤 내가 전부터 알고 있던 히스 벌판의 한 매점에서 그를 발견했어. 내가 들어갔을 때 그와 몇몇 손님들

5 영국 남동부 서리 주의 도시. 경마장이 있으며 1779년부터 매년 6월에 나흘간에 걸쳐 경마 경주가 열렸다. 주경기인 더비 경주와 오크스 경주가 유명하다. 주경기가 열리면 수많은 구경꾼들이 몰리는데, 이때 온갖 광대와 범죄자와 사기꾼들도 몰려들었다고 한다.

이 탁자 여기저기에 앉아 있었는데, 매점 주인(나를 알고 있었고 스포츠를 아주 좋아하는 사람이었지)이 그를 큰 소리로 부르더니 이렇게 말했다. 〈이 사람이 — 나를 말하는 거였다 — 손님과 잘 어울릴 것 같다는 생각이 듭니다만.〉

콤피슨이란 놈은 나를 아주 주의 깊게 쳐다봤고 나도 그를 쳐다봤다. 놈은 시계와 시곗줄과 반지와 가슴 장식 핀을 하고 멋진 양복을 차려입고 있었어.

〈차림새로 보아하니 당신은 운이 없군.〉 콤피슨이 내게 말했어.

〈네, 신사 나리, 결코 큰 운을 누려 보지 못했습니다.〉 (그때 나는 부랑 죄로 수감 생활을 하다가 막 마치고 나온 처지였다. 그 수감 생활이 다른 죄목 때문일 수도 있다는 걸 부인하는 건 아니다. 하지만 그건 아니었다.)

〈운이란 변하는 거요.〉 콤피슨이 말했어. 〈아마 당신 운도 변하게 될지 모르고.〉

나는 말했지. 〈그렇게 되길 바랍니다. 그럴 여지가 있으니까요.〉

〈뭘 할 줄 압니까?〉 콤피슨이 말했다.

〈먹고 마시는 일입니다.〉 내가 말했다. 〈먹고 마실 것만 있다면요.〉

콤피슨은 껄껄 웃더니 다시 나를 주의 깊게 쳐다보았고, 내게 5실링을 주며 다음 날 밤에 같은 장소에서 다시 만나자고 약속했어.

나는 다음 날 밤 그곳으로 콤피슨을 찾아갔다. 콤피슨은 나를 자기 하인 겸 동업자로 삼았다. 그런데 우리가 함께 동업하기로 했던 콤피슨의 그 사업이란 게 대체 뭐였을까? 콤피슨의 사업은 사기, 필체 위조, 훔친 은행권 유통, 그리고 그 비슷한 일들이었다. 머리를 써서 온갖 종류의 덫을 설치해 놓은 다음 자기 발은 쏙 빼고서 이익만 빼먹고 다른 사람이 모든 죄를 뒤집어쓰게 하는 것, 그게 놈의 사업이었다. 놈은 줄칼만큼도 정이 없었고, 죽음처럼 냉혹했고, 앞서 말했던 것처럼 악마의 머리를 지닌 놈이었다.

콤피슨에겐 다른 동업자가 한 명 더 있었다. 아서라고 했지. 아마 세례명은 아니고 성일 거다. 그는 건강이 악화되어서 뼈와 가죽뿐인 유령 같은 몰골을 하고 있었다. 그와 콤피슨은 그 몇 년 전에 어떤 부잣집 숙녀에게 몹시 못된 짓을 꾸며서 그걸 통해 거금을 챙겼다고 했다. 하지만 콤피슨은 내기를 하고 도박을 했어. 아마 국왕의 국세 수입을 다 가졌다 해도 놈은 모두 탕진해 버렸을 거다. 아서는 점점 죽어 가고 있었다. 그것도 가난에 찌들고 알코올성 정신 착란에 빠져 죽어 갔다. 콤피슨의 부인은(콤피슨이 거의 대부분의 시간 동안 발길질을 해댔던 여자다) 아서를 지극히 불쌍하게 여겼어. 콤피슨이란 놈은 그 어떤 일도, 그 어떤 사람도 불쌍히 여기는 법이 없는 놈이었지.

나는 아서를 경고로 삼을 수도 있었다. 하지만 그러지 않았다. 내가 특별한 사람이었던 척은 하지 않겠다. 그래 봤자 무슨 소용이 있겠느냐? 애야, 그리고 핍의 친구야. 어쨌든 나는 그런 식으로 콤피슨과 함께 일을 시작했다. 그리고 나는 그의 손아귀 안에 든 가엾은 도구였다. 아서는 콤피슨의 집(브렌트포드에서 아주 가까운 곳이었다) 꼭대기 방에 살았다. 콤피슨은 그의 숙식비까지 세세하게 다 셈했어. 혹시라도 그가 건강을 회복해 일을 하게 되어 그 돈을 갚아 나갈 때를 대비해서 말이다. 그러나 아서는 곧 그 계산을 다 끝냈다. 내가 그를 두 번째인가 세 번째인가 보게 되었을 때였다. 밤늦은 시간에 그가 갑자기 미친 듯 날뛰며 콤피슨의 거실로 뛰어들어 왔어. 면 잠옷만 걸친 채 머리카락이 온통 땀에 흠뻑 젖은 모습이었다. 그리고 그는 콤피슨의 부인에게 말했다. 〈샐리, 그 여자가 지금 정말로 위층 내 방 근처에 와 있소. 그런데 도저히 그 여자를 사라지게 할 수가 없소. 그 여자는 온몸에 새하얀 옷을 입고 있소.〉 그는 또한 말했다. 〈그 여자는 머리에 새하얀 꽃을 꽂고 있소. 그 여자는 끔찍하게 미쳤소. 팔에 수의도 두르고 있소. 그리고 새벽 5시에 그걸 내게 입히겠다고 말하고 있소.〉

콤피슨은 이렇게 말했다. 〈이런, 바보 같으니라고. 그 여자가 살아 있는 육신을 지닌 사람이란 걸 모르나? 게다가 그 여자가 문이나 창문을 통해 들어오거나 계단을 올라오지도 않고 대체 위층 자네 방까지 어찌 올라갔단 말인가?〉

〈나도 그 여자가 어떻게 그곳까지 왔는지 모르겠네.〉 정신착란으로 인한 공포감에 젖어 몸을 벌벌 떨며 아서가 말했어. 〈어쨌든 그 여자가 내 침대 발치의 구석에 끔찍하게 미친 모습으로 서 있었다고. 그리고 그녀의 찢어진 가슴 — 바로 《자네》가 그걸 찢었지! — 에서 피가 뚝뚝 떨어지고 있었어.〉

말은 대담하게 했지만 사실 콤피슨은 늘 겁쟁이였어. 그래서 아내와 나에게 말했지. 〈허튼소리를 지껄이는 이 병약한 녀석하고 함께 좀 가봐. 그리고 매그위치, 내 아내를 좀 도와주게. 그래 주겠지?〉 하지만 그 자신은 절대로 아서의 방 가까이 다가가려 하지 않았지.

콤피슨의 아내와 나는 아서를 붙잡고 다시 침대로 데려갔는데, 그가 너무나 무시무시하게 헛소리를 해댔다. 〈저기, 저 여자를 보시오! 나한테 수의를 흔들고 있소!〉 그리고 그가 또 소리쳤다. 〈나한테 저걸 입힐 거요. 그러면 난 끝장이야! 저걸 저 여자에게서 빼앗아, 빼앗으라고!〉 그런 다음 그는 우리를 붙잡고 그 허깨비 여자에게 계속 말하고 계속 대답했어. 나도 거의 그 여자의 환영이 보인다고 믿게 될 정도였다.

콤피슨의 아내는 그런 모습에 익숙해져 있어서 정신 착란을 진정시키기 위해 그에게 독주를 좀 주었다. 그러자 그는 서서히 진정되어 말했어. 〈오, 그 여자가 사라졌소! 담당 감시인이 그 여자를 데리러 왔소?〉 콤피슨의 부인이 말했다. 〈그래요.〉 〈감시인에게 그 여자를 감금하고 빗장을 지르라고 말했소?〉 〈네.〉 〈그리고 그 흉측한 물건도 빼앗으라고 말했소?〉 〈네, 네, 물론입니다.〉 〈부인은 참 좋은 사람이오.〉 그가 말했어. 〈무슨 일이 있어도 나를 두고 가지 마시오. 그리고 고맙소.〉

그는 5시가 조금 덜 된 시간까지는 꽤 진정된 상태로 있었어. 그런데 5시가 되자 또다시 비명을 내지르면서 벌떡 일어나더니 악을 쓰고 외쳐 댔다. 〈저 여자가 여기 또 왔소! 수의도 다시 들고 있소. 지금 수의를 펼치고 있소. 구석에서 나오고 있소. 내 침대로 오고 있소. 두 사람 몸으로 — 각각 내 옆에서 — 부축해 주시오. 저 여자가 수의로 나를 건드리지 못하게 하시오. 하하! 이번엔 날 놓쳤다. 저 여자가 수의를 내 어깨 위로 던지지 못하게 하시오. 그걸로 날 감싸기 위해 내 몸을 들어 올리지 못하게 하시오. 저 여자가 나를 들어 올리고 있어! 날 내려놔!〉 그러고 나서 그는 몸을 벌떡 세웠다가는 폭 고꾸라지더니 그만 죽어 버렸다.

콤피슨은 그의 죽음을 두고 양쪽 모두를 위해 세상에서 잘 사라진 것이라고 대범하게 받아들였다. 그와 나는 곧 바빠졌어. 그는 맨 먼저 내 소유의 책 — 아까 네 친구를 맹세시켰던 여기 이 검정색 성경 책이다, 애야 — 을 두고 내게 맹세를 시켰다(항상 그렇듯 교활하게 말이다).

콤피슨이 꾸미고 내가 실행한 짓들을 자세히 얘기하진 않겠다. 아마 일주일은 걸릴 거다. 애야, 그리고 핍의 친구야, 너희에게 그저 그놈이 나를 자신의 비열한 노예로 만드는 그물망으로 끌어들였다는 말만 하겠다. 나는 늘 그놈에게 빚을 졌고, 늘 그놈의 손아귀에 쥐여 살았고, 늘 죽도록 일만 했고, 늘 위험한 상황에 빠졌다. 사실 그놈은 나보다 어렸지만 잔꾀로 가득 찬 놈이었고 학식도 있었다. 그러니 그걸 다 합친다면 나보다 5백 배는 더 나은 놈이었지. 인정사정없는 냉혹한 놈이기도 했고. 나와 힘든 시절을 함께했던 내 마누라……. 아니다, 이 말은 그만둬야겠다! 아직 〈그 여자〉를 끌어들이진 않았으니 ―」

그는 자신의 기억이라는 책 속에서 자리를 잊어버린 사람처럼 당황스러워하며 주변을 둘러보았다. 그러고 나서 얼굴을 난롯불 쪽으로 향한 채 무릎 위의 두 손을 쫙 펴더니 들어 올렸다가 다시 무릎 위에 내려놓았다.

「내 마누라 얘기는 자세히 할 필요 없겠지.」 그가 다시 한 번 주변을 둘러보며 말했다. 「콤피슨과 함께했던 시절은 그때까지 내가 보낸 그 어떤 시절보다 힘들었다. 그 말이면 할 말 다 한 거다. 콤피슨과 함께 사는 동안 내가 경범죄로 단독범 재판을 받았었다는 얘기를 했던가?」

나는 그런 얘기를 들은 적이 없다고 대답했다.

「그래!」 그가 말했다. 「〈그런 일〉이 있었다. 그리고 유죄 판결을 받았고. 이후 놈과의 생활이 계속되었던 4~5년 동안 우리는 두세 차례 범죄 혐의를 받고 체포되었지만 증거가 부족했다. 그러던 중 마침내 나와 콤피슨 둘 다 구속되는 일이 일어났다. 훔친 은행권들을 유통시킨 혐의와 기타 죄목들의 혐의가 추가되어 그렇게 된 거였다. 콤피슨은 내게 말했다. 〈각자 알아서 따로 변호하고, 연락하지 맙시다.〉 그게 다였지. 그런데 나는 비참할 정도로 가난해서 당장 등짝에 걸친 것만 빼놓고 내 소유의 옷가지들을 전부 팔고 나서야 겨우 재거스 변호사를 쓸 수 있었다.

내가 형사 법정 피고석에 앉았을 때 무엇보다도 콤피슨이 곱슬머리에 검정색 정장을 입고 흰 손수건을 꽂은 아주 근사한 신사의 모습으로 앉아 있는 반면에 나는 비천하고 가련한 부류의 모습을 하고 앉아 있다는 사실을 알아차렸다. 기소가 시작되고 증거가 간략하게 추려져 제시되었을 때, 그 모든 증거가 나를 얼마나 무겁게 짓누르며 압박하고 있는지, 그리고 놈에겐 얼마나 가볍게 작용하는지 알아차렸다. 증거가 배심원석에 전달되었을 때, 범죄에 먼저 나선 사람, 즉 주범으로 단정할 수 있는 사람은 나였고, 언제나 돈을 받은 사람은 나였고, 범행을 직접 실행에 옮겨 이득을 취한 사람은 언제나 나였다는 식으로 일이 처리되어 있다는 걸 알아차렸다. 하지만 변론이 시작되자 나는 음모를 더 명확하게 깨달았다. 콤피슨 측 변호사가 이렇게 말했기 때문이다. 〈재판장님, 그리고 신사 숙녀 여러분, 여기 여러분 앞에 여러분 눈으로 확연히 구분할 수 있는 두 사람이 나란히 앉아 있습니다. 한 명은 더 젊고 더 교육을 잘 받고 자랐으며, 마땅히 그런 사람으로 대접받아야 할 사람입니다. 다른 한 명은 나이가 더 많고 형편없는 교육을 받고 자랐으며, 마땅히 그런 사람으로 대접받아야 할 사람입니다. 더 젊은 사람은 지금 이 불법 거래 사건에서 (혹시 그런 일이 있었다 하더라도) 거의 목격되지 않았으며 그저 혐의만 받고 있는 사람입니다. 반면에 나이가 더 많은 사람은 그 거래에서 늘 목격되었고 늘 자신의 유죄를 절실히 자각하고 있는 사람입니다. 만약 이 사건에 단 한 사람만 연루되어 있다고 한다면 여러분은 그가 누군지 의심할 수 있겠습니까? 그리고 만약 이 사건에 두 사람이 연루되어 있다고 한다면 여러분은 이 두 사람 중 누가 더 나쁜 사람인지 의심할 수 있겠습니까?〉 그 변호사는 이런 식의 얘기들을 지껄였다. 그리고 성품 얘기가 나왔을 때, 학교에 다녔다는 사람으로 거론된 게 콤피슨 그놈 아니었겠니? 이런저런 높은 자리에 있는 사람들이 그의 동창생들 아니었겠니? 그리고 이런저런 사교 클럽과 사교 모임의 증인들을 알고 있고, 그에게 전혀 불리한 증언을 해주지 않을 증인들을 알았던 사람도 콤피슨 그놈 아니었겠니? 하지만 이미 재판을 받은 적이 있고, 언덕 위든 골짜기 아래든 전국 방방곡곡의 구치소와 교도소에서 이미 알려진 사람이 나 아니었겠니? 그리고 진술을 하게 되었을 때 시도 때도 없이 주머니에 꽂아 놓은 흰 손수건에 얼굴을 묻고 진술을 하면서 〈아아!〉 하는 소리와 함께 다양한 시구(詩句)를 집어넣을 수 있었던 게 그놈 아니었겠니? 그리고 그저 〈신사 여러분, 제 옆에 있는 이자는 정말 철저한 악당입니다〉 하는 말밖에 못 한 게 나 아니었겠니? 그리고 배심원의 평결이 내려졌을 때, 착한 성품과 나쁜 친구 때문에 그런 처지에 놓이게 된 것이고, 나에 대해 불리한 증거를 최대한 많이 넘겼으니 자비를 베풀라는 권고가 주어진 사람이 콤피슨 아니었겠니? 그리고 〈유죄〉라는 말 말고 단 한 마디도 얻어듣지 못한 사람이 나 아니었겠니? 그리고 내가 〈법정 밖으로 나가기만 하면 그 뻔뻔한 낯짝을 박살 내버리겠다〉고 얘기했을 때 판사에게 보호를 간청하며 두 사람 사이에 간수 두 명을 세우게 했던 놈이 바로 그 콤피슨이 아니었겠니? 그리고 판결이 내려졌을 때 7년 형을 선고받은 건 그놈이고, 14년 형을 선고받은 건 나 아니었겠니? 그리고 잘 살 수 있었을 텐데 참 안됐다고 재판관이 측은히 여긴 게 그놈이고, 난폭하고 욱하는 성격을 지닌 상습범에다 앞으로 더 악독해질 가능성이 농후한 자라고 재판관이 생각한 게 바로 나 아니었겠니?」

그는 열을 내다 격한 흥분 상태로 빠져들었다. 하지만 그는 두세 차례 심호흡을 하고 같은 횟수만큼 침을 꿀꺽 삼키면서 흥분을 가라앉혔다. 그 후 한 손을 내밀면서 나를 안심시키는 태도로 말했다. 「상스럽게 굴지 않을 테다, 얘야.」

그는 너무 열이 올라 있어서 얘기를 다시 계속하기 전에 손수건을 꺼내 얼굴과 머리와 목과 두 손을 닦았다.

「나는 콤피슨에게 그 뻔뻔한 낯짝을 박살 내버릴 거라고 말했다. 그리고 그런 일을 할 수만 있다면 하느님께서 내 얼굴을 그리하셔도 좋다고 맹세했다. 우리는 같은 감옥선에 갇히게 되었지만 아무리 애를 써도 한동안 놈에게 다가갈 수가 없었다. 그러다 마침내 놈의 뒤에 가게 되었지. 나는 놈의 뺨을 후려갈겨 돌려세운 후 실컷 두들겨 팼고, 그러다 발각되어서 잡혔다. 그 배 밑의 징벌방은 나처럼 헤엄을 칠 줄 알고 잠수도 할 줄 아는 징벌방 전문가에겐 그리 튼튼하지 않은 곳이었다. 나는 강기슭까지 도망을 쳤다. 그리고 묘지들 사이에 숨어서 그 교회 묘지와 이곳저곳의 묘지들 속에 잠들어 있는 망자들을 부러워하고 있었지. 그러다 그때 처음으로 나의 꼬마를 만나게 된 거다!」

그는 애정을 담은 시선으로 나를 바라보았는데, 그 시선은 나에게 다시 그에 대한 거의 혐오감에 가까운 느낌을 가져왔다. 물론 나는 그가 무척 가엾다는 생각을 품고 있긴 했다.

「꼬마를 통해서 콩피슨 역시 감옥선을 탈옥하여 그곳 습지대에 와 있다는 사실을 알게 되었다. 맹세코 말하지만, 놈이 공포에 젖어 내게서 벗어나기 위해 도망쳤던 게 아닌가 싶다. 내가 먼저 강기슭에 와 있다는 것도 모르고 말이다. 나는 놈을 추적하여 찾아냈다. 그리고 놈의 얼굴을 두들겨 패버렸다. 〈자, 이제 네놈에게 할 수 있는 최악의 일을 해주겠다.〉 내가 말했지. 〈내 안위는 신경 쓰지 않겠다. 네놈을 질질 끌고 감옥선으로 돌아가겠다.〉 아마 병사들이 오지 않았다 하더라도 나는 일이 그렇게 되었다면 놈의 머리카락을 움켜쥐고 헤엄쳐 갔을 거다. 아마 병사들이 오지 않았다 하더라도 나는 놈을 다시 감옥선에 태웠을 거다.

물론 그놈은 마지막 순간에도 최고의 대접을 받았다. 그의 성품이 너무나도 그럴듯했으니까. 그놈은 내 존재와 내 살해 의도로 인해 거의 반미치광이가 되어 도망친 것으로 여겨졌다. 그래서 징벌도 가벼워졌지. 하지만 나는 족쇄에 채워져 다시 재판을 받았고 이번엔 종신 유배형을 선고받았다. 하지만 나는 평생 그곳에서 썩지 않았다, 애야, 그리고 핍의 친구야. 그래서 지금 여기 와 있는 거다.」

그는 다시 아까와 같이 손수건으로 몸을 닦고 나서 천천히 주머니에서 담배 뭉치를 꺼냈고 단춧구멍에 꽂혀 있던 파이프를 뽑았다. 그리고 천천히 그 안에 담배를 채워 넣은 후 피우기 시작했다.

「그가 죽었나요?」 잠시 침묵을 지키다 내가 말했다.

「누가 죽었느냐는 거니, 애야?」

「콤피슨요.」

「아마 그놈이 살아 있다면 내가 죽기를 바라고 있을 것이라고 확신해도 좋을 거다.」 험상궂은 표정으로 그가 말했다. 「그놈 소식은 더 이상 듣지 못했다.」

허버트가 책의 안표지에다 연필로 뭐라고 쓰고 있었다. 프로비스가 난롯불에 시선을 준 채로 서서 담배를 피우고 있는 동안 그가 슬며시 내게 그 책을 내밀었다. 나는 안표지에 쓰인 내용을 읽었다.

미스 해비셤의 남동생 이름이 아서였어. 콤피슨은 미스 해비셤의 연인이라고 공언하고 다니던 자였고.

나는 책을 덮고 그에게 살짝 고개를 끄덕였다. 그리고 책을 옆에 놓았다. 그러나 우리는 둘 다 아무 말도 하지 않은 채, 서서 담배를 피우고 있는 프로비스를 바라보았다.

43

프로비스를 피하고 싶은 내 심정 중에서 얼마나 많은 부분이 에스텔라 탓이냐고 멈춰 서서 자문해야 할 이유가 무엇이겠는가? 어슬렁거리고 늑장을 부리면서, 역마차 사무소에서 그녀를 만나기 직전에 뉴게이트 감옥의 오점을 지우려 애썼던 내 심리를, 도도하고 아름다운 그녀와 내가 숨기고 있는 돌아온 유형수 사이에 가로놓인 심연을 곰곰이 따져보고 있는 내 심리와 비교할 이유가 무엇이 있겠는가? 그런다고 내가 갈 길이 더 평탄해지는 것도 아닐 터이고, 내 목적지가 더 좋은 곳으로 바뀌지도 않을 것이며, 그에게 도움이 된다거나 내게 정상 참작의 여지가 생기는 것도 아닐 것이다.

그의 이야기를 듣고 난 뒤로 내 마음속엔 새로운 두려움이 생겨났다. 아니, 더 정확히 말하자면 그의 이야기가 진작부터 그곳에 있었던 두려움에 구체적인 형태와 의미를 부여했던 것이다. 혹시 콤피슨이 아직 살아 있어서 그가 돌아온 걸 알아차리기라도 한다면 그 결과는 불 보듯 뻔했다. 콤피슨이 그를 지독히 두려워한다는 건 그 두 사람 중 누구도 나만큼 잘 알 수 없었다. 그리고 이야기 속에 묘사된 것 같은 부류의 인간이라면, 밀고라는 안전한 수단을 통해 두려움의 대상인 자신의 원수에게서 영원히 벗어나는 일을 주저할 거라는 건 거의 상상할 수 없는 일이었다.

나는 프로비스에게 에스텔라에 관한 말은 한마디도 입 밖에 내지 않았고, 결코 그러고 싶지 않았다. 아니, 그러기로 결심했다. 그러나 나는 허버트에게는 내가 해외로 떠나기 전에 에스텔라와 미스 해비셤을 꼭 봐야겠다고 말했다. 그 말을 한 것은 프로비스가 자신의 이야기를 했던 날 밤 우리 둘만 남게 되었을 때였다. 나는 다음 날 리치먼드를 찾기로 결심했고 실제로 그곳에 있다.

브랜들리 부인의 집에 내가 모습을 보이자 에스텔라의 몸종 하녀가 불려 왔고, 그녀는 에스텔라가 시골에 가고 없다고 했다. 어느 시골이냐고 묻자 하녀는 평상시처럼 새티스 하우스라고 말했다. 나는 에스텔라가 나와 동행하지 않고 그곳에 간 적이 한 번도 없었으니 평상시처럼은 아니라고 말하면서 언제 돌아오느냐고 물었다. 하녀의 대답에 뭔가 숨기는 면이 보여 불안감이 커졌는데, 그녀의 대답인즉슨 자기가 믿기로는 에스텔라 아가씨가 돌아온다 해도 그저 잠시만 돌아오는 것일 뿐이라는 것이었다. 나는 그게 내가 전혀 이해하지 못하게 하려는 의도로 대답한 것이라는 것 말고는, 그 대답이 무슨 뜻인지 전혀 의도를 파악할 수 없었다. 따라서 나는 극심한 좌절감에 빠져 집으로 돌아왔다.

프로비스가 자기 숙소로 가고 난 후(나는 늘 그의 숙소까지 그를 바래다주었고 늘 주변을 충분히 살폈다) 허버트와 밤늦도록 상의를 했다. 우리는 내가 미스 해비셤의 집에 직접 갔다 와보기 전까지는 프로비스에게 해외로 나간다는 얘기를 결코 하지 말자고 결론 내렸다. 그동안 허버트와 나는 어떻게 말을 꺼내는 게 최선일지, 즉 그가 의심스럽게 정탐을 당하고 있어 두렵다는 핑계를 대야 할지 아니면 해외에 한 번도 나가 본 적이 없는 내가 해외여행 제안을 해야 할지 각자 심사숙고해 보기로 했다. 무슨 제안이든 내가 하기만 하면 그가 기꺼이 들어줄 거라는 걸 우리는 알고 있었다. 또한 그가 지금 같은 위험한 상태로 많은 날들을 보낸다는 건 생각할 수 없는 일이라는 데 의견을 같이했다.

다음 날 나는 떳떳하진 않았지만 조에게 가야 할 약속이 생긴 척했다. 하지만 나는 조나 프로비스의 이름을 걸고 그 어떤 떳떳하지 못한 짓도 할 수 있는 사람이었다. 그는 내가 없는 동안 지극히 조심하기로 했으며, 내가 맡았던 호위는 허버트가 맡기로 했다. 나는 하루만 집을 비우기로 했고 돌아온 뒤 좀 더 큰 규모로 나를 신사로 만들려는 그의 조급한 마음을 충족시키는 일도 시작하기로 했다. 그런데 그때 문득 내게 — 그리고 나중에 알았지만 허버트에게도 — 바로 그런 핑계를 댄다면, 즉 나를 신사로 만드는 데 필요한 물품들을 구입하러 간다는 핑계를 대거나 아니면 그 비슷한 핑계를 댄다면 그를 해외로 쉽게 데려갈 수 있겠다는 생각이 들었다.

미스 해비셤의 집에 다녀오기 위해 필요한 준비를 이렇게 깨끗이 마무리하고 아직 동이 트지 않은 어둑어둑한 이른 아침 일찍 마차를 타고 떠났다. 누덕누덕 기운 조각보 같은 구름과 누더기 같은 안개에 싸인 채 거지처럼 머뭇거리고 훌쩍대고 벌벌 떨고 느릿느릿 기어오다시피 먼동이 터올 무렵, 마차는 탁 트인 시골길에 나와 있었다. 마차는 이슬비가 내리는 가운데 달렸고 블루 보어 여관에 도착했다. 바로 그때 이쑤시개를 손에 들고 여관 문을 나오다 마차를 빤히 쳐다보고 있는 누군가를 발견했다. 그런데 그게 바로 벤틀리 드러믈이 아니고 누구였겠는가!

그가 나를 못 본 척했기 때문에 나도 그를 못 본 척했다. 양쪽 모두 아주 어색한 위장이었다. 특히 더 어색했던 건 둘 다 커피룸으로 들어갔기 때문이었다. 그는 막 식사를 마친 참이었다. 나는 그곳에서 식사를 주문했다. 우리 읍내에서 그를 만난다는 건 불쾌하기 짝이 없는 일이었다. 그가 그곳에 온 이유를 내가 너무나 잘 알고 있기 때문이었다.

나는 날짜가 한참 지난 신문을 읽는 척하면서 식탁에 앉아 있었고 그는 난롯가에 서 있었다. 신문은 몹시 어수선한 형태로 홍역에라도 걸린 듯 여기저기 커피, 생선 소스, 고기 국물, 녹은 버터, 와인의 이물질 자국 들이 묻어 있어 안에 실린 지역 소식을 거의 읽을 수 없는 지경이었다.

그가 난롯가에 서 있다는 사실이 점점 더 큰 모욕처럼 느껴지기 시작해서 나도 내 몫의 난롯불을 쪼여야겠다고 마음 먹고 일어났다. 난롯가로 가서 불을 뒤섞을 부지깽이를 찾다가 부득이 손으로 그의 다리 뒤를 건드릴 수밖에 없었다. 하지만 여전히 그를 모르는 척했다.

「지금 날 모르는 척하는 거냐?」

「아!」 부지깽이를 손에 들고 내가 말했다. 「너구나, 그렇지? 잘 있었어? 난 누가 난롯불을 막고 있나 했네.」

그 말을 하며 나는 무지막지하게 난롯불을 들쑤셨다. 그리고 어깨를 쫙 펴고 등을 난롯불 쪽으로 향한 채 드러믈 군 옆에 단단히 버티고 섰다.

「막 내려온 모양이지?」 드러믈이 자기 어깨로 나를 조금 밀어내며 말했다.

「그래.」 나도 〈내〉 어깨로 〈그〉를 조금 밀어내며 말했다.

「지긋지긋한 곳이야.」 드러믈이 말했다. 「이곳이 네 고향이라고 생각한다만?」

「그래.」 내가 인정했다. 「네 고향 슈롭셔 주[6]도 아주 비슷하다고 들었다만.」

「전혀 안 비슷해.」 드러믈이 말했다.

이 말을 하며 드러믈 군은 자기 구두를 바라보았고 나는

6 드러믈은 서머싯 주 출신이다. 핍이 어쩌다 잘못 말한 것이든지, 아니면 일부러 틀리게 말한 것이다.

내 구두를 바라보았다. 그러고 나서 드러믈 군은 내 구두를 바라보았고 나는 그의 구두를 바라보았다.

「이곳에 내려온 지 오래되었나?」 한 치도 양보하지 않으리라 굳게 다짐하며 내가 물었다.

「싫증 날 정도로 오래되었다.」 하품을 하는 척하면서, 그러나 나 못지않게 결의를 다지면서 드러믈이 대답했다.

「여기 오래 머무를 거냐?」

「말 못 해.」 드러믈이 대답했다. 「너는?」

「말 못 해.」 내가 말했다.

이 말을 하면서 나는 욱신거릴 정도로 피가 확 끓어 올라 만약 드러믈 군의 어깨가 머리카락 한 올만큼의 공간이라도 자기 것이라고 주장해 온다면 분명히 내가 녀석을 창문으로 휙 던져 버릴 것이고, 만약 내 어깨가 머리카락 한 올만큼의 공간이라도 내 것이라고 주장한다면 분명히 드러믈 군이 나를 가장 가까운 칸막이 특석 자리로 휙 집어 던질 것이라고 느꼈다. 그가 휘파람을 조금 불자 나도 그렇게 했다.

「이 인근에 엄청나게 넓은 면적의 습지대가 있는 걸로 아는데?」 드러믈이 말했다.

「그래. 그게 어쨌다는 건데?」 내가 말했다.

드러믈 군은 나를 쳐다봤고, 그런 다음 내 구두를 쳐다봤다. 그러고 나서 〈오!〉 하고 말하더니 껄껄 웃었다.

「드러믈 군, 즐거워?」

「아니.」 그가 말했다. 「특별히 즐거운 건 없어. 말을 타고 한 차례 둘러볼 생각이었어. 재미 삼아 습지대를 탐사해 볼 작정이었지. 그곳에 진기한 외딴 마을들이 있다는 얘기를 들었거든. 재미난 선술집과 대장간, 뭐 그런 곳들 말이야. 웨이터!」

「네, 손님.」

「내 말 준비되었나?」

「문 앞에 끌어다 대기시켰습니다, 손님.」

「이봐, 자네, 잘 들어. 오늘은 숙녀분께서 말을 안 타실 거네. 날씨가 좋지 않아.」

「잘 알겠습니다, 손님.」

「그리고 저녁 식사는 여기서 안 할 거네. 그 숙녀분 댁에 가서 먹기로 했거든.」

「잘 알겠습니다, 손님.」

그러고 나서 드러믈은 큰 아래턱뼈가 붙어 있는 낯짝에 거만하고 의기양양한 표정을 짓고서 나를 흘긋 바라보았는데, 그 모습에 하도 화가 나서 녀석을 두 팔로 번쩍 들어 올려(『범죄자 열전』에 나오는 강도가 노부인에게 했다고 하는 바로 그 동작이다[7]) 난롯불 위에 앉혀 버리고 싶었다.

우리 두 사람 모두에게 한 가지 사실만은 명백했다. 누군가 와서 이 상황을 해소해 줄 때까지 둘 중 누구도 난롯불을 양보할 수 없다는 것이었다. 그곳 난롯불 앞에서 우리는 팔꿈치와 어깨를 잔뜩 펴고, 어깨와 어깨, 발과 발을 맞대고 뒷짐을 진 채 단 1센티미터도 움직이지 않고 서 있었다. 현관문 밖에 말이 가랑비를 맞으며 서 있는 게 보였고, 내 아침 식사는 식탁에 놓여 있었고, 드러믈의 식사는 치워졌고, 웨이터는 내게 식사를 시작하라고 권했고, 나는 고개를 끄덕였

7 『뉴게이트 범죄자 열전』에 무시무시한 그림과 함께 나오는 이야기를 말한다. 18세기의 악명 높은 노상강도 리처드 터핀이 에식스 주 라우튼에 사는 노부인을 난롯불 위에 앉히겠다고 협박하며 괴롭혀서 그녀가 숨겨 놓은 재산을 털었다는 이야기다. 터핀은 1738년 말에 절도죄로 교수형을 당했다.

고, 우리 두 사람은 자기 자리에 계속 버티고 서 있었다.

「그동안 〈작은 숲〉 모임에 가봤나?」 드러믈이 말했다.

「아니.」 내가 말했다. 「마지막으로 갔을 때 진저리 날 정도로 멋쟁이 새들을 겪었거든.」

「그게 너와 내가 견해 차이가 생겼던 그때가?」

「그래.」 내가 아주 쌀쌀맞게 대답했다.

「아니, 이봐! 그자들이 너를 너무 쉽게 놓아주었군.」 드러믈이 이죽거렸다. 「냉정을 잃지 말았어야지.」

「드러믈 군.」 내가 말했다. 「그 문제에 대해 조언을 할 자격이 없을 텐데. 냉정을 잃어도 (그때 내가 그랬다고 인정하는 건 아니야) 나는 유리잔은 안 던진다고.」

「나는 던져.」 드러믈이 말했다.

점점 더 부글부글 울화가 치밀어 올라 한두 차례 그를 흘긋 쳐다보면서 내가 말했다.

「드러믈 군, 난 이런 대화를 나누고자 한 적이 없어. 그리고 별로 마음에 드는 대화도 아니고.」

「나도 그렇다고 확신한다.」 그가 어깨 너머로 잔뜩 거드름을 피우며 말했다. 「이런 대화가 의미 있다는 생각은 조금도 안 든다고.」

「그러니 말이다.」 내가 계속해서 말했다. 「너만 괜찮다면 앞으로 이따위 대화는 하지 말자고 제안하겠다.」

「전적으로 동감이다.」 드러믈이 말했다. 「내가 먼저 제안하고 싶었고, 그리고 어느 쪽이냐 하면 아마 제안 없이 곧바로 실천하고 싶었던 일일 것이다. 하지만 냉정을 잃지 마라. 넌 이미 그것 빼고도 충분히 잃지 않았냐?」

「그게 무슨 소리야, 드러믈 군?」

「웨이터!」내게 대답을 하는 셈 치며 드러믈이 말했다.

웨이터가 나타났다.

「이봐, 자네, 젊은 숙녀분께서 오늘은 말을 안 타신다는 것과 내가 그 숙녀분 댁에서 식사한다는 걸 잘 알고 있지?」

「잘 알고 있습니다, 손님.」

웨이터가 빠르게 식어 가고 있는 찻주전자에 손바닥을 대보더니 애원하듯 나를 쳐다보고 나가자, 드러믈은 신경을 곤두세우며 내 어깨 옆에 대고 있는 자기 어깨를 꼼짝하지 않은 채 주머니에서 시가를 꺼내 그 끄트머리를 물어뜯었다. 하지만 그는 몸을 움직이려는 기미를 전혀 보이지 않았다. 숨이 막혀 오고 부글부글 피가 끓어올랐지만 그가 입에 담는 걸 도저히 참고 들을 수 없는 에스텔라라는 이름이 거명되기 전까지는 우리가 앞으로 한마디도 더 나눌 수 없을 거라고 느꼈다. 따라서 돌덩이처럼 무표정하게 아무 일도 없다는 듯 반대편 벽만 바라보면서 억지로 침묵을 지키며 그곳에 서 있었다. 부유해 보이는 농부 세 명이 — 내 생각으로는 웨이터가 끌어들인 사람들 같았다 — 침입하지 않았더라면 우리가 얼마나 더 오랫동안 그런 우스운 자세로 계속 서 있었을지 말할 수 없다. 농부들이 커피룸으로 들어오더니 자신들의 큰 외투 단추를 끄르고 손을 비벼 대며 난롯불 앞으로 몰려드는 바람에 우리는 어쩔 수 없이 그곳에서 물러날 수밖에 없었다.

나는 창문을 통해 그가 말갈기를 움켜쥐고 자기 방식대로 서투르고 거칠게 말에 오른 후 말을 옆 걸음 치게 하다가 뒤쪽으로 사라지는 모습을 지켜보았다. 나는 그가 떠났다고 생각했다. 그런데 그때 그가 다시 돌아와 입에 물고서 잊고 있던 시가에 붙일 불을 가져오라고 요구했다. 흙먼지 색 옷을 입은 어떤 남자가 그가 원하는 걸 갖고 나타났다. 그 남자가 대체 어디서 온 사람인지, 여관 안마당에 있다 왔는지, 거리에서 왔는지, 아니면 내가 모르는 다른 곳에서 온 사람인지 알 수 없는 노릇이었다. 그런데 드러믈이 말안장에 앉은 채 몸을 숙여 시가에 불을 붙인 뒤 커피룸 창문 쪽으로 고개를 휙 돌리며 웃는 순간, 나를 등지고 있던 남자의 구부정한 어깨와 덥수룩한 머리를 보고 나는 올릭을 떠올렸다.

그때 하도 기분이 무겁고 언짢아서 그 남자가 정말 올릭인지 아닌지 신경 쓰고 싶지도 않았고 밥맛도 싹 달아나 버렸는지라 나는 얼굴과 손에 묻은 궂은 날씨와 여독의 흔적을 씻어 내고, 내가 결코 들어가지 않았더라면 그리고 결코 보지 않았더라면 더 좋았을, 잊을 수 없는 옛날의 그 저택을 향해 떠났다.

44

화장대가 놓여 있고 밀랍 촛불이 벽에서 타오르고 있는 방에서 나는 미스 해비셤과 에스텔라를 발견했다. 미스 해비셤은 난롯가 근처의 긴 등받이 의자에 앉아 있었고 에스텔라는 미스 해비셤의 발치에 놓인 방석 위에 앉아 있었다. 에스텔라는 뜨개질을 하고 미스 해비셤은 그걸 구경하는 중이었다. 내가 들어가자 두 사람 모두 눈을 치켜떴으며 둘 다내게 변화가 일어났다는 걸 감지한 듯했다. 나는 그들이 주고받는 표정을 보고 그렇게 추측했다.

「그래, 웬 바람이 불어 여기까지 날아온 거냐, 핍?」미스 해비셤이 말했다.

비록 나를 빤히 보고 있었지만 나는 그녀가 다소 당황해하고 있다는 걸 알았다. 에스텔라는 시선을 내게 던지며 잠시 뜨개질을 멈추었다 다시 계속했는데, 그녀가 그 손가락 놀림을 통해 마치 수화로 말하듯 내가 진짜 은인을 알아냈다는 사실을 자기도 알고 있다고 말하고 있으며 내가 그 말을 분명히 읽어 냈다고 생각했다.

「미스 해비셤.」내가 말했다. 「에스텔라에게 할 말이 있어서 어제 리치먼드에 갔다가, 웬 바람이 불어 그녀가 여기까지 날아왔다는 걸 알고 따라왔습니다.」

미스 해비셤이 내게 서너 차례 앉으라고 손짓을 해서 그녀가 차지하고 앉아 있는 걸 종종 본 적이 있는 화장대 옆 의자에 앉았다. 의자의 발치와 주변에 온갖 몰락의 흔적들이 널려 있는 그곳이 그날은 내게 자연스럽게 어울리는 자리 같았다.

「에스텔라에게 꼭 해야 했던 얘기를 말입니다, 미스 해비셤, 미스 해비셤 앞에서 하겠습니다. 몇 분 후에 말입니다. 놀라게 해드리지도, 불쾌하게 해드리지도 않을 겁니다. 저는 미스 해비셤께서 그동안 저를 불행하게 만들려고 작정하셨던 것 이상으로 더없이 불행합니다.」

미스 해비셤은 계속해서 나를 뚫어져라 쳐다보았다. 나는 뜨개질을 하는 에스텔라의 손가락 놀림을 보고 그녀가 내가 하는 말에 주의를 기울이고 있다는 걸 알 수 있었다. 하지만 그녀는 시선을 들지는 않았다.

「제가 제 은인이 누군지 알게 되었습니다. 행복한 발견이 아닙니다. 명성으로나 지위로나 재산으로나 저를 나아지게 만들어 줄 가능성이 전혀 없는 사람입니다. 그리고 그 일에 대해 더 이상 말씀드리면 안 되는 이유가 많습니다. 그게 제 비밀이 아니라 다른 사람의 비밀이라서 그렇습니다.」

에스텔라를 잠시 쳐다본 후 어떤 식으로 말을 이어 갈까 곰곰이 생각하며 침묵하고 있는데, 미스 해비셤이 말을 되받았다. 「네 비밀이 아니라 다른 사람의 비밀이라고? 그래서?」

「저를 처음 이곳에 오게 하셨을 때요, 미스 해비셤. 제가 저 너머, 제가 떠나지 않았더라면 좋았을 마을에 살았을 때 그때 저 아니라 다른 어느 아이라도 그랬겠지만 제가 미스 해비셤의 욕구와 변덕을 충족시켜 주고 그 대가를 지불받기로 한 일종의 하인으로 이곳에 왔던 거지요?」

「그렇다, 핍.」 미스 해비셤이 차분하게 고개를 끄덕이며 대답했다. 「넌 그런 자격으로 왔다.」

「그리고 재거스 씨는 ──」

「재거스 씨는 그 일과 아무런 관계가 없다.」 미스 해비셤이 단호한 어조로 내 말을 끊으며 말했다. 「그는 그 일에 대해 아무것도 모른다. 그가 내 변호사였고 동시에 네 은인의 변호사였던 건 우연의 일치였다. 그 사람이 많은 사람들과 똑같은 관계를 맺고 있으니 그런 우연은 쉽게 일어날 수 있는 일이지. 그러니 그건 그렇다고 치고, 어쨌든 그런 일이 발생했다. 누가 일부러 벌인 일은 아니다.」

누구라도 여태껏 그녀의 초췌한 얼굴에 뭘 은폐하거나 회피하는 표정이 결코 떠오르지 않았다는 건 알 수 있었을 것이나.

「하지만 제가 그토록 오랜 세월 동안 빠져 있었던 착각에 처음 빠지게 되었을 때, 적어도 미스 해비셤께서 저를 속여서 거기 끌어들이셨던 거죠?」 내가 말했다.

「그렇다.」 그녀가 다시 차분하게 고개를 끄덕이며 대답했다. 「내가 널 속여서 그런 착각으로 끌어들였다.」

「그게 자애로운 처사였나요?」

「내가 누군데!」 미스 해비셤이 지팡이로 바닥을 내리치면서 소리를 버럭 지르고 워낙 갑작스럽게 화를 내는 바람에 에스텔라가 깜짝 놀라 시선을 들었다. 「세상에, 내가 누군데 자애롭기를 바란단 말이냐!」

내가 서투른 불평을 한 셈이었다. 게다가 사실 불평을 하려고 마음먹었던 것도 아니었다. 그녀가 그렇게 벌컥 화를 낸 후 수심에 잠겨 앉아 있자 그런 취지로 내 본의를 말했다.

「알았어, 알았어, 알았다고!」 그녀가 말했다. 「또 무슨 말이 남았느냐?」

「옛날 이곳에 와서 도와 드릴 때 저는 후하게 보상을 받았습니다.」 그녀를 진정시키려고 내가 말했다. 「도제 생활까지 하게 되었죠. 아까 그런 질문을 드린 건 그저 뭘 좀 알아보려고 그랬던 것이었습니다. 다음에 제가 드리는 말씀은 다른 목적(그게 더 사심 없는 목적이길 바랍니다)이 있어서 드리는 겁니다. 미스 해비셤께선 제 착각을 부추김으로써 이기적인 친척들을 벌하려고 ― 〈속이려고〉라고 해야 할지도 모르겠습니다만, 괜찮으시다면 미스 해비셤의 의도를 표현하는 어떤 용어라도 써도 되겠지요 ― 하셨던 것이지요?」

「그랬다. 아니, 그들이 그렇게 받아들였던 거다. 너도 그랬고. 내가 살아온 인생 내력이 어땠는데, 내가 그들이든 너든 그 일을 그런 식으로 받아들이지 말라고 애써 수고하겠니?

너희가 스스로 덫을 놓은 것이다. 나는 결코 그런 덫을 놓은 적이 없다.」

그녀가 다시 진정되길 기다렸다가 — 방금 전의 말 역시 사납고 갑작스럽게 나왔다 — 말을 계속했다.

「저는 미스 해비섬의 친척분들 중 한 분의 집에 섞여 살게 되었습니다. 그리고 런던에 간 이후 쭉 그 가족들과 어울리며 살았습니다. 솔직히 말해서 저는 저 자신 못지않게 그들도 같은 착각에 빠져 있었다고 생각합니다. 그러니 제 말을 받아들이든 말든 간에, 그리고 믿고 싶은 마음이 들든 안 들든 간에, 미스 해비섬께서 매슈 포켓 선생님과 그분의 아들인 허버트에게 큰 잘못을 하셨다는 말씀을 안 드린다면 저는 신의 없고 비열한 인간일 것입니다. 미스 해비섬께서 그 두 사람을 너그럽고 고결하고 솔직하고, 음모나 비열함 같은 것과는 무관한 사람들이라고 생각하신다면 말입니다.」

「그들이 너와 친한 친구들이겠지.」 미스 해비섬이 말했다.

「그들은 제가 자기들을 밀어내고 자기들 자리를 차지했다고 생각하면서도 친구가 되어 주었습니다.」 내가 말했다. 「그리고 그때는 세라 포켓, 미스 조지애너, 그리고 커밀라 부인이 제 친구가 되어 주지 않았던 때입니다.」

나는 이렇게 두 사람을 다른 친척들과 비교한 게 그들에게 이롭게 작용했다는 걸 알게 되어 기뻤다. 그녀는 잠시 나를 날카롭게 바라보더니 조용히 말했다.

「그들을 위해 네가 원하는 게 뭐냐?」

「그저⋯⋯.」 내가 말했다. 「그들을 다른 친척들과 혼동하지 말아 주십사 하는 겁니다. 그들은 같은 핏줄을 타고났지만, 제가 믿기로는 다른 친척들 같은 본성을 지니지 않은 것 같습니다.」

「그들을 위해 네가 원하는 게 뭐냐고?」

「아시다시피 저는 그리 영악한 편이 못 됩니다.」얼굴이 다소 빨개졌다는 걸 의식하며 내가 대답했다. 「저는 혹시 제가 소망한다 하더라도, 제가 뭔가 바란다는 걸 미스 해비셤께 숨길 수 있을 정도로 영악하지 못합니다. 미스 해비셤, 혹시 제 친구 허버트에게 평생 도움이 될 자금을 좀 내어 주실 마음이 있으시다면 제가 그 방법을 알려 드리고 싶습니다. 단, 일의 성격상 그 일은 반드시 그가 모르게 행해져야 합니다.」

「왜 그 애가 모르게 해야 한다는 거냐?」그녀는 나를 좀 더 예의 주시하려고 지팡이 위에 두 손을 얹어 놓으며 물었다.

「왜냐하면 말입니다.」내가 말했다. 「사실은 제가 2년 전보다 조금 더 오래된 시점부터 허버트 몰래 그에게 도움을 주어 왔습니다. 그리고 저는 그 비밀이 앞으로도 계속해서 드러나지 않기를 바라고 있습니다. 그 일을 제 능력만으로 마무리 지을 수 없게 된 사정은 말씀드릴 수 없습니다. 그건 다른 사람의 비밀이지 제 비밀이 아니라고 했던 비밀의 일부라서 그렇습니다.」

그녀는 서서히 시선을 내게서 거두고 난롯불 쪽으로 돌렸다. 침묵 속에서 천천히 타들어 가는 촛불의 불빛 때문에 한층 더 길게 느껴지던 시간 동안 난롯불을 들여다보던 그녀는 벌건 석탄 더미가 무너져 내리는 소리에 정신을 차렸다. 그리고 나서 다시 내 쪽을 바라보았는데 그 눈빛은 처음에는 멍해 보이다가 서서히 집중하며 주의를 기울이는 눈빛으로 변했다. 그러는 동안 내내 에스텔라는 계속 뜨개질만 하고 있었다. 이윽고 내게 집중하며 뚫어져라 주시하던 미스

192

해비섐은 우리의 대화가 끊어진 적이 없다는 듯이 말했다.

「그 밖에 다른 할 말은 없느냐?」

「에스텔라.」 이제 그녀 쪽으로 몸을 돌리고 떨리는 목소리를 진정시키려고 애쓰면서 내가 말했다. 「내가 너를 사랑한다는 건 너도 알겠지. 오래전부터 내가 너를 극진히 사랑해 왔다는 건 너도 알 거야.」

그 말을 듣자 그녀는 시선을 내 얼굴 쪽으로 들어 올리고 나를 쳐다보았다. 그러면서도 그녀의 손가락들은 부지런히 뜨개질을 해나갔고, 그녀는 그저 태연한 표정으로 나를 쳐다보기만 했다. 나는 미스 해비섐이 나에게서 에스텔라에게로, 그리고 에스텔라에게서 나에게로 시선을 옮기는 모습을 보았다.

「오랜 세월에 걸쳐 내가 빠져 있었던 그 착각이 아니었다면 나는 분명히 이 말을 더 일찍 했을 거야. 그 착각이 나로 하여금 미스 해비섐께서 우리 두 사람을 서로 짝지어 주려고 작정하고 있을 거라고 기대하게 만들었던 거야. 말하자면 네가 네 마음대로 스스로의 일을 할 수 없는 처지라고 생각했던 동안 이 말을 삼가고 있었어. 하지만 이젠 이 말을 해야 되겠다.」

여전히 태연한 표정을 유지한 채 계속 손가락들만 놀리면서 에스텔라는 고개를 저었다.

「알아.」 그 동작에 대한 대답으로 내가 말했다. 「이젠 너를 내 짝이라고 부를 희망이 영원히 없어졌다는 걸 알아, 에스텔라. 앞으로 얼마나 급작스럽게 내게 무슨 일이 닥칠지, 내가 얼마나 가난해질지, 혹은 내가 어디로 가게 될지 나는 몰라. 그래도 나는 너를 사랑해. 나는 이 집에서 너를 처음 본 순간부터 쭉 너를 사랑했어.」

완벽할 정도로 태연하게 그저 손가락들만 바쁘게 놀리면서 나를 바라보던 그녀가 다시 고개를 저었다.

「만약 미스 해비셤께서 자신이 행하는 일이 얼마나 심각한 일인지 숙고해 본 뒤에도 가여운 꼬마의 여린 감수성을 기만하고, 그 애가 그 모든 세월 동안 헛된 희망을 품게 하고, 그 애가 부질없는 일을 추구하게 하면서 고통받게 하셨던 거라면 그건 잔인한, 끔찍할 정도로 잔인한 일이겠지. 하지만 나는 그분이 설마 그러시지는 않았을 거라고 생각해. 그분이 자신의 시련을 참아 내느라고 내 시련은 잊으셨던 거라고 생각해, 에스텔라.」

나는 미스 해비셤이 손을 가슴에 가져다 댄 뒤 계속 그대로 있는 걸 보았다. 그녀는 나와 에스텔라를 번갈아 바라보며 앉아 있었다.

「내가 보기에는 말이야.」 에스텔라가 지극히 차분하게 말했다. 「내가 이해할 수 없는 감정이나 공상 ─ 그것들을 뭐라고 불러야 할지 모르겠지만 ─ 이 있는 것 같구나. 네가 나를 사랑한다고 말할 때 나는 그 낱말의 의미는 알아. 하지만 그 이상은 전혀 몰라. 네 말은 가슴에 전혀 와 닿지 않아. 그리고 그곳 어디에도 감동을 주지 않아. 나는 네가 하는 말에 전혀 관심이 없어. 이런 점을 너에게 경고해 왔었고. 자, 내가 안 그랬었니?」

나는 비참한 모습으로 말했다. 「그랬어.」

「그래. 하지만 넌 내 말을 경고로 받아들이지 않았어. 내가 진심으로 그런 경고의 말을 한 건 아니라고 생각했던 거야. 자, 그렇게 생각하지 않니?」

「네가 그 말을 진심으로 한 게 아니라고 생각했고, 또 그러기를 바랐어. 그토록 어리고 순진무구하고 어여쁜 네가 설마 그런 말을 할 거라고 생각하지 않았어! 에스텔라, 분명히 그건 인간의 본성에는 없는 태도라고.」

「〈내〉 본성 속엔 있어.」 그녀가 대답했다. 그러고 나서 그녀는 자기 말에 힘을 주어 강조하며 덧붙였다. 「그게 내 안에 형성된 본성 속엔 있어. 내가 이만큼이라도 얘기할 때는 너하고 다른 남자들하고 큰 차이를 둔다는 거야. 너한테 그 이상 더 많은 걸 해줄 수는 없어.」

「벤틀리 드러믈이 이곳 읍내까지 와서 너를 쫓아다니고 있는 건 사실 아니야?」

「사실이고말고.」 그녀가 지독한 경멸로 가득 찬 무관심한 말투로 그를 암시하며 대답했다.

「네가 그를 부추겨서 그와 함께 말을 타고 나갔고, 그리고 바로 오늘 저녁 함께 저녁 식사를 하기로 했다는 건?」

그녀는 내가 그것까지 알고 있다는 사실에 다소 놀란 듯했지만 다시 대답했다.

「사실이고말고.」

「너는 그를 사랑할 수 없어, 에스텔라!」

그녀의 손가락들이 처음으로 동작을 멈추었다. 다소 화를 내면서 내게 쏘아붙일 때였다.

「너한테 뭐라고 말했니? 그렇게 말했는데 아직도 내 말이 진심이 아니라고 생각하는 거니?」

「그와 결혼까지 할 생각은 아니겠지, 에스텔라?」

그녀는 미스 해비섬 쪽을 바라보더니 뜨갯감을 두 손에 들고 잠시 생각에 잠겼다. 그런 다음 그녀가 말했다. 「네게 사실대로 얘기하지 않을 이유가 뭐가 있겠니? 나는 그 사람하고 결혼할 예정이야.」

나는 두 손 안에 얼굴을 파묻었다. 하지만 그녀가 그런 말을 하는 걸 듣는다는 게 얼마나 큰 고통을 주었는지를 생각한다면, 예상보다 훨씬 나 자신을 잘 자제할 수 있었다. 얼굴을 다시 들었을 때, 미스 해비셤의 얼굴에 유령처럼 무시무시하고 창백한 표정이 어려 있는 걸 보았다. 그 표정은 격한 감정에 빠져 경황이 없고 서글픈 심정이었는데도 내게 깊은 인상을 남겼다.

「에스텔라, 내가 지극히 사랑하고 또 사랑하는 에스텔라. 미스 해비셤이 널 그런 파멸의 길로 끌어들이지 못하게 해. 나는 영원히 네게서 제쳐 둬. 이미 그렇게 했다는 건 잘 알고 있어. 하지만 제발 드러믈보다 더 훌륭한 남자에게 자신을 맡겨. 미스 해비셤은 너를 흠모하는 다수의 남자들과 너를 진정으로 사랑하는 소수의 남자들에게 가할 수 있는 최대한의 모욕과 경멸의 수단으로 너를 드러믈에게 주어 버리려는 거야. 그 소수의 남자들 중에, 비록 나만큼 오랫동안 너를 사랑해 오진 않았겠지만 나만큼 너를 극진히 사랑하는 남자가 있을지 몰라. 그 남자를 선택해. 그러면 나는 너를 위해서 그걸 더 잘 감내할 수 있을 거야!」

애타도록 진심 어린 내 마음이 그녀의 마음속에 놀라움을 일깨웠다. 그녀가 내 진심을 조금이라도 이해할 수 있었다면 동정심으로 인해 감동받았을지도 모를 놀라움이었다.

「나는 그 사람하고 결혼할 예정이야.」 그녀가 좀 더 부드러워진 목소리로 다시 말했다. 「이미 결혼 준비가 진행되고 있어. 곧 결혼하게 될 거야. 왜 무례하게 내 양어머니 이름은 들먹이는 거니? 이건 내가 알아서 결정한 일이야.」

「너 혼자 결정을 했다고, 에스텔라? 그런 짐승 같은 놈한테 너 자신을 내던지는 일을?」

「내가 누구한테 나 자신을 내던졌다는 거니?」 그녀가 미소를 지으며 대꾸했다. 「내가 자기에게 그 어떤 감정도 갖고 있지 않다는 걸 가장 빠른 시간 안에 느끼게 될(사람들이 그런 감정을 느낄 수 있다면 말이다) 남자에게 나 자신을 내던졌다는 거니? 됐어! 다 끝난 일이야. 난 충분히 잘 살 거야. 내 남편도 마찬가지고. 네가 파멸의 길이라고 부른 이 길로 끌어들였다는 얘길 해본다면, 미스 해비섬께서는 아마 나에게 기다리라고, 아직 결혼은 하지 말라고 만류하셨을걸. 하지만 나는 그동안 살아온 인생에 지쳤어. 그 안에 나를 매료시킨 일들은 거의 없었어. 그래서 이제 충분히 내 의지를 가지고 내 인생을 변화시켜 보려고 하는 거야. 더 이상 아무 말도 하지 마. 우리는 결코 서로를 이해하지 못해.」

「그런 비열한 놈하고! 그런 멍청한 놈하고!」 나는 절망에 빠져 힘주어 말했다.

「내가 그에게 축복 같은 존재가 될 거라는 걱정은 하지 마.」 에스텔라가 말했다. 「나는 그런 존재는 안 될 테니. 자! 여기 내 손을 내줄게. 이걸 잡고 작별해 주겠니, 이 몽상가 소년아? 아니, 이 몽상가 남자야?」

「오, 에스텔라!」 아무리 자제하려 해도 내 쓰라린 눈물이 그녀의 손 위에 뚝뚝 떨어졌다. 그런 가운데 내가 대답했다. 「내가 영국에 그냥 머무르면서 머리를 들고 다른 사람들과 함께 살 수 있다 하더라도 내가 어찌 네가 드러믈의 아내가 되는 걸 볼 수 있겠어!」

「터무니없는 소리.」 그녀가 말했다. 「터무니없는 소리야. 이런 일은 곧바로 지나가는 법이야.」

「제발 그만해, 에스텔라!」

「너는 일주일이면 네 생각 속에서 나를 지우게 될 거야.」

「내 생각 속에서 너를 지운다고! 너는 내 존재의 일부야. 나 자신의 일부야. 내가 상스럽고 비천한 꼬마의 모습으로 (너는 그때도 그런 아이의 불쌍한 가슴에 상처를 입혔어) 이 곳에 처음 왔던 날 이후로, 너는 내가 읽어 왔던 모든 책의 한 줄 한 줄 속에 있었어. 넌 그때 이후로 내가 보아 왔던 모든 풍경들 속에 — 강물 위에, 배의 돛들 위에, 습지대에, 구름 속에, 햇살 속에, 어둠 속에, 바람 속에, 숲 속에, 바다에, 길거리들 위에 — 있었어. 넌 그동안 내 마음이 알게 된 모든 우아한 공상이 구체화된 존재였어. 런던에서 가장 튼튼한 건물들을 짓는 데 쓰인 돌덩이들조차도, 런던이든 어디든 모든 곳에서 내게 그래 왔고 앞으로도 그럴 테지만, 네 존재와 영향력보다는 덜 구체화된 존재들일 거야, 네 손으로 옮기기 덜 힘든 것들일 테고. 너는 마지막 순간까지 나라는 존재의 일부로, 내 안에 있는 얼마 안 되는 선한 면의 일부로, 또 악한 면의 일부로 남아 있을 거야. 하지만 이렇게 이별하게 되었으니 이제부턴 너를 오직 내 선한 면하고만 결부시킬게. 그리고 앞으로는 충직하게 늘 그런 면만 붙들고 있을게. 지금은 비록 너무나 쓰라린 고통을 느끼게 하고 있지만, 너는 그동안 분명히 내게 해보다는 이로운 도움을 더 많이 주어 왔어!」

도대체 얼마나 불행하고 혼미한 정신 상태에서 내가 이런 토막말들을 속에서 꺼내어 내뱉었는지 알지 못한다. 격앙된 감정이 속에서 부글부글하다가, 몸속 상처에서 피가 솟구치듯 터져 나왔던 것이다. 나는 그녀의 손을 입술에 가져다 댔고 얼마 동안 주저하고 머뭇거리다 작별을 했다. 그러나 그 이후로 쭉 — 아마 작별 바로 뒤에 이어진 일이라고 보는 게 더 강력한 근거가 있을 것이다 — 기억나는 모습 하나가 있다. 에스텔라가 믿기지 않는다는 듯 놀란 얼굴로 나를 쳐다보고 있었던 반면에, 미스 해비셤이 여전히 가슴에 한 손을 얹고 나를 무시무시하게 노려보면서 연민과 회한이 가득 깃든 유령 같은 얼굴로 변해 가던 모습이다.

모든 게 끝장나고 모든 게 사라진 셈이었다! 너무나 많은 게 끝장나고 사라져 버렸기에 대문을 나왔을 때 쏟아지던 밝은 대낮의 햇살이 들어갈 때보다 더 어두운 빛깔로 보일 정도였다. 나는 얼마 동안 좁은 골목길과 샛길들로 몸을 숨기며 걸어갔고, 그런 다음에야 옆길로 빠져서 런던까지 계속 걸어가기로 했다. 그제야 제정신이 들었기에, 여관으로 돌아가 그곳에서 다시 드러믈을 볼 수는 없는 일이며, 마차를 타고 누구와 얘기를 나누는 것도 견딜 수 없는 일이고, 그때의 나 자신을 위해선 차라리 몸을 녹초로 만드는 것만큼 좋은 일은 없을 거라는 생각이 들어서였다.

런던교를 건너갈 때 이미 자정을 지나 있었다. 그 당시 미들섹스 구역 쪽 강기슭에 서쪽을 향해 나 있는 좁고 복잡한 길들을 따라 걷고 있었던 터라, 템플 지구로 가장 쉽게 다가서는 방법은 화이트프라이어스 구역을 통해 강변 쪽으로 바싹 붙어 가는 것이었다. 나는 다음 날까지 돌아오지 않는 것으로 되어 있었다. 하지만 열쇠를 갖고 있었다. 그러니 허버트가 잠자리에 들었더라도 방해하지 않고 나 홀로 잠자리에

들 수 있었다.

템플 지구의 출입문이 닫힌 뒤에 화이트프라이어스 구역 출입문을 통해 들어오는 일이 좀처럼 없던 일이었고 게다가 몸이 온통 진흙투성이인 데다 녹초였던 터라, 야간 경비가 내가 들어갈 수 있게 문을 잡고 조금 열어 주면서 나를 예의 주시하며 훑어보았어도 기분 나쁘게 여기지 않았다. 그의 기억을 돕기 위해 나는 내 이름을 말했다.

「완전히 확신이 들지는 않습니다, 나리. 하지만 나리라고 생각됩니다. 그런데 여기 전해 달라는 편지가 있네요, 나리. 그걸 가져온 심부름꾼 말로는, 나리께서 그걸 여기 제 등불 불빛 밑에서 바로 읽으셔야 한다고 했습니다.」

나는 그런 요구에 매우 놀라면서 편지를 건네받았다. 편지에는 〈필립 핍 씨 귀하〉라고 수신인이 적혀 있었고, 그 수신인 서명 위에 이런 말이 쓰여 있었다. 〈부디 이 편지를 이 자리에서 당장 읽으시오.〉 나는 편지를 개봉했고 경비가 등불을 들어 비춰 주었다. 편지에는 웨믹의 필체로 이렇게 쓰여 있었다.

〈집으로 가지 마시오.〉

45

나는 이 경고문을 읽자마자 템플 지구의 출입문에서 발걸음을 돌려 최대한 서둘러 플리트 가로 갔으며, 그곳에서 심야 시간에 운행하는 이륜 전세 마차를 빌려 타고 코번트가든에 있는 허멈스 호텔로 갔다. 그 시절엔 밤늦은 심야 시간 아무 때나 가도 늘 객실을 얻을 수 있었다. 간이 쪽문을 통해 나를 들여보낸 호텔 객실 담당 직원은 선반 위에 놓인 촛불에 불을 붙였으며, 곧장 빈방 목록의 다음번 순서가 된 객실로 안내했다. 1층 뒤편에 있는 일종의 지하 납골당 같은 방이었다. 방 안에는 다리가 네 개 달린 흉포한 괴물처럼 보이는 침대가 놓여 있었다. 그런데 그 침대는 온 방 안에 다리들을 벌린 채 버티고 서서 그 방자한 다리 중 하나는 벽난로 안으로 멋대로 들이밀고 다른 하나는 문간 쪽으로 들이밀면서, 흡사 자기가 신의 대리인이라도 된다는 듯이 제왕같이 당당한 모습으로 초라한 세면대를 압박하고 있었다.

밤새 쓸 야간 실내등을 부탁하자 객실 담당 직원은 떠나기 전에 그 고결한 시절에 사용되던, 훌륭하고 오래되었으며 퍽도 건강에 좋은 싸구려 골풀 양초 등(燈)을 갖다 주었다. 만지기만 해도 뚝 부러지고 거기에 대고 그 무엇도 불을 붙일 수 없는, 꼭 지팡이 유령처럼 생긴 양초였다. 게다가 양초는 둥근 구멍이 숭숭 뚫린 높다란 양철 깡통 보호대 밑바닥에 홀로 가둬진 채 놓여 있었다. 그런데 그 구멍들을 통해 새어 나오는 불빛들이 방의 벽들 위에 흡사 눈을 크게 뜨고 빤히 노려보는 것 같은 눈알 문양들을 만들어 냈다. 발도 쑤시고 피곤한 데다가 비참한 기분에 빠져 침대에 누워 있노라니, 아르고스 거인[8]의 수많은 눈알처럼 생긴 이 바보 같은 눈알 문양들이 눈을 감지 못하는 것처럼 나 역시 도저히 눈을 감지 못할 것 같다는 생각이 들었다. 따라서 쥐 죽은 듯 고요한 깜깜한 오밤중에 양측의 눈알들은 이런 식으로 서로를

8 그리스 신화에 나오는 눈이 1백 개 달린 거인. 그가 죽은 후 1백 개의 눈알들은 공작 깃털의 눈알 문양이 되었다고 한다.

노려보고 있었다.

얼마나 서글픈 밤이었던가! 얼마나 불안하고, 얼마나 침울하고, 얼마나 기나긴 밤이었던가! 방에선 차디찬 그을음과 뜨거운 먼지에서 나는 냄새, 손님을 냉대하는 것 같은 냄새가 났다. 침대 머리맡의 목재 수납함 구석을 올려다보니, 푸줏간에서 날아온 수많은 쉬파리들과 시장에서부터 기어온 집게벌레들과 시골에서부터 온 땅벌레들이 다음 여름을 기다리며 그곳에 터를 잡고 있을 거라는 생각이 들었다. 이런 생각은 그것들 중 몇 마리가 내게 굴러떨어지지 않을까 하는 생각으로 이어졌다. 그러고 나자 얼굴에 뭔가가 가볍게 떨어진 것 같은 감촉이 느껴졌고, 뒤이어 기분 나쁜 생각이 들면서 훨씬 더 불쾌한 다른 뭔가가 등을 따라 위쪽으로 스멀스멀 기어오르는 듯한 느낌도 들었다. 잠들지 못하고 한동안 누워 있노라니 이번에는 고요한 정적을 가득 채우는 특이한 소리들이 들려오기 시작했다. 벽장이 소곤거렸고 벽난로가 한숨을 내쉬었고 조그만 세면대가 탁탁 소리를 냈고 서랍장 속에 들어 있는 기타 줄 하나가 이따금 연주 소리를 냈다. 동시에 벽 위의 눈알 문양들은 새로운 표정을 지었다. 빤히 노려보는 것 같은 그 모든 눈알 하나하나에 〈집에 가지 마시오〉라는 말이 쓰여 있는 걸 보았다.

수많은 한밤중의 공상과 한밤중의 소리가 몰려들었지만 이 〈집에 가지 마시오〉라는 말을 결코 물리치지 못했다. 이 말은 마치 육신의 고통처럼 내 모든 생각에 얽혀 들어갔다. 그리 오래되지 않은 얼마 전, 나는 신원 미상의 어떤 신사가 한밤중에 허멈스 호텔로 와서 잠자리에 들었다가 자살을 했고 다음 날 아침 피투성이로 발견되었다는 기사를 신문에서 읽은 적이 있었다. 그런데 그 신사가 분명히 이 지하 납골당 같은 방에 묵었을 거라는 생각이 떠올랐다. 따라서 주변에 붉은 핏자국들이 없는지 확인해 보려고 침대에서 나왔다. 그런 다음 방문을 열고 호텔 복도를 내다보았다. 멀리 등불이 함께 벗하고 있고 그 가까이에서 객실 담당 직원이 꾸벅꾸벅 졸고 있는 걸 보고 기운을 냈다. 그러나 그러는 동안 내내 왜 내가 집에 가면 안 되는 건지, 대체 집에 무슨 일이 일어난 건지, 집에는 언제 가야 하는 건지, 프로비스는 집에 안전하게 있는 건지 등의 의문이 너무도 바삐 마음을 차지하고 있었기 때문에, 아마 누가 보면 그 안에는 다른 주제가 들어설 여지가 더 이상 없다고 생각했을 것이다. 심지어 에스텔라를 생각하고 바로 그날 그녀와 영원히 작별을 했다는 걸 생각할 때도, 또 작별할 때의 모든 상황과 그녀의 모든 표정과 말투, 뜨개질을 하던 그녀의 손가락 놀림을 생각할 때도, 바로 그때조차도 나는 여기저기 사방으로 내달리며 〈집에 가지 마시오〉라는 말을 뒤쫓고 있었다. 마침내 몸과 마음이 완전히 탈진되어 꾸벅꾸벅 졸게 되었을 때 그 말은 내가 어형 변화를 시켜야 하는 거대한 허깨비 동사가 되어 있었다. 그 말은 먼저 명령법 형태를 취하며 〈당신은 집에 가지 마〉, 〈그가 집에 못 가게 해〉, 〈우리, 집에 가지 말자〉, 〈너희, 혹은 너는 집에 가지 마〉, 〈그들이 집에 못 가게 해〉 등으로 변했다. 그런 다음 그 말은 가능법 형태를 취하며 〈나는 집에 못 갈 것 같고, 갈 수 없을 것 같아〉, 〈나는 집에 갈 수 없을지도 모르고, 갈 수 없을 수도 있고, 가지 않을 것 같고, 가서는 안 돼〉 등으로 변했다. 마침내 나는 머리가 돌아 버린 것 같은 느낌이 들어 베개 위로 몸을 굴려 누운 후 다시 벽의 그 노려보는 눈알들을 노려보았다.

나는 7시에 깨워 달라는 요청을 해놓았었다. 다른 사람을 만나기에 앞서 먼저 웨믹부터 만나야 한다는 게 분명했으며, 또한 이 일이 오직 그의 월워스식 의견만을 취해야 하는 경우인 것도 분명했다. 그토록 침울한 밤을 보낸 호텔 방을 나오는 건 차라리 위안이 되는 일이었다. 따라서 두 번째 노크 소리가 들리기도 전에 불편한 침대에서 깜짝 놀라 일어났다.

성채의 흉벽이 시야에 들어온 건 8시가 되었을 때였다. 마침 어린 하녀가 뜨거운 롤빵 두 개를 들고 요새로 들어가던 중이어서, 나는 집 뒷문을 통해 들어가 도개교를 건넜다. 그렇게 해서 아무런 사전 기별도 없이 자신과 노친을 위해 차를 준비하던 웨믹이 있는 방으로 들어가게 되었다.

「어서 오세요, 핍 씨!」 웨믹이 말했다. 「정말, 집으로 돌아왔군요!」

「네.」 내가 대답했다. 「하지만 집에는 안 갔습니다.」

「잘했습니다.」 그가 두 손을 비비며 말했다. 「혹시 몰라서 내가 템플 지구의 모든 출입문들[9]을 일일이 다니며 핍 씨에게 전하는 편지를 남겨 두었지요. 어떤 문에 갔던 겁니까?」

나는 그에게 대답을 해주었다.

「오늘 중으로 나머지 문들을 돌아다니면서 편지들을 모두 파기해야겠습니다.」 웨믹이 말했다. 「할 수만 있다면 문서 증거는 남기지 않는 게 좋은 원칙이지요. 그걸 언제 들이밀지 모르는 일이니까요. 실례 좀 하겠습니다. 〈괜찮다면〉 연로하신 부친을 위해 이 소시지 좀 구워 주겠습니까?」

9 모두 열 개의 출입문들이 있었다.

나는 기꺼이 그러겠다고 말했다.

　「그럼, 넌 가서 네 일을 봐라, 메리 앤.」 웨믹이 어린 하녀에게 말했다. 「자, 이제 우리 둘만 남게 되었네요. 안 그래요, 핍 씨?」 하녀가 사라지자 눈을 찡긋 감았다 뜨며 덧붙였다.

　나는 우정 어린 그의 호의와 조심성에 감사를 표했고, 우리는 낮은 목소리로 대화를 이어 나갔다. 그러면서 나는 그의 노친의 소시지를 구웠고 그는 노친의 롤빵 안에 버터를 발랐다.

　「자, 핍 씨. 알다시피 핍 씨와 나는 서로를 이해하는 사이지요.」 웨믹이 말했다. 「우리는 지금 사적이고 개인적인 자격으로 말하고 있는 것이고, 오늘까지 서로 속마음을 터놓는 관계를 맺어 왔어요. 사무실에서의 직무와 관련된 생각들은 별개의 문제지요. 우리는 지금 그런 직무 관계를 떠나 있습니다.」

　나는 진심으로 동의했다. 그러나 너무나 초조했다. 이미 노친의 소시지에 횃불처럼 불이 붙게 만들어 그걸 불어서 꺼야만 했다.

　「어제 아침 우연찮게 들은 얘기가 있습니다.」 웨믹이 말했다. 「핍 씨를 일전에 한 번 데려간 적이 있는 곳에서요. 비록 우리끼리 하는 대화지만 될 수 있으면 실제 명칭은 언급하지 않는 게 낫겠죠.」

　「안 하는 게 훨씬 낫겠죠.」 내가 말했다. 「이해합니다.」

　「어제 아침 우연찮게 그곳에서 어떤 얘기를 들었습니다. 식민지와 무관한 사업만 전적으로 하는 사람은 아니며, 휴대용 동산을 안 가지고 있는 것도 아닌 어떤 사람인데 — 그가 실제로 누군지는 모릅니다 — 그 사람 이름은 말하지 않기로 합시다.」

「말할 필요가 없겠지요.」 내가 말했다.

「수많은 사람들이 가는 세계의 어느 지역에서, 즉 늘 자기가 좋아서 자기 뜻대로 가는 곳만은 아니며, 정부의 비용과 전혀 무관하지만은 않은 비용으로 가는 바로 그 지역에서 그 사람이 작은 말썽을 일으켰다는 얘기였습니다.」

그의 얼굴을 주의 깊게 지켜보다가 나는 그만 노친의 소시지를 완전히 불꽃으로 만들어 버렸고, 그 바람에 나와 웨믹 모두의 집중력이 크게 흐트러졌다. 나는 사과를 했다.

「그러고 나서 그가 그곳에서 행방불명되었고, 이후 어디로 갔는지의 행방에 대해 더 이상 소식을 들을 수 없다는 얘기였습니다. 그 때문에 여러 가지 추측이 난무하고 헛소문이 생겨났답니다.」 웨믹이 말했다. 「나는 또한 템플 지구의 가든코트에 있는 핍 씨의 거처가 한동안 감시를 당했으며, 지금 또다시 감시당하고 있을지도 모른다는 얘기도 들었습니다.」

「누구한테서요?」 내가 말했다.

「그건 자세히 말하지 않겠습니다.」 웨믹이 회피하듯 말했다. 「내 직무상 책임들과 상충할지 모르니까요. 같은 곳에서 내 근무 시간에 다른 흥미로운 얘기들을 들을 때처럼 들었습니다. 얻어 낸 정보에 근거해서 말하고 있는 게 아닙니다. 나는 그냥 들은 겁니다.」

그는 말을 하면서 내게서 구이용 포크와 소시지를 건네받았고, 작은 쟁반에 노친의 아침 식사를 정갈하게 차려 냈다. 그걸 노친 앞에 갖다 놓기 전에 그는 깨끗한 흰 천을 들고 방으로 들어가 노친의 턱 밑에 매주었으며, 노친을 일으켜 앉히고 나이트캡을 한쪽으로 삐딱하게 씌웠는데, 그 때문에 꽤 멋쟁이 같은 분위기가 났다. 그런 다음 그는 아침 식사를 노친의 앞에 조심스럽게 갖다 놓으며 말했다. 「좋지요, 안 그래요, 연로하신 아버님?」 그 말에 명랑한 그의 노친이 대답했다. 「좋다, 존. 얘야, 좋아!」 그의 노친이 남들에게 보일 만한 상태가 아니니 눈에 안 보이는 걸로 하자는 암묵적인 양해가 이루어졌다고 생각한 나는 그런 일련의 상황을 전혀 모르는 척했다.

「내 거처에 있는 나를 누가 지켜보며 감시했다는 것 말입니다.」 웨믹이 돌아오자 내가 말했다. 「혹시 그게 아까 웨믹 씨가 언급했던 그 사람과 불가분의 관계에 있는 일인가요?」

웨믹은 매우 심각한 표정을 지어 보였다. 「내가 그걸 직접적으로 그렇다고 말할 수는 없습니다. 내 말뜻은 처음부터 그랬다고 말할 수 없다는 소리입니다. 하지만 그럴 수도 있고, 아니면 앞으로 그럴 것이고, 아니면 그럴 위험성이 크다고 할 수 있습니다.」

나는 그가 리틀브리튼에 대한 충직함 때문에 자기가 할 수 있는 말을 다 하는 걸 삼가는 사람임을 알고 있었다. 그리고 그가 지금 얼마나 정도를 벗어나서 자신이 한 일을 내게 말해 주고 있는 건지도 알고 있었다. 그러니 재촉할 수 없었다. 그럼에도 나는 난롯불을 바라보며 잠시 생각에 잠겼다가 그에게 질문 하나를 하고 싶다고 말했다. 그가 옳다고 생각하는 바에 따라서 대답해도 되고 안 해도 되는데, 어느 쪽을 택하든 옳은 일로 확신하겠다는 조건을 붙인 질문이었다. 그는 아침 식사를 히디기 멈추고는 팔짱을 끼고서 자기 셔츠 소매들을 꼭 잡은 뒤(실내에 있을 땐 양복 상의를 벗고

앉는 게 그가 생각하는 편안한 자세의 표상이었다) 내게 질
문해 보라고 한 차례 고개를 끄덕였다.

「혹시 본명이 콤피슨이라고 하는 악독한 인물에 대해 들
어 봤는지요?」

그는 다시 고개를 끄덕였다.

「그자가 살아 있나요?」

그는 다시 고개를 끄덕였다.

「그자가 런던에 있나요?」

그는 다시 고개를 끄덕였고, 우체통 구멍 같은 입을 꾹 다
물고 내게 마지막으로 한 번 더 고개를 끄덕인 뒤 다시 아침
식사를 하기 시작했다.

「자, 이제 질문이 끝났지요.」 그는 나보고 알아들으라는
듯 힘을 주어 반복해서 말했다. 「그러니 이제 내가 들었다는
아까 그 얘기를 듣고 내가 한 일을 말해 보겠습니다. 나는
핍 씨를 찾으러 가든코트에 갔습니다. 당신을 찾지 못하자
허버트 씨를 찾기 위해 클래리커 상사로 갔습니다.」

「그래서 그를 찾았나요?」 내가 몹시 초조해하며 말했다.

「그래서 그를 찾았습니다. 그 어떤 이름도 직접 언급하지
않고, 또 그 어떤 자세한 내용도 말하지 않고, 나는 그에게
혹시 어떤 사람 — 톰인지, 잭인지, 아니면 리처드인지, 아무
튼 간에 — 을 알고 있다면 핍 씨가 집을 떠나 있는 동안 그
톰인지, 잭인지, 아니면 리처드인지 하는 사람을 집에서 피신
시키는 게 좋을 것 같다고 알려 주었습니다.」

「허버트가 어떻게 해야 할지 무척 당황스러워했겠네요?」

「어떻게 해야 할지 〈정말로〉 당황스러워했습니다. 내가
당장은 그 톰인지, 잭인지, 아니면 리처드인지 하는 사람을

너무 먼 곳으로 피신시키는 건 안전하지 못할 거라고 내 의견을 밝혔기 때문에 더욱 그랬습니다. 핍 씨, 한 가지만 말하겠습니다. 지금과 같은 상황에서 일단 대도시 안으로 들어왔다면 그만한 장소가 없다는 겁니다. 뚜껑을 너무 빨리 깨지 마세요. 납작 엎드려 숨어 있으세요. 비록 외국의 공기를 마시러 나가겠다는 이유가 있다 하더라도, 뚜껑을 열려고 시도하기 전에 상황이 느슨해질 때까지 기다리세요.」

나는 그의 소중한 충고에 감사를 표했고 허버트는 어찌 되었느냐고 물었다.

「허버트 씨는 말입니다.」 웨믹이 말했다. 「너무 놀란 나머지 30분 동안 털썩 주저앉아 있었습니다. 그러다가 마침내 묘안을 짜냈습니다. 그는 내게 비밀이라면서 지금 결혼을 전제로 사귀고 있는 아가씨가 있다고 말했습니다. 분명히 핍 씨도 알고 있겠지만, 몸이 아파 자리보전하는 아버지가 있는 아가씨랍니다. 선박 사무장 계통의 삶을 살았던 아버지가 강을 따라 오르내리는 배들을 볼 수 있는 돌출된 활 모양 내닫이창이 있는 방의 침대에 누워 지내고 있답니다. 분명히 핍 씨도 그 아가씨를 알고 있겠지요?」

「개인적으로는 모릅니다.」 내가 말했다.

사실은 이랬다. 그녀는 나에 대해 허버트에게 전혀 도움이 안 되는 사치스러운 친구라며 탐탁지 않게 여겼고, 허버트가 처음 나를 그녀에게 소개해 주겠다고 제안했을 때 그 제안을 몹시 미적지근하게 받아들였다. 그래서 허버트는 부득이하게 내가 그녀를 만나 안면을 트기 전까지 시간을 좀 더 두기 위해 그 속사정을 내게 털어놓지 않을 수 없었다. 허버트의 미래를 위한 일을 몰래 진척시키기 시작했을 때, 나는 이런 상황을 즐겁고 침착하게 견뎌 낼 수 있었다. 또한 그와 그의 약혼녀는 당연히 자신들의 교제에 제삼자를 끼워 넣는 일을 썩 내키지 않아 했다. 이런 까닭으로 나에 대한 클래라의 평가가 좋아졌다는 확신이 들고, 또 그 아가씨와 내가 오래전부터 허버트를 통해 정기적으로 소식과 안부를 주고받고 있었는데도 그녀를 아직 한 번도 보지 못하고 있었던 것이다. 그러나 나는 이런 세세한 내용으로 웨믹을 번거롭게 하진 않았다.

「내닫이창이 있는 그 집은요.」 웨믹이 말했다. 「라임하우스와 그리니치 지역 사이의 풀[10] 구역을 따라 내려가는 강가에 위치해 있고, 아주 점잖은 미망인이 주인인 듯한데, 그 부인이 가구가 비치된 그 집 위층을 세놓았다는 겁니다. 허버트 씨는 내게 그곳이 톰인지, 잭인지, 아니면 리처드인지 하는 사람의 임시 거처로 어떻겠느냐고 물었습니다. 나는 좋다고 생각했습니다. 세 가지 이유 때문인데, 그걸 핍 씨에게 말해 보겠습니다. 첫째, 그곳은 당신들이 빈번하게 드나드는 모든 구역들로부터 한참 떨어진 곳이며 크고 작은 통상적인 많은 길들과 거리들로부터도 한참 떨어진 곳입니다. 둘째, 핍 씨가 그곳에 직접 가지 않고서도 허버트 씨를 통해서 그 톰인지, 잭인지, 아니면 리처드인지 하는 사람의 안부를 들을 수 있습니다. 셋째, 어느 정도 시간이 지난 후에, 그리고 신중히 생각한 결과 적절한 시간이 되었을 때 그 톰인지, 잭인지, 아니면 리처드인지 하는 사람을 몰래 빼내 외국으로 가는 정기선에 태우고 싶다면 그는 이미 준비된 상태로 그곳에 있는 셈일 겁니다.」

10 런던교와 그리니치 사이로, 템스 강이 6킬로미터 정도 뻗어 있는 지역.

심사숙고의 결과로 나온 이런 생각들에 큰 위안을 얻은 나는 웨믹에게 거듭 감사를 표했고 얘기를 계속해 달라고 부탁했다.

　「그래서 말입니다, 핍 씨! 허버트 씨가 결연하게 의지를 다지며 그 일에 자신을 던졌습니다. 그래서 그는 지난밤 9시경에 그 톰인지, 잭인지, 아니면 리처드인지 하는 사람 — 핍 씨와 내가 알고 싶어 하지 않으니 그 이름은 뭐라 해도 좋습니다 — 을 매우 성공적으로 그 집에 데려다 놓았습니다. 먼저 살던 거처에는 그가 일이 있어 도버에 가는 걸로 말해 두었습니다. 그래서 실제로 허버트 씨는 그를 도버로 가는 길로 데리고 간 후 거기서 길모퉁이를 돌아 빠져나갔습니다. 그런데 이 모든 일에는 대단히 큰 이점 하나가 더 있었습니다. 이 일이 핍 씨가 부재중일 때, 그것도 혹시 당신의 일거수일투족에 관심이 있는 자가 있다면 당신이 멀리 떨어진 곳에 나가 있고 이 일과 전혀 무관한 일로 바쁘다고 분명히 알려져 있던 그런 때에 행해졌다는 것입니다. 이 때문에 의심을 딴 데로 돌리고 혼동을 불러일으켰습니다. 그리고 같은 이유로, 지난밤 핍 씨가 돌아왔을 때 내가 집에 가서는 안 된다고 경고했던 것입니다. 그게 더 큰 혼동을 불러일으켰습니다. 핍 씨는 혼동을 원하겠지요.」

　아침 식사를 끝낸 웨믹은 이 말을 하다 말고 시계를 보더니 양복 상의를 입기 시작했다.

　「자, 핍 씨.」 그가 두 손을 소매에 아직 완전히 집어넣지 않은 모습으로 말했다. 「내가 할 수 있는 일은 다 한 듯싶긴 합니다만, 혹시라도 내가 할 일 — 월위스적인 관점과 엄밀하게 사적이고 개인적인 자격으로 말입니다 — 이 더 있다면 기꺼이 하겠습니다. 여기 그 집 주소가 있습니다. 오늘 밤 집으로 돌아가기 전에 이곳에 들러서 그 톰인지, 잭인지, 아니면 리처드인지 하는 사람에게 모든 게 괜찮은지 직접 확인해도 아무 해가 없을 것입니다. 바로 그게 어젯밤 핍 씨가 집으로 돌아가서는 안 되었던 이유입니다. 하지만 일단 집으로 돌아간 이후에는 절대로 그곳에 다시 가서는 안 됩니다. 아이고, 이럴 것까진 없습니다, 핍 씨.」 그의 두 손이 소매 바깥으로 나왔을 때 내가 그걸 잡고서 흔들고 있었던 것이다. 「마지막으로 핍 씨에게 중요한 사항 하나를 명심하라고 말하겠습니다.」 그가 내 어깨에 두 손을 올리고 근엄하게 속삭이며 덧붙였다. 「오늘 저녁을 이용해서 그자의 휴대용 동산을 움켜쥐세요. 그에게 무슨 일이 일어날지 모릅니다. 그 휴대용 동산에는 아무런 일도 일어나지 않게 하세요.」

나는 그 점에 대해 웨믹에게 내 마음을 분명히 이해시키는 건 깨끗이 체념했기 때문에 그런 일은 삼갔다.

「시간이 되었습니다.」 웨믹이 말했다. 「출발해야겠습니다. 어두워질 때까지 우리 집에 머무는 일보다 더 급한 일이 없다면, 여기에 머물러 있으라는 게 내가 드리는 충고입니다. 정말 걱정이 많아 보입니다. 그러니 내 노친과 함께 — 이제 곧 일어나실 겁니다 — 더없이 평온한 하루를 보낸다면 도움이 될 것 같네요. 그리고 식사를 조금 들면…… 그때 그 돼지 기억나죠?」

「물론입니다.」 내가 말했다.

「그래요. 〈그놈〉을 조금 드시란 소리입니다. 아까 핍 씨가 구웠던 그 소시지가 그놈 고기로 만든 거였습니다. 그놈은 모든 면에서 최상급 돼지였어요. 옛날 알던 정으로라도 한

번 맛을 보세요. 다녀오겠습니다, 연로하신 아버님!」 그가
쾌활하게 외쳤다.

「알았다, 존. 알았다, 애야!」 노인이 안에서 새된 소리로
말했다.

나는 이내 웨믹의 집 난롯불 앞에서 잠에 빠져들었다. 그
리고 그의 노친과 나는 다소 정도의 차이는 있지만 온종일
난롯불 앞에서 잠을 자며 서로 함께하는 시간을 즐겼다. 우
리는 점심으로 돼지 허리 고기와 그 집 텃밭에서 키운 푸성
귀를 먹었다. 그리고 나는 노인에게 고개를 끄덕여 보였는
데, 꾸벅꾸벅 조느라 그걸 못 할 때면 한층 더 열성을 다해서
끄덕였다. 꽤 어두워졌을 때 나는 토스트를 구으려고 불을
피우고 있는 노인을 두고 떠났다. 그리고 노인이 벽에 있는
두 개의 뚜껑 문을 힐끔힐끔 쳐다보는 모습과 찻잔의 개수
를 보건대, 미스 스키핀스가 오기로 되어 있는 모양이라고
추측했다.

46

시계가 8시를 알리고 나서야 비로소 나는 그다지 불편하
지 않은 마음으로 강변에 있는 선박 제작소들과, 돛과 노와
나무 받침대를 만드는 작업장에서 풍기는 나무 쪼가리와 대
팻밥 냄새가 배어 있는 공기 속으로 들어설 수 있었다. 런던
교 밑 강변 위쪽과 아래쪽에 걸쳐 있는 풀 구역 전 지역은 내
게 미지의 땅이었다. 그래서 강을 따라 내려왔을 때 나는 내
가 원하던 곳이 추측했던 지점에 없으며, 그곳이 결코 찾기

쉬운 곳이 아니라는 사실을 깨달았다. 그곳은 칭크스 유역에 위치한 밀폰드뱅크라고 불리는 동네였는데, 나는 칭크스 유역으로 가는 길잡이로 〈올드 그린 코퍼 밧줄 제작소〉라는 단서밖에 갖고 있지 않았다.

내가 메마른 부두에서 수리되고 있는 좌초당한 배들 사이에서 어떻게 길을 잃고 헤맸는지는 중요하지 않다. 그리고 내가 두들겨져 조각조각 해체되고 있는 낡은 배들의 선체들, 조류가 남기고 간 개흙과 기타 잔해들, 끝없이 길게 이어진 선박 제작소들과 선박 해체 업소들, 수년 동안 제 할 일을 못하고 바닥에 맹목적으로 한데 몰려 있는 녹슨 닻들, 나무통들과 목재들이 산처럼 쌓여 있는 구역들과, 〈올드 그린 코퍼 밧줄 제작소〉가 아닌 다른 수많은 밧줄 제작소들, 그것들 사이에서 어떻게 길을 잃고 헤맸는지 역시 중요하지 않다. 나는 수도 없이 목적지에 조금 못 미치고, 또 같은 횟수만큼 그걸 지나치다가 뜻하지 않게 밀폰드뱅크 지역과 맞닥뜨리게 되었다. 그곳은 모든 상황을 고려해 볼 때 다소 신선한 느낌을 주는 곳이었고, 강변에서 불어오는 바람이 방향을 돌릴 여지가 있는 곳이었다. 그리고 그곳엔 나무도 두서너 그루 있었고 버려진 풍차 밑동도 남아 있었다. 무엇보다도 그곳엔 〈올드 그린 코퍼 밧줄 제작소〉가 있었다. 나는 바닥에 설치된 일련의 나무틀들을 따라 보이는 길고 좁은 제작소의 전경을 달빛 속에서 찾아냈는데 그 나무틀들은 낡아서 이가 다 빠져 버린, 극도로 노후한 건초용 갈퀴들 같아 보였다.

나는 밀폰드뱅크에 있는 몇 채 안 되는 희한한 외양의 집들 중에서 정면이 나무로 되어 있고 거기 활 모양의 내닫이 창(직각으로 각진 내닫이창이 아니다. 그건 다른 창이다)이

나 있는 집을 골라낸 뒤, 문의 문패를 보고 〈휨플 부인 댁〉이라고 쓰인 걸 읽었다. 바로 내가 찾던 이름이었으므로 문을 두드렸다. 그러자 상냥하고 건강해 보이는 나이 지긋한 부인이 응답하며 나왔다. 그러나 곧 허버트가 나타나 그녀를 물러나게 한 후 아무 말 없이 나를 응접실로 안내해 가서 문을 닫았다. 너무나도 친숙한 그의 얼굴이 그런 낯선 동네, 낯선 집에서 너무나도 편안하게 자리 잡고 있는 걸 보니 이상한 느낌이 들었다. 그리고 유리잔과 자기들이 들어 있는 구석 찬장과 벽난로 선반 위에 놓인 조개들을 바라보듯, 또한 쿡 선장[11]의 죽음과 어떤 배의 진수식, 국가 전용 마차의 마부 가발을 쓰고 승마용 가죽 바지와 가죽 부츠를 신고 윈저 궁 테라스에 서 있는 조지 3세 폐하의 모습을 새긴 벽걸이 채색 판화들을 바라보듯 내가 그를 쳐다보고 있었다는 걸 깨달았다.

「다 잘되었어, 헨델.」 허버트가 말했다. 「그 사람도 매우 만족해하고 있어. 물론 너를 애타게 보고 싶어 하긴 하지만. 내 여자 친구는 아버지에게 가 있어. 그녀가 올 때까지 기다려. 소개시켜 줄게. 그런 다음에 위층으로 올라가자고. 〈저건〉 그녀의 아버지가 내는 소리야.」

나는 아까부터 머리 위쪽에서 들려오는 심상치 않은 으르렁 소리를 의식하기 시작했는데, 아마 내가 표정을 통해 드러내고 있었던 모양이다.

「유감스럽지만 정말 고약한 영감이야.」 허버트가 미소를 지으며 말했다. 「한 번도 본 적은 없어. 럼주 냄새 안 나니? 늘 그걸 마시고 있대.」

11 James Cook(1728~1779). 영국의 항해가.

「럼주?」 내가 말했다.

「그래.」 허버트가 대답했다. 「그게 그의 통풍을 얼마나 완화시킬지는 쉽게 상상할 수 있지. 그는 또 모든 식재료들을 고집스럽게 위층 자기 방에 보관하고 있으면서 나눠 준대. 머리맡 선반 위에 그것들을 모두 올려놓고 자기가 무게를 달겠다고 〈고집〉을 피운다는 거야. 분명히 방 안이 꼭 잡화상 같을 거야.」

그가 그런 말을 하고 있는 동안 으르렁거리던 소리가 고함 소리로 바뀌어 한차례 길게 이어지더니 이내 잦아들었다.

「다른 결과가 뭐가 나올 수 있겠니?」 허버트가 설명조로 말했다. 「치즈를 자기가 자르겠다고 〈고집〉을 부리는 데 말이야. 오른손에, 그리고 온몸 구석구석에 통풍이 있는 사람이 딱딱한 더블 글로스터 치즈[12]를 자르고 나서 몸이 안 아플 거라고 기대할 수는 없는 일이지.」

영감은 상당히 아픈 모양이었다. 또다시 펄펄 뛰며 고함을 질러 댔다.

「위층의 하숙인으로 프로비스를 들인 게 휩플 부인한테는 하늘이 내려 준 선물일 거야.」 허버트가 말했다. 「보통 사람이라면 당연히 저런 소린 못 견딜 테니. 참 희한한 집이야, 헨델. 안 그래?」

정말 희한한 집이었다. 하지만 놀랄 정도로 잘 관리되고 있는 깨끗한 집이었다.

내가 그런 취지로 대답하자 허버트가 말했다. 「휩플 부인은 일등 가정주부야. 정말이지 꼭 엄마 같은 그 부인의 도움이 없었더라면 클래라가 어떻게 해나갔을지 모르겠어. 클래

12 영국에서 생산되는 고지방의 단단한 치즈.

라는 엄마가 안 계셔, 헨델. 저 늙고 사나운 〈그러프앤드그림〉[13] 영감 말고는 일가붙이가 하나도 없어.」

「분명히 그게 본명은 아니겠지, 허버트?」

「아냐, 아니고말고.」 허버트가 말했다. 「내가 붙인 별명이야. 영감의 이름은 발리야. 하지만 우리 아버지와 어머니 같은 부모의 아들인 내가 일가친척이 하나도 없고, 그래서 가족으로 인해 자신이건 다른 누구건 귀찮게 할 일이 전혀 없는 아가씨를 사랑한다는 게 얼마나 다행스러운 일이냐고!」

허버트는 전에도 내게 몇 번 말한 적이 있는 얘기를 다시 상기시켰다. 자기가 클래라를 처음 알게 된 건 그녀가 해머스미스에 있는 학교에서 교육을 다 마쳤을 때였고, 아버지의 간병을 위해 부름을 받고 그녀가 집에 가게 되었을 때 두 사람이 그들의 애정을 휘플 부인에게 털어놓았는데 그때부터 부인이 한결같은 친절함과 분별력으로 그 애정을 키우고 조정해 주었다는 얘기였다. 그런데 애정과 관련된 성격의 얘기는 발리 영감에게는 도저히 털어놓을 수 없다고 서로 암묵적으로 동의했다. 그가 통풍이니, 럼주니, 선박 사무장이 관리하는 비품이니 하는 것들보다 더 심리적인 문제에 대해 숙고할 능력이 전혀 없다는 이유 때문이었다.

발리 영감이 지속적으로 으르렁거리는 소리가 천장을 가로지른 대들보를 타고 울려오는 와중에 우리가 낮은 목소리로 이런 대화를 나누고 있는데, 방문이 열리더니 스무 살 남짓으로 보이는 예쁘고 호리호리한 까만 눈의 아가씨가 바구니를 들고 들어왔다. 허버트는 다정한 모습으로 그녀로부터

---

13 gruffandgrim. 〈거친 목소리를 내는 *gruff*〉이라는 단어와 〈무시무시한 *grim*〉이라는 단어의 합성어.

바구니를 받아 들면서 빨개진 얼굴로 〈클래라야〉하고 소개했다. 정말이지 아주 매력적인 아가씨여서 흉악한 도깨비 같은 발리 영감이 억지로 부려 먹으려고 잡아 온 요정이라 해도 될 것 같았다.

「여기 좀 봐.」 허버트가 잠시 얘기를 나눈 뒤 측은함과 다정함이 밴 미소를 지으며 내게 그 바구니를 보여 주면서 말했다.「여기 매일 밤 배급 받는 가여운 클래라의 저녁거리가 있어. 여기 그녀 몫의 빵과 치즈 조각이 있고, 그녀 몫의 럼 주가 있어. 이건 내가 마실 거야. 이건 발리 씨의 내일 아침 식사거리야. 양고기 갈비 살점 두 덩이, 감자 세 개, 쪼갠 완두콩 조금, 밀가루 조금, 버터 2온스, 소금 조금, 그리고 이 검은 후춧가루 전부. 이걸 모두 넣어 스튜처럼 끓여 먹는 거지. 통풍에 좋은 음식이라고 생각해야겠지!」

허버트가 한 가지씩 지적하는 동안 이렇게 쌓인 음식 재료를 자세히 바라보는 클래라의 표정엔 너무나도 꾸밈없고 매혹적인 면이 어려 있었고, 자신을 감싸 안은 허버트의 팔에 몸을 맡기고 있는 그녀의 다소곳한 태도엔 상대방에 대한 신뢰와 사랑스럽고 순진한 면이 가득 어려 있었고, 그녀에겐 너무나도 따뜻한 온화함이 배어 있었다. 그러니 발리 영감이 대들보를 통해 으르렁거리고 있는 이런 상황에서 이 칭크스 유역의 올드 그린 코퍼 밧줄 제작소 옆 밀폰드뱅크 동네에는 보호를 필요로 하는 사항이 너무 많았기 때문에, 나는 아직 한 번도 열어 보지 않고 있던 그 지갑의 돈을 다 내준다 해도 그녀와 허버트 사이의 약혼이 파기되는 일은 절대로 없게 하겠노라고 결심했다.

기쁜 마음으로 탄복하며 그녀를 바라보고 있는데 갑자기

으르렁거리는 소리가 다시 고함 소리로 커지더니, 위층으로 부터 듣기가 몹시 거북하게 바닥을 쾅쾅 치는 소리가 들려 왔다. 마치 나무다리를 가진 거인이 우리에게 내려오기 위해 그 다리로 천장을 관통하는 구멍을 뚫으려고 애쓰고 있는 것 같았다. 그 소리를 듣자 클래라가 허버트에게 말했다. 「아빠가 나더러 오라는 거예요, 허버트!」 그리고 그녀는 달려 올라갔다.

「양심도 없는 욕심쟁이 악질 영감탱이 같으니라고!」 허버트가 말했다. 「그가 지금 원하는 게 뭐라고 생각하니, 헨델?」

「몰라.」 내가 말했다. 「뭔가 마실 것?」

「바로 그거야!」 마치 내가 특별한 추측이라도 했다는 듯이 허버트가 외쳤다. 「그는 탁자에 놓인 조그만 나무 술통에 자기가 마실 그로그주[14]를 준비해 놓고 있어. 잠깐만 있어 봐. 그러면 뭔가를 마시게 하기 위해 그를 일으켜 앉히는 소리가 들릴 거다. 지금 마신다!」 고함 소리 뒤에 정적이 이어지자 허버트가 말했다. 「지금 그가 마시고 있어.」 으르렁거리는 소리가 대들보를 타고 다시 울려오자 허버트가 말했다. 「지금 다시 등을 대고 누웠다!」

클래라는 곧바로 다시 돌아왔다. 그리고 나와 허버트는 우리가 돌봐야 할 사람을 만나러 갔다. 발리 씨의 방문 앞을 지나갈 때 그가 안에서 바람 소리처럼 오르내리는 곡조로 다음과 같은 노래의 후렴구를 흥얼거리는 소리가 들렸다. 그 후렴구 내용을, 원래는 정반대의 내용이었지만 행운을 비는 내용으로 바꿔서 옮겨 보겠다.

〈어이! 자네들 눈에 신의 가호가 있기를 빌겠네! 여기 늙은

14 물을 탄 럼주.

발리가 있네. 여기 늙은 발리가 있네. 자네들 눈에 신의 가호가 있기를 빌겠네! 제기랄, 여기 늙은 발리가 등짝을 깔고 누워 있네. 바다에 둥둥 떠다니는 넙치처럼 등짝을 깔고 누워 있는 늙은 발리가 여기 있네. 자네들 눈에 신의 가호가 있기를 빌겠네! 어이! 자네들에게 신의 가호가 있기를 빌겠네!〉

허버트는 위안이 되는 이런 노래를 통해 발리 영감이 밤낮으로 자기 자신과 대화를 나누고 있다고 내게 알려 주었다. 그리고 밝은 대낮에는 영감이 노래를 부르면서 동시에 강물을 편리하게 둘러볼 수 있게 자기 침대에 장착된 망원경에 한쪽 눈을 대고 있기도 한다고 말했다.

나는 상쾌하고 바람이 잘 통하며, 아래층보다는 발리 씨의 으르렁 소리가 조금 덜 들리는 맨 위층 선실 모양의 두 방에 프로비스가 편안하게 자리 잡고 있는 걸 보았다. 그는 전혀 놀라지 않았으며 언급할 만한 가치가 있는 별다른 감정도 느끼고 있는 것 같지 않았다. 그런데 불현듯 왠지 전보다 더 온화해진 것 같다는 생각이 들었다. 막연히 든 생각인데 어떤 점에서 그런 생각이 든 건지 딱히 말할 수 없었고, 그 이후에도 노력해 봤지만 역시 떠올릴 수 없었다. 어쨌든 그는 분명히 그랬다.

그날 하루 동안 푹 쉬면서 나는 충분히 생각할 기회를 가졌고, 그 결과 콤피슨에 관해서는 단 한 마디도 하지 말아야겠다고 마음먹게 되었다. 그러지 않는다면, 잘은 모르지만 어쩌면 내가 콤피슨에 대한 그의 적대감을 부추기고 그가 콤피슨을 찾아 나서게 해서 자멸의 길로 돌진하게 만들지도 모를 일이었다. 따라서 허버트와 내가 그와 함께 난롯가에 앉았을 때, 나는 그에게 웨믹의 판단력이나 정보 출처를 믿는지 여부부터 물었다.

「믿는다. 믿고말고, 애야.」 그가 진지하게 고개를 끄덕이며 대답했다. 「재거스 밑에서 일하는 사람은 뭔가 알고 있다.」

「그렇군요. 그런데 내가 웨믹과 얘기를 좀 나눴습니다.」 내가 말했다. 「그래서 당신에게 그가 어떤 경고를 했고, 어떤 조언을 했는지 말해 주러 왔습니다.」

나는 방금 전 말한 유의 사항만 빼고 웨믹이 했던 말을 정확히 전달했다. 웨믹이 뉴게이트 감옥에 갔다가 그가 혐의를 받고 있으며 누가 내 거처를 감시하고 있다는 얘기를 들었다는 것(웨믹이 간수들로부터 그 얘기를 들었는지 아니면 죄수들로부터 들었는지는 말할 수 없었다), 그러니 그가 당분간 숨어 지내야 하며 나는 그에게서 떨어져 있어야 한다고 조언했다는 것, 그리고 그를 해외로 빼돌려야 한다고 조언했다는 것 등을 말해 주었다. 나는 물론 때가 되면 웨믹이 판단하기에 가장 안전한 것 같은 방식에 따라 그와 함께 해외로 나가든지 아니면 곧바로 그의 뒤를 따라 나가든지 할 것이라고 덧붙였다. 나는 그 후에 벌어질 일들에 대해서는 언급하지 않았다. 지금처럼 그가 예전보다 더 온화한 모습을 지니게 된 때에 나 때문에 공공연한 위험에 처하게 된 걸 보니, 정말이지 마음속으로 그런 언급에 대해 확신도 서지 않고 편치도 않았기 때문이다. 생활비를 늘려서 내 생활 방식을 바꾸는 일에 대해서는, 지금처럼 불안하고 어려운 우리의 상황에서 그러는 건 비록 상황을 더 악화시키지는 않을지 모르지만 우스꽝스러운 일이 아니겠느냐고 그에게 의견을 물었다.

그는 부인하지 않았다. 그리고 시종일관 매우 이성적이었다. 그는 자기가 돌아온 건 위험한 모험이었으며, 늘 그런 사실을 알고 있었다고 말했다. 그 모험을 무모하게 만드는 일은 단 한 가지도 하지 않을 것이며, 그토록 훌륭한 도움을 받고 있으니 자신의 안전에 대해 거의 두려움을 느끼지 않는다고도 말했다.

이때 난롯불을 바라보며 골똘히 생각에 잠겨 있던 허버트는 머릿속에 웨믹의 제안에서 착안한 묘안을 떠올렸는데, 그게 충분히 실행해 볼 만한 가치가 있을 것 같다고 말했다. 「우리는 둘 다 노를 잘 젓는 선수들이잖니, 헨델. 그러니 적절한 기회가 찾아오면 우리가 직접 강 아래쪽으로 그를 데려가자는 거야. 그러면 그런 목적을 위해 돈을 주고 보트나 사공을 따로 빌릴 일이 없을 거다. 그렇게 되면 적어도 의심을 살 가능성이 없어지는 셈인데, 어떤 가능성이든 없애는 게 가치 있는 일이잖니. 계절은 결코 신경 쓰지 마. 템플의 선착장에 당장 보트를 갖다 놓고 강을 오르내리며 습관처럼 노를 젓고 다니는 게 좋을 것 같다는 생각 안 드니? 우리가 노를 저으며 보트를 타고 다니면 누가 주목하고 신경 쓰겠냐고? 한 스무 번, 아니 쉰 번쯤 보트를 타고 다니자고. 그러면 스물한 번째나 쉰한 번째 보트를 탄다고 한들 전혀 특별할 게 없겠지.」

나는 그의 계획이 마음에 들었다. 프로비스도 그 얘기를 듣고 꽤나 고무되었다. 우리는 그 계획을 실행에 옮기기로 합의했다. 그리고 우리가 런던교 밑을 지나 밀폰드뱅크 지역으로 노를 저어 갈 때 프로비스가 결코 우리를 아는 척해서는 안 된다는 합의를 했다. 하지만 우리는 그가 우리를 보게 되었을 때 모든 일이 아무 문제가 없다면 동쪽으로 난 그의 창문 차양을 내리기로 또한 합의했다.

이렇게 해서 우리의 회의가 끝나고 모든 내용이 합의되자 나는 떠나기 위해 일어섰다. 그러면서 허버트에게 그와 내가 함께 집에 가지 않는 게 좋겠으며 내가 그보다 30분 먼저 출발하는 게 낫겠다고 말했다.「여기서 이렇게 작별하는 게 싫네요.」내가 프로비스에게 말했다.「물론 나와 가까이 있는 것보다 이곳에 있는 게 당신에게 더 안전하다는 걸 의심하지 않습니다. 안녕히 계세요!」

「애야.」그가 내 두 손을 꼭 쥐며 대답했다.「언제 다시 만나게 될지 모르겠구나. 그리고 난 그 〈안녕히 계세요!〉라는 인사가 맘에 안 든다. 〈안녕히 주무세요!〉라고 해주렴.」

「안녕히 주무세요! 허버트가 우리 둘 사이를 정기적으로 오갈 겁니다. 그리고 때가 되면 제가 준비를 해놓고 있을 거라고 확신해도 좋아요. 안녕히 주무세요!」

우리는 그가 숙소에 머물러 있는 게 최선이라고 생각했다. 그래서 그를 문밖 층계참에 두고 떠났다. 그는 계단 아래로 내려가는 우리에게 불빛을 비춰 주려고 층계 난간 너머로 등불을 들고 서 있었다. 뒤를 돌아보면서 나는 우리의 입장이 뒤바뀌었던, 그가 돌아온 첫날 밤을 떠올렸다. 그때는 그와 작별을 하면서 지금처럼 마음이 무겁고 불안하고 초조할 줄 꿈에도 생각하지 못했었다.

발리 영감의 문 앞을 다시 지나노라니 그는 여전히 으르렁거리며 악담을 내뱉고 있었다. 그사이에 그런 말을 그만둔 것처럼 보이지도 않았고 그만둘 생각도 없어 보였다. 계단 빌치에 이르렀을 때 니는 히버트에게 그동안 프로비스라는 그의 이름을 계속 썼느냐고 물었다. 그는 물론 그러지 않

223

았다고 대답했고, 하숙인의 이름을 캠벨 씨로 해두었다고 말했다. 그는 또한 그곳에 묵고 있는 캠벨 씨에 대해 기껏 알린 사실이라곤, 자기가 그의 보호를 위탁받았고 그가 잘 보살핌을 받으며 은둔 생활을 하는 데 자기가 개인적으로 강렬한 흥미를 느끼고 있다는 것 정도라고 설명했다. 따라서 휨플 부인과 클래라가 바느질을 하며 앉아 있는 거실에 들어갔을 때 나는 캠벨 씨에 대한 내 관심을 한마디도 얘기하지 않고 마음속에만 간직했다.

예쁘고 상냥한 까만 눈의 아가씨와 진정한 사랑이라는 작은 일에 대해 순수한 동정심을 떨쳐 내지 못하고 있는 엄마 같은 부인과 작별을 하고 나니, 올드 그린 코퍼 밧줄 제작소가 사뭇 다른 장소로 변한 것처럼 느껴졌다. 발리 영감은 주변의 구릉들처럼 케케묵은 존재일지 모르고, 들판을 가득 메운 기병들처럼 악담을 내뱉고 있을지도 모른다. 그러나 칭크스의 평평한 강변 유역에는 영감의 그런 짓을 벌충해 주는 젊음과 신뢰와 희망이 흘러넘칠 정도로 가득 차 있었다. 그런데 그때 문득 에스텔라가 떠올랐고 우리의 작별이 생각났다. 그리하여 몹시 서글픈 마음으로 집에 돌아왔다.

템플 구역은 그동안 내가 쭉 보아 왔던 모습 그대로 모든 것이 고요했다. 얼마 전까지 프로비스가 살았던 숙소의 창문들은 불이 꺼져 있었고 적막했다. 가든코트엔 어슬렁거리는 사람 하나 없었다. 나와 내 거처 사이의 계단을 내려가기 전에 나는 두세 차례 분수대를 지나치며 걸었다. 그러나 오롯이 나 혼자였다. 허버트 역시 돌아와 내 침대로 와서 ─ 나는 기운도 없고 너무 피곤해서 곧장 침대로 들어갔다 ─ 같은 사실을 이야기했다. 그는 그 말을 한 후 창문을 열고 달빛이 비치는 바깥을 내다보더니 포장된 인도가 여느 성당의 포장된 인도 못지않게 엄숙할 정도로 인적이 끊겨 있다고 말했다.

다음 날 나는 보트를 구하러 나갔다. 그 일은 곧 끝났고 보트는 템플의 선착장으로 운반되어 1~2분이면 가서 이용할 수 있는 곳에 놓였다. 그런 다음 보트 노 젓기 교습을 받거나 연습을 하러 그곳으로 나가기 시작했다. 어떤 때는 나 혼자서 나가기도 했고 어떤 때는 허버트와 함께 나갔다. 날씨가 춥든, 비가 오든, 진눈깨비가 내리든 간에 빈번하게 나갔지만 누구도 나를 크게 주목하는 사람은 없었다. 처음에는 블랙프라이어스 교 위쪽으로만 다녔다. 그러나 조류 시간이 바뀌면서 나는 런던교로 방향을 잡고 나아갔다. 그 당시는 구(舊) 런던교였는데, 그곳에선 특정한 조류의 흐름에 따라 어떤 때는 갑자기 급류가 흐르면서 물이 쑥 빠지는 현상이 일어나곤 했다. 그 때문에 다리 밑은 악명이 높았다. 그러나 나는 그런 현상이 발생한 뒤에 노를 저어서 다리 밑을 〈쏜살같이〉 나아가는 방법을 아주 잘 알고 있었다. 그런 식으로 노를 저으며 풀 구역의 선박들 사이와 강 하구 에리스 지역까지 내려가기 시작했다. 밀폰드뱅크를 처음 지나치게 되었을 때 허버트와 나는 한 쌍의 노를 젓고 있었다. 우리는 그때 가는 길과 오는 길 모두 그의 방의 창문 차양이 내려져 있는 것을 목격했다. 허버트는 일주일에 세 차례 미만으로 줄어드는 일이 거의 없을 정도로 그곳에 자주 다녀왔지만, 조금이라도 놀랄 만한 소식은 한마디도 가져오지 않았다. 그러나 나는 비상 상황이 벌어질시 모르는 이유가 존재한다는 걸 알고 있었기에, 누가 나를 지켜보고 있다는 생각을 떨쳐 버릴 수 없었다. 그런 생각이란 일단 뇌리에 자리 잡으면 좀처럼 떠나지 않는 법이다. 내가 나를 지켜보고 있을 거라고 얼마나 많은 무고한 사람들을 의심했는지, 그 수를 헤아리기도 힘들 것이다.

간략히 말해 나는 숨어 있는 어느 무모한 사람 때문에 늘 두려움에 빠져 있었다. 허버트는 가끔 어두워지고 나서 조수의 흐름이 강 아래쪽으로 향할 때면 그게 거기 실린 온갖 것들과 함께 클래라를 향해 흘러가고 있다는 생각이 들어 우리 집 창문가에 서 있는 일이 참 즐겁다고 말하곤 했다. 그러나 나는 그 강물이 매그위치를 향해 흘러가고 있으며 강물 위에 뭔가 시커먼 물체의 흔적이 보이면 그게 신속하고 조용하고 확실하게 그를 잡으러 가는 추적자들일지도 모른다는 생각에 두려워 떨곤 했다.

47

아무런 변화도 일어나지 않은 채 몇 주가 흘러갔다. 우리는 웨믹을 기다렸지만 그는 꼼짝 않고 있었다. 만약 내가 리틀브리튼을 벗어난 곳에서의 그의 모습을 결코 알지 못했다거나 그의 성채에서 서로 친해지는 특권을 누리지 못했다면 아마 그를 의심했을지도 모른다. 그러나 나처럼 그를 잘 알고 있는 처지에서는 한순간도 의심할 수가 없었다.

나의 세상살이는 점점 더 우울한 모습을 띠기 시작했다. 나는 돈 때문에 한 명 이상의 빚쟁이들에게 시달림을 받았다. 심지어 나 자신도 돈(주머니에 든 현금을 말하는 것이다)이 없다는 걸 의식하기 시작했다. 따라서 없어도 크게 아쉽지 않은 보석 몇 개를 현금으로 바꿔서 그런 상황을 모면하기 시작했다. 그럼에도 지금처럼 불확실한 생각과 계획을 하고 있는 상황에서 내 은인으로부터 돈을 더 얻어 쓴다는 건 박정한 기만행위일 것이라고 결론을 내렸다. 따라서 아직 열어 보지도 않은 그의 지갑을 허버트를 통해서 그에게 보내 그가 직접 갖고 있으라고 했다. 그러고 나서 그가 정체를 밝히고 난 이후 그의 너그러운 마음을 이용하지 않았다는 데서 오는 일종의 만족감 — 그게 거짓 만족감이었는지 진짜 만족감이었는지 좀처럼 모르겠다 — 을 느꼈다.

시간이 갈수록 내게는 에스텔라가 결혼했을 거라는 막연한 느낌이 무겁게 엄습했다. 물론 그런 느낌은 거의 확신에 가까웠지만, 그 사실을 확인하는 게 두려워서 신문을 멀리했으며 허버트에게(나는 그에게 우리의 마지막 만남에 대해 이미 털어놓았다) 그녀에 대한 얘기는 내게 결코 하지 말아 달라고 부탁했다. 이미 찢겨 버려 바람에 날아갈 누더기 같은 이런 희망을 대체 내가 왜 아직도 가슴속에 쌓아 놓고 있었는지 어찌 알겠는가! 이 글을 읽으시는 여러분은 어찌하여 내 행동과 다르지 않은 모순된 행동을 지난해, 지난달, 지난주에 저지르셨는가?

내가 살았던 삶은 불행으로 가득했다. 그리고 산맥의 수많은 산들 사이에 우뚝 솟아 있는 고산처럼 그 모든 걱정거리들을 지배하듯 굽어보고 있던 한 가지 걱정거리는 내 시야에서 결코 사라진 적이 없었다. 하지만 두려움을 불러일으킬 새로운 원인이 아직은 생겨나시 않고 있었다. 나는 그가 발각되었다는 공포감이 새롭게 찾아오는 바람에 침대에서 벌떡 일어나곤 했고, 밤이 되어 허버트가 귀가하는 발소리가 평소보다 더 빨라지면 두려움에 떨면서 혹시 그가 나쁜 소식이라는 날개를 달고 오는 건 아닌지 잔뜩 귀 기울이며 앉아 있곤 했다. 그러나 그런 두려움이라든가 그와 비슷한 의미를 지닌 그보다 더한 두려움에도 불구하고, 상황은 계속 그대로 돌며 지속되었다. 아무런 행동도 할 수 없었고, 끊임없이 불안하고 긴장된 상태에 빠져 사는 선고를 받은 셈이나 마찬가지였던 나는 보트의 노를 저어 이곳저곳을 돌아다니면서 안간힘을 다해 기다리고, 기다리고, 또 기다렸다.

강물을 따라 하류로 내려갔을 때 구 런던교 교각과 교각 보호용 물막이 말뚝들에 강물이 마구 부딪쳐 소용돌이가 일어나고, 조류의 상태로 봐서 내가 그 소용돌이를 뚫고 되돌아올 수 없는 상황이 벌어졌던 때가 있었다. 그럴 때면 내 보트를 런던 세관 인근의 부두에 놓아두고 나중에 템플 선착장으로 가져오게 했다. 나는 이런 일이 그곳 강변의 사람들로 하여금 나와 내 보트를 목격하는 일을 상시 있는 일로 생각하게 만드는 데 도움이 되었기 때문에 아무 거리낌 없이 했다. 이런 소소한 상황에서 내가 이제 이야기하려 하는 두 가지 만남이 있었다.

2월 하순의 어느 날 오후, 땅거미 질 무렵에 나는 앞서 말한 부두에 보트를 대고 물가로 나왔다. 썰물을 타고 보트를 저어 멀리 그리니치까지 내려갔다가 밀물과 함께 돌아오던 길이었다. 그날은 화창하고 맑았지만 해가 지자 안개가 가득 끼었고, 그래서 매우 조심스럽게 선박들 사이를 더듬듯 헤치며 올라와야 했다. 나는 내려가는 길과 올라오는 길 모두에서 〈모든 게 이상 없다〉는 그의 신호를 보았다.

으스스한 날씨였고 몸도 으슬으슬 추워서 바로 저녁을 먹고 몸을 편안하게 할 생각이었다. 그리고 템플의 집에 돌아가 봤자 우울하고 고독한 시간을 보내는 일 말고는 별다른 할 일도 없었기에, 식사 후 연극 구경이나 하러 가야겠다고 마음먹었다. 마침 웝슬 씨가 수상쩍은 성공을 거둔 극장이 인근의 강변에 있어서(지금은 그 어느 곳에도 없다) 그곳으로 가기로 했다. 나는 웝슬 씨가 연극을 부흥시키는 일에 성공하지 못했으며, 오히려 연극을 쇠퇴시키는 데 한몫했다고 알고 있었다. 연극 광고 전단을 통해 그가 고귀한 태생의 어린 소녀와 관계를 맺는 충직한 흑인 역할을 맡았다는 얘기와 원숭이 역할을 맡았다는 얘기가 불길하게 들려오고 있었다. 그리고 이미 허버트가 붉은 벽돌 같은 얼굴을 하고 나팔바지 위까지 늘어진 기묘한 모자를 쓴 익살스러운 타타르인 역할을 맡은 그를 구경하고 온 바 있었다.

나는 허버트와 내가 〈지리학 고기 전문 식당〉이라고 부르던 식당에 가서 저녁을 먹었다. 그곳 식탁보엔 50센티미터마다 흑맥주 잔을 놓은 자국으로 얼룩덜룩한 세계 지도가 그려져 있었고 모든 나이프에 고기 국물 흔적으로 해도(海圖)가 그려져 있었다. 오늘날까지도 런던 시장 관할의 고기 전문 식당들 중에서 그런 지리학적 특색을 지니지 않은 식당이 거의 없다. 그곳에서 나는 빵 조각을 앞에 두고 꾸벅꾸벅 졸았고, 가스등을 뚫어져라 쳐다봤고, 음식에서 피어오르는 뜨거운 김을 후끈 쐬였다. 그러다 일어나서 연극을 보러 갔다.

극장에서 국왕 폐하를 위해 해군에서 복무하고 있는 더맣 높은 갑판장을 구경했다. 어떤 장면에선 그의 바지가 너무 꼭 끼지 않았으면 하는, 또 어떤 장면에선 그게 좀 헐렁했으면 하는 바람을 가졌지만, 어쨌든 그가 훌륭한 배우라고 생각했다. 그는 너그럽고 용감한 사람이었지만 키가 작은 모든 등장인물들의 모자를 쳐서 그들이 그걸 눈 위까지 눌러쓰게 만들고 있었다. 그리고 대단한 애국자였지만 모든 사람들이 세금을 내는 일에 대해선 동의하지 않겠다는 사람이었다. 그는 주머니 안에 푸딩처럼 생긴 돈주머니를 넣고 있었고 그 힘을 빌려 침대 커튼 천으로 만든 옷을 입은 아가씨와 결혼을 했는데, 관객들의 큰 환호를 받았다. 이어서 포츠머스 항의 모든 주민들이(최신 인구 조사에서 주민의 수가 모두 아홉 명으로 밝혀졌다) 해변으로 몰려들어 두 손을 비비면서 다른 사람들과 악수를 나누고 〈잔을 채워라! 잔을 채워라!〉 하며 노래를 불렀다. 하지만 갑판에서 걸레질을 하는 까만 얼굴의 수병이 나타나, 자기는 제안된 그 어떤 일도 하지 않겠으며 잔을 채우지도 않겠다고 했다. 갑판장에 의해 낯짝만큼이나 마음까지 시커멓다고 공공연하게 지적을 당한 그 수병은 다른 두 수병에게 모든 세상 사람들을 곤경에 빠뜨리자고 제안했다. 그리고 그 제안은 너무나도 효과적으로 실행되어서(그 수병의 집안은 상당한 정치적 영향력을 지닌 가문이었다) 사태를 제자리로 돌려놓는 데에만 그날 저녁 시간의 절반이 걸렸다. 그리고 그 일은 흰 모자를 쓰고 까만 각반을 차고 빨간 코를 가진, 작은 식료품 가게의 정직한 주인을 통해서만 가능한 일이었다. 그가 석쇠를 들고 괘종시계 안으로 들어가 엿듣다가 밖으로 나와서, 자신이 들은 얘기를 말로는 논박할 수 없던 그자들을 그 석쇠를 가지고 뒤에서 때려눕혔던 것이다. 이 장면은 별 장식과 가터 훈장을 달고 해군성에서 직접 파견된 강력한 권한의 전권대사 역을 맡은 웁슬 씨(그 전까진 한 번도 언급되지 않고 있었다)의 등장을 이끌어 냈다. 그는 모든 해당 수병들을 현장에서 바로 감옥으로 보낼 것이며, 미약하나마 갑판장의 공적인 치적에 대한 치하의 일환으로 대영 제국 국기를 가져왔다고 말했다. 갑판장은 처음으로 유약한 모습을 보이면서 공손하게 그 깃발로 눈가를 훔쳤다. 그리고 기운을 내서 웁슬 씨를 각하라고 부르며 손을 잡을 수 있도록 허락해 달라고 간청했고, 웁슬 씨는 마지못해 친절하고 위엄 있게 그에게 자기 손을 하사했다. 그러고 나서 웁슬 씨는 등장인물 모두가 뿔피리 소리에 맞춰 춤을 추는 동안 곧바로 먼지투성이 구석으로 밀려났고, 그 구석에서 불만에 찬 시선으로 관객들을 살펴보다 내가 그곳에 와 있다는 걸 알아차렸다.

두 번째 공연 작품은 새로 발표된 익살스러운 내용의 크리스마스 무언극이었다. 그 1막에서 나는 다리 부분이 빨간색 소모사로 만들어진 바지를 입고 인광 물질을 발라 엄청나게 확대된 푸르스름한 얼굴에다 빨간색 커튼 술 장식을 뒤집어써서 헝클어진 머리를 한 채 광산에서 벼락을 만드는 일에 열중해 있다가, 거구의 주인이 (몹시 떠들썩하게) 집으로 돌아왔을 때 잔뜩 겁에 질린 모습을 하던 인물이 바로 웁슬 씨임을 알아본 것 같아 매우 마음이 아팠다. 그러나 그는 곧바로 좀 더 나은 상황에서 등장했다. 젊은이들의 사랑을 관장하는 수호신이 도움이 필요하여 — 한 농부가 보인 부모로서의 난폭함 때문이었는데, 그는 딸이 애정을 갖고 선택한 짝을 반대하면서 밀가루 포대에 들어가 있던 그 청년 위로 2층 창문 위에서 고의로 뛰어내리는 행동을 했다 — 잘

난 체하는 마법사를 불러낸 것이다. 그런데 왕관처럼 높은 모자를 쓰고, 팔에는 마법의 내용이 적힌 한 권짜리 책을 끼고, 혹독한 여행을 하고 온 것 같은 모습으로 지구 끝을 상징하는 무대 위의 뚜껑 문에서 다소 불안하게 등장한 그 마법사가 바로 웹슬 씨로 밝혀졌다. 지상에 등장한 이 마법사의 주된 임무는 사람들 입에 오르내리고 노래로 불려지고 이의 제기의 대상이 되고 춤추는 대상이 되고, 그리고 다양한 빛깔의 불꽃들을 선물 받는 일이었기 때문에 그에겐 쓸 수 있는 시간이 엄청 남아돌았다. 그런데 너무나 놀랍게도 나는 그가 멍하니 넋 나간 사람처럼 자기 마음대로 쓸 수 있는 그 많은 시간을 〈내가 있는〉 쪽을 뚫어져라 노려보는 데 모두 할애하고 있다는 걸 알아차렸다.

점점 더 강렬하게 내 쪽을 노려보는 웹슬 씨의 눈에 워낙 놀란 눈빛이 어려 있는 데다, 그가 머릿속으로 이런저런 많은 생각을 굴리며 점점 더 혼란스러워하는 것 같았기에 그의 그런 모습을 도무지 이해할 수 없었다. 나는 그가 커다란 시계 케이스 같은 승강 장치를 타고 구름 속으로 올라가 사라져 버린 뒤 대체 그가 왜 그런 모습을 보였는지 한참 동안 생각했다. 하지만 여전히 그 이유를 이해할 수 없었다. 한 시간 뒤 극장을 나왔을 때까지도 계속 그 이유를 생각하고 있었다. 그러다 극장 문 근처에서 나를 기다리고 있는 그를 발견했다.

「안녕하셨어요?」 거리 아래쪽으로 함께 몸을 향하고 악수를 나누면서 내가 말했다. 「아저씨가 나를 보고 있는 걸 보았습니다.」

「자네를 보았네, 핍 군!」 그가 대답했다. 「그래, 물론 자네를 보았네. 하지만 그곳에 누가 또 있었을까?」

「또 누구라뇨?」

「정말 이상한 일이야.」 다시 한 번 부지불식간에 멍하니 넋 나간 모습으로 빠져들면서 웝슬 씨가 말했다. 「하지만 분명히 그자였다고 단언할 수 있네.」

나는 깜짝 놀라며 웝슬 씨에게 대체 무슨 소린지 설명해 달라고 간청했다.

「자네가 그곳에 없었더라도 내가 그자를 알아보았을지는 확신할 수 없네.」 웝슬 씨가 여전히 멍한 태도로 말했다. 「하지만 분명히 그랬을 것 같다는 생각이 드네.」

나는 나도 모르게, 집에 갈 때면 늘 그러듯 주변을 둘러보았다. 알 수 없는 그의 말에 오싹한 냉기가 느껴졌기 때문이다.

「허! 그자가 지금 보일 리가 없네.」 웝슬 씨가 말했다. 「내가 무대에서 내려오기 전에 이미 떠났네. 그가 떠나는 걸 내가 봤네.」

누구든 의심할 만한 내 나름의 이유가 있었기 때문에 나는 이 가련한 배우조차도 의심을 했다. 그가 나를 덫에 걸리게 만들어 내 입에서 뭔가 고백을 이끌어 내려는 음모를 감추고 있는 게 아닌지 불신이 들었다. 따라서 함께 걸어가면서 흘긋 곁눈질해 보았지만 그는 아무 말도 하지 않았다.

「나는 자네가 분명히 그자와 함께 온 거라는 웃기는 상상을 했었네, 핍 군. 자네가 자네 뒤에 유령처럼 앉아 있는 그자를 전혀 의식하지 못하고 있다는 걸 알게 될 때까지는 그랬네.」

아까 느꼈던 오싹한 냉기가 다시 스멀스멀 엄습해 왔다. 하지만 나는 아직은 한마디도 하지 말아야겠다고 마음먹었다. 그가 누군가의 부추김에 의해 자기가 한 그 말과 프로비스를 연관 짓도록 나를 유도하고 있을지 모른다는 생각이 들었고, 그게 그의 말과 꽤 잘 들어맞았기 때문이다. 물론 나는 프로비스가 극장의 그 자리에 없었다는 건 전적으로 확신했기에 안심하고 있었다.

「나한테 놀랐을지도 모르겠네, 핍 군. 정말이지 자네가 그런 것처럼 보이네. 하지만 참 이상한 일이야! 지금부터 자네에게 하는 내 말이 좀처럼 믿기지 않을 거네. 자네가 내게 그런 말을 했더라도 나 역시 좀처럼 믿을 수 없을 테니.」

「정말이세요?」

「그래. 정말이네, 핍 군. 자네가 아주 어린 꼬마였고 내가 가저리의 집에서 밥을 먹었던 옛날 그 크리스마스 날 기억나나? 병사 몇 명이 수갑 한 쌍을 수리하기 위해 대장간 문간에 왔던 그날 말이네.」

「아주 잘 기억합니다.」

「그러면 그날 두 명의 죄수들에 대한 추격이 있었는데, 우리가 거기 끼었고, 가저리가 자네를 등에 태웠고, 내가 앞장서고 자네들이 최선을 다해 내 뒤를 따라왔던 일도 기억나겠지?」

「모두 아주 잘 기억합니다.」 나는 그가 생각했던 것보다 훨씬 더 잘 기억하고 있었다. 마지막 내용만 빼고 말이다.

「그러면 우리가 수로 도랑에 있던 두 죄수를 결국 따라잡았는데, 그 두 죄수 사이에 격투가 벌어졌고, 그중 하나가 심하게 두들겨 맞아 얼굴 이곳저곳이 상처투성이였던 것도 기억나겠지?」

「눈앞의 일처럼 전부 생생히 기억납니다.」

「그러면 병사들이 횃불을 켠 다음 그 두 사람을 가운데 두고 에워쌌고, 그들의 마지막 모습을 구경하기 위해 우리가 깜깜한 습지대를 따라갈 때 그들의 얼굴 위로 횃불 불빛이 환하게 비쳤던 일 ─ 나는 특히 그게 자세히 기억난다네 ─ 도 기억나겠지? 우리 주변에는 온통 칠흑 같은 밤의 어둠뿐인데 그들의 얼굴에만 횃불 불빛이 환하게 비쳤던 일 말일세.」

「네.」내가 말했다. 「모든 게 기억납니다.」

「그렇다면 말이네, 핍 군. 바로 그 두 죄수 중 한 명이 오늘 밤 자네 뒤에 앉아 있었네.」

〈침착해야 해!〉 나는 생각했다. 그러고 난 다음 나는 그에게 물었다. 「그 두 명 중 어느 쪽을 봤다고 생각하는 겁니까?」

「얼굴에 심하게 상처가 난 자네.」 그가 쉽게 대답했다. 「그를 봤다고 맹세할 수 있네! 그자라고 생각하면 할수록 더욱 그자라고 확신하게 되네.」

「참으로 기이한 일이네요!」 그 일이 내겐 그 이상의 의미가 없다는 표정을 최대한 거짓으로 지어 보이며 말했다. 「정말이지, 참으로 기이한 일이에요!」

이 대화로 인해서 내가 빠져든 엄청난 불안감과 콤피슨이 내 뒤에 〈유령처럼〉 앉아 있었다는 사실로 인해서, 내가 느낀 특별하고도 유별난 공포감은 아무리 과장한다 해도 지나치지 않을 것이다. 왜냐하면 그동안 내가 단 한 번이라도, 다 합쳐서 겨우 몇 분간이라도 그 콤피슨이라는 인간을 내 생각에서 떠나 보낸 적이 있었다면, 그건 바로 그자가 나와 가장 가까운 곳에 있었던 바로 그 순간이었기 때문이다. 그토록 조심해 왔으면서도 어쩌면 그렇게 아무 생각 없이 경

235

계심을 풀고 있었을까 하고 생각하자, 마치 그를 막기 위해 대로에 늘어선 1백 개의 문을 닫아걸고 있다가 느닷없이 그가 내 팔이 닿는 곳 가까이에 와 있는 걸 발견한 듯한 느낌이 들었다. 또한 그가 극장의 그 자리에 와 있었다는 걸 의심할 수 없었다. 그곳에 내가 있었으니 말이다. 그리고 우리들 주변에 있을지 모르는 위험의 양상이 아무리 별것 아닌 것처럼 보일지라도, 위험이 늘 가까이에서 활발히 움직이고 있다는 사실도 의심할 수 없었다.

나는 웹슬 씨에게 몇 가지 질문들을 던졌다. 그자가 언제 극장 안에 들어왔느냐고 묻자 그건 알 수 없으며 나를 쳐다보다가 내 어깨 너머로 그자를 본 거라고 했다. 그자를 한참 동안 보고 나서야 비로소 그의 정체를 깨닫기 시작했는데, 처음에는 그자를 막연하게 나와 관련시키면서 옛날 고향 마을에서 어떤 식으로든 나와 알고 지내던 사람으로 생각했다는 것이었다. 그자가 어떤 옷을 입고 있었느냐는 질문에는, 부유해 보이는 옷차림이었지만 그것 말고는 눈에 띌 만한 별다른 점은 없었으며, 검정색 정장 차림이었던 것 같다고 했다. 그자의 얼굴에 조금이라도 상처가 있었느냐고 묻자, 그렇지는 않다면서 그런 것 같지는 않다고 했다. 나 역시 마찬가지였는데, 비록 내가 곰곰이 생각에 잠겨 내 뒤의 관객들에게 특별히 주목하고 있진 않았지만 조금이라도 얼굴에 상처가 있는 사람이 있었다면 내 주목을 끌 가능성이 높았을 거라는 생각이 들었기 때문이었다.

웹슬 씨가 기억해 내거나 내가 끌어낼 수 있는 모든 정보들을 다 얘기하고, 내가 그에게 저녁의 피로를 씻어 내는 조촐한 음식을 대접하고 나서야 우리는 작별을 했다. 템플에 도달했을 때의 시간은 12시와 1시 사이였고 출입문은 닫혀 있었다. 내가 들어가서 집으로 갈 때 근처엔 아무도 없었다.

허버트는 이미 귀가해 있었다. 우리는 난롯가에 앉아 매우 심각하게 상의를 했다. 그러나 그날 밤 내가 알게 된 사실을 웨믹에게 알리고, 그에게 우리가 그의 지시를 기다리고 있다는 걸 상기시키는 일 말고는 딱히 할 일이 없었다. 그의 성채에 너무 자주 가면 누를 끼칠 수도 있겠다는 생각이 들어 편지를 써서 이런 사실을 그에게 알리기로 했다. 잠자리에 들기 전에 편지를 써서 그걸 밖으로 가지고 나가 부쳤다. 그때 역시 근처엔 아무도 없었다. 허버트와 나는 우리가 할 수 있는 건 오직 조심하는 일밖에 없다는 데 동의했다. 그리고 우리는 실제로 극히 ─ 가능한 한 전보다 훨씬 더 ─ 조심했다. 그리고 내 경우에는, 보트를 저어 지나갈 때를 제외하고는 칭크스 유역 근처에 결코 얼씬거리지도 않았다. 그리고 그럴 때에도 그저 다른 광경을 쳐다보듯이 밀폰드뱅크 지역을 쳐다보기만 했다.

48

앞 장에서 언급한 두 번의 만남 중 두 번째 만남은 첫 번째 만남이 있고 나서 일주일이 지난 뒤에 있었다. 내가 런던교 밑 부둣가에 내 보트를 다시 놓아두고 오던 참이었다. 시간은 첫 번째 만남보다 한 시간 더 이른 오후였고, 나는 어디서 식사를 할지 결정을 못 내린 채 칩사이드 쪽으로 어슬렁거리며 걷고 있었다. 그곳 거리를 따라 분주하게 북적이는 인파 속을 분명히 그곳에서 가장 정처 없는 사람의 모습으로 걸어가고 있는데, 나를 따라잡은 어떤 사람의 큰 손이 내 어깨 위에 놓이는 게 아닌가. 재거스 씨의 손이었다. 그는 그 손을 내 팔 안으로 밀어 넣어 팔짱을 꼈다.

「같은 방향으로 가고 있으니, 핍, 함께 걸어가도 되겠지. 어디로 가는 길인가?」

「템플 지구로 갈까 싶습니다.」 내가 말했다.

「어디로 갈지 모른단 말인가?」 재거스 씨가 말했다.

「글쎄요.」 한 차례 그의 반대 신문을 이겨 먹었다는 생각이 들어 뿌듯한 마음이 든 내가 대답했다. 「〈몰라요.〉 아직 결정을 못 내렸습니다.」

「식사를 하러 가던 중인가?」 재거스 씨가 말했다. 「그 정도는 시인해도 지장이 없을 거라고 생각하는데?」

「맞습니다.」 내가 대답했다. 「그 정도는 시인해도 지장이 없을 거라고 생각합니다.」

「약속은 없고?」

「약속이 없다는 점 또한 시인해도 지장이 없을 거라고 생각합니다.」

「그렇다면 나랑 함께 가서 식사나 하세.」 재거스 씨가 말했다.

양해를 구하고 자리를 피하려는데 그가 덧붙였다. 「웨믹이 오기로 했네.」 따라서 나는 양해를 승낙으로 바꾸었다. 때마침 내가 입 밖에 냈던 몇 마디 말은 양해와 승낙 어느 쪽이든 첫머리에 공히 쓰는 말이었다. 그렇게 해서 우리는 함께 칩사이드 거리를 따라 걸어가다가 리틀브리튼 쪽으로 꺾어졌다. 그사이에 상점들의 창문들에서 하나둘씩 등불이 화사하게 빛을 발하기 시작했고, 거리의 가로등 점등원들은 늦은 오후의 북적이는 인파 속에서 사다리를 세워 놓기에 충분한 공간을 좀처럼 확보하지 못한 채 거리 위아래를 폴짝폴짝 뛰어다니고 이곳저곳의 안팎을 내달리고 있었다. 마침내 그들은 허멈스 호텔의 골풀 심지 양초 통이 유령이 나올 듯한 시커먼 벽 위에 만들어 냈던 흰 불빛 눈알들보다 훨씬 더 붉은 불빛 눈알들을 안개 속에서 뜨게 만들었다.

리틀브리튼의 사무실은 늘 그렇듯 그날의 업무를 마감하는 편지 작성하기, 손 씻기, 촛불 심지 끄기, 금고 잠그기가 행해지고 있었다. 재거스 씨 사무실의 난롯가에 할 일 없이 서 있었을 때, 피어올랐다 잦아들었다 하는 벽난로 불빛으로 인해 선반 위의 두 석고 두상들이 나와 무시무시한 까꿍놀이를 하고 있는 것처럼 보였다. 한편 구석에서 편지를 쓰고 있는 재거스 씨를 희미하게 비추던 거칠고 굵은 사무실 촛불들은 교수형에 처해진 수많은 의뢰인들을 추모하듯, 지저분하게 그것들을 휘감고 있는 촛농들로 장식되어 있었다.

우리는 셋이 함께 전세 마차를 타고 제라드 가로 갔다. 그곳에 도착하자마자 곧바로 식사가 차려졌다. 나는 그곳에서 웨믹의 월워스식 견해를 어렴풋하게라도 참고하지 않을 생각이었으며, 심지어 그의 표정도 참고하지 않을 생각이었다. 하지만 이따금씩 다정하게 그와 시선이 마주치는 일은 피하지 않을 생각이었다. 그러나 그런 일은 일어날 턱이 없었다. 그는 혹시라도 식탁에서 시선을 들 일이 있으면 그걸 재거스 씨에게로 돌렸으며, 마치 쌍둥이 웨믹이 두 명 있는데 지금 와 있는 사람은 내가 모르는 다른 웨믹인 것처럼 나에게 차갑고 쌀쌀맞게 굴었다.

「미스 해비섬의 쪽지를 핍 군에게 보냈나, 웨믹?」식사를 시작하고 나서 이내 재거스 씨가 물었다.

「안 보냈습니다, 변호사님.」웨믹이 대답했다.「우편으로 보내려던 참이었는데 변호사님이 핍 씨를 사무실로 데려오셨습니다. 쪽지는 여기 있습니다.」그는 그걸 내가 아니라 자기 우두머리에게 건넸다.

「두 줄짜리 쪽지네, 핍.」재거스 씨가 그걸 건네며 말했다. 「자네 주소를 확실히 모르겠다고 미스 해비섬이 내게 보낸 것이네. 자네가 그녀에게 말했다는 어떤 소소한 용건 때문에 자네를 보길 원한다고 내게 말했네. 내려가 볼 텐가?」

「네.」나는 말을 하면서 시선을 쪽지로 던졌는데 정확하게 그가 말한 내용 그대로였다.

「언제 가볼 생각인가?」

「시간에 대해 좀 확신하지 못하게 만드는 급한 볼일이 있긴 합니다.」우체통 구멍 입안에 생선을 넣고 있던 웨믹을 흘긋 바라보며 내가 말했다.「하지만 즉시 내려가야 한다고 생각합니다.」

「만약 핍 씨가 곧바로 내려갈 의도가 있다면, 아시겠지만 답장을 쓸 필요는 없겠네요.」웨믹이 재거스 씨에게 말했다.

지체하지 않는 게 최선일 거라는 암시로 그 말을 받아들인 나는 곧바로 다음 날 가야겠다고 결심하고 그렇게 말했다. 웨믹은 와인 한 잔을 마신 뒤 차가운 표정을 지으며 만족스러워하는 태도로 재거스 씨를 바라보았다. 하지만 나를 바라보지는 않았다.

「그리고 말이네, 핍! 우리의 친구 거미 군이 카드놀이를 했네. 그런데 판돈을 다 따버렸어.」

그 말을 인정하기 위해 나는 온갖 애를 다 써야 했다.

　「하하! 앞날이 촉망되는 친구야. 하지만 자기 식대로, 전적으로 자기 식대로만 해나갈 수는 없을 거네. 결국은 더 강한 의지를 가진 사람이 이길 테지만, 우선 더 강한 쪽이 누군지 밝혀야 하지. 그 친구가 돌변해서 그녀를 때린다면 ─」

　「설마 그가 그런 짓을 할 만큼 비열하다고 진심으로 생각하시는 건 아니겠죠, 재거스 변호사님?」 나는 얼굴과 가슴이 타는 것 같은 느낌을 받으며 그의 말을 가로막았다.

　「난 그렇게 말하지 않았네, 핍. 그저 상황을 가정하고 있는 거네. 만약 그 친구가 돌변해서 그녀를 때린다면, 그는 아마 자신을 위해 자기 힘을 쓸 수는 있겠지. 만약 그게 지적인 능력과 관련된 문제라면 분명히 그리할 수 없을 거네. 그런 상황에서 그런 부류의 친구가 어떤 식으로 본색을 드러내게 될지 의견을 표명한다는 건 우연의 힘이 작용하는 일일 거네. 왜냐하면 그건 두 가지 결과 중 하나가 나오는, 가능성이 반반인 동전 던지기 같은 일이기 때문이네.」

　「그 두 가지 결과가 뭔지 여쭤 봐도 될까요?」

　「우리의 친구 거미 녀석은 때리든지, 아니면 겁을 먹고 움찔하든지, 둘 중 하나를 할 거라는 소리네. 움찔하면서 으르렁거리든지, 아니면 움찔하면서 으르렁거리지 않을 수도 있겠지. 어쨌든 그는 때리든지, 아니면 움찔하든지 둘 중 하나를 할 걸세. 웨믹에게 〈그의〉 의견이 어떤지 물어보게.」

　「때리든지, 아니면 움찔하든지 둘 중 하나겠죠.」 웨믹이 말했다. 결코 나를 향해 말하는 게 아니었다.

　「자, 그러니 벤틀리 드러믈 부인을 위해 건배하세!」 재거스 씨가 음식물을 올려놓은 회전반에서 고급 와인이 담긴 유리병을 집어 든 뒤 우리 두 사람과 자신을 위해 잔을 채우면서 말했다. 「부디 주도권 다툼 문제가 그 부인에게 만족스럽게 결판이 나길 기원하세! 그 부인과 남편 〈모두가〉 만족하는 식으로는 절대로 결판이 안 날 걸세. 자, 몰리, 몰리, 몰리, 오늘 왜 이렇게 느려 터진 거야!」

그때 그녀는 접시를 식탁 위에 놓으며 그의 바로 옆에 서 있었다. 그녀는 식탁에서 손을 빼내면서 불안해했고, 용서해 달라고 몇 마디 중얼거리면서 한두 발자국 뒤로 물러났다. 그런데 그녀가 말을 하는 순간 손가락 움직임이 내 주목을 끌었다.

「무슨 일인가?」 재거스 씨가 말했다.

「아무 일도 아닙니다. 그저 얘기하던 주제가 제게 좀 괴로운 것이라서.」 내가 말했다.

그녀의 손가락 움직임은 꼭 뜨개질을 할 때의 움직임 같았다. 그녀는 그만 자리를 떠도 되는지, 아니면 주인이 자신에게 할 말이 더 있어 다시 부르는 건 아닌지 알 수가 없어서 그를 쳐다보며 서 있었다. 그녀의 눈빛은 매우 강렬했다. 분명히 나는 최근 기억에 남는 어느 순간에, 정확하게 그런 눈과 그런 손을 본 적이 있었다!

그는 그녀를 내보냈고 그녀는 소리 없이 방을 빠져나갔다. 그러나 그녀는 여전히 그곳에 실제로 있는 것처럼 내 눈앞에 생생히 남아 있었다. 나는 그 손을 바라보았고, 그 눈을 바라보았고, 나부끼는 그 머리카락을 바라보았다. 그리고 그것들을 내가 알고 있는 다른 손과 다른 눈과 다른 머리카락과 비교했으며, 그 다른 손과 다른 눈과 다른 머리카락이 20년쯤 짐승같이 난폭한 남편과의 모진 생활을 겪고 난 뒤 변하게 될 모습과도 비교해 보았다. 나는 다시 한 번 그 집 가정부의 손과 눈을 마음속으로 바라보았으며, 내가 마지막으로 황폐한 정원을 — 나 혼자가 아니었다 — 거닐었을 때, 그리고 버려진 양조장 안을 거닐었을 때, 내게 엄습했던 그 설명할 수 없는 이상한 느낌을 생각했다. 마차의 창문에서 어떤 얼굴이 나를 쳐다보고 있고, 어떤 손이 내게 손짓을 하고 있는 걸 보았을 때도 그와 똑같은 느낌이 되살아났던 일을 생각했다. 그리고 마차를 타고 — 나 혼자가 아니었다 — 깜깜한 밤거리에서 갑자기 가로등 불빛이 환히 비치는 지역을 지나가게 되었을 때 마치 번갯불처럼 내 주변이 번쩍이며 똑같은 느낌이 다시 되살아났던 일을 생각했다. 나는 한 가닥 연상의 연결 고리가 극장에 왔던 자의 정체를 밝혀내는 데 어떻게 도움을 주었는지 생각했고, 이제 우연찮게도 에스텔라의 이름부터 시작해서 뜨개질을 하며 움직이던 그녀의 손가락들로, 그리고 그녀의 강렬한 눈매까지 쭉 훑어보게 되었을 때, 전에는 빠져 있던 그 연결 고리가 내게 어떻게 대갈못 박히듯 단단히 고정되어 버렸는지 생각했다. 그리고 이 집의 가정부 여자가 바로 에스텔라의 어머니라는 사실을 절대적으로 확신하게 되었다.

재거스 씨는 내가 에스텔라와 함께 있는 걸 본 적이 있는 사람이었다. 따라서 내가 애써 감추려고 하지 않은 감정을 그가 놓쳤을 가능성은 없었다. 그는 내가 우리의 얘기 주제가 내게 좀 괴로운 것이라고 말했을 때, 고개를 끄덕이며 내 등을 토닥여 주었고 다시 와인을 돌린 후 식사를 계속했다.

가정부는 단 두 번 더 모습을 나타냈으며, 그때도 방에 머문 시간은 매우 짧았다. 그리고 재거스 씨는 그녀를 엄하게 대했다. 하지만 그녀의 손은 에스텔라의 손이었고, 그녀의 눈은 에스텔라의 눈이었다. 그녀가 설령 백 번을 다시 나타난다 해도 내 생각이 진실이라는 것을 그 이상 더 확신할 수 없었을 것이다.

지루한 저녁 시간이었다. 그건 와인을 돌릴 때 웨믹이 꼭 사무실 업무를 인수받는 것처럼 받았고 — 월급날이 돌아와 월급을 수령할 때 취했을 법한 자세 같기도 했다 — 게다가 자기 우두머리에게 시선을 던지며 끊임없이 반대 신문을 당할 자세가 되어 있다는 태도로 앉아 있었기 때문이었다. 주량에 대해 말한다면, 그의 우체통 구멍 입은 수많은 편지들을 마구 받아들이는 여느 우체통처럼 와인을 무관심하게, 그리고 손쉽게 마구 받아들였다. 내 관점에서 본다면, 그는 그날 저녁 내내 진짜 웨믹이 아니라 그저 월워스의 웨믹과 겉모습만 닮은 또 다른 쌍둥이 웨믹이었다.

우리는 일찌감치 작별 인사를 건네고 함께 나왔다. 우리의 모자를 찾기 위해 잔뜩 쌓여 있는 재거스 씨의 구두 더미 사이를 더듬을 때부터 나는 그제야 제대로 된 진짜 쌍둥이 웨믹이 돌아가는 길에 나섰다고 느꼈다. 제라드 가를 따라 월워스 방향으로 5미터도 채 못 가서 나는 그 진짜 웨믹과 팔짱을 끼고 나란히 걷고 있었고, 다른 가짜 쌍둥이는 저녁 허공 속으로 날아가 버렸다는 걸 알았다.

「아이고!」 웨믹이 말했다. 「이제야 끝났네요! 그는 살아 있는 사람들 중엔 필적할 만한 이가 없을 정도로 훌륭한 사람이죠. 하지만 그와 식사를 할 때면 바짝 긴장해야 한다는 느낌이 듭니다. 그런데 나는 긴장을 안 해야 더 마음 편히 식사하는 사람이라서요.」

나는 그게 상황을 잘 설명하는 말이라는 생각이 들었고, 그에게도 그렇게 말했다.

　「핍 씨가 아닌 다른 사람이었다면 이런 말을 안 했을 겁니다.」 그가 대답했다. 「우리 둘끼리 하는 말이 다른 데로 퍼지지 않으리란 걸 알지요.」

　나는 그에게 혹시 미스 해비셤의 양딸인 벤틀리 드러믈 부인을 본 적이 있느냐고 물었다. 그는 없다고 대답했다. 나는 너무 느닷없다는 느낌을 피하기 위해 그의 노친과 미스 스키핀스의 안부를 물었다. 그는 내가 미스 스키핀스를 언급하자 다소 장난스러운 표정을 지으며 고개를 좌우로 흔들고, 은연중에 자랑하고 싶은 마음과 전혀 무관하지 않은 과장된 몸짓으로 코를 풀었다.

　「웨믹.」 내가 말했다. 「내가 처음 재거스 씨 집에 가기 전에 그 집 가정부를 눈여겨보라고 말했던 걸 기억합니까?」

　「내가 그랬습니까?」 그가 대답했다. 「아, 아마 그랬던 것 같습니다. 이런 젠장!」 그가 갑자기 덧붙였다. 「그랬다는 걸 알겠네요. 아직 긴장이 완전히 풀린 게 아닌 것 같네요.」

　「당신은 그녀가 마치 길들인 사나운 맹수 같다고 했어요.」

　「그럼 〈핍 씨〉는 그녀를 뭐라고 부르겠습니까?」

　「마찬가지입니다. 재거스 씨가 그녀를 어떻게 길들인 겁니까, 웨믹?」

　「그건 그의 비밀입니다. 그녀는 오랜 세월 그와 함께 살았습니다.」

　「그 여자 얘기를 좀 해주었으면 좋겠어요. 그걸 잘 알고 싶은 특별한 흥미가 느껴지거든요. 우리끼리 히는 얘기가 다른 데로 퍼지지 않으리란 건 알겠죠.」

「글쎄요!」 웨믹이 대답했다. 「나는 그녀의 내력은 모릅니다. 즉, 전부는 모른다는 소립니다. 하지만 내가 아는 내용은 다 말해 주지요. 물론 우리는 지금 사적이고 개인적인 자격으로 얘기하고 있는 겁니다.」

「물론입니다.」

「20여 년 전 그녀는 살인죄로 올드 베일리 중앙 형사 재판소에서 재판을 받았는데 무죄로 방면되었답니다. 그녀는 꽤 예쁜 아가씨였다는데, 내 생각에는 집시 혈통을 어느 정도 물려받은 것 같습니다. 어쨌든 핍 씨가 상상하듯이 그때는 꽤 열띤 재판이 열렸다고 합니다.」

「하지만 무죄로 방면되었다면서요?」

「재거스 씨가 그녀 측 변호사였습니다.」 웨믹이 의미심장한 표정을 지으며 말을 이었다. 「그리고 아주 놀라운 방식으로 그 사건을 열심히 처리해 나갔습니다. 가망이 없는 사건이었던 데다, 그때만 해도 그는 비교적 초짜 변호사였지요. 그런데도 그는 모든 사람들이 경탄할 정도로 그 사건을 잘 처리했습니다. 바로 그 사건이 그를 만들었다고까지 말할 수 있을 겁니다. 그는 여러 날 동안 매일같이 직접 경찰서에 가서 일을 했고, 심지어 구속 수감까지 반대하며 싸웠습니다. 그리고 아직 직접 변론을 할 수 없던 처지였는데도 그는 법정 변호사 밑에 앉아서 — 모든 사람들이 아는 바와 같이 — 콩 놔라 대추 놔라 하며 일일이 중요한 지시를 내렸습니다. 살해당한 사람은 여자였습니다. 그녀보다 족히 열 살은 더 많고, 몸집도 훨씬 더 크고, 게다가 힘도 훨씬 더 센 여자였지요. 그건 질투심과 관련이 있는 사건이었습니다. 그들은 둘 다 떠돌이 생활을 하고 있었습니다. 여기 제라드 가에 살고 있는 이 여자는 아주 어린 나이에 어떤 뜨내기 남자와 빗자루를 넘는 관계(속된 말로 내연의 관계를 맺었다는 소립니다)를 맺고 결혼을 했습니다. 그런데 그만 그녀가 질투심에 빠져 표독스러운 분노의 화신으로 돌변한 겁니다. 살해당한 여자는 — 나이로 봐서는 분명히 남자에게 더 어울리는 짝이었습니다 — 하운슬로히스 벌판 인근의 헛간에서 죽은 채 발견되었습니다. 격렬한 다툼이 있었습니다. 아마 격투였는지도 모르죠. 피해자 여자는 타박상을 입었고, 할퀴었고, 살갗이 찢겼고, 결국 목이 졸려 질식사했습니다. 그런데 이 여자 말고는 다른 사람을 사건에 연루시킬 그 어떤 합리적인 증거도 없었습니다. 따라서 재거스 씨는 그녀가 그런 짓을 하는 게 불가능했다는 점에 사건 변론의 주안점을 두었습니다. 핍 씨도 확신하겠지만 말입니다.」 웨믹이 내 소매를 살짝 치며 말했다.「그때 그는 그녀의 손아귀 힘을 결코 강조하지 않았습니다. 지금은 가끔 그러지만요.」

나는 예전의 저녁 식사 자리에서 재거스 씨가 우리에게 그녀의 손목을 보여 줬다는 얘기를 웨믹에게 한 적이 있었다.

「자, 그런데 말입니다, 핍 씨!」 웨믹이 계속해서 말했다. 「공교롭게도 — 공교롭게도 말입니다. 아시겠죠? — 그 여자는 체포 당시 아주 묘하게 옷을 입어서 실제 모습보다 훨씬 더 가냘파 보였습니다. 특히 그녀의 소매가 아주 교묘하게 꾸며져 있어서 팔이 아주 연약해 보였다고 아직까지도 알려져 있습니다. 그녀는 몸 한두 군데에 타박상이 있었지만 — 그런 건 뜨내기 생활을 하는 사람에겐 아무 일도 아니죠 — 양손의 손등이 찢겨 있었습니다. 그런데 문제는 그게 손톱에 의해 찢긴 것이냐 아니냐 하는 것이었습니다. 그러

247

자 재거스 씨는 그녀가 자기 얼굴 높이보다 낮고 빽빽한 들장미 덤불 사이를 힘들게 헤치고 지나간 적이 있었는데, 그 덤불에 손을 대지 않고서는 그곳을 뚫고 지나갈 수 없다는 걸 밝혀냈습니다. 게다가 그 들장미 덤불의 일부가 실제로 그녀의 피부에서 발견되어 증거로 제출되었습니다. 뿐만 아니라 문제의 들장미 덤불을 조사해 본 결과 모양이 흐트러져 있었고, 덤불 여기저기에 그녀가 입었던 옷가지 조각들과 작은 핏자국들이 묻어 있었다는 사실도 제시되었습니다. 그러나 그가 했던 가장 대담한 변론은 이런 것이었습니다. 그때 그녀의 질투심을 입증하는 증거로, 그녀가 살인을 자행하던 무렵 극도로 흥분하여 남편과의 사이에서 낳은 자기 아이 — 세 살쯤 되는 아이죠 — 를 남편에 대한 복수의 일환으로 죽였다는 강력한 혐의가 주장되고 있었습니다. 재거스 씨는 그런 주장에 대해 이런 식으로 변론했습니다. 〈우리는 여기 이 찢긴 상처가 손톱자국이 아니고 들장미 덤불 자국이라고 말합니다. 그리고 우리는 당신들에게 들장미 덤불을 제시합니다. 당신들은 그것이 손톱자국이라고 말하면서, 또다시 그녀가 자기 아이를 죽였다는 가설을 제기합니다. 당신들은 그 가설로 인한 모든 결과를 받아들여야 합니다. 잘은 모르지만, 어쩌면 그녀가 자기 아이를 죽였을지도 모릅니다. 그리고 아이가 그녀에게 매달리다가 그녀의 양손을 할퀴었을지도 모릅니다. 그런데 뭡니까? 당신들은 자기 아이를 죽였다는 죄목으로 그녀를 재판하고 있지 않습니다. 왜 그러지 않는 겁니까? 이 사건의 경우, 혹시 당신들이 그 상처의 이유를 설명해 낸 건지도 모른다고 우리는 말하겠습니다. 논의의 편의를 위해 당신들이 그 상처를 날조해 내지 않았다고 가정한다면 말입니다.〉결론적으로 요약하겠습니다, 핍 씨.」웨믹이 말했다.「재거스 씨는 배심원들이 감당하기엔 너무 힘겨운 상대였습니다. 따라서 그들은 굴복하고 말았습니다.」

「그 이후부터 그녀가 그의 시중을 들며 살게 된 건가요?」

「그렇습니다. 하지만 그뿐만이 아닙니다.」웨믹이 말했다. 「무죄로 방면된 이후 그녀는 지금처럼 유순해진 모습으로 그의 시중을 들러 갔습니다. 그때부터 그녀는 자신이 해야 할 일을 하나하나 배워 나갔지만, 길들여진 유순한 모습은 처음부터 보였습니다.」

「그 아이의 성별이 기억납니까?」

「여자아이였다고 알려져 있죠.」

「오늘 밤 내게 더 해줄 말은 없나요?」

「없습니다. 핍 씨가 보낸 편지는 받아서 파기했습니다. 다른 할 말은 없습니다.」

우리는 진심에서 우러난 작별 인사를 나누었고, 나는 새롭게 생각할 문제를 갖고 집으로 갔다. 물론 기존의 문제가 사라진 건 아니었다.

49

미스 해비셤이 변덕을 부려 혹시라도 나를 보고 놀랄 때를 대비하고, 또한 내가 새티스 하우스에 이토록 빨리 재등장한 일에 대한 증명서로 쓰일 수 있도록 그녀가 보낸 쪽지를 주머니 안에 넣었다. 다음 날 마차를 타고 고향 읍내로 다시 내려갔다. 그러나 중간에 휴게소에서 내려 그곳에서 아침을 먹은 뒤, 나머지 절반의 거리는 걸어서 갔다. 인적 드문 길들을 통해 조용히 읍내로 들어갔다가 같은 방식으로 그곳을 빠져나올 생각이었다.

소리가 울려 퍼지는 좁고 적막한 중심가 뒷길을 따라 지나갈 때는 이미 한낮의 햇살이 사라진 뒤였다. 한때는 늙은 수도사들의 식당과 정원이 있었으나 그 튼튼했던 담벼락들이 이제는 부득이 초라한 헛간들과 마구간들로 쓰이게 된, 폐허로 남은 수도원의 구석진 귀퉁이들은 자신들의 무덤 속에 누워 있는 늙은 수도사들만큼이나 묵묵히 침묵을 지키고 있었다. 남들의 이목을 피하여 서둘러 가는 동안 성당의 종소리가 예전의 그 어느 소리보다 더 슬프고 낯설게 울려 퍼졌다. 비슷하게 울려 퍼지는 낡은 오르간 소리도 내 귀에는 마치 장송곡처럼 전해졌다. 그리고 잿빛 탑 주변을 떠다니다 몸을 흔들며 수도원 정원의 높고 앙상한 나무들에 날아와 앉는 당까마귀들은 이젠 그곳이 변했다고, 이젠 에스텔라가 영원히 그곳을 떠났다고 나를 향해 울어 대는 것 같았다.

뒷마당 건너편에 딸린 건물에 살고 있고, 내가 그전부터 하녀 중 한 명이라고 알고 있는 연로한 부인이 대문을 열어 주었다. 옛날처럼 어두컴컴한 복도에는 불 켜진 촛불 하나가 놓여 있었기에 촛불을 집어 들고 혼자서 계단을 올라갔다. 미스 해비셤은 자기 방에 있지 않고 층계참 건너편의 큰 방에 있었다. 문을 두들겨 보았지만 아무 대답이 없었다. 문간에서 안을 들여다보니 그녀가 벽난로 옆 낡은 의자에 앉아 재투성이 난롯불 앞에 바싹 붙어 불빛을 멍하니 응시하고 있는 모습이 보였다.

나는 늘 하던 대로 안으로 들어가서 낡은 벽난로 앞 장식을 살짝 만지며, 그녀가 시선을 들었을 때 곧바로 볼 수 있는 자리에 섰다. 그녀에겐 지극히 쓸쓸한 분위기가 깃들어 있었다. 내가 책망할 수 있는 정도보다 훨씬 더 깊은 상처를 그녀가 내게 고의적으로 입혔는데도 그녀의 모습은 연민의 정을 불러일으켰다. 측은한 동정심을 느끼며 세월의 흐름 속에서 결국 나도 몰락한 그 집의 운명 중 일부가 되어 버렸다는 생각에 빠져 있는데, 그녀의 시선이 내게로 다가와 멈췄다. 그녀는 나를 빤히 쳐다보다 낮은 목소리로 말했다.

「실제로 너로구나!」

「접니다. 핍입니다. 재거스 씨가 어제 제게 미스 해비셤의 쪽지를 건네 주셔서 지체 없이 왔습니다.」

「고맙다, 고마워.」

나는 다른 낡은 의자를 난롯가로 가져가 앉으면서 그녀의 얼굴에 나를 두려워하기라도 하는 듯한 표정이 서리는 걸 보았다.

「지난번 네가 이곳에 왔을 때 말했던 문제를 해결해서 내가 돌처럼 차가운 사람이 아니라는 걸 보여 주고 싶구나.」 그녀가 말했다. 「하지만 아마 넌 그래도 결코 내 가슴속에 인간적인 면모가 남아 있을 거라고 믿지 않겠지?」

내가 그렇지 않다고 몇 마디 안심시키는 말을 하자 그녀는 나를 만지려는 듯 떨리는 오른손을 내밀었다. 그러나 그 행동을 이해하거나 어찌 받아들여야 할지 미처 깨닫기도 전에 다시 그 손을 거두었다.

「너는 네 친구를 위해 말하면서 뭔가 유익하고 좋은 일을 하는 방법을 내게 알려 줄 수 있을 거라고 했다. 네가 이루어지길 바라는 일이겠지. 안 그러냐?」

「이루어지길 애타게 바라는 일입니다.」

「그게 뭐냐?」

나는 그녀에게 합자 회사와 관련된 비밀스러운 전말을 설명하기 시작했다. 그런데 설명을 그다지 많이 진행하지 않았을 때 그녀의 표정을 보고 그녀가 산만한 태도로 내 말보다는 오히려 내 모습에 대해 생각하고 있다는 판단이 들었다. 그렇게 판단한 이유는, 내가 말을 멈추었는데도 조금 시간이 지난 다음에야 그걸 의식하는 기색을 내보였기 때문이었다.

「내가 너무 미워서 나 같은 사람에겐 말하는 일조차 견딜수 없어 말을 멈춘 거냐?」 그녀가 아까처럼 나를 두려워하는 것 같은 태도로 물었다.

「아니에요, 아닙니다.」 내가 대답했다. 「어찌 그런 생각을하실 수 있나요, 미스 해비셤! 말을 멈춘 건 당신께서 제 말에 귀를 기울이고 계시지 않다는 생각이 들어서였습니다.」

「아마 그랬을 거다.」 그녀가 머리에 손을 가져다 대며 대답했다. 「시작해라, 시작해. 나는 다른 걸 쳐다보고 있을 테니. 기다려! 자, 이제 얘기해 봐라.」

그녀는 이따금씩 자신이 습관적으로 하는 단호한 자세로 지팡이에 손을 얹고, 스스로에게 경청을 강요하는 강렬한 표정을 지으며 난롯불을 바라보았다. 나는 설명을 계속해 나갔다. 내가 그 일을 자력으로 완수하기를 얼마나 원했었는지, 그리고 지금과 같은 상황이 되어 얼마나 실망했는지 말했다. 그리고 그 상황에 관한 이야기는 다른 사람의 중대한 비밀이기 때문에 내 설명에 포함시킬 수 없는 내용을 담고 있다고 말했다.

「그래!」 그녀가 고갯짓으로 동의를 표하면서, 하지만 나를 쳐다보지는 않으면서 말했다. 「그래, 그 동업자 권리의 매입을 완결하는 데 얼마만큼의 돈이 부족하다는 거냐?」

나는 거액이라는 생각이 들어 액수를 말하는 게 다소 꺼려졌다. 「9백 파운드입니다.」

「그런 용도로 내가 네게 그 돈을 준다면, 네가 그걸 비밀로 했듯이 내가 한 일도 비밀로 지켜 주겠지?」

「전적으로, 똑같이, 충실하게 비밀로 지켜 드리겠습니다.」

「그래, 앞으로 네 마음이 더 편안해지겠느냐?」

「훨씬 더 편안해질 겁니다.」

「지금은 아주 불행하다는 거냐?」

그녀는 나를 쳐다보지 않으면서, 그러나 동정심이 밴 익숙하지 않은 말투로 내게 물었다. 나는 목이 막혀 목소리가 안 나오는 바람에 그 순간 대답할 수 없었다. 그녀는 왼팔을 지팡이 손잡이에 가로로 걸쳐 놓고, 그 위에 이마를 살며시 갖다 댔다.

「결코 행복하지 않습니다, 미스 해비셤. 하지만 알고 계신 그 어떤 이유와도 무관한 다른 걱정거리가 있답니다. 바로 아까 말씀드린 그 비밀이지요.」

잠시 후 그녀는 고개를 들고 다시 난롯불을 바라보았다.

「불행에 다른 이유가 있다고 내게 말해 주다니. 넌 고결한 성품을 가지고 있구나. 그렇지?」

「과찬이십니다.」

「네 친구를 도와준 일만 가지고 내가 너를 도와주었다고 할 수 있겠느냐, 핍? 그 일은 이제 이루어졌다고 치고, 내가 너 자신을 위해 할 수 있는 일은 없겠느냐?」

「없습니다. 그리 물어봐 주시니 감사합니다. 그리고 그 질문을 하실 때의 어조에 대해선 한층 더 감사합니다. 하지만 아무것도 없습니다.」

그녀는 곧바로 자리에서 일어나 필기도구를 찾기 위해 황폐한 방 안을 둘러보았다. 아무것도 찾지 못하자 빛바랜 금장식이 붙어 있는 노란색 상아 수첩을 주머니에서 꺼낸 뒤 거기에다 목에 걸고 있던 빛바랜 금 케이스에 들어 있는 연필을 가지고 몇 자를 적었다.

「아직도 재거스 씨하고 우호적인 관계를 맺고 있지?」

「물론입니다. 어제도 그분과 함께 식사를 했습니다.」

「이건 네가 네 친구를 위해 알아서 재량껏 투자할 돈을 너에게 지급하라는 지급 권한 위임장이다. 나는 이곳엔 돈을 두지 않는다. 하지만 재거스 씨가 이 일을 모르기를 바란다면 네게 직접 돈을 보내 주마.」

「감사합니다, 미스 해비섐. 그분에게서 돈을 받는 것에 전혀 반대하지 않습니다.」

그녀는 자신이 쓴 내용을 읽어 주었다. 내용은 직접적이고 명료했으며 내가 그 돈을 받아서 내 이익을 챙기려고 한다는 의혹을 불식시키려는 의도가 명백해 보였다. 나는 그녀의 손에서 수첩을 건네받았는데, 그 손이 다시 떨리고 있었다. 그리고 연필이 달려 있는 줄을 벗어서 내 손에 쥐여 줄 때 한층 더 떨렸다. 그녀는 이 모든 일을 나를 똑바로 쳐다보지 않고 행했다.

「내 이름이 첫 장에 적혀 있다. 혹시 내 이름 밑에 〈나는 그녀를 용서합니다〉라고 써줄 수 있겠느냐. 내 찢어진 가슴이 흙먼지로 변해 버리고 난 뒤 오랜 시간이 지난 후에라도 말이다. 제발 그리 해다오!」

「오, 미스 해비섬.」 내가 말했다. 「지금 당장 해드릴 수 있습니다. 그동안 가슴 아픈 과오들이 있었어요. 제 인생은 앞도 못 보고 고마워할 줄도 모르는 인생이었지요. 당신께 냉혹하게 굴기에는 저도 너무나 많은 용서와 인도가 필요한 사람입니다.」

시종 나를 외면하고 있던 그녀가 처음으로 내게 얼굴을 돌렸다. 그리고 놀랍게도 — 심지어 두렵다는 말까지 덧붙일 수도 있을 정도로 — 그녀는 내 발치에 무릎을 꿇고 앉았다. 그리고 두 손을 깍지 끼더니, 그녀의 가녀린 가슴이 아직 어리고 싱그럽고 건강했던 시절 자신의 엄마 옆에서 하늘을 향해 들어 올렸던 식으로 내게 들어 올렸다.

흰 머리에 바싹 마른 얼굴을 한 그녀가 내 발치에 무릎을 꿇고 앉아 있는 모습이 온몸을 관통하는 충격을 안겨 주었다. 나는 그녀에게 제발 일어나라고 애원했으며, 일어나는 걸 돕기 위해 그녀의 몸에 팔을 둘렀다. 그러나 그녀는 자신과 가까운 쪽에 있는 내 손을 움켜쥐고 그걸 그저 꽉 누르기만 하면서 그 위에 머리를 떨어뜨리고 울음을 터뜨렸다. 나는 그전까지 그녀가 눈물을 흘리는 모습을 한 번도 본 적이 없었다. 그런 식으로 고통을 덜어 내는 일이 그녀에게 도움이 되기를 바라며 아무 말 없이 그녀에게 몸을 숙였다. 그녀는 이제 무릎을 꿇고 있지는 않았다. 하지만 이번에는 바닥에 주저앉았다.

「아아!」 그녀가 절망에 빠져 외쳤다. 「내가 무슨 짓을 했단 말이냐! 내가 무슨 짓을 했단 말이냐!」

「혹시 제게 상처 준 일을 말씀하시는 거라면 제가 대답해 드리지요, 미스 해비셤. 미스 해비셤께선 아무 일도 저지른 게 없습니다. 분명히 저는 어떤 상황에서도 그녀를 사랑했을 겁니다. 그녀는 결혼했겠지요?」

「그렇다.」

쓸데없는 질문이었다. 적막한 집 안에 새로 더해진 적막감이 내게 그렇다고 말하고 있었다.

「내가 무슨 짓을 했단 말이냐! 내가 무슨 짓을 했단 말이냐!」 그녀는 자신의 두 손을 비틀고, 흰 머리를 마구 뭉개며 몇 번이고 되풀이해서 이 말을 외쳤다. 「내가 무슨 짓을 했단 말이냐!」

나는 어떻게 대답을 해야 할지, 어떻게 그녀를 위로해야 할지 몰랐다. 나는 그녀가 감수성 예민한 아이를 양녀로 데려와서, 자신의 미칠 듯한 분노와 퇴짜 맞은 애정과 상처 입은 자존심에 대한 복수의 수단으로 주조해 내는 가혹한 짓을 저질렀다는 걸 너무나 잘 알고 있었다. 하지만 그녀가 밝은 대낮의 햇빛을 차단함으로써 무한정 더 많은 것들을 차단시켜 버렸다는 것, 격리된 은둔 생활을 함으로써 자연스러운 치유의 힘을 지닌 많은 영향들로부터 자신을 격리시켜 버렸다는 것, 고독한 수심에 빠진 그녀의 정신이, 창조주께서 정한 질서에 역행하는 모든 정신이 반드시 그리고 으레 그러하듯 병들어 왔다는 것 또한 잘 알고 있었다. 그러니 파멸에 빠져 자신이 살고 있는 이 세상에서 심히 부적합한 자의 모습으로, 헛된 참회와 헛된 후회와 헛된 자기 비하, 그리고 이 세상에서 저주가 되어 버린 다른 모든 헛된 망상들처럼 지배적인 광증(狂症)이 되어 버린 헛된 슬픔에 사로잡힌 그녀를 내가 어찌 동정심 없이 바라볼 수 있었겠는가?

　「예전에 네가 그 애에게 고백할 때까지, 그리고 바로 네 모습을 통해 한때 내가 나 자신의 모습이라고 느꼈던 모습을 거울에 비춘 듯 보게 될 때까지, 나는 내가 저지른 짓을 모르고 있었다. 내가 무슨 짓을 했단 말이냐! 내가 무슨 짓을 했단 말이냐!」 그리고는 그녀는 두 번, 스무 번, 쉰 번을 거듭해서 〈내가 무슨 짓을 했단 말이냐!〉라고 외쳤다.

　「미스 해비셤.」 그녀의 외침이 잦아들자 내가 말했다. 「미스 해비셤의 마음과 양심에서 저를 쫓아내세요. 하지만 에스텔라는 경우가 다릅니다. 그녀가 지닌 올바른 본성의 일부를 그녀에게서 빼앗아 버림으로써 저지르신 잘못 중 한 조각이라도 본래의 상태로 되돌릴 수 있으시다면, 백 년이 지나도록 과거를 슬퍼하시는 것보다 그 일을 하시는 게 더 나을 것입니다.」

　「그래, 그래. 나도 안다. 하지만 핍, 얘야!」 새로 생겨난 그녀의 애정 속에는 여성다운 진지한 동정심이 깃들어 있었다. 「얘야! 내 말을 믿어 다오. 사실 그 애가 처음 내게 왔을 때 나는 그 애를 나와 같은 비참한 불행으로부터 구해 줄 생각이었단다.」

　「그렇군요! 그랬어요!」 내가 말했다. 「저도 그랬기를 바랍니다.」

　「하지만 그 애가 자라나면서 점점 더 아름다운 외모를 가질 징조를 보이자 나는 서서히 몹쓸 짓을 하기 시작했다. 내 찬사와 내 보석들과 내 가르침을 통해, 그리고 내 가르침을 뒷받침하고 강조하기 위한 경고로 이 몰골을 늘 그 애 앞에 내세우면서, 나는 그 애의 심장을 몰래 훔쳐 내고 그 자리에

257

차디찬 얼음을 채워 넣었다.」

그 말과 함께 미스 해비셤은 잠시 넋 나간 표정으로 나를 바라보았다. 그러고 나서 갑자기 〈내가 무슨 짓을 했단 말이냐!〉라고 또다시 소리쳤다.

「만약 네가 내 내력을 다 안다면 다소 연민을 느낄 것이다.」 그녀가 항변조로 말했다. 「그리고 나를 더 이해해 줄 것이다.」

「미스 해비셤.」 최대한 세심하게 주의를 기울이며 내가 대답했다. 「사실 저는 미스 해비셤의 내력을 알고 있습니다. 제가 이 읍내를 처음 떠났던 날 이후로 그걸 알고 있었다고 말씀드릴 수 있습니다. 그 이야기는 제게 큰 연민을 불러일으켰습니다. 그러니 저는 그걸 이해하고 있다고 생각합니다. 우리 사이에 오간 얘기를 핑계 삼아 혹시 에스텔라에 대한 질문 하나를 드려도 될까요? 지금의 그녀가 아니라, 처음 이곳에 왔을 때의 그녀에 관한 질문입니다.」

그녀는 두 팔을 낡은 의자에 올려놓고 머리를 그 위에 기댄 채 바닥에 주저앉아 있었다. 내가 이 말을 하자 그녀는 나를 정면으로 바라보며 대답했다. 「계속해 봐라.」

「에스텔라가 누구의 아이였나요?」

그녀는 고개를 저었다.

「모르세요?」

그녀는 다시 고개를 저었다.

「하지만 재거스 씨가 그녀를 여기 데리고 왔거나, 아니면 이곳으로 보낸 거겠지요?」

「그가 이곳으로 데려왔다.」

「어떻게 그런 일이 일어났는지 말씀해 주시겠어요?」

그녀는 낮게 속삭이는 목소리로 신중하게 대답했다. 「난 꽤 오랜 세월 동안 이 방 안에 틀어박혀 살고 있었다. (얼마나 오랜 세월인지는 몰라. 이곳의 시계들이 몇 시를 가리키고 있는지는 너도 알겠지.) 그때 내가 키우고 사랑할 수 있는, 그래서 내 운명에서 나를 구원해 줄 어린 여자아이를 원한다고 그에게 말했다. 내가 그를 처음 본 건 나 대신에 이 집을 황폐하게 만들어 달라고 그를 불렀을 때였다. 난 세상과 작별을 하기 전에 신문에서 그에 관한 기사를 읽은 적이 있었지. 그는 내게 그런 고아가 있는지 찾아보겠다고 말했어. 어느 날 밤 그가 잠자고 있는 그 애를 이곳으로 데리고 왔다. 그리고 나는 그 애에게 에스텔라라는 이름을 지어 주었다.」

「그 당시 그녀의 나이를 물어봐도 될까요?」

「두 살 아니면 세 살이었다. 자기가 고아로 남겨졌고 내가 자기를 양녀로 삼았다는 것 말고는, 그 애는 아무것도 모른다.」

재거스 씨 집에 있던 가정부가 그녀의 어머니라는 사실을 워낙 확신하고 있었기 때문에, 나는 그 사실을 마음속에 확고하게 정립시키기 위한 증거는 어떤 것도 필요하지 않았다. 그러나 그 두 사람의 관계는 분명하고 확실할 거라고 생각했다.

면담을 더 오래 지속한다고 해서 무슨 일을 더 바랄 수 있었겠는가? 허버트를 위한 일은 성사시켰고, 미스 해비셤이 에스텔라에 대해 알고 있는 모든 사실을 말하게 했고, 그녀의 마음을 진정시키기 위해 할 수 있는 말과 행동도 이제 다한 셈이었다. 우리가 그 밖에 다른 무슨 말을 하며 작별을 했든지 간에, 어쨌든 우리는 작별을 했다.

계단을 내려가서 자연의 공기 속으로 들어섰을 때 어둑어둑 땅거미가 지고 있었다. 들어올 때 대문을 열어 준 부인에게, 아직은 문을 여는 일로 폐를 끼치고 싶지 않으며 집을 떠나기 전에 한 바퀴 돌아보고 오겠다고 말했다. 다시는 그곳에 올 일이 없을 것 같은 예감이 들었고, 저물어 가는 빛을 보니 마지막으로 그 집을 구경하는 게 어울릴 것 같다는 생각이 들었기 때문이었다.

나는 오래전에 올라가서 걸어 보았던 나무 술통들 옆을 지나 폐허가 된 정원으로 나아갔다. 나무통들은 그 이후 오랜 세월에 걸쳐 비를 맞아 여러 군데가 썩었고, 서 있는 것들엔 작은 늪이나 물웅덩이가 만들어져 있었으며, 여기저기에 마구 내동댕이쳐져 쌓여 있었다. 나는 그곳을 완전히 한 바퀴 돌아보았다. 허버트와 싸움을 벌였던 구석도, 에스텔라와 거닐었던 작은 오솔길도 돌아보았다. 모든 게 얼마나 차갑고, 얼마나 외롭고, 얼마나 쓸쓸했던지!

정원을 돌아 나오는 길에 양조장 쪽으로 방향을 잡은 뒤 나는 작은 문의 녹슨 빗장을 열고 양조장 안으로 들어갔다. 그리고 그 반대편 문을 통해 나오려던 순간 — 나무 문은 축축해져서 휘고 부풀어 있었고, 경첩도 우그러진 데다 문지방엔 곰팡이가 피어올라 있어 열기가 쉽지 않았다 — 뒤를 돌아보려고 고개를 돌렸다. 그런데 별것 아닌 그 동작을 하는 순간, 놀라운 힘을 지니며 어린 시절의 어느 인상 하나가 생생히 되살아났다. 대들보에 미스 해비셤이 대롱대롱 매달려 있는 모습이 보이는 환상에 사로잡힌 것이다. 그 인상이 하도 강렬해서 그게 그저 환상에 불과하다는 걸 인식할 때까지, 머리부터 발끝까지 벌벌 떨며 대들보 아래 서 있었다. 분명히 그 대들보 아래 서 있었던 건 잠깐 동안에 불과했는 데도 말이다.

비록 짧은 순간에 불과했지만 그 장소와 그 시간이 지닌 음침함, 그리고 그 환상이 지닌 무시무시한 두려움으로 인해 열린 나무 문 — 그 옛날 에스텔라가 내 가슴을 쥐어짜듯 괴롭힌 뒤 내가 그 뒤로 가서 머리를 쥐어뜯었던 문이었다 — 사이로 나오면서 형용할 수 없는 공포감을 느꼈다. 집 정면 안마당으로 들어서면서 잠긴 대문 열쇠를 갖고 있는 부인을 불러 대문을 열어 달라고 부탁할지, 아니면 위층으로 다시 올라가서 미스 해비셤이 내가 떠날 때와 똑같이 무사히 잘 있나 확인을 해볼지 망설였다. 나는 후자를 선택하고 위층으로 올라갔다.

그녀를 두고 나온 방을 들여다보니, 그녀가 내 쪽으로 등을 향하고 벽난로 바닥에 놓인 낡은 의자에 앉아 난롯불에 바짝 다가가는 모습이 보였다. 그런데 고개를 빼내고 조용히 돌아서려는 바로 그 순간이었다. 별안간 엄청난 화염이 치솟아 오르는 게 보였다. 동시에 그녀가 날카로운 비명을 내지르며, 소용돌이치듯 그녀의 온몸을 휘감고 그녀의 머리 위로 거의 그녀의 키만큼 높이 치솟아 오르고 있는 화염에 싸여 내게로 달려오는 모습을 목격했다.

나는 그때 이중 망토가 붙어 있는 상의를 입고 있었으며, 팔에는 두꺼운 외투를 걸치고 있었다. 그 후 내가 그 옷가지들을 벗어 들고 달려가 그녀를 넘어뜨리고 옷가지들로 덮어씌운 일, 같은 목적으로 피로연 식탁의 기다린 식탁보를 죽죽 끌어내리자 그것과 함께 그 한가운데 놓여 있던 부패한 케이크 덩어리와 그 안에 살고 있던 온갖 흉측한 벌레들이 질질 끌려 내려온 일, 우리 두 사람이 죽기 살기로 싸우는 원수들처럼 몸부림치며 바닥에서 드잡이를 친 일, 불을 끄려 덮치면 덮칠수록 그녀가 더더욱 미친 듯이 비명을 내지르며 몸을 빼내려고 발버둥 친 일, 이 모든 일들이 일어났다는 건 나중에 결과를 보고 안 것이지, 내가 느꼈다거나 생각했다거나 혹은 그렇게 행동한 걸 알고 있었다거나 하는 식으로 알게 된 게 아니었다. 나는 우리가 거대한 식탁 옆 바닥에 있다는 사실과, 방금 전까지만 해도 그녀의 빛바랜 신부 드레스의 일부였던 천 조각들이 불씨가 남아 있는 채로 연기가 자욱한 허공에 아직도 둥둥 떠다니고 있다는 사실을 깨닫기 전까지는, 정신이 없어 아무것도 알지 못했다.

그러고 난 후에야 나는 주변을 둘러보았다. 대혼란 상태에 빠진 벌레들과 거미들이 바닥을 통해 허겁지겁 도망치는 모습이 보였다. 그리고 하인들이 숨도 못 쉴 정도로 헐레벌떡 달려와 문가에서 비명을 질러 대고 있었다. 나는 여전히 온 힘을 다해 마치 도망치는 죄수라도 되는 양 그녀를 강압적으로 내리눌렀다. 그녀의 옷가지였던 불씨 형태의 천 조각들이 더 이상 불붙지 않은 상태로 우리 주변에 검정색 빗물처럼 내려앉을 때까지 그녀가 누군지, 우리가 왜 드잡이를 치고 있는지, 혹은 그녀가 왜 화염에 싸였던 건지, 화염이 정말 꺼지기는 한 건지, 제대로 의식이나 하고 있었는지 의심이 든다.

그녀는 의식이 없었다. 그리고 나는 그녀를 움직이거나 건드리는 일조차 겁이 났다. 도움을 요청하러 사람이 나갔고, 그 도움의 손길이 도착할 때까지 혹시라도 가만히 놓으면 불이 되살아나서 그녀를 다 태워 버릴지도 모른다는 터무니없는 상상을 하며(실제로 그랬을 거라고 생각한다) 그녀를 꽉 붙잡고 있었다. 나는 의사가 다른 조수와 함께 오자마자 일어났는데, 그제야 두 손에 화상을 입었다는 걸 알고 깜짝 놀랐다. 촉각을 통해서는 의식하지 못했던 것이다.

의사의 진찰 결과 그녀는 심각한 화상을 입었지만 화상 자체만 놓고 봤을 때는 결코 절망적이지 않으며, 위험은 주로 그녀의 신경에 가해진 충격에 있다는 진단이 내려졌다. 의사의 지시에 따라 그녀의 침대가 그 방으로 옮겨져 거대한 식탁 위에 눕혀졌는데, 공교롭게도 그 식탁은 그녀의 상처를 붕대로 싸매는 데 안성맞춤이었다. 한 시간 뒤 그녀를 다시 보았을 때, 그녀는 자기 지팡이로 딱딱 두들기는 모습을 내가 보았던 그곳, 그리고 어느 날 때가 되면 자기가 눕게 될 거라고 말하는 소리를 내가 들었던 바로 그곳에 정말로 누워 있었다.

사람들 말을 들어 보니 그녀의 신부 드레스는 예전의 흔적을 하나도 남기지 않고 다 타버린 것 같았다. 하지만 그녀는 아직도 예전의 그 섬뜩한 신부의 모습을 얼마간 간직하고 있었다. 사람들이 흰 탈지면으로 그녀를 목까지 다 싸버렸던 것이다. 그리고 그 위에 하얀색 시트를 느슨하게 덮고 누워 있는 그녀의 모습에는, 옛날부터 쭉 있어 왔고 지금은 변화된 모습을 띠고 있는 유령 같은 분위기가 여전히 묻어 있었다.

나는 하인들에게 에스텔라의 소재를 물어본 뒤 그녀가 지금 파리에 가 있다는 사실을 알아냈다. 그리고 의사에게서 다음번 우편을 통해 그녀에게 소식을 전하겠다는 약속을 받아 냈다. 미스 해비셤의 친척들은 내가 맡기로 했는데, 매슈 포켓 씨에게만 연락하고 나머지 친척들에게 알리는 일은 그가 바라는 대로 맡길 생각이었다. 다음 날 런던으로 돌아오자마자 나는 허버트를 통해 그 일을 처리했다.

사건이 일어났던 그날 저녁, 비록 무시무시한 생기를 띠기는 했지만, 그녀가 그날 일어난 사건에 대해 침착하게 말했던 때가 한 차례 있었다. 그러나 자정 무렵이 되자 횡설수설하기 시작했고, 그 이후부터는 낮고 근엄한 목소리로 〈내가 무슨 짓을 했단 말이냐!〉로 시작되는 일련의 말들을 수도 없이 계속해서 내뱉는 상태가 되어 버렸다. 그 말 다음에 그녀는 〈그 애가 처음 왔을 때 나는 그 애를 나와 같은 비참한 불행으로부터 구해 줄 생각이었어〉라고 말했고, 그다음에는 〈연필을 잡고 내 이름 밑에 《나는 그녀를 용서합니다》라고 써다오〉라고 말했다. 그녀는 이 세 문장의 순서를 결코 뒤바꾸지 않았지만, 가끔 한두 문장에서 단어 하나를 빼먹기는 했다. 그러나 다른 단어를 추가하는 일은 결코 없었고, 늘 그 빠진 단어 자리를 남겨 놓은 채 다음 단어로 넘어갔다.

그곳에서 내가 딱히 도움을 줄 일도 없었고, 런던 집 인근에 그녀의 횡설수설조차도 내 마음에서 몰아낼 수 없었을 만큼 절박한 근심과 두려움의 원인을 가지고 있던 처지여서, 밤을 지새우면서 다음 날 이른 아침 마차를 타고 런던으로 돌아가기로 결심했다. 나는 2킬로미터 혹은 그 이상은 걸어서 가고, 읍내를 벗어나 중간쯤 되는 곳에서 마차를 잡아타기로 했다. 따라서 아침 6시경 그녀에게 몸을 숙이며 내 입술을 그녀의 입술에 살짝 갖다 댔다. 그녀의 입술은 내 입술이 닿는 그 순간에도 여전히 멈추지 않고 〈연필을 잡고 내 이름 밑에 《나는 그녀를 용서합니다》라고 써다오〉라는 말만 계속하고 있었다.

50

두 손은 간밤에 두세 차례 치료를 받고 붕대로 감싸졌으며 아침에 한 차례 더 치료를 받았다. 왼쪽 팔은 팔꿈치까지 심한 화상을 입었고, 팔꿈치에서 어깨 높이까지의 상박 부분은 그보다는 심하지 않은 화상을 입었다. 화상 부위는 몹시 통증이 심했다. 하지만 불길이 그쪽으로 퍼져 올라갔었기에, 그나마 더 심하지 않은 게 다행이라고 생각했다. 오른손은 손가락을 쓰지 못할 정도로 심한 화상을 입은 건 아니었다. 물론 그 손에도 붕대를 감았지만 왼손과 왼팔보다는 불편함이 훨씬 덜한 편이었다. 나는 왼손과 왼팔을 멜빵에 매달았고, 그 바람에 외투를 망토처럼 어깨 위에 느슨하게 걸치고 목 부분에다 묶을 수밖에 없었다. 머리카락에도 불이 붙었지만 머리나 얼굴에는 화상을 입지 않았다.

허버트는 해머스미스로 가서 자기 아버지를 만나고 난 뒤 우리의 거처로 돌아왔고, 꼬박 그날 하루를 나를 간호하는 데 바쳤다. 그는 자상하기 이를 데 없는 간호사여서, 마음속 깊이 고마움을 느낄 만큼 끈기 있고 다정한 태도로 정해진 시간마다 붕대를 풀고 그걸 미리 준비해 놓은 화상 치료용 진정액에 담갔다가 다시 싸매 주었다.

맨 처음 조용히 소파에 누워 있는 동안 나는 화염이 급속도로 번져 가던 모습과 그 소리, 그리고 극심한 탄내 등 이

글거리던 화염에 대한 기억을 머릿속에서 지우는 일이 고통스러울 정도로 어렵다는 걸 알았다(거의 불가능했다고 말할 수 있다). 깜빡 졸다가도 미스 해비섬의 비명을 들었고, 머리 위까지 화염에 휩싸인 채로 달려오던 그녀의 모습이 떠올라 깨어나곤 했다. 이런 심적 고통이 내가 겪은 다른 신체적 고통보다 더 맞서 싸우기 힘들었다. 그리고 허버트도 그걸 알고는 내 관심을 다른 데로 돌리려고 무척 애를 썼다.

우리 중 누구도 보트에 대해 말을 하진 않았지만, 실은 둘 다 그걸 생각하고 있었다. 그건 우리가 그 화제를 피하고 있으면서도, 내 두 손을 다시 쓸 수 있도록 회복시키는 일을 여러 주가 아니라 여러 시간이 걸리는 일로 만들자는 데 견해를 같이한 사실 — 그러기로 합의했다는 건 아니다 — 을 봐도 분명했다.

허버트를 만났을 때 내가 했던 첫 질문은 물론 강 아래쪽 일이 모두 잘되어 가고 있느냐는 것이었다. 그가 더없이 자신하면서 쾌활하고 긍정적으로 대답했기 때문에 우리는 날이 저물 때까지 그 문제를 다시 거론하지 않았다. 그러나 허버트는 날이 저물자 바깥의 빛보다 난로 불빛에 더 의지하여 붕대를 갈면서 자발적으로 그 얘기로 다시 돌아갔다.

「지난밤 프로비스하고 족히 두 시간은 함께 앉아 있었어, 헨델.」

「클래라는 어디 가고?」

「불쌍한 클래라!」 허버트가 말했다. 「저녁 내내 오르락내리락하며 〈그러프앤드그림〉 영감과 함께 있었어. 그녀가 눈에 안 보이기만 하면 영감이 계속해서 못질하듯 바닥을 쿵쾅댔으니. 하지만 영감이 오래 버틸 수 있을진 의문이야. 그

렇게 계속 럼주와 후추, 후추와 럼주만 먹고 있으니 그 쿵쾅
거림이 틀림없이 곧 끝날 거라는 게 내 생각이야.」

「그렇게 되면 결혼을 하겠구나, 허버트?」

「그러지 않고서 사랑스러운 그 어린 아가씨를 내가 어찌
보살필 수 있겠니? 팔을 내밀어서 소파 등받이 위에 올려 봐
라, 친구야. 그러면 내가 여기 앉아서 네가 의식하지도 못할
정도로 아주 천천히 살살 붕대를 풀게. 프로비스 얘기를 하
다 말았지, 헨델. 그가 한결 나아졌다는 건 알지?」

「그를 마지막으로 보았을 때 유순해 보인다는 생각이 든
다고 네게 말했잖아.」

「그렇게 말했지. 그는 지금도 그래. 지난밤엔 말도 꽤 많
이 했고, 자기 인생에 대해 더 많은 얘기를 해줬어. 이곳에서
자기와 큰 말썽이 났던 어떤 여자에 대해 말하려다 멈췄던
것 기억나지? 어, 내가 아프게 했니?」

내가 움찔했기 때문인데, 사실 그건 그가 만져서 그랬던
게 아니었다. 그의 말이 나를 움찔하게 만든 것이었다.

「잊고 있었어, 허버트. 하지만 지금 네가 그 얘기를 하니
기억난다.」

「그렇구나! 그가 자기 인생의 그 부분을 자세히 얘기했어.
어둡고 거칠었던 부분이지. 얘기해 줄까? 아니면 지금 당장
은 그 얘기가 불편하겠니?」

「부디 지금 얘기해 줘. 한마디도 빠뜨리지 말고.」

내 대답이 그가 완전히 수긍할 수 있는 것 이상으로 다소
조급하고 간절해 보였는지, 그가 나를 좀 더 자세히 살펴보
기 위해 몸을 숙였다. 「머리에 열은 없겠지?」 그기 내 머리를
만지며 말했다.

「전혀 없어.」 내가 말했다. 「프로비스가 했다는 말을 해봐, 친애하는 허버트.」

「내가 보기엔 붕대가 아주 멋지게 잘 풀린 것 같다.」 허버트가 말했다. 「자, 이제 차가운 붕대가 간다. 처음엔 널 좀 오싹하게 만들 거다, 이 가여운 친구야. 그렇지? 하지만 곧 편안해질 거야. 그 여자는 어린 데다 질투심이 많았던 것 같아. 그리고 복수심으로 가득 찬 여자였던 것 같고. 극도로 복수심에 불타는 여자 말이다, 헨델.」

「〈극도로〉라니?」

「살인 말이야. 거기 민감한 부분에 너무 차갑게 닿았니?」

「감각이 안 느껴져. 그 여자가 어떻게 살인을 했는데? 누구를 죽였는데?」

「글쎄다. 그녀의 행위가 그런 끔찍한 명칭을 붙일 만한 게 못 될지도 모르겠다.」 허버트가 말했다. 「하지만 그녀는 살인죄로 재판을 받았고 재거스 씨가 그녀를 변호했어. 그리고 그 변호로 인한 명성을 듣고 처음으로 프로비스가 그 이름을 알게 된 거고. 희생자는 또 다른 힘센 여자였는데, 둘 사이에 격투가 벌어졌대. 헛간에서 말이야. 누가 먼저 싸움을 시작했는지, 또 그게 얼마나 공정했는지 혹은 불공정했는지는 분명치가 않아. 하지만 그게 어떻게 끝났는지에 대해선 의문의 여지가 없어. 희생자가 목 졸려 숨진 채 발견된 거야.」

「그 여자에게 유죄 평결이 내려졌어?」

「아니야. 무죄로 방면되었어. 가엾은 헨델, 내가 널 아프게 했나 보다!」

「더 이상 부드러울 수는 없을 거야, 허버트. 그래서? 그 밖에 다른 얘기는?」

「방면된 그 여자와 프로비스 사이에 아이가 있었어.」 허버트가 말했다. 프로비스가 끔찍이 귀여워하던 아이였대. 네게 말한 대로 그녀의 질투 대상이 목 졸려 죽은 바로 그날 밤, 그 어린 여자가 잠깐 프로비스 앞에 나타나서 (그녀가 데리고 있던) 아이를 죽여 버리겠다고, 그래서 그가 다시는 아이를 보지 못하게 하겠다고 맹세하고 사라졌어. 자, 화상이 더 심한 쪽 팔을 다시 한 번 편하게 멜빵에 걸었다. 이제 오른손만 남았구나. 이건 훨씬 더 쉬운 일이야. 강렬한 불빛보다 이런 난롯불에 의지하면 더 잘할 수 있어. 가여운 물집 자국들이 너무 또렷하게 보이지 않으니까. 호흡에 무슨 지장이 생긴 건 아니겠지, 친구야? 너무 가쁘게 호흡하는 것 같은데.」

「아마 아닐 거야, 허버트. 그 여자가 그 맹세를 지켰대?」

「거기서 프로비스의 인생에서 가장 암울한 부분이 등장한다. 바로 그랬다는 거야.」

「그 말은, 그 여자가 그 짓을 저질렀다고 프로비스가 말했다는 거네.」

「왜 아니겠나, 친구. 물론이지.」 허버트가 놀란 듯한 말투로 대답했다. 그리고 나를 더 자세히 살펴보려고 다시 앞쪽으로 몸을 숙였다. 「그가 그걸 다 말했어. 다른 정보는 내게 없어.」

「분명히 없겠지.」

「그런데 말이야.」 허버트가 계속했다. 「프로비스는 자기가 아이 엄마를 학대했는지 아니면 따뜻하게 잘 대해 주었는지는 말하지 않았어. 하지만 그녀는 그기 우·리에게 이 난롯가에서 설명했던 그 4~5년 동안의 생활을 함께했었대. 그래서 그는 그녀에게 연민을 느꼈던 것 같고 관용의 마음도 지녔던 것 같아. 따라서 죽은 아이에 관한 증언을 요구받게 되면 자기가 그녀를 죽음으로 몰아넣는 원인이 될 걸 염려한 그는 스스로 잠적해 버렸대. (아이 때문에 너무나 가슴이 아팠지만 말이야.) 그의 말에 의하면, 자신이 방해가 안 되게 재판을 피할 수 있는 곳으로 몸을 숨겨 버렸다는 거야. 그래서 그는 재판에서 막연하게 그저 여자의 질투심을 유발한 장본인인 에이블이라는 이름의 남자라고만 언급되었을 뿐이래. 그리고 무죄로 방면된 후 여자는 사라졌대. 결국 그는 그런 식으로 자기 아이와 아이의 엄마를 잃게 된 거야.」

「내가 묻고 싶은 게 하나 ―」

「잠깐 기다리게, 친구.」 허버트가 말했다. 「다 끝나 가니까. 그 흉악한 천재, 그 수많은 악당들 중 최악의 악당 콤피슨이 그때 그가 숨어 있었다는 사실과 그가 그런 일을 했던 이유를 알아차리고는, 자신이 알게 된 사실을 그의 머리 위에 씌우고 협박하며 그를 더 불쌍하게 만들었고, 그를 더 가혹하게 부려 먹는 수단으로 이용했다더군. 바로 그게 프로비스가 그에 대해 지닌 적개심을 더 날카롭게 만들고 더 가시 돋치게 만들었다는 사실이 어젯밤 명확해졌어.」

「내가 알고 싶은 게 하나 있어.」 내가 말했다. 「그것도 특별히 알고 싶은 거야, 허버트. 이 사건이 언제 일어났는지 그가 네게 얘기했어?」

「특별히 알고 싶은 거라고? 그렇다면 그 점에 대해 그가 말한 내용을 기억해 볼게. 그의 말을 빌리자면 그건 〈대략 20여 년 전쯤 그가 콤피슨과 함께 일하기 시작한 직후〉였던 것 같아. 작은 교회 묘지에서 그를 만났을 적에 네가 몇 살이었지?」

「일곱 살 때였다고 생각해.」

「그래. 그 사건은 그때로부터 3~4년 전에 일어났던 일이라고 그가 말했어. 그래서 네가 비극적으로 잃은 자신의 어린 딸을 너무나도 생각나게 했다는 거야. 그 애가 아마 네 나이쯤 되었을 거라면서.」

「허버트.」 잠시 침묵을 지키다가 내가 황급히 말했다. 「창문의 빛, 아니면 난로 불빛 중에 어떤 걸로 봐야 나를 더 잘 볼 수 있니?」

「난로 불빛.」 허버트가 다시 내게 가까이 오며 대답했다.

「나를 바라봐.」

「보고 있다, 친구야.」

「나를 만져 봐.」

「만지고 있다, 친구야.」

「내 몸에 열이 난다거나, 내 머리가 지난밤 사건으로 인해 아주 이상해진 거라는 걱정이 안 들지?」

「안 든다, 친구야.」 허버트가 뜸을 들여 나를 자세히 살펴본 후 말했다. 「넌 다소 흥분했지만 지극히 제정신이야.」

「나도 내가 지극히 제정신이라고 생각한다. 그런데 말이다. 우리가 강 아래쪽에 숨겨 놓은 그 사람, 그 사람이 바로 에스텔라의 아버지다.」

51

에스텔라의 부모의 정체를 추적하고 증명해 내려고 그토록 뜨겁게 달아올랐을 때, 대체 무슨 목적을 염두에 두고 있었는지 말할 수 없다. 곧 밝혀지겠지만 나보다 훨씬 더 현명한 두뇌를 지닌 사람에 의해 그 질문이 내 앞에 던져질 때까지, 그 질문은 또렷한 형상으로 떠오르지 않고 있었다.

그러나 허버트와 그 중요한 대화를 나누었을 때, 나는 반드시 그 문제를 추적하여 확실히 증명해 내야 한다는 열띤 확신 — 그걸 그대로 묻어 두어서는 안 되며 반드시 재거스 씨를 만나서 적나라한 진실에 도달해야 한다는 열띤 확신 — 에 사로잡혔다. 내가 그런 일을 하려는 게 에스텔라를 위한 일이라고 느꼈기 때문이었는지, 아니면 너무나도 오랫동안 그녀를 에워싸고 있었던 그 낭만적인 감흥의 빛 중 일부라도, 내가 크게 걱정하며 보호하고 있는 탈주범에게 전해 주겠다는 생각 때문이었는지, 정말로 모르겠다. 아마 후자의 가능성이 보다 더 진실에 가까우리라.

어쨌든 나는 그날 밤 당장 제라드 가로 가야겠다는 마음을 좀처럼 억누를 수 없었다. 우리의 탈주범의 안전이 내게 달려 있는 이 시점에 만약 내가 그런 일을 했다가는 않아눕게 될 것이며, 그러면 아무 쓸모도 없는 상태가 되어 버릴 거라는 허버트의 주장만이 내 그런 조바심을 억눌렀을 뿐이다. 나는 몇 번이고 거듭해서 무슨 일이 있어도 다음 날은 반드시 재거스 씨에게 갈 거라는 조건을 걸고 또 걸고 나서야 그날 밤은 그냥 조용히 안정을 취하며 상처를 치료하고 집에 머물러 있으라는 그의 말을 따르기로 했다. 우리는 다음 날 일찍 함께 집을 나섰으며 스미스필드와 만나는 길트스퍼가 모퉁이에서 헤어졌다. 허버트는 시내 중심가로 자기 갈 길을 갔고, 나는 리틀브리튼을 향해 내 갈 길을 갔다.

재거스 씨와 웨믹이 정기적으로 사무실 회계를 꼼꼼히 결산하고 회계 전표들을 대조하며 모든 일을 정리하는 때가 있었다. 그럴 때면 웨믹은 장부들과 서류 뭉치들을 들고 재거스 씨의 방으로 갔으며, 위층 사무직원 한 명이 아래층 바깥쪽 사무실에 내려와 있곤 했다. 그날 아침 웨믹의 자리에 그 사무직원이 내려와 있는 걸 보고, 나는 무슨 일이 있는지 바로 알아차렸다. 하지만 재거스 씨와 웨믹을 함께 보게 된 게 전혀 유감스럽지 않았다. 그렇게 되면 내가 자기에게 누가 되는 말은 단 한 마디도 하지 않는다는 걸 웨믹이 직접 듣고 알 수 있을 거라는 생각이 들어서였다.

팔에 붕대를 칭칭 감고 외투는 어깨 위에 헐렁하게 걸친 채 나타난 나의 모습은 내 목적에 유리하게 작용했다. 시내에 도착하자마자 미스 해비셤 사건에 대한 간략한 개요를 적어보내긴 했어도 나는 이제 다시 그 자세한 전말을 설명해야 했다. 그리고 사건의 상황이 특수했던지라, 우리의 대화는 그전의 대화들보다 훨씬 덜 건조했고 덜 딱딱했으며 증거의 원칙에 덜 엄격하게 통제받았다. 내가 끔찍했던 참사를 설명하는 동안 재거스 씨는 늘 하던 버릇대로 난롯가에 서 있었다. 웨믹은 두 손을 바지 주머니에 찔러 넣고 펜은 우체통 구멍 입에 수평으로 문 채, 나를 뚫어져라 바라보며 의자에 몸을 기대고 앉아 있었다. 내 마음속에서 늘 사무적인 법직 질차와 분리해시 생각할 수 없었던 난폭한 두 석고 두상들은 당장 화재 냄새를 맡게 되는 게 아닌가 하며 시뻘겋게 충혈된 눈으로 생각에 잠긴 것 같았다.

설명이 모두 끝나고 그들의 질문도 모두 동나고 난 뒤, 나는 허버트를 위해 9백 파운드를 지급받으라는 미스 해비셤의 지급 권한 위임장을 꺼냈다. 수첩을 건네자 재거스 씨의 눈이 조금 더 깊게 그의 머리 속으로 들어갔지만, 그는 그 위임장을 웨믹에게 건네며 자신이 서명할 수 있게 수표를 작성해 오라고 지시했다. 그 일이 진행되는 동안 나는 수표를 작성하고 있는 웨믹을 지켜보았고, 재거스 씨는 잘 닦인 구두를 신고 자세를 잡은 채 몸을 흔들며 나를 바라보았다. 「미안하네, 핍.」 그가 서명한 수표를 주머니에 집어넣고 있는데 그가 말했다. 「〈자네〉를 위해 우리가 해줄 수 있는 게 아무것도 없다네.」

「미스 해비셤께서도 참으로 인자하게 제게 해줄 일이 없느냐고 물으셨습니다.」 내가 대답했다. 「그래서 제가 없다고 말씀드렸습니다.」

「누구든 자기 일은 자기가 알아서 하는 거네.」 재거스 씨가 말했다. 나는 웨믹의 입술이 〈휴대용 동산〉이란 단어를 입 모양으로 만들고 있는 걸 보았다.

「만일 내가 자네였다면 분명히 그녀에게 없다고 대답하지 〈않았을〉 거네.」 재거스 씨가 말했다. 「하지만 누구든 자기 일은 자기가 제일 잘 알겠지.」

「누구든 해야 할 일이 있죠.」 다소 비난조로 웨믹이 나를 향해 말했다. 「휴대용 동산을 차지하는 일 말입니다.」

마음속에 담고 있는 주제를 얘기할 시간이 되었다 싶어 나는 재거스 씨를 향해 말했다.

「하지만 실은 제가 미스 해비셤께 어떤 일을 부탁하긴 했습니다, 변호사님. 제가 그분께 양녀와 관련된 정보를 좀 알려 달라고 부탁했는데, 그분은 자신이 가진 모든 정보를 제게 알려 주셨습니다.」

「그녀가 그랬다고?」 재거스 씨가 자기 구두를 내려다보기 위해 몸을 숙였다가 다시 펴면서 말했다. 「허! 내가 만약 미스 해비셤이었다면 분명히 그러지 않았을 거네. 하지만 그녀 자신의 일은 〈그녀〉가 가장 잘 알겠지.」

「제가 미스 해비셤의 양녀에 대해 그분이 아는 것보다 더 많은 걸 알게 되었습니다, 변호사님. 제가 그 양녀의 친어머니를 압니다.」

재거스 씨가 미심쩍은 표정으로 나를 바라보다 되받았다. 「어머니라고?」

「제가 최근 사흘 이내에 그녀의 어머니를 본 적이 있습니다.」

「그래?」 재거스 씨가 말했다.

「그리고 그건 변호사님도 마찬가지입니다. 변호사님은 최근 그녀를 더 자주 보았습니다.」

「그래?」

「아마 제가 에스텔라의 내력에 대해 변호사님이 아시는 것보다 훨씬 더 많이 알 겁니다.」 내가 말했다. 「저는 그녀의 아버지에 대해서도 압니다.」

재거스 씨의 거동에 멈칫하는 태도가 드러나는 걸 보고 ─ 그는 워낙 냉정한 사람이라 거동의 변화를 내보이는 사람이 아니었지만, 그런 그도 딱히 설명할 수는 없어도 내 말에 막연하게 집중하며 멈칫하는 태도를 내보이지 않을 수 없었다 ─ 나는 그가 그녀의 아버지가 누군지 모른다고 확신했다. 나는 몸을 숨기고 있었다는 프로비스의 이야기(허버트가 전한 내용이다)를 통해 그 점을 이미 강력히 의심하고 있었으며, 다시 그 의심을 프로비스가 아내의 사건 이후 4년가량 시간이 흐른 뒤에, 그것도 자신의 정체를 밝힐 이유가 전혀 없었을 때, 재거스 씨의 의뢰인이 되었다는 사실에 연결시키고 있었다. 그러나 지금까지는 재거스 씨가 에스텔라의 아버지와 관련된 진실을 모르고 있다는 걸 확신까지 할 수는 없었는데, 이제야 그걸 완전히 확신할 수 있게 된 것이었다.

「그러니까! 자네가 그 아가씨의 아버지를 안다 이건가, 핍?」 재거스 씨가 말했다.

「그렇습니다.」 내가 대답했다. 「그리고 그의 이름은 프로비스입니다. 뉴사우스웨일스에서 온 사람이지요.」

이 말을 하자 아무리 재거스 씨라지만 흠칫 놀라지 않을 수 없었다. 사람에게서 나올 수 있는 가장 경미한 놀람이었고, 가장 조심스럽게 억제되고 가장 신속하게 중단된 놀람이었다. 그러나 자신의 놀람을 손수건을 꺼내는 동작 속에 묻어 버리려고 했어도, 그가 놀란 건 분명했다. 웨믹이 내 발언을 어떻게 받아들였는지는 말할 수 없다. 그때 그를 쳐다보는 게 겁이 났기 때문인데, 만약 그랬다가는 예리한 재거스 씨가 그동안 우리 둘 사이에 자신이 모르는 소통이 이루어지고 있었다는 사실을 간파할지 모른다고 생각했다.

「그래, 무슨 증거로 그리 말하는 건가, 핍?」 재거스 씨가 손수건을 코로 가져가다 중간쯤에서 멈춘 후 물었다. 「프로비스가 그런 주장을 한 건가?」

「그는 그런 주장을 하지 않았습니다.」 내가 말했다. 「결코 그런 주장을 한 적도 없습니다. 그리고 그는 자기 딸이 살아 있다는 사실을 알지도 못하고 믿지도 않고 있습니다.」

이번만은 강력한 효과를 발휘하는 그의 손수건이 맥을 못 추었다. 내 대답이 하도 뜻밖이어서 재거스 씨는 평상시 하던 동작을 다 마치지도 못한 채 손수건을 주머니에 다시 집어넣고 팔짱을 낀 후, 일말의 표정 변화도 없이 무섭도록 주의 깊게 나를 쏘아보았다.

그런 다음 나는 내가 아는 모든 내용과 그걸 알게 된 경위를 그에게 얘기했다. 다만 예외적으로 웨믹을 통해 알아낸 사실은 미스 해비셤을 통해 알아낸 것처럼 그가 추측하게 만들었다. 정말이지 나는 그 점에 대해선 지극히 신중을 기했다. 나는 또한 내가 해야 하는 모든 얘기를 다 마칠 때까지 웨믹 쪽을 쳐다보지 않았으며, 한참 동안 재거스 씨의 표정만 말없이 바라보고 서 있었다. 마침내 웨믹 쪽으로 시선을 돌렸을 때, 나는 그가 우체통 구멍 입에서 펜을 빼내고 자기 앞의 탁자만 열심히 들여다보고 있는 걸 발견했다.

「허!」 마침내 탁자 위 서류 뭉치 쪽으로 가면서 재거스 씨가 말했다. 「핍 군이 들어올 때 자네가 다루고 있던 서류가 어떤 거였나, 웨믹?」

그러나 나는 그런 식으로 외면당하는 일에 굴복할 수 없었다. 그래서 열을 내고 거의 화를 내다시피 하면서 그에게 좀 더 솔직하게 그리고 남자답게 나를 대해 달라고 간청했다. 그동안 내가 잘못 빠져 있었던 헛된 희망들과, 그 희망들이 지속되었던 오랜 세월과, 그리고 내가 알아낸 사실 등을 그에게 상기시켰다. 그리고 내 기분을 무겁게 짓누르고 있던 위험도 넌지시 암시했다. 방금 진 내가 일러 준 비밀에 대한 보답 차원에서라도 그로부터 뭔가 조그만 비밀을 들을 자격이 내게 분명히 있을 거라 생각한다고 주장했다. 그를 비난하지도, 의심하지도, 불신하지도 않으며 다만 그에게서 진실을 확인하기만을 바랄 뿐이라고 말했다. 그리고 만약 그가 왜 그걸 확인하고 싶은 거냐고, 왜 그런 확인을 할 권리가 있다고 생각하느냐고 묻는다면, 그가 내 가련한 꿈에 대해 신경도 쓰지 않은 사람이긴 하지만 그래도 이렇게 대답하겠다고 말했다. 즉 나는 에스텔라를 오랜 세월 동안 극진히 사랑했던 사람이며, 지금은 비록 그녀를 잃고 꿈마저 빼앗긴 삶을 살고 있는 처지지만 그녀와 관련된 것이라면 무엇이든 나에게는 여전히 세상 그 무엇보다 더 관심이 가고 더 소중하다고 말이다. 그리고 이렇게 애타게 호소했는데도 재거스 씨가 여전히 미동도 없이 침묵하며 철저하게 완고한 태도를 노골적으로 고수하고 있는 모습을 보고, 웨믹을 향해 돌아서며 말했다. 「웨믹, 난 당신이 따뜻한 가슴을 가진 사람이라고 알고 있습니다. 난 당신의 즐거운 집과, 당신의 연로하신 아버님과, 당신이 사무실 생활을 재충전하기 위해 고안해 낸 천진난만하고 즐겁고 재미난 온갖 방식들을 보았습니다. 그러니 그런 당신에게 나를 위해 재거스 씨에게 한마디 해달라고 간청하겠습니다. 그리고 모든 상황을 고려해 볼 때 그가 나를 좀 더 솔직하게 대해야 한다고 주장해 달라고 간청하겠습니다.」

내가 이렇듯 간곡히 호소하고 난 후 재거스 씨와 웨믹이 지은 것보다 더 기묘한 표정으로 두 명의 남자가 서로를 바라보는 광경을 나는 결코 본 적이 없다. 처음에는 웨믹이 당장 일자리에서 쫓겨나는 게 아닌가 하는 불안감이 스쳐 지나갔다. 하지만 재거스 씨가 점차 누그러지면서 미소 비슷한 표정을 짓고 웨믹이 점차 대담해지는 모습을 보았고, 그러면서 내 불안감도 서서히 사라져 갔다.

「이게 대체 다 무슨 소린가?」 재거스 씨가 말했다. 「자네에게 연로한 아버지가 계시고, 자네가 즐겁고 재미난 방식으로 산다니?」

「글쎄요!」 웨믹이 응수했다. 「그런 것들을 이곳에 가지고 오지만 않는다면 무슨 상관입니까?」

「핍.」 재거스 씨가 자기 손을 내 팔에 올린 채 대놓고 미소를 지으면서 말했다. 「이 사람은 분명히 런던 시내에서 가장 교활한 사기꾼일 걸세.」

「천부당만부당한 말씀입니다.」 웨믹이 점점 더 대담하게 응수했다. 「저는 변호사님이야말로 그런 사람이라고 생각합니다.」

다시 한 번 그들은 아까와 같은 기묘한 표정을 주고받았는데, 여전히 둘 다 상대방이 자신을 속이고 있다고 불신하는 기색이 역력했다.

「〈자네〉에게 즐거운 집이 있다고?」

「업무에 지장을 주는 건 아니니까요.」 웨믹이 대답했다. 「그냥 그러려니 하시죠. 그리고 변호사님을 보자면요, 요즘 같은 날들 중 어느 하루, 변호사 일에 진절머리가 나서 〈변호사님 자신의〉 즐거운 집을 계획하고 궁리하게 되실지 모릅니다. 그렇다 하더라도 전 놀라지 않을 겁니다.」

재거스 씨는 회상에 잠긴 듯 두세 차례 고개를 끄덕였고 사실상 한숨을 내쉬었다. 「핍.」 그가 말했다. 「자네의 그 〈가련한 꿈들〉에 대해선 얘기하지 않기로 하세. 그런 꿈들에 대해선 자네가 생생하게 새로운 경험을 많이 했으니 나보다 더 많은 걸 알고 있을 거네. 하지만 자, 그 다른 문제 말일세. 자네에게 가상의 상황 하나를 제시해 보겠네. 명심하게! 난 아무것도 시인하는 게 아니네!」

그는 자기가 아무것도 시인하지 않는다고 분명히 밝혔다는 걸 내가 완전히 이해했다고 선언하기를 기다렸다.

「자, 핍.」 재거스 씨가 말했다. 「이런 상황을 가정해 보세. 자네가 말했던 것 같은 상황에 처한 한 여자가 자기 아이를 숨겨 놓고 있었는데, 그녀의 법률 자문 변호사가 변호의 범위를 위해 그녀에게 아이의 실제 상황이 어떤지 반드시 알아야 한다고 주장해서 부득이 그 사실을 그에게 알리지 않으면 안 되었던 상황 말일세. 동시에 그 변호사가 어떤 괴벽한 부자 숙녀분에게서 양녀로 키울 아이 하나를 알아봐 달라는 부탁을 받았다고 가정해 보세.」

「잘 알아듣고 있습니다, 변호사님.」

「그 변호사가 죄악으로 가득 찬 환경에서 살고 있으며, 그가 아이들에 대해 목격한 것이라곤 그저 그중 수많은 아이들이 확실한 파멸에 빠지기 위해 태어난 거라는 사실뿐이라고 가정해 보세. 그가 형사 법정에 구경거리처럼 세워져 재판을 받는 아이들의 모습을 종종 보았다고 가정해 보세. 그가 그 아이들이 수감되고, 매 맞고, 유배를 가고, 멸시당하고, 버려지고, 온갖 방식으로 교수형에 처해질 자격을 얻게 되고, 결국 자라나서 교수형에 처해지는 모습을 습관처럼 알게 되었다고 가정해 보세. 그가 일상 업무를 수행하면서 보게 된 거의 모든 아이들을, 알에서 부화하여 그의 그물망에 걸리게 되는 물고기들로 자라나 기소되고, 변론받게 되고, 위증의 대상이 되고, 고아가 되고, 어떤 식으로든 사악하게 변하는 존재들로 여길 충분한 이유를 갖고 있다고 가정해 보세.」

「잘 알아듣고 있습니다, 변호사님.」

「핍, 여기 그 아이들의 무리 중에서 구원될 여지가 있는 예쁘장한 여자아이 하나가 있다고 가정해 보세. 아이의 아버지는 그 아이가 죽었다고 믿고, 감히 그 어떤 소동도 피우지 않았던 사람이네. 그리고 아이 어머니의 법률 자문 변호사는 그 어머니에게 그 아이에 대해 이렇게 말하며 영향력을 발휘했네. 〈난 당신이 한 짓을 알고 있고, 당신이 어떻게 그런 짓을 했는지도 알고 있어. 당신은 이런저런 식으로 등장했고, 이게 당신이 공격한 방식이고, 이게 당신이 저항한 방식이고, 당신은 이런저런 방식으로 사라졌고, 당신은 의혹을 피하려고 이런저런 일들을 했어. 당신이 그런 일들을 하는 동안 내내 내가 당신을 추적했고, 그래서 그 모든 내용을 당신에게 다 말하는 거야. 아이와 헤어져. 당신의 결백을 입증하기 위해 아이를 내놓는 일이 필요하지 않다면 말이야. 혹시 필요하다면 아이를 내놓으면 되고. 아이를 내 손에 넘겨. 그러면 내가 당신을 위해 최선을 다하지. 당신이 구원된다면 당신의 아이 역시 구원되는 거야. 하지만 당신이 파멸한다 해도 당신 아이는 여전히 구원을 받게 되지.〉결국 내가 말한 일이 실행에 옮겨졌고 그 여자는 무죄로 방면되었다고 가정해 보세.」

「변호사님 말씀을 완벽하게 이해했습니다.」

「내가 그 무엇도 시인하지 않았다는 것도 이해했나?」

「변호사님께서 그 무엇도 시인하지 않았다는 걸 이해했습니다.」 그러자 웨믹도 반복했다. 「그 무엇도 시인하지 않으

281

셨습니다.」

「가정해 보세, 핍. 격한 흥분과 죽음에 대한 공포로 그녀의 지적 능력이 약간 흔들렸고, 그래서 그녀는 자유의 몸이 되었을 때 겁을 먹고 세상 사람들이 살아가는 길에서 벗어나 보호받기 위해 그 변호사에게 갔던 거라고 가정해 보세. 그리고 그가 그녀를 받아들였고, 그녀의 거칠고 난폭한 본성이 되살아날 조짐이 보일 때마다 그가 옛날 방식으로 그녀에게 강력한 영향력을 발휘하여 눌러 버렸다고 가정해 보세. 이런 가상의 상황을 이해하겠는가?」

「전적으로 이해합니다.」

「그 아이가 자라나서 돈 때문에 결혼했다고 가정해 보세. 그 아이의 어머니가 아직 살아 있고, 아버지가 아직 살아 있고, 서로의 존재를 모르는 그 어머니와 아버지가 서로에게서 몇 킬로미터, 몇백 미터, 몇 미터(자네가 원한다면 말이네) 떨어진 곳에 살고 있고, 자네가 그 사실을 눈치챘다는 것 말고는 그 비밀이 아직 비밀로 남아 있다고 가정해 보세.」

「가정하겠습니다.」

「웨믹, 자네에게도 매우 신중하게 그런 경우를 가정해 보라고 요구하겠네.」

그러자 웨믹이 말했다. 「가정하겠습니다.」

「자, 자넨 대체 누구를 위해서 그 비밀을 밝히려고 하는가? 그 아버지를 위해서? 내 생각에 그는 그 어머니란 사람이 나타난다고 해도 더 나은 삶을 살진 못할 것이네. 그럼 그 어머니를 위해서? 내 생각에 그녀는 이미 엄청난 죄를 지은 사람이니 지금 사는 곳에서 사는 게 더 안전할 것이네. 그럼 그 딸을 위해서? 내 생각에 그녀의 부모를 확인하게 되면 그 남편이 알게 될 것이네. 그러니 20년 동안 피해 살다가 이제 평생 안심하고 살게 된 상황인데 그녀를 다시 그런 수치스러운 상황으로 끌고 들어가는 건 그녀에게 좀처럼 도움이 안 될 것이네. 하지만 그 가정에다 자네가 그녀를 사랑했다는 사실을 추가시키게. 그리고 자네가 그녀를 그 〈가련한 꿈들〉 — 자네가 생각하는 것보다 훨씬 더 많은 사람들의 머릿속에 이런저런 시절에 한번쯤은 들어 있었을 걸세 — 의 대상으로 삼았었다는 사실도 추가시키게, 핍. 그러면 내 자네에게 분명히 말하겠네. 붕대로 감은 자네의 그 왼손을 붕대로 감은 그 오른손으로 찍어 내는 게 차라리 나을 거라고 말이네. 그 문제를 심사숙고해 본다면 자네는 더더욱 빨리 그러고 싶어질 걸세. 그리고 자네는 그 찍어 낸 도구를 저기 웨믹에게 넘겨주면서 나머지 손마저 잘라 내라고 하는 게 더 나을 거라고 말하겠네.」

웨믹을 바라보니 얼굴이 꽤 심각해 보였다. 그는 심각한 표정을 지으며 집게손가락으로 입술을 매만지고 있었다. 나도 똑같이 했다. 재거스 씨도 같은 동작을 했다. 「자, 웨믹.」 그러고 나서 재거스 씨가 다시 평소의 태도를 보이며 말했다. 「핍 군이 들어왔을 때 자네가 어떤 항목을 다루고 있었다고?」

그들이 일을 하고 있는 동안 나는 잠시 옆에 서 있었다. 그리고 나는 그들이 서로에게 던진 기묘한 표정이 몇 차례 반복되는 걸 목격했다. 다만 지금은 이런 차이가 있었다. 그들이 강하게 의식을 하고 그랬다는 건 아니지만, 각각 자신이 상대방에게 나약하고 전문가답지 못한 면모를 내보였다는 의심을 품고 있는 것처럼 보였다는 것이다. 바로 이런 이유로 인해 그들이 그때 서로에게 경직된 모습을 보였던 게 아닌가 하는 생각이 든다. 재거스 씨는 극히 독단적이었고, 웨믹은 잠시라도 소소한 항목이 미결 상태가 되면 자신이 옳다고 고집스럽게 주장했다. 나는 두 사람의 관계가 그렇게 안 좋아 보이는 모습은 한 번도 본 적이 없었다. 그들은 대체로 아주 잘 지내 온 편이었기 때문이다.

그러나 천만다행으로 두 사람 모두 때맞춰 나타난 마이크의 등장으로 이런 거북한 상황에서 벗어났다. 그는 내가 그 방에 처음 들어섰던 날 본 적이 있는 의뢰인으로, 소맷자락으로 코를 문지르는 버릇을 지녔고 모피 모자를 쓰고 있었다. 자기가 직접 당한 것이든 아니면 가족들 중 한 명이 당한 것이든, 늘 곤경에 처해 있는 것처럼 보였던(그곳에선 그게 뉴게이트 감옥 형을 의미했다) 그는 이번엔 자기 맏딸이 가게에서 좀도둑질을 한 혐의를 받고 있다고 말하러 들른 참이었다. 그가 이런 우울한 사실을 웨믹에게 알리는 동안 재거스 씨는 난롯불 앞에 고압적인 자세로 서서 그들 사이에 오가는 대화에 일절 끼어들지 않고 있었다. 그때 우연찮게도 마이크의 눈에서 눈물이 반짝거렸다.

「지금 뭐하자는 거요?」 웨믹이 벌컥 화를 내며 소리쳤다. 「코를 훌쩍거리며 질질 짤 거면 여기 뭐하러 온 거요?」

「일부러 그런 건 아닙니다, 웨믹 씨.」

「당신은 일부러 그랬어.」 웨믹이 말했다. 「어찌 감히 그럴 수가 있소? 망가진 펜촉처럼 질질 짜지 않고 올 수 없다면 당신은 이곳에 올 적절한 상태가 아니오. 대체 그런 꼴로 뭘 어쩌자는 거요?」

「사람이라면 제 감정을 어쩔 수 없는 겁니다, 웨믹 씨.」 마이크가 항변했다.

「제 뭐라고?」 웨믹이 아주 거칠게 물었다. 「다시 한 번 말해 봐!」

「허, 저런. 이봐, 어이 거기.」 재거스 씨가 한 걸음 걸어 나오면서 문을 가리키며 말했다. 「이 사무실에서 당장 나가. 여긴 제 감정 따위를 받아 주는 데가 아니야. 당장 나가.」

「거봐, 꼴좋다!」 웨믹이 말했다. 「나가쇼!」

결국 불운한 마이크는 매우 공손한 태도로 사라졌다. 재거스 씨와 웨믹은 서로를 이해하고 공감하는 좋은 관계를 재정립한 것처럼 보였으며, 막 점심을 먹고 새로운 원기가 보충되기라도 한 듯 다시 활기차게 일을 시작했다.

52

리틀브리튼을 떠난 나는 주머니에 수표를 넣고 회계사인 미스 스키핀스의 오빠에게로 갔다. 미스 스키핀스의 오빠는 곧장 클래리커 상사로 가서 클래리커를 내게 데리고 왔고, 나는 대단히 만족스럽게 계약을 마무리 지었다. 막대한 유산을 상속받게 되었다는 사실을 통보받은 이후 내가 행한 행동들 중에서 유일하게 착한 일이었고, 유일하게 완결을 본 일이었다.

이날 클래리커는 내게 자기 상사의 사업이 꾸준하게 성장해 가고 있으며, 이제 사세 확장을 위해 매우 필요한 일로서 동양에 소규모 지사를 설립할 수 있게 되어 허버트가 새로운 동업자 자격으로 그곳에 나가서 책임을 맡게 될 거라고 알려 주었다. 그리하여 나는 내 친구와 이별을 준비해야만 하며, 설사 일이 더 잘 해결된다 하더라도 그래야 한다는 것을 깨달았다. 그러다 보니 이제 정말로 마지막으로 내리고 있던 닻이 박혀 있던 지점에서 뽑혀 곧 바람과 파도에 떠밀려 가게 될 거라는 느낌이 들었다.

그러나 어느 날 밤 허버트가 크게 기뻐하며 집에 와서, 사실 내게는 전혀 새로운 소식이 아니라는 걸 꿈에도 생각하지 못한 채, 자신에게 큰 변화가 일어나서 자기가 『아라비안나이트』의 나라로 클래라를 데려가게 되었고, 나도 나가서 그들과 합류하게 될 거라고(내 생각엔 낙타를 탄 대상 행렬과 함께) 말했을 때, 그리고 모두 함께 나일 강을 따라 올라가며 경이로운 볼거리들을 구경하게 될 거라고 말하면서 꿈에 부풀어 환상 속의 그림을 그려 내는 모습을 보여 주었을 때, 그의 그런 기쁨이 그나마 내겐 보상이었다. 나는 그의 밝고 희망찬 계획 속에서 내가 차지할 부분에 대해선 전혀 낙관할 수 없었다. 하지만 허버트의 앞길이 급속도로 밝아지고 있으며, 늙은 발리 영감은 그저 후추와 럼주만 먹고 있으면 될 것이고, 결국은 그의 딸이 빠른 시간 안에 행복하게 허버트의 부양을 받게 될 거라고 느꼈다.

때는 이제 3월 초입으로 접어들고 있었다. 왼쪽 팔은 그 어떤 나쁜 예후도 보이지 않았지만, 화상이 치유되는 과정이 으레 그렇듯이 꽤 오랜 시간이 걸려서 아직도 외투를 입을 수 없는 상태였다. 오른쪽 팔은 웬만큼 회복되어서 흉이 남긴 했지만 어지간히 쓸 만했다.

어느 월요일 아침, 허버트와 함께 아침을 먹다가 웨믹이 우편으로 부쳐 온 다음과 같은 편지를 받았다.

월워스. 이 편지를 읽는 즉시 태워 버리세요. 이번 주초, 이를테면 수요일에 당신이 알고 있는 일을 시도할 마음이 있다면 그걸 할 수 있을 듯싶습니다. 당장 태우세요.

편지를 허버트에게 보여 주고 난롯불에 던져 넣은 뒤 ─ 물론 둘 다 편지 내용을 암기하고 난 뒤였다 ─ 우리는 어떻게 해야 할지 숙고했다. 물론 내가 화상을 입었다는 사실은 이제 더 이상 회피만 할 사항이 아니었다.

「몇 번이고 이 일을 되풀이해서 생각해 봤다.」허버트가 말했다.「그래서 템스 강의 뱃사공을 부리는 것보다 더 나은 방법을 찾아냈다는 생각이 들어. 바로 스타톱을 이용하자는 거야. 그는 착한 친구인 데다 노 젓는 솜씨도 훌륭하고, 우리를 좋아하고 열정적이고 지조 있는 친구지.」

마침 나도 한 차례 이상 그 친구를 떠올렸던 터였다.

「하지만 그에게 어느 정도까지 얘기할 건데, 허버트?」

「아주 조금만 얘기해야겠지. 이 일을 그저 재미난 놀이이지만 아침이 올 때까진 비밀로 해야 할 일이라 얘기하자고. 그런 다음 그에게 프로비스를 배에 태워 해외로 내보내야 할 급박한 사정이 있었다고 말해 주는 거야. 너는 그 사람과 같이 갈 거지?」

「물론이지.」

「어디로?」

나는 그 문제를 수도 없이 불안한 마음으로 숙고하면서 장소는 아무 데라도 ─ 함부르크, 로테르담, 안트베르펜 어니라도 ─ 좋다고 생각했다. 장소는 조금도 중요하지 않았다. 그가 영국을 빠져나가기만 한다면 말이다. 보트를 저어 내려가다가 어떤 기선이든 우리를 태워 줄 기선만 만나면 되는 일이었다. 그를 보트에 태워 템스 강 하류 쪽, 혹시 의혹이 생겨 수색이나 탐문이 시작된다면 분명히 결정적 장소가 될 그레이브스엔드[15]에서 훨씬 더 내려간 하류 쪽까지 충분히 멀리 데려가리라 마음먹고 있었다. 외국의 기선들이 대략 만조 무렵 런던을 떠나곤 했으므로, 우리의 계획은 그 직전에 썰물을 타고 강 하류 쪽으로 내려가서 그 기선들 중 한 척에 다가갈 수 있을 때까지 조용한 장소에서 꼼짝 않고 기다리자는 것이었다. 그곳이 어디가 되었든 우리가 있는 곳에 외국 기선이 도착할 시간은, 미리 조사만 해둔다면 꽤 근접한 시간을 계산할 수 있을 것 같았다.

허버트는 이 모든 계획에 동의했다. 우리는 아침을 먹은 후 즉시 조사를 진행하기 위해 집을 나섰다. 함부르크행 기선이 우리의 목적에 가장 잘 맞을 가능성이 높다는 걸 알았고, 그래서 계획을 주로 그 배에 맞췄다. 그것 말고도 우리와 같은 조류를 타고 가는 다른 외국 기선들이 어떤 것들이 있는지 적어 놓았으며, 각각의 배의 구조와 색깔을 미리 알아 놓고 우리 자신을 안심시켰다. 그러고 난 뒤 우리는 몇 시간 동안 헤어졌다. 나는 즉시 필요한 여권들을 발급받으러 갔으며, 허버트는 스타톱을 만나러 그의 거처로 갔다. 우리는 아무런 방해 요인 없이 각각 해야 할 일을 잘 마쳤고, 1시에 다시 만나 모든 일이 잘 처리된 걸 확인했다. 나는 여권들을 마련했고 허버트는 스타톱을 만났는데, 그는 스타톱이 기꺼이 우리 일에 동참하겠다고 말했다고 했다.

우리는 허버트와 스타톱이 한 쌍의 노를 젓고 내가 보트

15 템스 강 하류로 수상 세관이 있던 곳.

의 키를 잡기로 결정했다. 화물 격인 당사자는 그냥 조용히 앉아 있게 하기로 했다. 속도를 내는 게 목적이 아니었으므로 우리는 넉넉히 시간을 들여 천천히 나아가기로 했다. 그날 저녁 허버트가 밀폰드뱅크에 들르기 전까지는 저녁을 먹으러 집에 오지 않기로 했다. 그리고 다음 날 저녁까지는 허버트가 그곳에 다시 가지 않기로 했고, 수요일이 되어 프로비스가 우리가 다가오는 걸 보게 되면(그가 더 빨리 나와서는 안 되고) 집 근처에 있는 선착장으로 그가 내려오도록 준비시키기로 약속했다. 그리고 프로비스와의 모든 약속은 월요일까지 다 끝마치기로 했고, 그를 보트에 태울 때까지는 더 이상 그에게 연락하지 않기로 약속했다.

두 사람 모두 이런 주의 사항들을 충분히 숙지하고 나서야 비로소 나는 집으로 갔다.

나는 열쇠로 집 문을 열자마자 우편함에서 내게 보내온 편지 한 통을 발견했다. 못 쓴 글씨는 아니었지만 꽤나 지저분한 편지였다. 인편으로 보낸 편지였는데(물론 내가 집을 나간 이후였다) 그 내용은 이랬다.

만약 당신이 오늘 밤이나 내일 밤 9시에 옛날 그 습지대에 있는 석회 가마 옆 작은 수문 관리소 건물로 오는 게 두렵지 않다면 오는 게 좋을 것이다. 〈당신의 숙부 프로비스〉와 관련된 정보를 원한다면 오는 게 좋을 테고, 누구에게도 얘기하지 말고 시간을 엄수하는 게 좋을 것이다. 〈반드시 혼자 와야 한다.〉 이 편지를 갖고 와라.

나는 이 이상한 편지를 받기 전에도 이미 충분히 정신적인 부담을 느끼고 있던 중이었다. 그러니 이제 어떻게 해야 할지 알 수 없었다. 제일 곤혹스러웠던 건 빨리 결정을 내려야지, 그렇지 않았다간 오늘 밤 나를 제시간에 고향 읍내로 태워다 줄 오후 마차를 놓치게 될 거라는 점이었다. 내일 밤은 생각할 수 없었다. 우리가 떠나기로 한 탈출 시간이 너무 임박한 시간이기 때문이었다. 그리고 다시 생각해 보니 확실치는 않지만 편지에서 제공하겠다고 한 정보가 뭔가 탈출 자체와 중요한 관계가 있을지도 모를 일이었다.

아마 내게 충분한 시간이 있었다 해도 나는 분명히 그곳으로 갔을 거라는 생각이 든다. 어쨌든 생각할 시간이 거의 없었으므로 — 내 시계가 앞으로 30분 안에 마차가 떠난다는 사실을 알리고 있었다 — 가기로 결정했다. 아마 숙부 프로비스에 대한 언급이 없었더라면 분명히 가지 않았을 것이다. 바로 그 언급에 웨믹의 편지와 그날 오전의 분주했던 준비 과정들이 덧붙여져서 정세를 일변시켰다.

급하게 서두르는 상황에서는 그 어떤 편지 내용이든 명확하게 숙지한다는 게 워낙 어려운 일이다. 따라서 이 수수께끼 같은 편지의 내용, 즉 이 일을 비밀로 하라는 지시를 마음속에 기계적으로 새길 때까지 한 번, 두 번 거듭해서 읽어야만 했다. 마찬가지로 다른 편지 내용도 기계적으로 따르면서 허버트에게 연필로 쓴 쪽지를 남겨 놓았다. 내가 얼마나 오래 걸릴지 모르는 해외여행을 곧 떠나게 생겼으니, 미스 해비섐이 어찌 되었는지 직접 확인하러 급히 고향 읍내에 다녀오겠다는 내용을 담은 쪽지였다. 그리고 나서 미처 큰 외투를 걸칠 틈도 없이 부랴부랴 거처 문을 잠그고 지름길을 통해 역마차 사무소로 내달렸다. 만약 전세 마차를 불러서 큰길을 통해 갔다면 분명히 목표로 했던 역마차를 놓쳤을 것이다. 그러나 앞서 말한 식으로 간 덕택에 사무소 앞마당을 막 빠져나가려는 마차를 잡아탈 수 있었다. 제정신을 차리고 보니 실내 승객은 나뿐이었고, 덜커덩거리는 마차 안에서 무릎까지 밀짚 더미에 파묻힌 채 흔들거리고 있었다.

사실 나는 편지를 받은 이후로 제정신이 아니었다. 오전 시간을 그토록 분주하게 보낸 뒤에 그런 편지까지 받고 보니 너무나 당혹스러웠다. 오랫동안 초조한 마음으로 웨믹의 연락을 기다려 오다가 그의 지시가 뜻밖의 선물처럼 하도 느닷없이 전해졌기 때문에, 그날 아침 너무나 황급하고 흥분된 상태였다. 그런데 그제야 나는 마차에 오르고야 만 나 자신에 대해 의아해했고, 내가 거기 타고 있어야 할 충분한 이유가 과연 있는 건지 의문을 품었고, 당장 내려서 돌아가야 할지 심사숙고했고, 도대체 이름도 모르는 사람이 보낸 편지를 신경 쓴다는 게 말이 되느냐며 나 자신을 공박하기 시작했다. 요컨대 나는 황망한 상태에 빠져 본 사람이라면 모르는 사람이 거의 없을, 그 모든 자가당착과 우유부단의 단계들을 겪기 시작했다. 그럼에도 편지에서 프로비스라는 이름을 언급했다는 사실이 모든 것들을 눌러 버렸다. 나는 만약 가지 않았다가 그에게 무슨 피해라도 생긴다면 대체 어떻게 나 자신을 용서할 수 있을까라는 논증 — 만약 이런 게 논증이라면 말이다 — 을 그게 논증인 줄도 모르고 하면서 내가 가는 일에 대한 논리적 근거를 대고 있었다.

마차에서 내리지도 않았는데 벌써 날이 저물었다. 마차 안에서 아무것도 볼 수 없었고 몸도 불편한 상태라 바깥으로 나갈 수 없었기 때문에 이 여행이 길고 지루하게 느껴졌다. 블루 보어 여관을 피해 그다지 유명하지 않은 다른 여관에 숙소를 정했고 그곳에서 간단한 저녁 식사를 주문했다. 식사가 준비되는 틈을 이용하여 새티스 하우스에 가서 미스 해비셤의 안부를 물었다. 그녀는 조금 나아지긴 했지만 아직도 몹시 아픈 상태였다.

내가 묵은 여관은 오래된 교회 건물의 일부였는데, 나는 꼭 성수반(聖水盤)처럼 생긴 자그마한 팔각형 휴게실에서 식사를 했다. 내 몸 상태가 음식을 썰어 먹을 수 없는 상태였기 때문에 번쩍거리는 대머리의 늙은 여관 주인이 그 일을 대신해주었다. 이 때문에 우리는 대화를 나누게 되었고, 그는 친절하게도 바로 내 얘기를 꺼내 나를 심심치 않게 했다. 물론 펌블추크가 내 최초의 은인이며 내 행운에 초석을 놓은 사람이라는 내용이 주종을 이루는 얘기였다.

「그 청년을 아세요?」 내가 말했다 ,

「그를 아느냐고요?」 주인이 되받았다. 「그가 아직 채 자라지도 않았던 갓난쟁이 시절부터 알죠.」

「그가 이 읍내에 자주 오나요?」

「물론입니다. 가끔 그의 대단한 친구들한테는 오죠.」 여관 주인이 말했다. 「그리고 자기를 만들어 준 사람한테는 쌀쌀맞게 대하고 있고요.」

「그게 누군데요?」

「내가 말하는 사람은 말이죠.」 여관 주인이 말했다. 「바로 펌블추크 씨입니다.」

「그 청년이 그 사람 말고 다른 사람들에겐 배은망덕하지 않겠죠?」

「틀림없이 그는 할 수만 있다면 그리했을 겁니다.」 여관 주인이 대답했다. 「하지만 그는 그럴 수가 없습니다. 왜냐고요? 펌블추크가 그를 위해 모든 조치를 다 해놓았기 때문입니다.」

「펌블추크가 그렇게 말하나요?」

「그렇게 말하죠!」 여관 주인이 대답했다. 「그렇게 말할 필요도 없지만요.」

「하지만 그렇게 말한다면서요?」

「그가 그 얘기를 하는 걸 듣는다면 누구든 피가 거꾸로 돌아 백포도주 식초로 변해 버릴 겁니다, 손님.」 여관 주인이 말했다.

나는 속으로 생각했다. 〈하지만 조, 그리운 조, 《당신》은 결코 그런 말을 하지 않았어요. 오랫동안 고통을 겪어 온 사랑하는 조, 《당신》은 결코 불평하지 않았어요. 또한 마음씨고운 비디, 너도 그랬어!〉

「사고 때문에 입맛도 영향을 받았나 보군요.」 여관 주인이 내 외투 밑의 붕대를 감은 팔을 흘긋 보면서 말했다. 「좀더 부드러운 조각을 드셔 보세요.」

「됐습니다.」 식탁에서 난롯불로 몸을 돌리면서 내가 대답했다. 「더 먹을 수가 없네요. 그만 식사를 가져가 주세요.」

나는 그날 그 뻔뻔한 사기꾼 펌블추크로 인해 느끼게 된 것만큼, 조에 대한 내 배은망덕을 더 예리하게 느꼈던 적이 결코 없었다. 그자가 거짓을 더 행하면 행할수록 조는 더욱더 진실해졌고, 그자가 더 비열해지면 비열해질수록 조는 더욱더 고결해졌다.

한 시간 혹은 그 이상을 난롯불을 들여다보며 곰곰이 상념에 젖어 있노라니, 내 가슴은 몹시 그리고 당연히 겸손해졌다. 시계 치는 소리가 내 상념을 깨웠지만 침울한 기분과 후회의 감정까지 깨운 건 아니었다. 나는 일어나서 외투를 걸치고 목 주변에 단단히 묶은 후 밖으로 나갔다. 그 전에 내용을 다시 참고하려고 주머니 안에 들어 있던 문제의 편지를 찾으려 했지만 찾을 수가 없었다. 분명히 그걸 마차 밀짚 속에 떨어뜨린 것 같다는 생각이 들어 마음이 편치 않았다. 하지만 나는 약속된 습지대 석회 가마 옆 수문 관리소 건물을 아주 잘 알고 있었으며, 9시라는 약속 시간도 마찬가지로 잘 기억하고 있었다. 여유가 없었으므로 곧장 습지대로 갔다.

53

울타리를 쳐놓은 부지들을 벗어나 습지대로 나아갈 때는 비록 보름달이 떠오르고 있었지만 깜깜한 밤이었다. 어두운 습지대의 지평선 너머로 가늘고 긴 장식 띠처럼 맑은 하늘이 살짝 보였지만, 붉고 커다란 달을 다 담아낼 만큼 그 폭이 넓지는 않았다. 몇 분 후 달이 그 맑은 터전으로부터 겹겹이 쌓인 구름들 사이로 둥실 솟아올랐다.

바람이 침울하게 불어 대고 있었고 습지대는 몹시 황량했다. 그곳이 생소한 사람이라면 못 견딜 곳이라고 생각했을 것 같았다. 심지어 내게도 습지대가 너무나 짓누르는 듯 답답하게 느껴져 다시 돌아갈까 얼핏 망설여지기까지 했다. 그러나 나는 습지대를 잘 알고 있었다. 그러니 그날보다 더 깜깜한 밤이었어도 길을 찾아갈 수 있었다. 그리고 기왕 그곳에 온 마당에 다시 돌아갈 핑곗거리도 없었다. 따라서 내 의사와는 반대로 그곳에 왔던 나는, 내 의사와는 반대로 계속 나아갔다.

내가 택한 방향은 옛날 집이 있는 쪽이 아니었고 죄수를 쫓아갔던 방향도 아니었다. 앞으로 걸어갈 때 내 등은 멀리 폐선 감옥선 쪽을 향하고 있었다. 그리고 모래톱 위 먼 곳에 옛날의 그 신호소 불빛이 보였지만, 그 불빛은 어깨 너머로 보였을 뿐이었다. 나는 석회 가마가 있는 곳을 옛날 포대 자리만큼 잘 알고 있었다. 그러나 두 곳은 몇 킬로미터 떨어져 있었다. 따라서 그날 밤 각 지점에 등불이 타오르고 있었다 해도, 빛을 발하는 그 두 지점들 사이엔 좁고 길게 이어진 깜깜한 지평선만이 펼쳐져 있었을 것이다.

처음에 나는 내 뒤의 습지대 출입문을 닫아야 했고, 이따금 쌓아 올린 강둑 통행로에 누워 있던 가축 떼가 일어나서 어슬렁거리며 풀밭과 갈대밭 사이로 걸어 내려가는 동안 가만히 서 있어야 했다. 그러나 잠시 후엔 평평한 습지대 전체가 다 내 것처럼 보였다.

석회 가마 근처까지 가는 데 다시 30분이 걸렸다. 숨 막힐 듯한 냄새가 느릿느릿 퍼져 나오는 가운데 석회가 구워지고 있었다. 하지만 불들은 지펴진 채 방치되어 있었고 일꾼들은 아무도 보이지 않았다. 근처에는 조그만 채석장이 있었다. 내가 가는 길의 바로 중간에 있는 곳이었는데, 여기저기 연장들과 손수레들이 널려 있는 모양새로 보건대 그날 채석 작업이 있었던 것 같았다.

그 채석장 구덩이를 빠져나와 다시 습지내 평시로 올라오자 — 울퉁불퉁한 길이 그 채석장을 통과하고 있었다 — 드디어 낡은 수로 관리소의 불빛이 보였다. 나는 발걸음을 재촉해 가서 손으로 문을 두드렸다. 응답을 기다리며 주변을 둘러보다가, 수문이 방치되고 부서졌으며 관리소 건물 자체 — 기와지붕과 목재로 지은 건물이었다 — 도 지금은 제법 평평한 모습을 유지하고 있지만 앞으로는 더 이상 비바람에 맞서 버티지 못할 것이라고 생각했다. 그리고 진흙과 뻘이 석회를 바른 듯 주변을 뒤덮고 있으며 숨 막히는 석회 가마의 증기가 무시무시한 모습으로 나를 향해 스멀스멀 기어오고 있는 걸 지켜보았다. 여전히 안에서 아무런 응답이 없자 다시 문을 두드렸다. 또다시 응답이 없자 빗장을 벗겨 보았다.

손 밑에서 슬며시 빗장이 벗겨지더니 문이 스르르 열렸다. 안을 들여다보자 탁자 위에 불이 켜진 초 한 자루와 긴 의자, 작은 바퀴가 달린 침대 틀 위의 매트리스가 보였다. 위에 다락방이 있었으므로 〈여기 누구 없어요?〉라고 소리쳤다. 그러나 그 어떤 목소리도 대답하지 않았다. 시계를 보았다. 이미 9시가 넘은 시간이라는 걸 확인하고 다시 〈여기 누구 없어요?〉라고 소리쳤다. 여전히 아무 대답이 없어서 어떻게 해야 할지 결정을 못 내리고 문 쪽으로 나갔다.

비가 빠르게 쏟아지기 시작했다. 이미 내가 보았던 것들 말고는 아무것도 보이지 않아서 다시 관리소 안으로 들어가 문간의 빗물막이 밑에 서서 깜깜한 밤 풍경을 내다보고 있었다. 방금 전까지 분명히 그곳에 누가 있었으며 그가 곧 돌아올 거라는 생각이 들었다. 아니면 촛불이 타고 있을 리가 없었다. 그런 생각을 하고 있는 동안 문득 촛불 심지가 긴 상태인지 확인해 봐야겠다는 생각이 머릿속에 떠올랐다. 확인하기 위해 돌아서서 촛불을 들어 올렸다. 바로 그 순간 뭔가 강렬한 충격에 의해 촛불이 꺼졌다. 그 이후 파악한 상황은 뒤에서 머리 위로 던져진, 당기면 죄이는 튼튼한 올가미에 내가 걸려들었다는 것이었다.

「이제야 네놈을 잡았어!」 욕설을 내뱉으며 착 가라앉은 목소리로 누군가가 말했다.

「이게 뭐하는 짓이오?」 나는 몸부림을 치며 큰 소리로 외쳤다. 「당신 누구야? 사람 살려, 사람 살려, 사람 살려!」

두 팔이 양 옆구리 쪽으로 바짝 죄였을 뿐만 아니라 아픈 쪽 팔에 가해진 압박이 격심한 통증을 불러왔다. 몇 차례는 어떤 남자의 억센 손이, 또 몇 차례는 어떤 남자의 억센 가슴이 비명을 잠재우려고 내 입을 틀어막았다. 바로 옆에서 내뿜는 뜨거운 입김을 계속 느끼면서 나는 어둠 속에서 발버둥을 쳤다. 하지만 아무 소용이 없었다. 그러는 동안 나는 벽에 꽁꽁 묶이고 말았다.

「자, 다시 한 번 소리쳐 봐라.」 또다시 욕을 하며 착 가라앉은 목소리의 주인이 말했다. 「즉시 요절내 줄 테니!」

어지럽기도 하고 다친 팔의 통증으로 인해 아픈 데다가 급습을 당해 정신없는 상태였지만, 나는 그의 위협이 얼마나 손쉽게 실행될 수 있는지 의식이 되어 발버둥 치는 걸 그만두었다. 그리고 비록 조금이라도 팔을 편하게 하려고 애를 썼다. 하지만 그러기에는 팔이 너무 꽁꽁 묶여 있었다. 이미 화상을 입었던 그 팔이 이제는 아예 펄펄 끓고 있는 것처럼 느껴졌다.

갑자기 바깥의 밤의 어둠이 사단되고 그 자리를 칠흑 같은 깜깜한 어둠이 대신하는 걸 보고 이 남자가 덧문을 닫았다는 사실을 알아차렸다. 그는 잠시 주변을 더듬거리더니 자신이 원하던 부싯돌과 쇠붙이를 찾아냈고 그것들로 불을 붙이기 시작했다. 나는 눈을 크게 뜨고 부싯깃 사이로 떨어지고 있는 불꽃들에 시선을 집중했다. 그 남자는 성냥을 손에 들고 입김을 내뿜고 있었다. 그러나 그저 그의 입술과 푸르스름한 성냥 끄트머리만, 그것도 띄엄띄엄 볼 수 있을 뿐이었다. 부싯깃은 축축해서 ─ 그런 장소에선 놀랄 일이 아니었다 ─ 차례차례 불꽃들이 꺼져 버렸다.

남자는 전혀 서두르지 않았으며, 다시 부싯돌과 쇠붙이를 가지고 불을 붙였다. 불꽃들이 뭉쳐져 그의 주변에서 밝게 빛나는 순간 그의 두 손과 어렴풋한 얼굴 윤곽을 볼 수 있었다. 그리고 그가 앉아서 탁자에 몸을 숙이고 있는 것도 볼 수 있었다. 그러나 그 이상은 보이지 않았다. 이내 부싯돌 위로 입김을 내뿜고 있는 그의 푸른 입술이 다시 보였고, 그런 다음 한차례 불꽃이 확 피어오르더니 마침내 올릭의 모습이 보였다.

내가 누구를 예상하고 있었던 것인지 모르겠다. 올릭일 거라고 예상했던 건 아니었다. 그를 본 순간 나는 정말로 위험한 궁지에 몰렸다는 생각이 들어 그에게서 시선을 떼지 않았다.

그는 매우 신중하게 불붙은 성냥으로 초에 불을 붙인 뒤, 성냥을 내버리고 발로 밟아 껐다. 그런 다음 나를 볼 수 있게 촛불을 탁자 위로 올려놓은 뒤, 탁자 위에 팔짱을 낀 두 팔을 올리고 나를 쳐다보았다. 나는 벽에서 몇 센티미터 떨어진 곳에 설치된 튼튼한 수직 사다리 ─ 붙박이식으로 그곳에 고정되어 있었으며 위층 다락방으로 올라가는 수단이었다 ─ 에 꽁꽁 묶여 있었다.

「이제야 네놈을 잡았어!」 그와 내가 한참 동안 서로 뜯어보고 나서야 그가 말했다.

「나를 풀어 줘. 보내 달라고!」

「아하!」 그가 대답했다. 「〈내가〉 보내 주지. 달나라로 보내 주고 별나라로 보내 주지. 모두 때가 되면 해주마.」

「나를 왜 이곳으로 유인한 거냐?」

「몰라?」 무서운 표정을 지으며 그가 말했다.

「왜 어둠 속에서 나를 공격한 거냐?」

「모든 일을 나 혼자서 할 생각이라 그랬다. 두 명보다는 한 명이 비밀을 더 잘 지키거든. 아이고, 이 원수 같은 놈, 이 원수 같은 놈!」

팔짱 낀 두 팔을 탁자에 올려놓고 앉아 나를 향해 고개를 흔들거나 자기 몸을 꽉 부둥켜안고서 내가 구경거리인 양 내 꼴을 즐기는 그의 모습엔 몸을 벌벌 떨리게 하는 악의가 담겨 있었다. 묵묵히 그를 주시하고 있노라니, 그가 한 손을 옆쪽 구석에 집어넣어 놋쇠 테가 둘러진 개머리판이 달린 총을 꺼내 들었다.

「이 총을 알아보겠지?」 나를 겨냥하는 자세를 취하면서 그가 말했다. 「예전에 이걸 어디서 봤는지 알겠지? 말해, 이 늑대 같은 놈아!」

「안다.」 내가 대답했다.

「네놈이 내 일자리를 잃게 했어. 네가 그랬지. 말해 봐!」

「그럴 수밖에 없었어.」

「네놈이 그 짓을 저실렀어. 다른 선 너 발할 필요도 없어. 그것만으로도 충분해. 너, 감히 나와 내가 좋아하던 아가씨

사이엔 왜 끼어든 거냐?」

「내가 언제?」

「언제 안 그런 적이 있냐? 아가씨에게 늘 이 올릭 영감을 헐뜯는 말을 씨부렁거리던 게 바로 네놈이야.」

「그건 네가 스스로 저지른 일이야. 네가 자초한 일이라고. 네가 스스로 아무 짓도 안 했다면 나 또한 너에게 해를 입혔을 리가 없어.」

「넌 거짓말쟁이야. 그리고 넌 나를 이 고장에서 내쫓기 위해 어떤 수고도 마다하지 않을 거고 돈도 얼마든지 쓸 거야, 그렇지?」 내가 비디와 마지막으로 대화를 나눌 때 했던 말들을 그가 그대로 되풀이하면서 말했다. 「자, 이제 네게 정보 한 가지를 알려 주마. 그건 바로 나를 이 고장에서 쫓아내는 일이 네놈에게 오늘 밤만큼 가치 있는 일이라 생각될 때가 없을 거라는 거다. 그래! 그 가치가 마지막 동전 한 닢까지 털어 네놈이 가진 돈을 다 합친 액수의 스무 배가 넘는다고 해도 말이다!」

그가 육중한 손을 흔들어 대면서 마치 호랑이 입 같은 입으로 으르렁대고 있는 동안 나는 그 말이 진실로 내 마음이라고 느꼈다.

「나를 어쩔 셈이냐?」

「어쩔 셈이냐 하면 말이다.」 그가 탁자 위를 주먹으로 둔탁하게 쾅 내리치면서, 게다가 내리칠 때 힘이 더 실리게 하기 위해 벌떡 일어서면서 말했다. 「네놈의 목숨을 빼앗아 버릴 생각이다!」

그는 나를 노려보며 몸을 앞으로 숙이더니 서서히 쥔 주먹을 풀고 나서, 나를 보자 입에 군침이 돈다는 듯 손으로 입을 쓱 닦고 다시 앉았다.

「너는 아이 때부터 늘 이 올릭 영감의 앞길을 가로막는 방해물이었어. 바로 오늘 밤이 그 길에서 널 제거하는 날이다. 이제 너랑 관계되는 일은 더 이상 없을 것이다. 너는 죽은 목숨이야.」

나는 무덤 바로 앞에 와 있다는 생각이 들었다. 잠시 동안 혹시 도주할 가능성이 없나 싶어 올가미 주변을 미친 듯이 둘러보았지만 아무것도 없었다.

「그것 말고 또 있다.」 그가 다시 팔짱 낀 두 팔을 탁자 위에 올려놓으며 말했다. 「난 네놈의 옷가지 한 조각, 뼛조각 하나도 이 세상에 남겨 놓지 않기로 했다. 난 네놈을 석회 가마에다 처넣을 거다. 난 너 같은 놈은 둘이라도 거뜬히 둘러메고 갈 수가 있어. 그러면 사람들이 너에 대해 자기들 마음대로 어찌 생각하든 간에, 결코 아무것도 알지 못할 것이다.」

내 마음은 상상조차 할 수 없을 만큼 빠른 속도로 그런 죽음 이후에 생겨날 결과들을 끝까지 추적해 나갔다. 에스텔라의 아버지는 내가 자기를 버렸다고 믿을 것이고, 체포되어 나를 비난하면서 죽을 것이다. 허버트조차도 내가 그에게 남기고 온 편지와, 내가 미스 해비셤의 집에 아주 잠깐 동안만 들렀다는 사실을 비교하면서 나를 의심할 것이다. 조와 비디는 내가 죽은 날 밤 그들에게 얼마나 미안해했는지 결코 모를 것이다. 그 누구도 내가 무슨 일을 겪었는지, 내가 얼마나 진실한 마음을 갖고자 작정했는지, 내가 어떤 고통을 헤쳐 나왔는지 결코 모를 것이다. 나는 코앞에 다가와 있는 죽음이 두려웠다. 그러나 죽음보다 더 두려웠던 건 죽음 이후에 내가 잘못 기억될 거라는 두려움이었다. 그리고 이런 생각들은 하도 신속하게 진행되어서 그 비열한 놈의 말이 아직도 그의 입술을 맴돌고 있는 동안인데도 내가 아직 태어나지도 않은 세대들 — 에스텔라의 아이들과 또 그 아이들의 아이들 — 에게 경멸의 대상이 되는 모습까지 떠올렸다.

「자, 이 늑대 같은 놈아.」 그가 말했다. 「다른 짐승을 죽이듯 너를 죽이기에 앞서 — 바로 그게 내가 하려는 일이고, 그러려고 너를 꽁꽁 묶어 둔 거다 — 네놈 꼬락서니를 실컷 구경하고 괴롭힐 거다. 아이고, 이 원수 같은 놈!」

그 장소가 외딴 곳이며 도움의 손길을 얻을 가망이 전혀 없다는 걸 누구보다도 잘 알고 있음에도, 다시 한 번 〈사람 살려〉라고 외쳐 볼까 하는 생각이 머릿속을 스치고 지나갔다. 그러나 그가 나를 고소하다는 듯이 바라보고 있는 동안 나는 그에 대한 경멸로 가득 찬 혐오감 덕분에 입을 닫아 버렸다. 무엇보다도 그에게 애원 같은 건 하지 않을 것이며, 그에게 미약하나마 마지막 저항을 하며 죽으리라 다짐했다. 그런 긴박한 상황에서 다른 모든 사람들에 대한 생각 때문에 마음이 나약해졌다. 나는 겸손하게 하늘의 용서를 구하고 있는 처지였고, 내게 소중한 사람들과 작별도 하지 못했으며 이제 그들과 결코, 결코, 작별을 할 수도 없는 처지였다. 또한 그들에게 내 상황을 설명할 수도 없고, 내 비열한 과오들에 대해 그들의 동정을 구할 수도 없는 처지였다. 이런 모든 생각들에 가슴이 녹아내렸지만, 그럼에도 나는 놈을 죽일 수만 있다면 그 일을 저지를 생각이었다.

그는 아까부터 내내 술을 마시고 있던 중이었는지 눈이 벌겋게 충혈되어 있었다. 그의 목에는 깡통 술병이 대롱거렸는데, 예전에도 나는 그가 몸에다 고기와 술병을 매달고 다니는 모습을 종종 본 적이 있었다. 그는 이 술병을 입술에 가져다 대고 격하게 벌컥벌컥 들이켰다. 그리고 나는 순식간에 그의 얼굴로 시뻘겋게 몰려드는 지독한 독주의 냄새를 맡았다.

「이 늑대 같은 놈아.」 그가 다시 팔짱을 끼면서 말했다. 「올릭 영감이 네놈에게 뭔가 말해 주겠다. 네놈의 그 잔소리꾼 누나에게 못된 짓을 한 건 바로 너다.」

다시 한 번 내 마음속에는 그의 느릿느릿 주저하는 말들이 미처 만들어 내기도 전에, 상상할 수 없을 만큼 빠른 속도로 누나가 급습을 당했던 일과 누나의 병과 죽음에 관련된 모든 일들이 하나도 빠짐없이 주마등처럼 스쳐 갔다.

「그건 네가 한 짓이다, 이 나쁜 놈아.」 내가 말했다.

「분명히 말하지만 그건 네가 한 거야. 다시 말하지만 그건 바로 너 때문에 저지른 거라고.」 그가 총을 집어 들어 둘 사이의 허공을 개머리판으로 가르며 쏘아붙였다. 「내가 오늘 밤 네놈을 공격했듯이 네 누나를 뒤에서 급습했다. 〈바로 내가〉 그 여자를 한 방 제대로 갈겼지! 난 그 여자가 죽은 줄알고 떠났어. 그리고 만약 지금 네놈 가까이에 있는 것처럼 그때 그 여자 가까이에 석회 가마가 있었더라면 그녀는 분명히 다시 살아나지 못했을 거다. 하지만 그 짓을 한 건 이 올릭 영감이 아냐. 그건 네놈 짓이야. 넌 총애를 받았고 난 골탕만 먹고 두들겨 맞았어. 올릭 영감은 골탕을 먹기만 했다고. 알겠냐? 네가 그랬어. 그러니 이제 그 대가를 치러야지.」

그는 다시 술을 들이켰고 더욱 난폭해졌다. 나는 그가 술병을 기울이는 걸 보고 그 인에 술이 얼마 남아 있지 않다는 걸 알았다. 그가 그 술을 마시면서 이제 나를 끝장내기 위해 스스로를 흥분시키고 있는 거라는 사실을 분명히 인식했다. 술병에 든 술 한 방울 한 방울이 내 생명수 한 방울이라는 생각이 들었다. 나는 조금 전 마치 내게 경고를 하는 나 자신의 유령처럼 스멀스멀 기어 나오던 석회 가마 증기의 일부로 내가 사라져 버리면, 올릭이 누나 사건에서 그랬던 것과 똑같이 행동하리라는 걸 알았다. 그는 아마 읍내로 최대한 서둘러 달려가 그곳에서 구부정한 모습을 여기저기 내보이다 선술집에 가서 술을 마실 것이었다. 신속하게 작동하던 내 마음은 읍내까지 그를 따라가서 그가 어슬렁거리는 읍내 큰 길을 그려 내고, 그곳의 밝은 등불들과 활기를 쓸쓸한 습지 대와 비교했다. 그 위를 스멀스멀 기어가듯 퍼져 나가고 있는, 곧 내가 녹아 들어갈 흰 증기와 비교했다.

그가 열 마디 남짓 말을 하는 동안, 나는 흐르고 흐른 여러 해의 세월들을 요약할 수 있었다. 뿐만 아니라 그가 한 말은 단순히 말로 끝나지 않고 내게 여러 가지 그림들을 떠오르게 만들었다. 머리가 잔뜩 흥분되고 자극된 상태에서 어떤 장소를 생각하기만 하면 그 모습이 생생히 떠올랐고, 어떤 사람들을 생각하기만 하면 그들의 모습 또한 생생히 눈앞에 나타났다. 이런 그림들이 얼마나 생생했는지는 아무리 과장해도 지나치지 않을 것이다. 하지만 그러면서도 나는 내내 그에게 모든 시선과 주의를 집중했으며 — 막 덤벼들려고 잔뜩 웅크리고 있는 호랑이에게 누군들 그렇게 집중하지 않았겠는가 — 그의 아주 미세한 손가락 움직임까지도 감지했다.

술병의 술을 두 번째로 마시고 난 후 그는 앉아 있던 긴 의자에서 일어나 탁자를 옆으로 밀었다. 그러고 나서 촛불을 들고 그 불빛으로 나를 내리비추려고 우악스러운 손으로 그걸 가렸고, 나를 내려다보면서 내 모습을 만끽하며 앞에 버티고 섰다.

「이 늑대 같은 놈아. 네게 얘기를 좀 더 해주지. 그날 밤 너를 걸려 넘어지게 한 것도 바로 이 올릭 영감이었다.」

머릿속에 등불이 꺼져 있던 계단이 보였다. 경비의 등불 불빛에 의해 계단 벽에 드리워진 육중한 난간의 그림자도 보였다. 이제는 결코 다시 못 볼 내 방들도 보였다. 문이 반쯤 열려 있는 이쪽 방과 닫혀 있는 저쪽 방이 보였고, 주변의 모든 가구들도 보였다.

「그런데 올릭이 그곳에 왜 있었을까? 네게 얘기를 좀 더 해주겠다, 이 늑대 같은 놈아. 너와 그 여자가 나를 이 고장에서 〈아주 잘도〉 몰아냈다. 그곳에서 쉽게 벌어먹고 살았는데 말이다. 그래서 나는 새 친구들을 사귀고 새 주인들을 선택했다. 그들 중 몇몇은 내가 편지를 써달라고 하면 편지도 써준다. 듣고 있냐? 편지도 써준다고, 이 늑대 같은 놈아! 그들은 쉰 명의 필체로 글을 쓰는 사람들이다. 딱 한 가지 필체밖에 없는 너 같은 비열한 놈하곤 차원이 달라. 나는 네가 네 누나 장례식 때 이곳에 내려왔을 때부터 네 목숨을 빼앗겠다고 마음먹고 굳은 의지를 다져 왔다. 나는 너를 안전하게 붙잡는 방법을 찾지 못해서 네 세세한 행동거지들을 예의 주시하고 있었다. 왜냐, 이 올릭 영감은 나 스스로에게 〈어떤 방법을 써서라도 놈을 반드시 붙잡고 말 거야!〉라고 다짐했으니까. 그런데 이게 뭐야, 세상에! 너를 주시하다가 네 숙부 프로비스를 발견하게 되었지 뭐냐, 알겠냐?」

밀폰드뱅크와 칭크스 유역, 올드 그린 코퍼 밧줄 제작소가 너무나 선명하고 명확하게 보였다! 자기 방에 있는 프로비스, 이제는 소용이 없어진 신호, 어여쁜 클래라, 엄마처럼 착한 휩플 부인, 누워 있는 발리 영감, 이 모든 것들이 내 인생이라는 급류를 타고 빠르게 내달리듯 바다로 떠내려 갔다.

「〈네놈에게〉 숙부가 있었다고! 세상에! 나는 네놈을 이 집게손가락하고 엄지손가락으로 집어 들어서 내동댕이쳐 죽일 수 있을 정도로(사실 난 네가 일요일 날 가지를 바짝 친 나무들 사이로 어슬렁거리고 다닐 때부터 가끔 그런 짓을 저지르고 싶었지) 네놈이 아직 어린 새끼 늑대였을 때부터 너를 가저리 대장간에서 봐왔어. 그런데 그때부터 네놈에겐 그 어떤 숙부도 없었어. 없었어, 절대로 없었다고! 하지만 네 숙부 프로비스가 이 올릭 영감이 아주 여러 해 전 습지대에서 주워 네 누나를 내려쳤을 — 어린 수소에게 하듯 내려쳤지. 곧 네놈한테도 그럴 테고 — 때까지 보관하고 있던, 줄칼로 잘린 바로 그 족쇄를 차고 있던 장본인이 틀림없다는 얘기를 들었을 때 말이다. 어이? 그 얘기를 들었을 때 말이다. 어이?」

그렇게 잔인하게 이죽대며 그가 너울거리는 촛불을 하도 가까이 갖다 대는 바람에 나는 그 불꽃을 피하려고 얼굴을 옆으로 돌렸다.

「오호!」 그는 그 짓을 다시 한 번 한 뒤 낄낄거리면서 소리쳤다. 「불에 한 번 덴 아이는 불을 무서워한다, 이거지. 자, 올릭 영감은 네놈이 화상을 입었다는 것도 알고 있다. 올릭 영감은 네가 네 숙부 프로비스를 몰래 빼돌리려고 한다는 것도 알고 있지! 자, 네게 얘기를 좀 더 해주지. 이제 이 얘기가 마지막이다. 올릭 영감이 네 원수인 것처럼 네 숙부 프로비스에게도 그만큼 잘 어울리는 원수들이 있다는 거다. 그 자가 자기 조카를 잃게 되면 아마 그들을 조심해야 할걸! 그 누구도 사랑하는 조카의 옷가지 나부랭이나 뼛조각 하나도 발견하지 못하게 되었을 때, 그는 그들을 조심해야 되겠지? 매그위치 ─ 그래, 〈나는〉 그자의 이름을 안다 ─ 와는 같은 땅에서 도저히 함께 살 수도 없고 살려고 하지도 않는 자들이 바로 그들이지. 그리고 그가 다른 나라에 가서 살고 있을 적에도 그들은 그의 소식을 매우 확실하게 파악하고 있었어. 그가 그 사실을 비밀로 할 수 없게 만들고, 그렇게 해서는 안 되게 만들고, 그래서 자신들을 위험에 몰아넣지 못하게 하려고 했던 거지. 아마 단 한 사람의 필체밖에 없는 비열한 너와 달리 쉰 명의 필체를 쓰는 사람들도 그들일걸. 콤피슨을 조심해라, 매그위치. 그리고 교수대도!」

그가 다시 너울거리는 촛불을 갖다 대는 바람에 얼굴과 머리카락이 그슬렸고, 한순간 앞이 보이지 않았다. 그는 그 억센 등짝을 내게 보이며 촛불을 다시 탁자에 갖다 놓았다. 나는 그가 다시 내 쪽으로 향하기 전에 마음속으로 간절히 기도를 하며 조와 비디와 허버트를 떠올렸다.

탁자와 반대편 벽 사이에 몇 걸음 정도의 텅 빈 공간이 있었는데, 그는 이 공간을 구부정한 자세로 왔다 갔다 했다. 그가 두 손을 양옆으로 무겁게 늘어뜨리고 못마땅한 시선으로 나를 노려보고 있었을 때, 그 어느 때보다도 엄청난 힘이 더욱 강력하게 그의 몸 위에 도사리고 있는 것 같았다. 내겐 티끌만큼의 희망도 남아 있지 않았다. 초조해서 미칠 것만 같았다. 생각 내신 내 곁을 쏜살처럼 스치고 지니기는 머릿속의 강렬한 그림들이 놀라웠지만, 그러면서도 명확하게 깨달은 사실 하나가 있었다. 만약 그가 나를 인간이 알고 있는 모든 파멸 중에서 가장 확실한 파멸로 빠뜨리겠다고 결심하지만 않았더라면, 내게 털어놓은 얘기들을 결코 입 밖에 내지 않았을 거라는 사실이었다.

그가 갑자기 멈춰 서더니 술병에서 코르크 마개를 뽑아 툭 내던졌다. 가벼운 마개였지만 꼭 다림추 떨어지는 소리가 들렸다. 그리고 이제 그는 나를 더 이상 쳐다보지 않았다. 그는 마지막 남은 몇 방울의 술을 손바닥 위에 쏟더니 그걸 핥아 먹었다. 그러고 난 뒤 과격한 몸짓으로 서두르며 끔찍한 욕을 내뱉더니 술병을 내던지고 몸을 숙였다. 나는 그의 손에 길고 육중한 손잡이가 달린 돌망치가 들려 있는 걸 보았다.

이미 마음속에 품었던 다짐이 아직 나를 떠나지 않고 있었다. 나는 쓸데없는 애원의 말은 한마디도 하지 않은 채, 온 힘을 다해 죽기 살기로 고함을 지르고 발버둥을 쳤다. 움직일 수 있는 건 오직 내 머리와 두 다리뿐이었다. 하지만 그 정도만 가지고도, 그때까지 내가 그런 힘을 가지고 있었는지 나도 몰랐던 사력을 다해 발버둥을 쳤다. 그런데 바로 그 순간 내 고함에 호응하는 외침을 들었고, 문을 박차고 돌진해 들어오는 사람들의 모습과 등불을 보았고, 그들의 목소리와 우당탕 소동이 일어나는 소리를 들었다. 이어서 격투가 벌어지는 혼란 속에서 올릭이 마치 요동치는 파도처럼 솟아오르더니, 단 한 번의 도약으로 탁자를 벗어나 깜깜한 밤의 어둠 속으로 내달리며 도망치는 모습을 보았다.

넋이 나가 있던 나는, 얼마 후 내가 올가미에서 풀려나 누군가의 무릎을 베고 아까와 같은 장소의 바닥에 누워 있다는 걸 깨달았다. 제정신이 돌아왔을 때 내 시선은 벽에 걸린 사다리에 고정되어 있었다. 멍하니 눈을 뜨고 그걸 보면서 나는 마음으로도 그걸 볼 수 있게 되었다. 그런 식으로 제정신을 되찾고 나서야 비로소 내가 깜빡 정신이 나갔던 바로 그 자리에 있다는 걸 알아차렸다.

처음에는 주변을 둘러보면서도 도와준 사람이 누군지 확인도 하지 못할 만큼 아무 생각이 없던 나는 그저 사다리만 쳐다보며 누워 있었다. 그때 나와 그 사다리 사이에 얼굴 하나가 나타났다. 트랩의 점원 소년 얼굴이 아닌가!

「무사한 것 같아요!」 트랩의 점원 소년이 침착한 목소리로 말했다. 「하지만 얼굴이 너무 창백한 게 아닌지 모르겠어요!」

그 말을 듣고 나를 도와준 사람의 얼굴이 내 얼굴을 내려다보았다. 그는 바로……

「허버트! 세상에!」

「천천히 말해.」 허버트가 말했다. 「조용히 말해, 헨델. 너무 흥분하지 말고.」

「우리 옛 동료 스타톱까지!」 스타톱이 나를 굽어보자 내가 소리쳤다.

「이 친구가 우리를 도와주기로 되어 있던 일 기억하지?」 허버트가 말했다. 「진정해.」

그가 넌지시 던진 말에 나는 깜짝 놀라 벌떡 일어났다. 물론 팔의 통증 때문에 다시 풀썩 눕고 말았다. 「시간이 지났어, 허버트, 그렇지? 오늘 밤이 무슨 요일이지? 내가 이곳에 얼마나 오래 있었던 거야?」 그곳에 꽤 오랫동안 ─ 하루 낮과 밤, 아니면 이틀 낮과 밤, 어쩌면 그 이상 ─ 누워 있었다는 이상하고 강렬한 불안감이 들어 한 말이었다.

「아직 시간이 안 지났어. 아직 월요일 밤이라고.」

「천만다행이구나.」

「그러니 넌 내일 화요일은 온종일 쉴 수 있어.」 허버트가 말했다. 「어쨌든 신음하지 않을 수 없나 보구나, 친애하는 헨델. 대체 어디를 얼마나 다친 거야? 일어날 수는 있어?」

「그럼, 물론이지.」 내가 말했다. 「걸을 수 있어. 욱신욱신 쑤시는 이 팔 말고는 다친 데가 없어.」

그들은 내 팔의 붕대를 풀고 할 수 있는 모든 일을 다 해주었다. 팔은 퉁퉁 부어오른 데다 벌겋게 염증까지 생겨서 살짝 건드리기만 해도 도저히 참을 수 없을 정도였다. 그러나 읍내에 가서 팔의 화상 부위에 바를 진정용 물약을 구하기에 앞서 그들은 자신들의 손수건을 찢어서 새 붕대를 만들어 조심스럽게 교체하고 멜빵에 걸었다. 잠시 후 우리는 어둡고 텅 빈 수로 관리소 문을 닫고 채석장을 지나 읍내로 돌아가는 길에 나섰다. 트랩의 점원 소년 — 이제는 너무 커서 트랩의 점원 청년이었다 — 이 등불을 들고 우리보다 앞서 갔는데 바로 그 등불이 내가 수로 관리소 문 안으로 들어오는 걸 보았던 등불이었다. 내가 마지막으로 하늘을 보았을 때 이후로 달이 족히 두 시간 동안 더 높이 떠올라서, 비가 내리기는 했지만 밤은 좀 더 밝아져 있었다. 석회 가마 옆을 지나갈 때 거기서 나오는 하얀색 증기가 우리를 스쳐 지나갔다. 나는 아까 기도를 했던 것처럼 이번에는 감사의 기도를 마음속으로 올렸다.

허버트에게 대체 어떻게 해서 나를 구하러 오게 된 건지 말해 달라고 간청한 끝에 — 그는 처음에는 쌀쌀맞게 대답을 거부하며 그저 조용히 있으라는 주장만 했다 — 다음과 같은 사실을 알게 되었다. 내가 급히 서두르느라 개봉된 상태로 문제의 편지를 우리 거처에 떨어뜨렸으며, 내가 떠난 직후 허버트가 내게 오던 도중에 만난 스타톱을 데리고 집으로 돌아왔다가 그곳에서 그 편지를 발견했던 것이다. 그런데 편지의 어조가 그를 불안하게 했다. 특히 그 편지의 내용과 그에게 황급히 써놓고 온 내 쪽지의 내용이 모순된다는 사실 때문에 더욱 불안해졌다. 15분 정도 곰곰이 생각해봐도 불안감이 가라앉기는커녕 점점 커져만 갔기 때문에 결국 동행을 자처한 스타톱과 함께 다음번 역마차가 언제 떠나는지 알아보러 역마차 사무소로 출발했다. 오후 마차가 이미 떠났다는 걸 알게 되고 가는 길에 자꾸 장애물들이 등장하면서 불안이 점차 더 확실한 공포로 커져 간다는 사실을 깨닫게 된 그는 사륜 전세 마차를 빌려 타고 내 뒤를 따르기로 결심하게 되었다. 그렇게 해서 그와 스타톱이 나를 찾거나 내 소식을 들을 수 있을 거라고 크게 기대하며 블루보어 여관에 도착했던 것이다. 그러나 나를 찾지도 못하고 내 소식도 듣지 못하자 그들은 미스 해비셤의 집으로 가봤지만 그곳에서도 나를 찾지 못했다. 결국 그들은 다시 여관으로 돌아와서 (틀림없이 내가 여관 주인으로부터 읍내 사람들에게 널리 알려진 내 이야기를 듣고 있던 시각이었을 것이다) 요기를 좀 하고 기운을 차린 뒤 그들을 안내해 줄 안내인을 구했다. 때마침 보어 여관의 아치문 밑을 어슬렁거리던 사람들 중에 공교롭게도 트랩의 점원 소년이 있었는데 ── 딱히 할 일이 없으면 어디든 가 있는 그의 옛 습관과 딱 맞았다 ── 그 소년이 미스 해비셤의 집에서 식사 장소인 여관으로 가는 나를 보았던 것이다. 따라서 트랩의 점원 소년이 그들의 안내인이 되었고 그들과 함께 수문 관리소로 향했다. 물론 내가 피해서 갔던, 읍내에서 습지대로 이어지는 길을 통해서였다. 그런데 습지대로 가는 도중에 허버트는 내가 프로비스의 안전에 도움이 될 진짜로 유용한 용무 때문에 그곳에 간 건지도 모른다는 생각을 곰곰이 했고, 만약 그런 거라면 자기가 방해하거나 해가 될지도 모른다는 생각이 들어 일단 안내인과 스타톱을 채석장에 남겨 두고 혼자서 나아갔고, 수문 관리소에 와서 건물 안에 별 이상이 없는지 확인하려고 애쓰며 두세 차례 주변을 돌았던 것이다. 그런데 그 안에서 그저 굵고 거친 불분명한 목소리만 들렸기 때문에(아마 내가 마음속으로 여러 장면들을 바삐 떠올릴 때였던 것 같다) 그는 마침내 내가 그 안에 있기나 한 건지 의심까지 하기 시작했다. 그런데 그 순간 내가 갑자기 큰 소리로 고함을 질렀던 것이고, 그가 그 고함에 응답하며 돌진해 들어왔고, 곧바로 그의 뒤를 따라 나머지 두 사람도 따라 들어왔던 것이었다.

건물 안에서 있었던 일을 허버트에게 얘기해 주자 그는 비록 밤이 늦었지만 당장 읍내 치안 판사에게 가서 체포 영장을 받아 내자고 주장했다. 그러나 나는 그런 식으로 일을 진행하면 그곳에 우리의 발이 묶이거나 부득이 그곳으로 다시 돌아와야 할지도 모르니 프로비스에게 치명적인 일이 될 수 있다고 생각했다. 이런 곤란한 상황을 반박할 여지가 없었으므로 우리는 당장 올릭을 추적하자는 모든 생각을 포기했다. 지금 이런 상황에서는 트랩의 점원 소년 앞에서 이 일을 대수롭지 않은 일로 다루는 게 현명하다고 생각했다. 확신컨대, 소년은 자신이 끼어드는 바람에 석회 가마에 들어갈 뻔했던 내가 구조되었다는 걸 알았다면 아마 그 실망감으로 속이 꽤나 쓰렸을 것이다. 트랩의 점원 소년이 악의적인 심성을 지녀서가 아니라, 과도할 정도로 활달한 성격을 지녔고 누구를 희생시키든 변화와 흥분을 원하는 심성을 지녔다는 점에서 그랬을 거라는 것이다. 소년과 헤어지면서 2기니를 주고(액수가 그의 기대에 부응하는 것 같았다) 그를 좋지 않게 여겼던 점에 대해 정말 미안하게 생각한다고 말했다(그건 그에게 전혀 감명을 주지 않았다).

수요일이 코앞에 다가와 있었으므로 우리 셋은 그날 밤 사륜 전세 마차를 타고 런던으로 바로 돌아가기로 결정했다. 게다가 그날 밤 사건이 사람들 입에 오르내리기 전에 그곳을 빠져나가야 해서 더욱 서둘렀다. 허버트는 내 팔을 위해 커다란 병에 든 진정용 물약을 샀으며 그날 밤새도록 물약을 상처 위에 떨어뜨려 발라 주었다. 그 덕분에 나는 런던까지 가는 동안 그럭저럭 통증을 참을 수 있었다. 템플에 도착했을 땐 날이 훤히 밝은 뒤였다. 나는 즉시 침대에 들어가 온종일 거기 누워 있었다.

침대에 누워 있노라니 병이라도 나서 다음 날 거사에 적합하지 못한 몸 상태가 되는 게 아닌가 하는 두려움이 나를 너무나도 괴롭혀서, 오히려 그 두려움 자체가 나를 무기력하게 만들지 못했던 게 아닌가 하는 의문이 든다. 부자연스러울 정도로 과도했던 다음 날 거사에 대한 긴장만 아니었다면, 분명히 그 두려움은 내가 겪은 정신적인 탈진 상태와 더불어 나를 그렇게 만들었을 것이다. 너무나도 불안하고 초조한 상태로 기대해 왔고 너무나도 엄청난 파급 효과들로 가득 차 있고 너무나도 가까이 다가와 있는 내일의 결과들은 너무나도 불가해한 미지의 상태였다.

그날 프로비스와 연락을 삼가는 일보다 더 명백한 주의 조치는 우리에게 없었을 것이다. 그러나 그런 상황 또한 내 불안감을 가중시켰다. 나는 발자국 소리가 나거나 무슨 소리가 들릴 때마다, 그가 발각되어 체포당했다는 소식을 전하러 누가 오고 있다는 생각에 벌떡 일어나곤 했다. 나아가 그가 체포되었다는 사실을 알게 되었다는 확신, 마음속에 두려움이나 예감 이상의 어떤 감정이 느껴지고 있다는 확신, 그리고 정말로 그런 상황이 발생했고 불가사의하게도 내가 그걸 감지하고 있다는 확신까지 들었다. 하지만 하루가 저물어 가도록 아무런 나쁜 소식도 전해지지 않았다. 날이 저물고 어둠이 내리자 이번에는 다음 날 아침이 오기 전에 내가 병 때문에 몸을 쓸 수 없는 상태가 될 거라는 침울한 두려움이 나를 완전히 지배했다. 타는 듯 아픈 내 팔은 욱신욱신 쑤셨으며 뜨거운 머리도 지끈거렸다. 그리고 나는 정신이 몽롱해진다는 생각이 들었다. 정신을 가다듬기 위해 높은 단위 숫자까지 셌고, 아는 산문 구절과 시 구절을 암송했다. 가끔 피곤에 지쳐 살짝 정신이 나가서 잠시 졸거나 그런 구절들을 깜빡 잊는 일들이 발생했는데, 그럴 때마다 흠칫 놀라면서 〈드디어 왔어. 마침내 내 머리에 착란 현상이 일어난 거야!〉라고 혼잣말을 하곤 했다.

친구들은 온종일 나를 지극히 조용히 지내게 했으며, 내 팔을 끊임없이 치료하고, 진정용 음료를 마시게 했다. 깜빡 잠이 들 때마다 나는 수문 관리소 안에서 했던 생각, 이미 꽤 오랜 시간이 지나 그를 구할 수 있는 기회가 사라졌다는 생각이 치솟아 잠에서 깨곤 했다. 자정 무렵, 그만 꼬박 스물네 시간을 자는 바람에 수요일이 지나갔다는 확신이 들었다. 그래서 방에서 나와 허버트에게로 갔다. 그게 내가 초조함으로 인해 기력을 스스로 소진시킨 마지막 행동이었다. 그 이후부터 나는 깊은 잠에 빠져들었다.

창문 밖을 내다봤을 때 수요일 아침이 밝아 오고 있었다. 다리들 위에서 깜박이던 가로등 불빛들이 이미 빛을 잃고 희끄무레해 보였으며, 떠오르고 있는 해 때문에 지평선은 벌겋게 불붙은 습지대 같았다. 아직 어둡고 신비스러워 보이는 강에는 차갑게 느껴지는 잿빛을 띠어 가고 있는 다리들이 걸쳐져 있었으며, 다리들의 꼭대기엔 타오르는 하늘에서 비친 따뜻한 색조가 어려 있었다. 유난히 맑은 허공에 솟아 있는 교회 누대들과 첨탑들, 그 아래 옹기종기 모인 건물 지붕들을 바라보고 있노라니 드디어 해가 둥실 떠올랐다. 그러자 강에서 장막이 걷히는 것 같더니 무수하게 반짝이는 섬광들이 강물 위로 터져 나왔다. 내게서도 역시 장막이 걷힌 듯 몸에서 힘이 솟아나고 건강해진 것 같은 느낌이 들었다.

허버트는 자기 침대에서, 우리의 옛 동창생은 소파에서 잠들어 있었다. 그들의 도움 없이 나는 혼자서 옷을 차려입을 수도 없었다. 하지만 아직도 타고 있는 난롯불에 불을 더 지폈으며 그들을 위해 커피를 준비했다. 한참 후 그들도 활기차고 건강한 모습으로 일어났다. 우리는 창문을 통해 차가운 아침 공기를 쐬며 아직 우리 쪽으로 흐르고 있는 조류를 바라보았다.

「9시에 조류의 흐름이 바뀌면 말입니다.」 허버트가 활기차게 외쳤다. 「우리를 주의해서 보고 있으세요. 거기 밀폰드 뱅크에 있는 분 말이에요!」

54

그날은 태양이 뜨겁게 빛나고 바람은 차갑게 부는 3월의 날들 중 하루였다. 즉 햇빛이 비치는 곳은 여름이고 그늘은 겨울인 날이었다. 우리는 두꺼운 모직 상의를 챙겼고, 나는 가방을 들고 갔다. 세상살이에 필요한 내 모든 물건들 중에서 가방에 챙겨 넣은 몇몇 필수품 말고는 다른 것은 가져가지 않았다. 어디로 가게 될지, 무슨 일을 하게 될지, 혹은 언제 돌아올 수 있을지 나로서는 전혀 알 수 없는 의문 사항들이었다. 나는 그런 의문 사항들에 대해 초조해하지 않았다. 온 마음이 프로비스의 안전에만 쏠려 있기 때문이었다. 그저 문가에 서서 뒤돌아보며 잠깐 스쳐 지나가는 일순간, 혹시 내가 다음에 다시 이 방들을 볼 수 있을까 하고 궁금해했을 뿐이다.

우리는 천천히 템플 선착장으로 내려갔고, 아직 물에 들어갈 결정을 확실히 못 내린 사람들처럼 어슬렁거리며 서 있었다. 물론 나는 이미 신경을 써서 내 보트를 대기시키고 모든 사항들을 준비해 놓고 있었다. 우리는 잠시 주저하는 모습을 보이다가 마침내 보트에 올랐고, 밧줄을 풀고 보트를 띄웠다. 허버트가 뱃머리에 앉고 나는 키를 잡았다. 그때가 대략 만조 때였는데, 시간은 8시 반이었다.

우리의 계획은 이랬다. 조류의 흐름이 9시면 강 아래쪽으로 바뀌기 시작하여 그 후 3시까지 우리와 함께 진행할 것이다. 하지만 우리는 조류의 흐름이 바뀌는 그 시간 이후에도 계속해서 몰래 나아가기로 했다. 어두워질 때까지 조류에 역행하더라도 계속 노를 저어 갈 생각이었다. 그렇게 되면 우리는 그레이브스엔드 아래쪽, 켄트 주와 에식스 주 사이에 있는 긴 직선 유역에 충분히 도달할 수 있을 것이었다. 그곳은 강폭이 넓어지고 호젓한 곳이었으며, 강변에 주민들도 거의 없고, 외딴 여인숙들만 여기저기 산재한 곳이었다. 우리는 그 여인숙들 중 한 곳을 휴식처로 고를 수 있을 테고, 그곳에서 우리는 온밤을 꼼짝도 하지 않고 있을 생각이었다. 함부르크행 기선이나 로테르담행 기선은 목요일 아침 9시경에 런던을 출발할 예정이었다. 우리는 우리의 위치에 따라서 그 배들을 어떤 시각에 기다려야 할지 알고 있어야 했으며, 먼저 나타나는 배를 불러 세울 생각이었다. 따라서 혹시 무슨 일이 일어나 먼저 온 배에 타지 못하더라도 우리로서는 다시 한 번 기회를 가질 수 있는 셈이었다. 우리는 각각의 배를 구분 짓는 특징을 이미 파악하고 있었다.

　마침내 목적했던 일을 실행하게 되었다는 안도감이 너무 커서 불과 몇 시간 전에 내가 처했던 상황을 실감하는 일조차 어렵게 느껴졌다. 상쾌한 아침 공기와 햇살, 강물 위를 나아가는 보트의 움직임, 그리고 흐르는 강물 자체가 — 우리와 함께 달려가는 강물의 물살이 동조하며 힘을 주고 격려하는 것 같았다 — 새로운 희망으로 내게 새 힘을 북돋아 주었다. 사실 보트 위에서 내가 너무 쓸모가 없는 것 같아 굴욕감이 느껴지기도 했다. 하지만 내 두 친구보다 더 노를 능숙하게 젓는 사람들은 거의 없었다. 그리고 그들은 온종일 지속할 수 있을 정도로 꾸준하고 일관된 동작으로 노를 저었다.

　그 당시 템스 상의 기선 통행량은 현재의 수준보다 훨씬 더 적었으며, 뱃사공들이 젓는 보트들의 수가 훨씬 더 많았다. 짐을 나르는 바지선, 석탄 운반용 범선, 연안 교역선 같은 배들은 아마 지금과 비슷한 숫자였을 것이다. 그러나 규모가 크건 작건 기선들은 지금의 10분의 1, 혹은 20분의 1도 되지 않았다. 이른 시간이었는데도 그날 아침 강에는 이곳저곳에 꽤 많은 1인용 경주용 보트들이 떠다니고 있었고, 조류를 타고 강을 내려가는 바지선들도 많았다. 갑판도 없는 작은 보트를 타고 다리들 사이를 지나가는 일은 요즘보다 그 시절이 훨씬 더 쉽고 흔한 일이었다. 따라서 우리는 수많은 1인용 보트들과 바지선들 사이를 뚫고 활기차게 나아갔다.

이내 구 런던교를 지나쳤고, 굴 운반선들과 네덜란드 배들이 있는 구(舊) 빌링스게이트 시장 인근을 지나쳤다. 그러고 나서 많은 배들이 겹겹이 늘어서 있는 화이트타워와 〈반역자의 문〉[16] 사이를 지나게 되었다. 바로 그곳에서 리스, 애버딘, 글래스고 같은 스코틀랜드 항구들로 떠나는 기선들이 화물을 싣거나 내리고 있었는데, 그 옆을 지나면서 보니 배들이 강물 위로 엄청나게 높이 솟아 있는 것처럼 보였다. 그곳에는 수십 척의 석탄 운반선들도 떠 있었는데, 석탄을 부리는 인부들이 갑판 위의 단들 위로 뛰어내리면서 끌어 올려진 엄청난 규모의 석탄 더미들의 평형을 맞추고 있었다. 그러고 나면 그 석탄 더미들은 배 옆구리 너머에 대기한 바지선들로 우르르 쏟아져 내렸다. 바로 그곳에 다음 날 떠날 로테르담행 기선이 정박하고 있었다. 우리는 그 배를 눈여겨보았다. 또 그곳에는 역시 다음 날 떠날 함부르크행 기선도 정박 중이었는데, 우리는 그 배의 제일 앞쪽 기움 돛대 밑을 가

16 템스 강을 따라 바지선으로 이송된 반역 사범들이 런던 타워로 들어갔던 수문. 에드워드 1세 때 건립되었다.

로지르며 나아갔다. 그러고 나서야 선미에 앉아 있던 나는 드디어 심장이 더 빨라지는 걸 느끼면서, 밀폰드뱅크와 밀폰드뱅크 선착장을 볼 수 있었다.

「그가 있니?」 허버트가 말했다.

「아직 없어.」

「맞아! 우리를 볼 때까진 내려오지 않기로 했잖아. 그의 창문 신호가 보여?」

「여기선 잘 안 보여. 하지만 본 것 같다는 생각이 든다. 그래, 지금 그를 봤다! 둘 다 노를 저어. 그만 늦춰, 허버트. 노를 들어!」

우리는 순식간에 보트를 선착장에 가볍게 갖다 댔고, 그가 보트에 올라타자마자 다시 떠났다. 그는 보트에 어울리는 선원용 망토를 입었고, 돛천으로 만든 검정색 가방을 들고 있었는데, 그 모습이 내가 마음속으로 바랐던 것만큼이나 템스 강의 수로 안내인 같아 보였다.

「애야!」 그가 자리에 앉으면서 내 어깨에 팔을 얹으며 말했다. 「신의를 지켰구나, 애야. 잘했다. 고맙다, 고마워!」

우리는 다시 겹겹이 늘어서 있는 배들 사이를 들락날락했다. 우리는 녹슨 사슬 닻줄들을 피해서 갔고, 잠시 물에 떠있는 부서진 부표들을 강물에 가라앉게 했고, 강물에 떠다니는 나뭇조각들과 대팻밥들을 흐트러뜨리면서 (다른 수많은 요한들이 그랬듯이) 바람결에 연설을 하고 있는 선덜랜드호의 이물 장식 요한[17]상 밑을 지나가거나, 단호하고 딱딱해 보이며 혹처럼 뭉툭한 눈이 머리에서 5센티미터나 쑥 튀

17 「마태의 복음서」 3장 3절에 나오는 세례 요한(존)을 빗댄 것이거나 아니면 당시의 정치인 존 러셀 경(1792~1878)의 수사를 언급한 것이다.

어나온 〈야머스의 베치호〉의 이물 장식 조상 밑을 지나가거나 했다. 우리는 또 조선소 마당에서 망치질이 행해지고 있고, 목재에 톱질이 되고 있고, 기계 장치들이 뭔지 모를 물건들에 부딪치고 있고, 물이 새는 배들에 펌프가 가동되고 있고, 닻줄 감는 장치가 돌아가고 있고, 배들이 출항하고 있고, 그리고 알 수 없는 선원들이 갑판 난간 너머에서 응답하고 있는 거룻배 선원들에게 큰 소리로 욕설을 내뱉고 있는 곳들을 들락날락했다. 그러다 우리는 마침내 아무것도 없는 탁 트인 강으로 나오게 되었다. 그곳은 배의 소년 선원들이 거친 강물에서 하던 낚시를 멈추고 보호용 방현재들을 배 옆쪽 난간 너머로 걷어 들일지도 모르는 곳이었고, 꽃 줄로 장식한 돛들이 바람에 활짝 펴져 날아오를 수도 있는 곳이었다.

선착장에서 프로비스를 보트에 태운 뒤부터 나는 의혹의 눈길을 받고 있는 신호가 보이지 않나 싶어 조심스럽게 주위를 계속 살펴보고 있었다. 분명히 그 어떤 보트도 우리를 주목하거나 따라오지 않았고, 그건 지금도 그랬다. 만약 어떤 보트가 우리를 기다리고 있는 상황이 벌어졌다면 틀림없이 강기슭으로 가서 기다리며, 그 보트가 어쩔 수 없이 가던 길을 계속 나아가게 만들었거나 아니면 자신들의 목적을 분명히 드러내게 했을 것이다. 그러나 그런 방해의 조짐은 전혀 보이지 않았기에 계속해서 우리가 갈 길을 나아갔다.

프로비스는 선원용 망토를 입고 있어서, 앞서 말했듯이 그 상황에 자연스럽게 어울리는 모습이었다. 우리들 중에서 그가 가장 걱정을 덜 하는 편이었다는 게 놀라운 일이었다. (아마 그가 살아온 비참했던 삶이 그런 태도를 설명해 주는

지도 모르겠다.) 그렇다고 무관심한 건 아니었다. 그는 내게 자신의 신사가 외국에 나가서 더없이 훌륭한 신사가 되는 걸 보기 위해서라도 꼭 살고 싶다고 얘기했다. 내가 아는 바로 그는 수동적이거나 체념하는 기질의 소유자가 아니었으며, 어중간하게 위험을 직면한다는 생각은 갖지 않는 사람이었다. 자신에게 위험이 닥쳐오면 그것에 직접 맞서는 사람이었다. 하지만 그가 그런 수고를 아끼지 않는 건 위험이 닥쳐온 뒤의 일이 될 것이었다.

「얘야. 하루하루 사면이 벽으로 둘러싸인 방구석에서만 살다가 여기 내가 사랑하는 아이 옆에서 담배를 피우게 된 게 어떤 기분인지 안다면, 넌 내가 부러울 거다. 하지만 넌 그걸 모르겠지.」

「자유의 기쁨을 알 듯도 싶어요.」내가 대답했다.

「글쎄다.」그가 진지하게 고개를 저으며 말했다. 「그러나 넌 나와 맞먹을 만큼 그걸 알진 못할 거다. 그런 기쁨을 나와 맞먹을 만큼 알려면 반드시 수감 생활을 해봐야 한단다, 애야. 하지만 나는 상스럽게 굴지 않을 거다.」

자신을 사로잡고 있는 어떤 지배적인 생각 때문에 그가 자신의 자유와 심지어 생명까지 위험에 처하게 만든 게 틀림없다는 사실이, 나에게는 문득 모순처럼 생각되었다. 그러나 위험이 없는 자유란 그의 모든 생존 습관과 너무나 동떨어진 것이라서, 아마 그에게는 그게 다른 여느 사람들에게 의미하는 바가 될 수 없을 거라고 생각했다. 이런 내 생각은 그리 과도한 게 아니었다. 잠시 담배를 피우다 그가 이렇게 말했기 때문이다.

「너도 알다시피, 애야, 내가 저 건너 반대편의 다른 세상에 있었을 때 나는 늘 이쪽 편을 바라보며 살았단다. 내가 아무리 부자가 되어 가고 있었다 해도 그곳에서의 삶은 따분하고 답답했다. 모든 사람들이 매그위치를 알았다. 그리고 매그위치는 올 수도 있었고, 갈 수도 있었고, 누구도 그 때문에 골머리를 썩이는 일이 없었다. 그런데 이곳에선 사람들이 나에 대해 그렇게 편안해하질 않는구나, 애야. 여하튼 그들이 내가 있는 곳을 안다면 아마 그럴 것이다.」

「모든 일이 잘 풀린다면 말이에요.」내가 말했다.「몇 시간 안에 다시 완벽하게 자유롭고 안전해질 겁니다.」

「글쎄다.」그가 한숨을 내쉬며 대답했다.「나도 그렇게 되길 바란다.」

「그리고 그렇게 될 거라고 생각하죠?」

그는 보트의 뱃전 너머로 강물에 손을 넣고 적시면서 낯설지 않은 부드러운 미소를 내게 지어 보이며 말했다.

「그래, 그렇게 짐작한다, 애야. 지금보다 더 평온하고 태평하다면 우린 당황스러울 거다. 하지만 방금 전 담배를 피우면서 생각했던 건데 ─ 보트가 강물을 헤치며 너무나 부드럽고 쾌적하게 흘러가고 있어서 아마 내가 이런 생각을 하는 것 같구나 ─ 우리는 지금 내가 손을 적시고 있는 이 강물의 밑바닥을 볼 수 없는 것과 마찬가지로 몇 시간 후에 벌어질 상황의 밑바닥을 볼 수 없단다. 또한 내가 이 강물을 손으로 잡을 수 없는 것과 마찬가지로 그 몇 시간의 흐름을 손으로 잡을 수도 없단다. 강물이 손가락들 사이로 흘러가면서 사라지는 게 너도 보이겠지!」그는 물이 뚝뚝 떨어지는 손을 들어 올렸다.

「아저씨의 얼굴만 아니라면 아저씨가 다소 의기소침해 있다고 생각했을 겁니다.」내가 말했다.

「그런 기분은 전혀 안 든다, 얘야. 강물이 너무 조용히 흐르고 있고, 저기 보트 앞머리에 일고 있는 잔물결 소리가 꼭 일요일에 듣는 노랫가락 같아서 그랬나 보구나. 그리고 아마 내가 조금 늙어 가고 있는 건지도 모르고.」

그는 평온한 표정으로 파이프를 다시 입에 가져가며 마치 우리가 이미 영국 밖으로 나와 있기라도 한 듯 차분하고 만족스럽게 앉아 있었다. 그러나 계속되는 공포감에 빠져 있는 사람처럼 충고 한마디도 고분고분 따랐다. 우리가 맥주 몇 병을 사다 놓기 위해 보트를 강기슭에 대자 그도 걸어 나오려고 해서 내가 제자리에 있는 게 가장 안전할 것 같다고 넌지시 말했더니 그는 이렇게 말했다. 「그리 생각하니, 얘야?」그러면서 그는 조용히 제자리에 앉았다.

강물 위의 공기는 차갑게 느껴졌다. 그러나 날씨는 맑았고 햇살 또한 기분을 아주 좋게 만들었다. 조류가 세차게 흘러서 나는 그 세찬 흐름을 하나도 놓치지 않으려고 신경을 썼다. 안정된 노질은 우리를 조금씩 아주 훌륭하게 전진시켰다. 거의 느껴지지 않을 정도로 조류가 빠져나가기 시작하자 주변의 숲들과 언덕들이 시야에서 점점 사라져 갔다. 우리는 진흙으로 덮인 강둑들 사이에서 점점 더 낮게 가라앉았다. 하지만 그레이브스엔드를 벗어날 때까지 조류는 우리와 같은 방향으로 함께 흐르고 있었다. 우리의 피보호자가 망토로 몸을 감싸고 있었으므로, 나는 강물에 떠 있는 수상 세관을 지나칠 때는 일부러 그 세관에서 보트 한두 척 길이밖에 떨어져 있지 않은 물길을 택해서 지나갔다. 그곳을 벗어난 뒤 다시 강물의 흐름을 타게 되어 두 척의 이민선 옆을 지나갔고, 이어서 앞쪽 갑판에서 우리를 쳐다보고 있는 병사들을 실은 대형 군용 수송선 뱃전 밑을 지나갔다. 곧 조류의 흐름이 약해지기 시작했다. 그러자 닻을 내리고 있던 배들이 곧바로 모두 빙 돌며 방향을 바꿨다. 그런 다음 새로워진 조류의 흐름을 이용하여 풀 지역 쪽으로 올라가려는 배들이 우리 쪽으로 선단 대형으로 무리를 지어 몰려왔다. 우리는 이제 가능한 한 최선을 다해 조류의 세력을 벗어난 강기슭 밑을 고수했으며, 얕은 여울이나 진흙으로 덮인 강둑과 조심스럽게 거리를 두며 나아갔다.

노를 젓던 친구들은 가끔 보트를 1~2분씩 그냥 조류의 흐름을 타고 가도록 내버려 두곤 했던 덕분에 아직 생생했으며 15분 정도면 그들이 원하는 휴식 시간으로 충분했다. 우리는 매끌매끌한 자갈들 사이에 보트를 댄 후, 가지고 간 음식을 먹고 마시면서 주변을 둘러보았다. 평평하고 단조롭고 흐릿한 지평선이 보이는 곳으로, 내 고향 마을 습지대를 떠올리게 했다. 구불구불 흘러가는 강물은 돌고 돌았고, 그 위에 떠 있는 커다란 부표들도 돌고 돌았으며, 그 밖의 모든 것들은 오도 가도 못하고 좌초된 듯 정지해 있는 것처럼 보였다. 선단을 이루었던 배들 중 마지막 배가 이제 우리가 목표로 삼아 왔던 마지막 저지대를 돌아갔고, 밀짚을 잔뜩 싣고 갈색 돛을 단 초록색 바지선이 마지막으로 그 뒤를 따라갔기 때문이었다. 어린아이가 제일 처음 그리는 배처럼 생긴 자갈 운반용 거룻배들이 진창에 푹 빠져 있었고, 아무것도 없는 민장대들 위에 웅크리고 앉아 있는 것 같은 모래톱 위의 작은 신호소가 장애인처럼 진창 위 각주와 버팀목들 위로 어정쩡하게 서 있었다. 미끌미끌한 말뚝들과 돌들이 진창 밖으로 삐져나와 있었다. 붉은 이정표들과 조수 수위 표시용 말뚝들도 진창 밖으로 삐져나와 있었고, 부잔교 하나와 지붕도 없는 낡아 빠진 가건물들이 진창 속에 미끄러져 들어가 처박혀 있었다. 이 모든 것들은 온통 정체되어 있는 데다 진흙투성이였다.

우리는 다시 출발하여 최선을 다해 우리가 갈 수 있는 물길을 잡아 나갔다. 노 젓는 일은 이제 훨씬 더 고역이었다. 그러나 허버트와 스타톱은 끈기 있게 버텨 냈으며, 해가 질 때까지 노를 젓고 젓고 또 저었다. 그 시간이 되자 강물이 불어나며 우리를 조금 더 들어 올려 주어서 강둑 너머를 볼 수 있었다. 강기슭 저지대 위에 아른거리는 자줏빛 이내 사이로 지고 있는 붉은 해가 보이더니 빠르게 어둠이 내리기 시작했다. 주변에는 쓸쓸하고 평평한 습지대가 펼쳐져 있었다. 멀리 솟아 있는 구릉들이 보였고, 그 구릉들과 우리 사이에는 전경 속을 이리저리 오가는 우울해 보이는 갈매기 한 마리를 제외하고는 그 어떤 생명체도 보이지 않았다.

깜깜한 밤의 어둠이 빠르게 내리고 있었다. 보름이 지난 뒤라 달이 일찍 뜨지 않을 것이어서 우리는 잠시 회의를 열었다. 짧은 회의였다. 그건 당연히 우리의 여정이 제일 처음 눈에 띄는 여인숙에 묵으며 꼼짝 않고 기다리는 것이었기 때문이다. 따라서 두 친구는 다시 부지런히 노를 저었고, 나는 주변에 집 같은 게 없는지 살펴보았다. 그런 식으로 거의 아무 말도 하지 않고 7~8킬로미터를 나아갔다. 날씨가 몹시 쌀쌀해서 주방 화덕 연기와 불길을 내비치며 옆을 지나가는 석탄 운반선이 꼭 안락한 집처럼 보였다. 이내 이미 밤은 다음 날 아침까지 계속될 모양새로 완전히 깜깜해져 있었다.

그나마 우리에게 조금이라도 빛이 있었다면 그건 하늘에서 내려오는 빛이라기보다는 강물을 적시는 노들이 강물에 희미하게 반사된 별빛을 쳐내는 데서 오는 빛이었다.

그런 우울한 시간을 보내면서 우리는 모두 틀림없이 누가 추격해 오고 있을 거라는 생각에 사로잡혀 있었다. 조류가 밀려오기 시작하면서 불규칙한 간격을 두고 강기슭에 부딪치며 무겁게 철썩거렸다. 그리고 그 소리가 들려오면 우리 중 누군가는 어김없이 움찔 놀라면서 그쪽 방면을 바라보았다. 여기저기서 밀려드는 조류의 흐름이 강둑을 잠식하더니 조그맣게 갈라진 수로들을 만들어 냈다. 그런 후미진 수로들을 의혹을 품고 잔뜩 긴장하며 눈여겨보았다. 이따금 우리 중 하나가 〈저 잔물결 소리는 뭐야!〉라고 낮은 목소리로 말하곤 했다. 혹은 다른 한 명이 〈저기 저거 보트 아냐?〉라고 말하곤 했다. 그러고 나서 다시 죽은 듯 고요한 침묵에 빠져들었고, 나는 초조한 마음으로 노 받침대에 걸려 있는 노들이 참으로 큰 소음을 만들어 낸다고 생각하면서 앉아 있곤 했다.

드디어 우리는 어렴풋이 보이는 불빛과 지붕을 발견했다. 곧 근처에서 모은 돌들로 만들어진 조그마한 둑 옆으로 보트를 가까이 갖다 대고 나아갔다. 나는 일행을 보트에 남겨 놓고 강기슭에 내렸고, 그 불빛이 어떤 여인숙 창문임을 알아차렸다. 몹시 지저분하며 아마 밀수입자들이라면 익히 알 만한 여인숙이었다. 그러나 부엌에는 불이 잘 지펴져 있고, 먹을 만한 달걀과 베이컨에다 마실 만한 다양한 술들도 있었다. 또한 2인용 침대가 구비된 방도 — 주인은 〈변변치 않은 방들〉이라고 말했다 — 두 개나 있었다. 여인숙 안엔 주인과 그의 아내, 그리고 작은 둑길에서 일하는 반백의 남자 잡역부 외에 다른 손님은 없었다. 잭이라는 이름의 잡역부는 마치 자신의 몸이 간조 수위 표시용 말뚝이라도 되는 듯 지저분한 진흙투성이 몰골을 하고 있었다.

그를 조수로 삼아 나는 다시 보트로 내려갔고 일행은 모두 보트에서 내렸다. 보트에서 노, 키, 보트 인양용 갈고리 장대, 기타 물건들을 꺼냈으며, 밤을 대비하여 보트를 뭍으로 끌어당겨 올려놓았다. 우리는 부엌 난롯가에 앉아서 아주 맛있게 식사를 했고 그런 다음 방을 배정했다. 허버트와 스타톱이 한방을 쓰고, 나와 우리의 피보호자가 다른 방을 함께 쓰기로 했다. 우리는 공기가 생명에 치명적인 존재라도 되는 듯이 두 방 모두 바깥 공기가 철저히 차단되어 있는 걸 발견했다. 그리고 침대 밑에는 주인 가족의 소유물이라고 보기에는 너무 너저분한 옷가지와 판지 상자들이 처박혀 있었다. 그러나 우리는 그런 환경의 집을 찾게 된 게 꽤 잘된 일이라고 생각했다. 그보다 더 외진 곳은 발견할 수 없을 것 같았기 때문이었다.

식사를 마치고 우리가 난롯가에 앉아 쉬고 있는데, 잡역부 — 그는 잔뜩 부풀어 오른 신발을 신고 구석에 앉아 있었는데, 우리가 달걀과 베이컨을 먹고 있는 동안 그 신발이 며칠 전 강가로 떠내려온 익사한 선원의 발에서 벗겨 낸 흥미로운 유품이라고 자랑을 하고 있었다 — 가 혹시 네 명이 노를 젓는 갤리선[18]이 밀물을 타고 올라가는 것을 보았느냐고 물었다. 못 보았다고 말하자, 그렇다면 그 대형 보트가 강 하류 쪽으로 간 게 틀림없겠지만 그렇더라도 그 배가 여인

18 2단 노가 달린 대형 보트.

숙을 떠날 적에는 강 상류 쪽으로 진로를 잡아 갔었다고 말했다.

「그 사람들은 이런저런 이유가 있어서 자기들 진로를 심사숙고한 게 틀림없습니다.」 잡역부가 말했다. 「그래서 아래로 내려간 겁니다.」

「네 명이 노를 젓는 갤리선이라고 했나요?」 내가 말했다.

「네 명입니다.」 잡역부가 말했다. 「그리고 나머지 승선자 두 명하고요.」

「그들이 여기 내렸었나요?」

「맥주를 구하려고 2갤런짜리 돌단지를 들고 왔었습니다. 그런데 내가 그 맥주에 독약을 탔더라면 참 기뻤을 겁니다. 아니면 그 안에 독한 구토제를 타거나.」 잡역부가 말했다.

「왜요?」

「당연히 〈내겐〉 그럴 이유가 있지요.」 잡역부가 말했다. 목구멍 안으로 진흙이 가득 흘러 들어가기라도 한 것 같은 질퍽한 목소리였다.

「저자 생각은 말이죠.」 창백한 눈에 병약해 보이고, 사색에 잠긴 모습인 데다, 잡역부에게 크게 의존하고 있는 것 같아 보이는 주인이 말했다. 「저자는 그들의 겉모습이 진짜 모습과 다르다고 생각한답니다.」

「〈나는〉 내 생각을 아는 사람이에요.」 잡역부가 말했다.

「이보게, 〈자네〉는 그 배가 수상 세관선이라고 생각한다는 거지?」 여인숙 주인이 말했다.

「그렇습니다.」 잡역부가 말했다.

「이보게, 그럼 자네가 틀렸네.」

「내가 틀렸다고요?」

자신의 대답에 무한한 의미가 담겨 있고, 자신의 견해에 대단한 확신이 담겨 있다는 의미로, 잡역부는 퉁퉁 부풀어 오른 신발 한 짝을 벗어서 그 안을 들여다보았고, 돌 조각 몇 개를 탈탈 털어 낸 뒤 다시 신었다. 자신이 무슨 일을 감당해도 좋을 만큼 지극히 옳다는 잡역부다운 태도로 이런 동작을 했다.

　「어허, 이보게, 그렇다면 자네는 그 사람들이 자기들 신분을 증명하는 단추들은 어떻게 했다고 이해할 텐가?」여인숙 주인이 몸을 흔들며 물었다.

　「자기네 단추들을 어떻게 하다니요?」잡역부가 대답했다. 「당연히 보트 밖으로 내던졌겠죠. 아니면 삼켜 버렸거나. 그도 아니면 겨자를 섞은 냉이 샐러드에 씨 뿌리듯 뿌렸겠죠. 단추들이야 어떻게든 처리했겠죠!」

　「이보게, 건방지게 말하지 말게.」주인이 우울하고 애처로운 태도로 타이르듯 말했다.

　「세관 관리라면 자기 〈단추들〉을 어떻게 해야 하는지 알죠.」잡역부가 역겹다는 듯 그 〈단추〉라는 단어를 더없이 경멸하는 어조로 반복하며 말했다. 「그 단추들이 자기와 자기네 일 사이에 끼어들어 방해가 된다면 말이죠. 노 젓는 자 네 명과 승선자 두 명이 그 대형 보트 바닥에 세관원 자격으로 앉아 있는 게 아니라면, 그런 식으로 이 조류를 타고 올라갔다가 저 조류를 타고 내려가고, 또 조류를 이용하거나 거스르면서 강 위를 어슬렁거리고 서성대진 않죠.」그 말을 한 뒤 그는 경멸 어린 태도로 나가 버렸다. 여인숙 주인은 의지할 자가 없어지자 더 이상 이 화제를 끌고 가는 게 불가능하다고 생각했다.

이 대화로 인해 우리는 모두 불안해졌는데, 특히 내가 더 불안해졌다. 음산한 바람이 집 주변에서 중얼거리듯 불어 댔고 강물이 강기슭에서 철썩거렸다. 나는 우리가 새장에 갇혀 있으며 협박을 당하고 있다는 느낌이 들었다. 그처럼 주목을 받을 만큼 특이한 방식으로 네 명이 노를 젓는 갤리선이 주변을 서성거렸다는 건 쉽게 지워 버릴 수 없는 불길한 상황이었다. 프로비스에게 잠자리에 들라고 권유를 한 뒤, 두 친구와 함께(이제는 스타톱도 이 일의 속사정을 알고 있었다) 밖으로 나가서 다시 회의를 열었다. 다음 날 오후 1시쯤 기선이 나타날 때까지 여인숙에서 계속 기다릴 것인지, 아니면 다음 날 아침 일찍 여인숙을 떠날 것인지가 우리의 논의 주제였다. 여러 가지 사항을 고려한 끝에 우리는 기선이 나타나기 한 시간 전까지 지금 있는 곳에서 기다리다가 그때 그 배의 항로로 나가서 조류의 흐름을 타고 편안하게 떠내려가는 게 더 나은 선택이라고 생각했다. 이렇게 하기로 결정한 후 여인숙으로 돌아가 잠자리에 들었다.

나는 옷가지 대부분을 걸치고 누웠으며 몇 시간 동안 푹 잤다. 잠에서 깨니 바람이 거세게 불고 있었고, 여인숙 간판(〈배〉라고 적힌 간판이었다)이 삐걱거리면서 여기저기에 쾅쾅 부딪치며 나를 깜짝 놀라게 만드는 시끄러운 소리를 내고 있었다. 내 피보호자가 곤히 자고 있어서 조용히 일어나 창밖을 내다보았다. 보트를 끌어 올려 놓았던 둑길이 내려다보였는데, 구름 낀 달빛에 눈이 적응되고 나서 보니 웬 두 남자가 우리 보트를 들여다보고 있는 모습이 보였다. 그 후 그들은 다른 곳으로 시선을 전혀 돌리지 않고 내 창문 밑을 지나갔으며, 텅 비어 있는 게 보이는 선착장으로 내려가지 않고 곧장 습지대를 가로질러 노어[19] 방향으로 나아갔다.

처음은 허버트를 깨워서 사라져 가는 두 남자를 보라고 하고 싶은 충동을 느꼈다. 그러나 여인숙 뒤편에 있는 내 방과 붙어 있는 그의 방으로 가려다가, 그와 스타톱이 나보다 훨씬 더 고된 하루를 보내 피곤한 상태라는 걸 생각하고는 그만두었다. 다시 내 방 창문으로 돌아간 뒤 두 남자가 습지대 저 너머로 가고 있는 모습을 볼 수 있었다. 하지만 흐린 달빛 속에서 곧 그들을 놓쳤고, 너무 춥다는 느낌이 들어 누워서 그 일을 생각하다 다시 잠에 빠져들었다.

우리는 일찍 일어났다. 아침 식사 전 네 명이서 이리저리 거닐던 중에, 나는 내가 본 광경을 얘기하는 게 옳다고 생각했다. 또다시 우리의 피보호자는 우리 일행 중에서 가장 걱정을 덜 했다. 프로비스는 그자들이 세관 소속일 가능성이 아주 높으며, 우리는 안중에도 없을 거라고 차분하게 말했다. 나도 그럴 거라고 나 자신을 확신시켰다. 실제로 그럴지도 몰랐기 때문이다. 그러나 나는 그와 내가 눈에 보이는 먼 지점까지 함께 걸어서 가야만 하며, 정오 무렵 그 지점이나 혹은 적합한 곳이라고 판단할 만한 그 근처의 지점에서 비로소 보트를 타야만 한다고 주장했다. 이 주장은 좋은 주의 조치라고 여겨졌다. 따라서 아침 식사를 마친 후 그와 나는 여인숙에는 한마디도 하지 않고 곧바로 출발했다.

나와 함께 가면서 그는 파이프 담배를 피웠으며 이따금 내 어깨를 두드렸다. 다른 사람이 보았으면 내가 위험에 처한 사람이고, 그가 나를 안심시키고 있다고 생각했을 것이다. 우리는 거의 말을 나누지 않았나. 약속 지점에 다다르지

19 쉬어니스 인근의 정박지. 수상 등대로 유명하다.

나는 정찰을 하러 갔다 오는 동안 그에게 은신처에 머물러 있으라고 부탁했다. 간밤에 남자들이 사라졌던 곳이 바로 그쪽 방향이기 때문이었다. 그는 내 말에 따랐으며 나는 혼자서 정찰을 하러 갔다. 그 지점 아래쪽엔 보트가 한 척도 없었고, 그 근처 어디에도 끌어 올려진 보트가 없었으며, 사람들이 그곳에서 보트를 탔던 어떤 흔적도 없었다. 하지만 분명히 그때가 만조 수위였으므로 강물 밑에 발자국들이 찍혀 있을지도 모를 일이었다.

멀리 은신처에서 밖을 내다보다가 내가 다가오라고 모자를 흔드는 걸 보고 그는 나에게로 와 합류했다. 우리는 그곳에서 기다렸다. 가끔 외투로 몸을 감싸고 강둑에 누웠고, 또 가끔은 몸을 따뜻하게 하기 위해 주변을 돌아다녔다. 마침내 우리는 우리의 보트가 돌아 나오는 모습을 보았다. 우리는 쉽게 보트에 올라탔고 기선 항로 쪽으로 노를 저어 갔다. 그때가 1시에서 겨우 10분이 모자라는 때였으므로 기선의 연기를 예의 주시하기 시작했다.

그러나 1시 반이 되어서야 기선의 연기를 보았다. 곧바로 뒤이어서 또 다른 기선의 연기도 보였다. 두 기선이 전속력으로 다가오고 있었으므로, 우리는 가방 두 개를 들 준비를 하고 기회를 잡아 허버트와 스타톱과 작별 인사를 했다. 우리는 모두 진심 어린 악수를 나누었는데, 허버트의 눈도 내 눈도 그저 말라 있지만은 않았다. 그런데 바로 그 순간, 나는 네 명이 노를 젓는 갤리선이 우리 앞에서 불과 얼마 안 떨어진 강둑 밑으로부터 불쑥 튀어나와 우리 보트와 같은 항로로 급히 노를 저어 가고 있는 광경을 목격했다.

강이 휘고 굽어 있던 탓에 아직 우리와 기선의 연기 사이에는 길게 뻗은 강변이 펼쳐져 있었지만, 이제 정면으로 머리를 내밀고 다가오고 있는 기선이 우리의 시야에 들어왔다. 나는 허버트와 스타톱에게 기선 쪽에서 우리가 그들을 기다리고 있다는 사실을 알 수 있도록 조류를 타고 그냥 그대로 있으라고 소리쳤다. 그리고 프로비스에게 망토로 몸을 싸고 꼼짝 말고 그 자리에 앉아 있으라고 간청했다. 그는 명랑하게 〈나를 믿어라, 애야〉라고 대답하며 조각상처럼 앉아 있었다. 그러는 사이에 능숙하게 조종되고 있던 갤리선은 우리를 가로질러 가서 우리 보트가 갤리선을 쫓는 모양새를 만들어 냈으며, 그러다 결국 두 보트는 나란히 나아가게 되었다. 갤리선은 겨우 노질을 할 수 있는 공간만 남겨 놓고 우리 보트와 뱃전을 나란히 하며 우리가 떠내려가는 대로 떠내려갔으며, 우리가 노를 저을 때는 그들도 한두 차례 노질을 했다. 노질을 하고 있지 않던 두 승선자 중 한 명은 키 줄을 잡고 — 노를 젓고 있는 노잡이들과 마찬가지로 — 우리를 예의 주시하고 있었다. 다른 한 명은 프로비스와 아주 흡사하게 온몸을 외투로 감쌌으며, 몸을 움츠리고 있는 것처럼 보였고, 우리를 바라보면서 키잡이에게 뭔가를 알려 주는 듯 속삭이고 있었다. 두 보트 어느 쪽에서도 단 한 마디의 말도 오가지 않았다.

몇 분 뒤 스타톱은 어떤 기선이 먼저 오는지 알아낼 수 있었다. 나와 얼굴을 마주하고 앉아 있던 그는 내게 낮은 목소리로 〈함부르크행이다〉라고 말했다. 기선은 매우 빠른 속도로 우리에게 다가오고 있었다. 기선의 외륜(外輪)들이 물을 헤치며 내는 소리가 점점 더 크게 들렸다. 기선의 그림자가 우리를 완전히 뒤덮었다는 느낌이 드는 순간, 갤리선 쪽에서 우리를 큰 소리로 불렀고 내가 그 소리에 대답했다.

「어이, 당신들, 거기 되돌아온 유형수를 데리고 있지.」키 줄을 잡고 있던 남자가 소리쳤다. 「저기 망토를 뒤집어쓰고 있는 자가 바로 그자야. 이름은 에이블 매그위치고 다른 이름은 프로비스야. 그자를 체포하겠다. 그러니 그에게 자수하라고 요구해. 당신들은 협조하고.」

그 말과 동시에 그는 갤리선에 같이 탄 동승자들의 귀에 들리는 그 어떤 지시도 내리지 않고, 갤리선을 우리 보트에 부딪혔다. 그들은 우리 앞쪽으로 갑작스럽게 노질을 한 번 하고 자신들의 노를 거둬들인 뒤 우리 보트로 비스듬히 돌진해 왔으며, 그들이 무슨 짓을 하는지 우리가 미처 알아차리기도 전에 우리 뱃전에 자기들 보트를 걸쳐 놓고 있었다. 그런 일이 벌어지자 기선 위에선 큰 소동이 일어났다. 나는 그들이 우리에게 외치는 소리를 들었고, 기선의 외륜들을 멈추라는 명령이 내려지고 그 바퀴들이 멈추는 소리를 들었다. 그러나 기선이 불가항력적으로 우리를 향해 돌진해 온다고 느꼈다. 동시에 갤리선 키잡이가 자신이 체포하려는 유형수의 어깨에 손을 올리는 모습을 보았고, 양쪽 보트 모두 조류의 힘에 밀려 빙그르르 도는 모습을 보았고, 기선 위에 있는 모든 선원들이 미친 듯 앞으로 달려 나오는 모습을 보았다. 더 나아가 같은 순간 나의 죄수가 벌떡 일어나서 자신을 체포하려는 자 너머로 몸을 던져 갤리선에 몸을 움츠리고 앉아 있던 다른 승선자의 목덜미에서 망토를 벗겨 내는 모습을 보았다. 그 순간 드러난 그자의 얼굴이 그 옛날 수로 도랑에서 보았던 또 다른 탈주범의 얼굴이라는 걸 알아차렸다. 나는 앞으로 내가 결코 잊지 못할 그 얼굴이 하얗게 질려 공포감을 드러내면서 뒤로 기울어지는 모습을 보았고, 기선 위에서 들려오는 크나큰 비명과 뭔가가 물에 풍덩 떨어지는 소리를 들었고, 내 바로 밑에서부터 우리의 보트가 가라앉는다는 걸 느꼈다.

짧은 순간에 불과했지만 나는 수천 개의 물레방아 바퀴살들에 부딪히며 수천 개의 불빛들과 사투를 벌인 것 같았다. 그 짧은 순간이 지나고 나서 나는 갤리선 위로 끌어 올려졌다. 이미 허버트가 그곳에 있었고 스타톱도 그곳에 있었다. 그러나 우리의 보트는 사라진 다음이었고 두 죄수들도 보이지 않았다.

기선 위에서 외쳐 대는 고함과 기선이 맹렬히 증기를 내뿜는 소리가 들려오는 데다, 기선이 돌진해 오고 우리가 탄 갤리선도 계속 나아가고 있던 상황이었는지라, 처음에는 어디가 하늘이고 어디가 강물인지, 혹은 어느 강기슭이 어느 강기슭인지 구분할 수 없었다. 그러나 갤리선에서 노를 젓던 자들은 매우 신속하게 보트를 바로잡았으며, 재빨리 앞쪽 방향으로 힘차게 몇 번 노를 저은 다음 그들의 노를 가만히 잡고 있었다. 모든 사람들이 말없이 그리고 열심히 고물 쪽 강물 속을 들여다보았다. 이내 그 속에서 조류를 타고 우리 쪽으로 다가오고 있는 검은 물체가 보였다. 누구도 말을 하지 않았지만 키잡이가 손을 들었고, 그러자 노잡이들 모두가 조용히 강물을 거슬러 올랐다. 그리고 그들은 보트를 똑바로 가게 유지한 채 그 검은 물체 바로 앞에 갖다 댔다. 그 물체가 더 가까이 다가오자 나는 그게 헤엄쳐 오고 있는 매그위치라는 걸 알았다. 그러나 그는 자유롭게 헤엄을 치지 못하고 있었다. 그는 갤리선 위에 태워졌고 즉시 손목과 발목에 쇠고랑이 채워졌다.

갤리선은 안정된 자세를 유지했으며, 묵묵히 강물을 열심히 들여다보는 일이 재개되었다. 그러나 이번에는 로테르담행 기선이 나타났다. 분명히 기선은 그동안 무슨 일이 있었는지 까맣게 모른 채 속력을 내며 다가왔다. 그 기선이 고함소리를 듣고 멈춰 섰을 때, 이미 두 기선들은 우리를 지나 떠내려가고 있었고, 우리는 기선들이 지나간 뒤 마구 출렁거리는 물결 속에서 오르락내리락하고 있었다. 기선들이 사라지고, 모든 게 다시 정적에 싸이고 나서 한참 시간이 지날 때까지 물속을 지켜보는 일은 계속되었다. 하지만 모두들 이제는 상황이 절망적이라는 걸 알고 있었다.

마침내 우리는 물속을 들여다보는 일을 포기했으며 강기슭 밑을 따라 우리가 마지막으로 떠나왔던 여인숙을 향해 나아갔다. 여인숙 사람들은 적잖이 놀라며 우리를 맞이했다. 나는 그곳에서 매그위치 — 이제는 더 이상 프로비스가 아니었다 — 를 위해 그를 편하게 해주는 몇 가지 일을 했다. 그는 가슴에 매우 심각한 부상을 입었고 머리는 깊게 찢어져 있었다.

그는 내게 기선의 용골 밑을 지나서 강물 위로 오르다가 그곳에 머리를 부딪친 것 같다고 말했다. 가슴의 부상(그 때문에 숨 쉬는 걸 극심하게 고통스러워했다)은 갤리선 옆구리에 부딪쳐서 입은 것 같았다. 그는 자신이 콤피슨에게 했을 수도 있고 하지 않았을 수도 있는 일에 대해선 감히 말하겠다고 나서지 않았다. 다만 그는 콤피슨의 정체를 밝혀내려고 자기가 그의 망토에 손을 대는 순간 그 악당 놈이 비틀거리면서 일어나 뒷걸음질 치다가 결국 둘 다 보트 밖으로 떨어지는 상황이 벌어지게 된 것이며, 갑자기 보트에서 몸을 비틀며 밖으로 떨어지는 순간 자기를 체포하려던 자가 자기를 보트 안에 잡아 두려고 애를 쓰는 바람에 그만 보트가 뒤집혀 버린 거라는 얘기를 덧붙였다. 그는 속삭이는 목소리로 자신들은 격렬하게 양팔이 서로 얽힌 채 물속으로 가라앉았으며, 그 속에서 격투가 벌어졌고, 마침내 그가 자기 몸을 악당 놈에게서 떼어 낸 뒤, 손발로 열심히 물을 헤치고 헤엄쳐 나오게 된 거라고 말했다.

나는 그가 말한 내용이 정확한 진실이라는 걸 전혀 의심하지 않았다. 갤리선의 키를 잡고 있던 경관도 그들 두 사람이 보트 너머 강물에 빠지게 된 경위를 똑같이 설명했다.

내가 여인숙에서 구할 수 있는 남은 옷가지가 있으면 구입해서 죄수의 젖은 옷을 갈아입혀도 되는지 허락을 구하자, 경관은 흔쾌히 허락해 주었다. 다만 죄수가 몸에 소지하고 있는 물건들은 모두 자기가 인수해야 한다는 것만 언급했다. 그리하여 한때 내 수중에 있었던 그의 돈지갑은 경관의 손에 넘어가고 말았다. 경관은 나아가 내게 런던까지 동행해도 좋다고 허락해 주기도 했다. 그러나 내 두 친구들에게도 같은 호의를 베푸는 일은 거절했다.

〈배〉 여인숙의 잡역부에게 익사자가 물에 빠진 장소가 통보되었고, 그에게 시신이 떠밀려 갈 가능성이 가장 높은 장소에서 수색하는 일이 맡겨졌다. 시신 회수에 대해 잡역부가 보인 관심은, 그 시신이 스타킹을 신고 있다는 말을 들었을 때 매우 고조된 것처럼 보였다. 그가 옷가지 일습을 제대로 다 갖춰 입기 위해서는 아마 익사자 열두 명쯤이 필요했던 게 아닌가 싶다. 그리고 바로 그런 사실이 그가 입고 있는 다양한 옷가지들이 왜 그렇게 낡아 해진 정도가 제각각인지에 대한 이유였을 것이다.

우리는 조류의 흐름이 바뀔 때까지 여인숙에 머물렀다. 그리고 때가 되자 매그위치는 갤리선까지 이송되어 그 위에 태워졌다. 허버트와 스타톱은 가능한 한 신속하게 육로를 통해 런던으로 가기로 했다. 우리는 서글픈 마음으로 작별을 했다. 그리고 매그위치의 옆자리에 앉으면서 나는 앞으로 그가 살아 있는 동안은 그 자리가 계속해서 내 자리일 거라고 생각했다.

이제 그에 대한 혐오감은 이미 다 녹아 사라지고 없었다. 내 손을 자기 손 안에 꼭 쥐고 있는, 쫓기고 부상당하고 쇠고랑이 채워진 그에게서 나는 오직 내 은인이 되고자 했던 사람의 모습과, 긴 세월 동안 늘 한결같은 애정을 갖고 고마워하며 나를 아낌없이 너그럽게만 대해 주었던 사람의 모습을 보았을 뿐이다. 그저 내가 조에게 보여 주었던 모습보다 훨씬 더 고귀한 인간의 모습을 보았을 뿐이다.

그의 호흡은 밤이 다가오면서 더욱 힘들고 고통스러워졌다. 그리고 종종 신음을 억제하지 못했다. 나는 내가 쓸 수 있는 쪽 팔에 어떻게든 그가 편안하게 기댈 수 있게 하려고 애썼다. 그러나 그가 차라리 그냥 죽는 게 최선인 것 같아서, 그토록 심한 중상을 입은 걸 내가 마음속 깊이 가여워할 수 없다고 생각하니 괴로웠다. 그의 정체를 알아차릴 수 있는 사람들과, 기꺼이 그런 일을 하려고 하는 사람들이 아직도 많이 살아 있다는 걸 의심하지 않았다. 그가 관대하게 처분될 거라는 희망을 품을 수가 없었다. 그는 재판정에서 최악의 모습을 보여 주었던 자이고, 그 후 감옥을 부수고 탈옥을 감행했다가 다시 재판을 받았던 자이고, 종신형을 선고받고 유배형을 떠났다가 되돌아온 자이며, 자신의 체포에 기여한 자를 죽게 만든 자였다.

어제 우리가 뒤에 남겨 두고 떠나왔던 저무는 해를 향해 다시 돌아가면서, 그리고 우리의 희망이 담긴 강 물줄기가 온통 거꾸로 흐르는 것처럼 보인다고 생각하면서, 나는 그에게 그가 나 때문에 고향으로 다시 돌아왔다는 걸 생각하면 얼마나 가슴이 아픈지 모른다고 말했다.

「얘야.」 그가 대답했다. 「나는 그렇게 위험을 무릅썼던 일에 대해 아주 만족해한단다. 나는 나의 꼬마를 보았다. 그리고 이제 그 아이는 나 없이도 신사가 될 수 있다.」

아니었다. 나는 그와 보트 위에 나란히 앉아 있는 동안 그 문제를 쭉 생각해 보았다. 내게 신사가 될 의향이 조금이라도 남아 있느냐 하는 건 차치하고, 나는 그제야 웨믹이 내게 넌지시 던졌던 말의 뜻을 이해했다. 그가 유죄 판결을 받게 되면 그의 모든 재산이 국왕의 재산으로 몰수될 거라고 예견했다.

「여기 좀 봐라, 얘야.」 그가 말했다. 「이제 신사가 될 사람이 나 같은 놈과 연관되어 있다는 건 안 알려지는 게 최선이다. 그러니 그저 우연히 웨믹을 따라온 것처럼 와서 나를 보기나 하렴. 내가 수도 없이 했던 맹세들 중에 마지막 맹세를 하게 될 때, 그때 부디 내가 너를 볼 수 있는 자리에 앉아 있어 다오. 그러면 더 이상 바랄 게 없다.」

「아저씨 옆에 결코 꼼짝도 하지 않고 있을 겁니다.」 내가 말했다. 「아저씨 옆에 있도록 허락된다면 말입니다. 히느님께서 허락하신다면 아저씨가 내게 그랬듯이 나도 아저씨에게 충실히 신의를 지키겠습니다.」

나는 내 손을 잡고 있는 그의 손이 떨리고 있다고 느꼈다. 그는 보트 바닥에 누우면서 얼굴을 돌리고 나를 외면했다. 그리고 나는 그의 목에서 나는 옛날의 그 소리 — 그의 다른 모든 면모처럼 이제는 부드러워진 — 를 들었다. 그가 아까 말한 그 점을 건드려 준 건 다행스러운 일이었다. 그게 아니었다면 너무 뒤늦은 시간이 될 때까지 내가 생각하지 못했을 사실을, 그 말이 내게 상기시켜 주었던 것이다. 나를 부자로 만들어 주겠다는 그의 희망이 이제 깨끗이 사라져 버렸다는 걸 그가 결코 알 필요가 없다는 사실 말이다.

55

그는 다음 날 구치소로 끌려갔다. 그의 신원을 증언해 줄 사람으로 옛날 그가 탈옥했던 감옥선의 늙은 간수를 불러오는 일이 필요하지 않았다면 그는 즉시 재판에 회부되었을 것이다. 그의 신원을 의심하는 사람은 아무도 없었다. 그러나 그걸 확실히 증언할 콤피슨은 조류 위로 굴러떨어져 죽어 버렸고, 마침 그때 필요한 증언을 해줄 간수가 런던에 한 명도 없었다. 나는 전날 밤 도착하자마자 재거스 씨의 도움을 얻기 위해 곧장 그의 집으로 갔다. 그런데 재거스 씨는 죄수를 위한다는 명분을 내세우며 그 어떤 사실도 시인하려고 하지 않았다. 그게 유일한 대처 수단이었다. 그는 증인이 도착한다면 이 사건은 틀림없이 단 5분 만에 끝날 것이며, 세상 그 어느 권력도 이 사건이 우리에게 불리하게 진행되는 걸 막을 수는 없을 거라고 말했다.

나는 재거스 씨에게 그가 자기 재산이 어떤 종말을 맞이했는지 모르게 하고 싶다는 의도를 알렸다. 재거스 씨는 내가 그 재산을 〈손에서 빠져나가게 했다〉고 투덜거리고 화를 내면서, 머지않아 반드시 사실 관계를 밝히는 경위서를 준비해야 하며 무슨 일이 있어도 그중 얼마가 되었든 일부를 되찾기 위해 노력해야 한다고 말했다. 그러나 재산 몰수를 강제할 수 없는 많은 사례들이 있긴 하지만, 사건의 정황을 놓고 볼 때 이번 사례는 그런 많은 사례들 중 하나가 될 만한 게 아니라는 걸 숨기지 않았다. 나는 그 점을 아주 잘 이해했다. 나는 사실 문제의 범법자와 인척 관계가 아니었으며, 어떤 식으로도 그와 눈에 띌 만한 연관이 없었다. 그는 체포되기 전에 글로 쓴 그 어떤 문서나 그 어떤 재산 양도 절차에도 손댄 적이 없었다. 그리고 이제 와서 그런 일을 한다는 건 아무 효과도 없는 일이었다. 나는 아무런 권리도 없었다. 결국 그렇게 놓친 재산을 되찾겠다는 가망 없는 시도로 내 가슴을 아프게 하는 일은 결코 하지 않으리라 다짐했으며 그 이후로도 영원히 그런 다짐을 지켰다.

사실 익사한 밀고자가 매그위치의 몰수 재산으로부터 보상금을 기대하고서 그의 재산 현황에 대해 제법 정확한 정보를 확보하고 있었다고 추정할 만한 근거가 있는 듯했다. 익사 현장에서 수 킬로미터 떨어진 곳에서 그의 시신이 발견되었을 때, 너무나 끔찍하게 훼손되어 주머니 속의 소지품에 의해서만 그의 신원 식별이 가능했는데, 그중 그가 소지하고 다니던 케이스 안에 접혀 있던 종이쪽지늘은 아식 읽을 수 있는 상태였다. 그 쪽지들 안에 일정 액수가 예금되어 있는 뉴사우스웨일스의 은행 이름과 상당한 가치를 지닌 몇몇 토지들의 명칭이 적혀 있었다. 이 두 가지 정보는 감옥에 갇힌 매그위치가 재거스 씨에게 전달한 목록, 즉 내가 상속받게 될 거라고 그가 생각했던 재산 목록에도 들어 있었다. 가여운 사람, 결국 무지가 그에게 도움이 된 셈이었다. 그는 재거스 씨의 도움을 받는다면 재산 상속이 전적으로 확실하게 이루어질 거라고 믿어 의심치 않고 있었다.

감옥선에서 오기로 한 증인이 나타날 때까지 검사의 기소는 사흘간 연기되었다. 그 사흘이 지나자 마침내 증인이 도착했고 이 손쉬운 사건은 완결되었다. 그는 한 달 뒤 찾아올 법정 개정 기간에 재판을 받기 위해 수감되었다.

어느 날 저녁 허버트가 몹시 침울한 모습으로 집에 돌아와 다음과 같은 말을 했던 건 내 인생의 암울한 시기였던 그즈음이었다.

「친애하는 헨델, 유감스럽게도 곧 너와 작별을 해야 할 것 같다.」 사실 그 점에 대해서는 그의 동업자가 이미 내게 마음의 준비를 시킨 바가 있었으므로 나는 허버트가 생각했던 것만큼 놀라지는 않았다.

「내가 카이로에 가는 일을 미룬다면 우리는 좋은 기회를 놓치게 될 거야. 그러니 정말 유감스럽게도 가야만 해, 헨델. 하필이면 네가 내 도움을 절실히 필요로 하는 때에 말이다.」

「허버트, 나는 늘 너를 필요로 할 거야. 늘 너를 사랑할 테니까. 하지만 지금이라고 다른 때보다 네가 더 필요한 건 아니야.」

「넌 몹시 외로울 거다.」

「그런 생각을 할 여유가 없어.」 내가 말했다. 「너도 알겠지만 내게 허락된 모든 시간 동안 그와 늘 함께하고 있다고. 할 수만 있다면 하루 종일 그와 함께 있어 주려고 해. 그리고 너도 알다시피 그에게서 떠나 있을 때도 내 생각은 온통 그에게 가 있어.」

감옥에 있는 그가 처하게 된 끔찍한 상황이 우리 둘 모두에겐 너무나 오싹한 것이어서, 우리는 그보다 더 알기 쉬운 말로 그걸 언급할 수 없었다.

「친애하는 내 친구야.」 허버트가 말했다. 「헤어질 시간이 다가왔다는 ― 정말로 가까이 다가왔어 ― 예견을 빌미로 네게 거북한 질문을 하나 할게. 넌 네 장래에 대해 생각은 해 봤니?」

「아니. 어떤 장래든 생각하는 게 두려워.」

「하지만 네 장래를 외면하고 살 수는 없는 거잖아. 친구로서 몇 마디 호의적인 말을 나눈다는 조건하에 지금 나와 그 문제를 거론했으면 싶구나.」

「알았어.」

「우리 회사의 그 지점에 말이다, 헨델. 꼭 필요한 자리가 있는데 그게 ―」

나는 그가 세심한 성격상 정확한 단어를 회피하고 있다는 걸 알아차리고 직접 말을 했다. 「사무직원이겠지.」

「그래, 사무직원. 그리고 나는 네가 그 자리에서 (네가 아는 어떤 사무직원이 그랬듯이) 동업자 지위로 승진할 가능성이 전혀 없지 않을 거라고 기대하고 있어. 자, 헨델, 간단히 말할게. 친애하는 친구야, 내게 와주겠니?」

그는 마치 중대한 사업에 관한 서론을 심각하게 시작하는 양 〈자, 헨델〉이라고 말을 꺼냈고, 갑자기 어조를 바꾸어 자신의 정직한 손을 뻗으며 남학생처럼 말을 건넸다. 그런데 그 태도에는 뭔가 매력적인 진심이 어려 있었고 사람의 마음을 끄는 면이 깃들어 있었다.

「클래라와 내가 이 문제를 두고 몇 번이나 얘기를 나눴어.」 허버트가 계속해서 말했다. 「그런데 사랑스러운 그 아가씨는 바로 오늘 저녁에도 눈물을 글썽이며, 너한테 부디 이 말을 전해 달라고 했어. 우리 두 사람이 함께 살게 된 이후에 너도 우리와 함께 살게 된다면, 자기는 너를 행복하게 해주고, 그리고 남편의 친구는 자기 친구이기도 하다는 걸 네게 확신시키기 위해 최선을 다할 거라는 말이었어. 우리는 모두 아주 잘 지낼 거야, 헨델!」

나는 진심으로 그녀에게 고마움을 표했고, 진심으로 그에게도 고마움을 표했다. 하지만 그가 그토록 친절하게 제안한 바와 같이 그에게 가서 합류하는 일은 아직 확신할 수 없을 것 같다고 말했다. 첫 번째로, 사실 마음이 너무나 다른 곳에 가 있어서 그가 말하는 주제를 명료하게 이해할 수 없었다. 두 번째로……. 그렇다! 두 번째로, 내 마음속에는 이 보잘것없는 이야기가 거의 끝날 때쯤에 드러나게 될 막연한 생각 하나가 아직도 좀처럼 사라지지 않고 남아 있었다.

「하지만 허버트, 네 사업에 어떤 해도 입히지 않으면서 그 문제를 잠시 미결정 상태로 남겨 둘 수만 있다면 —」

「시간이 얼마가 걸리든 상관없어.」 허버트가 큰 소리로 말했다. 「6개월도 좋고 1년도 좋아!」

「그렇게 오래는 아니야.」 내가 말했다. 「기껏해야 두세 달 정도일 거야.」

허버트는 나와 이렇게 약속을 하고 악수를 나누면서 크게 기뻐했으며, 그제야 용기를 내서 이번 주 주말에 곧바로 떠나야만 할 것 같다고 말했다.

「그럼 클래라는?」 내가 물었다.

「사랑스럽고 귀여운 그녀는 아버지가 목숨을 부지하는 한 자신의 본분을 다하며 그 옆자리를 지키겠지.」 허버트가 대답했다. 「휨플 부인이 그가 확실히 세상을 떠날 것 같다고 내게 몰래 알려 주었어.」

「무정한 얘기를 하자는 건 아니지만 말이다.」 내가 말했다. 「그 사람은 세상을 떠나는 게 아마 가장 잘하는 일일 거다.」

「유감스럽지만 나도 그 말은 인정해야겠다.」 허버트가 말했다. 「그렇게 되면 나는 사랑스럽고 귀여운 그녀를 위해 돌아올 거야. 그리고 사랑스럽고 귀여운 그녀와 나는 가장 가까운 교회로 조용히 걸어 들어갈 거고. 기억해 둬! 축복받은 내 사랑 그녀는 사실 대단한 가문 출신이 아니야, 친애하는 헨델. 그리고 그녀는 〈신사록〉을 들여다본 적도 없고, 자기 할아버지에 대해선 아무 생각도 없는 사람이야. 그러니 우리 어머니 같은 사람에게서 태어난 아들에게 웬 횡재냐고!」

같은 주 토요일, 허버트와 작별을 했다. 항구로 떠나는 역마차에 앉은 그는 밝은 희망으로 가득 차 있었지만 나와 작별을 하게 된 걸 슬퍼하고 아쉬워했다. 나는 커피하우스로 들어가서 클래라에게 짤막한 편지를 썼다. 그가 막 떠났으며, 그가 그녀에게 몇 번이고 거듭해서 자신의 사랑을 전한다고 말했다는 내용을 담은 편지였다. 그런 다음 내 쓸쓸한 집 — 내 집이라는 말을 써도 될지 모르겠다. 이제 내겐 그 어떤 곳에도 집이 없으나 — 으로 갔다.

계단에서 웨믹을 만났다. 그는 주먹으로 집 문을 두드리다가 아무런 소득도 없이 내려오던 길이었다. 나는 우리의 도주 시도가 불운한 결말을 맞으며 실패한 이후 그와 단둘이서만 만난 적이 한 번도 없었다. 그는 사적이고 개인적인 자격으로 그 실패에 대해 몇 마디 말을 하기 위해 찾아온 것이었다.

「죽은 콤피슨 말입니다.」 웨믹이 말했다. 「그자가 이제까지 진행되었던 우리의 정상적인 준비 과정 중 절반 정도의 내막을 조금씩 파악했던 것 같습니다. 사실 내가 들었다는 내용은 곤경에 빠져 있던 그의 끄나풀들(그들 중 몇 명은 항상 곤경에 빠져 있죠) 중 몇 명이 하는 말들을 통해서 들은 거였죠. 나는 귀를 닫고 있는 척하면서 실제로는 열어 놓고 있었는데, 마침내 그들로부터 그자가 어딘가로 가고 없다는 말을 들었습니다. 그래서 도주를 시도할 최적의 시간이 되었다고 생각했던 겁니다. 이제 와서 생각해 보니, 그것도 그자의 계략 중 일부였다는 생각이 듭니다. 교활하기 짝이 없는 자이니 자기 끄나풀들까지 습관적으로 속이고 있었겠죠. 나를 비난하진 않을 거라고 바라도 되겠죠, 핍 씨? 온 마음을 다해 핍 씨를 도우려 애썼다고 확신합니다만.」

「나도 웨믹 씨만큼이나 그 점을 확신합니다. 그리고 웨믹 씨의 모든 관심과 우정에 정말 진심으로 감사드립니다.」

「고맙습니다. 대단히 고맙습니다. 일이 잘 안 풀렸어요.」 웨믹이 머리를 긁적이며 말했다. 「분명히 말하지만 그토록 가슴이 아팠던 적이 없었답니다. 내가 주목하는 건 그토록 많은 휴대용 동산들이 희생되었다는 거지요. 세상에!」

「〈내가〉 생각하는 건 말이죠, 웨믹 씨. 그 동산의 주인뿐이랍니다.」

「물론 그렇겠죠.」웨믹이 말했다. 「핍 씨가 그 사람을 가여워하는 일에 이의가 있을 수 없습니다. 그리고 그 사람을 그곳에서 나오게 하는 일이라면 나부터 5파운드 지폐라도 내놓을 겁니다. 하지만 내가 주목하는 건 이겁니다. 죽은 콤피슨은 진작부터 그가 돌아온다는 정보를 갖고 있었으며 경찰에 넘기겠다고 그토록 굳게 마음먹고 있었습니다. 그러니 나로서는 그를 구할 수 있었을 거라고 생각하지 않습니다. 반면에 휴대가 가능한 그의 동산은 분명히 구할 수 있었다는 겁니다. 바로 그게 재산과 그 재산의 주인의 차이점입니다. 알겠지요?」

나는 웨믹에게 월워스로 가기 전에 위층으로 올라가서 물탄 럼주 한 잔으로 원기를 보충하라고 권했다. 그는 권유를 받아들였다. 적절한 양을 마시면서 그는 다음 얘기를 이끌어 낼 만한 별다른 구실이 없었는데도, 다소 안절부절 어찌할 바를 모르는 모습을 보이다가 이렇게 말했다.

「내가 월요일 하루 휴가를 쓸 생각인데 어떻게 생각하세요, 핍 씨?」

「글쎄요. 지난 열두 달 동안 웨믹 씨가 휴가를 한 번도 쓰지 않았다고 생각합니다만.」

「지난 열두 해라고 하는 게 아마 더 맞는 말일 겁니다.」웨믹이 말했다. 「그래요. 휴가를 하루 쓸 생각입니다. 그뿐만이 아닙니다. 산책도 할 예정입니다. 나와 함께 산책을 하자고 핍 씨에게 부탁도 할 예정입니다.」

그때 당시는 내가 산책 상대로 적당하지 않았기에 사양하려고 하는 순간, 웨믹이 나보나 앞질러 말했다.

「핍 씨가 어떤 일에 마음을 빼앗기고 있는지 압니다. 그리고 기분이 언짢은 상태라는 것도 압니다, 핍 씨. 하지만 내게 호의를 〈베풀어〉 줄 수 있다면 나는 그걸 은혜로 받아들일 겁니다. 그러니까, 아마 8시에서 12시까지(아침 산책에 식사까지 포함시킨 거지요) 핍 씨의 시간을 빌리는 셈일 겁니다. 너그러이 봐주어 산책을 좀 같이 해주지 않겠어요?」

그동안 여러 시기마다 그가 나를 위해 너무나 많은 일들을 해주었으니 그 정도의 일은 내가 그를 위해 아무것도 해주지 않는 것이나 마찬가지였다. 나는 할 수 있을 거라고, 아니, 기꺼이 하겠노라고 말했다. 그가 내 응낙에 하도 기뻐해서 나까지 덩달아 기뻤다. 그의 특별한 청에 따라 나는 월요일 아침 8시 반에 그의 성채를 방문하겠다고 약속했다. 그러고 나서 우리는 헤어졌다.

월요일 아침, 약속 시간에 늦지 않게 도착한 나는 성채 문의 초인종을 눌렀고 웨믹이 직접 나를 맞이했다. 나는 그가 평소보다 좀 더 긴장하고 있는 것 같다는 생각이 들었다. 그는 맵시를 부린 모자까지 쓰고 있었다. 집 안엔 우유를 탄 럼주 두 잔과 비스킷 두 개가 준비되어 있었다. 그의 노친은 종달새 소리와 함께 일어나 있는 게 분명했다. 멀리 보이는 그의 침실을 흘긋 들여다보니 침대가 텅 비어 있었다.

우유를 탄 럼주와 비스킷으로 원기를 보충한 후 운동이라도 할 태세로 산책을 하러 함께 밖으로 나갔을 때 웨믹이 낚싯대를 집어 들어 어깨 위에 걸치는 걸 보고 꽤나 놀랐다. 「아니, 설마 우리가 낚시하러 가는 건 아니겠죠!」 내가 말했다. 「아닙니다.」 웨믹이 대답했다. 「하지만 왠지 낚싯대를 걸치고 걷고 싶군요.」

이상하다고 생각했지만 아무 말도 하지 않았다. 그리고

길을 나섰다. 우리는 캠버웰그린 녹지대 쪽으로 걸어갔는데 그 인근에 도착했을 때 웨믹이 갑자기 말했다.

「오호! 여기 교회가 있네!」

그 말에는 크게 놀랄 만한 게 아무것도 없었다. 그러나 그가 어떤 멋진 생각이 떠올라 활기가 넘치기라도 하는 듯 이런 말을 했을 때는 다소 놀랐다.

「들어가 봅시다!」

우리는 교회 안으로 들어갔다. 웨믹은 낚싯대를 현관에 내려놓고 주변을 둘러보았다. 그러면서 상의 주머니에 손을 쑤셔 넣더니 그 안에서 종이에 싸인 뭔가를 꺼냈다.

「오호!」 그가 말했다. 「여기 장갑 두 켤레가 있네! 우리 하나씩 껴봅시다!」

장갑이 흰색 새끼 염소 가죽 장갑인 데다 그의 우체통 구멍 입이 한껏 벌어지고 있었기 때문에, 나는 그제야 강렬한 의구심을 품기 시작했다. 그때 옆문으로 그의 노친이 숙녀 한 명을 에스코트하며 들어오는 모습을 보았을 때 그 의구심은 확신으로 굳어졌다.

「오호!」 웨믹이 말했다. 「여기 미스 스키핀스가 있네! 우리 결혼이나 합시다!」

사려 깊은 그 아가씨는 그때 그녀의 초록색 새끼 염소 장갑을 흰색 장갑으로 바꾸어 끼는 일에 열중하고 있다는 것만 뺀다면 평소와 같이 차려입고 있었다. 그의 노친 역시 결혼의 신 히멘의 제단을 위해 비슷한 의식을 준비하는 데 열중하고 있었다. 그러나 이 점잖은 노신사가 장갑을 끼는 데 하도 어려움을 겪고 있어서 웨믹은 노친을 기둥에 등을 대고 서 있게 한 다음 자기는 그 기둥 뒤로 가서 장갑을 잡아

당겼다. 그러는 동안 나는 그의 노친의 허리를 붙잡아서 그가 잡아당기는 힘과 맞먹는 안전한 반발력을 갖게 하는 게 필요하다고 생각했다. 이런 재치 있는 묘안에 힘입어 마침내 그의 노친은 완벽하게 장갑을 끼었다.

그러고 나서 교회 서기와 목사님이 나타나자 우리는 운명의 난간 앞에 정렬했다. 모든 예식을 아무런 준비 없이 하는 것처럼 보이게 하자는 자신의 생각에 어긋나지 않게, 웨믹이 예식이 시작되기 전에 조끼 주머니에서 뭔가를 꺼내며 스스로에게 이렇게 혼잣말을 하는 소리가 들렸다.

「오호! 여기 반지가 있네!」

나는 신랑의 보증인 혹은 들러리 역할을 수행했다. 반면에 다리를 저는 조그마한 교회 좌석 안내인 여자가 아기 보닛 같은 보드라운 보닛을 쓰고서 미스 스키핀스의 절친한 친구 시늉을 냈다. 신랑에게 신부를 인도하는 책임은 웨믹 씨의 노친에게 주어졌는데, 그게 목사가 얼떨결에 화를 내는 계기를 제공했다. 그 전말은 이렇다. 목사가 〈결혼할 이 신부를 누가 이 신랑에게 인도하나요?〉라고 말했을 때 노신사는 우리가 지금 결혼 예식의 어느 시점에 와 있는지 전혀 모른 채, 그저 더없이 사랑스럽고 밝게 미소를 지으며 십계명만 바라보고 있었던 것이다. 그걸 보고 목사가 다시 말했다. 「〈누가〉 결혼할 이 신부를 이 신랑에게 인도하나요?」 노신사가 여전히 거의 존경심이 우러나올 정도로 아무 생각 없는 상태에 빠져 있었으므로, 신랑이 여느 때와 다름없는 큰 목소리로 외쳤다. 「자, 연로하신 아버님, 아시죠? 누가 신부를 인도하죠?」 그 질문에 노친은 바로 〈자기〉가 인도한다고 말했는데, 그러기에 앞서 매우 기운차게 이렇게 대답했다.

「알았다, 존, 애야!」 그러자 그 대답을 듣고 목사가 아주 우울하게 의식을 멈추었기 때문에, 나는 그 순간 과연 우리가 결혼식을 끝낼 수 있을까 하는 의심마저 들었다.

그러나 결혼식은 완벽하게 끝이 났다. 교회에서 나왔을 때 웨믹은 성수반 뚜껑을 열고 자신의 흰색 장갑을 그 안에 넣은 후 다시 뚜껑을 덮었다. 앞날에 대해 좀 더 신중한 편이었던 웨믹 부인은 흰색 장갑을 주머니에 넣고 초록색 장갑을 끼었다. 「자, 핍 씨.」 교회를 나서면서 의기양양하게 낚싯대를 어깨 위에 다시 걸치며 웨믹이 말했다. 「누구든 이게 결혼식 모임이라고 생각할 사람이 있을지 핍 씨에게 물어봐도 될는지요!」

아침 식사는 2킬로미터 남짓 떨어진 녹지대 언덕 너머에 있는 작고 쾌적한 여관에 미리 주문되어 있었다. 그리고 식사를 하는 방 안에는 엄숙한 예식을 마치고 난 뒤 우리가 마음 편히 쉬고 싶어 할 때를 대비하여 〈바가텔〉 당구대가 준비되어 있었다. 웨믹의 팔이 웨믹 부인의 몸에 적응하기 위해 가닿자, 이제 그녀는 더 이상 그 팔을 풀지 않았다. 그녀가 마치 케이스에 들어 있는 첼로처럼 높은 등받이 의자를 벽에 붙여 놓고 앉아서, 그 감미로운 소리의 악기가 그러하듯이 묵묵히 웨믹의 포옹에 몸을 맡기는 모습을 지켜보는 건 즐거운 일이었다.

우리는 훌륭한 아침 식사를 했다. 누구든 식탁 위의 어떤 음식을 거절할라치면 웨믹이 〈알다시피 미리 계약을 맺고 준비한 음식입니다. 걱정 말고 드세요!〉라고 말했다. 나는 신혼부부를 위해 축배를 들었고, 그의 노친을 위해 축배를 들었고, 성채를 위해 축배를 들었다. 떠나면서 신부의 손에 입을 맞추며 경의를 표했고, 최선을 다해 즐거운 모습을 보였다.

웨믹이 나와 함께 문까지 내려왔고, 나는 다시 한 번 그와 악수를 하며 축하해 주었다.

「고맙습니다!」 웨믹이 두 손을 비비며 말했다. 「그녀가 닭을 아주 잘 키우는 사람이란 걸 모르죠. 달걀을 좀 얻게 될 텐데, 그때 직접 판단해 보세요. 그리고 말이죠, 핍 씨!」 나를 다시 부르면서 그가 낮은 목소리로 말했다.

「부디 내 이런 감정은 전적으로 월워스의 감정으로 취급해 주세요.」

「알겠습니다. 리틀브리튼에서는 입도 뻥끗 안 하죠.」 내가 말했다.

웨믹은 고개를 끄덕였다. 「핍 씨가 전에 누설한 일도 있고 하니 오늘 일은 재거스 씨가 모르는 게 낫겠습니다. 아마 재거스 씨가 알게 되면 내 뇌가 물렁물렁해졌거나 아니면 그 비슷한 상태가 된 거라고 생각할지 모릅니다.」

56

프로비스는 재판을 받기 위해 수감된 날부터 법정 개정 기간이 돌아올 때까지 내내 몹시 아픈 상태로 감옥에 누워 있었다. 갈비뼈 두 대가 부러지고 한쪽 폐에 부상을 입어 몹시 고통스럽고 힘들게 호흡을 했으며, 그 고통은 하루하루 커져만 갔다. 거의 들리지 않을 만큼 낮고 작은 목소리로 말했던 것도 이런 부상으로 인한 결과였다. 따라서 그는 말을 거의 하지 않았다. 그러나 언제라도 기꺼이 내 말을 경청할 자세가 되어 있었으며, 그가 반드시 들어야 한다고 내가 알고 있는 것들을 들려주거나 읽어 주는 일이 내 생활의 첫 번째 의무가 되었다.

일반 감방에 머무르기에는 병세가 너무 좋지 않았으므로 그는 하루 만에 병동 감방으로 이송되었다. 그 덕분에 나는 그와 함께할 수 있는 기회를 얻게 되었다. 그렇지 않았더라면 내게 주어지지 않았을 기회다. 그리고 병만 아니었다면 그는 확고부동한 탈옥수에다 내가 알지 못하는 다른 죄까지 지은 죄수로 여겨지고 있었으니 족쇄도 차고 있었을 것이다.

그를 매일 볼 수 있긴 했지만 오직 짧은 시간 동안만이었다. 따라서 서로 떨어져 있는 시간이 정기적으로 반복해서 주어졌는데, 그건 그의 몸 상태에 생겨난 사소한 변화가 얼굴에 드러나기에 충분할 만큼 긴 시간이었다. 나는 그 변화가 좋아지는 쪽으로 진행된 걸 단 한 차례도 기억하지 못한다. 그는 감옥 문이 그를 향해 닫힌 이후로 점점 더 초췌해졌으며, 서서히 쇠약해졌고 병세가 악화되었다.

그가 보인 순종과 체념의 태도는 인생살이에 지쳐 녹초가 된 사람의 태도였다. 나는 가끔 그의 태도나 그에게서 새어 나온 한두 마디 속삭이는 말에서, 자기가 지금보다 더 나은 환경에 처해 있었더라면 훨씬 더 나은 사람이 되지 않았을까 하고 곰곰이 생각하고 있다는 인상을 받았다. 그러나 그는 그런 취지의 말을 넌지시 던짐으로써 자기변명을 한다거나 아니면 이미 영원히 자리 잡은 자신의 과거를 왜곡한다거나 하는 일은 결코 하지 않았다.

내가 있는 데서 그를 간병하던 사람들 중 몇몇이 두세 차레 극악무도했던 그의 악명을 언급한 일이 있었다. 그때 그의 얼굴에는 미소가 스쳐 지나갔으며 신뢰로 가득 찬 표정으로 나를 쳐다보았다. 그건 마치 내가 그에게서 미약하나마 어떤 속죄의 기미를 알아보았다는 것과, 심지어 아직 꼬마였던 아주 오래전 옛날에도 내가 그랬다는 것을 확신하고 있다는 표정이었다. 나머지 다른 일들에 대해서도 그는 겸손하게 뉘우치는 모습을 보였으며, 그가 불평하는 걸 결코 보지 못했다.

법정 개정 기간이 돌아왔을 때 재거스 씨는 다음번 개정 기간까지 재판을 연기해 달라는 신청서를 작성하게 했다. 그 신청서는 분명히 그가 그리 오래 살지 못할 거라는 확신하에 작성된 것이었지만 거부되었다. 재판은 즉시 열렸으며 법정에 출두한 프로비스는 의자에 앉혀졌다. 내가 피고석 가까이 다가가 그가 내게 뻗은 손을 잡는 일에 대해서는 어떤 이의도 제기되지 않았다.

재판은 매우 짧았고 매우 명확했다. 그에 대해 말할 수 있는 최선의 내용 — 그가 어떻게 근면한 습관을 갖게 되었는지, 어떻게 합법적으로 좋은 평판을 얻으며 부자가 되었는지 — 이 변론되었다. 그러나 그 어떤 변론 내용도 그가 돌아와서 판사와 배심원들 앞 바로 그곳에 있다는 사실을 뒤집지는 못했다. 그런 죄목으로 그를 재판하면서 그에게 유죄 판결이 아닌 다른 판결을 내린다는 건 불가능한 일이었다.

그 당시는 재판을 종결짓는 날을 정해서 그날 판결을 선고하고, 그렇게 함으로써 사형 선고에 끝맺음 효과를 빚어내는 게 관행이었다. (그때 그 개정 기간을 내가 직접 끔찍하게 경험해 보고 알았다.) 지금도 기억 속에 생생히 간직되어

지워지지 않는 그때 그 광경이 아니었다면, 나는 이 글을 쓰고 있는 지금까지도 판사 앞에 무려 서른두 명의 남녀 죄수들이 한데 모여 서서 사형을 선고받는 광경을 직접 목격했다는 사실을 좀처럼 믿지 못했을 것이다. 그 서른두 명 중 맨 앞에 그가 있었다. 그의 몸 안에 남아 있는 생명을 유지하는 데 필요한 호흡을 충분히 할 수 있도록 그만이 자리에 앉아 있었다.

그 모든 광경이, 4월의 햇살을 받고 반짝거리던 법정 유리창에 맺힌 4월의 빗방울들에 이르기까지 그 순간의 선명한 빛깔을 지니고 불현듯 다시 떠오르기 시작한다. 그의 손을 내 손 안에 쥐고 내가 법정 구석의 피고석 바깥쪽에 서 있는 동안, 서른두 명의 남녀 죄수들은 동물 우리 안에 갇힌 듯 피고석 안에 무리 지어 서 있었다. 몇 명은 반항적인 태도를 보였고, 몇 명은 공포에 짓눌려 있었고, 몇 명은 흐느끼며 눈물 지었고, 몇 명은 얼굴을 가리고 있었으며, 몇 명은 침울하게 주변을 노려보는 모습을 보였다. 여자 죄수들 사이에서 비명이 들렸지만 곧바로 소리를 죽이라고 제지되었고 이어서 정적이 뒤따랐다. 큰 쇠사슬과 악취 제거용 향초 다발을 든 법정 관리들, 공무 수행 중인 다른 허세꾼들, 악질 관리들, 법정 정리(廷吏)들, 방청석을 가득 메운 방청객들 — 대규모 연극 관객들 같았다 — 이 서른두 명의 죄수들과 판사가 서로 마주 보고 있는 광경을 지켜보았다. 그러자 판사가 그들에게 훈시를 했다. 그의 앞에 서 있는 가련한 죄수들 중에서 판사가 특별 훈시를 위해 꼭 집어내야만 하는 죄수가 있었다면, 그건 바로 어린 시절부터 범법을 저지른 범죄자였고, 반복된 수감 생활 끝에 마침내 일정 기간 유배형을 받았고,

그리고 엄청난 폭력과 대담한 행동을 벌이며 탈주했다가 다시 붙잡혀 종신 유배형을 선고받았던 사람이었을 것이다. 그 가련한 사람은 자신의 옛 범죄 현장들로부터 멀리 떨어져 살게 되었을 때 얼마 동안은 자신의 과오를 깨달은 것처럼 보였고, 그래서 평화롭고 정직한 삶을 사는 것처럼 보였다. 그러나 어떤 숙명적인 순간에 그토록 오랫동안 탐닉하다 그를 사회의 재앙 같은 존재로 만들었던 바로 그 성향과 격한 성정에 굴복하여 휴식과 회개를 하던 안식처를 떠나 자신이 추방당했던 나라로 다시 돌아오고야 말았던 것이다. 이곳에 오자마자 즉시 고발을 당하게 된 그는 얼마 동안은 용케도 사법 당국자들을 피해 다닐 수 있었지만 결국 도주를 시도하던 현장에서 체포되던 와중에 그들에게 저항했고, 그리고 — 그게 명백한 범행 의도를 갖고 한 일인지 아니면 물불을 안 가리는 대담무쌍한 그의 맹목적인 성정 때문에 일어난 일인지는 그가 제일 잘 알 것이다 — 그의 모든 인생 내력을 다 알고 있던 고발자의 죽음을 초래했다. 그가 자신을 추방했던 나라로 되돌아올 경우 정해진 형벌은 사형이었고 게다가 그의 사건은 앞서 말한 바와 같이 더욱 악화된 사건이므로 그는 이제 스스로 죽음을 준비해야만 하는 처지였다.

유리창 위에 맺혀 반짝이는 빗방울들을 뚫고 밝은 햇살이 법정의 큰 창문으로 비쳐 들어와 서른두 명의 죄수들과 판사 사이에 넓게 퍼진 빛줄기를 만들어 냈다. 그 빛줄기는 양쪽을 서로 연결시켜 주었으며, 아마도 방청객들 중 몇 명에게는 그 양쪽이 절대적으로 평등하게, 온갖 것들을 다 알고 계시고 과오를 범하지 않으시는 보다 위대한 심판자께 어떻게 나아가고 있는지를 상기시켰을지도 모른다. 이렇게 비쳐

들어오는 빛줄기 속에서 또렷한 반점처럼 보이는 얼굴을 한 맨 앞자리의 죄수가 일어서더니 판사에게 이렇게 말했다. 「재판장님, 저는 이미 하느님으로부터 사형 선고를 받았습니다. 하지만 저는 재판장님의 사형 선고에 순종합니다.」 그러고 나서 다시 앉았다. 쉬쉬 하는 소리가 들리고 조용해지자 판사는 나머지 죄수들에게 자신이 해야 할 말을 이어 나갔다. 그런 다음 죄수들은 모두 공식적으로 형을 선고받았다. 그 후 그들 중 일부는 부축을 받으며 나갔고, 일부는 대담하게도 매서운 표정을 지으며 느릿느릿 걸어 나갔다. 몇몇은 방청석을 향해 고개를 끄덕였고, 두세 명은 악수를 나누었으며, 몇몇 죄수들은 주변에 놓여 있는 향초 다발에서 떼어 낸 풀잎 조각을 질겅질겅 씹으며 나갔다. 그는 의자에 앉아 도움을 받으며 아주 천천히 나가야 했기 때문에 모든 죄수들 중에서 가장 나중에 나갔다. 그는 다른 죄수들이 모두 나가는 동안에, 그리고 방청객들이 일어나(교회나 그 비슷한 다른 곳에서 그러듯이 그들은 옷매무새를 고치면서 일어났다) 이런저런 죄수에게, 특히 누구보다도 그와 나에게 손가락질을 하는 동안 내 손을 꼭 쥐고 있었다.

나는 법원 판사의 판결 보고서가 작성되기 이전에 그가 죽기를 바라고 기도했다. 그러나 그가 목숨을 계속 이어 나갈 거라는 두려움이 들어 그날 밤 내무 장관에게 보내는 탄원서를 작성하기 시작했다. 탄원서 안에는 내가 그를 알게 된 경위와 그가 나 때문에 돌아오게 된 연유를 설명하는 내용을 담았다. 나는 최선을 다하여 열심히 그리고 애처롭게 탄원서를 작성했다. 다 작성하고 난 뒤 그걸 실세도 제출했다. 그리고 가장 자비로울 것 같은 당국자들에게 다른 탄원서를 썼고, 국왕 폐하께 보내는 탄원서도 한 장 작성했다. 그가 선고를 받고 난 이후 몇 날 밤낮 동안 나는 의자에 앉아 선잠이 든 때를 제외하고는 전혀 휴식을 취하지 못했으며 전적으로 이런 호소문 작성에 매달렸다. 그리고 탄원서들을 제출하고 난 다음에는 그것들을 제출한 장소들에서 멀리 떨어져 있을 수가 없었다. 그 서류들 가까이에 있어야 더 희망적이고 덜 절망적인 것처럼 느껴졌기 때문이다. 이처럼 터무니없는 불안감에 빠져 마음의 고통을 느끼면서 탄원서들을 제출해 놓았던 사무실들과 건물들 주변을 배회하며 밤거리를 돌아다니곤 했다. 지금 이 시간까지도 먼지가 일고 쌀쌀했던 봄밤의 런던 서쪽 거리들이 우울하게 떠오른다. 무시무시하게 닫혀 있던 저택들과 가로등들이 줄지어 늘어서 있던 그 황량한 거리 말이다.

내가 그를 찾아갈 수 있는 매일매일의 면회 시간은 이제 점점 짧아졌으며 그는 점점 더 엄중하게 감시되었다. 그에게 독약을 전해 주려는 의도를 갖고 있다고 의심받을지 모른다고 생각하거나 혹은 상상하면서 나는 그의 침대 옆에 앉기 전에 몸수색을 자청했으며, 그곳에 상주하는 간수에게 내 의도가 얼마나 순수한지 확인시킬 수 있는 일이라면 무엇이든 하겠노라고 말했다. 누구도 그에게나 나에게 모질게 굴지 않았다. 그에게 꼭 행해져야 하는 의무 사항은 행해졌지만 난폭한 방식은 아니었다. 간수는 매번 내게 그가 더 나빠졌다고 말했으며, 그 방에 있던 다른 병자 죄수들이나 간병인 자격으로 그들을 돌보던 다른 죄수들(악질적인 범죄자들이었지만 〈하느님〉께 감사하게도 친절을 베풀 능력이 없지 않은 자들이었다)도 늘 같은 소식을 전하는 일에 가담했다.

하루하루가 흘러갈수록 나는 그가 점점 더 밝은 빛이라고는 하나도 없는 얼굴로 흰 천장을 바라보며 평온하게 누워 있다가 내가 몇 마디 말을 하면 잠깐 얼굴이 밝아졌다 다시 어두워지곤 한다는 사실을 알아차렸다. 가끔씩 그는 거의, 혹은 전혀 말을 하지도 못했다. 그러다 내 손을 미약하게 누르며 대답하곤 했는데, 나는 그가 말하고자 하는 의미를 아주 잘 이해하게 되었다.

그때까지 내가 보아 온 것보다 훨씬 더 큰 변화가 그에게 일어났음을 알게 된 것은, 흘러간 날들의 숫자가 열흘째에 이르렀을 때였다. 그의 눈이 문 쪽을 향하다가 내가 들어가자 반짝 빛을 발했다.

「애야.」 그의 침대 옆에 가서 앉자 그가 말했다. 「네가 늦는다고 생각했다. 하지만 그럴 리가 없다는 걸 알고 있었다.」

「제시간에 딱 맞게 왔어요.」 내가 말했다. 「면회 시간이 되기를 문밖에서 기다리고 있었어요.」

「넌 늘 문에서 기다리지. 안 그러느냐, 애야?」

「맞아요. 단 한순간도 놓치고 싶지 않아서요.」

「고맙다, 애야. 고마워. 하느님의 축복이 네게 내리기를 빈다! 넌 나를 버리지 않았다, 애야.」

나는 아무 말 없이 그의 손을 꼭 쥐었다. 한때 그를 버릴 마음을 먹었던 일을 잊을 수 없었기 때문이었다.

「그리고 가장 좋았던 일은 말이다.」 그가 말했다. 「햇빛이 밝게 비출 때보다 내가 시커먼 먹구름 밑에 있게 된 이후로, 넌 내 옆에 있으면서 더 편안해졌다는 거다. 그게 내겐 모든 일들 중에서 가장 기쁜 일이었어.」

그는 등을 대고 누워 몹시 힘들게 숨을 쉬고 있었다. 그가 어떤 일을 하고 싶어 한다고 해도, 그리고 아무리 나를 사랑한다고 해도, 그의 얼굴에선 점점 빛이 사라져 가고 있었으며, 흰 천장을 바라보는 평온한 시선 위로는 침침한 엷은 막이 드리우고 있었다.

「오늘 많이 고통스러우세요?」

「난 어떤 일에도 불평하지 않겠다, 애야.」

「아저씨는 결코 불평하지 않죠.」

그게 그가 마지막으로 한 말이었다. 그는 미소를 지었다. 나는 나를 살짝 치는 그의 손길이 내 손을 잡아 들어 올리고 싶다는 의미라는 걸 이해하고는, 내 손을 그의 가슴에 올려놓았다. 그러자 그는 다시 미소를 지으면서 내 손 위에 자신의 두 손을 포갰다.

우리가 그러고 있는 동안 주어진 면회 시간이 다 지나갔다. 그런데 뒤를 돌아보니 교도소장이 가까이에 서 있는 게 보였다. 그가 속삭였다. 「아직 안 나가도 됩니다.」 나는 고마운 마음으로 감사를 표하며 물었다. 「이분이 제 말을 들을 수 있다면 말을 좀 건네도 될까요?」

교도소장은 옆으로 물러나며 간수에게도 자리를 피하라고 손짓했다. 아무런 소리 없이 일어난 일이었지만 이런 상황 변화가 흰색 천장을 향하고 있던 그의 평온한 시선에 드리워진 침침한 막을 걷어 냈다. 그는 애정이 담뿍 담긴 시선으로 나를 바라보았다.

「사랑하는 매그위치 아저씨, 마지막으로 지금 꼭 드릴 말씀이 있어요. 내 말 알아듣겠어요?」

손을 살짝 누르는 느낌이 전해졌다.

「옛날에 딸아이가 있었죠. 아저씨가 사랑했지만 잃어버렸던 아이요.」

손을 더 세게 누르는 느낌이 전해졌다.

「그 딸이 살아서 유력한 친지들을 만났답니다. 그 딸이 지금도 살아 있어요. 숙녀가 되었고 아주 아름답기까지 하지요. 그리고, 내가 그녀를 사랑합니다!」

미약하지만 최후의 안간힘을 쓰면서, 그나마 내가 그런 안간힘에 호응하며 도움을 주지 않았더라면 무기력하게 끝나 버렸을 안간힘을 쓰면서, 그는 내 손을 자기 입술에 갖다 댔다. 그러고 난 후 천천히 내 손을 다시 자기 가슴 위에 내려놓은 뒤 그 위에 자신의 두 손을 포갰다. 천장을 바라보는 평온한 표정이 다시 찾아왔다. 그러고 나서 머리를 가슴 위로 조용히 떨어뜨린 채 세상을 떠났다.

그 순간 나는 우리 둘이 함께 읽었던 성경 내용을 떠올리며, 기도를 위해 신전에 올라갔던 두 남자를 생각했다. 그의 침대 옆에서 내가 할 수 있는 말로 이보다 더 좋은 말은 생각해 낼 수가 없었다. 「오, 하느님, 부디 죄인인 그에게 자비를 내려 주소서!」[20]

57

이제 철저히 홀로 남겨진 처지가 되었기에, 나는 집주인에게 임대 기간이 법적으로 끝나면 바로 템플의 거처를 떠날 것이며 그때까지 그곳을 전대(轉貸)하겠다는 뜻을 통보했다.

---

20 「루가의 복음서」 18장 13절. 〈오, 하느님! 죄 많은 저에게 자비를 베풀어 주십시오!〉를 고친 것이다.

나는 즉시 내 거처의 방들을 세놓는다는 광고문을 창문에 내붙였다. 빚을 지고 있었고 쓸 돈이 없었으며, 당장의 형편이 심각한 지경이라는 사실에 나는 놀라기 시작하고 있었다. 아니, 내가 몹시 아픈 상태로 빠져들고 있다는 것 말고 다른 진상을 명료하게 인지할 힘과 집중력을 갖고 있었다면, 이런 표현보다는 분명히 내 위급한 상황에 놀랐다는 표현을 쓰는 게 맞을 것이다. 최근까지 나를 짓누르고 있던 긴장감이 그동안 발병을 지연시켰던 것이지 병을 물리쳤던 게 아니었다. 이제야 병이 엄습해 온 거라는 사실은 알았지만, 그 밖의 다른 사실들은 거의 알지 못했다. 그리고 병에 대해서조차도 신경을 쓰지 않았다.

하루나 이틀 동안 소파 혹은 방바닥에 — 그저 그때그때 풀썩 주저앉게 되는 대로 아무 데나 — 누워 있었다. 머리는 무거웠고 팔다리는 쑤셨으며 아무런 목적의식도, 아무런 힘도 남아 있지 않았다. 그러던 중에 엄청나게 길고 지루하고 불안과 공포로 가득 찬 어느 날 밤이 찾아왔다. 그리고 그다음 날 아침 침대에서 일어나 앉아 전날 밤에 대해 생각해 내려고 애썼지만 그럴 수 없다는 걸 알았다.

과연 내가 정말로 한밤중에 가든코트로 나가 내 보트가 그곳에 있을 거라고 생각하며 그걸 찾겠다고 여기저기 더듬고 다녔던 것인지, 과연 내가 어떻게 침대에서 나오게 되었는지 알 수 없어 극도의 두려움에 떨며 두세 차례 계단 위에서 제정신을 차렸던 것인지, 과연 그가 계단을 올라오는데 등불이 꺼져 있다는 생각이 들어 그 등불에 불을 붙이고 있는 내 모습을 발견했던 것인지, 과연 누군가가 내는 헛소리와 웃음과 신음에 형용할 수 없는 괴로움을 겪다가 그 소리

362

가 혹시 나 자신이 내는 소리가 아닌가 어렴풋이 의심을 했던 것인지, 과연 어떤 목소리가 내 방의 어두운 구석에 무쇠 화덕이 있는데 그 안에서 미스 해비셤이 불타고 있다고 큰 소리로 외쳐 대고 있었던 것인지, 이런 것들이 그날 아침 침대에 누워 있으면서 내가 혼자서 결론을 내리려고 애썼던 생각들이었다. 그러나 석회 가마의 증기가 나와 그 생각들 사이에 끼어들며 모두 흐트러뜨리고 말았다. 그리고 마침내 두 남자가 나를 내려다보고 있다는 사실을 깨닫게 된 것도 바로 그 증기를 통해서였다.

「처음 보는 분들인데, 무슨 일이죠?」 움찔 놀라며 내가 물었다.

「글쎄요, 선생.」 그중 한 명이 내 어깨를 툭 치며 대답했다. 「아마 당신이 곧 해결하게 될 일 때문이라고 말하겠소. 어쨌든 당신을 구류해야겠소.」

「빚이 얼만데요?」

「123파운드 15실링 6펜스요. 보석상이 청구한 액수라고 알고 있습니다.」

「어떻게 할 건데요?」

「내 채무자 구류소로 가는 게 나을 거요.」 그가 말했다. 「내가 꽤 괜찮은 구류소를 갖고 있으니.」

일어나서 옷을 차려입으려고 조금 애를 써봤다. 잠시 후 그들을 주시해 보니 내 침대에서 조금 벗어난 곳에서 나를 쳐다보며 서 있었다. 나는 여전히 침대에 누워 있었다.

「내 상태가 보이겠죠. 갈 수만 있다면 당신들과 함께 갔을 겁니다. 하지만 정말이지 노저히 그럴 수가 없네요. 당신들이 여기서 나를 데려간다면 가는 도중에 죽을 것 같습니다.」

그들이 대답을 했는지도 모르겠고, 내 주장을 놓고 논의를 했는지도 모르겠고, 혹은 내 상태가 내가 생각하는 것보다는 낫다고 믿으라며 나를 격려했는지도 모르겠다. 그들이 나를 데려가는 일을 포기했다는 가느다란 실마리 같은 장면만 기억 속을 맴돌 뿐 그들이 그 이상 어떻게 했는지는 모르겠다.

　열이 펄펄 나서 그들이 나를 피했다는 것, 심하게 앓았다는 것, 여러 차례 정신을 잃었다는 것, 그런 시간이 끝없이 길게 느껴졌다는 것, 있을 수 없는 존재들을 나 자신의 존재로 혼동했다는 것, 내가 건물 벽에 박힌 한 장의 벽돌인데 건축업자들에게 나를 박아 놓은 그 현기증 나는 자리에서 제발 나를 빼내 달라고 간청했다는 것, 내가 심연 위를 덜커덩거리며 빙빙 돌고 있는 거대한 증기 기관 강철 들보인데 제발 그 증기 기관을 멈춰 세워서 그 안에서 내가 차지하고 있는 부분을 망치로 쳐 없애 달라고 애원했다는 것, 결국 이 모든 증세들을 헤치고 나왔다는 것, 이런 것들이 내 기억 속에 남아 있고 그리고 그 당시에도 어느 정도 알고 있었던 사항들이다. 또한 내가 실체를 지닌 사람들을 살인자들이라고 믿고 때때로 격투를 벌였다는 것, 그러다가 별안간 그들이 내게 친절을 베풀려고 하는 사람들이라는 걸 깨닫고 기진맥진한 상태로 그들의 품 안에 푹 꺼져 안겼다는 것, 그들이 나를 침대에 눕혔다는 것 등도 그때 알고 있었다. 그러나 나는 무엇보다도 이 모든 사람들 — 이들은 내가 심하게 앓고 있었을 때 기이하게 변형된 온갖 얼굴 형상들을 내게 드러냈고, 몸집도 엄청나게 큰 크기로 팽창된 자들이었다 — 에게 어떤 일관된 경향이 있다는 걸 알고 있었다. 말하자면 무엇보다도 이 모든 사람들에게 그들의 모습이 조만간 조와 닮은 모습으로 귀결되는 경향이 존재한다는 걸 알고 있었다.

병세가 최악으로 치달았던 지점을 돌아서고 난 후, 나는 다른 모든 증세들은 다 바뀌었는데도 집요하게 계속된 그 경향만은 바뀌지 않았다는 걸 주목하기 시작했다. 내 주변에 누가 나타나든 간에 여전히 그 사람은 조의 모습으로 귀결되고 있었다. 나는 밤에 눈을 떴다. 그리고 침대 옆 큰 의자에 앉아 있는 조의 모습을 보았다. 나는 낮에도 눈을 떴다. 그랬더니 여전히 차양이 드리워진 열린 창문 밑 긴 의자에 앉아서 파이프 담배를 피우고 있는 조의 모습이 보였다. 내가 찬물을 요구하자 그걸 가져다준 다정한 손은 조의 손이었다. 물을 마시고 난 후 다시 베개 위로 풀썩 쓰러졌다. 그런데 너무나 다행스럽다는 듯 애정 깃든 표정으로 나를 내려다보고 있는 얼굴은 바로 조의 얼굴이었다.

마침내 어느 날 내가 용기를 내서 말했다. 「거기 있는 게 정말 조야?」

그러자 옛날의 그 그립고도 다정한 목소리가 대답했다. 「조라네, 친구.」

「오, 조. 내 가슴을 왜 그리 찢어 놓는 거야! 화가 난 모습으로 나를 봐, 조. 차라리 나를 때려, 조. 내 배은망덕을 지적해 줘. 내게 이렇게 잘해 주지 마!」

이렇게 말한 건 내가 자기를 알아봤다는 기쁨에 겨워 조가 옆에서 사실상 머리를 내 베개까지 내려뜨리고 팔을 내 목에 둘렀기 때문이다.

「그게 말이네, 친애하는 친구. 핍, 이보게.」 조가 말했다. 「자네와 나는 늘 친구였다네. 그리고 자네가 마차를 타고 바깥으로 나갈 수 있을 정도로 충분히 건강을 회복하게 된다면 정말 신날 거네!」

그 말을 하고 나서 조는 창가로 물러나 내게 등을 보이고 서서 눈가를 훔쳤다. 나는 극도로 쇠약해져 있어 일어나서 그에게 갈 수 없던 처지였기에 그저 침대에 누워 참회의 의미로 이렇게 속삭이고만 있었다. 「오, 하느님. 저 사람에게 축복을 내려 주세요! 오, 하느님, 저 착한 기독교인에게 축복을 내려 주세요!」

곧이어 그가 내 옆에 와 있는 걸 발견했을 때 조의 눈은 빨개져 있었다. 그러나 나는 그의 손을 잡고 있었고 우리는 둘 다 행복감을 느꼈다.

「얼마나 오래된 거야, 사랑하는 조?」

「그러니까 네 말은 말이다, 핍. 네가 얼마나 오랫동안 앓았느냐는 거겠지, 이보게, 친구?」

「그래, 조.」

「오늘이 5월 마지막 날이다, 핍. 내일은 6월 첫째 날이고.」

「그러면 그동안 쭉 여기 있었던 거야, 사랑하는 조?」

「거의 그렇다네, 친구. 왜냐하면 자네가 아프다는 소식을 들었을 때 내가 비디에게 말했던 내용 때문이네. 그런데 그 편지는 우편배달부가 가져왔는데, 그 사람은 전엔 혼자였는데 지금은 결혼했어. 신발 가죽이 닳도록 엄청나게 열심히 일했어도 여전히 박봉이지만 말이야. 하지만 재산이 그의 목적은 아니야. 결혼이야말로 그가 진심으로 바라던 거였는데 ―」

「그 말투를 다시 듣게 되어서 너무 기뻐, 조! 하지만 비디에게 말했다는 내용을 듣고 싶어서 말을 끊었어.」

「그건 말이지.」 조가 말했다. 「네가 낯선 사람들에 끼어 살고 있을지 모르고, 또 너와 내가 항상 아주 친한 친구였으니 바로 이럴 때 내가 널 찾아간다면 받아들여지지 않을 리가 없을 거라는 내용이었어. 그리고 비디, 그녀의 말은 〈시간을 지체하지 말고 어서 가세요〉였어. 바로 그게 비디가 한 말이었어.」 조가 판사님 같은 태도로 결론을 내리듯 말했다. 「〈핍에게 가보세요.〉 비디가 말했어. 〈시간을 지체하지 말고 어서요〉라고. 요컨대 이렇게 전한다고 해도 내가 너를 크게 속이는 일은 아닐 거야.」 조가 잠시 심각하게 생각에 잠겼다가 덧붙였다. 「그 아가씨의 말이 〈1분도 지체하지 말고 어서요〉였다고 해도 말이야.」

여기서 조는 갑자기 말을 멈추더니, 내가 말을 극히 절제해야 하고 식욕이 있건 없건 간에 자주 정해진 시간에 음식물을 섭취해야 하며 또 자신의 지시 사항을 따라야 한다고 알려 주었다. 따라서 나는 그의 손에 입을 맞춘 후 조용히 누웠다. 그동안 그는 내 사랑까지 담아 비디에게 소식을 전하는 짧은 편지 쓰기에 착수했다.

분명히 비디가 조에게 글 쓰는 법을 가르친 것 같았다. 침대에 누워서 바라보고 있노라니, 그가 편지를 쓰기 시작하며 느끼고 있는 자부심에 기쁜 마음이 들어 심약해져 있던 나는 그만 울고 말았다. 침대 커튼을 치워 버린 침대는 이미 내가 누워 있는 채로 거처에서 가장 크고 공기가 가장 잘 통하는 거실로 옮겨져 있었으며, 그곳의 양탄자는 치워진 뒤였다. 그리고 거실은 낮이고 밤이고 늘 쾌적하고 건강에 유익한 상태로 유지되고 있었디. 조는 이제 구석으로 치워져 있고 작은 병들이 거추장스럽게 놓인 내 책상에 앉아서 자신의 그 대단한 작업을 시작했다. 그는 먼저 펜 접시가 마치 커다란 연장 통이기라도 한 듯 거기서 펜을 꺼낸 뒤 쇠지레나 큰 쇠망치를 휘두르기라도 할 것처럼 양 소매를 걷어붙였다. 편지 쓰기를 시작하기 전에 조에겐 먼저 왼쪽 팔꿈치로 책상을 무겁게 누르며 꽉 고정시키고 오른쪽 다리는 몸 뒤로 충분히 빼내는 자세가 필요했다. 그리고 실제로 편지 쓰기가 시작되자, 그가 아래로 내려 긋는 모든 자획 하나하나를 하도 천천히 써서 그 길이가 2미터는 되는 것 같았다. 한편 그가 자획을 위로 올려 그을 때마다 펜의 잉크가 이리저리 튀는 소리를 들을 수 있을 정도였다. 그는 실제로는 잉크스탠드가 없는데도 옆에 그것이 있다는 이상한 생각을 하고 있는지, 끊임없이 펜을 빈 허공에 찍는 동작을 해 보였고, 그 결과에 대해 아주 만족해하는 것처럼 보였다. 가끔 철자법이라는 장애물에 발이 걸린 듯 방해를 받았지만 대체로 편지 쓰기를 아주 잘해 나갔다. 서명을 하고 편지지에 묻은 마지막 잉크 얼룩을 집게손가락으로 찍어서 정수리에 문지르고 난 후, 일어나 책상 주변을 맴돌면서 그 위에 놓인 자신의 성취물이 빚어내는 효과를 다양한 시각에서 무한한 만족감을 느끼며 만끽하려고 애쓰고 있었다.

나는 말을 많이 할 수 있었지만 너무 많은 말로 그를 불안하게 하고 싶지 않아 미스 해비셤에 대한 질문은 다음 날로 미루었다. 다음 날 미스 해비셤이 회복되었느냐고 묻자 조는 고개를 저었다.

「그녀가 죽었어, 조?」

「글쎄다. 자네도 알겠지만 말이네, 친구.」 조가 충고하는 말투로, 그리고 그 이야기를 서서히 하겠다는 식으로 말했다. 「나는 그런 표현까지는 하지 않을 거네. 그런 표현은 내가 말하기는 좀 과하네. 하지만 그녀는 더 이상 —」

「살아 있지 않다는 거야, 조?」

「그게 사실에 더 가까운 표현이야.」 조가 말했다. 「그녀는 살아 있지 않아.」

「그녀가 오래 버텼어, 조?」

「네가 병이 나고 나서 대략 일주일이라고 말할 수 있는(네가 그런 말을 하게 된다면 말이다) 기간이 거의 지났지.」 여전히 나 때문에 모든 일에 대해 서서히 이야기해 나가겠다고 결심한 채 조가 말했다.

「사랑하는 조, 그녀의 재산이 어찌 되었는지 들었어?」

「그러네, 친구.」 조가 말했다. 「재산 대부분을 이미 정식으로 양도한 것처럼 보여. 내 말인즉슨 에스텔라 양에게 꽁꽁 묶어 양도했다는 거지. 하지만 그녀는 사고가 나기 하루인가 이틀 전에 자필로 유언 보충서를 써놓았어. 에누리 없는 4천 파운드를 매슈 포켓 씨에게 남긴다는 내용을 담아서. 그런데 너는 그녀가 다른 것보다도 왜 그런 에누리 없는 4천 파운드를 그에게 남겼다고 생각하니? 그건 〈전술한 당사자 매슈 씨에 대해 핍이 했던 진술 때문〉이지. 비디에게서 유언 보충서에 그렇게 쓰여 있다는 얘기를 들었어.」 조는 법률가 같은 말투를 사용하는 게 자신에게 무한한 이익이라도 안겨주는 것처럼 그 말투를 반복하며 말했다. 「〈전술한 당사자 매슈 씨, 그에 대한 진술〉 말이다. 그리고 에누리 없는 4천 파운드다, 핍!」

나는 조가 4천 파운드라는 액수를 나타내는 그린 진부한 표현을 대체 누구한테 배웠는지 결코 알아내지 못했다. 하지만 그런 표현을 쓰면 그에게 더 많은 액수처럼 보이는 것 같았다. 그리고 에누리 없다는 표현을 고집하는 걸 분명히 즐기는 것 같았다.

그의 설명은 나를 크게 기쁘게 했다. 내가 했던 유일하게 착한 일을 그 설명이 완결시켜 주었기 때문이다. 나는 조에게 혹시 미스 해비섬의 다른 친척들 중 유산을 물려받은 사람이 있다는 소리는 못 들었느냐고 물었다.

「미스 세라.」 조가 말했다. 「그녀는 담즙 과다 분비증 치료 알약을 사먹으라고 매년 25파운드를 받게 되었대. 미스 조지애너, 그녀는 현금으로 20파운드를 받았고. 그 부인…….이보게, 친구, 등에 혹이 난 동물, 그 동물 이름이 뭐지?」

「캐멀?」 뜬금없이 그건 왜 알고 싶어 하는지 의아해하며 내가 말했다.

조가 고개를 끄덕였다. 「캐멀 부인.」 그 말을 듣고 나는 곧바로 커밀라를 말하는 거라는 걸 알았다. 「그녀는 밤에 자다 깼을 때 기분을 밝게 하기 위한 골풀 양초 값으로 5파운드를 받았어.」

조의 암송이 정확하다는 게 아주 분명해 보여서 나는 조의 정보를 신뢰했다. 「그런데 말이네.」 조가 말했다. 「자넨 아직 건강하지 못하네, 친구. 그러니 오늘은 한 삽 분량의 이야기만 더 하겠네. 더 이상은 감당하지 못할 거야. 올릭 영감, 그놈이 어떤 가정집을 부수고 들어가는 가택 침입을 자행했어.」

「누구네 집을?」

「그 사람 태도가 허장성세로 가득 차 있지 않은 적이 단 한 번도 없다는 건 나도 인정해.」 조가 변명조로 말했다. 「하지만 그렇다 해도 영국인의 집은 그의 성(城)이나 마찬가지지. 그리고 성은 전쟁 때 그런 일을 당하는 걸 빼고는 절대로 부서지고 침입당해선 안 돼. 그 사람에게 아무리 많은 결함이 있다 하더라도 그는 진정한 곡물상이고 종자상이야.」

「가택 침입을 당했다는 집이 펌블추크의 집이란 말이야, 그럼?」

「바로 그렇다, 핍.」 조가 말했다. 「그 일당은 그의 귀중품 서랍을 훔쳤고, 그의 금고를 훔쳤고, 그의 와인을 마셨고, 그의 음식을 먹었고, 그의 얼굴을 때렸고, 그의 코를 잡아당겼고, 그를 침대 기둥에 묶어 놓았고, 그를 십여 차례 구타했고, 그가 비명을 내지르는 걸 막기 위해 그의 입에 일년생 꽃들을 가득 쑤셔 넣었어. 하지만 그는 올릭을 알아보았어. 그래서 그놈은 지금 군 교도소에 가 있어.」

이런 대화 방식을 통해 우리는 아무 제약 없이 대화를 나눌 수 있는 상태에 이르렀다. 나는 서서히 체력을 회복했다. 비록 느리기는 했지만 확실히 점점 더 기운이 솟아나고 있었다. 조가 나와 함께 머물렀고, 나는 다시 꼬마 핍이 된 것 같다는 생각이 들었다.

조의 다정하고 따뜻한 태도가 내 필요와 너무나 훌륭하게 잘 조화되었기에, 그의 손길 안에서 나는 어린아이와 같았다. 그는 옛날의 그 흉허물 없는 모습으로 나와 앉아서 얘기를 나누곤 했다. 그가 예전의 그 천진난만하며 자기를 내세우지 않고 나를 보호해 주던 태도로 대했기 때문에, 나는 부엌에서 보냈던 그 시절 이후의 내 삶이 이미 사라진 내 열병이 만들어 낸 징신 이싱 증세가 아니었을까 하는 생각까지 했다. 그는 나를 위해 집안일을 제외한 다른 모든 일들을 해

주었다. 집안일을 제외한 건 그가 처음 도착하자마자 밀린 급료를 주고 기존의 세탁부를 내보낸 뒤 아주 점잖고 참한 부인을 새로 고용했기 때문이었다. 「그게 말이다. 분명히 말하겠는데 말이다, 핍.」 그는 종종 자기가 왜 그렇게 마음대로 일을 처리했는지 설명하곤 했다. 「그 여자가 네 예비용 침대의 꼭대기에 맥주 통처럼 구멍을 뚫어서 그 안의 깃털들을 잡아 빼낸 후 양동이에 담고 있는 현장을 내가 목격했지 뭐냐. 아마 팔아먹으려는 속셈으로 그랬던 것 같아. 아마 그 여자는 다음번에는 네가 침대에 누워 있는데도 거기서 깃털들을 잡아 빼냈을 거다. 그다음으로는 뚜껑 달린 움푹한 수프 그릇과 채소 접시에 석탄을 담아서 조금씩 빼돌렸을 거고, 또 네 그 웰링턴 부츠[21]에 포도주와 독주를 담아 조금씩 빼돌렸을 거다.」

우리는 옛날 내 도제 생활이 시작되는 날을 우리가 고대했듯이, 내가 마차를 타고 나갈 수 있게 될 날을 고대했다. 그리고 드디어 그날이 와서 무개 마차가 레인 극장 앞에 도착했을 때, 조는 나를 꽁꽁 싸맨 뒤 품 안에 안고 마차까지 들고 가서 그 안에 태웠다. 마치 내가 아직도 자신의 그 숭고한 천성을 그토록 듬뿍 선물했던 어리고 무력한 꼬마이기라도 한 듯 말이다.

그리고 난 뒤 조는 내 곁에 탔으며, 우리는 마차를 타고 교외 지역으로 달렸다. 그곳에는 이미 풍성한 여름철답게 나무와 풀들이 무성하게 우거졌고, 달콤한 여름 향기가 온 대기를 가득 채우고 있었다. 마침 그날은 일요일이었다. 아름다운 주변 풍경을 둘러보면서, 나는 불쌍한 내가 열이 펄펄

21 무릎까지 오는 긴 부츠.

끓는 몸으로 침대 위를 뒹굴던 동안에 풀과 나무들이 참 많이도 자라났고, 작은 야생화들도 많이 피어났고, 새들의 노랫소리도 해와 별들 아래서 밤낮으로 더 힘차게 바뀌었다는 생각이 들었다. 그러자 열이 펄펄 끓는 몸으로 침대에 누워 있었던 단순한 사실 자체가 내 마음의 평온을 깨는 방해물처럼 여겨졌다. 그러나 일요일의 교회 종소리를 들으며 널리 펼쳐진 아름다운 풍경을 좀 더 둘러보면서, 내가 아직도 충분히 감사하고 있지 못하며, 그러기에는 아직 내 몸이 너무 허약하다고 느꼈다. 그 옛날 그가 장날 장터인가 어딘가에 나를 데리고 갔을 때 그랬던 것처럼 조의 어깨 위에 머리를 살짝 얹었다. 그때 그 구경은 내 어린 감각에는 너무나 버거웠다.

잠시 후 내게 더 큰 마음의 평정이 찾아왔다. 우리는 옛 포대 자리 풀밭에 누워 이야기하던 것처럼 얘기를 나누었다. 조는 아무것도 변한 게 없었다. 정확히 옛날 내 눈에 비쳤던 모습 그대로, 그는 내 눈에 여전히 고지식하게 성실하고, 고지식하게 바른 모습이었다.

집으로 돌아가서 그가 나를 들고 마차에서 내려 — 너무나도 쉽게 — 둘러업고 마당을 가로질러 계단을 오르고 있었을 때, 그가 나를 업고 습지대를 건너갔던 파란만장했던 그 크리스마스 날이 떠올랐다. 우리는 아직까지 내게 일어난 운명의 변화에 대해 아무 말도 나누지 않았다. 나는 그가 최근에 내게 일어난 일들을 얼마나 알고 있는지도 몰랐다. 나는 이제 나 자신을 너무 불신하고 있었고 그를 한없이 신뢰하고 있었기 때문에, 그가 구태여 그런 얘기를 안 하는데 내가 꼭 얘기해야 하는지 스스로를 납득시키지 못하고 있었다.

「혹시 들었어, 조?」 좀 더 숙고해 본 뒤 그날 저녁 조가 창가에서 파이프 담배를 피우고 있을 때 물었다. 「내 은인이 누구였는지 들었어?」

「들었어.」 조가 대답했다. 「그게 미스 해비셤이 아니었다는 얘기 말이네, 친구.」

「그럼 그게 실제로 누구였는지도 들었어, 조?」

「글쎄다! 〈얼큰한 세 선장〉에서 네게 은행권 지폐를 건네준 자를 보낸 사람이라는 얘기는 들었다, 핍.」

「바로 그 사람이야.」

「정말 놀라운 일이야!」 조가 지극히 차분하게 말했다.

「그 사람이 죽었다는 얘기는 들었어, 조?」 내가 점점 더 힘이 빠지는 태도로 곧바로 물었다.

「누구? 은행권 지폐를 보낸 사람 말이니, 핍?」

「그래.」

「내 생각에는 말이다.」 한참 동안 곰곰이 생각에 잠겨 있다가 왠지 시선을 피하는 태도로 창문가 의자를 바라보며 조가 말했다. 「대략 그가 이런저런 일로 인해 그런 방향으로 나아갔다는 얘기를 〈듣기는〉 들은 것 같다.」

「그 사람 상황에 대해선 뭐 들은 게 없어, 조?」

「딱히 없다, 핍.」

「만약 듣고 싶다면 말이야, 조 ─」 설명을 시작하려는 찰나 조가 일어나서 내 소파 쪽으로 다가왔다.

「이보게, 친구.」 조가 내게 몸을 숙이며 말했다. 「우린 늘 가장 친한 친구였네. 안 그런가, 핍?」

나는 대답하기가 부끄러웠다.

「그러면 된 거야.」 내가 〈실제로〉 대답하기라도 한 것처럼 조가 말했다. 「된 거라고. 그 문제는 의견의 일치를 본 거야. 그렇다면 친구, 우리 같은 친구 사이에서 영원히 불필요한 게 틀림없는 그런 얘깃거리를 우리가 왜 입에 올려야 할까? 우리 같은 친구 사이에는 그런 불필요한 문제들 말고도 다른 얘깃거리들이 충분히 많아. 아이고! 네 가여운 누나와 그녀가 흥분해서 날뛰던 일만 생각하면! 그리고 따끔거리던 그 매 기억 안 나니?」

「생생해, 조.」

「이보게, 친구.」조가 말했다. 「난 자네와 그 매를 떼어 놓기 위해 내가 할 수 있는 한 최선을 다했네. 하지만 늘 내 능력이 내 의향을 따라가질 못했어. 네 가여운 누나가 너를 혼내려고 할 때 말이다.」조가 자신이 좋아하는 논증적인 태도로 말했다. 「그때 내가 네 누나에게 반대하며 끼어들라치면 나까지 혼내려고 했을 뿐만 아니라 늘 그것 때문에 너를 더 심하게 혼냈어. 난 그걸 눈치채고 있었어. 어린 꼬마가 벌을 받지 못하게 다 큰 남자 어른이 나서서 말리지 못했던 건, 구레나룻을 쥐어뜯긴다거나 한두 차례 몸이 뒤흔들리는 일(네 누난 정말 제멋대로 그런 일을 했어)을 당하기 때문이 아니었어. 하지만 그 어린 꼬마가 내가 구레나룻을 쥐어뜯기고 내 몸이 흔들리는 일로 인해 더 심하게 혼나게 된다면, 그러면 그 남자는 당연히 일어나서 스스로에게 이렇게 말하게 되지. 〈어이, 자네, 자네가 주겠다는 도움은 대체 어디 간 거지? 오히려 아이가 피해만 보게 할 뿐이라는 자네 말은 인정하겠네.〉그리고 그 남자는 이렇게 말하지. 〈하지만 그 도움이 안 보여. 그러니 선생, 대체 뭐가 도움인지 그걸 가리켜 보라고 내 요구하겠네.〉」

「그 남자가 말을 한다고?」 내가 말을 하기를 기다리고 있었으므로 그렇게 말했다.

「그 남자가 말하지.」 조가 동의했다. 「그 남자가 옳은 거지?」

「사랑하는 조, 그는 늘 옳아.」

「좋아, 이보게, 친구.」 조가 말했다. 「그럼 그 말을 지키게. 만약 그 남자가 옳다면(사실은 대체로 그는 잘못을 저지를 가능성이 더 큰 사람이야) 그가 이런 말을 해도 옳을 거야. 〈핍, 혹시 네가 어린 꼬마였을 때 어떤 작은 비밀을 몰래 혼자 간직하고 있었다면, 그건 아마 너와 그 따끔거리는 매를 떼어 놓을 수 있는 J. 가저리의 능력이 그의 의향을 따라 주지 못한다는 걸 네가 알고 있었기 때문이야〉라고 말이다. 그러니 우리 같은 친구 사이에서는 그 문제를 더 이상 생각하지 말아야 해. 그리고 그런 불필요한 얘깃거리에 대해 말을 주고받지도 말자고. 내가 이곳으로 오기 전에 말이야. 이 일은 그런 관점으로 바라봐야 하며, 내가 이 일을 그런 식으로 바라본다면 말도 그런 식으로 해야 한다면서 비디가 무척 애를 썼어. 자, 이제 그 두 사항이 모두 완수되었으니 이제 진정한 친구로서 이 말을 할게.」 자신의 논리적인 이야기 진행에 꽤나 도취된 조가 말했다. 「말하자면 이거야. 그 일에 대해 너는 절대로 지나치게 몰두해선 안 된다는 거야. 그것보다 너는 저녁을 먹고, 물 탄 와인을 조금 마시고, 그리고 침대 속으로 들어가는 일에 더 몰두해야 한다는 거야.」

그 주제를 화제 대상에서 걷어치운 조의 세심한 태도와, 그렇게 하도록 미리 그를 준비시킨 비디 ─ 그녀는 여성 특유의 지혜로 그토록 빨리 나를 간파하고 있었던 것이다 ─

의 다정한 솜씨와 배려가 깊은 감명을 주었다. 하지만 내가 얼마나 가난한지, 그리고 해 뜨기 전 고향 습지대의 안개처럼 유산 상속에 대한 내 크나큰 기대가 전부 어떻게 사라져 버렸는지를 조가 알고 있었는지 여부는 알 수 없는 일이었다.

처음 모습을 드러내기 시작했을 때는 내가 바로 알아차리지 못했지만, 가슴 아프게도 내가 이내 알아차리기 시작한 조의 또 다른 모습이 있었다. 바로 이런 모습이었다. 내가 더 튼튼해지고 더 건강해질수록 조가 나를 조금씩 불편해하기 시작했다는 것이다. 내가 쇠약해져 있고 전적으로 그에게 의존했을 때, 그 착한 사람은 옛날 말투로 되돌아가 이제는 내 귀에 노랫가락처럼 들리는 옛날 명칭, 즉 〈이보게, 친구, 핍〉이라고 나를 불렀다. 나 역시 옛날처럼 다정한 말투로 돌아갔고, 그가 그렇게 하게 해준 데 대해 행복해하고 고마워했다. 그러나 내가 계속해서 그런 말투를 굳게 고수하고 있었던 데 비해, 조의 태도는 미세하나마 느슨해지기 시작했다. 처음에는 그의 그런 태도 변화가 의아스러웠지만, 곧 그 원인이 내게 있으며 그 책임도 전적으로 내게 있다는 걸 깨닫기 시작했다.

아아! 정녕 내가 조에게 변치 않는 모습을 보일 거라는 걸 의심하게 만든 원인을 제공하지 않았단 말인가! 정녕 내가 잘살수록 그에게 점점 더 냉담해지고 그를 버릴 거라고 생각하게 만든 원인을 제공하지 않았단 말인가! 정녕 내가 조의 순수한 가슴속에다, 내가 더 건강해질수록 나를 굳게 잡고 있던 그의 힘은 더 약해질 것이고, 그래서 내가 먼저 그의 손길을 뿌리치기 전에 적당한 때에 그가 먼저 그 손의 힘을 풀고 나를 마주하는 게 낫겠다고 본능적으로 느끼게 만든 원인을 제공하지 않았단 말인가!

조의 팔에 기대어 템플 공원에 세 번째인가 네 번째 산책을 나갔을 때, 나는 그의 태도 변화를 매우 확실하게 감지했다. 밝고 따뜻한 햇살을 받으며 강을 바라보다 일어나던 중에 우연찮게 내가 말했다.

「이것 봐, 조! 난 이제 꽤 힘차게 걸을 수 있어. 곧 나 혼자 힘으로 걸어서 돌아가는 걸 보게 될 거야.」

「너무 무리하지 마, 핍.」조가 말했다.「하지만 그럴 수 있는 걸 보게 된다면 행복할 겁니다, 신사분.」

나는 그의 마지막 호칭이 신경에 거슬렸다. 그러나 내가 어찌 항변할 수 있단 말인가! 나는 공원 입구까지만 혼자 힘으로 걷고 그 이상은 혼자 걷지 않았다. 그리고 거기서부터는 실제보다 더 약한 척하면서 조에게 팔을 빌려 달라고 부탁했다. 조는 팔을 내주었지만 골똘히 생각에 잠겨 있었다.

나 역시 골똘히 생각에 잠겼다. 서서히 변해 가는 조를 어찌하면 막을 수 있을까 하는 문제가 자책감으로 가득 찬 내 머릿속을 몹시 곤혹스럽게 만들고 있었다. 정확히 현재의 내 처지가 어떤지, 내가 어떤 지경까지 내몰려 있는지를 그에게 말하는 게 부끄러웠다는 사실을 숨길 생각은 없다. 그러나 그런 말을 하는 걸 꺼렸던 내 태도가 전적으로 가치 없는 일만은 아니었기를 바란다. 그가 자신이 모아 놓은 얼마 안 되는 돈으로 나를 곤경에서 구해 주고 싶어 한다는 걸 알았다. 하지만 그가 나를 도와준다는 건 안 될 일이며, 그런 일을 하도록 내버려 둬서는 절대로 안 된다는 걸 알고 있었다.

우리 두 사람 모두 그날 저녁은 곰곰이 상념에 빠져 시간을 보냈다. 그러나 나는 잠자리에 들기 전에, 다음 날은 일요일이니 건너뛰고 기다리다가 새로운 한 주와 함께 내 새로운 행동 방침도 시작하리라 결심을 굳혔다. 월요일 아침이 되면 조에게 그의 변화에 대해 말을 하리라. 마지막 흔적처럼 내 안에 남아 있는 이 침묵을 던져 버리리라. 내 심중에 들어 있는 생각(아직 결론에 이르지 못하고 있던 그 두 번째 생각), 그리고 내가 왜 해외에 나가 있는 허버트에게 가기로 아직 결단을 못 내리고 있는지 그 이유를 그에게 말하리라. 그러면 그의 변화는 영원히 극복될 수 있으리라. 내 모습이 밝아지자 조의 모습도 밝아졌다. 그리고 그 역시 나와 교감을 하듯 어떤 결론에 도달한 것처럼 보였다.

우리는 일요일을 온종일 조용히 쉬면서 보냈다. 그리고 교외로 마차를 타고 나가서 들판을 거닐었다.

「그동안 내가 아팠던 게 고맙다는 생각이 들어, 조.」 내가 말했다.

「친애하는 핍, 이보게, 친구. 이제 거의 다 회복된 거네요, 신사분.」

「기억에 남는 시간이었어, 조.」

「내게도 마찬가집니다, 신사분.」 조가 대답했다.

「내가 결코 잊을 수 없는 시간을 우리가 함께 보낸 거야, 조. 내가 잠시 잊고 지냈던 나날들이 한때 있었다는 걸 알아, 조. 하지만 난 요즘의 나날들은 결코 잊지 않을 거야.」

「핍.」 조가 다소 초조하고 불안한 기색을 보이며 말했다. 「즐거운 나날들이었어. 그리고 친애하는 신사분, 우리 둘 사이에 있었던 일들은…… 정말 있었던 일들입니다.」

빔이 되이 짐자리에 들었을 때, 내 회복 기긴 내내 그랬둣이 조가 내 방으로 들어왔다. 그리고 내게 아침처럼 몸 상태가 확실히 좋게 느껴지는지 물었다.

「그래, 사랑하는 조. 아주 좋아.」

「그리고 앞으로도 점점 더 건강해지겠지, 친구?」

「그래, 사랑하는 조. 앞으로도 쭉 그럴 거야.」

조는 그 크고 착한 손으로 이불에 덮인 내 어깨를 토닥거리면서 목이 멘 것만 같은 목소리로 말했다. 「잘 자!」

상쾌하고 더욱 건강해진 상태로 다음 날 아침 일어났을 때, 나는 지체 없이 조에게 모든 걸 얘기하겠다는 결의로 가득 차 있었다. 아침 식사 전에 얘기할 생각이었다. 즉시 옷을 차려입고 그의 방으로 가서 놀라게 해줄 생각이었다. 그날은 내가 처음으로 일찍 일어난 날이었다. 나는 그의 방으로 갔다. 그는 그곳에 없었다. 조만 그곳에 없었던 게 아니라 그의 짐 상자도 없었다.

나는 서둘러 아침 식탁으로 가보았다. 그리고 그 위에서 편지 한 장을 발견했다. 그 안에는 다음과 같은 짤막한 내용이 담겨 있었다.

사랑하는 핍, 네가 다시 건강을 되찾았고 이제 나 없이도 더 잘해 나갈 수 있으니 방해하고 싶지 않아 나는 그만 떠난다.

조

추신 너의 영원한 최고의 친구가

편지 속엔 내가 구류되는 원인이 되었던 빚과 비용들을 갚은 영수증이 동봉되어 있었다. 그 순간까지도 나는 내 채권자가 내가 건강을 어지간히 회복할 때까지 채무 청구 소송 절차를 철회하거나 유보한 거라고 헛되이 생각하고 있었다. 조가 그 돈을 갚아 주었을 거라고는 꿈에도 생각하지 못하고 있었다. 하지만 조가 그 돈을 갚았고, 그 영수증이 그의 이름 앞으로 발행된 것이었다.

이제 내게 남은 일이란 무엇이겠는가? 그리운 옛날 그 대장간까지 그를 따라가 그곳에서 내 속마음을 털어놓으며 그에게 참회의 간청을 하는 일을 매듭짓고, 그리고 그곳에서 내 마음과 가슴속에 남아 있던 두 번째 과제, 내 뇌리에서 사라지지 않고 막연한 모습으로 시작되었다가 확고한 목적으로 형태가 잡힌 바로 그 과제를 털어 내는 일 말고 무엇이 남아 있었겠는가?

그 목적은 바로 비디에게 가자는 것, 그녀에게 내가 얼마나 겸손하게 뉘우치는 모습으로 되돌아왔는지 보여 주자는 것, 한때 내가 바랐던 모든 것들을 내가 어떻게 다 잃었는지 그녀에게 고백하자는 것, 그리고 옛날 불행했던 시절 내가 그녀에게 털어놓았던 적이 있는 내 속내를 다시 상기시키자는 것이었다. 그런 다음 그녀에게 이렇게 말할 작정이었다. 〈비디, 나는 한때 네가 나를 아주 많이 좋아했다고 생각해. 내가 마음을 잘못 먹고 너를 떠나서 길을 잃고 헤매고 다니던 그때, 내 마음은 너와 함께 있으면 훨씬 더 편안하고 좋았어. 그 이후 그 어느 때보다도 말이야. 네가 다시 한 번 나를 그때의 절반만큼이라도 좋아해 줄 수 있다면, 그리고 나를 용서받은 아이처럼 받아들여 준다면 (정말이지, 비디, 난 그런 아이처럼 후회하고 있고 그런 아이처럼 달래 주는 목소리와 위로의 손길이 절실하게 필요해) 난 네게 예전의 나보다 좀 더 가치 있는 존재가 되지 않을까 기대하고 있어. 많이는 아니고 그저 조금 말이야. 그리고 비디, 앞으로 내가 조와 함께 대장간에서 일하게 될지, 아니면 이 시골에 내려와서 뭔가 다른 직업을 얻으려고 애쓰게 될지, 아니면 기회가 나를 기다리고 있는 먼 외국으로 너와 함께 떠나게 될지(제안이 왔을 때 네 대답을 알게 될 때까지 확답을 유보해 두었어), 그 모든 결정이 네게 달리게 될 거야. 그리고 사랑하는 비디, 만약 지금 나와 함께 세상을 헤쳐 나가며 살 거라고, 분명히 나를 위해 이 세상을 더 나은 세상으로 만들겠다고, 그리고 그런 일을 통해 나를 더 나은 사람으로 만들겠다고 말해 줄 수 있다면, 그러면 나도 너를 위해 이 세상을 더 나은 세상으로 만들기 위해 열심히 노력할 거야.〉

이게 내 결연한 목적이었다. 사흘 동안 건강을 좀 더 회복한 뒤 그 목적을 이루기 위해 그리운 옛 고향으로 내려갔다. 그리고 어떤 식으로 그 일을 서둘렀는지가 이제 내가 남겨 놓은 이야기의 전부다.

58

절정에 이르렀던 내 행운이 처참하게 몰락해 버렸다는 소식은 내가 도착하기도 전에 고향 마을과 그 인근 지역에 퍼져 있었다. 나는 블루 보어 여관 사람들도 그 소식을 접했다는 걸 알아차렸으며, 그게 그들의 태도에 큰 변화를 불러일으켰다는 것도 알아차렸다. 보어 여관 사람들은 내가 재산을 물려받기로 되어 있었을 때 세심하게 배려하며 좋은 평가를 얻어 내려고 열렬히 애쓰던 사람들이었다. 그러나 내가 재산을 잃고 빈털터리가 되었다는 이유로, 그들은 이제 그런 일에 대해서는 극도로 냉담한 태도를 보였다.

그토록 여러 차례 너무나도 편하게 오가던 여행길이었으나 이번에는 너무나도 피곤에 지쳐 읍내에 도착했을 때는 이미 저녁 무렵이었다. 보어 여관은 내가 항상 묵곤 하던 객실이 마침 예약이 되어 있어서(아마 유산을 상속받기로 되어 있는 또 다른 누군가이리라) 내게 그 객실을 내줄 수가 없었다. 그저 마당 위쪽 비둘기 떼와 역마차들 사이에 있는 사뭇 다른 객실을 내줄 수 있었을 뿐이다. 그러나 그 객실에서 보어 여관이 내게 내줄 수 있는 최고로 훌륭한 객실에서 자는 것 못지않게 숙면을 취했다. 내가 꾼 꿈의 질도 최고의 객실에서 꾼 것과 거의 같았다.

아침 일찍 식사가 준비되고 있는 동안, 새티스 하우스 주변을 천천히 돌아보았다. 대문 위와 창문 밖으로 내걸린 카펫들 위에는 다음 주에 저택의 실내 가구들과 가재도구들을 경매에 부친다는 사실을 알리는 광고문들이 붙어 있었다. 저택 건물 자체는 헐려서 중고 건축 자재로 판매될 예정이었다. 양조장 위에는 흰색 도료로 쓴 신통치 않은 글씨로 1번 경매 물건이라는 표시가 되어 있었다. 꽤 오랜 기간 동안 폐쇄되어 있던 본채 건물에는 2번 경매 물건이라고 표기되어 있었다. 저택의 다른 부분들에도 경매 물건이라 표기되어 있었는데, 표기할 공간을 마련하기 위해 담쟁이덩굴을 뜯어내는 바람에 덩굴의 상당 부분이 아래로 길게 늘어져 먼지를 뒤집어쓰고 시들어 버린 모습이었다. 나는 잠시 열린 대문 안으로 걸어 들어가서 아무 용건도 없는 이방인 같은 불편한 태도로 주변을 둘러보았다. 그러면서 경매업체의 한 직원이 술통들 위를 걸어 다니면서, 내가 〈올드 클렘〉 곡조에 맞춰 그토록 자주 밀어 대던 바퀴 달린 의자를 책상 삼아 손에 펜을 들고 목록을 작성하고 있던 다른 직원에게 알려 주려고 그것들을 헤아리며 번호를 매기고 있는 모습을 보았다.

아침 식사를 하기 위해 보어 여관의 커피룸에 돌아온 나는 그곳에서 펌블추크 씨가 여관 주인과 대화를 나누고 있는 걸 발견했다. 펌블추크 씨는(최근에 당한 야밤의 봉변 때문인지 얼굴이 그리 좋아 보이지 않았다) 나를 기다리던 중이었는데, 다음과 같은 말을 하며 내게 다가왔다.

「젊은이, 이토록 몰락한 자네의 모습을 보게 되다니 유감이네. 하지만 다른 일을 뭘 기대할 수 있었겠나! 달리 무슨 일을 기대할 수 있었겠느냐고!」

위엄을 잔뜩 부리며 용서하는 태도로 그가 손을 내밀었다. 병으로 쇠약해져 있어서 말싸움을 할 처지가 아니었기에 나는 그 손을 잡았다.

「윌리엄.」 펌블추크 씨가 웨이터에게 말했다. 「머핀 한 개를 식탁에 갖다 놓게. 그래, 결국 이렇게 되었군! 결국 이렇게 되고 말았어!」

나는 얼굴을 찡그리며 자리에 앉았다. 펌블추크 씨는 나를 지켜보며 서서 차를 따라 주었는데 — 내가 찻주전자에 손을 대기 전이었다 — 마치 마지막까지 충직하게 신의를 지키기로 결심한 은인 같은 태도였다.

「윌리엄.」 펌블추크 씨가 서글픈 어조로 말했다. 「소금을 갖다 놓게. 이보다 더 행복했던 시절엔 아마 설탕을 먹었겠지? 그리고 우유도 마셨겠지? 자넨 그랬어. 설탕과 우유. 윌리엄, 물냉이를 가져오게.」

「고맙습니다.」내가 무뚝뚝하게 내뱉었다. 「하지만 전 물냉이를 안 먹습니다.」

「물냉이를 안 먹는다.」마치 내 대답을 예상했다는 듯이 그는 한숨을 내쉬고 여러 차례 고개를 끄덕이면서 대답했다. 「맞아. 자넨 지상에서 나는 소박한 결실물은 안 먹겠지. 윌리엄, 가져올 필요 없네.」

나는 아침 식사를 계속했고 펌블추크 씨는 계속 나를 지켜보면서 늘 그랬듯이 동태눈처럼 흐릿한 눈으로 나를 쏘아보며 거칠게 숨을 쉬고 있었다.

「거의 살가죽과 뼈밖에 안 남았군!」생각에 잠겨 있던 펌블추크 씨가 큰 소리로 말했다. 「하지만 이곳을 떠나갈 때(내가 축복까지 했다고 말할 수 있지), 그리고 내가 부지런한 벌처럼 소박한 음식을 그의 앞에 차려 주었을 때는 복숭아처럼 통통했는데!」

이 말은 그가 새로 생겨난 내 행운에 자신이 기여했다고 떠벌리면서 〈내가 좀 해도 되겠는가?〉 운운하며 보였던 비굴한 태도와, 그때와 똑같이 살진 다섯 손가락들을 내보이며 지금 그가 취하고 있는 허세로 가득 찬 온정적인 거짓 태도 사이의 놀라운 차이를 상기시켰다.

「하!」그가 내게 버터 바른 빵을 건네면서 말을 계속했다. 「그래, 조지프한테 간다고?」

「대체 제가 어디 가든 무슨 상관이세요?」나도 모르게 벌컥 화를 내며 말했다. 「찻주전자 좀 내려놔 주세요.」

내가 밟을 수 있는 최악의 행로를 밟고 만 셈이었다. 이 말이 펌블추크에게 그가 원하던 기회를 제공하는 빌미가 되었다.

「알았네, 젊은이.」 그는 문제의 주전자 손잡이를 놓고 내 테이블에서 한두 걸음 물러서더니 문간에 있던 여관 주인과 웨이터에게 들으라는 듯 말했다. 「찻주전자를 〈내려놓지〉. 자네 말이 맞네, 젊은이. 이번만은 자네 말이 맞아. 몸을 허약하게 만들 정도로 흥청망청 산 결과 피폐해진 자네가 조상들이 먹었던 건강에 좋은 음식을 먹고 기운이 나기를 바라는 마음에 그만 자네 아침 식사에 관심을 갖다가 주제넘게 굴었네. 하지만 말이오.」 펌블추크가 여관 주인과 웨이터에게로 몸을 돌리더니 팔을 뻗치면 닿을 거리에서 나를 가리키며 말했다. 「이 젊은이는 행복했던 아이 시절 내가 늘 함께 놀아 주던 바로 그 젊은이라오! 그럴 리가 없다고 말하지 마시오. 이 젊은이가 바로 그 젊은이라고 분명히 말하겠소!」

두 사람은 수군수군하는 소리로 응답했다. 특히 웨이터가 놀라는 것 같았다.

「이 젊은이가 내가 내 이륜마차에 태웠던 그 젊은이요.」 펌블추크가 말했다. 「이 젊은이가 바로 내가 손수 키워지는 걸 본 그 젊은이요. 바로 내가 이 젊은이가 누나에게 시삼촌이 되는 자이고, 그 누나의 이름은 자기 엄마 이름을 따라 조지애너 마리아지. 그럴 수 있다면 부인해 보라고 하시오!」

웨이터는 내가 그 사실을 부인할 수 없을 거라고 확신하고 있었고, 바로 그 점이 이 일에 더 위험한 모양새를 부여하고 있었다.

「이보게, 젊은이.」 펌블추크가 옛날 그랬던 식으로 고개를 내게 비틀어 돌리면서 말했다. 「자넨 조지프에게 가는 길이야. 자네가 어딜 가든 그게 나와 무슨 상관이냐고 물었지? 어이, 신사, 자넨 조지프에게 가는 길이라고 내 분명히 말하겠네. 자넨 조지프에게 가는 길이야.」

웨이터가 조심스럽게 그 말을 그냥 넘기라고 권유하기라도 하듯 기침 소리를 냈다.

「자, 이제부터 말이네.」 펌블추크가 말했다. 그는 완벽하게 확실하고 결정적인 사실을, 미덕이라는 명분을 위해 극히 화가 나지만 말하겠다는 태도로 이 모든 말들을 지껄였다. 「내 자네에게 조지프한테 무슨 말을 해야 할지 말해 주겠네. 여기 이 자리에 읍내에서 명망 높고 존경받는 보어 여관 주인이 계시고, 또 내가 잘못 알고 있는 게 아니라면 그 아버님 성함이 폿킨스인 윌리엄이 있네.」

「잘못 알고 계신 게 아닙니다.」 윌리엄이 말했다.

「이 두 사람이 있는 데서 조지프에게 무슨 말을 해야 할지 자네에게 일러 주겠네.」 펌블추크가 계속 말을 이었다. 「이렇게 말하게. 〈조지프, 오늘 내 최초의 은인이자 내 행운의 창시자이신 분을 보았어. 그분 이름은 말하지 않을게, 조지프. 하지만 우리 읍내 사람들이 그분을 기꺼이 그렇게 부르고 있어. 내가 그분을 보았어.」

「맹세코 말하지만 저는 이곳에서 그런 사람을 보지 못했습니다.」 내가 말했다.

「그 말도 하게.」 펌블추크가 쏘아붙였다. 「자네가 그런 말을 내뱉었다는 것도 말하게. 그러면 아마 조지프도 놀라움을 금치 못할 것이네.」

「그 점에선 당신이 그를 아주 잘못 봤습니다.」 내가 말했다. 「그는 내가 더 잘 압니다.」

「이렇게 말하게.」 펌블추크가 계속해서 밀했다. 「〈조지프, 그분을 보았어. 그리고 그분은 조지프에게도 내게도 아무런 악감정이 없었어. 그분은 조지프의 성격을 알고 계셨어. 그래서 조지프의 옹고집과 무지에 대해서도 훤히 알고 계셨어. 그리고 그분은 내 성격도 알고 계셨어, 조지프. 그래서 그분은 내게 보은의 감정이 결핍되어 있다는 것도 알고 계셨어. 그랬어, 조지프!〉 이렇게 말하게.」 여기서 펌블추크는 나를 향해 자기의 머리와 손을 흔들어 댔다. 「〈그분은 인간이라면 누구나 갖고 있는 보은의 감정이 내게 전적으로 결핍되어 있다는 걸 알고 계셨어. 누구도 몰랐지만 《그분》만은 알고 계셨어, 《조지프》. 그런 걸 알아야 될 이유가 없으니 조지프도 그런 건 모를 거야. 하지만 그분은 알고 계셨어.〉」

그가 비록 허풍 떠는 걸 좋아하는 얼간이였지만, 직접 내 면전에서 그따위 얘기를 지껄일 수 있는 뻔뻔한 낯짝을 가졌다는 게 정말 놀라웠다.

「이렇게 말하게. 〈조지프, 그분이 내게 짤막한 교훈 한마디를 해주셨어. 그걸 지금 다시 말해 볼게. 나의 몰락을 통해서 그분이 하느님의 섭리의 손가락을 보았다는 거야. 그분은 그 손가락을 바로 알아보았다고 했어, 조지프. 그걸 분명히 보았다고. 그 손가락이 이런 글귀를 가리키고 있었대, 조지프. 《최초의 은인이자 네 행운의 창시자에 대한 배은망덕의 결과이니라.》 하지만 그분은 자기가 한 일에 대해 후회하지 않는다고 했어, 조지프. 전혀 후회하지 않는다고. 그건 옳은 일이었고, 친절한 일이었고, 자비로운 일이었으니 자기는 그런 일을 다시 하겠노라고 했어.〉」

「참 유감스럽네요.」 방해를 받으면서도 아침 식사를 끝까지 다 마치면서 내가 경멸을 담아 말했다. 「그분이 자기가 무슨 일을 했는지, 그리고 자기가 무슨 일을 하려고 하는지 말하지 않았다는 것이 말입니다.」

「주인 양반!」 이제 여관 주인을 향해 다가가며 펌블추크가 말했다. 「그리고 윌리엄! 혹시 이 말을 전하는 게 당신들 바람이라면, 나는 당신들 두 사람이 읍내의 거주 지역이건 중심가 지역이건 간에 가서 내가 그런 일을 한 게 옳은 일이었고 친절한 일이었고 자비로운 일이었으니 그런 일을 다시 하겠다고 했다는 말을 전하고 다니는 데 반대하지 않겠소.」

이 말과 함께 이 사기꾼은 시종 불분명하게 〈그런 일〉이라고 말했던 일 덕분에 나를 즐겁기보다는 더욱 경악하게 만들어 놓고서는 잔뜩 점잔을 빼며 두 사람과 악수를 나눈 뒤 여관을 떠났다. 그가 가고 나서 얼마 지나지 않아 나도 여관을 나섰다. 읍내의 한길로 내려갔을 때 그가 자기 가게 문 앞에 몇 사람을 모아 놓고 장황하게 떠벌리고 있는 모습을 보았다. 내가 건너편 길을 지나가자 그들은 몹시 곱지 않은 시선으로 흘긋흘긋 보는 식으로 나를 대접해 주었다.

하지만 이 뻔뻔한 철면피 위선자와 비교해 보니(그런 일이 가능하다면 말이다) 비디와 조의 크나큰 관용이 전보다 더 밝게 빛나고 있어서 오히려 그들에게 가는 길이 더 즐거웠을 뿐이었다. 나는 아직 팔다리 힘이 약했기 때문에 그들을 향해 천천히 나아갔다. 하지만 그들에게 가까이 다가갈수록 안도감이 점점 더 커져 가고, 오만과 거짓의 감정은 내 뒤로 점점 더 멀어지고 있다는 생각이 들었다.

6월의 날씨는 상쾌했다. 하늘은 푸르렀고, 종달새들은 초록색 밀밭 위를 높이 날아오르고 있었다. 나는 그 모든 시골 풍경이 여태껏 내가 알아 왔던 그 어떤 풍경보다 더 아름답고 평화롭다고 생각했다. 내가 그곳에서 살아가게 될 삶에 대한 수없이 즐거운 상상들, 그리고 내가 이미 경험한 바 있는 소박한 성실함과 명석한 인생의 지혜로 내 길을 이끌어준 영혼의 안내자를 곁에 두고 살면서 내 성품에 일어날 더 나은 변화들에 대한 수없이 즐거운 상상들, 그것들이 내 마음속에 찡한 감동을 불러일으켰다. 귀향으로 인해 마음이 나약해져 있었기 때문이기도 했고, 너무나도 큰 변화가 일어나고 있어서 내가 마치 먼 여행을 마치고 맨발로 힘겹게 집으로 돌아오고 있는 사람처럼, 그리고 긴 세월 동안 정처 없이 헤매고 다니며 방랑 생활을 계속했던 사람처럼 느껴졌기 때문이기도 했다.

나는 그동안 비디가 교사로 일했던 학교를 단 한 번도 본 적이 없었다. 그러나 혼자 호젓하게 가려고 마을로 들어서는 길로 조그만 에움길을 택했던 까닭에 그 학교 앞을 지나치게 되었다. 그러나 그날이 휴일이라는 걸 알고 실망했다. 아이들이 한 명도 없었고 비디의 집은 닫혀 있었다. 그녀가 나를 보기 전에 내가 먼저 일상의 임무에 바쁘게 열중하고 있는 그녀의 모습을 보게 될 거라는 다소 희망 섞인 생각이 내 마음속에 있었지만 그로써 좌절되고 말았다.

그러나 대장간이 아주 가까운 거리에 있었으므로 땅땅거리는 조의 망치질 소리를 듣기 위해 귀를 기울이면서, 향기로운 초록색 보리수나무들 밑을 지나 그곳으로 향했다. 그 소리를 분명히 들었어야 하는 시간이 한참 지났고, 그리고 그 소리를 들었다고 생각했다가 그게 착각이었다는 걸 알아차린 뒤에도 한참 시간이 지났다. 모든 게 정적에 싸여 있었다. 보리수나무들은 그곳에 그대로 있었고, 새하얀 산사나무들도, 밤나무들도 그곳에 그대로 있었다. 내가 멈춰 서서

귀를 기울이고 있던 동안 그 나무들의 잎사귀들이 사이좋게 살랑살랑 소리를 내고 있었지만 한여름 바람 속에 조의 망치질 소리는 없었다.

까닭 없이 대장간이 시야에 들어오는 게 두렵게 느껴지던 와중에, 마침내 나는 대장간을 보았고 그것이 닫혀 있다는 걸 알았다. 그 어떤 불빛도, 쏟아져 내리는 반짝이는 불꽃도, 윙윙대는 풀무질 소리도 없었다. 모든 게 닫혀 있었고 모든 게 정적에 싸여 있었다.

그러나 집에는 인기척이 없지 않았다. 집에서 가장 좋은 응접실이 사용되고 있는 듯했는데, 그 방 창문에 흰 커튼이 나부끼고 있었다. 그리고 창문은 열려 있었고 꽃들로 화사했다. 그 꽃들 너머로 몰래 들여다볼 생각으로 조용히 그 방을 향해 다가갔다. 그런데 바로 그때 조와 비디가 팔짱을 끼고 내 앞에 서 있었다.

처음에 비디는 나를 보고 유령이라도 본 것처럼 비명을 질렀다. 하지만 바로 다음 순간 내 품에 안겼다. 나는 그녀를 보고 울었고 그녀는 나를 보고 울었다. 나는 그녀가 너무 상큼하고 즐거워 보여서 그랬고, 그녀는 내가 너무나 초췌하고 창백해 보여서 그랬다.

「세상에, 사랑하는 비디, 정말 멋지구나!」

「그래, 핍.」

「조, 〈조도〉 정말 멋있어!」

「그렇다네, 친애하는 핍, 내 친구.」

나는 두 사람을 번갈아 바라보았다. 그리고 나자…….

「오늘이 내 결혼식 닐이란다.」 비디가 행복한 감정을 쏟아내며 외쳤다. 「나는 조와 결혼했어!」

그들은 먼저 나를 부엌으로 데리고 갔고 나는 옛날 그 전 나무 탁자 위에 머리를 기댔다. 비디가 내 손을 자기 입술에 갖다 댔고 조는 기운을 북돋아 주는 손길로 내 어깨를 어루만졌다. 「이 친구가 그런 놀라운 소식을 접하기엔 아직 체력을 충분히 회복한 게 아니었나 봐, 비디.」 조가 말했다. 그러자 비디가 말했다. 「저도 분명히 그렇게 생각해야 했는데요, 사랑하는 조. 하지만 너무 행복했거든요.」 두 사람 모두 나를 보고 하도 과하게 기뻐하고 하도 자랑스러워하고 내가 그들을 찾아온 일에 하도 감동하고 하도 즐거워해서, 공교롭게도 꼭 내가 그들의 결혼식 날을 완벽하게 만들어 주기 위해 온 것 같았다.

맨 처음 든 생각은, 결국 이렇게 좌절되어 버리고 만 내 소망을 조에게 결코 발설하지 않았던 게 천만다행이라는 생각이었다. 그가 병에 걸린 나와 함께 있었던 동안에 그 소망은 수도 없이 내 입술을 맴돌았었다. 만약 나와 한 시간만 더 함께 있었더라면 그가 그 소망을 알게 되었을 것이다. 그러면 그 얼마나 돌이킬 수 없는 일이었겠는가!

「사랑하는 비디.」 내가 말했다. 「세상에서 가장 훌륭한 남편을 얻었구나. 그가 내 침대 옆을 지키던 모습을 네가 볼 수 있었다면 넌 아마……. 하지만 아냐, 넌 지금 그를 사랑하는 것보다 더 많이 그를 사랑할 수 없을 거야.」

「그래, 정말 그럴 수 없을 거야.」 비디가 말했다.

「그리고 사랑하는 조, 조도 세상에서 가장 훌륭한 아내를 얻었어. 비디는 조가 마땅히 받아야 할 만큼의 행복을 줄 거야. 사랑하는, 선하고 고귀한 조!」

조는 입술을 떨며 나를 바라보았다. 그리고 어지간히 눈가에 옷소매를 갖다 댔다.

「그리고 조와 비디, 두 사람이 오늘 교회에 다녀왔고 그래서 이제 모든 이들을 긍휼히 여기고 사랑하게 되었으니[22] 두 사람 모두에게 말할게. 그동안 두 사람이 내게 해준 모든 일들, 내가 변변히 보답하지도 못한 모든 일들에 대한 내 소박한 감사의 마음을 받아 줘! 그리고 내가 곧 해외로 나갈 예정이라 한 시간 안에 떠날 거라고 얘기한다 해도, 두 사람이 나를 감옥에 보내지 않기 위해 쓴 돈을 내가 열심히 일해 벌어서 두 사람에게 보낼 때까진 결코 마음이 편치 않을 거라고 얘기한다 해도, 사랑하는 조 그리고 비디, 부디 내가 그 돈의 천배를 더 갚을 수 있다 해도 내가 두 사람에게 진 빚을 한 푼이라도 갚은 것이라고 생각한다고, 그리고 내가 할 수만 있으면 그런 생각을 할 놈이라고 생각하지 말아 줘!」
그들은 모두 이 말에 감동했고, 내게 더 이상 아무 말도 하지 말라고 간청했다.

「하지만 나는 말을 더 해야 해. 사랑하는 조, 부디 사랑하는 아이들을 갖기를 바라. 그래서 어느 겨울날 이 난로 굴뚝가에 어떤 꼬마가 앉게 되고, 그 아이가 조에게 그 자리에서 영원히 사라진 다른 꼬마를 기억나게 해줄 수 있게 되길 바라. 조, 그 아이에게 내가 배은망덕한 사람이었다는 얘기는 하지 말아 줘. 비디, 그 아이에게 내가 옹졸하고 부당한 사람이었다는 얘기는 하지 말아 줘. 두 사람이 너무나 착하고 진실했기에 내가 존경했다는 얘기만 해줘. 그리고 두 사람의 아이이니 그 아이가 나보다 훨씬 더 훌륭한 어른으로 크는 게 낭연하다고 내가 말했다는 얘기만 해줘.」

22 혼인 서약에 나오는 내용이다.

「나는 그 아이에게 그런 얘기는 결코 하지 않을 테다, 핍.」 조가 그의 옷소매 너머로 말했다. 「비디도 그러지 않을 거고. 아니, 그 누구도 그런 얘기는 하지 않을 거다.」

「그리고 이제, 두 사람이 이미 그 따뜻한 가슴으로 해주었다는 걸 내가 알고 있긴 하지만, 부디 두 사람 다 내게 직접 말로 해줘. 나를 용서한다고! 부디 두 사람이 그렇게 말하는 걸 내가 듣게 해줘. 내가 그 용서의 말을 갖고 갈 수 있도록 말이야. 그러면 장차 다가올 시간에 두 사람이 나를 신뢰하고 나를 더 좋게 볼 수 있을 거라고 믿을 수 있을 거야!」

「오, 친애하는 핍, 이보게, 친구.」 조가 말했다. 「혹시 내가 자네에게 뭔가 용서할 게 있다면, 내가 이미 용서했다는 건 하느님께서 아실 거네!」

「아멘! 나 역시 그렇다는 걸 하느님께서 아실 거야!」 비디가 그대로 따라 했다.

「이제 올라가서 그리운 내 작은 방을 둘러보고, 그곳에서 혼자 몇 분만 쉴게. 그런 다음 두 사람과 함께 음식을 먹고 마시고 나면, 마지막 작별 인사를 하기에 앞서 함께 이정표가 있는 데까지 가줘, 사랑하는 조와 비디!」

나는 내가 가진 모든 것들을 팔아서 채권자들과의 채무 조정을 위해 최대한 많은 돈을 따로 모아 놓았으며 — 그들은 빚을 완전히 다 갚도록 내게 넉넉한 시간을 주었다 — 그리고 난 다음 해외로 나가 허버트와 합류했다. 나는 한 달 안에 영국을 떠났으며, 두 달 안에 클래리커 상사의 사무직원이 되었고, 네 달 안에 처음으로 다른 사람과 분담하지 않은 단독 업무를 맡았다. 그리고 그때가 되어서야 밀폰드뱅크의 거실 천장을 가로지르는 대들보가 늙은 빌 발리 영감의 으르렁 소리로 진동하는 일을 멈추고 평온을 되찾았다. 그리하여 허버트는 클래라와 결혼식을 치르러 떠났고, 나는 그가 그녀를 데리고 돌아올 때까지 상사의 동양 지점을 단독으로 맡게 되었다.

여러 해가 흐른 뒤 마침내 나는 클래리커 상사의 동업자가 되었다. 그러나 허버트 부부와 함께 행복하고 검소하게 살았다. 나는 빚을 다 갚았고 비디와 조와는 끊임없이 편지를 주고받았다. 내가 회사에서 세 번째 자리에 오르고 나서야 비로소 클래리커는 허버트에게 나와 관련된 비밀을 털어놓았다. 허버트의 동업자 지위와 관련된 비밀이 너무 오랫동안 그의 양심에 걸려 있었기에 말해야만 했던 거라고 밝혔다. 그래서 비밀을 털어놓은 것이었다. 허버트는 깜짝 놀랐다기보다는 감동을 받았다. 그리고 그 착한 친구와 나는, 내가 그토록 오랫동안 비밀을 간직하고 있었는데도 관계가 악화되지 않았다. 나는 여러분들로 하여금 우리 회사가 거대한 상사가 되었다거나, 돈을 찍어 내듯 떼돈을 벌었다거나 하는 상상을 하게 만드는 일은 결코 하지 않겠다. 우리는 거창하게 사업을 벌여 나가진 않았지만 좋은 평판을 얻었으며, 이익을 내기 위해 일했고 꽤 잘해 나갔다. 우리가 너무나 많은 일들을 늘 밝고 근면하고 준비성 많은 허버트에게 신세 졌기 때문에, 나는 종종 어쩌다 내가 한때 그가 무능하다고 생각했던 건지 의아했다. 그러던 어느 날 곰곰이 생각해 본 끝에 문득, 아마도 그런 무능은 결코 그의 안에 존재했던 것이 아니라 바로 내 안에 존재했던 것인지도 모른다는 깨달음을 얻었다.

59

11년 동안 나는 조도 비디도 직접 만나 내 눈으로 보지 못했다. 물론 그들은 동양에 와 있는 내 상상 속에 종종 찾아오곤 했다. 그런 세월을 보내고 난 뒤 나는 12월의 어느 날 저녁, 어두워지고 나서 한두 시간 지났을 때, 그리운 옛 부엌 문의 빗장 위에 내 손을 살며시 올려놓고 있었다. 내가 워낙 살며시 문의 빗장을 만졌기 때문에 누구도 그 소리를 듣지 못했다. 나는 누구도 나를 보지 못하도록 몰래 안을 들여다보았다. 부엌 난롯가의 옛날 그 자리에 머리가 약간 세긴 했지만 여느 때처럼 힘차고 든든한 모습의 조가 파이프 담배를 피우며 앉아 있었다. 그리고 그곳, 조의 다리를 울타리 삼고 있는 안쪽 구석 자리, 난롯불을 향해 놓인 내 작은 걸상 위에 바로 내가 앉아 있는 게 아닌가!

「이보게, 친애하는 친구. 우린 자네를 위해 이 아이에게 핍이라는 이름을 지어 주었다네.」 내가 아이 옆의 다른 걸상에 앉았을 때 조가 기뻐하며 말했다. (하지만 나는 아이의 머리를 헝클어뜨리지는 않았다.) 「그리고 우리는 아이가 조금이라도 너와 비슷하게 크기를 바라고 있어. 실제로 그렇게 크고 있다고 생각하고.」

나 역시 그렇게 생각했다. 나는 다음 날 아침 아이를 데리고 산책을 나갔다. 우리는 무척 많은 얘기를 나누었으며 서로를 완벽하게 이해했다. 나는 아이를 교회 묘지로 데리고 가서 그곳에 있는 어느 묘비 위에 올려놓았다. 그러자 아이는 그 높은 자리에서 어떤 묘비가 그 교구 마을에서 돌아가신 필립 피립과 〈위에 묻힌 자의 아내〉인 〈또한 조지애너〉를 추모하기 위해 바쳐진 것인지 가리키며 내게 물었다.

「비디.」 저녁 식사를 마치고 어린 딸이 그녀의 무릎 위에서 잠자고 있을 때, 그녀와 대화를 나누면서 내가 말했다. 「언젠가 날을 잡아서 핍을 내게 줘. 아니면 좌우간 아이를 내게 빌려 주든지.」

「안 돼. 안 되고말고.」 비디가 온화하게 말했다. 「넌 결혼을 해야 해.」

「허버트와 클래라도 그리 말하지. 하지만 난 결혼할 것 같지 않아, 비디. 그들의 집에 너무 편히 정착해서 살고 있어 그런지 좀처럼 결혼할 것 같지가 않아. 이미 난 늙은 노총각이야.」

비디는 자기 아이를 내려다보다가 아이의 작은 손을 자기 입술에 가져다 댔다. 그리고는 그 작은 손을 만졌던 자신의 그 착한 부인다운 손으로 내 손을 잡았다. 그 동작과 비디의 결혼반지가 내 손을 가볍게 누르는 느낌 속에는 꽤나 많은 열변이 담겨 있었다.

「사랑하는 핍.」 비디가 말했다. 「너, 그 여자 때문에 애를 끓이고 있는 게 아니라고 장담할 수 있어?」

「오, 아냐. 그건 아니라고 생각해, 비디.」

「옛 친구로서 말해 봐. 그 여자를 깨끗이 잊은 거야?」

「사랑하는 비디, 내 인생에서 맨 앞에 자리 잡았던 그 어느 것도 잊지 않았어. 그리고 조금이라도 자리를 차지했던 것들 역시 그 무엇도 잊지 않았어. 하지만 한때 내가 부르곤 했던 이름대로 말한다면, 내 가련한 꿈은 깨끗이 사라졌어. 모두 다 깨끗이 사라졌어!」

하지만 나는 그런 말을 하고 있으면서도 그날 저녁 바로 그 여자를 위해 나 혼자서 옛날 그 집 부지를 다시 찾아야겠다고 몰래 마음먹고 있다는 걸 알았다. 정확히 그랬다. 바로 에스텔라를 위해서였다.

나는 그녀가 몹시 불행한 삶을 살고 있다는 얘기를 들은 적이 있었다. 그리고 그녀가 남편과 이별을 했으며, 그가 몹시 잔혹하게 그녀를 학대했고, 오만과 탐욕과 난폭함과 천박함의 복합체 같은 존재로 꽤나 악명이 높았다는 얘기도 들은 적이 있었다. 그리고 그가 말을 모질게 다루다가 그만 사고가 나서 죽었다는 얘기도 들은 적이 있었다. 남편으로부터의 이 같은 해방이 2년 전쯤에 그녀를 찾아왔다고 했다. 잘은 모르겠지만 그녀는 재혼을 한 것 같았다.

조의 집에서 이른 시간에 저녁 식사를 했으므로 그날 내겐 시간이 많이 남아 있었다. 비디와 서둘러 대화를 끝내지 않고도 어두워지기 전에 옛날의 그 집 부지까지 산책을 갈 수 있을 만큼 충분한 시간이 내게 남아 있었다. 하지만 가는 도중에 옛날의 그리운 풍경들을 바라보거나 옛 시절을 회상하며 꾸물거린 탓에, 그곳에 다다랐을 때는 날이 꽤 저물어 있었다.

그곳은 이제 옛날의 정원 담장 말고는, 양조장이나 그 어떤 건물도 남아 있지 않았다. 텅 빈 공터엔 대충 울타리가 쳐져 있었다. 그 울타리 안을 들여다보면서 나는 옛날의 담쟁이덩굴 중 일부가 새롭게 뿌리를 내려 말없이 낮게 쌓여 있는 건물 잔해의 흙무더기 위로 초록빛을 띠고 자라나고 있는 모습을 보았다. 울타리 한쪽 문이 조금 열려 있기에 문을 밀고 안으로 들어갔다.

그날 저녁은 오싹한 한기가 느껴지는 차가운 안개가 끼어 있었다. 그리고 아직 그 안개를 흐트러뜨리는 달이 떠오르기 전이었다. 그러나 안개 너머 위쪽으론 별들이 빛나고 있었고, 달이 막 모습을 드러내려 하고 있었다. 그래서 어둡지는 않은 저녁이었다. 나는 옛날 본채 건물의 각 부분들이 있던 자리, 양조장이 있던 자리, 출입문들이 있던 자리, 술통들이 있던 자리를 알아볼 수 있었다. 그 자리들 하나하나를 모두 더듬어 본 뒤, 쓸쓸한 정원 산책로를 따라 눈길을 주고 있었다. 그런데 바로 그때 거기 홀로 서 있는 사람의 형상을 목격했다.

내가 다가가자 그 사람도 나를 의식하고 있다는 게 드러났다. 그 사람은 내 쪽으로 오고 있다가 이제 가만히 서 있었다. 그쪽으로 더 가까이 다가가면서 그 사람이 여자라는 걸 알았다. 내가 좀 더 가까이 다가가자 그 사람은 뒤돌아 사라지려고 하다 멈춰 섰고, 내가 자신에게 다가오기를 기다리고 있었다. 그런 다음 그 사람은 깜짝 놀란 듯 비틀거리더니 내 이름을 입 밖에 냈고 나도 큰 소리로 외쳤다.

「에스텔라!」

「난 많이 변했어. 네가 날 알아본다는 게 놀랍구나.」

그녀의 상큼한 아름다움은 정말로 사라지고 없었다. 그러나 그 아름다움에 깃들어 있던 위엄과 형용할 수 없는 매력들은 여전히 남아 있었다. 그 매력들은 예전에 내가 보았던 바로 그것들이었다. 예전에 내가 결코 보지 못했던 게 있다면 한때 도도했던 그녀의 눈에 슬픔 어린 부드러운 눈빛이 깃들어 있다는 것이었고, 예전에 내가 결코 느끼지 못한 게 있다면 한때 무성했던 그녀의 손길에서 정나운 감촉이 느껴진다는 것이었다.

우리는 근처에 있는 벤치에 앉았다. 그리고 내가 말했다. 「꽤 여러 해가 지난 후에 우리가 이렇게 다시 만났다는 게 이상해, 에스텔라. 그것도 우리의 첫 만남이 있었던 이곳에 서 말이야! 종종 와봤어?」

「그동안 한 번도 와본 적 없어.」

「나도 그래.」

달이 떠오르기 시작하고 있었다. 그리고 나는 세상을 떠난 그가 하얀 천장을 응시하며 보여 주었던 평온한 표정을 생각했다. 달이 떠오르기 시작하고 있었다. 그리고 나는 그가 지상에서 들은 마지막 말을 내가 해주었을 때 내 손을 지그시 누르던 그의 손길을 생각했다.

둘 사이의 침묵을 먼저 깬 건 에스텔라였다.

「너무나도 자주 돌아오고 싶었고 그럴 생각이었어. 하지만 여러 상황들로 인해 방해받았어. 가엾고 가여운 내 옛집!」

떠오른 달의 첫 빛살들이 은백색 안개에 가닿았고, 같은 빛살들이 그녀의 눈에서 떨어지는 눈물에도 가닿았다. 내가 그 눈물을 보았다는 걸 알아차리지 못하고 눈물을 수습하려 애쓰면서 그녀가 조용히 말했다.

「이곳을 거닐면서 왜 이런 꼴로 남겨지게 되었는지 궁금했니?」

「그래, 에스텔라.」

「집 부지는 내 소유야. 권리를 양도하지 않은 유일한 내 소유의 재산이지. 그 외의 것들은 모두 조금씩 내 손을 떠났지만, 나는 이것만은 지켰어. 비참했던 그 모든 세월 동안 결연한 마음으로 버티며 유일하게 지켜 냈던 대상이 이거야.」

「다시 건물을 세우게 되는 거야?」

「결국은 그렇게 될 거야. 모습이 변하기 전에 집터와 작별을 하려고 이곳에 온 거였어. 그런데 너는?」 그녀가 방랑자를 감동시키는 관심 어린 목소리로 말했다. 「여전히 외국에 나가 살고 있는 거야?」

「여전히.」

「그리고 잘해 나가고 있다고 확신해도 되겠지?」

「부족하지 않은 삶을 위해 열심히 일하며 살고 있어. 그래서…… 그래, 잘해 나가고 있어.」

「종종 너를 생각했어.」 에스텔라가 말했다.

「그래?」

「최근 들어선 무척 자주. 그 가치를 까맣게 모른 채 내가 버린 것들에 대한 기억을 멀리 떼어 놓고 살았던 힘들고 오랜 세월이 있었어. 하지만 내 본분이 그 기억을 인정하는 일과 서로 모순되지 않게 된 순간부터 나는 가슴속에 그 기억이 들어설 자리를 내주었어.」

「넌 늘 내 가슴속 네 자리를 차지하고 있었어.」 내가 대답했다. 그리고 우리는 그녀가 다시 말문을 열 때까지 침묵했다.

「나는 전혀 생각하지 못했어.」 에스텔라가 말했다. 「이곳과 작별하면서 너와 작별 인사를 나누게 될 거라고 말이야. 지금은 그런 작별을 하게 되어서 기뻐.」

「나와 작별하는 게 기쁘다고, 에스텔라? 내겐 작별이 고통스러운 일이야. 내겐 우리의 마지막 작별에 대한 기억이 늘 슬프고 고통스러운 일이었어.」

「하지만 넌 그때 내게 말했어.」 에스텔라가 매우 진지하게 대답했다. 「〈하느님께서 널 축복해 주시고 널 용서해 주시길 바랄게!〉라고. 그때 내게 그런 말을 해줄 수 있었으니 지금도 기꺼이 내게 그렇게 말해 주겠지. 다른 모든 가르침보다 훨씬 더 강렬한 고통을 내가 겪고 난 지금 말이야. 그리고 그 고통이 옛날 네 심정이 어땠을지 이해하라는 가르침을 내게 준 지금 말이야. 나는 휘어지고 부러졌어. 하지만 내 모습이 더 훌륭한 모습으로 바뀌었기를 바라. 부디 옛날처럼 사려 깊고 착한 모습으로 나를 대해 줘. 그리고 우리는 친구라고 말해 줘.」

「우리는 친구야.」 그녀가 벤치에서 일어나려고 할 때 내가 일어나서 그녀에게 몸을 숙이며 말했다.

「그리고 따로 떨어져 살아도 계속 친구일 거고.」 에스텔라가 말했다.

나는 그녀의 손을 잡았다. 그리고 우리는 폐허에서 나왔다. 오래전 그 옛날 내가 처음 대장간을 떠나던 날 아침 안개가 피어오르며 걷혔던 것처럼, 지금도 저녁 안개가 피어오르며 걷히고 있었다. 그리고 걷혀 가는 그 안개가 내게 보여 준 교교한 달빛이 광활하게 펼쳐지며 뻗어 나가는 모습 속에서, 나는 그녀와의 그 어떤 이별의 그림자도 보지 못했다.

핍의 자각과 진정한 신사가 되는 길

1. 성장 소설 주인공으로서의 핍

　찰스 디킨스의 『위대한 유산』은 1860년 12월부터 1861년 8월까지 그가 직접 발행하던 주간지 『연중 일지*All the Year Round*』에 연재되다가 총 세 권으로 완간된 작품이다. 주인공 핍의 성장과 성격의 발전을 중심으로 전개되는 이 작품은 범죄, 사회 계급, 바람직한 신사의 개념, 성공과 야망, 부모와 자녀 관계 등 여러 주제들을 다루고 있다. 출간 당시 큰 성공을 거두었던 이 작품은 이후 디킨스의 가장 성공적인 작품들 중 하나로 평가되며 지속적인 인기를 얻었고, 수많은 연극, TV 드라마, 영화들로 각색되었다. 1959년, 1981년, 2011년에는 영국 BBC 방송국에서 드라마로 제작되어 큰 성공을 거두었고, 1974년과 1989년에는 영화화되어 역시 성공을 거두기도 했다.

　이 작품은 전형적인 교양 소설*Buildungsroman*이자 성장 소설*Coming-of-age novel*로서 주인공 고아 소년(물론 핍은 누나 부부에 의해 양육된다)이 자신에게 적대적인 타락한 세상을 경험하며 정체성을 자각하고 가치관을 정립하게 된다는 서사 구조를 기본 틀로 하고 있다. 주인공이 시골을 떠나 복잡한 도시로 진출하여 성장하는 이야기가 주축이 되고 있다는 점에서 이 작품은 다른 성장 소설들, 예컨대『제인 에어』나『톰 존스』같은 작품들과 다르지 않다. 특징적인 점은 『제인 에어』와 마찬가지로 작품 서술이 성인이 된 주인공 핍이라는 1인칭 화자에 의해 미묘하게 진행된다는 것이다. 어른이 되어 보다 현명해진 핍이 극적 긴장을 꾸준히 유지하며 애조 섞인 관점으로 어린 시절의 고통과 이후의 성장 과정에서 겪었던 과오를 자각해 나가는 과정을 담담히 묘사한다. 성숙한 어른 화자의 시점과 문체를 일관되게 유지하며 그릇된 환상을 좇던 자신의 과거 행적을 반성하고 회고하는 방식이다.

저자 특유의 갖가지 소재들과 그것들이 주는 즐거움도 작품에 넘쳐 난다. 하층 계급 사람들의 소극(笑劇)풍 유머와 코믹한 행태, 그릇된 사회 제도와 인습에 대한 예리한 풍자, 추리 소설적인 극적 긴장감, 멜로드라마적인 요소, 서스펜스를 자아내는 고딕 소설적 요소 등이 그런 것들이다.

작품은 전체 세 권의 구성에 알맞게 내용 전개 과정 역시 3단계로 구성된다. 1권은 핍이 매그위치와 만나는 습지대 사건으로 인해 죄의식에 시달리게 되고, 미스 해비섬의 저택을 방문하게 되고, 에스텔라와의 만남을 통해 자신의 처지와 신분에 대한 실체적 인식을 갖고 사회 현실을 자각해 나가는 과정이 주가 된다. 2권에서 그는 미지의 은인으로부터 막대한 유산을 상속받게 되어 런던으로 가서 신사 교육을 받게 되고, 에스텔라의 짝으로 결정되었다는 오판에 사로잡혀 속물 신사로 성장해 나간다. 마지막 3권에서는 유배형을 받고 떠났던 매그위치의 등장으로 그동안 꿈꾸어 왔던 모든 환상과 희망의 실체가 적나라하게 밝혀지게 되면서 철저히 좌절하게 된다. 그럼에도 불구하고 그는 자신의 과오를 깨닫고 진정한 신사로 거듭나며, 에스텔라와의 새로운 만남을 통해 희망찬 미래를 기약하는 결말을 맞는다.

이런 3단계 구성은 겉으로 보기에는 간결한 구조로 보인다. 그러나 이 작품은 다층적 차원의 해석이 가능한 작품이다. 우선 작품이 함축하고 있는 종교적 의미와 구성을 지적할 수 있다. 순진무구한 영혼의 소유자 핍은 타락과 죄를 경험하다가 속죄와 고난을 통해 구원을 얻는 인물이라고 볼 수 있다. 순수한 영혼을 되찾는 과정의 일환으로 일시적으로 타락하지만 그는 결국 자신의 죄를 자각하고 순수한 영혼을 되찾는다. 에스텔라와 그가 작품 마지막 장면에서 몰락한 새티스 하우스 집터를 떠날 때의 모습이 밀턴의 『실낙원』에서 아담과 이브가 에덴동산을 떠날 때의 마지막 모습을 연상시키고 있다는 점은 이런 의미에서 시사적이다.

이 작품은 운명의 반전이 주인공의 인생에 지대한 영향을 미치는 〈정체성 인지 소설〉 범주에 들어갈 수도 있다. 2권 맨 마지막 부분에 등장하는, 천장에서 떨어진 석판에 맞아 파멸의 운명을 맞는 동양의 마법사들에 관한 삽화가 이런 해석을 가능하게 한다. 매그위치의 방문이라는 치명적인 석판에 얻어맞은 핍은 운명의 실체를 인지하고 그 운명의 역전 구조를 깨닫는다. 그는 자기 파멸적인 헛된 희망과 열망에 기만당하고 좌절당하다가 그 실체를 뼈저리게 자각하는 인물이다.

이 작품은 도덕적 우화 구조를 지닌 작품으로 볼 수도 있다. 주인공 핍은 새로운 부를 축적하며 발전해 가던 19세기 초중반 영국이라는 경쟁 사회 속에 내재한 위험과 가능성을 체험하는 인물이다. 그는 그 과정에서 고난을 겪은 후 단순하고 소박했던 과거로 되돌아갈 수 없는 비극적 인물이다. 그러나 그는 과거보다 더 현명해진다. 그는 불로 소득으로 물려받은 유산으로는 결코 진정한 성공을 얻을 수 없으며 오직 자신의 능력과 노력으로 쟁취하는 성공만이 진정한 성공이라는 도덕적 진리를 깨닫는다.

이 작품은 전형적인 동화적 구성과 동화적 의미로 색다른 묘미를 제공하기도 한다. 이를테면 미스 해비셤은 요정의 대모나 사악한 마녀로, 에스텔라는 마법에 걸려 새티스 하우스에 감금되어 있는 얼음 공주로, 핍은 그녀를 구원하는 임무를 지닌 기사로 볼 수 있다. 물론 기존의 동화에서와는 달리 그 동화적인 세계는 사실상 왜곡되고 타락한 냉정한 현실 세계일 뿐이다. 그가 물려받기로 되어 있던 유산은 마법의 힘이 없고, 그의 꿈을 실현시켜 줄 런던 거리는 금으로 덮여 있지 않으며 너저분하고 범죄와 죄악으로 물들어 있는 세계이다. 그러나 결국 그는 자력으로 에스텔라의 부모의 정체를 밝혀내고 매그위치의 영혼을 구원한다. 그리고 그동안 자신이 빠져 있던 미망과 환상의 실체를 자각하고 에스텔라를 구해 내는 기사의 임무를 완수한다.

이 작품은 이처럼 다양한 해석이 가능하다. 그러나 주인공 핍의 도덕적 자각 과정을 중심으로 그가 진정한 신사로 거듭나는 여정, 즉 주인공의 성장 소설적 면모를 중심으로 한 해석이 가장 의미 있다. 핍은 일찍이 부모를 여의고 비루

한 시골 대장간에서 대장장이 매형 조와 누나의 손에 길러진 고아다. 그는 미지의 은인으로부터 막대한 유산을 물려받게 되자 곧바로 누나 부부와 주변 친지들을 무시하고 부정한다. 그는 우여곡절 끝에 그 유산의 실체를 깨닫게 되고 자신의 배은망덕을 직시하게 된다. 결국 그는 자신을 신사로 키우려다 타락시킨 장본인 매그위치를 이해하고 용서해 줌으로써 새로운 인물로 거듭난다. 그가 매그위치의 임종 장면에서 그토록 혐오하고 부정하던 그의 크고 거친 손을 잡고 〈오, 하느님, 부디 죄인인 그에게 자비를 내려 주소서!〉라고 기도하는 모습은 그의 도덕적 각성이 절정을 이루는 장면이다. 이런 점에서 핍은 작품 속의 다른 〈평면적인 인물들*flat characters*〉, 즉 E. M. 포스터가 말한 바와 같이 시각적 외모나 발언만 가지고 성격 파악이 가능하며 성격 발전이 전혀 없는 인물들(예컨대 조, 조 부인, 미스 해비셤, 펌블추크 숙부, 올릭, 재거스 변호사, 웨믹, 포켓 부자, 그들의 친척들 등)과 달리, 성격 발전과 도덕적인 성장을 해나가는 〈입체적 인물*round character*〉이라고 말할 수 있다.

2. 진정한 신사 되기

미스 해비셤의 새티스 하우스를 처음 방문한 날, 핍은 자신이 〈천박한 노동자 집안 아이〉라는 사실을 깨닫는다. 그날 이후 신사가 되는 일과 에스텔라를 얻는 일이 그의 지배적 욕구로 자리 잡는다. 게다가 뜻하지 않게 생겨난 막대한 유산이 그에게 그런 신사의 지위를 가져다줄 수 있는 것처럼 보인다. 그러나 그는 진정한 신사의 의미를 아직 깨닫지 못한 시골 풋내기일 뿐이다. 막대한 유산을 물려받게 되어 대장간을 떠나기 직전에 그가 맞춰 입는 새 양복은 트랩과 펌블추크 숙부 같은 속물들에겐 새로운 존경심을 자아내지만 조나 비디처럼 진정으로 그를 사랑하는 사람들에겐 그렇지 않다. 핍에게는 그런 허울뿐인 신사와 내실 있는 진실한 신사 사이의 차이를 감지할 수 있는 심안이 아직 존재하지 않는다. 런던에서의 새 삶을 시작한 그는 빠른 시간 안에 외양상으로 신사의 관습과 매너를 습득한다. 그러나 그것은 허울 좋은 신사일 뿐이다. 그는 조가 런던을 방문했을 때나 누나의 장례식을 치르러 고향 읍내 마을로 돌아와 트랩의 점원 소년으로부터 조롱을 당할 때 신사답게 행동하지 않는다. 진정한 신사로 거듭나기 위해서 그에겐 더 많은 시행착오와 타락의 경험이 필요하다. 또한 세상의 이면을 직시할 수 있어야 한다.

저자 디킨스는 이 작품을 통해 〈인위적으로 교육된〉 신사의 삶이란 게으르고 방종한 삶일 수 있으며, 보다 훌륭한 개인의 본성과 심성을 타락시킬 수 있다는 점을 보여 준다. 핍에 비하면 허버트 포켓과 그의 아버지 매슈 포켓 씨는 가난하며 사소한 인간적 단점을 지니고 있을지언정 교양 있고 품위 있는 신사적 본능의 소유자들이다. 속물 신사로 전락할 뻔했던 핍은 다행스럽게도 매형 조에게서 배운 인간적 성실함과 정직함 덕분에 양심을 상실할 정도로 완전히 타락하지는 않는다. 저자는 이런 핍의 모습을 통해 진정한 신사다움이란 물려받은 유산이 아니라 인간적 신의를 지키고 남들을 배반하지 않는 고귀한 품성에서 오는 것이라고 주장한다.

디킨스는 악당 콤피슨에 대한 매그위치의 혐오감을 통해서도 이 주제를 더욱 발전시킨다. 콤피슨은 외면적으로는 화려한 신사이지만 내면적으로는 야비하고 사악하고 저열한 인물이며 온갖 악의 근원이다. 그는 미스 해비셤, 그녀의 이복동생 아서, 핍의 은인 매그위치를 모두 파멸시키는 장본인이다. 그런 그에 대해 매그위치가 내보이는 증오에 가까운 혐오감은 어쩌면 당연하다. 반면 그런 철저한 악인 신사에 비해 하찮은 시골 대장장이에 불과한 조는 외면적으로는 하층 노동자에 불과하지만 내면적으로는 본능적으로 〈젠틀〉한, 즉 신사다운 인물이다. 콤피슨과 습지대에서 결투를 벌이다 피투성이 모습으로 체포된 매그위치를 보고 그가 내보이는 자비로운 반응은 주변 사람들의 매정한 심성과 뚜렷이 대조된다. 뻣뻣한 일요일 예배 복장을 차려입고서 불편해하고 어색해하는 그의 모습은 우스꽝스러울 수 있다. 그러나 그런 어색한 신사 복장 이면에 감추어진 그의 진면목은 작품이 진행될수록 빛을 발한다. 작품 후반부에서 병에 걸려 혼미한 정신 상태에 빠져 있는 핍을 간호하러 온 조는 자신이 애써 모아 놓은 돈으로 방탕한 핍이 진 빚까지도 모두 갚아 준다. 핍은 그제야 뒤늦게 조야말로 〈저 착한 기독교인〉이라고 고백한다. 핍의 고백은 그제야 그가 진정한 도덕적 자각과 갱생에 대해서, 그리고 진정한 신사의 자격에 대해서 깨달음을 얻었음을 잘 보여 준다. 그것은 거짓되고 표피적이고 허울뿐인 모습을 벗어던지고 진정한 품격과 기독교적인 자비로운 성품을 지닌 인물로 거듭나는 일이야말로 진정한 신사에게 필요한 일이라는 깨달음이며, 그릇된 수단과 방법에 의해 얻어진 부나 지위에 힘입은 신사의 자격이라든가 정직하고 고된 노동 같은 덕목과 괴리된 신사의 자격은 진정한 신사의 자격과 거리가 멀다는 깨달음이다.

3. 근면과 나태

디킨스는 빅토리아조(朝)의 자수성가형 인물에 속하며 세습 재산이나 부를 불신하는 신시대 작가였다. 그는 세습 재산과 안정된 연 수입에 기대어 여유롭게 생활하던 상류 계급을 긍정적인 시각으로 보지 않았다. 그런 시각을 지닌 많은 사람들에게 있어 사회적 의미 차원의 기존의 〈신사〉 개념은 생산적인 직업을 갖고 있지 않으면서도 학문과 고급 교양을 즐기고 여유로운 생활을 영위하는 유한계급을 의미했다. 호주 뉴사우스웨일스 유배지에서 탈주하여 돌아온 매그위치가 핍과 다시 만났을 때 가장 역점을 두며 주장했던 것이 바로 자기가 핍을 이런 유한계급 신사로 만들었다는 사실이었다. 그는 핍을 유한계급 신사로 만들었다는 데 대해 크나큰 자부심과 자긍심을 노골적으로 드러낸다. 〈나는 거칠게 살았다. 너를 평탄하게 살게 하려고. 나는 열심히 일했다. 네가 일 따위는 모르고 살게 하려고〉라는 그의 말에서 이런 주장이 강렬히 표출된다. 유배지에서의 험난한 삶을 견디던 매그위치의 인생 목표는 고된 노동을 통해 축적한 부를 수단으로 삼아 핍을 유한계급 신사로 만들어서 그것을 통해 대리 만족을 느끼고 자신이 그동안 살면서 당해 왔던 핍박과 푸대접을 앙갚음하고 해소하는 것이었다. 그러나 그의 의도와는 달리 의미 있는 노동의 삶과 무관한 인위적이고 속물적인 신사의 삶 속에서 핍은 필연적으로 방탕한 삶의 나락으로 타락하고 빚에 허덕이게 된다. 하지만 핍은 타고난 선한 성품에 힘입어 허버트까지 타락하게 만들지도 모른다는 위험을 깨닫고 그나마 남은 재산으로 그에게 클래리커 상사의 동업자 지위를 얻어 주려고 노력한다. 그런 노력 또한 그의 도덕적 갱생의 출발점이다. 부르주아 회사원으로 변모하는 핍의 마지막 모습은 정당한 노동에 기반을 둔 신사의 자격이야말로 진정한 신사의 자격이라는 주제를 더욱 부각시킨다. 저자 디킨스는 신사의 개념을 계급 의식이나 세련된 매너와 관련된 개념에서 근면한 노동에 기반을 둔 사회적, 직업적 책무와 관련된 새로운 개념으로 변화시키고자 한다.

저자는 노동의 성격과 노동이 사람들의 삶에 미치는 영향에도 관심을 보인다. 그는 노동이 다양한 계층의 사람들에게 미치는 영향과 의미를 깊이 분석하며 그 여러 가지 사례들을 제시한다. 예를 들면 재거스 변호사의 경우는 노동이 그의 모든 삶을 지배하는 경우다. 그는 완벽하게 전문적이고 냉혹하고 유능하며 좀처럼 방어 막을 내려놓지 않는다. 그의 삶은 비밀, 권력, 남들을 조종하는 일에 집중되어 있고 그에게는 사생활 같은 것이 없다. 그에 비해 그의 사무실 직원 웨믹은 다르다. 그는 재거스 변호사와 달리 노동에 허덕이는 삶만을 추구하지는 않는다. 그는 자신의 직분에 충실하며 죄수들로부터 얻는 휴대용 동산에 집착하는 사무실에서의 웨믹과 부친을 지극정성으로 공양하고 여자 친구와 따뜻한 사랑을 나누는 인간적이고 진실하고 새비난 월워스 성채에서의 웨믹으로 이분화된 모습을 보인다. 즉 그는 두 명의 서로 다른 웨믹으로서의 기능을 수행한다. 핍의 매형인 대장장이 조 가저리는 근면한 노동 생활에 행복과 만족을 느끼는 소외되지 않은 정직한 노동자의 전형이다. 그는 가혹한 도시의 현실이 점점 더 중요성을 더해 가는 시대 상황 속에서, 점점 더 멀어져 가고 있던 정직한 노동에 기초한 시골의 삶에 대한 향수를 자극한다.

이 작품에서 대장간과 대장장이가 주요 모티프로 사용되고 있는 점도 흥미롭다. 달군 쇠를 땅땅 내리쳐 새로운 형상으로 주조해 내는 이미지는 누구라도 자신의 앞날을 새롭게 개척할 수 있고 새로운 성공과 미래를 만들어 나갈 수 있다는 낙관론을 상징한다. 이런 자립감과 자신감과 근면함은 핍이 추구해야 할 진정한 신사의 덕목들이기도 하다. 세습된 부나 지위가 아닌 이런 덕목들이야 말로 진정한 신사에게 필요한 도덕적인 덕목들이다. 진정한 신사라면 일상 속에서 진실함, 솔직함, 예의 바름, 절제심, 용기, 자기 존중심, 자립심을 지닌 채 정직하고 고된 노동 생활을 영위하는 사람이어야 한다. 이런 점에서 허버트가 핍의 별칭을 〈헨델〉, 즉 「사이좋은 대장장이」를 작곡한 음악가의 이름으로 붙인 것은 의미심장하다. 결말 부분에서 핍이 이해하게 되는 사실, 즉 자신을 신사로 만든 것은 미스 해비셤의 품위 있는 나태함이나 높은 신분, 막대한 재산이 아니라 매그위치의 근면한 노동에 기반을 둔 재산이었다는 자각도 이런 주제와 연관된다. 그것은 불로 소득에 힘입어 교육된 신사에게는 한계가 있으며 오직 자신의 정당한 노동을 통해 정당하게 축적된 부만이 진정한 신사를 만든다는 자각이다. 이런 의미에서 핍이 근면한 대장장이 생활을 통해 묵묵히 저축한 돈으로 방탕한 핍의 채무를 갚아 준 조에 대해 〈오, 하느님, 저 착한 기독교인*this gentle Christian man*에게 축복을 내려 주세요.〉라고 기원했던 것이다. 저자는 여기서 〈젠틀 맨*gentleman*〉 사이에 크리스천*Christian*이라는 단어를 집어넣어 진정한 신사상에 필요한 덕목을 다시 한 번 강조한다. 진정한 신사라면 정직함, 근면함, 진실함, 절제심, 용기, 자기 존중심, 자립심 같은 기독교적인 덕목들을 갖추고 있어야 한다는 것이다.

4. 죄와 죄의식의 문제

죄와 죄의식은 이 작품에서 중요한 의미를 지닌다. 제일 첫 장부터 음습한 범죄의 세계를 암시하는 거칠고 황량한 습지대가 등장하고, 이어서 크리스마스를 맞이한 안락한 대장간의 저녁 식사 자리가 극명하게 대비된다. 그 습지대에서 이루어진 매그위치와의 잘못된 만남은 핍의 인생을 구성하는 연결 고리들 중 첫 번째 출발점 고리 역할을 한다. 그것은 피할 수 없는 충격과 속박의 고리이다. 매그위치의 지시로 집에서 음식물을 훔친 행위로 인해 핍은 아이러니하게도 그와 동료 의식까지 느낀다. 핍을 속박하는 이 고리는 매그위치가 교회 묘지 너머 습지대로 사라지고 난 후 핍의 인생에서 끊임없이 그의 마음을 속박하는 원죄 의식으로 작용한다. 그리고 그 죄의식은 지속적으로 그의 삶을 지배하고 그의 정신을 움켜쥐는 보이지 않는 손 역할을 한다. 인생이 초반부부터 더러운 죄로 오염되었다는 의식은 향후 핍의 삶

곳곳에서 반향 작용을 일으킨다. 추격에 나선 병사들이 도착하자 그는 그들의 수갑이 자기를 채우기 위해 가져온 것이라는 생각까지 한다. 성공을 향한 핍의 여정은 이런 죄의식에 의해 어두운 그림자가 드리운다.

조의 도제가 되기 위해 읍내에 나가 도제 계약을 맺던 날 누군가가 〈감방 안에서 읽으라고〉 어느 도제의 범죄 행위에 관한 이야기가 담긴 소책자를 건네주었을 때 그는 막연하게 그런 죄의식을 더욱 절감한다. 그는 누나가 올릭의 공격으로 쓰러지고 난 후 그 공격에 책임이 있다고까지 느낀다.

런던 생활에서도 과거사에 대한 부담과 죄의식은 집요하게 핍을 괴롭힌다. 그가 신사로서의 삶의 첫걸음을 내디디는 재거스 변호사 사무실에는 그의 두려움을 자아내며 내려다보고 있는 두 사형수의 석고 두상들이 선반 위에 놓여 있다. 이 석고 두상들 또한 핍의 죄의식을 상기시킨다. 어느 날 새티스 하우스를 방문하러 가기 위해 마차에 올랐을 때 그는 동승한 두 죄수 중 하나가 〈얼큰한 세 선장〉 술집에서 줄칼을 들고 있었고 자신에게 1파운드 지폐 두 장을 건네준 자임을 알아보고 다시 한 번 어린 시절의 죄의식을 떠올리며 공포감에 젖는다. 그는 그 장면에서 허버트가 자기를 핍이 아니라 헨델이라고 부른 사실에 안도하기까지 한다. 웨믹의 안내로 뉴게이트 감옥을 구경한 날, 핍은 그곳을 나와 감옥의 먼지를 털어 내는 강박적인 행동을 보인다. 그의 행동은 무의식중에 자신의 과거와 죄의식을 털어 내려는 행동이며 그것들로부터 벗어나고픈 갈망의 표출이다.

매그위치가 등장하여 충격적으로 정체를 밝혔을 때 사실상 핍은 그 정체를 그동안 내내 알고 있었다는 느낌을 받는

다. 핍이 상속받기로 되어 있었던 막대한 유산은 웨믹의 〈휴대용 동산〉과 규모 면에서만 다를 뿐이지 양쪽 모두 범죄자로부터 취득한 물건들이라는 점에서 본질적으로 성질이 같은 것이었다. 결국 핍은 매그위치의 등장을 계기로 자신을 둘러싼 거짓과 기만행위들을 깨닫고 그동안 품어 왔던 그릇된 환상을 벗어던지며, 그런 깨달음을 통해서 비로소 자신을 괴롭혀 왔던 과거에 대한 부담과 죄의식을 털어 낸다.

한편 이 작품에는 세련되고 품위 있고 지체 높은 상류 사회에 대한 동경, 그리고 죄와 죄의식으로 얼룩진 하층 범죄자 사회에 대한 부정적 인식이 플롯의 기저에 깔려 있으면서 서로 얽혀 있다. 예컨대 새티스 하우스와 습지대는 우리가 상상하듯이 서로 그리 멀리 떨어져 있지 않다. 악당 콤피슨은 사교계와 범죄자 사회 모두에서 활동한다. 재거스 변호사는 미스 해비셤의 변호사이면서 동시에 매그위치의 변호사이다. 핍은 자신의 상속 재산이 중죄인의 노동에 토대를 두고 있다는 사실을 깨닫지만 동시에 자신의 〈길잡이별〉이었던 에스텔라가 그 중죄인과 살인범 부인 사이에서 태어난 딸이라는 사실도 깨닫는다. 이처럼 서로 다른 두 세계가 연결되면서 소수 상류 계급의 부와 특권이 사실은 다수의 하류 계급 사람들의 소외된 삶과 그들에 대한 배척과 착취에 의해 얻어진 것이라는 사실이 암시된다.

5. 부모와 자녀 문제

이 작품은 부모의 무덤 앞에서 울고 있는 어린 핍과 함께 시작되며 이후 그의 인생행로는 부모 같은 인물들 혹은 부모를 대행하는 인물들을 중심으로 전개된다. 그리고 이 점은 핍의 상대방으로 등장하는 에스텔라의 경우도 마찬가지다. 그들과 이런 부모 대행 인물들의 관계는 왜곡된 부모 자식 관계를 형성하며 작품의 선과 악의 문제에 영향을 미친다.

어린 시절 누나인 조 부인은 핍을 〈손수〉 키운다며 핍박하고, 애정은 지녔으나 그저 착하기만 할 뿐인 매형 조는 누나의 그런 핍박에 대해 무기력하다. 이후에도 다른 작중 인물들이 연속적으로 등장하며 자기의 개인적 목적을 충족시키기 위해 핍을 기만하고 이용한다. 그들은 바로 그런 목적으로 양부모 역할을 추구할 뿐이다.

매그위치는 처음 등장할 때부터 마치 핍의 상징적 부모인 양 핍의 부모 묘소 뒤에서 뛰쳐나와 음식물을 훔쳐 오라고 강요한다. 그는 여러 가지 복합적인 동기에서 핍을 자신의 양자로 삼는다. 부분적인 이유로 본다면 그의 그런 행동은 옛날 자신이 입었던 은혜에 대해 보은하고자 했기 때문일 것이다. 그러나 사실 그는 개인적인 복수심과 욕망 때문에 〈길러진 런던 신사〉를 소유하고 싶었던 것이다. 그는 그런 대리 만족을 통해 자신을 추방시킨 주류 상류 사회에 대해 경멸을 표하고 복수하려고 한다.

미스 해비셤은 핍이 에스텔라의 손쉬운 먹잇감임을 알아차린다. 그녀는 핍을 이용하여 잔인하고 변덕스러운 자신의 본성을 충족시키고 자신을 버린 남성들에 대해 복수를 실행하려고 한다. 또한 그녀는 자신의 재산을 탐하는 탐욕스럽고 위선적인 포켓가의 친척들을 우롱하고 괴롭히는 도구로도 핍을 철저히 이용한다. 그녀와 양녀 에스텔라의 관계 또한 부당하게 왜곡되고 변질된 모녀 관계이다. 그녀는 처음에는 에스텔라를 박애적인 이유로 양녀로 삼지만 결국 그 양녀를 남성들에 대한 복수의 무기로 변모시키며 양육하는 이중성을 드러낸다. 이런 면에서 볼 때 핍과 에스텔라는 잠재적 연인이면서 동시에 남매와 같은 관계를 지닌 인물들이다. 그들은 우연히 자신들의 인생 앞에 등장한 부모 대행 인물들의 음모와 책략, 복수심의 희생자들이다.

그러나 핍은 이런 뒤틀린 부모 대행 인물들에 대해 그들의 행동 동기와 이유를 진정으로 이해하고 용서함으로써 자신에게 필요한 자각을 얻는다. 어린 시절부터 핍이 느꼈던 죄의식과 고통은 탈주범 양아버지 매그위치의 처지와 동기를 진정으로 이해함으로써, 아울러 자신을 복수의 도구로 이용하려 했던 미스 해비셤을 진정으로 용서함으로써 치유된다. 그리고 이런 태도는 그가 무조건적으로 사랑하는 유일한 인물 에스텔라의 최종적인 이해와 사랑을 이끌어 낸다. 작품은 자신을 이용했던 과거의 부모 대행 인물들과는 달리 핍이 조와 비디의 아들인 〈어린 핍〉에게서 발견하게 되는 보다 밝은 미래에 대한 희망으로 결말을 맺는다. 핍은 어린 핍이 친절하고 이해심 많은 진정한 대부로서의 자신, 즉 그 어떤 사악한 동기나 이해관계 없이 진정으로 따뜻한 부성을 지니고 아이를 보살피리라 다짐하는 부모 대행 인물인 자신에게서 건강한 부모의 사랑을 받게 될 것임을 확언한다.

저자는 가족애를 강조하고 희극적인 목적을 달성하기 위

해 가족의 책무과 무책임이라는 주제를 구현하는 인물과 소재들을 작품 곳곳에서 다루고 있기도 하다. 핍이 누나에게 상습적으로 당하는 〈티클러〉 매질, 웨믹의 월워스 집에서 일어나는 여러 가지 즐거운 에피소드들, 허버트의 여자 친구 클래라의 아버지 발리 영감의 폭군 같은 모습, 무질서하게 양육되고 있는 포켓가 아이들의 익살스럽고 희극적인 모습 등이 모두 그런 것들이다.

6. 거듭 태어난 핍

핍은 자신의 죄를 자각하고 거듭 태어나는 인물이다. 그는 대장간의 근면하고 정직한 노동 생활의 의미를 망각하고 헛되이 주어진 유산에 기대어 살려고 했던 죄, 조와 비디에 대해 저지른 배은망덕의 죄, 런던에서 방탕한 신사 생활을 하며 속물 행각을 벌여 나간 죄를 저지른다. 그러나 그는 매그위치와의 재회를 통해 얻게 된 자신의 정체성에 대한 자각과 자신을 이용하고 착취했던 자들에 대한 용서와 이해를 통해 헛된 환상을 내던지고 자신의 올바른 실체를 파악하며 도덕적 성장을 하게 된다. 그는 노동의 중요성을 깨닫게 되고, 선과 악을 구별할 수 있게 되고, 기독교적인 덕목을 실현하는 진정한 신사상을 확립하게 된다. 그리고 그는 양심이야말로 가장 중요한 삶의 가치라는 사실도 깨닫는다. 그는 방황과 오류를 통해 환상을 깨고 현실을 깨달으며 참된 자아를 찾고 거듭나는 인물이다. 그는 그런 과정을 통해 자기 자신과의 새로운 관계를 정립한다. 새로 태어난 그는 비록 그동안 자신이 갈구하던 사회적 지위와 부를 모두 잃어버리지만 보다 큰 자유와 인생에 대한 새로운 통찰력을 얻는다. 그는 〈모든 것을 잃어버린 뒤에야 모든 것을 얻을 수 있다〉는 역설을 구현하는 인물이다. 그는 비록 순진무구하고 고결한 심성은 잃었지만 참된 노동의 가치를 깨닫고 도덕적으로 굳건히 성장하는 인물이며, 이런 그의 자각 과정이 작품을 끌고 나가는 핵심 동인이다.

류경희

『위대한 유산』줄거리

결말을 미리 알고 싶지 않은 독자들은 나중에 읽어 주시기 바랍니다.

여섯 살쯤 된 어린 핍은 성질 사납고 심술궂은 누나와 인정 많고 부지런한 대장장이 매형 조 가저리와 함께 살고 있는 고아다. 어느 해 을씨년스럽게 추운 크리스마스이브 날, 그는 부모와 형, 누나들이 안장된 습지대 마을 교회 묘지를 찾았다가 그곳에서 감옥선에서 탈출한 험상궂은 탈옥수와 만난다. 탈옥수는 간과 심장을 빼 먹겠다고 핍을 위협하면서 쇠 족쇄를 자를 줄칼과 음식물을 갖고 오라고 협박한다. 결국 핍은 다음 날 새벽 그 일을 수행한다. 허겁지겁 음식을 먹는 탈옥수의 모습을 보며 핍은 연민을 느끼고, 탈옥수는 어린 꼬마에게 고마움을 느낀다. 이후 핍은 한동안 탈옥수를 도와주었다는 죄책감에 시달린다. 탈옥수는 급파된 추격대에 의해 습지대 도랑에서 다른 탈옥수와 격투를 벌이다 발각되어 붙잡히고 다시 감옥선으로 끌려간다. 핍에게 도움을 받았던 탈옥수는 자신이 대상산에서 줄칼과 음식을 직접 훔쳤다고 말하여 핍의 벌을 면해 준다.

1년 후 어느 날 읍내에서 곡물상으로 일하는 조의 숙부 펌블추크가 읍내에 있는 새티스 하우스에서 핍을 찾는다는 소식을 갖고 온다. 새티스 하우스는 모든 것이 퇴락하고 부패해 있으며 시간마저 특정한 시각에 정지된 음울하기 짝이 없는 저택이다. 저택 주인인 미스 해비셤은 결혼식 날 신랑에게 배신당하고 버림받은 부자 노처녀다. 그녀는 그 일에 충격을 받아 결혼식 때 입었던 낡아 빠진 빛바랜 신부 드레스를 그대로 입고, 햇빛을 완전히 차단한 어두컴컴한 방에 촛불만 켜둔 채 은둔 생활을 하고 있다. 핍의 역할은 미스 해비셤의 양녀인 에스텔라와 카드놀이를 하며 놀아 주고 미스 해비셤의 운동을 돕는 일이다. 핍은 에스텔라를 사랑하게 되지만 쌀쌀맞은 소녀는 그의 비천한 신분과 투박한 외모를 조롱하며 멸시한다. 그 일로 핍은 자신의 거친 외모와 비천한 처지를 자각하고 열패감에 빠진다. 미스 해비셤의 생일날 핍은 새티스 하우스를 찾아온 그녀의 친척들을 만나고 그들의 속물근성을 알게 된다. 그날 그는 새티스 하우스의 정원에서 창백한 얼굴을 한 어느 꼬마 신사와 주먹다짐을 벌인다. 새티스 하우스 방문은 핍이 성장하여 매형 조 가저리의 도제가 될 때까지 계속된다. 핍은 미스 해비셤의 금전적 도움으로 조와 정식으로 도제 계약을 맺고 대장간 도제 생활을 시작한다. 그러나 그는 새티스 하우스 방문을 계기로 그동안 늘 동경해 왔던 대장장이의 운명에 불만을 품게 되고 멋진 도시 신사가 되어 에스텔라와 결혼하게 되기를 꿈꾼다.

　　핍이 대장간 도제로 일하던 어느 날, 그의 누나가 누군가에 의해 쇠 족쇄로 가격당하여 쓰러지는 사건이 발생한다. 핍은 대장간에서 일하던 악의적인 떠돌이 노동자 올릭을 범인이라

의심한다. 그 사건으로 인근에 살던 착한 고아 소녀 비디가 대장간 살림을 맡으러 온다. 핍은 함께 살게 된 비디에게 에스텔라에 대한 사모의 정과 신사가 되고 싶은 꿈을 고백한다.

　도제 생활 4년 차에 이른 해 어느 토요일 밤, 재거스라는 런던의 유명한 변호사가 마을 술집 〈얼큰한 세 선장〉에 등장한다. 그는 핍과 조와 함께 대장간으로 가서 미지의 은인이 핍에게 막대한 유산을 상속할 예정이라는 소식을 전한다. 핍이 소원해 왔던 꿈이 현실로 이루어지게 된 것이다. 재거스 변호사는 은인의 정체를 물어서는 안 되며 핍이 런던에 가서 신사 교육을 받아야 한다는 유산 상속의 조건을 알려준다. 핍이 런던으로 떠나기 직전 부자가 된 그에게 아부하며 위선을 떠는 펌블추크 숙부와 양복점 주인 트랩 씨가 희화화된다. 핍은 자신에게 유산을 상속해 줄 미지의 은인이 미스 해비셤이며, 그녀가 자기를 에스텔라의 짝으로 점지하고 그 목적을 위해 신사로 만들려는 것이라고 굳게 믿는다. 그는 런던으로 출발할 때부터 오만에 빠져 자기가 누나 부부나 비디보다 더 우월하다는 태도를 내보인다. 그는 새롭게 전개될 앞날에 대한 희망에 부풀어 그와의 이별을 진심으로 애달파 하는 매형 조와 비디를 매정하게 떠난다.

　핍은 재거스 변호사의 사무실이 소재한 뉴게이트 감옥 인근의 리틀 브리튼에 도착한다. 그는 재거스 변호사의 사무실 인근 환경이 비록 더럽고 누추하지만 그가 상당한 영향력을 지닌 형사 전문 변호사라는 사실을 알아차린다. 그는 재거스 변호사의 사무실 직원인 웨믹과 친해지고, 이후 월워스에 있는 웨믹의 집을 방문하며 즐거운 시간을 보낸다. 웨믹은 사무실에서는 나무토막 같은 무뚝뚝한 표정과 우체통 구멍 같은 입을 지닌 무미건조한 직원이지만, 월워스의 자기 집에서는 연로한 노친을 모시고 사는 효자이며, 애인에게도 살갑고 다정하게 대해 주는 유머러스한 인물이다. 핍은 미스 해비셤의 친척 매슈 포켓 씨로부터 교육을 받게 된다. 포켓 씨는 어린 자녀들을 거느리고 귀족 출신임을 자랑하는 아내와 함께 살며 다소 우스꽝스러운 방식으로 가정생활을 영위하는 가장이지만 미스 해비셤의 친척들 중에서 유일하게 올곧은 성품을 지닌 사람이다. 핍은 매슈 포켓 선생의 아들 허버트 포켓과 바너드 숙사라는 누추한 거처에서 함께 살게 된다. 핍은 허버트와 처음 만난 날 허버트가 옛날 새티스 하우스에서 자신과 주먹다짐을 벌인 창백한 얼굴의 꼬마 신사라는 걸 알아차린다. 이후 핍과 허버트는 둘도 없는 절친한 친구가 된다.

어느 날 순박하지만 다소 모자라는 매형 조가 새티스 하우스를 방문하라는 미스 해비셤의 전갈을 들고 런던으로 찾아온다. 그러나 조는 사교적으로 미숙한 데다 속물 신사로 변한 핍의 모습을 보고 당황한 나머지 아주 부자연스럽게 행동한다. 핍은 그런 매형을 불편해하고 창피하게 여긴다. 핍은 미스 해비셤의 지시대로 새티스 하우스를 방문하고, 그곳에서 유럽 대륙으로 숙녀 교육을 받으러 갔다가 돌아온 에스텔라와 다시 만난다. 런던으로 돌아온 핍은 얼마 후 그곳으로 오는 에스텔라를 맞이하고 리치먼드에 있는 그녀의 거처까지 안내한다. 이후 그는 뻔질나게 그녀의 거처를 드나든다. 그러나 그는 고향의 대장간에는 고작 누나의 장례식에만 참석하러 찾을 뿐이다. 그는 자신이 에스텔라의 짝으로 예정되어 있다고 확신하고 그런 확신을 구체화하려고 애쓰지만, 그녀는 그에게 자신을 사랑하지 말라는 냉정한 경고만 보낼 뿐이다. 그녀는 철저히 명령받은 대로만 행동하게 되어 있다는 식으로 그를 건성으로 대한다. 그는 그런 그녀와의 관계에서 아무런 행복감도 느끼지 못한다. 그에 비해 평범한 아가씨인 클래라와 사귀는 허버트는 더없이 행복해 보인다. 핍은 그런 식으로 살아가면서 런던의 상류층 속물 청년 신사들과 어울리고, 향락과 소비에 찌든 그들의 생활 방식에 물들어 겉멋 쌓기에 몰두한다. 결국 그는 무절제한 생활로 빚에 허덕이게 되고 함께 사는 허버트까지 같은 처지에 빠지게 만든다.

성년이 된 스물한 번째 생일 날, 핍은 재거스 변호사로부터 5백 파운드를 받고 이제 예비 신사로서 자립의 삶을 살아야 한다는 통보를 받는다. 그는 그 돈의 일부를 투자하여 헛되이 취직 기회만 노리며 무위도식하고 있는 허버트에게 클래리커 상사라는 회사의 동업자 자격을 얻어 주려고 한다. 그는 웨믹의 도움으로 그 일을 성사시킨다. 나태하고 사치스러운 그의 생활 중에서 유일하게 보람 있게 돈을 쓴 일이다. 핍은 매슈 포켓 씨 밑에서 동문수학하던 상스럽고 거칠고 멍청한 부자 청년 드러믈과 에스텔라가 애정 행각을 벌이고 있다는 사실을 알고 좌절하며 엄청난 질투를 느낀다. 새티스 하우스를 찾은 어느 날 그는 에스텔라의 매정함에 실망한 미스 해비셤과 에스텔라 사이의 불화를 목격한다.

스물세 살이 된 핍은 템플 지구로 거처를 옮긴다. 폭풍우가 모질게 휘몰아치던 어느 겨울 밤, 아무런 예고도 없이 거칠고 험악하게 생긴 낯선 남자가 핍의 거처를 찾아온다. 그 남자는 오래전 옛날 습지대에서 어린 핍이 줄칼과 음식물을 갖다 주었던 탈옥수라고 자신의 정체를 밝힌다. 경악한 핍은 그에게 돈 몇 푼을 주고 내보내려고 하지만 그는 콧방귀를 뀌며 그간의 사정을 얘기하기 시작한다. 그는 자신의 이름이 에이블 매그위치이며, 오스트레일리아로 유배형을 받고 떠났다가 그곳에서 목양업을 통해 큰돈을 벌었고, 그 돈을 투자와 투기에 쏟아서 거부가 되었다고 말한다. 그는 핍의 도움을 평생 잊지 않고 살았으며, 바로 그 이유 때문에 핍에게 막대한 유산을 물려주게 된 것이라고 밝힌다. 핍은 자신의 미지의 은인이 미스 해비셤이 아니라 탈옥수 매그위치였다는 사실을 깨닫고 크게 실망한다.

핍은 그동안 소중하게 간직해 왔던 자신의 모든 꿈이 실은 유배를 갔던 탈옥수의 고된 노동에 기반하고 있다는 사실을 깨닫고 더욱 좌절하고 낙담하며, 그런 성격의 유산을 도저히 물려받을 수 없다고 느낀다. 그런 와중에 그는 미스 해비셤의 부름을 받고 새티스 하우스를 찾았다가 에스텔라와 드러믈이 결혼한다는 비참한 소식까지 접한다. 미스 해비셤의 의도는 핍이 에스텔라를 사랑하게 만든 뒤, 그 사랑이 깨지고 그가 배반을 당하게 만듦으로써 옛날 자신이 파혼을 당했던 일에 대한 복수를 하려 했던 것이다. 그녀의 의도대로 핍은 에스텔라와의 깨진 사랑에 처절하게 상처받고 피눈물을 삼킨다.
한편 유배를 갔던 죄수가 무단으로 귀국하게 되면 사형에 처하는 당시의 법에 따라 매그위치에게 체포 영장이 발부되었다는 사실을 알게 되고 매그위치는 당장 위험에 처한다. 특히 그와 옛날 습지대 도랑에서 드잡이를 벌였던 동료 탈옥수 콤피슨도 런던에 있는 것으로 밝혀져 위험이 더욱 가중된다. 핍은 매그위치를 프로비스라는 가명으로 부르며 자신의 숙부로 위장시킨다. 핍과 허버트는 매그위치의 입을 통해 콤피슨이 그를 파멸시킨 장본인이라는 것을 알게 된다. 매그위치는 콤피슨을 자신의 철천지원수라고 한다. 이어서 범죄로 점철된 그의 인생 행적과 유배지에서의 재산 축적 과정이 밝혀지고, 그가 부당하게 당했던 재판 과정에서의 정당치 못한 처사가 폭로된다. 매그위치의 이야기를 통해 그가 재산을 핍에게 물려주려 했던 의도도 어느 정도 드러난다. 옛날에 핍이 주었던 도움에 대한 보은이 그의 의도였지만, 유배지에서 힘들게 번 돈으로 핍을 버젓한 런던 신사로 길러 내 자신에게 사기를 친 콤피슨이나 재판에 관여한 상류층 신사들에게 보란 듯이 앙갚음하려는 것이 더 중요한 의도였다. 핍은 허버트를 통해 악당 콤피슨이 미스 해비셤의 재산을 노리고 그녀를 기만하여 결혼식 당일 그녀를 버리고 도망간 문제의 신랑이며, 나아가 미스 해비셤의 이복동생인 아서까지도 파멸시킨 장본인이라는 사실을 알게 된다.

핍과 허버트는 위험에 빠진 매그위치를 허버트의 애인 클래라의 아버지가 세 들어 사는 집으로 피신시키고 도주 계획을 세운다. 그들은 템스 강에서 보트 놀이로 위장하여 매그위치를 보트에 태운 뒤 강물 위에서 유럽을 오가는 증기선을 세워 그곳에 그를 태운 뒤 유럽으로 보내기로 한다. 물론 핍도 매그위치와 함께 가기로 한다. 핍이 허버트와 함께 매그위치의 도주 계획을 준비해 나가던 어느 날, 미스 해비셤이 다시 한 번 그를 새티스 하우스로 부른다. 그녀는 자신의 개인적인 원한을 갚기 위해 에스텔라를 조종하고 핍에게 상처를 입힌 일, 약혼자에게 버림받았던 자신의 비참한 처지를 핍에게 똑같이 강요했던 일에 대해 섬뜩함이 묻어나는 용서를 구한다. 그녀는 핍이 일전에 허버트를 도와 달라고 했던 간청을 들어주어 허버트에게 거금인 9백 파운드를 준다는 현금 지급 위임장을 써준다. 핍이 저택을 떠나려는 순간, 미스 해비섬이 자기 옷에 불을 붙여 화재 사건이 발생한다. 핍이 그걸 발견하고 가까스로 그녀를 구하지만 중화상을 입은 그녀는 얼마 후 세상을 떠난다. 그녀는 매슈 포켓 씨에게 4천 파운드라는 거액의 유산을 남긴다. 핍은 이 화재 사건으로 팔에 화상을 입는다.

그런 와중에 당시 콤피슨의 하수인으로 일하고 있던 올릭이 핍을 고향 습지대의 수로 관리소로 유인하여 핍을 살해하려고 한다. 올릭은 바로 자기가 핍의 누나를 습격한 범인이었으며, 콤피슨의 지시에 따라 그동안 핍의 일거수일투족을 감시해 왔다고 밝힌다. 죽음을 목전에 둔 위급한 상황에서 허버트가 사람들을 이끌고 들이닥쳐 가까스로 핍을 구하고 올릭은 도주한다. 그렇게 구조됨으로써 핍은 매그위치를 피신시키기로 한 시간에 늦지 않게 매그위치를 보트에 태울 수 있게 된다. 핍과 허버트, 그들의 동료 스타톱이 매그위치를 무사히 보트에 태워 템스 강 하류로 내려가고 그곳의 여인숙에서 하루를 묵은 뒤 다음 날 증기선이 나타날 시간에 다시 보트에 오른다. 그러나 증기선이 도착하기 직전에 그들은 콤피슨의 협조를 받아 대형 보트를 타고 온 경찰에 의해 발각되고 도주 계획은 수포로 돌아간다. 이어진 매그위치와 콤피슨의 격투 과정에서 콤피슨이 강물에 빠져 죽고 매그위치도 증기선에 부딪쳐 중상을 입는다.

매그위츠는 사형 선고를 받고 전 재산을 몰수당한다. 결국 신사가 되겠다는 핍의 꿈은 완전히 산산조각 난다. 그러나 핍은 매그위치의 몰락으로 물질적인 면에서는 신사의 꿈이 좌절되지만, 매그위치에 대한 연민과 이해를 통해 정신적인 면에서는 진정한 신사로 거듭난다. 핍은 에스텔라가 매그위치와 재거스 변호사의 집에서 일하는 하녀 몰리와의 사이에서 태어난 딸이라는 사실을 알게 된다. 몰리는 재거스 변호사가 그녀가 저지른 살인 사건을 변호하여 무죄로 만들어 준 일을 계기로 그의 집에서 살게 된 여자다. 교수형에 처해질 날이 미처 다가오기도 전에 매그위치의 병세가 급격하게 악화된다. 핍은 그런 그를 보살피기 위해 매일같이 그에게 면회를 간다. 결국 매그위치는 병동 감옥에서 세상을 떠난다. 마지막 임종의 순간 핍은 매그위치에게 그의 딸 에스텔라가 살아 있으며, 자신이 그녀를 사랑한다는 말을 고백한다. 말조차 할 수 없는 마지막 순간, 매그위치는 핍의 손을 지그시 눌러 자신의 감정을 전한다.

　매그위치의 일에 혼신을 다하던 핍은 그가 죽고 나자 병이 나고, 그를 간병하러 조가 런던에 온다. 설상가상으로 핍은 빚 때문에 채무자 구류소에 수감되기 직전의 상황이다. 조는 그런 핍을 지극정성으로 간병하여 건강을 회복시키고, 대장간 일을 통해 번 자신의 돈으로 핍의 빚까지 갚아 준다. 핍은 그제야 비로소 조가 콤피슨이나 드러믈 같은 사이비 신사가 아니라 진정으로 착한 〈기독교인 신사〉임을 깨닫는다. 그는 그동안 자신이 에스텔라와 막대한 재산을 좇으면서 허울뿐인 가짜 신사 상을 추구해 왔으며, 그런 일을 하느라고 착한 조를 냉대하고 무시하는 배은망덕을 저질렀다는 사실을 깨닫고 뼈아프게 반성한다. 매그위치의 죽음으로 핍은 이제 더 이상 런던 신사가 아니다. 그는 비디에게 청혼을 하고 그녀와의 결혼 생활을 통해 새로운 인생을 살리라 다짐하며 고향 대장간으로 돌아온다. 그러나 그가 돌아온 날은 바로 조와 비디의 결혼식 날이다. 핍은 늦었지만 조에게 용서를 구하고 조는 그를 따뜻하게 용서해 준다. 핍은 곧바로 그들을 떠나 런던으로 돌아오고, 허버트가 이미 가서 일하고 있는 클래리커 상사의 이집트 지사로 떠난다. 그는 그곳에서 사무직원으로 열심히 일하여 성공한다.

11년 후 핍은 대장간으로 돌아온다. 그는 조와 비디 부부의 행복하고 안락한 결혼 생활을 보게 된다. 그는 자기와 똑닮았고 이름까지 같은 그들 부부의 어린 아들 핍을 통해 자신의 어린 시절을 떠올리며, 어린 핍에게는 밝은 앞날만 있게 하리라 다짐한다. 그는 마지막으로 새티스 하우스를 찾는다. 저택은 이미 모두 허물어져 자취를 감추고 폐허가 된 건물 집터와 정원만 남아 있을 뿐이다. 그는 우연찮게 바로 그 시각에 그곳을 찾은 에스텔라와 조우한다. 그녀는 드러믈과의 가혹한 결혼 생활에서 학대를 당했으며 결국 그의 사망으로 미망인이 된 상태다. 그녀는 야멸치고 모질고 매정했던 과거보다 훨씬 더 부드러워진 여인으로 변해 있다. 눈빛은 예전처럼 여전히 날카롭지만 그녀는 이제 핍의 감정을 섬세하게 헤아릴 줄 안다. 핍은 에스텔라와 안부를 주고받은 뒤 친구로 남기로 한다. 그러나 그녀와 함께 새티스 하우스의 폐허를 떠나면서 그는 이제 그녀와의 사이에서 그 어떤 이별의 그림자도 보지 못한다.

찰스 디킨스 연보

1812년 출생 2월 7일 영국 남부의 군항 포츠머스 시의 올드커머셜로 드 393번지에서 해군 경리단 직원 존 디킨스John Dickens와 엘리자베 스 배로Elizabeth Barrow의 여덟 자녀 중 장남으로 태어남. 형제자매 들 중 둘은 어린 시절 세상을 떠남.

1815년 3세 1월 1일 가족이 런던으로 이사함.

1817년 5세 4월 가족이 채텀에 정착함. 그곳 템스 강 인근 습지대 지 역에서 더없이 행복한 어린 시절을 보냄.

1821년 9세 침례교 목사 윌리엄 자일스William Giles가 운영하는 지 역 학교에 입학함.

1822년 10세 가족이 런던의 캠던으로 돌아가 있는 동안 채텀에 머무 름. 나중에 가족과 합류하지만 이로 인해 학업이 중단됨.

1823년 11세 12월 가족이 그로워스트리트 노스 4번지로 이사함. 그 곳에서 모친이 학교 운영을 시도했으나 실패함.

1824년 12세 1월 말~2월 초 가세가 기울어 헝거포드 스테어스에 있 는 조너선 워런Jonathan Warren 구두약 공장으로 보내짐. 그곳에서 구 두약 병에 라벨을 붙이는 노동을 함. 그 시절의 굴욕적이고 불우했던 체 험이 『데이비드 코퍼필드David Copperfield』 등의 작품들 속에 생생히 묘사됨. 자신이 방치되었다는 생각과 갑작스럽게 몰락했다는 열패감이 평생 그를 따라다니게 됨. 부친이 채무 문제로 체포되어 3월 28일까지 약 석 달간 마셜시Marshalsea 채무자 구류소에 수감됨.

1825년 [13세] 3월 9일 부친이 연금을 받고 해군 경리단에서 퇴직함. 워런 구두약 공장을 그만두고 웰링턴 하우스Wellington House 사립 학교에서 학업을 재개함.

1826년 [14세] 부친이 『브리티시 프레스*The British Press*』지 의회 통신원으로 근무함.

1827년 [15세] 3월 가족이 세금 미납으로 쫓겨남. 12월 변호사 사무실 사무직원으로 근무함.

1828년 [16세] 부친이 『모닝 헤럴드*The Morning Herald*』지 기자가 됨.

1829년 [17세] 속기술을 배워 〈민법 박사 회관Doctors' Commons〉(1857년까지 유언, 결혼, 이혼 문제를 다루던 기관)과 의회의 속기사로 일함.

1830년 [18세] 2월 8일 대영 박물관 학예사가 됨. 마리아 비드넬Maria Beadnell과 사랑에 빠짐. 코번트가든 극장 배우 오디션에 참가했지만 질병으로 실패함.

1831년 [19세] 『미러 오브 팔러먼트*The Mirror of Parliament*』지 기자가 됨.

1832년 [20세] 『트루 선*True Sun*』지 기자가 됨.

1833년 [21세] 마리아 비드넬과 헤어짐. 『먼슬리 매거진*Monthly Magazine*』에 최초의 단편 「포플러 산책로에서의 만찬A Dinner at Poplar Walk」을 발표함. 이후 이 정기 간행물과 다른 정기 간행물들에 수많은 단편과 스케치(소품)들을 발표함.

1834년 [22세] 『먼슬리 매거진』에 여섯 편의 단편들을 발표함. 『이브닝 크로니클*The Evening Chronicle*』지 편집인의 딸인 캐서린 호가스 Catherine Hogarth와 만남. 『모닝 크로니클*The Morning Chronicle*』지 기자가 됨. 홀본의 퍼니벌스 숙사로 이주함.

1835년 23세 캐서린 호가스와 약혼함.『먼슬리 매거진』,『이브닝 크로니클』,『벨스 라이프 인 런던*Bell's Life in London*』지 등에 단편과 스케치들을 기고함.

1836년 24세 2월 퍼니벌스 숙사의 더 넓은 방들로 이사함. 2월 8일 『보즈의 스케치*Sketches by Boz*』첫번째 연작을 발표함. 4월 2일『피크윅 문서*Pickwick Papers*』최초 월간 연재분을 발표함. 6월 캐서린 호가스와 결혼함.『모닝 크로니클』지를 퇴사함. 7월 12일『보즈의 스케치』두 번째 연작을 발표함. 이후 빅토리아 왕조 시대의 유명 인사로 대중적 인기를 얻게 되며 문인으로서의 지위를 확보하게 됨. 평생의 문학적 조언자이자 장차 그의 전기를 집필하게 되는 존 포스터John Forster를 만남. 익살 소극「이상한 신사들The Strange Gentlemen」과 목가적 오페레타「마을의 요염한 여인들The Village Coquettes」을 런던에서 공연함.

1837년 25세 『벤틀리스 미셀러니*Bently's Miscellany*』지에『올리버 트위스트*Oliver Twist*』연재를 시작함. 가족이 다우티 가로 이사함.『피크윅 문서』를 단행본으로 출간함. 열 명의 자녀 중 장남이 태어남. 처형 메리 호가스Mary Hogarth가 세상을 떠남.『벤틀리스 미셀러니』지 편집을 시작함.

1838년 26세 『올리버 트위스트』를 세 권으로 완간함.

1839년 27세 『니컬러스 니클비*Nicholas Nickleby*』(1838~1839년 월간 연재)를 출간함. 가족이 런던의 리젠트파크 더번셔테라스로 이사함.

1840년 28세 『오래된 골동품 가게*The Old Curiosity Shop*』를 출간함.

1841년 29세 의원 후보로 나서라는 권유를 거절함.『바너비 럿지 *Barnaby Rudge*』를 출간함. 에든버러에서 그를 기리는 공식 만찬이 열림.

1842년 30세 1~6월 최초로 북미 지역을 방문함. 두 권짜리『아메리칸 노트*American Notes*』에 여행담을 담음.『마틴 처즐윗*Martin Chuzzlewit*』연재를 시작함. 처제 조지애너 호가스Georgiana Hogarth

가 가족 구성원이 됨.

1843년 ³¹세 12월 19일『크리스마스 캐럴*A Christmas Carol*』을 출간함.

1844년 ³²세 『마틴 처즐윗』(1842~1844년 월간 연재)을 단행본으로 출간함. 가족들과 함께 이탈리아, 스위스, 프랑스를 여행함. 12월『차임스*The Chimes*』를 발표하기 전 지인들 앞에서 낭독을 하기 위해 혼자만 잠시 런던으로 돌아옴.

1845년 ³³세 그와 가족들이 이탈리아에서 돌아옴. 크리스마스에「벽난로 위의 귀뚜라미The Cricket on the Hearth」를 발표함. 자전적인 토막글들(존 포스터의『디킨스 전기*Life*』에 포함된 미발표 글들)을 씀.

1846년 ³⁴세 『데일리 뉴스*Daily News*』지 초대 편집장이 되나 17호 만에 사임함.『이탈리아로부터의 그림들*Pictures from Italy*』을 출간함. 가족과 함께 스위스와 파리에 체류함. 크리스마스에「인생의 전투The Battle of Life」를 발표함.『돔비 부자*Dombey and Son*』 연재를 시작함.

1847년 ³⁵세 런던으로 돌아옴. 미스 버딧 코츠Burdett Coutts의 박애시설〈노숙 여성 쉼터〉설립을 돕고 이후 자신이 직접 운영함.

1848년 ³⁶세 『돔비 부자』(1846~1848년 월간 연재)를 단행본으로 출간함. 런던 및 기타 지역들에서 셰익스피어의 희극「윈저의 즐거운 아낙네들The Merry Wives of Windsor」과 벤 존슨Ben Jonson의 희극「에브리맨 인 히스 유머Everyman in His Humor」자선 공연을 기획하고 연기도 함.

1849년 ³⁷세 『데이비드 코퍼필드』 연재를 시작함.

1850년 ³⁸세 3월〈찰스 디킨스에 의해 운영〉된다는 사실을 표방한 주간지『하우스홀드 위즈*Household Words*』지를 창간하여 1859년까지 운영함.〈런던 위생 연합회〉초대 회의에서 연설을 함.『데이비드 코퍼필드』(1849~1850년 월간 연재)를 단행본으로 출간함.

1851년 ³⁹세 부친이 세상을 떠남. 빅토리아 여왕 앞에서의 공연을 포함하여 〈문학 예술 협회〉 후원 연극 활동에 더 많이 관여함. 『하우스홀드 워즈』지에 간헐적으로 실리게 되는 『어린이 영국사*A Child's History of England*』연재를 시작함. 런던 태비스톡 광장의 태비스톡 하우스로 이사함.

1852년 ^{40세} 『블리크 하우스*Bleak House*』연재를 시작함.

1853년 ^{41세} 『블리크 하우스』를 출간함.

1854년 ^{42세} 『어려운 시절*Hard Times*』을 연재하고 출간함.

1855년 ^{43세} 〈행정 개혁 연합회〉지지 연설을 함. 기혼자가 된 마리아 비드넬과 실망스러운 만남을 가짐.

1856년 ^{44세} 평생의 꿈이었던 로체스터 인근의 개즈힐 저택(『위대한 유산』에 나오는 새티스 하우스의 원형으로 생각되는 저택)을 구입함.

1857년 ^{45세} 『막내 도릿*Little Dorrit*』(1855~1857년 월간 연재)을 단행본으로 출간함. 윌키 콜린스Wilkie Collins의 멜로드라마 『프로즌 딥 The Frozen Deep』에서 연기를 하던 중 젊은 여배우 엘런 터넌Ellen Turnan과 사랑에 빠짐. 컴벌랜드에서 보낸 휴가를 소재로 삼아 윌키 콜린스와 공동 창작한 『두 게으름뱅이 도제들의 게으른 여행*The Lazy Tour of Two Idle Apprentices*』를 『하우스홀드 워즈』지에 발표함.

1858년 ^{46세} 『재출간 글 모음집*Reprinted Pieces*』(『하우스홀드 워즈』지에 실렸던 글 모음집)을 출간함. 『하우스홀드 워즈』지에 성명을 싣고 아내와 결별함. 처음으로 자신의 이익을 위해 런던에서 대중 낭독회를 열고, 이후 지방 순회 낭독회를 가짐. 가정 생활이 주로 처제 조지애너에 의해 꾸려짐.

1859년 ^{47세} 〈디킨스가 운영하는〉주간지임을 표방한 『연중 일지*All the Year Round*』지를 창간함. 그곳에 월간 연재되었던 『두 도시 이야기 *A Tale of Two Cities*』를 단행본으로 출간함.

1860년 ^{48세} 런던 집을 팔고 가족과 함께 개즈힐 저택으로 이주함.

『위대한 유산*Great Expectations*』연재를 시작함.

1861년 49세 『연중 일지』주간 연재를 마치고『위대한 유산』을 총 세 권으로 출간함.『연중 일지』에 실렸던 글 모음집『비상업적 여행가*The Uncommercial Traveller*』를 출간함(1868년에 확장본이 나옴). 더 많은 대중 낭독회를 가짐(1861~1863년).

1863년 51세 모친이 세상을 떠남. 아들 월터가 인도에서 세상을 떠남. 그와 불화했던 소설가 윌리엄 메이크피스 새커리William Makepiece Thackery가 세상을 떠나기 직전 화해함.『연중 일지』에 크리스마스 특집「리리퍼 부인의 집Mrs. Lirriper's Lodgings」을 발표함.

1864년 52세 『우리 서로의 친구*Our Mutual Friend*』연재를 시작함.

1865년 53세 『우리 서로의 친구』(1864~1865년 월간 연재) 연재를 마치고 두 권으로 출간함. 엘런 터넌, 그녀의 어머니와 함께 프랑스에서 돌아오던 중 켄트 주 스테이플허스트에서 심각한 열차 사고를 당하고 큰 충격을 받음.

1866년 54세 또 다른 낭독회 시리즈를 시작함. 엘런을 위해 슬라우에 집을 마련함.『연중 일지』에 크리스마스 특집「머그비 환승역Mugby Junction」을 발표함.

1867년 55세 엘런을 페컴으로 이주시킴. 두 번째 미국 여행을 함. 건강 악화에도 불구하고 보스턴, 뉴욕, 워싱턴, 기타 등지에서 낭독회를 가짐.『애틀랜틱 먼슬리*Atlantic Monthly*』(그리고 1868년『연중 일지』)에「조지 실버맨의 해명George Silverman's Explanation」을 발표함.

1870년 58세 런던에서 고별 낭독회를 가짐. 원래 12회분 연재로 완결될 예정이었던『에드윈 드루드의 미스터리*The Mistery of Edwin Drood*』를 6회분 미완성으로 발표함. 6월 14일 개즈힐 저택에서 뇌출혈로 쓰러진 후 58세의 나이로 세상을 떠남. 웨스트민스터 사원에 묻힘.

열린책들 세계문학 **222** 위대한 유산 하

옮긴이 류경희 고려대학교 영어영문학과와 동 대학원 영어영문학과에서 석사 학위와 박사 학위를 받았다. 홍익대학교, 동국대학교, 고려대학교에서 학생들을 가르쳤으며, 현재 고려대학교 인문대학 초빙 교수로 있다. 옮긴 책으로는 대니얼 디포의 『로빈슨 크루소』, 샬럿 브론테의 『제인 에어』, 제인 오스틴의 『오만과 편견』, 토머스 모어의 『유토피아』, 조나단 스위프트의 『통 이야기』, 『하인들에게 주는 지침』, 『책들의 전쟁』, 헨리 필딩의 『톰 존스』 등이 있다.

지은이 찰스 디킨스 **옮긴이** 류경희 **발행인** 홍예빈·홍유진
발행처 주식회사 열린책들 **주소** 경기도 파주시 문발로 253 파주출판도시
전화 031-955-4000 **팩스** 031-955-4004 **홈페이지** www.openbooks.co.kr
Copyright (C) 주식회사 열린책들, 2014, *Printed in Korea.*
ISBN 978-89-329-1222-6 04840 **ISBN** 978-89-329-1499-2 (세트)
발행일 2014년 4월 20일 세계문학판 1쇄 2024년 4월 10일 세계문학판 8쇄

이 도서의 국립중앙도서관 출판예정도서목록(CIP)은 서지정보유통지원시스템 홈페이지(http://seoji.nl.go.kr)와 국가자료공동목록시스템(http://www.nl.go.kr/kolisnet)에서 이용하실 수 있습니다.(CIP제어번호:CIP2014011052)

열린책들 세계문학
Open Books World Literature